# 伟哉，黄州

一乡醲丽的风土，
一部璀璨的传奇；
一弯八千余年的历史飞虹，
一度捍卫天地大道的飓风！

一缕缕春光在这里绽放，
一泓泓渥泽在这里流淌；
一帧帧绚烂的图画在沉睡中苏醒，
一座座星辰在无声里默默地流芳！

是它们，塑造了这淼漫的伟哉黄州；
是它们，让这座赫赫名城万古清流！
……

—— 寒 夫

後赤壁賦

是歲十月之望，步自雪堂，將歸於臨皋。二客從予過黃泥之坂。霜露既降，木葉盡脫，人影在地，仰見明月，顧而樂之，行歌相答。已而歎曰：「有客無酒，有酒無肴，月白風清，如此良夜何！」客曰：「今者薄暮，舉網得魚，巨口細鱗，狀如松江之鱸。顧安所得酒乎？」歸而謀諸婦。婦曰：「我有斗酒，藏之久矣，以待子不時之須。」於是攜酒與魚，復遊於赤壁之下。江流有聲，斷岸千尺；山高月小，水落石出。曾日月之幾何，而江山不可復識矣。

谨以此著献给诞生我的故土浠水兰溪
和养育我成长的近 800 万的黄州人民

风之摇篮  学之渊薮

# 寒夫赋黄州

## 寒夫感恩集三卷套之三

■寒 夫　莉 莎著

中国文联出版社
http://www.clapnet.cn

图书在版编目（CIP）数据

寒夫赋黄州/寒夫，莉莎著. – 北京：中国文联出版社，2014.8
ISBN 978 - 7 - 5059 - 8925 - 2

Ⅰ．①寒… Ⅱ．①寒… ②莉… Ⅲ．①散文集 - 中国 - 当代
Ⅳ．①I267

中国版本图书馆 CIP 数据核字 (2014) 第 152098 号

| 作　　者：寒　夫　莉　莎 | |
| --- | --- |
| 出 版 人：朱　庆 | |
| 终 审 人：奚耀华 | 复 审 人：邓友女 |
| 责任编辑：周劲松 | 责任校对：潘传兵 |
| 封面设计：王　然 | 责任印制：周　欣 |

出版发行：中国文联出版社
地　　址：北京市朝阳区农展馆南里 10 号，100125
电　　话：010-65389142（咨询）65067803（发行）65389150（邮购）
传　　真：010-65933115（总编室），010-65033859（发行部）
网　　址：http://www.clapnet.cn
E - mail：clap@clapnet.cn　　　zhoujs@clapnet.cn
印　　刷：北京艺堂印刷有限公司
装　　订：北京艺堂印刷有限公司
法律顾问：北京市天驰洪范律师事务所徐波律师
本书如有破损、缺页、装订错误，请与本社联系调换

| 开　　本：787×1092　　1/16 | |
| --- | --- |
| 字　　数：740千字 | 印　张：42.5 |
| 版　　次：2014 年 8 月第 1 版 | 印　次：2014 年 8 月第 1 次印刷 |
| 书　　号：ISBN 978-7-5059-8925-2 | |
| 定　　价：238.00 元 | |

# 前　言

"树高千尺，叶落归根"，这是古往今来东方人类教化修身的最为质朴的一句恒言：是说人无论走向何方，跋涉多远，都不能忘却那曾养育过你的故土和激发你心源的"人之初"的区区薪火。

自中国改革开放的浩瀚征程拉开以来，又有多少人不是因为"寻梦"而远离故国之"天庭"追求自己的价值观呢？！然而问题是那远在千里外的游子们又有多少人尚能体验"儿行千里，母担忧"的惴惴之心呢？！自然，这"担忧"之"母"除了自身母亲的期许游子早归之外，然则那另一个母亲便是这方风土：她希望游子带回外面世界的芳华与繁盛——以跃动这故地前进的步履；因为生命的毓化是与其养育之母土分不开的，所以"树高千尺，叶落归根"是古人总结的富有鸿蒙哲理的警言。

或许正是这一法理，作家寒夫先生以多种文体来深情地表达自己阔别故国 40 余年的游子之心：一是对幼年时代的恩父慈母所要交回的答卷；一是以报偿之心向其深恋着的东园家国——东鄂黄州作以心灵的孝尚和艺术的回馈。当下的世态乃人心不古，世风日下；物欲横流，享乐至上；且又普泛趋于道德阙如，人伦污秽。而作为富有传统意识的他竟一反常态地如此严谨地孝敬天地，叩恩母土；以几十年宝贵的业余闲暇完成自己久已梦呓的《寒夫赋黄州》一著——这在文化环境如此浑浊的今天岂非难得一遇的煌煌传奇吗？！

因为《寒夫赋黄州》乃多体文学艺术成就的结晶，这里便就相关方面的阅读与赏鉴等作一简要说明。

关于类别：该著涵盖赋、序、记、游、传、碑、铭、吊、跋、散文诗、叙事诗、抒情诗、爱情诗、长诗、格律诗、词以及策论（论道部分）等多体裁，共三大类别（即赋文篇、诗词篇和论道篇）。如此纷纭交织、鸿裁跌宕的文学体制，它们全面而集中地展现了作者对养育他的那方风土致以深深的爱怜的同时，更从广博的文学艺术的创作实践上获得了累累硕果和卷帙浩繁的学养润染。在此多文体文学艺术的驰骋疆场的创研过程里，我们堪以不愧色地说：作者时刻在以美的视角去反映宇宙间至真至纯的存在体；以圣洁之心灵去抚慰这个世界所显现的自然美与人文美；以马克思主义文艺观去辩证地批判当今所暴露的物欲横流，享乐至上；拜金丧德，崇利辱道的奢靡腐朽的文艺思潮。在这些作品里，作者在对上述龌龊现象极力批判的同时，更多的是以马克思主义的自然科学观为武器；在他的思想阐述里，旨在让世人清醒地认识到，只有以马克思主义世界观去认识世界和改造世界，才是拯救人类灵魂的唯一出路！在他的富含哲学意韵的思想诠释里，大到人类现象的无情批驳；小到一个城市命名的科学知见等，无不以科学的马克思主义存在观去一一匡正。正是从这些科学的为文修道的大道之为，不难看出作者敢于担当、胸怀耿介的东方学人的古君子之风和阳刚之气；在浑噩的乱世里为国民拯救心灵的民族之气；在弘扬科学道统里为天地立心的忧国忧民的正大之气！

关于"文白文"。作者在还愿乡土的《寒夫赋黄州》一著里，基于对古文的推崇和热爱，遂然以文言文形式创作了赋和记等，如《黄州赋》《兰溪赋》《春归赋》《登三泉赋》《蕲春赋》《三江园记》《大崎山记》及《蕲阳春序》等。这些文言文作品，作者均以"注释"、"译文"等方式为读者提供了阅读上的便捷条件。值得一议的是几篇名作：《黄州赋》，乃此著重中之重的作品。十几年前，家乡的友人们就要求他为故国黄州创作一篇震撼性的作品，但因为多方面原因只得放弃，于是借助这次"重拳出击"之机在前几年初稿基础上脱胎换骨地横空出世了这篇《黄州赋》。无疑，《黄州赋》的诞生，这不是黄州市人民的幸运，而是黄州市人民的荣誉。它跨越历史八千多年，涉及历史人物100多人，可谓卷帙古今，淼漫四海。为使此篇阂衍之作让世人得到精神之愉悦和心灵之慰藉，著名评论家区阳修特为其创作了《浅析〈黄州赋〉》以飨读者尽收其美，俱感其慰。同时作者还因读者之问创作了《我与黄州赋》以正面回答读者关于创作《黄州赋》的时代意义及社会意义。因为《黄州赋》乃宏伟巨构，其所依附的文的设计与该书的任何文章不相雷同，这是因为《黄州赋》的艺术容量和思想内涵的需要，并且从《黄州赋》看，作家那烂漫的思想闪烁和富于乐感的艺术华章，这不仅对故国黄州风土的衷爱，而是他对多年来人民和国家社会和友人们对他的关爱的由衷回馈；这也不仅是他对家园的赠予，而是他以大善大美之心向曾养育过他的那方东园故地的赫赫浩歌！他以各种文体来表达对家乡的赞美，以异常鸿博的思想语境和淼漫深邃的哲性构思来气贯长虹地塑造那个阔别了40多年的清音世界。自然，这是作家在向800万黄州人民的深深蕲福和拳拳敬畏！同时这也是他作为那些远离乡土的游子在生之世态中的一种精神范式；这种范式完全可以被誉为当代人类艺术殿堂里一大璀璨的文化传奇！其次是作者向人们揭示生命密码的《生命礼赞》；值得官府深思的《长孙堤河床改造记》；批判当今学术界辱没闻道、丧伦败德的《黄州小秋记》；在逆境中前行的自传体长诗《致温莉·妮莎》；警示世人自律修身的《向桥狮子堰老屋纪行》；不忘教化、不辱天道的《在亡父墓前的沉思》；以圣洁之心传播文明的《夕阳》；格律诗《题重大历史题材 42 集电视连续剧〈苏东坡〉》；念悠悠故地的《咏兰溪》；《水调歌头·故乡》；《江城子·垂老心胜意轻狂》；《满江红》及《论当下文化现象与环境净化》等作品值得品读。

　　该著除少量的文言文外，大部分是白话文，因此，《寒夫赋黄州》乃一部"文白"咸宜，雅俗共赏；译简同存，古今融合的文学构式。此著多体文作品绝大多数均为首次公开发表；譬如，《寒夫书画集》跋语和关于《艺术家眼中的马克思主义》《论经典与糟粕》《在故乡的山水里安眠》已在其他著作里发表过。另，因为是感恩集，所以著作里论及和出现的当代人物、地点、地名等绝大多数保留真实性。正是这样，作者所要表达对乡土的感恩才可谓心灵合一，思恩致远！关于书中的古典版画之协和配套其极尽以"古为今用"之表达意寓：这既发挥古典版画艺术与人文艺术之相互成趣，又使今天的读者从中获得情景交融和深入浅出之心神羽化的精神享受。

　　关于注释。本书从古文的《赋文篇》到最后的《论道篇》文章，但凡需作注解的部分，均配上注释，以供读者更好地阅读。

　　关于译文。译文通常指文言文作品，因此，本书文言文部分（除诗词）作品均配上译文；书中引用古人的诗词就不再重注释。另：此书赋，5 篇；序，3 篇；记（《黄州八记》），8 篇；游，15 篇；传，3 篇；碑，1 篇；铭，1 篇；吊，6 篇；跋，3 篇；散文诗，4 篇；叙事诗，8 篇；抒情诗，10 篇；爱情诗，5 篇；长诗，4 篇；格律诗（《春 祭》），41 篇；词，32 篇；论道篇，8 篇；全书共 152 篇。以上综述，供读者抉目而阅。

2013 年 12 月 8 日定稿

## 《寒夫赋黄州》总序（感恩三部曲之三）

马克思在论及人与自然界的关系时，他这样说：

这个世界不是让我们去如何解释，而是需要我们去如何改造。

大凡基于此，30多年前的那个历史拐点上，我便选择放弃"解释"而体味"改造"的炼狱征程。这个历史拐点让我一跃纵身成为有幸立足于那个"改革开放"的风口浪尖的潮头之上。于是，我用此"改造"认识了自己，认识了爱妻莉莎，后来一起相心携手——认识了一路匍匐前行的值得回首的烂漫而满含哲境的唯物主义世界！30多年后的今天，我将那时（1981年）第一篇论文《关于〈共产党宣言〉》伴随后来一边体验着改造，一边体感着马克思主义真理学说之润染——于是就在今年的前不久（2014年3月29日）由中共中央编译局为我和夫人在京举办了我和爱妻30几年来在马克思主义自然之光照耀下所结晶的人生感悟及思想总结。首先，我们身体力行地依照马克思主义自然观在认识生活和改造自己；接着便是遵循他们的"新人类学观"的文艺观在认识和改造艺术；尔后，我们将行为的实践与"论理艺术化"的全新创制融入当今的人文世界，继而进行对应性的探索、研究、总结乃至批判。因此《艺术家眼中的马克思主义》被誉为当今马克思主义理论艺术化的前沿典范之作。正是这样，在上述专著首发座谈会后的不久，专家、学者们便为《寒夫赋黄州》作品集一同论及了关于该著叙文一事。大家说：30多年前，你和夫人在东鄂地区创过业、淌过河、越过山、育过人、涉过水、传过艺、流过汗并以马克思主义"新人类学观"来改造自己，使自己同夫人在艰苦的探索历程中将科学的艺术观对应自己的中西学之追求、人文思想之历练；于是成就了你们的书法及国画艺术。同时你将理性的自然观把握住自己思想脉搏，于是成就你的文学艺术（包括你的赋、序、游、记、跋、铭、碑、传、吊、散文诗，叙事诗、爱情诗、长诗、格律诗、词，治国论、论文论、作文论，思潮论及"革命论"等多体裁）之多体样式；以马克思主义自然辩证法作为你为文修道的思想钥匙。于是，你才有今天"为天地立心，为生民立命"之泰然正气对当下人类的一切腐朽、堕落、麻木、恂愁及苟且偷生等颓废现象作严酷无情的批判，等等，无论哪一点，是当下文艺家们所无以逾越且也是无法到达的高度。因此，《寒夫赋黄州》之大叙就由你自己"自作自受了！"……这是朋友们关于我——何以为之自序之缘故！

严格地说，对马克思主义系统论学说之研究——我所能究及的董董冰山一角；许多深邃而精湛的魅力世界有待我在未来的岁月去餂啖师从。然而，的确是马克思和恩格斯的伟大而深邃的思想在照耀着我一路的蹒跚之履。《寒夫赋黄州》其主要思想和艺术成分在前面的《赋文篇》《诗词篇》及《论道篇》。《赋文篇》里的《赋》亦称《东鄂五赋》，其文、言、意、韵等均属《赋文篇》及全书开卷之作。大家说了：以超凡之体制、卓跞之鸿藻、圣洁之情愫，烂漫之襟怀来表达对你曾受教、受爱、受美及受洗之故国情深，大美封土等，全作了感恩和叩拜。这是你自儿时以来对家国的拳拳之心！这一大乐章里的其他体裁诸如序、跋、游、记、碑、传等，一一在闪烁着你为家国大美山川之颂祇以及在你心灵深处假借传统之文学样式袒露自己对先人和古圣功绩之追忆，极尽以叩往之心、修行之性、效理之道、言美之文，全然显现在了这些载体的思想深处与艺术深处。……故，杨雄曰："诗人之赋丽以则，辞人之赋丽以淫。"此为诗、辞者为赋之别也；反之，辞、赋为诗人之尤也！曹丕云："文以气为主，气之清浊有体，不可力强而致。"故为"文以载道"也。……

然则《诗词篇》呢？《毛诗序》曰："诗者，志之所之也；在心为志，发言为诗，情动于中而形于言。"此乃"诗言志也"。左思则曰："发言为诗者，咏其所志也；升高能赋者，颂其所见也；美物者贵依其本，赞事者宜本其实。"此乃"歌以咏志也"。而陆机曰："诗缘情而绮靡，赋体物而浏亮。"此皆意为"诗言美"而"性达义"也。而南朝刘勰曰："昔《诗》人什篇，为情而造文；辞人赋颂，为文而造情。"诚然，此为"言情合一"也。……总之，由诗到辞，尔后发展到赋文的今天，最后还是体现了诗的特征：其一是"为人生"；其二是"写真现实世界"。无论遴选赋、比、兴的何种达意，但它依旧在遵循其"咏志"、"诗美"和"言义"之圭臬。至于《诗词篇》《诗》部分的各体裁诗歌的传情写照，几近全然概括在了上述诗之圭臬及传统造文之"气象"里——如同量体裁衣而登场的演员一样：就看读者们如何去评觉其中之思想与艺术之多元况味了！当然《诗词篇》的《词》部分，自然有其非凡之处：一是词没有（古体）诗类的弘阔气象，也不如（古体）诗之韵律和自由诗之奔放自由；这便是词赋予今人的独到追求及别样禀赋律动的情怀：首先其内在的乐律，即随其乐、声、曲和韵调之乐感美而行之"词章达性"；其次是它将"言情"、"体物"、"伤怀"和"状景"之境味全蕴蓄在了不拘一格的长短句的中间。其次是词牌仅用于作为词人亟需表达的格律区域和艺术范式。虽说词不及诗那样自如表达飞翔的激情和律动的想象，但还是可以如歌、如乐、如调、如咏地将淼漫的志趣与自然的力量传播到读者清澈的心界。这便是词合乎诗与赋间的一大亟待修复和逾越的文化疆域。

言及《论道篇》，倒可谓"煌煌大厦，非一砖瓦而成也！"因此仅就历代朝纲之颓废、国家之灭亡、黎民之苦难等根本性缘由作了具体分析；但涉及治国、治世、立国、立民等辩证性的命题远非这几篇"论道文"就能概括得全的。故此，作为有道德和有良知的人文学者们，就应该不辱使命地捍卫天地大道、民族本源、真理学说；否则这世界的昼夜一样黑暗，人伦一样卑俗，天地一样负载，人文一样荒芜，阴阳一样失调，德行也一样邪恶了！……

诚然，有必要在此论一下此著的成因：论家庭环境，我不如那些富二代子弟；论出身背景，我不如那些官宦豪强；论社会背景，我不比那些所谓"博导"及"院士"们大摇大摆的招摇过市；论声望，我不比那些歌唱家名噪一时。然而，历史和文明史在见证：寒夫以"感恩三部曲"（即感恩东方艺术的《寒夫艺术论丛》、感恩以辩证法作为钥匙帮他打开精神和思想世界的《艺术家眼中的马克思主义》和教他懂得如何感恩生他、养他的那方风土的《寒夫赋黄州》）努力在征服天下那些正在觉醒的读者。这一理性而辩证的人文能量，时在激励我坚守一颗"为天地立心，为生民立命"之心，而后在凸现我那水滴石穿之志。唯此二者乃常人所不可有也！甚而我常常在揣度，古往今来的那些位高权重者，没有一位被历史沉积下来，唯有那些圣哲贤

6

达才真正被人类文明史作着永恒承载：周文王被拘却完成了《周易》；仲尼遭厄而编就《四书五经》；屈子虽流逐却成就了《离骚》；左丘失明竟传下了《国语》孙膑履难玉成了《兵法三十六计》韩非被囚写就了《说难》《孤愤》；苏子终生受　铸就了东西方"十大不朽人物"之一；鲁迅遭舛却撑起了那个昏聩时代伟大的民族脊梁；海伦·凯勒失明居然留下了宝贵的《假如给我三天的光明》；马克思恩格斯遭国际反动统治者驱逐还创造了照彻世界人类的《资本论》和《共产党宣言》等；等等这些在说明一个道理：那些替天地行道者必随日月同辉，与山河共荣。上述这些不朽圣哲不正是说明马克思"这个世界""需要我们去如何改造"的吗？因此由《寒夫赋黄州》对应今天的文化界而言，这里必须袒露一句真言：闻道者，其一切作为，但凡非"兼济天下"者，便皆是颓废、皆是堕落、皆是荒谬、皆是苟且偷生、皆是虫豸也！

于是，我以这些圣哲来匡正自己一路趔趄着前行；以先人之古风来滋润自己的思想表达与艺术形美和哲学演绎。总之，这芳菲的艺术世界和哲境的思想世界里，我始终怀着卧薪尝胆之志，让自己将几十年来对乡土的拳拳之情透过淼漫而奔涌之气传递给千千万万读者的心灵深处！……

下面我就遴选几篇文稿与亲爱的读者们作一回探索性地理学上的赏鉴。

开篇之作《黄州赋》，作品以鸿逸之势的巨象构制了赋文体之惊愕：其一，作为东方人文领域的传统捍卫者，必须以马克思主义辩证唯物主义和历史唯物主义作为武器，对故国历来的官员不为民生作为而总是觊觎一个城市的名字（命名）改来改去——其用心旨于请功邀赏，好大喜功，甚而每在自庆于尸位素餐与碌碌无为之中。因此对此现象予以严厉地批判。同时以马克思主义自然辩证法之方法论向人民揭示了千古以来常人所无法揭示的自然秘语：作者之所以不作"黄冈赋"而为之《黄州赋》的科学态度和科学理由是，首先，"冈"在一切辞（典）书里唯一的注释是"小山丘"；而黄州的"州"字却有着气象万千之和韵。因为"州"因"川"而来，而"川"又因富含水（川字里有三点水）而构成"州"字。——故，无"水"不成"州"，正如无"木"不成"本"一样（此乃大自然赋予自然科学的规律，同时亦是中国汉字所富含的极其宝贵的哲学内涵，这是任何权力和信仰都无法推翻的规律）。接着作者更科学地表明：

正因为"州"的承载，才得以万物华润，性灵渤发；天地协和，源远流长！因此拜"冈"是对小山的仰赖，怀"州"才是源自人类之繁衍，物态之畅和，人文之昌盛及至人伦子嗣丰融之大道长歌！水乃万物之源，州应万象机发。

从这一哲性文字品读，人们不难看出其科学而严谨的为文之道，而且还是以同一态度"认识世界"和"改造世界"的。其二，赋文对古往腐朽官僚不作为有过这一样一段描述，《黄州赋》中写道：

人伦依始，江山复去；天无厶覆，地无厶盖；虽阴阳有别，然运隙时再。政坛废弛遂逍遥权贵之城名，塞而风土焉能俯首无声欷何奈？几千年未改，滑恂愁之罢败，事大业弭往，谑城名乎何足道哉？！

自然，这是对那时封建官僚崇尚权力之欲望而不为生民立命，不为天地立心的腐朽堕落之恶习的彻底批判。这段意思是说：黄州自有人类迄今，其山水依旧自然存附，天地也依然毫无私心地运转；尽管这里发生多种人事变迁，然而还是有机会去改善苍生的疾苦的。可那一代代荒民误政的封建官僚们总是对篡改地方的名称那么感兴趣，同时他们又何以不想到改善天下民生亟需解决的社会问题呢？比起这频繁地更改地名，哪种"民生问题"更有意义呢？！漫长的岁月，那些权贵源源不断地暴露了自己的无知，却不知如何去实现伟大的人类事业，可笑的是他们一朝接一朝的在为一个地名而兴师动众，这"地名"真的有必要值得如此下功夫讨论的么？

上述的哲性批判里，深刻而科学地揭示了两个社会问题：一是"以权代法"的官僚们深受封建意识的浸透而不为人民作为；二是全面暴露了腐朽官僚的愚昧无知。因为"冈"字的实际含义董董是小山丘之意，此外毫无他义；再说全世界又有哪个国家和城市选用毫无意义的"冈"字作为一个城市的命名呢？倘若一群有文化心灵和学识者又怎能遴选一个与地域文化和史学渊源毫不相干的文字让人们去信仰与崇拜呢？由此看出，这是作者恪守一个历史上常被人们倡导却又常常为人们所不能为的永恒命题，这就是"兼济天下"。

其二，作者以张载四言（即为天地立心，为生民立命；为往圣继绝学，为万世开太平）为出发点而为当下立身，为后世立文，为乡土立碑的文化使命！《黄州赋》，除了"以史为鉴"高度而有力地批判了封建官僚陋习外，另一个不可忽略的便是作者依据"上下八千载，纵横五百里"的家国发展史在近6600字的古文里尚美地厘清了家国的地域环境、江山肇基、自然进程、伦理嬗变、历史沿革、乡土风俗、渊薮之人文、辐辏之历史等一一作了盘点；且将上世纪"改革开放"以来家乡人民通过勤劳双手创造的日渐输送国际市场的各类名优新产品等娓娓叙来，这不仅表明家国黄州由承古发新与科学迈进的前世今生，还在尽一颗游子之心极具使命地将那块风土上的大美山川以艺术化的形象语境来塑造一个史学厚重、圣贤麇集、人文丰融、经济稳健、交通发达、文化昌盛、俊星纷驰等多元景象的熠熠里仁之邦。这是千百年以来早已被世人传颂的事实！

《蕲阳春序》，我以为至少从三个角度向世人传递了自己三大人性感悟：首先，以精美之文言文构制出了一篇尚品"序"作；这体现了笔者传承和守望古典文学的信心。而后，在华府都城工之文以载道，但从未放弃30多年前携手夫人艰苦创业的那段流金岁月；虽说那时清贫无度，身无长物，但依旧不减爱恋之心对那爿风土寄予深深祝福和期盼那里的人民从理性的生活走向自由富裕的未来！这体现了作者爱民之心和与民同乐的大爱情怀。其次是他作为那里艰难时世的建设者，无论走向何方，都要回首那曾经流过泪、创过伤、淌过河、育过人、越过山、传过艺的山乡以大抒大歌之笔来壮怀那多情多诗的国度；这体现了作者旷达的人性之美！《蕲阳春序》里，作者还让世人品读了30余年前自己携手夫人为理想和真理而战的新时代的不屈服逆境和勇于与命运抗争的学者风范；而在其尾声的"诗言志"一诗里，人们不由地对自己为乡土的发展和繁盛之关切无不致以深深的敬仰。而且这非具大仁、大善、大德者所能锻造的一代创造者的施己与人、悬壶救世的不屈不挠的文化守望者的时代形象！……

无疑，自传体长诗《致温莉·妮莎》乃当今人们亟需品读的上品之作：一、在那个混沌、麻木的由计划经济转型市场经济的历史性拐弯处，我像那些敢于大胆纵身大海弄潮的人们一样，不依赖什么背景和捷径，仰仗一颗火热之心，通过自己的文化专长——20世纪80年代风行的时装培训来愈合自己胸中的忧伤、实现其改变清苦命运之理想；这在告诉人们一个简朴的"劳动创造自身"的不二法则。二、在那远离故土几百里的东鄂蕲春的东园乡场上追寻自己"以双手改变命运"的传统价值观，最终使自己和后来携手的爱妻温莉·妮莎冲破了重重孽障，幸福地回到了游学八年后的第二故乡——黄州。三、这八年的时装巡回教学的艰难岁月，我不断升华自己的创业理念，不停脚步的追求艺术和学术上的多元性飞跃，无论书法、绘画、诗、词、文、赋、论、哲的创研实践，全然为我后来的跨越奠定了坚实的文化根基。四、鉴于心灵之驿动，理性之实践，勤勉之创造和尚美之追求，30多年后的今天，《致温莉·妮莎》终于成为自己和夫人生命旅途中一部烂漫的奋斗史；一出生命的长歌；一幅动人的画卷；一场引领后人的命运交响曲！

值得一论的119乐章的散文诗《生命礼赞》，我倾注了对生命的深刻理解和高度纯真的敬畏。散文诗《生命礼赞》除了理性而艺术地感恩生命、敬畏生命、热爱生命之外，另一个弥足珍贵的便是全诗的含蓄而幽默的语境表达。论到这里，我不仅想到印度文化巨人泰戈尔：他的被誉为东方世界荣获诺贝尔文学奖第一人的《吉檀迦利》描写了作者对神的敬畏；而我的《生命礼赞》则是表达对生命体本身的敬畏；相形之下，后者更为贴近科学、唯物和自然主义。作为现实世界中的生命体，倘若不明白它的存在价值、存活意义和它对后世的感召以及人类之影响，然则就是对"神"具有了超越生命本身的理解和敬畏——然而这对生者又有何等意义呢？再者，人的生命体是真实的，神是虚拟的；人是现实的，而神是虚幻的；也就是说一个活灵活现且有血有肉的存在体倒反成为了一个虚无幻化的而还堇堇是靠生者意念产生信仰的——神的奴隶——崇拜者；请问，这种心灵的慧悟和精神的本真又体现在何处呢？因此，《生命礼赞》在运用辩证唯物主义自然观的理性思辨的同时，我极为深刻地向世人揭示了认识生命的科学秘密：

> 生命是由人的主体的心脏、大脑和感知体的合成，如同蜡烛一样：它是由光明的火焰和蜡烛的烛柱组成；如果没有火焰的光照，烛柱只是一件凭空的摆设；如同人的大脑、心脏，如不善美地挥发其作用，那么这活着人又有何意义呢？！同时，即使有很高质量的心脏结构和外在体魄，却不知珍惜、爱护和为自然界创造相应的社会价值，然则，这上好的生命体对人类又有何价值呢？！

诸如此等关于生命科学的深刻诠释，使《生命礼赞》成为当今文学史不可多得的寓哲境、思辩、警醒于一炉的正能量的警世之作。无疑，鸿裁巨著《寒夫赋黄州》给人类带来三大启示：其一，在极度深寒的逆境中，作者自始至终坚守以马克思主义自然观文艺观来追寻真理的文化心灵；这体现了作者崇古尚贤的传统价值观。其二，在昏聩的现实世界里作者仍坚守"为天地立心，为生民立命"的使命感；这体现了作者奋然"兼济天下"的道德价值观。其三，作者锲而不舍、一驰千里、忠于职守、中庸自立且从不改变正大之航向，不受时代浑浊空气所污染，不受金钱恶臭气氛所左右；这体现了作者捍卫马克思主义辩证唯物主义和历史唯物主义世界观。至于，《寒夫赋黄州》一著，是烂若繁星，晶莹璀璨；珠玑涌动，学海烂然；还是"以其昏昏，使人昭昭"，此无需赘言，望读者去品觉吧！相信天下的读者是明智的。自古迄今，但凡是星光之作；它总是在引领世人的航向，同时也在净化人类的心灵！……

寒夫于京华雪雨轩

2014 年 6 月 18 日

# 我 与 浠 水 兰 溪 和 方 铺（序一）

　　人们在茫茫的地图上难以发现古镇"兰溪"的准确位置，就更不知我的出生地方铺的那条乡街了，但它的物景驰誉、人文教化的确由来已久；正如伟大的英国小说家狄更斯在完稿《大卫·考波菲尔》时所说的那样："我钟爱的不是那爿船式的小屋，而是连同那小船一起的烂漫的故事"。同样，人们不解古镇兰溪对人类不可或缺的源自天然的大善大美的同时，也淡忘了这里早经注入东方人类的那些宝贵的人文美学的文化传奇。为何？……

　　大凡是人对生命和世俗的彻悟，所以才有了"树高千尺，叶落归根"的总结；也或许人处于懵懂季节的放浪形骸，来不及感受其故土情深的珍重，因此往往人们到了晚年便觉着生养他（她）的那方风土是如此的倍显亲切、深邃和难以割舍！

　　约莫十二岁时，我同队里的保管员李法山一同去外面的大世界——浠水县县城用板车拉毛料肥，这是我生平第一次走出方铺的记忆。那时，我常想：如果有机会多来来这人山人海光怪陆离的大社会该是多么庆幸的事啊！基于此，博学的父亲和善良的母亲就说："既然你这么喜欢外面的世界，就加紧学习，多读马克思方面的著作吧！没有文化即使走到天涯海角又有何用呢？……"这是我生平第一回接受到的源自哲理上的教育。然而四十年过后的今天，细细一想，父母那警醒发奋学习的圭臬之语于我是这样的宝贵！后来随着年龄的增长，我同父亲去县城和兰溪镇的机会便多了起来，当然这中间与我有意义的地方还是让我魂牵梦萦的兰溪。其一是上世纪初叶，国父孙中山安排宋庆龄来兰溪港码头作演说：要求国人珍重劳工权益，团结一致以抵抗国内那些"亡国奴"的卖国倾向和肆意入侵的外国势力等。其二是兰溪曾属县制机构，只是后因唐代所谓"盛世之缘"遂降至道镇（巡司，即现代的乡镇建制），但那时人们仍然不减对兰溪封地的神往之情！因为这里山水环绕，物产丰沛；趋自然挟厚土之福祉，薄水陆驰骛而畅之四方；叩天籁独活，夫人文达性；参峻岭嵯峨法帝仙之芳荣，修兰溪蕙芷寄逍遥之流光。故，唐·杜牧《兰溪》诗云：

　　兰溪春尽碧泱泱，映水兰花雨发香。楚国大夫憔悴日，应闻此路去潇湘。

12

至于涉足和以诗文描述兰溪的地域风光者尚远不止大诗人杜刺史一人呢！诸如先宋翰林王禹偁，大诗人陆游、杨万里、李见杰、官应震、黄正色、田贡、顾景星、易之贞、魏了翁、刘禹锡及茶圣陆羽，大文豪苏东坡等。但在我儿时的记忆里，还是苏　的《浣溪沙》给我的印象最深；词曰：

山下兰芽短浸溪，松间沙路净无泥。萧萧暮雨子规啼。谁道人生无再少。门前淌水尚能西。休将白发唱黄鸡。

正是这些古圣先贤们的文、赋、词、诗，才让我后来明白何为兰溪的寓意：因为那时漫山遍野和溪涧处都流溢着各种兰花的芳香，否则怎会招致这些圣贤的光顾呢？！

其次便是父亲那不幸的童年。他两岁丧父，后寄住于自家房族的一家商家，大约到了五六岁便开始自食其力——给这位房亲在兰溪街下街头的一处商号里做童工。他每天做的事大概有三件：先是每早必于四五点钟起床，打扫商铺的内内外外之后再等候主人的入店；然后是为主人点数好当天要经销的货品诸如大烟、洋酒、火柴啊，糖果和各类点心等。但只要主人家需要用水便立即听从他们的号令——父亲那不高的童身必须扛上那与他生命息息攸关的水桶工具周而复始地在这家商号里像时针服从座钟指挥一样去饱受他那并非"称职"的岁月体验。

日子久了，母亲和父亲每每讲述这些浩舛之痛，虽说他们那样平稳的道说，但我总是抑制不住在内心深处的哽噎。直至我后来研究马克思恩格斯《共产党宣言》、列宁《国家和革命》以及毛主席的《丢掉幻想，准备斗争》等文章才深深明白人来到世界首要条件是必须拥有自己的权力；然后才有共同获得劳动成果和物质利益的自由。这一切让我由父母之艰辛和对社会进行窥析的深刻认识，如不是他们的倾心教化岂有我对自然万象的知见？这起初的生活——便是兰溪在我童心世界的最为根深的萌芽学堂！……

不必说，方铺是我人生最为绚丽的一方世界。四五岁我便随父母的旨意在社稷山放牛，还常常在山坡上坐下后将双腿弓起来，在上面敞开书本来进行学习；那情形如同演奏家瞅着自己的乐谱一样认真。每当想到父亲在我这个年纪被奴为别人的童工时，我便总要不分昼夜地研读，这发奋的士气仿佛要将那剥削父亲的万恶的腐朽桎梏狠狠地埋葬在大海的深处！尽管——尽管我年幼，可是，在父母的那些故事里我依然慧悟了不少道理；于是我总要身先士卒地为家庭承担一些未及成人的重压。方铺，本是一爿不大的街坊——由农乡与商贸融合的一处乡土。这里的人民醇厚朴实，真纯和善感，那时我们家和他们一样从日出善处到日落。大家谁也没有一息与外面大世界相衔的联络，人们无论遇上多大的喜怒哀乐等就在左邻右舍的狭小的世隙里那样默默无闻，那样自始至终，那样不染及尘寰！正是在这个幽然恬淡的乡场上，我学会了安逸，学会了升华，当然更重要的是我学会了自尊！我将母亲由娘家来到父亲家的一路艰磨到我们兄妹四口的成长际遇，以及将父亲五六岁便步入生命征程等一路世经磨难，遭劫春秋等全然像诗首一样镌刻在心灵的深处：为苦难而博弈，为梦想而超越！……虽说1976年12月迁徙祖籍黄州改变了我的命运航向；不过，方铺这块滋养我的母土却从未在我的内心世界有过淡忘。因为在这里我已经开始了人生旅航的扬帆；在父母的引领下我开始了书法和文学的起步；开始认识马克思是何等改造世界的真理学说；鲁迅是如何撑起了亡国奴时代的国人的脊梁；高尔基是何种地激励着逆境中孤立无援的人们；屈原是以何等超妙高洁的爱国之心在鼓舞着后来者遵守大道和正义修身；孔子是怎样历尽艰辛在周游列国后仍不丧为天地立心之志；孟子是怎样让天下人懂得"修身，齐家，平天下"之道统；魏征和苏轼是怎样以比干之心忠犯人主之怒而为天下之大业等等。因此说，我告别生我养我的兰溪方铺，不是我离开这片热土而幸哉其乐，相反地我在加速意识这块乡土与我是何等意义上的超卓绝妙地去塑造一个在沉睡的山里人的将要起航的远征者！

正是它的养育之恩，才使我认识我来到这个世间的不易；正是它的渥泽恩祉，才有我今天发乎浩然之气的为文修道之正果；正是它给我一回又一回的心灵洗礼，才让我重归风土修完我梦矣久乎的《寒夫赋黄州》及《黄州赋》《兰溪赋》以及《故土——兰溪古镇觅趣》等餂啖之声！

斯是为儿女也，寄叩之为父母哉！！！

2013年11月24日
于京华雪雨轩

# 我的家国黄州印象（序二）

别离我的故土黄州虽说已近三十年有余，但我从未放弃对她的眷恋和追忆。

直至《寒夫赋黄州》的完全脱稿，我才对家国黄州有了更为深邃的知解，遂然找到了这块封地镌于我记忆中的"黄州十感"。倘需解释，想必这藏于我心底的家乡十感自然是这样的：一是说黄州自有人类以来便是一块瑞祥富庶的人文宝地。二是这里曾经爆发两次重大的"革命"战争：①是东汉末（208）年间爆发于赤壁上下游的水陆"赤壁之战"（那时不知是曹操要革孙权和刘备的命还是刘备他们要革曹操的命，反正那三分天下的所谓侯王是在相互革命）；②是爆发于20世纪40年代末大别山及东鄂 春高山铺等地的现代革命战争。这是以毛主席为领导核心的东方新人类向腐朽的半封建和半资本主义殖民地社会进行的彻底革命。三是黄州风土见证茶圣陆羽，医（药）圣李时珍及词圣（书）苏轼在这里"吐芳扬冽"的人性美的烂漫传奇。四是家国的这块封地在新中国前后诞生了四位国家领导人，他们是董必武、林彪、谢富治、李先念。五是在元嘉三十（454）年发生的文帝进剿"五水蛮"事件。六是这里曾经演绎过的六大文化盛事：①是茶圣陆羽勘念了我的故乡兰溪"天下第三泉"；②是李时珍塑造了中国"八大"医学奇书之一《本草纲目》的辉煌巨献；③是苏轼的贬谪使黄州蔚为圣灵的福地；④是"唐宋八大家"之一的荆公王安石的结伴黄州使其增色了文化内涵；⑤"唐宋八大家"之一的苏辙（子由）的光顾使赤壁的《快哉亭》一文让黄州根植于中外游人的心灵世界；⑥是诗仙李白的东来为这块风土唱响了《赤壁送别歌》并断定黄州赤壁乃东汉"赤壁之战"之古战场遗址。七是指我的家国那风靡于世的七大人文古迹：天下第三泉、东坡赤壁、英山毕昇纪念馆、黄梅四（含五）祖、李时珍陈列馆、雪堂、安国寺。八是这块乡土上涌现的科教名人，诸如毕昇、李时珍、庞安时、万密斋、李四光、熊十力、王亚南及干铎。九是黄州本土上诞生的九大文学名家，诸如杜睿、陈沆、黄侃、闻一多、胡风、罗文炳、叶君健、秦兆阳、何斯举、汪筱舫；十是说苏轼留给后世的十大震撼之作，它们是《赤壁赋》《后赤壁赋》《黄州寒食诗帖》《念奴娇·赤壁怀古》《晓至巴河口迎子由》《浣溪沙·山下兰芽短浸溪》《方山子传》《雪堂记》《遗爱亭记》及《记承天寺夜游》。

当然，我的家国黄州，其历史辐辏，人文渊薮，自然乃一般地域所难以比拟。那时的衡山国，虽属诸侯国，但也颇为时世显赫，文化昌盛。城北的禹（女）王城和黄泥坂早已为造访此地的骚家、墨家及现代旅游肇业了滥觞之机；天庆观和安国寺及黄梅四、五祖等国家级胜景等业已为黄州穿越东西方四大皆空方外疆域的人民烙下了永不朽灭的印迹。大文豪、书家苏轼和唐人张志和的《浣溪沙·散花洲》更为鄂东南等地的名胜增添了无限风土意蕴和美学内涵。在作品的小序里他说：

> 张志和《渔父》词云："西塞山前白鹭飞，桃花流水鳜鱼肥。青箬笠，绿蓑衣，斜风细雨不须归。"蕲水散花洲之对岸，即为西塞山也。余增语，以《浣溪沙》歌之词曰：
>
> 西塞山边白鹭飞，散花洲外片帆微。桃花流水鳜鱼肥。自庇一身青箬笠，相随到处绿蓑衣。斜风细雨不须归。

在和给前人张志和的诗里，苏公仅略作修饰便创下了一帧千古传奇的文化经典，难道说这不是文化与智慧的力量在浇灌人类的精神福水吗？！大概正是这种意识的驱使，十年前我还乡时老前辈，原市委副秘书长陈务珍先生几度约我和夫人赏景西塞山。于是在苏公和唐人的思想启迪里我便写下了游记散文《西塞山云游》；文中我记下了当时对这座千古名山的独特感受。歌曰：

> 鹭行斜影西塞山，散花烟波黄昏浅。薄暮蓑舟三五点，奈何诗书酒家眠？！

其实我和夫人不止一次云游黄石的西塞山，然而独此回的傍晚时分江景诗意的感觉最为盛，这便让我爱上了这座鄂东南的江山！

尤其是我幼年的心灵深处，浠水的陈沆如何以诗文描写村落；李时珍如何为病人"就药于门"；陆羽如何在兰溪勘验"三泉"时汇甡渔民一起放歌；我的祖上如何带着他的弟子在洪水淹漫时在西潭坳"三泉"处就渡船书写"天下第三泉"的典故；忠公苏轼在浠水绿杨桥处如何酒后肱曲而睡，席地而诗的传奇；放翁公陆游在巴河怎样饮酒而诗生传奇；翰林王禹偁为观三泉乃如何晚夜入不了店门；人们说杜牧怎样以诗讥讽楚国大夫屈原等等传说一一被铭于我童心的世界。当然，因篇幅问题，我仅将典型的几处放在了《黄州赋》；有些放在了别的文章；但有的只待将来的文稿再作诠释。

　　总之，我对家国黄州的印象尚远远不止这里所述及的。在这块绮靡的风土上发生的历史典故及人文传奇，政治魅影和工农产业等地域性的风物百态仅能待日后不断的感悟继而作着不断的传载：正如春蚕一样，有桑叶的依附，就应该为人类吐出晶莹的丝来！

2012 年 11 月 20 日晚于雪雨轩

# 目 录

## 游

## 传

## 碑

## 铭

## 吊

## 跋

## 诗 词 篇（诗部分）

## 散文诗

## 叙事诗

## 抒情诗

## 诗 词 篇（词部分）

## 论道篇

### 论文论

### 作文论

### 思潮论

### "革命"论

### 正气论

与自重先生书

## 总　跋

## 附　录

# 赋文篇

## 赋（东鄂五赋）

## 黄 州 赋【1】并序

**【题解】**

　　2013年立秋这天作者去重庆的当晚梦见自己回到阔别40多年的故土黄州，于是想为那养育他的封地作一篇赋。虽说家乡的山水不及外面世界的美丽，然而其历史、人物和文化之昌盛是值得叙述的。但因为"州"可以承载万物，"冈"仅作小山丘之说，故将赋文命为《黄州赋》而不作《黄冈赋》了。——这一科学的命名城名是千百年来黄州人的共鸣和期盼。

　　作者的故乡黄州自古人杰地灵，故被誉为"人文古今，逸才天下"，自八千年前新石器时代肇基至改革开放的今天，就"黄州"二字已遭受太多沧桑更替的洗礼。迄今此地的人文古迹足以让我们的今人去怀旧思新的了。不必说这里的自然胜景及历史古韵如何令人神往；也不必说僧伽道场怎样蔚为东方人类之福境；更不必以烂漫的诗文去诠释那茶圣陆羽、医（药）圣李时珍和词（书）圣苏东坡等一同为此地奠定的圣灵宝地；就像诗仙李白等一大批贤哲的玉文早经给这黄州的文明史作了赫赫的镌刻。近现代的大革命为此地造就了无数英勇豪杰，他们不但是改天换地的时代主人，不少系国家和民族的最高统帅而使黄州被垂宪于东方人类革命史的长河之中。因为黄州人民自觉于教学相长之道，故其兴学护教早已煜为教化时尚。基于此，人们便重新认识生命与大自然相融合的价值。自那时迄开放的今天，黄州人民不仅创造出利己惠人的工农业品牌；尚将这些丰盛的物品输送到世界各地，真乃百废俱兴，闳及盛世。但如要保持这块风土的长荣久安，就必须不忘圣贤二哲的存亡之道；因为这个世界只有传统而科学的圣贤大道才得以使天下太平和昌盛。

【关键词】

但见得，厚土家国：史可序，人可歌，文可垂。讫蹙目思量：冈义定小丘，州载灵川以昶流。且细论：川因水（川字含有三点水）而润养东州；山川缘州苐而居载黎民江土。爰谛曰：几十春土冈，数万代之黄州，适之赋冠，卬芳华而濯洌以千愁。

【警语】

几千岁未改，滑恂愨之罢败；事大业弭往，谑城名乎何足道哉？！

【序】

癸巳立秋，缘义而江州[2]；三更故国[3]，郁回首，卌载遐赴[4]，泱轧涌上心头！倏命之多舛[5]，岁季流波；难再叙，沧海喟于千柯[6]。夐怀方铺[7]，长夜无厶[8]；闵哺厚土黄州[9]，攸语赖以撼琼楼[10]！然暨此[11]，休动翰桨[12]：山不敌泰岱，水不逴桂林[13]；当否殊途问鼎春秋[14]？！非言《高唐赋》之雄浑[15]，勿论《上林赋》之讽颂[16]，罄丽《蜀都赋》之磅礴[17]，弭发《离骚》之愤惋[18]。但见得，厚土家国[19]：史可序[20]，人可歌[21]，文可垂[22]。讫蹙目思量[23]：冈义定小丘[24]，州载灵川以昶流[25]。且细论：川因水（川字含有三点水）而润养东州[26]；山川缘州苐而居载黎民江土[27]。爰谛曰[28]：几十春土冈[29]，数万代之黄州[30]，适之赋冠[31]，卬芳华而濯洌以千愁[32]。

【原文】

**故国黄州，堉土丰蔚[33]，上腴驰川且安之独厚[34]；水陆诸脉[35]，八遐逶迤[36]，而翼翼容与之皇酬[37]。西出齐吴都会抵江夏[38]，东发荆楚福地造海沪[39]；南如港澳取天然之通衢[40]，北由京九且陶途而畅之九州[41]。古来民憨风醲[42]，自始天宝物华[43]；尚钟灵毓秀[44]，卬天地而箫罦[45]。爰或曰[46]：“人文齐安载古今，翘楚黄州甲天下[47]！”**

**黄州由徕[48]，历沸弥久[49]；史记当载[50]，文镂**

黄州赤壁

春秋【51】。螺丝山新石器发祥肇明【52】，禹王城论政坛刍播方阖【53】；弦子国上古坐郢巴河江口筑都为王【54】，曾国君后继挟制西阳城南钟吊枭侯【55】。赤壁都葛【56】，春秋兴盛【57】，郏城少壮【58】，建置和明【59】；轵城灰飞烟灭【60】，竭于伤土无声【61】。楚天城邑【62】，巨枭郡治【63】；举国诏告【64】，六合义顺【65】；诸侯规遄【66】，秦王嬴政【67】。庆升平甘棠千载【68】，贺家国幸盛昌泰【69】；始皇揽势横扫六国【70】，黄氏流眄问雄何哉【71】？政立衡山【72】，郏城为冠【73】；刘项破兵【74】，硝烟轩燃【75】。东晋隙开鬼阒【76】，三国血刃嚎天【77】！孝武帝【78】，歙权抗朝"五水蛮"【79】；西阳城【80】，削名擢郡立南安【81】。南朝数化，故邑徙迁【82】；西阳驻麻城【83】，新州郡治齐安【84】。梁武帝仲夏【85】，萧衍谕太守，依冯江山移行【87】，爱桃乱时黄城【88】。北周元年【89】，权争厄舛【90】；朝令夕改【91】，瞬息离迁【92】。东汉黄祖【93】，废秽立新【94】；千秋肇基【95】，钟鼎黄州【96】。大唐乔盛世【97】，太守附刺史【98】；经弃名紊乱【99】，复郡汉永安【100】。武德七岁【101】，诏定都督府【102】，南司并黄州【103】；黄冈荷露角【104】，城名天一舞【105】。玄宗淫溢天宝年【106】，虎城旋复齐安【107】！明清黄州府【108】，例俪布八属【109】；民国摒府立道【110】，天纵千古贻笑【111】。建国伊年【112】，兴废多端【113】；苍黎存亡苦泱泱【114】，惨怛权之黄冈【115】。序六千年人寰【116】，闵雾灵之山水【117】；发古今之幽叹【118】，溯道统之潸然【119】！人伦依始【120】，江山复去【121】；天无厶覆【122】，地无厶载【123】；虽阴阳有别【124】，然运隙时再【125】。况政坛废弛遂逍遥权贵之城名【126】，塞而风土焉能俯首无声歆何奈【127】？几千岁未改【128】，滑怳愆之罢败【129】；事大业弭往【130】，谑城名乎何足道哉【131】？！

回眸曾朝【132】，竹海婆娑【133】；自《黄州竹楼记》鹊起【134】，江上下，城古今【135】，际会横生风流【136】。不敌其次，《游月波楼》【137】；乌林梦楣，还旧风花雪月帘襄情色照篱愁【138】。酹江亭畔诸子笑谈江山踌躇满志【139】，栖霞楼随骚家吟咏长空抚心抒怀【140】。定惠院【141】、临皋亭【142】、快哉亭【143】、君子亭袭东坡灵气而风锤千古【144】；考棚街【145】、雪中堂【146】、古南堂【147】、二赋堂骖赤壁遗风且气象万千【148】。金陵书院，藏气纳慧【149】。黄梅梨园，弘祖发新【150】。鲍照书台，翰辉学映【151】。圣人堂前，莘莘仰止【152】。人亦幽，史亦幽【153】；习习踵武【154】，炫耀悠州【155】。

冣是万卉竞芳【156】，莫过于东鄂诸胜【157】：巍峨崇嵘【158】，滂节令四季分明【159】；笑谈渥泽【160】，俱焰朗人文发祥【161】；温良恭俭【162】，思勤俭侔仿先辈【163】；解放自由【164】，著鸾枭义勇群芳【165】。考田纪念碑【166】，昭红军之气节【167】，烨先烈之英灵【168】；红安烈士园【169】，泣八方鬼神，捍大道长缳【170】。勾古贤之大德【171】，鞠伏羲肇混沌之蛮荒【172】；续造化之德范【173】，赋毕昇拓史载之土疆【174】。畿城妖望【175】，罗州古道激荡悠云【176】；赤壁泛舟【177】，大宋文澜阅巨耻风寻【178】。恋往故【179】，杜刺史遣麻城杏花村【180】，溢使"牧童遥指杏花村"藉此天外飞来【181】；咏今朝【182】，少东坡过光州岐亭遂"千古风流人物"蔚彧文坛北斗【183】。兰溪东岳【184】，莲花山太平屯兵清剿贼寇【185】；散花江州【186】，西塞山孙吴盟会捍将东流【187】。天堂寨【188】，傲视东鄂，嵯峨天穹【189】，呵长江北陲之山川【190】，粲荆楚秾土之霞光【191】；潟其毗邻【192】，谷和鸟应，同之一体，共之流芳【193】；吴家山乃大山之别致【194】，贵为千山之气韵庚长【195】！当此后，大崎山嵩【196】，终年南望【197】；松涛咆哮，避暑洞府【198】，暖美天堂【199】，爱生灵音息穰穰而潇湘【200】。登兮崔嵬仙人台，颞瞰天下【201】；涵四宇颂祇【202】，偿鸿祉千家【203】！夫游黄州遗爱湖【204】，蠛瀽轻涌【205】，涟　阑珊【206】，烟羽羃羃【207】，一幽万顷【208】。湖浒胖鱼【209】，逑侣濯鸐【210】，如梁祝鸳鸯闹龙门【211】；竹舍丽靡，对帘垂影【212】；水色山光，虽逝犹存【213】。窈窕鸟语，啁哳和鸣【214】，似毛嫱西施戏东宫【215】。瞻天下第三泉【216】：壁立屏颜【217】，断岸绝秀【218】；屾峭嶙峋【219】，"三"字千秋【220】，谧卧江东【221】，墨洽扬子【222】，宛兰亭泰山瀁文采【223】；细推敲，山水生岫，群灵骱丽【224】，了咎豪放词祖老东坡【225】。吊千古一茶圣【226】，方铺肇兴【227】，溪泉卉歙【228】，蕙芷前唐【229】，六合共荣【230】，西水东去【231】，上下裔裔【232】，类甘露琼浆滋帝君【233】；长唶惜，西河踯躅【234】，论战突兀，尚意书家孙仲摩【235】。

隋唐佛伽【236】，道信兆基业【237】，宗信洞天【238】，然问鼎三祖僧灿修求法界【239】；觐授衣钵【240】，浸经于正觉【241】，帝主慕宫【242】，盖志哉四祖弘忍犹承经说【243】。黄梅周嗣【244】，续正觉后香【245】，东方化禅【246】，悃方士万千【247】；明镜深达【248】，慧眸高识【249】，破东方僧伽之疆域【250】，兴西印佛门之禅幡【251】。遂以文炳，疏予诗载："菩提非为树【252】，明镜枉作台【253】。天地堪一物【254】，何以黏其埃【255】？！"识惠能而递师之【256】；择风土且螺远哉【257】。天然初度【258】，应浠水潢洋衔天地而恤闳祉【259】；四祖五祖【260】，昭黄梅紫气合阴阳昌如泰岱【261】。江心寺【262】、意生寺【263】、安国寺【264】、清泉寺竟寺寺吐人间缧绁之禅心【265】；毗卢塔【266】、舍利塔【267】、十方塔【268】、青云塔乃塔塔纳昊穹精微之清辉【269】。道祖佛祖【270】，胸廓疆宇【271】，不负亲缘，皈依空悟罪己【272】；仁心禅心，泽润韬能【273】，俅俅瀍理【274】，自律内修惠人【275】。故而曰：黄梅破壁【276】，昭奉佛光【277】；浩淼洁尘【278】，夫印吾之东方【279】！

黄州肇兴，斐斐辉名【280】；夐古扶桑，彭觜以耕【281】。圣灵飞溅，粲若星辰【282】；莘莘鼎立，代代芳薪【283】。行者天汉以俯察山墅遴汰甘泉茕茕自然之气象；动之山川以槩究藉品徇万水汇聚扬妙醴之磬传【284】。壨山重水复，勘验兰溪河唱晚【285】；浏溪潭坳井，遗誉天下第三泉【286】。雅颂之唐人，德耑者后世【287】；夫圣哲陆羽，斯千古芳茗【288】！东壁君【289】，八乡奋诊问疾，千里就药于门【290】。嘉靖己亥，蕲水涝灾【291】；百苍饿殍，霍役虎海【292】。三十而立纵躯博謇盖之仡仡【293】，究药理，弘科学，终驱牛鬼蛇神薄逃遁【294】；数年力挽重纂神农秘笈【295】，根植德仁命迹碑模，蠲得妖魔孽怪自匿宁【296】。窥镜病理，整饬医典【297】，甄品类既烦，辩名称杂沓【298】，舛谬差讹遗漏不少枚数之流弊【299】；拚拚经鉴，删缮古籍【300】，修《本草纲目》，垂正本清源【301】；析精微援证增校已验千方之圭臬【302】。然功之当铭，镌之记曰【303】："大夏药圣，照烂医馨【304】；夫明清五百年之巨擘，斯璀兮东西方之美人【305】！"宋帝惛惛，天庭偕哀【306】；滥朝芜政，缧人寰圣灵之多灾【307】；苏子谪此，侘傺抗行【308】；殚精竭力，吁文坛逆蛊垒块【309】。元丰二年，恃"乌台诗案"【310】；崎岖蹒跚，夙黄州副使休宦【311】。乍宿定惠院，藉梦临皋亭【312】；穷蹙不自主，客此度余生【313】。携家人怆恨，命舛病交多【314】；雪堂蔽寒体，传奇两东坡【315】。天性倚托，遂袂鄂东山水为友【316】；秉赋使然，爱予黄州赈婴力酬【317】。过浠水绿杨桥【318】，览清泉寺，放乎"谁道人生无再少，门前淌水尚能西"之骇言【319】；夜访东坡，垂宪"雨洗东坡月色清，市人行尽野人行"之美誉【320】；两游赤壁，馈予千古人类"月明星稀，乌鹊南飞"、"江流有声，断岸千尺"、"风生水涌，水落石出"、"戛然长鸣，掠予舟而西也"之心灵和境【321】。谓其词圣，"大江东去，浪淘尽，千古风流人物"以惊涛骇浪之势一洗文坛词章之尘埃【322】；论之书圣，其书"修短肥瘠"出新妙理中外以洽润豪迈之姿荡涤书道法门之陋俗【323】。品其诗哲，听那"不知庐山真面目，只缘身在此山中"何其朴素而峥嵘【324】；思其忧国忧民，洞悉那"改革在急，必徐立徐行且渐行渐远"，更何等替天行道而又无奈政腐昏聩之不已乎【325】？！履巉岩隈水，纵踵浠水、蕲春、麻城且至西塞山斯鄂东南诸景【326】；仗倚圣灵之芬茀而此地芳名远播【327】。访幽都隆胜，冯迹黄泥坂、承天寺、安国寺、天庆观、栖霞楼、快哉亭，两游禹王城、赤壁山下【328】；岂非苏子光影炤彻而使黄州千古遐迩【329】？！故曰：黄州仰赖东坡公两赋一词一寒帖而蠲风脉之流光，人文以昌盛【330】；鄂东南凭藉苏子四年五月双别离得夆史之醇厚，江山以殊异【331】。呜呼！已矣【332】！先圣西去，然福水周流；圣灵羽化，盖功德不朽猗【333】！

古来众芳云居唱酬【334】，毕肖兰亭邀约【335】；同天异彩，垮以各炳千秋【336】。

英山毕昇纪念馆

诗仙东渡，倚剑逍遥【337】；放诗黄城，万亘青留。牧之客之，监察御史；贬谪齐安，论作刺史。抗灾节业，伦常整饬；《赤壁》传道【338】，功德永炽！元之刚烈，联命降此【339】；《黄州竹楼》【340】，百代幸事！稚圭为相，陪兄工读；青灯昭志，节色本州【341】。半山东坡，可谁与共【342】？宦海知己，子瞻文同【343】。快刀立马，大宋俊穷；兄师垂范，荆公忠公【344】！子由东来，郱城壮怀；《快哉亭》里，鸣呼哀哉【345】！山谷江夏，朝夕北望；诗之溢美，濮泉土乡【346】。崇苏门下，三别黄城；七载客栖，陋室文章。鸿轩郱城，惨怛沧桑；《柯山》百卷，张耒汪洋【347】！放翁踏至，名母梦游；敬怀先贤，定惠忏否。雪堂四望，数度相候；凭吊皋亭，形身琳秀【348】。九重江东，泪洒从流；《东坡》诸胜，夔州黄州【349】。稼轩义勇，垂幕诗首。《霜天晓角》，偓佺灵游；"千古""江涛"，归却心愁。文武双雄，经纶真修；《月波楼赋》，长恨"扶头"【350】。江夏维周，教谕齐安；文化盛举，二赋比天。楷隶相济，修美赋传；碑碣立道，芳馨永年【351】！光绪十度，孝母于堂；耕教春秋，宪范一方。惺吾政德，教学相长；刊载典籍，熠熠生光【352】。以身殉国，高洁芳菲；烂漫学才，文鳞星辉。少羞民耻，替天担悲；乱世耸峙，大道千回。口诛帝制，人狗为匪；英雄不朽，《红烛》《死水》【353】！回龙仲揆，冰川四纲；地区热能，拓土开疆【354】。马耳从征，路转峰回！《自由》齐飞，文学先辈【355】。团风兆阳，造化靡身；《当代》文坛，《前进》有令【356】！渔村丧父，袂译宏著；扶桑深造，"经济""国富"。"文革"遭劫，生死当途。力播马列，功盖千秋【357】！巴河子真，十四从军；维识新论，炫古曜今。儒释周易，渗修潴理；熊学立世，问鼎迷津【358】。淮安汝忠，《西游》巨功；蕲阳多情，传学江东【359】。万历梦龙，"复社"麻城；《春秋》为道，《警》《醒》大风【360】。赤东光人，早稻学家；"普罗"左联，文艺千发。《七月》烽火，湮灭蒋家；三十万言，意气风发。"胡风集团"，昭明天下【361】！若沐星辉，岂此百家？！

家国世业，骁勇僄狡【362】；革命风士，铜墙铁壁【363】。看万山沟壑，早已兵燹荡涤【364】。一代军枭林育蓉，万里佺倏死悲同：不究二老猷福，炮制巨耻，且让千古善恶细评说【365】。王树声志合马列，辗转军莱撼大地。曾伏虎，躁蒋旗，俟东方太平盛世【366】。韩先楚、陈再道，饿殍堆里刀出鞘【367】；陈锡联、秦基伟，天下一统誓死江山不退；身出荆楚捍勇，造福刍荛丰碑【368】！梅川先生、浠水济武，含英异乡功绩，然讫创业垂留【369】，不惜捍国捐躯！前者武昌学后，抚府清廉勤政励省，却掉头，乱世东瀛，悲怆一生，终身噙泪眺黄州【370】；后者轮任金陵政坛议长，抗国党，顺梁民，讨袁伐帝，美政赤胆归伍洲【371】。林育南、林育英，忠效马列，死直染江天；无产者、革命家，拥国筑梦天下【372】。张体学两战鄂东，兼命主席"解放"，功德焠荦风华【373】！贺龙挥军东进，席地军纪森严；与民秋毫无犯，仡仡精兵万千【374】。徐向前，踞守鄂豫皖，粉碎"三围剿"，歼敌千千万【375】。刘邓大军，高山鏖战激，灭匪如夷林。蕲阳经此郅偈，东鄂难再萧然；匡百郡解放，廓然挺进大别山【376】。

解放中州【377】，政党旋执，天安门崇万鸽齐飞。听，毛泽东巨人引吭震古烁今；看，董必武从容图业盛庆风雷。开国元勋，青史不拒陈策楼；建党旗手，盛世修能陈潭秋。过流年，中年名垂不朽【378】！少壮李先念，智侔悟入共产党。军地赫赫功绩，挥师踏破苍茫；倚长缨，斩荆棘，劫难当歌对月流觞。安邦朝国，闶祉惊天地，撼动漫天落叶下黄州【379】！问答家国英烈，岂止芳芳千千【380】？！纵使中正世立尘迹暧昧，其"文章千古，壁垒一新"而或风土菲微【381】。

剡剡圣地，教育千桦【382】；狷介夬持，穰穰天下【383】。德懿仁风，学漂所循【384】。曾几何时，倥侗彝袭；卖儿鬻女，枉非休耻【385】。北宋开教，蔚彧其道；翰林旗手，州壅风骚【386】。二程公卿，理学逴跞；捍儒芳菲，膏泽江山【387】。大儒朱子摩踵接臂，谱学育人憬鳞万千【388】。河东劭立人本仡举，破易陋习守文明尚孝；齐安濯清尘寰弊俗，邾城靡丽地物繁茂【389】。塾堂斥凫趋，众庶烛从流【390】；明月徐徐发，山水千千碧【391】。灵均千古，崛然方州【392】；唯楚璇玑，东鄂未艾；弘学扬教，蹈古开来【393】。遒古贤，数化代代骏业；揆风土，万雉朝朝隆炎【394】。黄高春秋，薪火踞流；百代学府，勋功俟收【395】。莘莘内外，辉贶九州；皇星璀璨，大夏金鎏【396】；黉门汉阙，天地玉酬【397】。偲古今，学教高于天阊；恩存亡，德育重任千铤【398】。家国兴衰，教之涵本。人之重器，道之濩馨【399】。井之蓄泉，水之有源。木之参天，养之以根。德之厚载，筌筷泰平【400】！

斯大夏之崇峨，非萌隶之造福【401】；得人文之绿洲，赖以乌菟之馈予。泛乎荆楚灿然之文脉，动之流丽九州以光昌【402】。其物之美兮，其品之盛兮【403】；长相撩以君心醉，且辄之熠熠生辉【404】。昔水扬子江，今掣大陆王【405】；越黄州之故土，驰骛四海滋之以异乡【406】。多凌动力机，祥云普钙片【407】；温暖沉沉土，大仁晏然逾苍寰【408】。广济核黄素，烂烂天际流【409】；陪上喹乙醇，美誉不胜收【410】。东鄂丝绸遐天外，龙乡印务彦一彩【411】；红安香烟虽悍名，半有利且半有害。类是塑钢出黄城，美春姬姜压千里【412】；团风辣椒盛赞广，各争天下朝朝夕【413】。问兮工业殊名品，窥不尽，婪不竭，飞越天庭，昭贾天垠堪一等【414】。

陆海铺莱，物旃民裕康赢【415】：黄州晒烟，古与邓州争雄【416】；长孙玉卜，而婪滋肺养心【417】；浠水莲藕，望天名昡传奇【418】。蕲黄二茗，自唐来遽盛名【419】；罗田茯苓，倚效祛湿安神【420】；山川板栗，功馈治泻益肾【421】。甜柿香酒，丰融畅越五洲【422】；芳名百载，恒然飘弥各千秋【423】。巴河黄砂，功于琼楼大厦【424】；刘彻药枕，帝非荣辱千家【425】。绿杨桥边，假苏子词章万代流霞【426】。蕲竹蕲艾，重塑蕲阳风骨【427】；蕲龟蕲蛇，冠以宝典姤随【428】；蔚为东方四宝，《本草》药典丰碑【429】。英山桔梗，傲视廿世纪巴拿马万国金奖【430】；长冲绿茗，岿然大别山飘自盛唐芳

武穴章水泉竹器

香【431】。武穴市山药，富合十八种营养素【432】；章水泉竹器，凸显明清工艺铸就【433】；其仙吉饮、梅川啤酒，融入市场经济新潮流【434】。黄梅挑花，唐宋迄今，兴盛未艾，精作丽巧，十字当开【435】；赤橙黄绿青蓝紫，戏曲花草山水自成派【436】。香酥盐脆，油糖齐美【437】；酱饼俱世，惊艳华贵【438】。麻城老酒，岂止喜于心头【439】？空心丝面，撩得情人意兴阑珊【440】。团风苦荆茶，润之绵苦，药以降压；清火明目，恢康宁且非浮华【441】。故友南北，相叙与共，一圈时尚东坡饼，不尽畅怀颜欢肌红【442】；嘉宾客时，鱼丸以贡；黄城艳遇，厚风作别老主妪【443】！

众芳修能温纷兮，不废日母朗稀【444】。謇謇五方仰止兮，杳杳灵修骐骥【445】。蕙芷鳞漓鞿羁兮，吐芳扬冽褱绮【446】。古今神德翠萃兮，晁采嵯峨幡襕【447】。障目黄城罹沧兮，何以穆然囷息【448】？怀古堙江东逝兮，流彧周土勿忘【449】。虹梁剬却蜚架兮，阒然四海馥芳【450】。桑梓阁台缱绻兮，毗胶《高山》清扬【451】。颂祇万户农耕兮，舟车例年盈仓【452】。繁猷辐辏照离兮，城乡霓羽辉煌【453】。圣贤二哲匡复兮，千万苍莀兴邦【454】！

**2012 年仲秋月终稿**

8

【注释】

　　【1】黄州赋：此赋于《黄州赋》2006 年原稿的基础上修改完成。黄州，今黄冈市；古为鄂东政治、军事、经济、文化、教育及交通中心。上至新石器时代（参见王琳祥《黄州赤壁·黄州的历史沿革》），下迄隋开皇五（585）年改衡州为黄州（新版《辞

海》），而后又历经世袭沿革之苦；但黄州一名仍风流千古，不虚此名。黄州城名的钟（比喻在青铜器上铸）定，源自东汉末期的黄祖时代（"黄州镇系东汉末年荆州江夏太守黄祖所建，故名黄州镇，亦名黄城。新设置的黄州，州治黄州镇。黄州一名的出现迄今已有一千四百多年的历史"。王琳祥《黄州赤壁》）。因此，黄州一名的史学渊源这一算便近一千九百年的历史。然而，因不同学养、不同文化道统、不同信仰、不同世界观、自然观以及民生观等，遂使黄州一名屡罹厄舛，妄加篡改，饱受创伤！这里十分有必要将黄冈之"冈"字，同黄州之"州"字作一回自然科学意义上的比对；想必世人会否明理其要秘呢？先论"冈"字："冈"在一切辞海（典）里唯一的解释是"小山丘的意思"；此外再无任何别的注解。然则"州"呢？"州"因川而来；而"川"又因富含水（川字里的三点水）构成"州"字——故，无水不成州，正如无木不成本一样（此乃自然科学赋予大自然的规律，同时亦是中国汉字所富含的极其宝贵的哲学内涵是任何权利和信仰都无法颠覆的）。正因为这"州"的承载，才得以万物华美，性灵勃发，天地协和，源远流长！因此拜"冈"，是对小山的仰赖；怀"州"才是源自人类之繁衍、物态之畅和、人文之昌盛乃至人伦子嗣之丰融的大道长歌！水，乃万物之源；川，乃万象机发。此真理——难道尚需研究的么？！流眄天下，以"州"称市的有兰州、福州、郑州、广州、贵州、徐州、永州、泰州、杭州等不计其数；然天下以"冈"为市者何乐可寻？故此，作者以老子朴素自然的哲学观、马克思辩证唯物主义之存在观来创作他阔别四十余年故土的赋文，诚然他在遵循自然科学思想的前提下进行把握此篇大赋的经营的。因为，一切意识形态离开哲学就会偏离理性的轨道，世界万象悖离科学就会游弋于迷信。这或许是作者创作《黄州赋》而不作《黄冈赋》的科学态度。【2】癸巳立秋，即 2013 年的立秋这天。缘，因为。义，即刘成义，原重庆市建委主任，后任市府秘书长，是作者十八年前任建设部主任记者驻重庆（站长）时所结实的友人。【3】三更，即后半夜；故国，故土、故乡、故里。这里指作者在深夜里梦见自己回到了阔别四十余年的故土——黄州方铺。【4】郁，忧伤。卌载遐赴，是说远离家乡长期在大千世界里漂泊。卌（xi），四十；遐（xia），远，赴，在水上漂游。【5】泱轧（yang ya 多音字），形容苦苦求索看不到边际。倏（shu），瞬间。舛（chuan），不幸。这句形容短暂而疾逝的人生就遭受太多命运的挫折。【6】岁季流波，岁月像流动的波浪逝去。沧海喟于千柯，像大海样的叹息也难以表达人生所际遇的艰辛。沧海，大海；喟（kui），长叹息；柯，草木的枝茎。【7】夐（xiong）怀，远怀。方铺，是作者的诞生地；位于长江武昌下游的兰溪西河（亦称溪河）与长江的交汇口往东去四五里地的丘陵山庄。【8】漫长的岁月里只是为了追求理性的目标而不敢懈怠时光。厶（si），通"私"。【9】这是说爱恋自己的出生地。闵，通"悯"。【10】这里所说的恋乡之情可以同那用美玉建筑的楼宇比拟其纯洁和高度，也指这篇赋文的思想艺术高度。攸，所；琼楼，以美玉建筑的楼房。【11】然暨此，现在文章已写到这里。暨，到，至。【12】作者自指此时不要慌忙动笔，草率作文。翰桨，指笔墨纸类。翰，原指凤鸟的羽毛；后指毛笔之类。【13】是说家乡的山水比不上泰山和桂林等那样盛名。敌，胜过；逴（chuo），超越。【14】这是说除了山水外，难道故土黄州就没有别的可以做文章的么？！殊途，异样。问鼎春秋，原意出自春秋楚庄王向周朝炫耀实力，并向对方使者了解宝鼎的直径与重量，以衡量双方之实力。此指有夺周朝天下之意。本文于此是作者发自对故国大自然之感慨。【15】先不谈宋玉的《高唐赋》是如何之雄浑。宋玉（前290年—前222年），楚国归州人，相传屈原的学生；古代继屈原之后又一位伟大的浪漫主义诗人、辞赋家。【16】不说司马相如《上林赋》的讽刺和雅颂。司马相如（前179年—前117年），字长卿，成都人；初汉最杰出的辞赋家之一。【17】这是说在左思的《蜀都赋》里已看到他穷尽磅礴之气魄铸就的不朽名篇。磬，尽、完了。左思（约250—306年），字太冲，齐国临淄（山东临淄）人。他博学能文，出身于平民世族。有《咏史》《齐都赋》《白发赋》《蜀都赋》《吴都赋》《魏都赋》及《左太冲集》等作品传世。【18】也不能比屈原的《离骚》那样去论忧愤。愤慨，怅恨。屈原（前340？—278年），名平，字原，战国时期楚国人，与楚王同族。屈原有治国良才，且娴于辞学。曾任左徒、三闾大夫等职。因国王昏聩，最终使他以身殉国。他的《离骚》《九章》《九歌》《渔夫》《卜居》《怀沙》及《国殇》等作品，不仅为中国辞赋之肇兴开疆拓土，还对中国文学之发展产生着极其深远的影响。【19】厚土，指富庶的地域。【20】这里的历史值得讲述。序，通"叙"。【21】指这里的历史人物值得千古讴歌。【22】这里所保留至今的文章（诗、词、文、赋及墨迹等）是值得向后世推广并引以为范的。【23】迄（qi），终于。通"迄"。蹙目，皱起眉头思索。【24】"冈"字的意义在所有词典里只作小山丘的解释。定，设定、固定。【25】"州"这样的地域，它是可以承载万物，包括人类和一切生灵等。昶，通"畅"。【26】这是说应仔细解释一番：平川是因为有其（三点）水才形成州。东州，即鄂东黄州。【27】又因为州的润养才得以承载鄂东黄州地区的千千万万人民。莆(fu多音字)，即福；居，积蓄。【28】爰谛曰，于是仔细听吧！爰，于是；谛，仔细（看或听）。【29】土冈，这里指以"冈"字的注释来命名城名确实不科学。缺乏自然科学意义。【30】以"黄州"一宽泛意义之域名来命名将会使这里的天地畅和及历史文脉辉映万代。【31】基于此等科学观考虑才决定作《黄州赋》。【32】只有这样敬畏美丽而繁盛的黄州，自然便洗清了人们心中多年积郁的哀愁！卬，通"仰"；芳华，美丽而繁华的景象。也指形容人的青春妙龄的季节。【33】堉（yu）土，极肥沃的土地；丰蔚，万物兴盛勃发生长的样子。【34】是说极上乘富庶的地域使这里成为安详和得天独厚的地方。上腴（yu），上等富庶之地。驰川，形容广阔得骏马跑不尽边际的平川。安，祥和、平安。【35】水上和陆地各种通径。【36】到处相互连接；八遐，周围辽远的地方；逶迤（wei yi），形容山水、道路绵延不绝。【37】翼翼，整齐而和谐、自得的意思。容与，从容不迫；皇酬，天大的酬赠。皇，天、大。酬，报酬、酬劳。【38】齐吴，指当年的黄城（齐安）和江南的（吴都）鄂州；都会，此指鄂黄大桥，因为它将两个都市汇（会）合在一起。【39】造，去往、到。海沪，即上海。【40】通衢(qu)，四通八达。【41】且（cu多音字），往、来。陶途，古指北方的小国。此借指今天的北京。【42】是说民风淳朴。醲，味道醇。【43】即物华天宝。物华，万物华美、兴盛；天宝，得天独厚的宝地。【44】尚，崇尚；钟，凝聚、聚集。毓，通"育"。

比喻山水秀美，人才辈出。【45】卬，通"仰"；箫，吹奏乐器；斝（jiǎ），盛酒之器皿。这里比喻敬畏先人所创造的文明成果。【46】爰，于是。或，有人。【47】因为人文黄州承载着几千年的历史才使得它的名字堪为天下盛名。翘楚，泛指人才杰出。【48】徕，通"来"。【49】是经历了太多的争执、变迁和历史潮水的冲刷。沸，沸腾；弥，弥漫、到处。【50】有着丰富而详实的历史记载。当，当该，确实。【51】即黄州的历史从春秋时代就开始了彪炳。镂（lòu），镌刻。【52】这两句是说从新石器时代黄州就开始了文明创造，那时在今天的禹王城业已开始政治上的奠基。螺丝山，即今天黄州东北 15 公里的堵城镇堵城村螺丝山。其南北长 120 米，东西宽 60 米遗址中尚有新发现的新石器时代遗物及四座同期墓葬。1957 年中科院湖北考古发掘队对四座墓葬进行了科考鉴定。已出土 5000 余件新石器时代人类文化遗物。【53】禹王城，毗邻长江，黄州城北，今属市中心。《黄州府志》载："楚宣王灭郱（前369 年—前 340 年）徙都如此。其名先后称郱成、女王城、汝王城、吕阳成及永安城等。北宋苏轼在黄州时，此地人称禹王城为永安城。俗称女王城"（王琳祥《黄州赤壁》）。闍（dū），城门上建的台子；这里指当时开始施政的地方。【54】、【55】这句是说公元前 655 年的弦子（国君）就开始在今天的巴河（黄州城下游约 40 里）入江处建立王都，而曾国乙（曾国国君）于前 433 年病逝楚惠王熊亲在西阳得知后立即下西阳为他设编钟乐队祭奠敬吊。坐郢，划都为王。郢，周朝时代楚国都城，于今天的湖北江陵；此为代指。巴河，今为黄州城下游约 30 里处的一个山水镇。宋代杰出诗人陆游在《发黄州泊巴河马祈寺》有："晚泊巴河市，小陌闻屐声"的记载。西阳城，与古弦子国之都轪城毗邻，即今天黄州城东北 30 余里巴水河西南岸孙镇（作者祖籍）。属战国时期楚惠王时代之诸侯国。钟吊枭侯，即以楚国编钟凭吊、悼念一代侯王。枭，悍勇、魁首、首领。【56】当年的赤壁山一带是一派繁盛的商贸景象。赤壁，即苏轼前后《赤壁赋》里讲述的黄州的名山。都，美；昌貌。葛，以丝、棉及麻匹等合成的纺织品。这里以示城市商贸繁华。【57】是说早晚兴旺的意思。【58】是说郱城在建立不久便夭折了。郱城，建于前 369 年—前 340 年之间。楚宣王熊良夫亲率大军出征北方，回军途中顺道灭了鲁国的附庸国（郱国）并将其国君郱子及其臣民迁往西阳城附近筑城而居；遂定郱城。【59】建设合理的城邑规划。【60】、【61】轪城也很快被历史的尘埃所湮没；

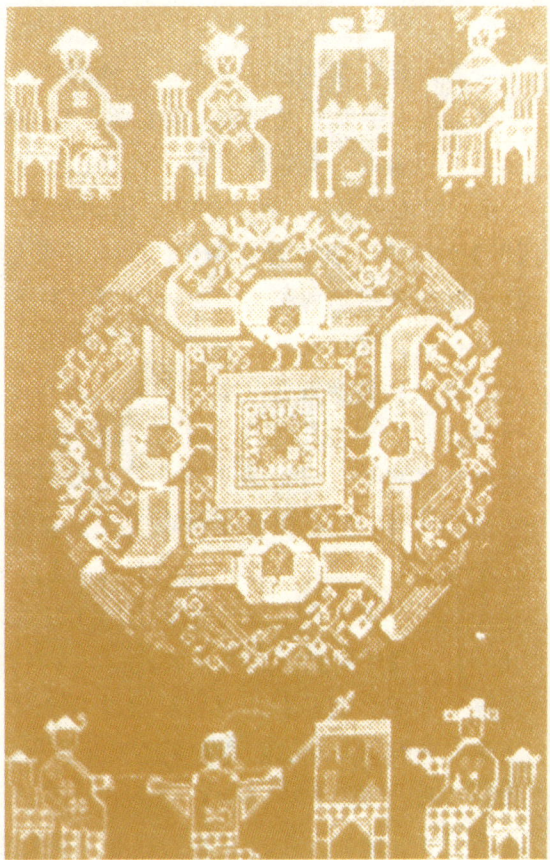

黄梅挑花

11

可那短暂的传奇故事却被岁月埋在地下再也听不见一点声息了。轪 (dai) 城，战国时期弦子国的国都；距离西阳城不远。揭 (qie) ，离去，消失。【62】、【63】是说楚惠王以来的天下，一直延续到枭雄秦始皇实行郡治的发端 (楚惠王50年，即前427年楚国兴盛至嬴政统一全国此中经历了200余年楚国的繁盛期)。【64】、【65】诏告，皇帝下达的诏书。七国已被统一了，天地也开始义和顺畅。六合，即东、南、西、北、天、地六方合一。【66】、【67】天下那些诸侯彻底顺从；嬴政已正式作为千古一帝的巨人了。逾 (yu) ，遵循，顺从。嬴 (ying) 政，秦始皇的名字。【68】、【69】天下人在庆祝千载难得的大同机遇，处处是充满着匡扶着家园兴盛的景象。甘棠，引自《诗经·召南》中的名篇；后比喻官员的政绩。【70】、【71】始皇把持纵横七国之大权，而后来东汉的黄祖 (时任荆州江夏太守，那时荆州下辖黄州) 又如何回眸同嬴政一起论英雄呢？！此为贬义词。但这里另一层意思是：秦始皇统一七国只有19年的命运，而黄祖肇起的黄州一词却沿用至今天近两千年历史。流眄 (mian) ，回首不定的顾盼。何哉，谁是。【72】、【73】在衡山国建立政权，那时人们就推崇邾城曾经建立的政治功绩。衡山，即衡山国。秦二世胡亥故世后西楚霸王项羽"立芮为衡山王，都邾"(《前汉书·卷34》)。那时衡山王即天下18王之一。邾城乃衡山国之国都。【74】、【75】刘邦与项羽大开杀戒，饕餮天下而致使天下烽火四起，战火绵延。刘项，即刘邦与项羽。破，大开杀戒。轩，飞、举。【76】、【77】从东晋就打开了鬼阈的大门，战火一直燎燃到三国都未收场。隙，间隙、机遇。鬼阈，鬼界之边隅。嚎，惊悚、杀声震撼。【78】孝武帝，孝建三 (公元456) 年，刘骏封其次子刘尚西阳王。【79】拥有权力抗朝引发了"五水蛮"事件。五水蛮，又称西阳蛮。他们是东汉以后陆续由鄂西地区迁徙到西阳郡五水一带的巴人后裔。他们以"倒、举、巴、浠、蕲五水为中心"(《黄州史话》)。后史书《宋书·夷蛮传》载："西阳有巴水、蕲水、希水、赤停水、西归水，谓之五水蛮，所在并深岨，种落炽盛，历世为盗贼"。歙 (she) ，原指吸气，这里指把持权力。【80】西阳城，其遗址在今天的黄州城东北30里处的巴水河西南岸的孙镇 (作者祖籍)；战国时期属楚国的诸侯国之一。【81】是说除去昨天的名字很快提升郡治后就以南安一名出现。擢，提升。南安，约公元500年间的黄州城名。【82】即南朝时期风云多变导致城邑屡遭鬼魅之誉。数化，多种变化。【83】指西阳城迁往麻城。麻城，今黄州城西北100公里的县级城市。【84】即在新洲设郡并下辖齐安 (黄州)。郡，由始皇时期兴起；当时比今天的省要大的行政机构。【85】即公元504年梁武帝在位的这年夏天。【86】是说萧衍传令太守夏侯夔任西阳太守一事；"侯景之乱"后，此地又演变为江南黄石的一部分。【87】、【88】无序可笑的世景里又将此地更为黄城。佻 (tiao) ，轻佻、不严谨、不作为。依冯 (ping) ，依靠、仅凭着；冯，凭着。爰，所以、于是乎。【89】、【90】到了北周大象元 (579 年)，因权争此地又遭不幸。厄舛 (e chuan) ，逆境和不幸。【91】、【92】因变化无常，此地又遭迁徙。【93】、【94】这时荆州江夏太守黄祖坐政，正式将黄城更为黄州。废秽立新，废除污浊的败习，创立新的气象。秽，污秽。【95】、【96】终于一个不朽的名字——黄州，从此就像钟鼎铸就的一样名播千古。肇，开始、奠基。钟鼎，镌刻在鼎上；也泛指青铜器一类。【97】、【98】是说大唐附艳着"盛世"，太守的称谓随着更为刺史。这里指不善政道，好大喜功；

谁有权就标新立异。太守、刺史，在汉武帝时期以后属同等官职；只是不同的所谓帝王就要标新地叫唤罢了。【99】、【100】经历了各种芜杂的名称言战后，又回到了汉代郡治并名为齐安。紊(wen)乱，此指不务正业，浑浑噩噩地度日子。【101】、【102】、【103】到了公元624年，朝廷诏令改总督府为都督府；于是废此地南司重归黄州之名。【104】、【105】大概此时麻城归属黄州就有人命名为黄冈，其实这一城名如同树上的叶子一样在空中飞舞。因为它无实际的自然科学意义。荷露角，借引古诗"小荷才露尖尖角"之意。【106】、【107】玄宗在骄横放纵里创立天宝(742)年，此地主人把边外的城郊都纳为城邑又命名齐安！淫溢，放纵而毫无顾忌地。【108】、【109】到了明清时期黄州又改作府了；下属八个县。例，照例；俪，成对、挨着。【110】、【111】到了1912年初国民政府又废黄州府而立设所谓"道"，这就更激起天下人的笑骂了。天纵，天大的、超乎寻常的。贻笑，遗留给后世的耻笑。【112】、【113】是说自始皇建国至今，黄州一词经历了舛谬差讹的洗礼。建国，指秦始皇(前221年)统一中国。兴废多端，形容兴起和废除之事千姿百态；此为贬义的意思。【114】、【115】是说饱受艰辛的人民和历经巨变的黄州城，最终仍又痛苦的面对因为权力而命名的"黄冈"城名(并非遵循自然规律命名)。苍黎，百姓。苦浃浃，像祸水样的苦衷。惨怛(da)，忧伤哀痛。【116】、【117】讲述了至少六千年的人类沧桑史，爱怜那充满灵光跃动的山水。人寰，人类宇宙间。雾灵，凸显灵气的气象。雾，雾气。闵，通"悯"。【118】、【119】不得不为几千年的历史哀叹，也不能不为文明的大道在此遭遇背叛而黯然失伤。溯，通"诉"，即诉说。道统，古圣先贤留给今人的关于为天地立心的普遍真理。潸然，流泪的样子。【120】、【121】人们之间依旧过着自己的日子，江山依旧像过去那样存在。【122】、【123】天地没有因欲望而运行。引自《礼记》之名句。厶，通"私"。【124】、【125】这里是说：虽说各个朝代的变化不一样，但总是有机会去考虑天下苍生的存在之道的呀。【126】、【127】这两句的意思是：比喻说这几千年来的政道涣散才导致官僚们那样总是玩弄权术去把一个城市的名字随意改来改去且从不讲究它的科学与自然的统一；而受阻的人民怎能不眼看这块乡土罹难还又拿他怎么办呢？况，比喻。蹇(jian)，困难、不顺、受阻。风土，蔚或教化的乡土。焉，此指哪里，怎能。欷(xi)，哽咽、悲痛。何奈，即奈何；怎么办。【128】、【129】这两句是说：从未改掉那些庸俗的作为，却可笑的是暴露了那时官僚的无知与昏庸。恂愗(kou mao)，愚蒙、无知。罢(PI 多音字)，用尽、完了。【130】、【131】是说人民的千秋大业不去用心研究，却迂腐地总要为那些地名大动干戈，这其实真的有值得几千年去讨论的吗？！【132】、【133】黄州曾经是竹海迷人的自然仙境。曾(ceng 多音字)，曾经。婆娑(po suo)，树叶扶疏、纷披的样子。【134】、【135】、【136】《黄州竹楼记》，亦称《新建黄州竹楼记》。王禹偁(954年—1001年)，字元之，北宋济州巨野(今山东菏泽巨野)人，宋代杰出文学家。咸平二年(999年)任黄州太守；游浠水后并写下了著名的《浠川八景》。其《待漏院记》《黄州竹楼记》入典《古文观止》。江，长江；城，即黄城。横生，陆续出现；此指黄州每每蔚出的文化传奇。风流，此指英才，富于风骚之意。【137】虽比不上《黄州竹楼记》，但《游月波楼》自然堪为佳作的。《游月波楼》系马叔度(略注)之作。不敌，不如。【138】指乌林里楚楚令人赏心悦目的阁楼和它那镂花栋梁，正是还愿了有情人的浪漫诗意和那挥袖示爱的风韵愁绪。乌林，今黄州团风区，相传为赤壁之战曹操屯兵之处。《三国志·诸葛亮传》载曰："破曹公于乌林"。又据《官氏墓志》记载："团风镇古时为乌林"。棼楣，指阁楼和栋梁。帘褰（qiān），撩起帘子。照篱愁，指隔着围墙看不见情人的愁绪。【139】、【140】这两句是说：昨日那酹江亭边诸多贤达骚家总是面对长江激发自己信心百倍的从容自得；而栖霞楼又总是伴随历代文人雅士一起对着浩浩长空来抒发自己壮怀激烈之悠情。酹江亭，赤壁南面的一处景点。踌躇满志，形容得意的样子。栖霞楼，赤壁山巅的著名楼阁。骚家，多指诗人、作家等。咏吟，吟唱、唱和。抚心，抚摸或按着胸部。【141】、【142】、【143】

医（药）圣李时珍

都是黄州赤壁的著名景点。【144】这些地方一直承袭着苏轼的圣灵之光才使此地风韵千古。风锤，是经历风雨的侵袭而成为百折不挠的精神坐标的意思。锤，通"垂"。【145】、【146】、【147】、【148】均是黄州因苏轼而驰名的著名景点。其中"雪中堂"，即雪堂；"古南唐"就是南唐。因行文之便故增景一字。像二赋堂这样的名胜总能帮人们一睹圣灵的风骚气概和思想世界。骖（cān），原指车两边的马尾，这里引申为二赋堂给赤壁山带来的赫赫之人文灵气。【149】蕲州镇那古老的书院，蕴涵着东方人类的气节和智慧。【150】发轫于鄂东黄梅县的黄梅戏曲日渐在弘扬着古人的文化精髓和诠释着新时代的精神魅力。梨园，乃戏曲范畴的代名词。弘祖，光大先辈的文明创造。弘，弘扬、传继。【151】武穴太平山虽说1000余米高，但自东汉著名女文学家鲍照的到来，这里的人们一直在她那灵光不灭的读书台前启迪着各自的心智。翰辉，指文字、笔墨等发出的意蕴。翰，原指鸟的羽毛，用来绘画的；后泛指笔墨之类。【152】即罗田小集镇圣人堂寺庙为徐寿辉、彭莹玉、邹普胜等人在此地聚众传教抗元的据地，向来被千万有志之士视为爱国护道的楷模。莘莘（shēn shēn），繁多、众多。仰止，崇仰思想和道德过人的人。【153】发迹在黄州地区的不朽人物及历史传奇都在悠远的历史长河里熠熠生辉。【154】、【155】这些轻轻停留的足迹，它们异乎寻常的在照耀着这座历经沧桑的城邑。习习，风轻轻吹动。踽武，足迹。遑遑，超然、卓著的。悠，悠远；州，黄州。【156】、【157】就是到了百花齐放的季节，也没有比鄂东名胜更好看的地方。冣，通"最"。冣是，到了极点。东鄂，鄂东。【158】【159】是因为它们永远协和着春夏秋冬。巍峨，高而雄伟。崇嵘，崇高而富盛名。淳（bó），兴起、和谐。【160】、【161】人们畅谈天地间的宏大福祉，是因为一切源于光明的创造。渥泽，宏大的恩泽。焰朗，像火一样的明亮；此指光明。【162】、【163】是因为有志于追求古风之道的人，就必需效仿先人的勤俭持家谦让处世为德范。侔，效法、效仿、学习。【164】、【165】因为争取人类的自由平等，所以这里的英雄豪杰谱写了一出出勇猛杀敌的壮丽篇章。解放，为历代正义的战争、斗争等。著，谱写、创作。鸾、枭，均指芳名永存的英雄。【166】、【167】、【168】昭，明显、显示。烨，光盛、辉映。【169】、【170】红安，黄州北部的一个县。曾是工农红军的根据地；亦称将军县。泣，哀哭。长缨，作战用的长矛，上面系有麻丝样的髯须；也泛指作特定的作战形式。【171】、【172】以敬畏之心叩谢始祖伏羲皇为人类冲破蛮荒的世纪而开启的文明之旅。勼（jiu），聚集、系统。伏羲，亦称伏羲皇；人类始祖的三皇（伏羲、女娲、神农）之首。混沌，尚未开启知见、蒙昧无知。【173】、【174】赋，此指以科研学术理论推崇其为天地立心的创新思想和为文明立道的精神。【175】、【176】畿城，离城邑较远的边城。妖，妖艳、美丽。罗州古道，即蕲春漕河北3公里处南岸，为东晋南北朝时期遗址。【177】、【178】当年大文豪苏轼的前后《赤壁赋》之美文，为黄州赤壁铸就了千秋不朽的泛舟感怀，可正好洗刷了大宋政坛及文坛那万恶不赦的“乌台诗案”之类的浑噩巨耻。文澜，文化浪潮（这里是贬义的意思）。澜，大浪。阋（xi），争吵，争论。【179】、【180】、【181】往日，当年。遭（dan 多音字），慢慢走路。杜刺史，即杜牧（803—852）字牧之，唐京兆万年（西安）人。会昌二年（842）春由北部员外郎外放为黄州刺史。其任期内，为黄州人民创下了不少福祉和珍贵的文学作品。见《樊川文集》。杏花村，黄州与麻城交界处的一个景点。溘然，突然。天外飞来，即杜牧此诗无意中传了一千多年。【182】、【183】咏今朝，指唐后的北宋而言。少东坡，因为他的命名在黄州的东坡山之后；故后者为少。光州，豫鄂交壤处的一个县。岐亭，麻城与光州交界处。蔚彧（yu），具有文化才能的人和文化昌盛的氛围。此指东坡在北宋文坛的赫赫影响。【184】、【185】靠兰溪东边的莲花山，在作者的孩提时代就听闻当年洪秀全的太平军在此发动过清剿贼寇的战争。兰溪，作者的故乡；毗邻长江（属湖北浠水管辖）。唐·杜牧诗《兰溪》曰：“兰溪春尽碧泱泱，映水兰花雨发香。”见《樊川诗集》）等。1927年5月8日，宋庆龄和向忠发视察浠水革命运动时，在兰溪码头工会作演讲（史志《浠水》）。唐武德四年（621）将原浠水县更为兰溪县；唐总章二年（669）年经陆羽勘定兰溪西潭坳河下石泉水为“天下第三泉”。唐天宝元年（742）又将兰溪县改为蕲水县。自唐前至宋后，兰溪一直以兰花负盛名，故因此得名。【186】、【187】散花洲，在兰溪下游约20里处，其对面的西塞山就是三国吴王孙权捍卫政权抵抗刘备与曹操的军事要地；属浠水下辖的江域水镇。北宋大文豪苏轼于元丰六年（1083）所作的一词《浣溪沙·散花州词》道：“玄真子《渔父》词极清丽。恨其曲度不传，故加数语，今以《浣溪沙》歌之：“西塞山边白鹭飞，散花洲外片帆微。桃花流水鳜鱼肥。自庇一身青箬笠，相随到处绿蓑衣，斜风细雨不须归”。西塞山今属黄石市管辖。【188】、【189】、【190】、【191】天堂寨，即鄂豫皖三省及东鄂五县通衢的名山。嵯（cuo）峨，山势高耸。粲，通“璨”。荆楚，湖北大地。荆，古为鄂之旧称。秾土，万物生长茂盛的土地。呵，呵护、护卫。北陲，此指长江汉水下游以北的地区。霞光，此指阳光下植物反射的光华。【192】、【193】另一座高山与它连接，常年山谷的流水声与鸟声相呼应，同栖一个大山，共享与大自然度芳美的时光。潟（xi），高大。通"舄"。【194】、【195】指吴家山具有独特的风景。因此起影响被传得那样遥远。【196】、【197】从那时造山运动后它就一直将山的正面朝着南方。嵩（song），高山。【198】、【199】、【200】洞府，指仙人修行居住的地方。暇美，用来度假的胜地；暇，时间。潇湘，湖南一江名；因江水清深得名。爰，所以、于是。穰穰（rang rang），多的意思。【201】、【202】、【203】仙人台，蕲春北部名山；佛家道场。崔嵬（cui wei），山势高峻而立。颇、瞰，都是朝下看。颂祇（qi 多音字），用歌曲来颂扬土神的馈赠和恩泽。鸿祉，宏大的福祉。鸿，通"宏"。【204】夫，语词。遗爱湖，黄州于改革开放后根据苏轼文学作品里的"遗爱湖"典故而修建的景点，位于黄州城的东部。【205】蠖濩（huo huo）轻涌，形容建筑物的倒影在微风下的湖水中轻轻涌动。蠖濩，建筑物上美丽的雕饰。【206】涟漪（lian yi），细小的波纹。阑珊，尽，完了。【207】形容烟云像羽毛样的轻盈且笼罩着湖面。幂幂（mi mi），清雾笼罩。【208】幽，幽深。万顷，形容湖面纵横辽阔。【209】浒（hu），水边、岸边。肸蚃（xi xiang），香气四溢、沁入心扉。【210】逑侣，情侣、配偶。濯鹢（zhuo yi），戏船时给船浇水。【211】像传说的梁山伯、祝英台和知趣情爱的鸳鸯在嬉闹它们入洞房时的欢乐。鸳鸯，此为借鸟拟人。龙门，古指帝王入朝时经过的门槛，后引申为民俗的入洞房时经过的屏风及障碍物，梁祝，此为借指之喻。因为他们是东方人类最有代表性的名词。【212】丽靡，极富豪华的色彩。【213】犹，好像。【214】窈窕，此指云气深邃貌。啁哳（zhou zha），声音杂乱。【215】像毛嫱、西施当年在宫廷里嬉戏的声音。【216】天下第三泉，唐代陆羽命名的名泉。《煎茶水记》载："庐山康王谷水帘水第一，无锡惠山寺石泉水第二，蕲州（浠水当时属蕲州）兰溪石泉水第三"。今被毁。于湖北浠水西河（亦称溪河、浠河）与长江交汇的西潭坳西南出口的东岸上。陆羽（733—804）字鸿渐，自号桑苎翁，复州竟陵（今湖北荆门）人。对茶道有精深研究，史称茶圣。撰有《茶经》等，且有少量诗词传世。北宋咸平二（999）年黄州太守王禹偁游览此泉后便写下了名诗《天下第三泉》；诗曰："甃石封苔几尺深，试赏茶味少知音"等名句。【217】孱（chan）颜，高峻。【218】绝秀，最为秀丽。【219】阧（dou），通"陡"；坡度大。嶙峋，突兀，重叠难看。【220】《舆地纪胜》载曰："兰溪泉，陆羽《茶经》以为天下第三泉"（同【216】）。此谓"三"字难得；是说"天下第三泉"已经历了一千余年的岁月。【221】谧（mi），宁静。江东，此指三泉之位置，在西河与长江交汇口的东边。【222】墨洽（qia），受翰墨感染的意思。洽，渗润。扬子，即扬子（长江）江。【223】宛，好像、仿佛。兰亭，指当年王羲之在绍兴会稽山兰亭曲水流觞的文化盛世。濆（fen），喷。【224】骪（wei）丽，曲折盘旋。岫（xiu），绵延的山峰。【225】了谷（jiu），归谷。词祖，是说苏轼被历代文人誉为词的高峰。【226】吊，凭吊、敬吊、缅怀。【227】肇，开始、奠基。【228】卉歙（hui she），指溪泉相互追逐。【229】蕙、芷，古指兰花的品种。前唐，指唐代以前。【230】、【231】是说四周和天地都在淳美的世界里；它在浠水境内由东向西流，一般河流都是从西向东归入大海。故苏轼词《浣溪沙》曰："谁道人生无再少，门前浠水尚能西"。作者小时候就在这第三泉的摩崖石壁下游泳，并听闻民间广泛传说"天下第三泉"是其上祖孙仲摩（尚意书家）的墨（法）

16

迹。【232】禹禹（yi yi），蜿蜒地连接着远方。【233】类，类似。甘露，甜美的露水。琼浆，美酒。【234】喟（kui），长叹。踟躇，徘徊不定。【235】一说"天下第三泉"摩崖（墨迹）是清末著名书家孙仲摩所书；一说为明代叫游王庭的知县所书。孙仲摩，作者的祖辈。因二者不一，故"天下第三泉"墨迹石刻便成为黄州浠水的多年之论争。尚意，是书法流派的特征，由苏轼原创。【236】佛伽（qie），即僧伽、佛禅等。【237】道信（580—651），俗姓司马，永宁（今武穴市）人，隋唐高僧，佛教禅宗四祖。黄州地区佛教事业的创立者。【238】是说因为信仰而开辟禅寺佛地供天下僧伽修佛。洞天，道家仙居的福地。【239】原意出自春秋楚庄王向周朝炫耀实力，并向对方使者了解宝鼎的直径与重量，以衡量双方之实力，以存心夺周朝天下。此指道信向三祖禅祖僧灿求教佛法。【240】指道信26岁时由三祖僧灿授以衣钵。觐（jin），拜见。【241】浸经，经受影响和感染；浸，浸染、润染。正觉，黄梅破额寺的正觉寺。【242】帝主，即唐太宗李世民。慕官，招募道信入官。慕，钦慕、器重。【243】是说有志于将四祖佛伽之道授给弘忍（五祖）。弘忍（602—675），初唐高僧。经，佛经。【244】黄梅，黄州东向约200公里的一个县，即四祖、五祖之道场。周嗣（si），由弘忍继承。周，弘忍原姓周；嗣，继承、子嗣。【245】延续正觉寺的香火。香，香火。【246】东方，即四祖、五祖道场一带的山脉；亦指东山。化禅，即佛禅羽化成仙之意。【247】悯，怜悯。方士，佛家方内人士。【248】明镜，泛指僧伽悟禅的最高境界。深达，深彻通达的知见。【249】智慧的眼睛看得高远。高识，高远的见识。看问题深彻。【250】破，突破、立新。东方，东方人类。泛指中国。【251】兴，兴起、开创。西印，指西方和印度。禅幡，禅寺所用的幡旗。【252】遂，于是、所以。文炳，以文学作品来彪炳。疏以诗载，是说用比解释还详细的注解来予以诗化的传载。疏，古指觐陈的条陈、奏疏；比"注"更详细的注解。菩提，也指菩提树。传说释迦摩尼彻悟佛界心法所崇境的树。即佛伽圣树。故，菩提树非现实世界之树。【253】柱，白白的。台，比喻装潢门面（面子、排场）的地方（此为贬义词）。【254】是说天地是一个整体，有禅无道，是遮蔽不了真理的光芒。堪，可、可以。【255】黏（nian），沾染、受影响。埃，尘埃；此指世间俗念。【256】识，认识、知见。惠，通"慧"。【257】就好的教化习惯（俗）来育人就像那祥瑞之龙的游动的姿态风传久远。蟉（liu），龙游动的瑞相。风，教化。土，

黄州赤壁公园 苏东坡塑像

习俗。择（zhai 多音字），这里是挑、理的意思。【258】是说初唐（约600年）在浠水最初开拓的三祖（僧灿），即天然寺（作者六岁登临过的地方）。清代诗人李见杰有诗《天然寺》（亦作《上巳登天然寺》）诗云："天月惊春暮，天台危路通"等诗句。【259】浠水无边际的土地顺应天地之缘而受益天然寺长久的祈福。衔，接；此指顺应。恤，救济。闳祉（hong zhi），宏大的恩泽。【260】指道信和弘忍。【261】是说黄梅祥瑞天合有似泰山的灵气。昌如泰岱，繁盛得含有泰山样的气息。泰岱，泰山之雅称。【262】江心寺，今黄梅西南5公里处的长江边。【263】意生寺，黄梅县南约8公里濯港镇北山上。相传五祖弘忍为纪念其母亲而建。【264】亦称护国寺，于黄州城南青云塔旁，濒临长江。建于唐·显庆三（658）年。【265】是说诸寺每每在倾吐人间饱受疾苦的真人之诉说。缧绁，绑犯人；借指牢灾、疾苦等。【266】毗邻塔，又名慈云塔、真身塔。在四祖寺的山坡上。唐永徽二年（651），四祖道信圆寂于此。【267】舍利塔，于浠水县城北30公里大灵山麓；北宋元丰七年（1084）建。【268】十方塔，又名多佛塔。于五祖寺花桥下侧路边。北宋宣和三年（1121）建。【269】青云塔，又名文峰塔、安国寺塔，位于安国寺前。始建于明万历二奶奶（1574），乃黄州一景。这些塔里藏纳太多精深微妙的哲理如同皓月洒下的清净的光辉。【270】指老子和释迦摩尼。【271】廓，广阔。疆宇，宽广连接着宇宙。【272】悟空罪己，指僧人们修身悟禅。【273】泽，此指珠宝等物品放射的光芒。泽润，用光泽来温暖。韬能，谋略的能量。【274】俅俅（qiu qiu），恭敬的样子。灋理，佛法的要秘。灋，乃"法"之异体字。【275】用内在修得的能力拯救他人。【276】破壁，这里指冲破旧的壁垒。【277】显示佛僧们的慧光。【278】在浩瀚惠泽的世界里洗濯尘埃。【279】卬（ang），通"仰"。应敬畏那巍峨穹隆的东方人类的佛境。【280】斐斐，文采斐然。【281】夐（xiong）古，远古、辽远；此喻指漫长。扶桑，神话传说中太阳从很远的大树处升起。此指从黄州诞生的时候起。彭，传说中活过八百岁的老人彭祖。膂（li）力，体力；膂，脊梁。【282】形容圣贤们留下的文脉如同星辉那样灿烂。星辰，比喻圣贤二哲。【283】莘莘，繁多、众多。鼎力，苗壮成长、坚强地挺立。芳薪，比喻美好的文化道统和文脉。芳，美好；薪，柴火、薪火。【284】是说独自一人为了勘定大自然真正的地下泉水而不惧艰辛地使无数天下名泉得以传播。行者，此指独立跋山涉水的陆羽。天河，天汉、天江、天津、河汉等。遴汰，遴选和淘汰。茕茕（qiong qiong），独自无援。槩（gai）究，进行概略性的研究。槩，通概、概略。徇（xun），环绕。妙醴（li），真纯的泉水。磬传，像磬的声音那样传播出去。【285】亹（men），对峙如山的峡谷。晚唱，此指陆羽当年勘验此泉时与在兰溪河做渔业的人们一起收工唱和的景象。【286】洌（lie），清澈（形容词）；此指陆羽进行科学遴选并得出结论（为动词）。遗（wei 多音字），馈赠。西潭坳，亦称溪潭坳。【287】雅颂，以《诗经》里"雅"和"颂"的形式来讴歌。芔（hui），蓬勃兴起。【288】夫、斯，均为语词。芳茗，美好而纯涸的香茶。【289】东璧君，即李时珍（1518—1592），号濒湖山人，蕲春蕲州人。明代伟大的医药学家。【290】此语为当地长期遗传下来的名句。【291】即公元1556年。【292】饿莩（piao 多音字），被饿死的人。虎海，比喻夺走人性命的霍疫。【293】三十而立，语出孔子《论语》名句："吾十五而至于学，三十而立"。纵躯，奋身一搏。博謇（jian），学识广博而德行忠直。仡仡（yi yi），古指勇于担当和承担使命的人。【294】此指多种被征服的疾病。薄，语词。【295】重纂，重新编辑与汇集。秘笈，极其珍贵的书籍。【296】【297】根植，此指为拯救人民疾苦呕心沥血。蠲（juan 多音字），消除、免除。窥（kui）镜，深究、细究。窥，从空隙里往外看。整饬（chi 多音字），依法整理、整顿。【298】甄，甄别、鉴别。杂沓，杂乱。【299】是说长期未做校订而使许多差错成为史书之弊端。舛谬差讹，即谬误差错。【300】抟抟（tuan tuan），汇集、聚集。删缮，删改与修正、誊写。【301】垂，流芳、传播。修，编写。《本草纲目》，明代医药学家李时珍以三十年精力修订的医药巨著；中国古代八大医药奇书之一（略）。【302】圭臬，标准和法度、规律。【303】当铭，应当传给后世。铭，镌刻。【304】大夏，大厦。药圣，即李时珍。照烂医馨，辉煌的医德伟绩使之成为人类医药学领域最为耀眼的精神示范。照烂，光辉灿烂。馨，飘动的香气，此指崇高的德行与品质。【305】巨臂，喻一代巨人。斯，语词。粲兮，璀璨。美人，古指圣德超常者。【306】宋帝，宋朝的几位皇帝；大概是英宗、仁宗、神宗、哲宗、高宗、钦宗等。惛惛，糊涂而专横。天庭偕哀，天下一片哀声。天庭，传说中贵神泰——尼居住的地方。后指皇天之下。【307】滥朝，指朝廷上下一片浑噩，丧失科学理朝的理性法度。芜政，荒政、无人为天下立道、为人民执政。缧，缧绁、捆绑。圣灵，具有超凡道德者的灵魄。【308】苏子，即苏轼。佗傺（cha chi），失意。抗行，抵抗邪恶的行为；指极其高尚的人。【309】这两句是说一心精忠报国竟被浑浊的政坛叛逆者毒害成一生的愤懑。吁（xu 多音字），慨叹、忧愁、惊讶。逆蛊，背叛道德而又迷惑人心。垒块，块垒、心中的气愤。【310】即公元1079年。恃，负、遭受。"乌台诗案"，即元丰二年以王珪、李定、张藻、舒亶等捏造的"诗中有对圣上大不敬"之由而将其下狱。乌台，即当年御史台审理犯人的公事是设在一个有古柏参天的院落里，上面有不少乌鸦筑巢，又因苏轼是因为诗词引起的"文字案"，故为乌台诗案；被史称大宋天下一耻的文字狱。【311】崄巇蹿蹀（xian xi cuan die），形容人生道路十分艰辛。崄巇，通"险巇"，道路高低不平。蹿，向高处或上处挑。蹀，蹈、顿足、跺脚。休宦，停止官员行驶的权力。宦，做官。【312】藉梦，依托或凭借做梦。定惠院、临皋亭均是当时苏轼居住和游涉之地。【313】穷蹙（cu），穷困潦倒。【314】怆悢（chuang liang），惆怅不安。命舛（chuan），遭遇大不幸。【315】雪堂，原建于城东，后移至赤壁山东北山腰处。北宋元丰四（1081）年苏轼贬此地由故友马正卿等人同苏轼一起筹建。苏轼名文《雪堂记》专有记载。当时友人李叔通以篆书为其题写"雪堂"二字。蔽（bi），遮蔽、遮掩。两东坡，即苏轼自己和那块东坡山地。【316】遂袂（mei），于是成为朋友。袂，原指衣袖，后指联袂、结为伙伴。【317】赈婴，救济婴儿。力酬，努力为人民带来回报。【318】1082年，苏轼与名医庞安时往来，游过浠水清泉寺；后醉于绿杨桥，并写下了著名的《西江月·绿杨桥》；词曰："小引：顷在黄州，春夜行蕲水中。过酒家饮酒，醉，乘月至一溪桥上，解鞍曲肱，醉卧少休。及觉已晓。乱山攒拥，流水铿然，疑非人世也，书此语桥柱上。"【319】清泉寺，浠水县北一处古寺；晋王羲之有墨迹留存此处。

"谁道人生无再少"等词句引自苏轼《浣溪沙》名句（苏轼1082年游此地而写）。骇言，即惊悚、惊讶之语言。【320】此两句引自名诗《东坡》。【321】"月明星稀，乌鹊南飞"引自《赤壁赋》名句；"江流有声"至"掠予舟而西也"为《后赤壁赋》名句。和境，大美之佳境。和，和音；音乐的多种乐器产生共鸣的声音。【322】词圣，即苏轼。"大江东去"等句引自苏轼《念奴娇·赤壁怀古》之不朽名句。词章，泛指诗词和文章，也指作词的章法与技巧。【323】书圣，指苏轼继王羲之、颜真卿之后又一位书圣。修短肥瘦，即长短肥瘦各种书法技巧处理风格。是说其书法的各种风格在理中理外都浸透了他那豪放的风骨才被誉为中国书法千古未有的中正与大气。洽（qia）润，浸染润和。【324】诗哲，即诗词里富于深邃的哲学思想。此句引自苏轼《题西林壁》。峥嵘，此指深邃的思想意寓。【325】是说他的治国之道被昏聩的朝政所辱没而不能匡扶正义。徐，通"徐"。【326】履巉（chan）岩隈（wei）水，经过艰险的山路和曲折的水域。巉岩，高低不平而危险。隈水，曲折的水边。【327】仗倚，凭借。芬芾（fu 多音字），芳香浓郁。此指功德流芳。【328】幽都隆胜，比喻安详的城邑和兴盛优美的景域。幽都，古指被太阳荫遮蔽的地方。冯迹，凭借其足迹。此处的景点是苏轼当年涉足的地方。【329】炤彻，照彻。【330】蠲（juan 多音字），显露。仰赖，依赖、依靠。风脉，良好的教育风尚。【331】双离别，此指苏轼告别了黄州和这里的人民。夆（feng 多音字），通"丰"。殊异，不同、相异。【332】呜呼，哎呀。已矣，算了吧！【333】周流，向四处流芳。猗（yi 多音字），限用于语句末尾。【334】众芳，指圣贤的美名。唱酬，在一起吟诗唱和。【335】毕肖，好像。【336】异彩，此指不同的造化。姱，美好。【337】即李白（701—762），字太白，生于安西都护府所属的碎叶河畔，后入四川江油。东渡，指当年的李白从西部来到东方的黄州。倚剑，佩带着、斜插着剑。当年来黄州时便留下了不朽名篇《赤壁送别歌》；并确定黄州赤壁乃周瑜破曹操赤壁大战之遗址。【338】牧之，即杜牧；唐代842年被贬谪黄州；《赤壁》是他任黄州刺史期间众多诗中的名篇。抗灾节业，以官员之身分领导人民抗灾以大无畏之气节振兴人民的事业。传道，以文学作品传播先人的文化道统。【339】元之，即王禹偁（954—1001），咸平二（999）年闰3月27日抵黄州就任太守。联命，同历代被贬至此的人一样的命运。【340】《黄州竹楼》，即《黄州竹楼记》，亦称《黄州新建小竹楼记》；是王禹偁馈赠黄州人民最宝贵的精神财富。【341】稚圭，即韩琦（1008—1075）北宋政治家。安阳（今

20

东坡赤壁 栖霞楼

河南安阳）人。北宋天圣（1023—1032）出任黄州太守；并留有著名诗作《涵晖楼》等。青灯，指夜间在油灯的青烟里休学。节色黄州，即以君子之为复兴黄州。【342】半山、东坡，是王安石与苏轼的雅号。可谁与共，有谁比得了呢？【343】他两成为知己是因为在各自的文章里找到了做人修身的道理。【344】快刀立马，指当时王安石雷厉风行的改革作为。才穷，是说让这文人来改革，已说明大宋已经真正没有了政坛人才。荆公，是王安石的公称；忠公，是苏轼的公称。同为"唐宋八大家"之列。【345】子由，即苏辙（1039—1112），与其父苏洵、其兄苏轼合为三苏；均为"唐宋八大家"之列。郏城放怀，来黄州与哥哥叙叙久别离情。《快哉亭》里，呜呼哀哉，是形容人们在他的名篇《黄州快哉亭记》里陶醉得快要乐死了。【346】山谷，即黄庭坚（1045—1105），号山谷道人，洪水分宁（今江西修水）人。北宋杰出文学家、书法家。江夏，当年黄州的南岸也叫武昌；今为鄂州。他在那里任知州。【347】张耒，苏门四学士之一。他曾三次被贬至黄州；八载黄州生涯。鸿轩即他的《鸿轩记》一文。惨怛沧桑，忧伤的苦难经历。《柯山》，即《柯山集·一百卷》。张耒（1054—1114），字文潜，号柯山，楚州（今江苏淮安）人。【348】放翁，即陆游（1125—1210），山阴（今绍兴）人。乾道六年（1170）8月18日至20日停船黄州游览赤壁诸胜。淳熙六年（1179）再次登临赤壁和拜谒雪堂。名母，即陆游母亲降生陆游前夜梦见了秦少游，因为平日她喜欢秦少游的文章，故取名陆游。忏否，后悔来的不是时候。这年他来黄州并留下了不朽名篇《赤壁怀古》。皋亭，即临皋亭。形身琳秀，形容人的处世法度像玉般的雅致。【349】与第一次来黄州时隔九年。《东坡诸胜》即《游黄州东坡诸胜记》。夔州，四川奉节。【350】是说辛弃疾为了民族大业而勇猛杀敌的故事。稼轩，即辛弃疾（1140—1207），南宋杰出爱国词人。《霜天晓角》，即《霜天晓角·赤壁》。淳熙五年（1178）秋，他以湖北转运副使之任由临安（今杭州）至鄂州，在江船上看到黄州赤壁，但未能登临；于是作了此词。偓佺（wo quan）灵游，像仙人一样游览。《月波楼赋》，是说这年冬天辛弃疾凤愿黄州赤壁月波楼时当即就马叔度之《游月波楼》作了《水调歌头·和马叔度游月波楼》一词。长恨"扶头"，是上述词里的尾声，即"此事费分说，来日且扶头"：是说此人从未放弃过对黄州赤壁的留恋。【351】维周，即程之桢（1851年）后到黄州任教谕。二赋比天，是说他书写的《赤壁赋》、《后赤壁赋》在赤壁二赋堂一直吸纳着天地之瑞气。芳馨，指他为黄州创作二赋的文化善举。【352】十度，十年；此指光绪1884年。时任日本大使黎庶昌随员。孝母于堂，指他在黄州执教时每每做到对母亲的行孝之道。惺吾，即杨守敬。刊载典籍，经他所编纂的善本有《评碑记》《评帖记》《广艺舟双楫》《水经注疏》等。【353】以身殉国，指闻一多1946年7月15日因李公朴先生公葬而被国民党特务杀害之慷慨就义。高洁芳菲，是说他追求崇高的民族气节和流芳百世的文品。文鳞星辉，形容他的文章诗词等像星星的光辉那样灿烂。替天担悲，即为天地立道。乱世耸峙，在昏聩的世道上成为人类的英雄豪杰。人狗为匪，那时的人和狗几近成为亡国之匪徒。《红烛》《死水》，是闻一多先生留给后世的最为壮丽的诗篇。【354】回龙，黄州城北的一个镇。仲揆，即李四光（1889—1971），著名地质学家。冰川四纲，指1920年他回国率学生在河北、山西首次发现中国第四季冰川遗址。【355】马

21

耳，即叶君健（1914—1999），黄安（今红安）人。著名翻译家、作家。最初从事世界语，后发展多领域研究。其《山村》《他们飞向南方》《火花》《自由》等堪称当代文坛先辈之作。【356】指团风的秦兆阳（1916—1994），著名作家、评论家。《当代》，他曾经主编的大型文学季刊。《前进》有令，是说他的长篇小说《在田野上，前进》时刻在警醒世人如何珍惜土地。令，号令、警醒。【357】渔村，即王亚南（1901—1969），团风马家坊人，著名的经济学家、马克思主义理论翻译家、学者。袂译，共同翻译。扶桑，此指日本。【358】巴河，浠水西部的一个镇。子真，即熊十力（1885—1968）著名哲学家。维识新论，即维新识论，熊十力哲学"维新识论"学术思想。渗（qin 多音字）修瀦（chu）理，慢慢修为精妙之理而成为丰厚系统的思想体系。渗，少量沁入的水。通"沁"。瀦，积蓄。熊学，泛指熊十力的哲学系统学说。【359】汝忠，即吴承恩，江苏淮安人。《西游》，即《西游记》。蕲阳，蕲春。江东，此指长江黄州段的东部。【360】万历，明万历年间。梦龙，冯梦龙。江苏长州人。明末著名文学家。"复社"，当时他和其他人在麻城创办的文学社团。《春秋》，此指他以传播"春秋"思想为修身之道。《警世通言》和《醒世恒言》他的代表作。大风，指为社会和国家培育或因善举而形成的良好的人文风尚。【361】赤东，蕲春西部的一个镇。光人，即胡风（1902—1985 年）著名文学家、文艺评论家。早稻学家，1929 年在日本早稻田大学就有丰实的学识。普罗，当时在日本兴起的激进的思想运动。左联，1943 年回国后参加的中国左翼作家联盟。《七月》，他当年主办的刊物。昭明天下，是说历史终于还原了胡风追求"真理"的真相。【362】骁勇慓（piao）狡，勇猛敏捷的作战经验。慓狡，轻快、敏捷地；此引申为经验。【363】风土，教化良好的习俗传统。铜墙铁壁，形容坚固的作战防事。【364】这两句是说这里的江山早因那场解放战争改变了模样。兵燹（xian），经战火洗礼的痕迹。【365】军枭，军中首领。倥偬（kong zong），困阻或事繁的样子。林育蓉，即林彪（1907—1971 年），黄州回龙山人。著名军事家。曾任红军团长、纵队司令、军长即军团长；新中国后历任军委副主席、国务院副总理等职。1971 年 9 月 13 日随机毁于蒙古温都尔汗。二老，即伯夷、姜尚；猷，法则、圭臬。【366】王树声（1905—1974）著名军事将领、上将、马克思主义者。军莱（ku 多音字），形容部队力行艰辛远征天涯。莱，月亮归宿的地方。蹀（die），蹋、慢慢走路。俟（si），等待。【367】韩先楚（1913—1986），今黄州红安人。著名军事将领、上将。新中国后曾任全国人大副委员长等职。陈再道（1909—1992）今黄州麻城人。著名军事将领、上将。新中国后曾任全国政协副主席等职。【368】陈锡联，今黄州红安人。著名军事将领、上将。秦基伟（1914—1999），今黄州红安人。著名军事将领、上将。乌蒫（rao），泛指百姓。【369】梅川，即居正（1876—1951），今武穴灵西人。历任国民党政府最高法院院长等职。济武，即汤化龙（1874—1918），蕲水（今浠水）人。曾是袁世凯和段祺瑞时代的反腐旗手；曾任国民党政府民政总长等职。讫，竟、终于。【370】扤（wu）府，动荡不安的政府。东瀛，东渡日本。【371】金陵政坛，指 1912 年南京临时政府成立的政局。美政，美好的政治功德。伍洲，汤化龙的故里，位于浠水县西南部的江滨。【372】林育南（1898—1931），黄州回龙山人。无产阶级革命家。曾任全国苏维埃中央准备委员会秘书长等职。林育英（1897—1942）黄州回龙人。无产阶级革命家。曾任中央军事委员会委员。创办《中国工人》月刊等。1942年3月6日在西安病逝；毛主席亲笔书写挽联"忠心为国，虽死犹荣"。死直，因正义而死。【373】张体学，河南新县人。曾任湖北省委书记、省长兼军区政委等职。他将战斗和建设的一生献给了鄂东人民。焠荦（cui luo），色彩斑斓。此句是说他对人民的贡献有如色彩绚丽的景致。【374】贺龙，湖南桑植人。中国人民解放军元帅。1927年后率部队驻防鄂东等地。仡仡（yi yi），英勇作战的样子。【375】徐向前，山西五台人。中国人民解放军元帅。1926年6月后抵达鄂豫皖根据地。在鄂豫皖的"会剿"和三次"围剿"中夺得胜利。【376】高山鏖战，指刘邓大军于1947年底在蕲春高山铺歼灭一万二千余人的战斗。夷林，像快刀削树林。夷，削。郅偈（zhi jie），高高耸立；此指从此站起来了。匡，拯救。百郡，指全国。廓（kuo 多音字）然，扫清、清理障碍。【377】中州，中国。【378】崇，此指高空。董必武（1886—1975），黄州红安人。无产阶级革命家。1914年东渡日本；翌年回国后随孙中山讨伐袁世凯。1919年在上海接触马克思主义。后历任最高法院院长、国家副主席等职。陈策楼，即无产阶级革命家、马克思主义者、开国元勋陈潭秋的故里；在黄州城北20公里处。旗手，高举旗帜者；此指建党元勋。修能，富有才能。陈潭秋（1896—1943），中国共产党创始人之一；中共第一次代表大会成员之一。1920年同董必武、刘伯垂等人创建武汉共产主义小组并成立马克思研究会。1942年9月27日被反动军阀盛世才杀害。【379】李先念（1909—1992）今黄州红安人。无产阶级革命家、军事家。1926年投入革命，1935年参加长征，1947年随刘邓大军挺进大别山。建国后历任湖北省委书记、省府主席；后任政治局常委、军委常委、国家主席等职。朝国，治国；朝与野相对。传说他逝世的这年早秋家乡黄州城掉满了树叶以示追思。侔（mou），谋求、谋取。对月流觞，对着月亮把酒畅饮。此指军人在战场上运筹帷幄的豪迈气概。流觞，出自王羲之会稽山兰亭集序淌酒樽赋诗的典故。【380】岂此芳芳千千，形容太多，远不止如此。【381】纵使，纵然、即使。中正，即蒋介石。世立，世人言议。菲微，原指植物慢慢成长。此指议论慢慢任人们品味。【382】剡剡（yan yan），光芒耀眼。圣地，指三国赤壁大战遗址、大别山革命根据地，陆羽、苏轼、李时珍等圣贤二哲们遗留下的精神遗存等。千桦，形容很多甘为人民奉教的造福者。桦，桦树，其皮可卷起来作

黄州东坡赤壁 二赋堂

23

为蜡烛燃用。【383】狷介，忠正而不同流合污。夬（guai）持，持之以恒。夬，坚持。穰穰（rang rang），形容很多。【384】懿，高、深而美好。漂，漂点、目标。【385】倥侗（kong tong），蒙昧无知。彝（yi）袭，常常蔓延。彝，经常；泛指青铜器的统称。鬻（yu），卖。枉非休耻，冤枉自己行为不正就应该停止羞耻的做法。枉，冤枉、使受辱。【386】蔚彧（yu），此指开始盛行的文化气象。彧，富于文采。翰林旗手，指当时的王禹偁（翰林学士）等建文宣王庙以促进黄州的文化发展。州壅，指全州人民拥戴他的创举。壅，给植物培土。风骚，原指文学作品；也指文化精神。【387】二程，即北宋的大儒、理学家程颢和程颐。逴跞（chuo li），超绝。芳菲，芳香而艳丽。膏泽，恩泽。【388】朱子，即朱熹。憬鳞，怀远大文景之气象；憬，远行、远大；鳞，喻指文章气象。【389】河东，即南宋宝祐年间（1253—1258），由黄州郡太守覃怀、李节建于城东的黄州书院；时为全国最好的23家书院之一。邵立人本，建立好的人文意识。邵，美好。仡举，高举。靡丽，华贵、奢华。【390】是说不断发展的私塾，使人们的教化有了规整的行为法度。斥，扩展。虎（fu）趋，人多在一起欢歌笑语的议论。烛，光亮。此指自觉、理性。从流，顺应形势。【391】经那些圣贤之道的引领黄州的人文会源源不断地发出奇异的光辉，这里的山水也会长久地披上绿色的盛装。明月，指那些有大道造化、引领人们进步的人。发，发光、生辉。【392】这两句是说：很久以来这大善大美的圣地充满了勃勃生机。灵均，美好的地方。艸（hui）然，充满生机。【393】璇玑，指北斗星。此指古来黄州走过的文明创造者、造福者。蹈，此指遵循、遵照。【394】道，积蓄。数化，多在变化。揆（kui），道理、法则。万雉（zhi），形容广大的城池。雉，古为量词；长三丈，高一丈为一雉。隆炎，形容火样的兴旺景象。【395】黄高，即久负盛名的黄州（冈）高中。踞流，代代流传。踞，靠着、接着。俟（si）收，等待收获。【396】内外，即海内外。辉贶（kuang），光辉照彻。贶，赐予。皇星，巨星。金鎏，鎏金；含量高的金子。【397】黉（hong）门，古指学校。阙（que 多音字），古代宫廷外高大的建筑物。玉酳，比喻纯真玉洁的道德教化。【398】偲（si），具有广泛的才能。天阃（kun），天门。是说以古往今来的才智，来建设人类最纯洁的精神大厦。恩（hun），忧患、忧虑。铤（ding 多音字），未经冶炼的铜铁等。【399】涵，浸泽、滋润。濩馨（huo xin），散发的香气。濩，散布、流传。【400】是说人们有了深厚的德行，天地间就可以筌篌这样的古典乐器来庆祝太平盛世了。泰，通"太"。【401】崇峨，高峻。萌隶，古指农夫；后泛指天下百姓。【402】这几句是说：有好的文化土壤，是需要百姓的呵护，这才使荆楚大地大放文化异彩，并浸染到全国使之光大发展。【403】是说物流商品繁多。【404】撩，招惹、引诱。君，此指作者。辄（zhe），总是。熠熠（yi yi），形容闪闪发亮。【405】扬子江，即长江；此指扬子江牌摩托车。掣（che），急速而过。【406】驰骛，奔腾飞驰。【407】祥云普钙片，即黄州祥云集团生产的钙类药品。【408】这是说众多的商品深深造福乡土时，还服务天下的人民。沉沉（tan tan 多音字），深邃。晏然，安详、安逸。苍寰，天地间。【409】广济，今武穴市。核黄素，一种药品。【410】喹乙醇，一种化合药品。【411】丝绸，即鄂东蚕丝绸集团生产的品牌。遐，长久。龙乡印务，湖北龙乡印务包装有限公司。彦，有道德的人。【412】类，同。塑钢，指黄州红安塑钢制品。

美春，蕲春生产的美春牌服装系列。姬姜：古时周文王和姜子牙两大族的服饰为天下最好的服装；故后人常用姬姜来形容贵族妇女的美称。见左思《蜀都赋》。【413】朝朝夕，每天的早晚。形容社会的需要和好评。【414】窥，细细地看。嫮（hu），夸奖。昭贾（gu）天垠，呈现商业的气象衔接到天边了。【415】这句是说：内陆茂盛的生态植物给人以美的回馈。物旖（yi），物品丰沛、繁盛。裕，富裕。康赢，富足的利益。康，富裕、富足；赢，利润、利益。【416】晒烟，清光绪《烟叶略述》载："湖北黄州土性堪宜烟草，所产向与邓州争衡"。邓州，河南省靠近湖北北部的一个县。【417】长孙萝卜，即长孙堤（孙镇）一带的萝卜；因上等玉脆，故被人们称为玉卜。【418】浠水莲藕，又称芝麻湖莲藕。位于巴河望天湖。鄂东四大名产之一。【419】二茗，即蕲春"蕲门"和"黄团"名茗。遽（ju），就、便。【420】罗田的名产药材。倚（ji 多音字），独自。【421】即山上和田园种植的板栗。【422】均是罗田的特产。丰融，丰富盛繁。【423】恒然，经常、长久。【424】乃浠水巴河之特产，混凝土主要材料。具有全国性建筑领域之影响。【425】此药枕1988年经国家专家鉴定被誉为国际水平的保健品。采用汉武帝药枕方剂研制而成。【426】取苏东坡当年的文脉典故而盛名的浠水县经典产品。【427】为蕲春四宝之一。【428】同上。姤（gou），美好、善美。【429】东方四宝，即蕲蛇、蕲艾、蕲竹、蕲龟。《本草》，即《本草纲目》。【430】黄州东北的一个县。桔梗，英山的名药材。具润肺、散寒、消炎及排脓等功效。万国金奖，指1938年巴拿马万国博览会上荣获的金奖。【431】乃"英山银毫"、"羊角春"、"吉峰毛尖"等名茗之一。【432】此山药为鄂东名产之一。【433】此竹器为近代章水泉首创；其将木制工艺与竹制工艺融为一体。远销东西方。【434】武穴市名产之一。【435】挑花，黄梅县一大景观。唐宋以来被誉为鄂东奇艺之光。【436】以各种色彩和各种内容融为一体而驰名中外。【437】指红安县的香酥花生糖果等。【438】花生酱，红安县的名产之一。俱，协同、一起。【439】麻城老酒为鄂东久负盛名的东山老酒。【440】此为名产。【441】也称苦荆茶。【442】黄州名产之一。以东坡命名。【443】黄州名产之一。妐（zhong），丈夫的公公。【444】圣贤们的才华在黄州得到施展啊，是因为他们从未辜负太阳的照耀。温纷，聚集。朗稀，被遮蔽。日母，指太阳母亲。【445】这些古贤的忠贞使周围人得以敬仰啊，其深厚的造化如同千里马载着人类前进。謇謇（jianjian），忠直敬言。杳杳，深冥状。灵修，富有德行的人。骐骥，黑色的骏马。泛指千里马。【446】像兰花的品格和鱼鳞样灿烂的文章是因为他们保持着自我意志力的坚守啊，所以他们展示的才华和高扬的性格像空中舞动着的衣袖那样美丽而动人。蕙、芷，兰花类之极品。鳞滴，喻文章的渗（qin 多音字）染。鳞，比喻光彩照人的文章；滴，水渗流的样子。畿、羁（ji ji），均是自我约束的意思。吐芳扬列，舒展超然的才华和昭示仁德的品格。褎（xiu）绮，袖子被舞动的样子。【447】那些有德行的人的文化遗存就像翡翠一样云集在黄州啊，它们那高大圣洁的形象如同飘动的艳丽华贵的佩饰让人敬仰。神德，有特殊才能的人。翠萃，像翡翠样聚集在一起。晁采，美玉的一种。幡，幡旗；褵，古指出嫁女佩戴的最美质地的配饰。褵，同"缡"。【448】几千年的人们白白看黄州屡遭不幸啊，那么为何要这样默默地闭目塞听呢？罹沧，遭受大的不幸。囡（nan），停止。【449】立在赤壁的高处缅怀苏轼《念奴娇·赤

25

壁怀古》，看长江缓缓流逝啊，不要忘记先辈们的文化遗存他们时刻在涵泽着黄州的土地。堑，原指人工开凿的河渠等，此借指赤壁绝壁的高处。流，传递。彧，文采。周土，整个黄州。【450】那城乡间像彩虹样的飞桥欣欣向荣啊，都在默默地向世界输送着福祉。烠（hui），勃然兴旺。蜚，通"飞"。阒（qu）然，默然、安静。馥、芳，香气。喻泛指福祉。【451】农民居住的阁楼像情侣一样连接在一起啊，他们亲近地唱着伯牙的《高山流水》之类的曲子来感恩今天的盛世。桑梓，泛指农民。缱绻（qian quan），情意绵绵的样子。毗胶，毗邻。伯牙，春秋时著名音乐家，《荀子·劝学》载曰："伯牙鼓琴，而六马仰秣"，此喻其琴艺之高妙；另据《乐府解题》曰："伯牙学琴于成连先生，三年不成。后随成连至东海蓬莱山，闻海水澎湃、群鸟悲号之声，心有所感，乃援琴作曲，后世传此曲为《水仙操》"；故曰《高山流水》乃其传世之作也。《高山》，此指《高山流水》。【452】以美妙的颂神曲歌颂神农皇开创的农耕文化啊，所以每年的仓库离不开车船前来忙于运输。颂祇，创作颂土神之歌来赞扬神农皇以示感恩。【453】图农业发展的大计集中在一起研究使它们光芒四射啊，这样的农耕意识才构筑今天城乡一体神圣美妙的成就。繁猷（you），繁多的大计；猷，大计、谋略。辐辏，比喻人或事聚集在一起。照离，光芒四溅。霓羽，充满霓虹羽裳般的圣境幻觉。比喻幸福的生活。【454】不要忘了圣贤的教化啊，他们的思想才是永远引领人类前进的真理大道。苍荛（rao），天下的百姓。

【译文】

2013年立秋的这天，我因为故友刘成义而去了重庆；在后半夜的梦里回到了阔别多年的故土，忧伤里，想到40余年的理想追求，多少坎坷之绪涌上了心头！虽年富却遭受太多不幸，岁月匆匆逝去；再也无法叙述昨日之往事，就是大海也无法代替我感叹这一路的磨难。夜里我旷怀自己的出生地方铺，这漫长的岁月我没有因私欲而走错一步路径——因为我无时不在爱怜生我的那方风土，今天在此所表达的文字可以撼动那白玉修筑的高楼！现就写到这里，暂时就不要勉强动笔；因为我了解自己的家园——其山不比泰山闻名，其水不如桂林遐迩；那么除了山水之外我的故乡就没有别的值得歌颂的吗？！这里不论

黄州 青云塔

26

其比《高唐赋》的雄健浑厚；不议《上林赋》的讽雅之风，也不谈那穷尽大善大美的《蜀都赋》，就是《离骚》的大忧大愤也不必去借古发论了。但可以骄傲的是，我那纯厚风情的家园啊：其悠久的历史值得叙述，其圣道的人物值得讴歌，其不朽的文学艺术等值得彪炳和流传后世。然而我终于可以有向世人澄清一个道理的机会："冈"的注解在一切辞书里是小山丘的意思，而"州"却能承载生灵和万物故使山川得以畅旺。如细细一品就更有意义了：因为"川"字含有"三点水"而成"州"——故它才所以滋润着鄂东地区；这里的山川又因为"州"赐给人民的福报才承载它上面的百姓和江河风土。于是常常仔细听人们说：土气的黄冈叫法只有几十年的光景，而恢复"黄州"的正名才得以使这里万代兴昌，出于这种心法之理才命名《黄州赋》而不为之"黄冈赋"，我和这里的人民一样敬仰古今美誉的黄州城名这才洗清了压抑内心的不解的愁绪。

我的家国黄州，土地肥沃且物态丰茂，上等富庶的地理环境使它成为得天独厚之地域；水运和陆地交通，连着四周蜿蜒而伸的远方，因而它泰然自得地接纳着皇天给与的恩赐。从黄州的鄂黄大桥出去可以到达西边的武汉，从东部的鄂东任意途径能到上海，去南方的港澳等更是四通八达，要去北方都城通过京九线继而还可以到达全国各地。黄州古来民风醇厚，且物美天赐；这里的人民崇尚人才热爱大自然，常常敬畏天地时还吹起箫乐和举起酒器以追忆造福黄州这块封地的圣贤们。于是人们常说："人文的黄城传载不少古今的天地大道，聚积人才的黄州一向被誉为天下最难得的一方宝地！"

黄州由历史以来，经历漫长的洗礼，历史早已为它作了记述，春秋时便被刻入典载，八千多年前的新石器时代在今天黄州的堵城就有了发祥人文的考古遗迹，市中心往西的禹王城就有"楚宣王灭邾城摄政"的记载。而那时早于他前600多年的弦子国君在今天的巴河江口建都，不久的曾侯乙便在西阳（今黄州北30里处作者祖籍孙镇）城南凭吊一代枭侯。那时的赤壁就很美丽，先后一直繁盛，公元前369年建立的邾城很快便夭折，但城邑建设得不错；不久后的邾城也相继被湮没于尘埃之中，人们目堵那逝去的传奇只有保持默默的伤怀。黄州是属楚国的城邑，这时遇上千古一帝秦始皇颁布为郡治；全国统一，天下归心；诸侯王遂旨，臣服枭雄赢政。迎来升平政绩可信赖长久，但愿故国黄州繁昌福水长流；然而回忆秦始皇扫六国之历史，人们不禁要问——虽说始皇那时名播天下可后来的太守黄祖命名的"黄州"一词一直延用1900多年后的今天这与那14年命运的秦国相比究竟谁是英雄呢？！不久又建立了衡山政权，但人们仍推崇邾城时期的政道；接着后来的三国刘邦和项羽争夺天下，全国战难兵燹。因为东晋敞开魔鬼之门，所以三国便杀声震天！孝武帝执政时，以分割法处置了这里"五水蛮"的抗朝祸端；此时的西阳仍为郡治所在地，可很快又夷掉西阳一名换上南安一名。到了南朝更是变化多端，旧邑多迁；这时的西阳又移往麻城，同时立新州郡并将黄州命名为齐安。而到了梁武帝仲夏，萧衍令夏侯夔为西阳太守，这里只好任由权力的摆布，于是蒙昧中又将此地改名为黄城。旋即到了北周之年，朝权命舛；此地遭多次改名，此城也屡遭更迁。但到了东汉太守黄祖时代，他废旧立新；城邑的大业已经奠定，终于他命定了一个不朽的城名——黄州。虽大唐的到来却仍附艳浑噩并将天下的太守改作刺史；抛弃新近命名的城名，又回到汉时的永安城一名。武德7年，朝廷把此地命作督都府，还把昨日的南司并入黄州；大约此时黄州便开始出现一个黄冈的名词，这名仿佛空中飞舞的树叶那么不切实际飘摇不定。唐玄宗在天宝年骄横地凌驾权力，把周围的地方都划归了齐安！后来到了明清时代便又将这里改为黄州府，按顺序分布了辖八县的权力；更可笑的是到了民国时期又放弃府制而将其改为道，于是天下人民无不为之呕笑。新中国诞生时，立废万千，然而百姓在苦难里仍没盼上一个安身乐道的城名，等到的却是一个不孝天地道统的城名黄冈。综述了6000多年的人类，爱怜这大好气象的人文和山水；于是不得不让世人为这上下几千的黄州之变迁深发感慨，不得不因人们如此背叛文明道统而黯然伤神！这里的人伦照样存活，这里的山水依旧存形；这里的天没有私盖，这里的地没有私运；虽说阴阳有区别，但改变这里人民疾苦的机会总该不少，可那些一味为城名那样兴师动众的耗尽为苍生谋福祉的大好时光，其结果给这里的人伦万象带来了什么恩德呢？比喻说那时政坛涣散所以常常假借多种口实而拿城名作文章，受困阻的这方宝地又怎能不低着头强忍心中的哀伤不这样又能拿那世道怎么办呢？几千年来从未改掉这一陋习，官僚们播弄愚昧的手段已用尽了；伟大的事业被他们搁浅了，你说这黄州一个很好的城名何以要那样一代接一代地改名换姓难道这种没完没了的城市更名真的比为百姓谋福祉更值得去游说的么？！

回首当年，黄州竹海怡人，从王禹偁《黄州竹楼记》诞生起，长江上下，黄州城的古今，每每出现人文传奇。虽不如《黄州竹楼记》的震撼，《游月波楼》也算是黄州一绝；团风典型的雕镂楼刻的亭榭，依旧表露着四时风韵且让有情人恋恋不舍。赤壁东南方的醉江亭已留下多少仁人志士慷慨抒怀的足迹，上面的栖霞楼也不知记录多少文人关于报效国家的激情壮语。定惠院等遗址一直延袭苏轼之文脉而使它们风靡千古；考棚街及二赋堂等因为东坡遗风而气象非凡。蕲州的金陵书院，藏着东方人的气节和慧能。黄梅戏的曲艺，传承先人还弥发着新意。武穴市的鲍照读书台，时刻浸透着书乡的气息。罗田小集镇的圣人堂前，每每吸引着芸芸众生继往开来。这里的人物在历史的文化长河中吐着深远的哲性，这里的历史同样在人类的大河里流淌着深邃的熠熠之光；他们那时造访黄州轻轻留下的足迹，足以超卓地使这块风土声名远播了。

就是到了百花齐放的春天，也没有此东鄂的景致好看：因为这里巍峨的山势，其和谐是仰赖四季之分明；人们谈论感恩时，自然都离不开它的人文发祥；论人们文雅大度时，当然得反思和效仿先人；至于言及自由与解放，就一定不能忘却那些以生命换取今天和平的英雄豪杰。黄梅考田纪念碑，说明中国红军的大义气概，闪烁着先烈们的灵光；红安的烈士园，令八方鬼神胆寒，它是东方人类捍卫大道的选择方式。这里聚集了古圣先贤们的德范，还必须感恩我们的伟大始祖伏羲那时开拓混沌时世的大恩大德；传承了先皇伏羲的恩泽，就应该大力颂扬印刷鼻祖毕昇的功绩。从较远的城域看去，蕲春漕河北边不远的古罗州城遗迹令人思绪万千；想到当年大文豪苏东坡月下泛舟赤壁，自然忘不了大宋那大兴"文字狱"的浑浑之耻。重恋昨日，那时的大诗人杜牧来到麻城的杏花村，居然一句"牧童遥指杏花村"竟成为今天人们炙手的谈资；咏吟后来的宋朝，

黄州 古城汉川门

晚于杜牧的苏东坡同样因为《念奴娇·赤壁怀古》一词而成就了他一代词圣的盛世芳名。在我的诞生地兰溪的正东方是莲花山，这里曾是太平革命军屯兵剿寇的地方；它沿江下去不远是散花洲，其对岸的西塞山乃三国孙吴合盟的军事要塞。再放眼鄂豫皖交界的天堂寨，它傲视东鄂地区，山体直入苍穹，以雄壮之躯呵护着长江北隅的大地，终年放射着物宇丰融的光辉；另一座大山与它相邻（指英山的吴家山），这里四季的水声与鸟鸣交相辉映，它们同栖息于一个天地相间的自然体，与大山共享美妙的大自然之芳荣；有人说吴家山颇为独特，在众名山中自得尊贵因而其美誉流传深远！在它之后，是团风的大崎山，这座大山自造山运动迄今就一直正面朝南，其松涛怒吼，避暑胜地，度假天堂等是它的特征，于是就连生灵的呼叫声都能传到南部的潇湘。如果登临蕲春北部的仙人台，你可以俯瞰天下；四周深受蕴藉的人们燃着香火唱着颂神曲来感恩，真是一派闿福落千家之景象啊！但如果来到黄州城东的遗爱湖将是另一番气象，这里城阁的倒影在湖面的微风中涌动，就连细小的波纹都富于诗意，轻烟和羽裳般的雾霭长长笼罩着湖面，使它一如幽缦的海域令人叹为观止。这里的湖边香气四溢，情人们戏水浇船，仿佛梁祝和鸳鸯们戏闹各自洞房前的障物，湖边还有豪华炫目的竹舍，友人们在里面对帘示情；遗爱湖的水色山光，虽说人们游后离去但其胜景仍记忆犹新。湖雾涵浑着鸟语，令它们放声不清而又嬉戏自乐，恰似毛嫱和西施她们当年在戏游于宫廷一般。现在可以浏览"天下第三泉"了：这里石壁高耸，绝断的岩岸异常秀美，其坡度大且怪石雄奇，然而这里下方的石泉就是唐·陆羽勘定的著名的"天下第三泉"。因此经历了1300多年历史的风化，它总是宁静地卧在这江的东岸，因为这"天下第三泉"墨韵的滋润使长江都倍觉流湍的文雅，这大有类似泰山和兰亭喷溅

文脉的气息；再细细一推敲，兰溪这里的山水与莲花山峰等遥遥相望，当年到此观"三泉"的杜牧、王禹偁、苏轼及黄山谷等群贤们的灵光旋复，自然归于词祖苏东坡的赫赫奠基。要说凭吊一千多年来的茶圣陆羽，他不但使我的诞生地方铺（距离"三泉"两三华里）得以升华和发展，就连这浠河边的泉水都自得其乐地相互追逐和咆哮，尚且这里兰花的许多品种在大唐前就很负盛名，故名兰溪，因而这里天地四周一同芳荣，罕见的浠河水西流拐过前面的江口便又奔向东方的大海，这河的上下一直连接很远的方向，如此美的自然气象和由陆羽勘定的泉水简直是在用美酒玉液去造福帝王君主的日子；然而可惜啊，这西（浠）河两岸的人民都在为此摩崖石刻的"第三泉"而徘徊不定，虽漫长论战的突然意外，但浠水和兰溪的人民说这"天下第三泉"之石刻乃出自尚意书家孙仲摩所书。隋唐这里开启了佛教，由道信等人奠定基础，后来又为天下的僧人提供了修身的道场，他先向三祖僧璨修求了佛法；因为他受到了好的真传，故而将所修禅学留在了正觉寺等地方，甚而大唐的李世民都想招他去朝廷授经，奈不得他一心要为黄梅四祖立形而授正果于弘忍。弘忍生于黄梅本姓周，后延正觉香火，在黄梅东部一带参禅，抚恤了千千万万的僧人；他心灵清澈，智慧超群，开拓了东方人类之佛业道场，将印度的旗幡播在了这里。所以我以文章来彪炳他的功绩，以最清晰的诗句传载这一教业："菩提不是真正的树，所谓明镜也不是供人照身之地，宇宙乃一个整体，你伤及任何一处不都是伤害自己？！"具此智慧者方可成为人师；所以挑选好的风土传道有如龙的祥瑞身影一样为后世敬仰。最初的天然寺（三祖），呼应着浠水辽阔的疆土才让那里的人民得到福祉；而道信和弘忍的开创，显示黄梅地域的阴阳畅顺因此才具有泰山的气息。黄州的江心寺等都倾吐着人间被摧残的苦衷，因此卢塔等聚积着高天最为精妙且富含哲理的自然光辉。这些道与佛的交融，显现出他们为宇宙立心的博大胸襟，他们没背叛亲人的希冀，在此以罪己的方式来教化世人；以孔子和释迦牟尼之心，来滋养今人的智慧能量，且以恭敬之心传播佛伽的机理，力求自律而使众人受益。所以说：黄梅的东山开拓，是在显示佛光的世界；在浩瀚迷离的尘寰去洗尽蒙昧，真的这是我们东方最令人敬畏的美的天堂啊！

自黄州奠基，此地就很负盛名；自那远古诞生起，人们就懂得田耕这块风地。因此这里圣贤汇聚，如同星辰一样灿烂；众多人才的出现，才使这里薪火相传。虽说陆羽独自一人勘定"天下第三泉"，但还是为黄州丰富了自然气象；他艰辛的勘验使兰溪石泉成为后世芳传的资本。穿越太多的山水，又在兰溪河渔歌里为"三泉"作结论。今天细心一想得以颂歌来颂扬唐人的奉献，感恩其德激起后人奋进：这就是茶圣陆羽，其英名如同茗香的芳香万古流芳！蕲州的李时珍，那时处处徒步行医，其医德感染多远的病人都来这里取药。嘉靖（三十五年），1556 年，蕲阳涝灾；生灵涂炭，瘟疫成了虎的天堂。而立之年的他勇敢地承担救死扶伤的重任，他深究医理，推崇科学，很快就让那场瘟疫收场了；他花费多年精力重新编纂神农帝勘验的秘笈，一心厚德治病而成为楷模，终于使那场天灾得到了平静。他仔细分析病理，修订医药典籍，鉴别多类项杂的品种，辨析芜杂的名称，找出差错百态的弊端；汇聚经典之校对，删改誉写古籍，编创《本草纲目》，使正本法源之劳得以流传；分析一切验、要方的成功规律。之所以这样他的功绩才被历史铭刻下来，铭记说："一代医（药）圣仿佛一座精神大厦，以其厚德和医术拯救了人民；作为明清以来最伟大的医（药）学巨人，也是东西方最耀眼的医学界的伟人！"宋朝没有一个皇帝不是昏聩的，所以天下那样哀戚；荒滥的朝政，导致天下多少圣贤仁哲屡遭劫难；苏轼贬到黄州，是一位不可多得的敢于谏言朝野的人物，他竭力为城民谋福祉，可恨的是他无法倾吐内心的冤情。1079 年的"乌台诗案"让他饱受艰磨，于是只愿在黄州以一闲职度生持家。开始入住定惠院，有时或梦或实地与临皋亭等地为乐；但贫寒不由他自得只想在此度过余生。同家人一起面对不安，只恨自己命运的不济；不久在自己和友人临时搭建的雪堂里栖身，这便让他和城东的东坡山荒地一起成就了两个"东坡"的千古传奇。因为其天性，所以和东鄂的山水成了朋友；因其秉性，所以用大爱拯救了黄州弃婴埋婴的罪俗。他路过浠水绿杨桥，看完清泉寺，便留下了千古绝唱的《浣溪沙》；夜过城东的东坡山时，便流芳了《东坡》的旷世美言；两回游赤壁，于是让"江流有声，断岸千尺"等众多名句隧击后人的心灵。世人敬他是词圣，的确有其《念奴娇·赤壁怀古》作证；人们畏他是书圣，因为他在黄州书就了《黄州寒食诗帖》定为"天下第二行书"。今人说他是伟大的诗哲，是因为其"不知庐山真面目，只缘身在此山中"等名诗里不断坦露出哲理之机理；世人念他是忧国忧民之上圣，他确是为神宗献了改革大计，只是神宗一叶障目终于苏轼作古后的 26 年宋朝宣告灭亡，这些不是一位替天行道者的不得已吗？他徒步高山曲水，涉足浠水、蕲春、麻城及西塞山等东鄂南诸景；所以那些遗留过东坡足迹的地方一直是芳名远播。当年他初访安详和美的黄州城，还到过黄泥坂、承天寺、安国寺、天庆观、栖霞楼、快哉亭等，两游禹王城、赤壁山下等；难道这些足迹不足以让黄州闻名遐迩的吗？！所以说，黄州凭苏子的"两赋一词一寒帖"而文脉流光，人文得到兴旺发展；鄂东南依托他四年五月两别离而历史丰实纯厚，江山都变得异常秀美。哎啊！算了吧！先圣苏子已西去，但这里的恩泽到处都在显现；圣人的灵魂已经仙化，这不就是给黄州人民莫大的幸福啊！

从那时起黄州总是圣贤踏至，常常像是当时绍兴兰亭集序一样热闹；那些圣贤同时代而各显风骚，各具特点被流传。李白从西来，挂着剑长游东；留有诗作黄州使他与之共存。杜牧贬此，时任监察御史；初到黄州，贬作刺史。他与民共生死，还整顿这里的人伦秩序；以《赤壁》等诗来传播他对古战场的凭吊，功德不朽！王禹偁性格刚强，因此谪此；留下了《黄州竹楼记》，成为这里百代幸事！韩琦曾为相，便陪其兄在黄州工读时，始终以青灯昭志，所以留下好的气节。王安石和苏轼，是谁比得了呢？在官场是知己，他们又因文章而相互敬重。对改革王安石快刀上阵，却毁了自己的才华；他与东坡一起垂范人伦，故被后世仰为荆公和文忠公！苏辙到黄州时，属于那时郏城最少壮的学子，但他留下的《黄州快哉亭》一文，没有不让人们不称道的！黄庭坚在对岸的江夏（旧也称武昌，今为鄂州），总是北望，以其最好的诗，来赞美这块乡土。张耒崇尚苏轼才成其门下弟子，曾三次被贬往黄州和武昌，客住七年，

黄州一景

在寒舍里写文章。以其《鸿轩记》而轩就黄城。但因多次贬谪而饱受艰辛；在逆境里他完成了《柯山百卷》文集，让后世铭记这一腔汪洋学识的张文潜。陆游到黄州是有原因的，其出生前母亲梦见了秦少游故取名陆游；他仰慕先辈，后悔来定惠院太晚了。每每拜谒四望亭和雪堂，还时时守候苏轼的遗迹；他敬吊了临皋亭，俨然是一个表里玉秀的达人。与首次造访已时隔九年，所以常常潸然而拜；于是以《游黄州东坡诸胜记》一文，来表达由四川奉节一路仰见黄州后的惆怅。辛弃疾为民族而义战故留下不朽的诗篇。1178年船过黄州未上岸敬吊在船上写了《霜天晓角·赤壁》，以示仿仙人临游；那词里的"千古事"和"江涛白"则表明作者对三国战后之赤壁的凭吊和宣泄之情，这些是为了解除其心中的愁苦。他能文善武，满腹真知；他以《月波楼赋》和了前者马叔度之作，因此它的名句"此事费分说，来日且扶头"成了黄州文化传奇的符号。武昌的程之桢，那时任黄州教谕；因他的书写，使前后《赤壁赋》参天地之辉映，两作楷隶相济，极力传载了他的美德；他以这两块墨迹来传播文化道统，实则芳名永存！1884年，杨守敬在黄州坐堂工作一边尽孝母亲；以教育为己任，终于垂范于黄州。他推行政德，且教与学相结合；那时还从事着刊载与修编典籍，这些史料一起同他大放异彩。中国现代革命时期有位以身殉国的学者，他像芳草样高洁；学识渊博；文章等光彩照人。幼年时便为民族蒙耻，于是就替天地承担不幸！他存活于险恶的乱世，以天地大道向敌人宣战。那投枪般的文章直对准虚伪的帝制，将那帮衮衮诸公批得像狗一样狼狈；自然闻一多是不朽的，有其《红烛》和《死水》为证。回龙的李四光，创建了冰川四季等地质理论；关于大自然地域热能之研究，开拓了地质学这一领域的先河。红安的叶君健，由世界语和翻译学最后回到文学编辑与创作！他的《自由》一著与天地齐美，故为文学先辈。团风的泰北阳，其造化非凡，以其主编的《当代》，及长篇小说《在田野上，前进》为告诉人类珍爱土地的声令。王亚南幼年丧父，大学后与人（郭大力）合译《资本论》，在日本就力图"经济"和"国富"的研究。但"文革"遭难，被置于生死关头。尽管这样，他仍以毕生精力传播马克思主义，功不可灭！上巴河的熊十力，14岁当兵，多年的探索终于创立了"维识新论"学说，震撼了东西方学坛。还将儒学佛学及周易结合研修，集中寻求哲学奥秘；终于确立了"熊学"，人们在此可以找到答案了。淮安的吴承恩，其《西游记》是人类的精神力作；那时在鄂东蕲阳授教，其美名永远留在长江的东岸（泛指蕲春）。明万历年间的冯梦龙，在麻城创办"复社"

社团，以便传播《春秋》之道，他的《警世通言》和《醒世恒言》一直被誉为国文思想的中坚风流。蕲春的胡风，早年是日本早稻田大学知名学者；由"普罗"到左联，从来以其文艺思想来抒发自己的革命意志。他以《七月》为烽火，燃烧蒋家王朝的暴政官僚；仅以30万言的作品，阐述了自己的革命主张。"胡风集团"的真实，今天终于大白于天下了！如果真有人想领略黄州的圣灵之光影，其实何止这些呢？！

　　故乡世代的发展，总离不开勇猛善战的先烈；上好的故城在中国现在革命时期，成为这个民族最坚强的堡垒。人们可以看到山川耸立的烈士陵园等，这里已被昨日的战火洗礼过。大英雄林彪，革命时期紧张作战但非国运而毙命；不效法伯夷和吕尚的处世法度，自然酿成了悲剧，就让后人论说这些吧。大将军王树声励志传播马克思主义世界观，与大军跨越长空作战。他曾伏击了蒋匪的大将，踩过他残破的旗帜，同人民共盼新中国的到来。韩先楚和陈再道，在危急关头参与敌杀；陈锡联、秦基伟等，一直战斗到国家的解放；他们生于荆楚英雄故乡，为民立功！武穴市的居正，浠水的汤化龙，虽说那美好的年华在外地建功立业，但仍为国民大业而青史留名，他们不惜生命为国献身！居正武昌学肄后，在惶惑的政府里励政，后来却命运遭变，混乱里去了日本，悲痛一生，最终转辗台湾在眺望故土黄州的悲怆里离去；汤化龙那时任金陵议长，力抗国民党，安抚人民，声讨袁世凯称帝，终捍政治开明之举最后身归于故里浠水伍州。林育南、林育英，忠心于马列主义，为正义而感动天地；是纯真的无产者，革命家，为创建新中国而名扬天下。东鄂名人张体学，两度东鄂参战，肩负主席的重托，其功绩如美玉芳华！那时贺龙领军鄂东剿匪，所到之处军纪严明，不增加平民之难，指挥千千万万勇敢杀敌的队伍，徐向前大将军，蹲守湖北河南安徽之汇合处，粉碎了蒋匪军的三次围剿，并歼灭敌方一万多人。刘伯承和邓小平，于1947年8月底在蕲春城东的高山铺同敌人展开了激烈的战斗，这次死敌约一万三千人。蕲春从此安定发展，作为鄂东的标志地域再也看不到饱受苦难的残局；为拯救全国解放，他们借助空旷的行军路径向大别山开进队伍。

　　全国解放，政府和党中央进行选举执政，开国大典的日子天安门上空和平鸽高高飞翔。听吧，那是伟大的毛主席向全世界发出的东方巨人的声音；看罢，作为国家副总理的董必武因宏图伟业从容庆贺。新中国的元勋，历史将不会忘记黄州城东边的陈策楼；这里诞生了一位建党旗手，虽说今天国民富强了，但别忘了当年为国捐躯的陈潭秋。尽管岁月匆匆，然而要记住他是在盛（中）年期成为这个国家最为不朽的伟大人物！少年时期的李先念，开悟早便紧跟党的队伍，在部队就很有名望，挥军作战穿越大地；依着长枪，一路除恶匪，即使遭多大难艰都保持对月而歌的心态。他作为国家最高领导人的时候，将鸿福布施给人民，因此那年故乡黄州大街显现早秋落满一城的树叶据说是纪念他的逝世。如有人问我故乡的英雄豪杰，其实何止这记录在册的名字呢？！即使蒋介石的史绩定位虽不能在此做过多的评介，但会随着他的"文章千古，壁垒一新"而会由世人慢慢生发出科学的见解。

　　福光流淌的圣地，这里曾造化出多少甘为人师的教育家等；他们执着，因此桃李满天下。其德行化为仁爱的风尚，兴学便有了目标。曾经一时，人们延以无知；卖儿又卖女，不知何为耻辱。到了北宋才开始行教，这里才开始形成道统的气息；那时得益翰林士王禹偁等达人的拯救，黄州才显现一点文化的样子。当时的程颢和程颐兄弟俩，其理学超群；坚持以儒学传达人性的德行，故福祉了人民。应大儒朱熹之鼎力支持，使此地护教兴学蔚为一种新的气象。1253 年由太守覃怀和李节等人在城东建立了"河东书院"，这时人们开始破旧俗崇尚文明；齐安（黄州）洗清陋俗，郏城开始有了好的人文氛围。各处私塾人声鼎沸，百姓修学洗心革面；这时就连明月都发出了新异的光辉，山水都泛出了绿色的容颜。这里千古以来似乎开始受益于有仁德者的教化，于是黄州呈现勃然生机。人们都听说唯楚地多才俊，称鄂东最为兴盛，要做到扬学护教，尚必须继往开来。这里开始聚积古圣之德范，以指导日新月异的大业；以好的法则滋润这块风土，使它得以昌盛不衰。那时以来的黄高，薪火在继续；漫长的教学和耘，为社会创造了功绩。众多的人才造福国内外，把各自的才智送往所需之处；那些卓有成就者，就如同是大殿里派上的成色最好的金子。各种专业或领域的学校，均以为天地立心而输送人才。先用德才兼备者来传播古今的大道，因为学识和教育是关乎国家存亡的精神大厦；忧虑国民的衣食住行，是因为一个民族的德育远远重于那些未经冶炼的金属品。所以说国家的存亡，是说明教育是否滋养其根本。人所以不能成为国之重器，是因为他不能散发出仁德的芳香。井能长年蓄水，说明这水是有来源的。树之所以参天地而立，是因为其根部得到了肥沃的培土。人们的道德能够做到厚载，想必这个世界就可以借助古代箜篌样的器乐来讴歌天下的太平了！

天下的大厦无论多么高耸，不一定是所有建筑者的福报；但能享有昌盛的文化景象，一定得益百姓的共同创建。昌盛而灿然的荆楚文脉，它流动着华夏光明远景的征兆。东鄂向来物华繁美，品类丰盛啊；长期惹得我心情陶醉，而且它们在我的心里总是美得流影。比如过去的扬子江牌摩托车系列，今天成为陆地上最为快捷的运输工具；它们已跨出境外服务异国他乡。多凌牌动力机车，和祥云牌普钙片同样出口；它们满足了本地区，还将福祉送到人类所需之处，武穴的核黄素，其声名深远；加上喹乙醇，美誉源源而传。东部的丝绸更是世界闻名，龙乡的印务事业也颇具特色；红安烟草不错，但吸了后是有害的。同类的塑钢制品出自省城，那富有当年春秋姬姜服饰气息的美春牌服装已美出了国门；团风辣椒很有名，与周围的品种一争高低。假若要问这里的工业和品种啊，你看不尽，赞不完，就是走到天边论，显示出的这一切可以说此地算是第一流的富庶。

东鄂陆地物产丰茂，人民过着美物康荣的日子；晒烟在黄州久负盛名，唐时就与河南郑州的产品争天下；我家乡长孙堤（俗称长旗寮）的萝卜向来被誉为玉卜，而且美得滋肝和心；浠水芝麻糊的莲藕，同望天湖的名字一起享誉久远。蕲阳和黄州的茗茶，从唐代就开始作为朝廷之贡品；罗田的茯苓有单独使用能祛湿安神之功能；山上地里的板栗，同样止泻补肾。这个县的甜柿和香酒，充实地供给世界各地；因此这些物产美名四方，各以特点名流天下。巴河的黄砂不必说多远的地方到此远购以供高楼大厦壮色；浠水县的刘彻药枕配方科学，不是帝亲也能享用得起。县城西南的绿杨桥处，因为当年苏子一醉竟使此地名垂千古。蕲春的"蕲竹"和"蕲艾"，为蕲春支撑了经济腰杆；它还产"蕲龟"、"蕲蛇"，这些均以善美的名誉而被列入药典专著；一直被奉为东鄂四宝，随《本草纲目》而成为人类药学楷模。英山桔梗，1938年在巴拿马万国博览会荣获金奖；长冲的绿茶，源自大别山麓而从盛唐就开始流芳其名。武穴山药，含有十八种营养素；章水泉的竹器工艺，均以成为今天市场大潮里的新宠，黄梅的挑花工艺品，自唐到今，昌盛未艾，制作精巧，以"十字"绣为特点；还有酱饼一起成为世人的美味，其色彩华美。麻城的老酒更纯美，每每不是让人享用后喜从心来的吗？！这里的空心面，也会使情人有时乐得不行了。团风的苦丁茶，喝了之后觉着苦滋滋的，但它以降压为特点；还具清火明目之效，让人恢复健康不是虚言。朋友们的相聚，礼尚唱酬，少不了品上几圈东坡饼，自然有抒不尽先圣文脉的笑颜和语；遇上贵宾上门，必须拿黄州最有名的鱼丸作为贡献；倘若在这里发生美丽的黄城艳遇，当然这里能称得上主妪的人定会以醇厚的风情向客人致以深深的别意！ ……

那些圣贤在黄州得到充分的施展啊，是因为他们不负日月的照彻。他们忠贞直言唤起人们的仰慕啊，其深厚的造化如同一匹匹骏马载着人类奋勇前进。他们像兰花样的品格和鱼鳞般灿烂的词章是得益各自强大的意志力的结果啊，因此他们表现的高妙的仁德和艺术才华就像空中扬动的君皇美丽的衣袖而楚楚动人。多少年来这些哲人的智德仿佛美玉一般荟萃于黄州啊，那高大圣洁的形象宛如飘动的艳丽华贵的佩饰令人仰慕。几千年人们白白看着"黄州"一词屡遭不幸啊，那么为何要如此默默地闭目塞听呢？缅怀苏轼《念奴娇·赤壁怀古》看长江徐徐东去啊，这时不要忘记先辈们的文化遗存每每在涵浑着黄州的土地。今天城乡间彩虹般的飞桥欣欣向荣啊，它在默默地向世界输送着福报。农民居住的阁楼俨然情结一般毗邻一处啊，人们亲近地唱

唐·茶圣陆羽塑像

着伯牙《高山流水》之类的歌乐来感恩今天的盛世和平。人们以美妙的神曲歌颂神农皇开创的农耕文明啊，因此年年才有这仓满车忙的丰收盛况。将农业大计集在一起研究使它光昌流丽啊，这才使今天的城乡一体呈现健康富庶的愿景。总之不要辜负了伟大的圣贤的教化啊，他们那优秀的道统才是永远引领我们人类前进的真理大道。

2012 年 10 月 30 日晚终稿

【写作方法】

作者假借在外的一晚梦乡展开对故国多角度的叙述，故而言之并序。与其说《黄州赋》是人类跨越八千年的一个地域的缩影，不如说《黄州赋》是将八千多年来的黄州作一回人文与大自然的深刻再现。《黄州赋》告诉人们三大文化启迪：先是警醒人们一切应从马克思主义科学的自然观出发去认识世界继而达到改造世界。其次是以马克思主义自然辩证法去肯定先人的创造成果，同时对故往之弊政如玩弄权术，苟且偷生等不作为、不清政事例作了彻底批判；自然此乃古文“六义”所倡导之正大的为文之道。再次，是作者以身“说法”之人本精神感召天下为文受业者，时刻怀有一颗尚圣之心，以高扬伟大的古圣先贤们留下的优秀的文化道统。一如作者所言“书贵藏辉，文贵传道；学贵解惑，艺贵养心”之大道风范。这或者是《黄州赋》最为核心的文化内涵。西汉大辞赋家陆机《文赋》中说：思想乃文章之主干，结构、语言乃文之枝叶。

因此，《黄州赋》的另一不可忽略的餂啖之美便是其语言的创造美：全篇其词藻丽，意趣横生；臧否适度，情感丰沛；人文渊薮，娓娓而叙；史地风物，褒贬相济。韵奇参差，骈散相宜；掩卷深思，而令回肠荡气。故《黄州赋》乃古今赋之一绝也！正如评论家区阳修所言“《黄州赋》大道鼎立，大气跞行”；无论其宏伟的构制之美还是嫮姤的语言之美，均不失当代文学创作的骐骥之作。

# 浅析《黄州赋》

## ——一帧记录人文与史学的弘阔画卷

区阳修

书贵藏辉，文贵传道；学贵解惑，艺贵养心[1]。

——寒　夫

【题解】

　　本文从黄州的历史和人文学入手进行了深刻的剖析。评论家区阳修对《黄州赋》作了三大层面的探索：一是《黄州赋》作为现代文学创作的突破性，二是《黄州赋》将历史与人文融合为一幅醴丽的秀美画卷；三是《黄州赋》在整体构思及语言艺术上的创造成就。评论家说，"《黄州赋》大道鼎立，大气跞行"，是谓《黄州赋》作为文学作品能如此立于天地大道的高度上去捍卫古圣先贤的创造成果的同时，还将那些违背道统和背叛文明的愚昧行为进行了深刻的批判；自然这是《黄州赋》最为宝贵的思想内涵。

　　我喜爱赋文，无论是汉魏前后或是唐宋迄今的。这些赋文的内容构制，一般是铺叙自然环境、城池氛围、宫殿建筑、山水诗意，当然尚有人文与史迹凭吊之类。但这些赋作，它们大都专叙一至几个物景：或是山水兼人文；或城郭与咏史；或记史与人文；抑或作者假借作品中的人物对话、故事及亭台与都市等等。不过，要在一篇赋文里，极尽所能地再现上述诸多之自然万象和人文承袭的丰富的内容及思想内涵，想必，至今为止，蠲除在作家寒夫先生的《黄州赋》以外，别的这类鸿裁我是从未读过的。或许，正是《黄州赋》之鸿眇与夐远给我带来的艺术震撼和思想之　跋，遂然，我便动起为先生作这篇我生平感而不多的赏论来。祈嵩之，以缯憬文之乎！

## 源于赋而又突破赋

　　自《离骚》诞生以来，我国的赋文体制便有了规范之光大与科学之发展。所谓规范，是依赋体而衍生文章的内在文脉；所谓发展，是根据文章内容之取舍所擭取的思想之意蕴。比如在寒夫《黄州赋》里，就鲜明地感受着一种赋文的极其新活的体制的力量。应该说《黄州赋》的横空出世，作为当代的文学创作，它不仅将中国赋体文创作为一个艺术的高度，还把赋文体制的空间容量升华到了其他文体所无以仰赖的思想突破的精神学范。

　　其体制突破。迄今为止的赋文里，人们所能掌握的最为著名的宏大气象的赋作如屈原《离骚》文长2490字；陆机《文赋》约2500字；司马相如《上林赋》约3100字；班固《西都赋》约4300字；潘岳《西征赋》约4500字；左思《蜀都赋》约2900字；庾信《哀江南赋》约4900字。而从赋文长度及空间容量看，《黄州赋》约5800字，无疑跞越古赋最长的《哀江南赋》4900字有余。这里，我们先看看上述诸赋所述及的思想内涵：《离骚》反映的是诗人屈原因国君听信谗言而离故的悲愤和对故国之忧虑；《文赋》反映的是作者论述文学批评之标准及阐明思想乃作品之主干、文章乃文品之枝叶的科学知见；《上林赋》以亡是公与子虚、乌有先生关于园林之美丽与田猎之盛况而达到对天子奢靡生活的批判；《西都赋》通过宾主之对论讨论了关于定都长安或洛阳的政治问题；《西征赋》简直是作者因友人所庇免了不幸而一路心灵的生死写照；《蜀都赋》则通过对蜀都之宏大再现凸显出作者积极的政治情怀和杰出的文学天赋；而《哀江南赋》则以作者身世之遭舛为线索揭示了梁朝之乱给天下苍生带来的巨大悲痛。然则，作家寒夫在《黄州赋》里所呈现的思想主题又是什么呢？殊不知《黄州赋》以娓娓陈述之笔向今天的世人揭示出一个全新的城邑：因历代圣贤之光顾使它璀璨夺目；因道统之风或于是这里才仡仡芳华；悠久之历史嬗变令人振聋发聩；熠熠之玉文让人们意气风发；解放自由辄以骐骥辈出；应改革大潮家国周民造福天下。此外，我们从作者的创作技巧上进行赏析：一、在《黄州赋》的序中开门见山地告诉读者：因为旅途梦中的怀旧而诞生了此赋；此为古今赋文唯独特之心裁也。作者首先以为自己的家乡断然"史可叙，人可歌，文可垂"为核心而为之赋。其次是说：之所以写"黄州赋"而不至于写"黄冈赋"的理由。就这短短180字的序文便让世人得悉作者是一位如何遵循自然辩证法（马克思主义）和宇宙观的自然规律而为文的科学、严谨的治学态度。二、《黄州赋》展开对阔别四十余年的故土——黄州一系列源自八千年的历史盘点：从新石器时代之人文发祥到现代人类关于"黄州"一词所经历的"怆伤"之痛。由几千年官僚对城邑动辄改名换姓、好大喜功的不作为到圣贤们的勇于匡复整饬；打黄州因袭恂愁卖儿鬻女之陋习到自觉行教兴学来毓化风土等全面深刻的"黄州身世"的呈现无不昭示作者对故国的挚爱与超然之使命感和责任感。三、历代圣贤纷来 至使黄州这块风土蔚彧芳华，文景灿然。四、黄州乃风土宝地，不仅成就了古往今来的道德星辰，还创造了改革开放以来远销世界各地的商贸民优品牌。五、在近6000字的《黄

后赤壁赋图

38

州赋》里，作者精心地遴选材料；巧妙地设计内容；韵散相宜地延展理性的哲学思想；亦华亦实地功其言白等艺术手法使《黄州赋》弘阔辽远，磅礴汪洋；超拔绝尘，气象万千。此为《黄州赋》较古今赋文所独创立行的一大范式。

其思想突破。作为当代人的文白咸宜的文字表现技巧，此乃作者在创新上的一大成功探索：时代潮汐无论怎样喧嚣、跌宕都无以改变作者对传承古文的精髓和替圣贤们为文修道的忠正理念；此为其一。以黄州几千年的荣辱兴衰、文强道弱等重大领域的深深剖析，作者始终立足于马克思主义辩证唯物主义历史观的制高点来审视和臧否人类社会发展进程中的方方面面；自然这是需要精深博厚的文化学养以及"兼天下"之政治胸襟和大无畏的"为天地立心"的文人胆略；此乃其二。在《黄州赋》之序文的诠释里，作者科学而精要地将这座城邑的"冈"字与"州"字作了哲学和自然科学的准确把握。的确，在所有词（辞）书（典）里，"冈"的唯一解释便是"小山丘的意思"，而"州"的自然意寓是"冈"字无法言及的。正如作者在序言里所说：

然则"州"呢？"州"因"川"而来；而"川"又因富含水（川字里有三点水）而构成"州"字。——故，无水不成"州"，正如无木不成"本"一样（此乃大自然赋予自然科学的规律，同时亦是中国汉字学所富含的极其宝贵的哲学内涵；这是任何权力和信仰都无法推翻的规律）。

**接着，他更深入地遵循自然观解读了这"州"字的科学法理：**

正因为"州"的承载，才得以万物华美，性灵勃发，天地协和，源远流长！因此拜"冈"是对小山的仰赖；怀"州"才是源自人类之繁衍，物态之畅和，人文之昌盛及至人伦子嗣丰融之大道长歌！水乃万物之源，川应万象机发。

这里，作者十分科学地告诉人们一个极其简朴的自然之道：即何以用土丘之意去命名一座城市呢？再说中国乃至国外又有几个城市是拿"冈"字命名城市地名呢？自然那"州"是最为贴切不过的了。我国以"州"而驰名的省城就有"贵州省"；以"州"为省会城市的如"兰州"、"福州"、"郑州"、"广州"及"杭州"；至于以"州"命名为地级市的就不下100处之盛。想必，作者在此不单一强调以科学自然的态度去命名一座城池，而是警戒人们要以科学的自然之道去繁衍生息、规划建置、诸业从善，师法自然；非好大喜功，薄苍生天伦；毋动辄意气用事，以毁天地之大道为佞荣，此乃罪莫大焉！此乃其三。《黄州赋》的第二段，也是赋文的核心思想之一的尾声作者这样写道：

人伦依始，江山复去；天无厶覆，地无厶载，虽阴阳有别，然运隙时再。况政坛废驰遂逍遥权贵之城名，塞而风土焉能俯首无声欤何奈？几千年未改，滑恂愁之罢败，事大业弭往，谑城名乎何足道哉？！

　　这是说，黄州自有人类迄今，其山水依旧自然化象，天地依旧毫无私心地运转；虽人寰无度，但还是有机会去改变生民的疾苦。可那一代代荒民误政的官僚们总是对篡改城名那么有兴趣，又何以不想到改善天下民生的疾苦要比这种"不讨好的兴趣"意义大得多呢？！漫长的岁月，那些所谓权贵源源不断地暴露出了无知；伟大的事业不知如何去实现，可笑的是整天忙于一个城名的兴师动众——它真的值得那样一朝接一朝的去讨论的吗？！作者写到这里欲文又止，其实在此严厉责问的背后是在"此时无声胜有声"地在激起读者的遐想：就是说既然如此代复一代地宠命城名，然则又为何将一个文景灿然的城邑按上一个毫无任何理性和文化内涵的"冈"来作城市名称呢？这对今天800万黄州人又有多大的福祉和恩德呢？因此说，《黄州赋》不仅是作者艺术上的天赋才华的卓越凸现，更是其为文思想上的哲学思考及师法自然的心灵飞跃。故而，作家寒夫的《黄州赋》从形体上延展了赋，而从思想内涵上却又突破了赋。仅此，就古往今来的赋类文章而言，此乃数千秋一绝，赖文心之沧秀也！……

## 文学与史学的交融

　　"歌而不颂"、"赋者，古诗之流也<sup>【2】</sup>"——从汉·辞赋家班固《两都赋》迄今，我国由"诗经"以来的词章昌盛的赋文醲丽，自"楚辞"俊美以至后来散文蔚彧的"形散而神不散"的文脉风行等，无不体现古往今来我国文学家在"文章"命题上的�辔守创和渊远跋涉。是样，《黄州赋》作为当代人文学艺术的一颗瑰丽之星，是以其独到的艺术审美与严谨的马克思主义科学的文艺观而将它融为一炉烁烁之薪火！在《黄州赋》里作者完美地使用了古赋文体的三大原理：其一是烂漫的铺述。即以大全境、高视野、纵阖八千年之历史巨现，让世人真正了解黄州这座悠久的历史名城的千古芳华——醲丽一新。

　　黄州的"历史沿革"，是《黄州赋》的第一大主体内容，作者以600字的横生铺陈，使一个饱经沧桑的古城脉洛清晰地映入读者的眼前——如同一件濯罄尘埃的古董重见天日一样鲜活且富于生机。这近八千年的历史扫描，褒贬兼备的道尽黄州古城及周邑地域的兴衰跌宕；令每一位黄州人或史学家们无不因其得天独厚之风土意蕴而深觉文化之灿然，景疆之端廓；为千千万万人了解这座历史名城提供了详实而丰富的史学源证。不难想象，就凭这历史承袭的滇滇彰显可以看出作者对故国历经巨变的精心梳理与艺术把握。当然让读者觉着妙趣横生的还是作者借助韵骈犹新的关于黄州自然环境的弘烂记述。作者在《黄州赋》的序文里一开始就这样写道：

> 然暨此，休动翰桨；山不敌泰岱，水不逾桂林，当否殊途问鼎春秋？！

虽说这样，然而他在对家国的山水及景致的陈叙上，自然将它们的描写毫不亚于对黄山、泰山、张家界等名山绘画的逊色。比如他在写到家乡人民坚守文明时这样道：

> 取是万卉竞芳，莫过于东鄂诸胜：巍峨崇嵘，涥节令四季分明；笑谈渥泽，俱焰朗人文发祥；温良恭俭，思勤俭伴仿先辈；解放自由，著鸢枭义勇群芳。

此处作者以倒装句式道出这里的人民发源心旷之磊磊纯情。比如说：

> 回眸曾朝，竹海婆娑；自《黄州竹楼记》鹊起，江上下，城古今，际会横生风流。不敌其次，《游月波楼》；乌林焚楣，还旧风花雪月帘襄情色照篱愁。

这里将1000多年前近似竹海的黄城及游人的怡情自乐，俨然写到了置人怀空沧夐的崇仰之境，令人叹佩。还有，比如：

> 鲍照书台，翰辉学映。圣人堂前，莘莘仰止。人亦悠，史亦悠；逴逴炫耀悠州。

这里揭示了黄州人民乐于尚圣的天然性情。在描写圣贤留给黄州文明的记忆时，作者写道：

七里坪红四方面军诞生纪念碑

畿城妖望，罗州古城激荡悠云；赤壁泛舟，大宋文澜阅巨耻风寻。恋往故，杜刺史邅麻城杏花村，溢使"牧童遥指杏花村"藉此天外飞来。咏今朝，少东坡过光州岐亭遂"千古风流人物"蔚然文坛北斗。

如此隽永俊丽的寓诗寓词的文句，想必，为天下文坛之后来者表达了用心敬畏先哲的狷介之心。当他写到人们游览城东遗爱湖时，他这样写道：

夫游黄州遗爱湖，蠖濩轻涌；涟漪阑珊，烟羽幂幂，一幽万顷。湖浒胏蚕，逑侣濯鹳，如梁祝鸳鸯闹龙门；竹舍丽靡，对帘垂影，水色山光，虽逝犹存。窈窕鸟语，啁哳和鸣，似毛嫱西施戏东宫。

这一动一静，一人一物的参差描绘，不仅让读者得悉黄州遗爱湖如此怡人的自然和境，更使人们泛起对这座历史名城人文与史迹的拳拳爱慕与深深向往。

当然，类似这尽善尽美的景物描述和直抒胸臆对客观世界的言美把握在全篇《黄州赋》里是数不胜数的；因此说，《黄州赋》在当代的文学创作史上是一篇语言艺术与思想历练的怄撼之作。这些都反映了作者对故国情愫的袒露：不管是对自然状物的记述，或是对其孩提时代记忆的追忆；不论是对家国曾经战火兵燹之舛运，抑或是对历代圣贤给这块风土播下的圣灵之光影等等，作者总是以一腔热血之火来传递它对世界人类的忠贞不渝的贡献与创造。在《黄州赋》的主干部分，即"圣贤文脉"的揄扬及其精神的肯定，作者作了一定篇幅的阐释。在给伟大的药圣李时珍造传时，作者总结性地写道：

大夏药圣，照烂医馨；夫明清五百年之巨擘，斯璀兮东西方之美人！

作为家乡的圣哲，作者自幼便深受李时珍"八乡奋珍问疾，千里就药于门"之心灵洗礼。其论及药圣对人类产生的重大贡献时，作者写道：

窥镜病理，整饬医典，甄品类既烦，辩名称杂沓，舛谬差讹遗漏不少枚数之流弊；抟抟经鉴，删缮古籍，修《本草纲目》，重正本清源，析精微援证增效已验千方之圭臬。

由此看出，作者不仅在以真纯之心去表达对故土这位圣哲之敬仰，还通过这般详实史籍、资料的研究，自然感到作者时刻在同圣哲以身心作对话的心跳声。大凡作者身受其先辈之书法艺术遗传之故，于是在先唐茶圣陆羽来到作者的出生地——黄州东去80里地的浠水兰溪西潭坳（亦称溪河或浠河）勘定"天下第三泉"之典故引发了对茶圣陆羽的追思缅怀之情。我们透过文中几处注解便深知作者始终依照自然之道去正视尘世的传言、去拿捏健康的文脉：小时的作者便听说"天下第三泉"这处摩崖是自己的祖辈孙仲摩所书。然而据明末府志记曰为　水县一名叫游王庭的知县所写——这便是黄州浠水"天下第三泉"书法归属论战之源头。出于孩提时代之记忆，于是作者在文中这样写道：

　　瞻天下第三泉，壁立屛颜，断岸绝秀，阽峭嶙峋，"三"字千秋；谥卧江东，墨洽扬子，宛兰亭泰山之瀵文采；细推敲，山水生岫，群灵馘丽，了咎豪放词祖老东坡。吊千古一茶圣，方铺肇兴，溪泉卉歆，蕙芷前唐，六合共荣，西水西去，上下裔裔，类甘露琼浆兹帝君；长喟惜，西河踯躅，论战突兀，尚意书家孙仲摩。

的确，在童年的作者心灵深处直至《黄州赋》之诞生，这漫长的半个世纪，作者除在一种资料里得知那位知县之名外，再也查不着证明他是书家的引证了。——且作者世家素以研习词圣、书圣苏轼法迹而闻名；况近几代人每有书家行世且一一在延续东坡之法体和文脉；故作者写道："尚意书家孙仲摩"是有其科学道理的。再者，历代因为权力、人为而误（谎）载史册者屡屡有犯；又因为苏轼乃宋代以来尚意书法的开创者；作者这样为之自然是遵循自然之道的，也是科学的崇美学风。论到这里，不得不说到作者的造文匠心：在《黄州赋》里，他将民间的美丽传说、史迹之钩沉、典籍之论评记录、繁幔之文化结晶等融入熊熊一炉；尔后依其内容设计遂据行文之需而珊珊浑然一体。在苏轼客住黄州的四年多的危难岁月里，他不仅给这块风土留下了彪炳千秋的"两赋一词一寒帖"；还在他曾经涉足过的江河湖榭几乎都成了那里人民得以寄情的胜景！于是，《黄州赋》以特有的气象和特定的篇幅及特殊的艺术心灵将这永不朽灭的东西方人类的精神印迹作了精致的诠释；——自然，这是黄州人民的重付，也是世界人民的希冀！因为，在黄州这块圣灵熠熠之风土上所存活过的人者，无论国家元首，还是将军或科学家们，总之没有谁能替代苏东坡、李时珍等圣贤们给予这方地脉上的不朽的施舍！茶圣陆羽，他远在1400年前给浠水兰溪西潭坳勘定的"天下第三泉"名不虚传，不过被后来人为地毁坏了。药圣李时珍，为世界人类贡献的《本草纲目》足以是让后世享不尽的福报。对此前二者，作者自然倾注了更多的情感与笔墨：一是苏轼殚精竭力的政治热情让天下人知道何为人民之清官与昏官。其二是苏轼的意志力时在激励人类在逆境中徐徐远航。其三是他的诗、词、书、画、赋、文、论等诸门类学识和富于哲

43

境的超人智慧从来都在为一代代国人揭竿而起，光福人寰。……关于对苏轼的论崇，在作者过往的不同文体的文章和著作中业已作过不少的评介；诚然，这是在引领我们的学人志在向先哲必须尽到的一份敬畏之心。殊不知，天下的为文修道者，那些不向古圣先贤致以崇尚心魄者又有几个拥有了真知卓见呢？！这——似乎是作者在《黄州赋》里产生的另一方极为重要的文学命题。

同样，在故乡"历史名人"的乐章里，那些为争取民族解放的英雄人物，包括大将军、元帅和国家领导人等无不在其笔下栩栩如生，风华百代——一如作者在序里叙述的"人可歌"之凸显。的确他以浓淡相宜的笔墨，轻重缓急的澎湃之情将几千年来的烽火潮汐、人伦巨变、文景灿然等穰穰沧海绘制成了一帧绚烂的恢弘画卷。作为文学艺术创作必须得为现实生活服务，为客观世界里的人民服务，于是在《黄州赋》里作者以一定的笔墨将现当代劳动人民创造的优秀产品——或是农业、工业的，亦或是内销和出口的等等都在作者的辞赋里得到了和美的状形和富丽的呈现。

总之，这篇赋文在艺术表现形式及体制设置上，它尽情翚发了作者烂漫的为文之道和心法自然的哲学思想；自然这使气势恢弘的《黄州赋》超拔地突破了体制的古格也突破了古今赋文所涵盖的历史疆域。显然，《黄州赋》的历史空间，有近八千年的跨越：由新石器时期奠基到改革开放的今天；其赋文涉及的历史人物如圣贤之类有宋玉、司马相如、左思、屈原、班固、马叔度、苏轼、鲍照、毕昇、杜牧、陆羽、孙仲摩、彭祖、李时珍、李白、王禹偁、韩琦、王安石、苏辙、黄庭坚、胡风、张耒、辛弃疾、庞安时、朱熹、老子、程之桢、杨守敬、伯牙、闻一多、王羲之、颜真卿等；人类始祖、帝（侯）王、元首及民主人士如伏羲、女娲、神农、弦子、曾侯乙、邾子、轪侯、嬴政、刘邦、项羽、孝武帝、梁武帝、洪秀全、宋朝诸帝、刘彻、刘备、李世民、毛主席、宋庆龄、李先念及蒋介石等；军事人物有林彪、王树声、韩念龙、陈再道、陈锡联、汤化龙、居正、张体学、林育南、林育英、陈潭秋、董必武、黎庶昌、贺龙、徐向前、刘伯承、邓小平及徐寿辉、彭莹玉、周瑜等；宗教人物如道信、弘忍、僧灿及释迦牟尼等全文100余人。所记述的内容涵盖历史、政治、经济、军事、文化、教育、科学、医学、史学、考古、自然科学、哲学、艺术、开放以来的经济成就以及马克思主义等多学科、多领域的复合性文学课题。应该说，《黄州赋》作为一篇不足7000字的"文白文"如此宏伟地释放作者的才思，具象地反映其故国"古今八千岁，纵横五百里"黄州的沧海巨变；着实说，在古往今来的辞赋作品里乃是罕见！

　　尔后，从文章结构看，《黄州赋》脉络清晰，井然有序；轻重得当，张弛有度；褒贬兼备，浓淡相宜。从语言风格看，赋醑文醇，性灵丰沛；文之畅和，杳杳隽永；辞藻醲丽，文白典雅；诗之盎然，意境深邃；词之流丽，歌而咏啖；画境悠远，情感含蓄；赋之骈散，恣肆浓艳；骈放自得，独步风寻。从文白语境看，赋作文辞华美而无馈饤之感；从全局构制气象看，其作者胸中纳有卷帙浩繁之盛而又将千万层浪掩于帷幄之中；从哲境思想看，破常规而立新见；凡仰赖圣哲而又师法自然，在遵循马克思主义辩证唯物主义及唯物主义历史观的同时，又善于总结历史并展开批判以警醒后世；其力倡崇尚科学而批判蒙昧，崇文明而濯陋俗，尤天道而小滥机也。从序言到赋终，其韵阕交错，横生鳞辉，可收可放，路转峰回；韵律烂漫，词章绮靡，其玉文若日母晨曦，其文笔宛骐骥从流，夫一泻千里，薄气若飞虹；斯万涓清流，盖所向披靡；气象恢弘，乃前所未有者！

　　诚然，韵散相宜的语言技巧，灵动转换的构思运筹等，是《黄州赋》全文的一大成功标志。从赋文的开端迄结束，全文几乎以丰富的韵律，醲丽的文句，骈偶的对衬，深邃的语境，华美的词章以及恢弘巨制的构制气象使《黄州赋》井然而发千里之诗卷，收万顷之画图，乃当代赋作的异峰突起也！它将八千年的历史嬗变与丰富独特的人文地域镌刻在了一幅弘阔辽远的"黄州赋胜景图"之上。就诸多方面的艺术成就日后作专题赏论时再作习习臧否，悠悠咂啖。

## 烂漫的思想火花

作家寒夫在论《音乐巨人柴可夫斯基》[3]时说过：

音乐是智慧的翅膀，但凡它凌空飞翔的时候，你便觉着天籁的存在。

同样，在《黄州赋》的整体构筑里，我们不难触摸到作家有如乐感弦律般跳跃的脉搏。

　　其一，序文里开门见山地论及故国黄州的山水虽不及张家界、桂林、泰山等闻名；于是将读者引至令人刮目相视的"史可叙，人可歌，文可垂"的视觉上来；这使文章从内容取舍到主题提炼便有了强烈的趋读感。尔后，又史无前例地告诉世人之所以作《黄州赋》而不为"黄冈赋"的科学道理和师法自然的崇尚科学——哲境的为文态度；此乃匠心独到，别出心裁；此文风堪称浩气独存也。

　　其二，在"历史沿革"的收束处，巧妙而无情地向历代官府好大喜功，不为苍生作为的过失作了深刻批判。无疑，这是忠于圣贤之道的"为天地立心，为生民立命"[4]，"兼济天下"[5]的东方人类最为宝贵的人文主义精神；同时这不单是显示出作家过人的艺术天赋，更彰显了作家坚守"科学决不是一种自私自利的享受。有幸能够致力于科学研究的人，首先应该拿自己的学识为人民服务"[6]的崇高的文化心灵及续古犹存的古君子之风！

　　其三，《黄州赋》的全文设计十分合理，精确有度。开局段，以白描之笔交待了他阔别40多年的故国黄州的大概地貌、方位和人文等基本概况。第二段，依次盘点了"古今八千岁，纵横五百里"的黄州地区及"黄州"城名所罹难的沧桑之痛。第三段，在儿时的心里就诵记着故国不朽的千古圣迹是异样的令人神往。第四段，作为家国的自然胜景无论是英雄陵园还是山川奇胜无不在他的笔下诗意盎然，熠熠生辉。第五段，幼小的他就浸受过佛家道理的牵引于是才有他对灿然天下的天然寺（三祖）、黄梅四祖、五祖的煌煌抒情。第六段，盖是因为作家因童年深受圣贤道统之沁润，故对茶圣陆羽、药（医）圣李时珍以及诗（书）圣苏　具有如此跻常敬畏之心和崇仰之情。第七段，因为在他的心灵深处自幼便深受诗仙李白、放翁白居易、骈散古文高手杜牧、古代改革第一人王安石及"苏门三绝"之一的苏（辙）子由等古代芸芸贤哲们诗文作品的影响而始终表示由衷之敬仰。第八、九段作家以满腔热血讴歌了故国那些为共和国的解放和民族之统一而壮烈牺牲的开国元勋及民族英烈。第十段，一千多年前的黄州卖儿鬻女、重男轻女等恶习使此地人伦丧失，道统阙如；经大儒朱熹、东坡等人的赈教兴学终延迄今蔚为黄冈中学之繁盛。第十一、十二段，因乘改革东风，顺应经济大潮，于是家乡的工农业、商贸日新月异，诸多名牌享誉世界，而获民富业昌。第十三段，文末是本赋极为耀眼的收束。此段作家采用"乱"章之法，所谓"乱"是指一般古文和音乐最后一章的综合效果的复合处理。全段借以楚辞的咏吟格调落落大方地将这里曾经圣贤之修能、芳美之扬洌、神德之厚载等一一揄扬；而本土人民对"黄州"之遭难则闭目塞听，一叶障目；虽"大江东去"而文辉仍光耀如虹之飞桥使之福报天下；新农村阁楼琳琅，且相互放歌清扬；以土神之清歌祭祀先圣神农，才有年年丰盈满京；不失时机探究农业大计，以保城乡万代辉煌；一切用圣贤二哲之道来循序渐进——改革图强，才确保永世兴昌。赋文写到这里，我们才真正读懂作家寒夫自始至终在向世人演展一个千古不化的真理：人类的存在，只有辩证地运用、总结和科学地发展并使之成为当今现实世界中的行为准则——我们的生活便不至于屡遭舛运。这里不得不警醒今天的人们，譬如，2600 年的世界人类，从所谓帝王到庶民每每在敬拜至圣文宣王孔子及近代思想巨人马克思恩格斯等——因为他们的大道真理始终在引领着宇宙观前行。而这 2600 的人类从未见过有人去敬拜哪个帝王。这是何故？因为真理大道是不朽的，这真理大道便是圣贤之化身！人们丧失或诋毁圣贤之道便是背叛真理，背叛真理给人类带来的便是灾难。赋的尾声在统揽全局时又让全文收到了"欲穷千里目，更上一层楼"之淳美。大凡基于此，作家便冲破重重赋文之羁绊便横空出世这千古一秀的《黄州赋》！

其四，我们可以蹙缩一下思维便不难想到：在赋文的开场白的尾声，他写道："齐安人文载古今，翘楚黄州甲天下！"一联句就已将全文的重心审视力引到了人文关怀与人才的重视上来。而在赋中关于"圣灵之光"和"贤哲厚载"的铺锦，自然作者是在强调人类首要问题是要依靠有智慧有道统的人本主义教育才得使社会呈现文明之景象——稳步行进；否则，文明进步一语便是窳劣之为。恰好在赋文的末尾再一次将此文的收束力量引向到真理的轨道：以圣贤之天道去解决人类的矛盾、纷争、协和、进步与昌盛。毋庸置疑，作家寒夫《黄州赋》在当代中国文坛其产生的超然的力量至少有两个：首先，作者以马克思主义辩证唯物主义历史观去警醒世界人类坚守真理而不要随波逐流；立足正大而不要尾随邪恶；时渐清醒地护立天地大道而不要浑浑噩噩地附身于鸡鸣狗盗。其次，《黄州赋》从文学艺术上的精心创作到哲学理性上的科学批判

诗仙李白

以至史学上的全面总结等，始终在悄悄地告慰当代以文立心的文艺工作者：身为人类的灵魂工程师首要的天职便是"为天地立心，为生民立命"、因存活而必"兼济天下"的人文道统意识。——这，自然是常人难以达到的艺术与思想的双重高度！因此，这种崇仰古贤、弘扬大道、守望真理之豪放学风岂不是在凸显作者极其宝贵的古君子之风的么？！

因此，作家寒夫的《黄州赋》无声中屹立于中国当代文学艺术之思想突破意义上的不二典范。这正如他在《论经典与糟粕》[7]中所论："书贵藏辉，文贵传道；学贵解惑，艺贵养心"是也！我们透过《黄州赋》的文脉气息赏鉴，可以看出作者深受古文"六义"[8]的艺术熏染和其创作艺术上的翚发。《诗大序》[9]曰："故诗有六义焉：一曰风，二曰赋，三曰比，四曰兴，五曰雅，六曰颂。"而后世便将其中的"风"、"雅"、"颂"咎为诗的类别；将"赋"、"比"、"兴"论为诗的艺术表现方法。这便是人们常说的"六义"之机理涵盖。然则，《黄州赋》与其"六义"有着某种内在之联系吗？比喻"风"。在古文里"风"乃讽刺丑恶、揄扬风土之意。其一，《黄州赋》一开始在序言尾声的"几十春土冈，数万代之黄州"便是对这座历史名城"黄州"一词屡遭篡改而又毫无科学意义的命名行为的深刻讽刺。其二，《黄州赋》的"历史沿革"部分的"序六千年人寰，闵雾灵之山水；发古今之幽叹，溯道统之潸然！人伦依始，江山复去；天无厶覆，地无厶载；虽阴阳有别，然运隙时再。况政坛废弛遂逍遥权贵之城名，蹇而风土焉能俯首无声欷何奈？几千岁未改，滑怐怼之罢败；事大业弭往，谑城名乎何足道哉？！"这是对视苍生而不顾，一心玩弄权术，不为天地作为而专心拿城名或享乐说事的庸官行为的深度批判。此乃作者对"风"的运用。然则"雅"呢？《黄州赋》第三段的"竹海婆娑、《黄州竹楼记》、江上下，城古今、《游月波楼》、乌林梦楣，还旧风花雪月帘裹情色照篱愁、醉江亭畔诸子笑谈江山踌　满志，栖霞楼随骚家吟咏长空抚心抒怀，君子亭袭东坡灵气而风锤千古，二赋堂骖赤壁遗风且气象万千"等等便是对"雅"的善美诠释；因为"雅"是注重再现史迹的。"颂"是祭祖的歌乐，故在《黄州赋》第四段"考田纪念碑，昭红军之气节，烨先烈之英灵；红安烈士园，泣八方鬼神，捍大道长缨"，又如文末段"众芳修能温纷兮，不废日母朗稀。謇謇五方仰止兮，杳杳灵修骐骦。蕙芷鳞漓辙羁兮，吐芳扬冽褒绮。古今神德翠萃兮，晁采嵯峨幡襦"等等无不是对圣贤们的崇仰与祭奠。以上的风、雅、颂是从诗的属性对古城黄州作了别样的再现与延展。下面是对赋、比、兴其运用技巧上的挥发。"赋"乃隐喻、比喻之意。《黄州赋》里体现此种语言艺术技巧堪称是一种极致："郁回首，卅载遐赴，泱轧涌上心头！倏命之多舛，岁季流波；难再叙，沧海嗃于千柯"是隐喻作者经年探索之艰辛与命运之多舛。再譬喻：

48

"菩提非为树，明镜枉作台。天地堪一物，何以黏其埃？！"旨在警醒人们要把宇宙视为一体：你破坏任何一个地方就是在破坏你自己的深刻道理。赋文里类似此种隐喻性的艺术处理数不胜数。"比"即是直抒胸臆，叙述要义。这在《黄州赋》的思想主题立意上是十分明显的。这里就一个细节作一说明：赋文第九段之尾声"纵使中正世立尘迹暧昧，其'文章千古，壁垒一新'而或风土菲微"仅二十五字便以科学求是的态度将在尘寰中的蒋介石把握得颇有分寸——不偏不倚。"兴"则先言而后歌也。此歌为咏吟的意思；比如"故曰：黄州仰赖东坡公两赋一词一寒帖而蠲风脉之流光，人文以昌盛；鄂东南凭藉苏子四年五月双别离得峯史之醇厚，江山以殊异。呜呼！已矣！先圣西去，然福水周流；圣灵羽化，盖功德不朽猗！"等等不一胜举。因此说，在《黄州赋》里，我们通过前面多角度的论述便对其阐述一个鲜明的定理：《黄州赋》除因作者具有超凡的艺术天赋外，别的就全然归咎他那烂漫而富于哲境、朴素的人文思想。

斯是为《黄州赋》言论，大有不适之已任；虽文嵩逾万言，然远不如《黄州赋》之心魄。遂央之恕兮而苟活耳！

2013 年 3 月中旬于端午节于芳古楼

**【注释】**

【1】引自作家寒夫《论经典与糟粕》一文中的名言。【2】"歌而不颂"、"赋者，古诗之流也"，指汉·班固等辞赋家们关于"诗"、"赋"领域的理论赏鉴的类诗语。【3】《音乐巨人柴可夫斯基》，此文作者创作于 2012 年春天。该作详尽地记述了柴可夫斯基从一个哲学青年走上音乐殿堂的伟大的一生。作者并阐述了柴可夫斯基乃世界第一位最伟大的音乐巨圣的科学道理。【4】"为天地立心，为生民立命"，引自北宋思想家张载的名言。【5】"兼济天下"，引自《孟子名言录》。【6】引自《马克思名言录》。【7】《论经典与糟粕》，此作创作于 2012 年春。最初发表于中央文史馆大型月刊《中华书画家》2012 年第一期。该论文强调了文艺"兼济天下"的国民意识和对当下文化想象的彻底批判。【8】"六义"，泛指《诗经》的分类和其艺术的表现方法。【9】《诗大序》，西汉时期关于诗的序注方面的专著。

49

**【写作方法】**

《浅析〈黄州赋〉》作者抓住《黄州赋》的三大要点进行赏析，以期同读者一起感悟这篇当代人创作的赋文。《浅析〈黄州赋〉》告诉读者的是在如何欣赏宏大赋文的同时，还应注意赋文的思想性与艺术性。本文以三大章节的鉴赏法将《黄州赋》娓娓道来，由浅入深。

# 我 与 《黄 州 赋》

【题解】

　　作者在本文里告诉了读者三大寓意：一是他在童年时代就受到黄州地域风土的文化洗礼；二是他在黄州地域文化的浸透里深知此地得益于千百年来那些伟大的古圣先贤的精神润染才使得黄州如此赫赫盛名，熠熠生辉；三是因为这些古圣先贤的引领才让他认清自身的渺小、社会的多重性及大自然的壮美。

　　20 世纪 70 年代初，我随父母由故土举家迁徙祖籍黄州。逆境里我度到了 90 年代初春——又因那场改革之风悄然间我被刮到了深圳。因此掐指一算：离开我的故土兰溪方铺[1]和后来的祖籍黄州已四十载有余。

　　大凡近十多年来，因为书、画、文学等艺术活动，我还乡的次数多了起来，于是听到不少关于"黄州与黄州人"、"黄州与它这个城名的舛遇"、"黄州与这里的圣贤们"，甚而"黄州与其历经兴衰荣辱的前世今生"。或曰："先生，你以书画和文章为外面的世界造美，何以不给自己的乡土添点姿色？！……"，或曰："方家老师，你以马克思主义系统学说批判当今世界昏聩之渊薮，道德阙如的龌龊现象；然则，你家乡的黄州是否可以给予一点思考和关注？！……"等等。

　　便于今秋我去西域探访一位十八年前的友人的这个晚上的后半夜作了一个怀乡伤感之梦；遂然催生了《黄州赋》的诞生。这是天意尚属巧合？唯天知道哉！横直我已造罄了乡亲们期许已久的《黄州赋》了。其一，的确我奈何不过众乡亲的敦促。其二，那儿时四五岁在兰溪西潭坳河戏水时听说我祖辈孙仲谋题写"天下第三泉"[2]之摩崖石刻、苏东坡游浠水清泉寺写"谁道人生无再少，门前淌水尚能西"以及杜牧《兰溪》诗曰："兰溪春尽碧泱泱，映水兰花雨发香"[3]等优美轶闻让我激荡了四十多年的尚圣心魄。其三，故国黄州虽地域不大，然支撑这方厚土的圣贤二哲们的灵光时刻在照彻后来者莘莘跬行。这些圣贤二哲如药（医）圣李时珍、茶圣陆羽及"唐宋八大家"的王安石、苏轼、苏辙；当然尚得益于诗仙李白，放翁白居易及杜牧、辛弃疾、黄庭坚和陈潭秋、李先念、闻一多、王南亚、胡风、王树声等先辈的精神引领。其四，自我辞水如州迄今，四十多年的源自黄州这块风土的渊源习俗、风土人情、山水况味、古今典故及优美传说等，藉我餂哝以动心。于是，常常暗自吟起我那首《望黄州咏圣》[4]的歌词来；歌曰：

客主五圣哲[5]，天地一黄州。尘寰障耳目[6]，渥泽菜东流[7]。

其次要道的——曾经有朋友告诉我，他说："自东坡造出前后《赤壁赋》，这一千年是无人写赋的！"虽说我尚不明白他此话的实质含义，然而，至少我不敢与其言论苟同。不过我们首先必须肯定二赋乃千古以来中国文坛之碑模——赋文之坐标；此乃自然环境之存在。然则，我们如何以客观辩证的态度去介乎他的"这一千年是无人写赋的"呢？诚然，这就必须以马克思主义辩证唯物主义历史观和自然观来作认识的工具了。这里，先论二赋之内容：《赤壁赋》写宾主在淳美的月色里假借泛舟赤壁来抒发对大自然的敬畏和师法自然之心灵体验，以表达作者寥廓而深邃的人生思考；《后赤壁赋》则以作者涉舟登临之见闻乃至在梦中仙访道士之诠释，以昭作者超然物外的精神追求。总之，二赋是依托赤壁下的月色，舟船之媒介，一动一静的情景交融来吐露其内心的怅恨与体感；自然，这与黄州毫无干系。现在再说《黄州赋》：一、东坡的到来蔚然黄州之圣灵；二、东坡之前几千年就有不少振聋发聩的兴衰史足以世人思考了，只是人们因为蒙昧而一叶障目，闭目塞听罢了。三、东坡时代的宴然唱酬，文景灿然乃黄州千古之盛事。四、继苏翁之后的近千年，黄州虽兴衰无度，然学教肇起，文化昌盛；百业畅和，天地更新；虽非华府都市，然也城乡芳荣；苍生乐业，六合俱兴；州民自得，斯方内外气象千重！这些——岂不是今天的黄州为文者之传道和乐业的吗？！之所以这"一千年无赋"，其先是因为人们乐活于迂腐的空气里而不知自拔；其后是因为人们本身的文化学养不够，大家无法识得何谓"师法自

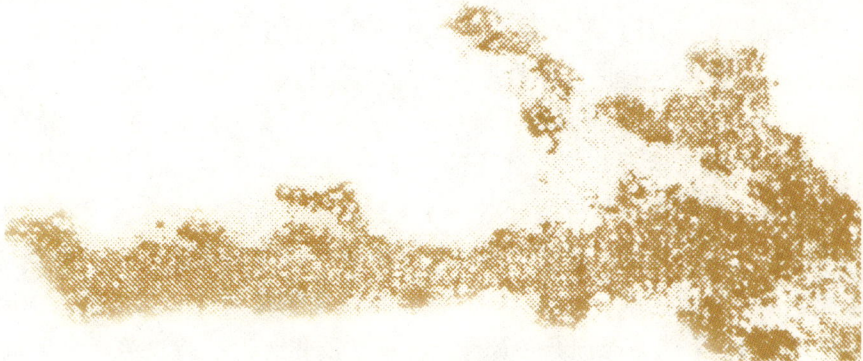

黄州 距今 6000 年的卵石摆塑龙

然"之妙趣；更就无法论及何为"为天地立心，为生民立命"、"兼济天下"之使命感和责任感了。因而这千年黄州无赋，的确不是黄州之大幸，而是黄州之大悲！……

想必，一个有学识者自然会想到"古今八千岁，纵横五百里"的泱泱东鄂何至无命题可书？故而，《黄州赋》才有了十三大命题之再现：地貌概况、历史沿革、史迹探微、风景名胜、佛道圣地、革命前沿、圣迹流光、名贤沓至、教育先行、工业鹊起、农业鼎盛、泰和乡村、文景方州。于是才有我那《怀古黄州》【8】的感慨；感曰：

> 古今八千岁【9】，纵横五百里【10】。山水孕人文，天地阤绮靡【11】。权虽恩渊薮【12】，但堪发露衣【13】。大道挟匡复【14】，圣灵洽东西【15】。

遂乎，我敬过黄州而为《黄州赋》；亦乐，亦忧，或褒，或贬；嵩因古之圣贤，同因幸者当下，亦藉将至后世！

【注释】

【1】方铺，作者诞生的故乡；于湖北浠水县兰溪港于长江交汇的东向四五里处。【2】天下第三泉，唐·茶圣陆羽于669年在兰溪西潭坳河（亦作浠河、西河、溪河与长江交汇处）的边崖上勘定。【3】《兰溪》一诗为杜牧上任黄州刺史后游兰溪时写的名诗。全文是："兰溪春尽碧泱泱，映水兰花雨发香。楚国大夫憔悴日，应寻此路去潇湘"。【4】《望黄州咏圣》，作者写于2003年春。此次是他远离故土的第二次还乡，当他再次离开故土时的心灵感悟。【5】客主五圣哲，是说"唐宋八大家"中的王安石、苏轼、苏辙及陆羽和李时珍五圣哲；但其中只有李时珍是黄州的主人，其它的四位分别是江宁的王安石，荆门的陆羽和四川眉山的苏氏兄弟。【6】尘寰障耳目，即尘世的蒙昧阻塞了世间缺乏理性意识的人们。尘寰，宇宙、人世间。障，遮掩，被蒙蔽。【7】渥泽荼东流，意思是：浩荡的福水从月亮升起的地方流向东海。承接上句的意思是说这样的恩泽那是的黄州人不知如何享用。渥泽，恩泽，福祉。荼（ku 多音字），古指月亮升起的地方。【8】《怀古黄州》，此诗作者写于2008年，当年出席家乡活动后不久创作的。【9】上下八千岁，是指《黄州府志》记载从新石器时期以来的八千年历史时空。【10】纵横五百里，是形容黄州博大而辽阔的疆土。【11】天地阤绮靡，形容黄州这块厚土自古以来的圣贤二哲们所创造的撼天动地、震古烁今的文学艺术品。阤（shi），此指借代先辈创造文明成果。绮靡，绚烂而华美的景致。【12】权虽恩渊薮，是说一群不为民作为而把持权势者混杂地窝囊在一起。恩，杂乱，芜杂。渊薮，庸碌的人群或无意义的事聚集在一起。【13】但堪发露衣，比喻

52

那些能担当历史使命者日夜兼程的牺牲精神。但堪，只可以。发露衣，是指很早出发履行使命而被露水浸湿了衣物。【14】大道挟匡扶，就是说用天地大道来匡扶这里的人文道统。挟，泛指坏人要挟好人；此为本意之反用。【15】圣灵洽东西，意为圣贤二哲们的智慧和灵气在滋润着东西方人类。洽，此指滋润，蕴藉的意思。

## 【写作方法】

作者在此以两首怀古的格律诗作为文章的核心亮点，以达到"借古讽今"的思想意蕴，应该说这是作者最为含蓄的造文方式。

# 兰 溪 赋 并序

## 【题解】

2003年3月10日上午，作者随家人一同回到阔别三十余年的故土兰溪，后经县委朋友安排作为他远离兰溪后首次在兰溪西潭坞"天下第三泉"不远处的西河大桥上观看了"天下第三泉"摩崖石刻及东西两岸的风物变迁。一时作者心事浩茫，激情难却，敬吊先辈，失泪纵横。在回京的第三天就完成了首稿。从他迁往古城黄州的四十余年来，尤其是近些年对故土兰溪的深刻研究发现，敢情他离去的故乡早在大唐之前就因兰花而驰誉天下。为表达他对这方热土之眷恋便满怀幽情地记述了兰溪的前世今生。

## 【原文】

生余之土，育吾以乡。五十载春秋梦呓，八千里纵横沧桑。休得赋闲平生，恋故之以文。词曰：

沃土褐黄，片丘川【1】东望。踞西河【2】东西而临岳【3】之以古今，挟莲花【4】南北缘隅扬子江【5】。其地无异秀，山亦平峦，人寰亘肇【6】，竞芷兰菲芳【7】。山野俱发，垄畦【8】繁茂；溪涧馨透，河滨溢远。甚迢遣蕙之弥世【9】，独兰草奢之以神怆【10】。曾何迹【11】以南宋？铭诗之以先唐【12】。韵漫漫兮流溪河【13】，当过之以兰仙。圣屹峙断峭【14】而滋显奇绝【15】，淼江河冲飙【16】得誉第三泉【17】！

呜乎！天地天之福【18】，山水天之灵【19】；阴阳天之律【20】，日月天之明【21】！非乱世而无以致俊杰【22】，无权祸未存藉美人【23】。福国泱泱【24】，兰兮何尊？溪藏闺娇【25】，何识黄钟【26】？八遐之闻名，未动之以乱尔【27】；四海之盛誉，

53

不谋之以芳心【28】。凡集族以兰溪，盖世外之齐身【29】。帝子九嶷兰若【30】，方内不礼以无声【31】。苍皇契字兮摩崖【32】，里仁盲窥此圣文【33】！

　　呜乎！溪水净兮难存污垢【34】，江渚抚霭兮必趋瀑随【35】；翼已禾稼兮自堪丰景【36】，旷久弃耕兮良田，未诛草茆以荒粮【37】。志者纵酒兮俟宴乐长驱【38】，岂居肝脑以薪堆【49】？高楼商贾兮无鸿鹄栖巢【40】，天籁知音以空悲【41】！

　　【1】片丘川，山丘与平川连成一片。【2】踞，蹲守；此指位于、坐落在。西河，这里的西河有三种解释：一是西河，它位于莲花山之西部，且河水由东向西而流。二是浠河，因为它是由浠水县城东北向发源而来的河流。三是溪河，因为此河的水源还来自两岸无数条大大小小溪流的水的汇合。因此，此西河无论怎么称呼都是正确的。【3】临岳，靠近莲花山；岳，即莲花山。【4】挟（jia 多音字），通"浃"；此为四周连遍。莲花，即莲花山；为兰溪最高的山峰。【5】南北缘隅扬子江，即兰溪的南面和北面都连接着长江。缘隅，因为接壤。扬子江，即长江。【6】人寰亘肇（gen zhao），从有人类这里就是如此山水平易，未见巨现。亘，贯通至今。肇，开始。【7】竟芷兰菲芳，居然这里的兰花如此具有诱人的馨香。竟，居然。芷兰，兰花里最善发香的品种。菲芳，即芳菲。【8】垄畦（qi），田地的埂子和小块园地。【9】甚迢遆（tiao di）蕙之弥世，是说这里的各种兰花长得十分高挑且到处诱人眼花缭乱。甚，非常。迢遆，高挑的意思。弥世，处处引人注目。【10】独兰草奢之以神怆（chuang），是说唯独这里的兰花的娇艳靡丽时时让人别离后深感心灵的悲痛。奢，此指娇艳靡丽的华资。神怆，精神意识的伤感。【11】曾（ceng 多音字）何迹，曾经在什么时候。【12】铭诗之以先唐，是说唐代就有诗歌将这里的兰花铭刻在众多的作品里。【13】韵漫漫兮流溪河，是说兰溪的兰花啊漫山遍野地连接着江河及山涧小溪。韵，此指这里兰花娇艳靡丽的神态。【14】圣屹峙

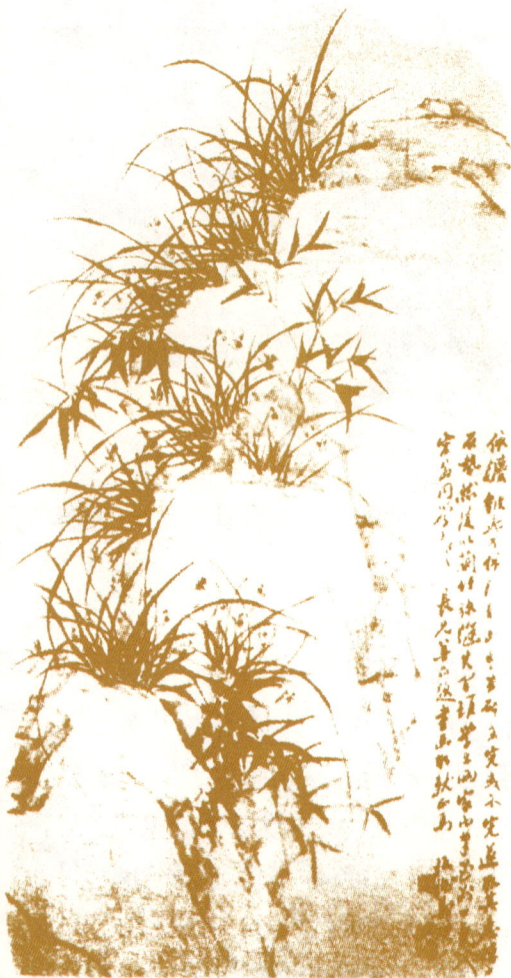

浠水兰溪　溪边兰花

断峭，圣神而高耸的断岸峭壁。【15】滋显奇绝，更显得超常的出色。【16】淼江河冲飙（biao），是说兰溪这里的兰花通过西河水域的传播简直可以像旋风那样之上天庭了。淼，水面辽阔。冲飙，直向天上的旋风。【17】第三泉，据浠水方志载："唐武德四年（621），改浠水县名为兰溪县。唐总章二年（669），竟陵（今天门）处士陆羽（字鸿渐）游本县，品兰溪西潭坳河边崖下水；誉其为'天下第三泉'"。【18】天之福，丧失了福报。【19】天之灵，丧失了灵气。【20】天之律，丧失了规律。【21】天之明，丧失了光明。【22】俊杰，豪杰。【23】美人，即有造化的圣贤之类。【24】福国泱泱，是说兰溪这里的多种兰花的艳世无疑是这里人民的巨大福祉。【25】溪藏闺娇，是说兰溪藏有外人所不知的天然财富。溪，兰溪。藏，为外人所不知；此为贬义词，是说此地人没有为兰花做好媒介推广。【26】何识黄钟？为何不识黄钟呢？黄钟，由秦文屈原《卜居》"黄钟毁弃，瓦釜雷鸣，谗人高张，贤士无名"一句引申而来。【27】乱尔，是指当时兰花的影响没有引起人们警觉和思考。【28】芳心，此指兰花给这里人民带来的潜在的经济报偿。【29】盖世外之齐身，是说人们仿佛是外地人一样住在这里而不关心兰花的发展。【30】帝子九嶷兰若，是说尧帝之女娥皇与女英从湖南苍梧山来到这里并将大善大美的兰花和杜若馈赠给了兰溪。帝子，指娥皇和女英；相传是尧帝的女儿，九嶷山，即苍梧山，在湖南境内。【31】方内不礼以无声，这里的人以沉默不语来对待娥皇和女英的赏赐乃是不礼貌的。【32】苍皇契字兮摩崖，是说西潭坳的"天下第三泉"五个字是由字圣仓颉发明的甲骨文而演变来的。苍皇，亦为仓皇、史皇等。契字，用刀刻字。摩崖，即"三泉"石刻。【33】里仁盲窥此圣文，乡人们却不用眼睛观察着善美的书体。里仁，街坊、邻居、乡里人。盲窥，因盲眼而无法看；此为讽刺的贬义词。【34】此句是说清水藏不了肮脏的东西。【35】此句是说有乌云必会有雷暴雨的到来。【36】有好的禾苗长势就决定有丰年的到来。【37】长期不耕的良田，不除杂草很快就荒芜。诛，除草。草茆（mao），即茅草。稂（lang），对庄稼有害的杂草。【38】此句是说有多大志的英雄只要纵酒不改就完了。【39】哪有不卧薪尝胆就会成就大业的呢？【40】是说有宏伟之志的大雁也不愿在这样的高楼里筑巢的。鸿鹄，喻指志存高远的大雁。【41】这样高妙的建筑内即使能发出最好的乐音来也只有让人凄凄叹息罢了！

**【译文】**

我在这里出生，这是养育我的故乡。亲历了半个世纪的人生颠沛，漫长的旅途跋涉。终于我有个清闲时日，将造文以抒情怀。辞意是这样的：

55

肥沃而褐黄色的土地，西潭坳向东是一片丘林山川。很早以前人们便居住在西河两岸且依附着山岳，因莲花山之地势而南北衔接着长江北岸。这里没有独秀之处，山也一般，人们依旧那样生活，但只有这里的兰花驰名。山涧到处生长连田野都妍开，溪之间飘着馨香，河流都将它溢出的芳美带到远方。那遥远的蕙兰泛济世人，这是兰溪最令人神往的传奇。传说不是打南宋起的吗？盛唐已有诗的记载啊：有韵词《浣溪沙》，还有更早的诗篇歌颂这仙兰君子。茶圣陆羽在高耸的绝壁上，面对大江疾声说这里的泉水乃"天下第三泉"也！

唉！这里的天地（泛指人们）断送了福报，山水也就葬送了灵气，太阳和月光也就陨落了光辉啊！虽无乱世却也无人才出现，没有动荡却不见英雄崛起。本是泱泱福地，为何珍稀之兰就没有人将其（泛指大自然赐给这里人们的宝贵财富）传到今天呢？！人们这样不珍爱仙兰之宝，又同那不识黄钟（泛指修美超卓的圣贤之辈）的愚人有何两样？！那时到处传说兰溪君子兰之盛名，却没有奉劝这里的人的爱兰心结；周围得知她的响誉，可不为人们而窥探她那潜在的自然经济的价值；所居住在兰溪的人如同在另一个世间生活一样。听说尧帝之女娥皇和女英从苍梧山馈赐这里的兰若，人们不以礼而传之竟以不语而待之。用字圣仓皇的契文而演进的字在此摩崖，然而也从未有人品辩这熠熠生辉的圣文。

哎呀！流水难以存储污泥，江岛上空之云堆必是暴雨之预兆；勤耕好的庄稼一定会是丰收，长久弃耕的良田，转眼就会荒芜。有志之士一旦纵酒作乐而不改，他又怎能做到卧薪尝胆而成就大业呢？因此这种人住上了琼楼玉宇鸿鹄也不愿在这里筑巢，天籁般的乐音也只能诉说他空存虚设的悲悯！

2003 年初春首稿

2013 年 3 月 13 日终稿

**【写作方法】**

此赋以铺叙兰花在兰溪地域的盛美流芳为引子，接着以此地人们丧失对它的认识与保护来进行讨论，最后又以深刻而形象的哲性总结来使读者一同进入思辨。作品在层递式的思想升华里让人们得到了认识自然、热爱自然、拯救心灵、改造世界的完美境界。

# 春 归 赋

**【题解】**

2010 年初春，作者重读大儒朱子（朱熹）的美文《感春赋》后，顿觉眼睛一亮，心里一震：作为如此有造化的古贤都深感春季的宝贵、人生的难得，然则，我们尚在逆境里探索的人们难道就不知春天对自己有多么重要的吗？！为了感恩《感春赋》，感恩春天，遂然写下了这篇赋文以为和之。

**【原文】**

往昔蹉跎何久兮？今业愧之有期。殆枯萎以蕙兰兮[1]，肖骏马于夜迷[2]。哂感春印朱子兮[3]，浑宫镜而悬立[4]。回掉鞙鞙之春兮[5]，隐竑飞将披沥[6]。

眄春光吾慧云兮[7]，砺已之以长啸[8]。当金岁以跋征兮[9]，和物鸣之气高[10]。籍圣感以利剑兮[11]，斩胸间之冗喟[12]。鉴春晓以菁华兮[13]，闻鸡而舞烺照[14]。攻平原之五更兮[15]，裕吾新生俱阳。负寒食而艰往兮[16]，树千古之德尚。罿屈学以庶黎兮[17]，济天下之殍苍[18]。假勾践以卧薪兮[19]，遽寇贼以无疆[20]。

披星光而函梦兮[21]，耜汉河以耕躬[22]。捋蓝天为萱墨兮[23]，抒重生之以洪[24]。蘸江河以凝翰兮[25]，锦人间之芳草[26]。敬山川为大美兮[27]，哺长天之大风。润日月以纤华兮[28]，扶摇勱之长终[29]。载阴阳以浩气兮[30]，慨余之以流芳[31]。与芷兰同馨溢兮[32]，射方寸以圣光[33]。竭唐尧以德兮[34]，倡生之而无伤[35]！

2013 年 3 月 9 日终稿

**【注释】**

【1】殆(dai)枯萎以蕙兰兮，懈怠萎缩自己就像浪费兰花之芳香一样啊。殆，通"怠"懈怠。萎，萎缩。兮，古语词。【2】肖，像。近乎。夜迷，夜里失向；此指人们不经理性。【3】哂(shen)感春印(ang)朱子兮，一时笑感今春有幸仰赖朱熹《感春赋》的启示啊。哂，微小。印，通"仰"。朱子，朱熹。【4】浑宫镜而悬立，是说仿佛将朱熹的《感春赋》作为官室里的镜子悬立起来时时照鉴自己。浑，好像、仿佛。【5】回掉，回首。鞙鞙(xuan xuan)佩玉的样子。春，即美好的时光。此句是说赶快回首过去失去的宝玉般的光阴。【6】竑(hong)飞，宏大的志愿。竑，通"闳"。披沥(li)，尽心职守。【7】眄春光，细看春光。吾慧云，我的智慧在涌动。【8】砺，博弈、磨砺。长啸，长久的呼唤；此指不住的追求理想。【9】金岁，黄金时代。跋征，长涉远征。【10】和，融合。物鸣，万物之声。【11】籍，通"藉"，假借。感，即《感春赋》。【12】斩，去掉。冗(hao)喟(kui)，繁琐而平庸的叹息。【13】鉴，披鉴，借鉴。春晓，初春。菁华，精华、精髓。菁，通"精"。【14】闻鸡而舞，听到五更鸡鸣就起来练舞。此指趁尚未年老抓紧攻读与学习。烺(lang)照，明亮的光辉。烺，通"朗"。【15】平原，即颜平原、颜真卿。五更，引自颜真卿的"三更灯火五更鸡，正是男儿读书时"一句。【16】负，依靠、凭借。寒食，由苏轼《寒食诗帖》而来。【17】罿

57

(yi)，伺视，窥视；此指仿效。屈学，屈原的精神与思想。庶黎，人民、百姓。【18】济，关心、同情。殍 (piao) 苍，饿死的百姓。【19】勾践，先秦越国国王。曾以卧薪尝胆灭了吴国。卧薪尝胆就是讲他兴越灭吴的故事。【20】遁 (dun) 寇贼，使强盗逃遁、屈服。此隐喻让一切阻止前进的障碍得到蠲除。无疆，没有边的国土。此隐喻为实现宏大的理想抱负。【21】披星光，指彻夜攻读学业。函梦，把美好的梦想放在心里藏起来。函，用匣子装起来。【22】耜 (si)，用耜取土。汉河，天河、天津。【23】捋 (lv) 蓝天为萱墨兮，捋摸着蓝天作为画家所需的宣纸。捋，顺着文理摸。萱墨，借指画家用的宣纸和墨水。萱，通"宣"。【24】抒，抒写、重塑。洪，本领高强。【25】蘸 (zhan)，把东西进入水或其它液体中。凝翰，使妙曼的构思成为翰墨瑰宝。凝，专注、注意力非常集中。【26】锦，锦绣。芳草，芬芳的香草。此指弘阔的美丽画卷。【27】敬山川，拜山川大地，大美，此指师法自然的绘画蓝本。【28】纤华，精细而美妙的物品。此指精微之意念。【29】扶摇，向上旋转的风。此指不断升华。勔 (mian)，勤勉、奋勉。勔，通"勉"。长终，指最后的理想。【30】载，承载、弘扬正大之气。【31】慨余，愤慨我的天性与思想。流芳，流传的芳名。此指教化人们的立身之道。【32】芷兰，兰花的一个品种。【33】射，照耀、染及。方寸，此为谦词。圣光，引领人类的正大思想。【34】唐尧，即帝尧的封号。相传帝尧给世人造就了许多福祉。【35】俪 (mian)，面对、应对。

## 【译文】

过去不是浪费了不少宝贵时间吗？现在该是总结的时候。人丧失了蕙兰般的时光，就像宝马在黑夜里奔驰。总算今春读到朱熹的这圣明的《感春赋》，它如同皇宫里高挂的镜子时刻在照验着我自己。每当回过头想到这珍贵时光，便大有感慨并警醒自己要像斗士一样不可懈怠应勇猛奋进。

把这春光看作我智慧的涌动，来激励自己博弈。把美好的年华视为新的征程，以崇高的气节对待万物世态。凭借《感春赋》为铭文，除掉往日那繁琐的愧叹。用这初春最菁华的气节，立即动手实现每个梦想。以颜真卿的"三更灯火五更鸡，正是男儿读书时"为修身警言，丰富我新征途的信心力量。怀着词圣苏轼写《寒食帖》之境遇来成就人生的传奇。怀屈原忧天下

春归图

兆黎之心，以关乎人民的生死和饥饿。只有像越王勾践那种报国之志，才能使国土延伸至天边。

在月光下成就自己的梦想，在广阔的人类宇宙间不负勤勉。将蓝天作为纸墨，以书写醒悟后的人生。把江河作为颜料，创造出锦绣的人间画卷。拜山川为蓝本，而成就有意义的事业。借阳光和月色蕴藉精微的意念，去升华潜在的理想。以正大之思想去辩证一切事物的多样性，自会使我意识到这将是可以长久的立身之道。是样可同芷兰一起发出清香，放射出心灵的光辉，使以帝尧样的美德，面对这样之存在才不至于人生伤悲！

2013 年 3 月 3 日

【写作方法】

作者先总结了过去浪费时间的痛苦，而后便展开对未来的思索；接着以唐尧之功德来启发自己，以期同世人共同思考生命与时间的重要性：有贡献者为人类之兰芷而同日月共流芳，藐视生命者则为草木只能与尘埃一起化为青烟。赋的"春归"二字，在这里以挥发到了极致。归，此指重新归位思索。

# 登 三 泉 赋

【题解】

2003 年初春作者还乡时，再次经友人之邀请观览了浠水兰溪西潭坳河下的"天下第三泉"遗址。这是作者幼年时代极为熟识的一处景点；那时他就听乡间里仁长辈们说：若干年前他的祖父在那场罕见的洪水时带着他的弟子就着渡船，依照史料觅求史迹后而为此泉书下了"天下第三泉"五言。虽说后来作者在有关史料里查到三泉五言为明末一个叫游王庭的知县所书。但作者多次拜访故乡的前辈时大家说："明代有不少书家，黄州府也有，怎么也轮不到一个小小的知县书写；再说他的早晚代又不是书家。……你的祖父孙仲摩那时在这一带赫赫有名。……现在看你的书体与你的祖辈是一脉相承的。……"遂然，作者立于马克思唯物主义的求实观念便在游览后的不久创作了此词。

邅三泉兮览江天【1】，瑟两岸之潺潺【2】。沸流寒兮以西去【3】，吟横秋匿古泉【4】。余蹰索迹故崖兮【5】，无谙二圣几千【6】？幸甚羽公邀约【7】，庐山伯兴【8】，无锡仲乐【9】，且乃三绝【10】。馈美人之浩淼兮【11】，碑悠悠以姜德【12】。

雁雁列兮菡萏秋【13】，风裛裛兮咏哀愁【14】。吾祖铭镌五言，昊祚江海九州【15】。御长空兮消万里【16】，渺河汉而无忧【17】。蒙突兀熠熠而驰誉【18】，愚辈倚天夫捍之高楼【19】！

2013 年 3 月 10 日上午定稿

【注释】

【1】邅（zhan），徘徊地走路。三泉，即天下第三泉。览，观看。【2】瑟，庄重的样子。两岸，指第三泉的东岸与对面的西岸。潺潺（chan chan）水流的样态。【3】沸流寒，沸腾流泻而寒彻的河水。西去，此指第三泉位依河的特征，即西河水是由东往西流经长江后随之东海。【4】横秋，充满秋的气息。此句是说那西去的河水声几乎和这秋瑟一同湮灭了这第三泉的存在。【5】余，我。蹰（ju），或蹲歇间接的走。索迹，按照路的痕迹走。【6】无谙（an），无法知晓。二圣，此指为第三泉命名的陆羽和为此摩崖书写的孙仲摩。敬词。几千，数词，意为设问。【7】幸甚，十分幸运。羽公，即陆羽。【8】伯兴，第一值得高兴。【9】仲乐，其次值得快乐。【10】且（cu 多音字）乃三绝，是说轮到兰溪河下泉水就定为第三泉了。且，来、往。【11】美人，此指茶圣陆羽。浩淼（miao），广而无边的样子。通"浩渺"。【12】碑，楷模。悠悠，恒久的样子。姜德，同姜子牙样的功德。此两句是说：因为第三泉上帝给此地送来了陆羽和孙仲摩，其楷模在漫长时间里挥发了姜尚般的功德。敬词。【13】雁雁列兮，许多南归的雁队啊。菡萏（han dan）荷花。【14】裛裛（niao niao），声音回旋不绝。此两句是说：空中的归雁啊在为荷花的凋零而悲秋；河岸上回旋不绝的秋风也在用唱着我内心的离愁。【15】昊祚（hao zuo），大的福祉。【16】御长空，驾御长空。消，蠲除、消除。【17】渺河汉，形容人以超迈的气势看那河汉为渺小的溪流一般。【18】蒙突兀（wu），蒙受深不可测的传言。突兀，高耸的样子。熠熠（yi yi），形容光亮明净。驰誉，声誉传扬。【19】愚辈，此为作者自谦。倚（yi）天，依照天成的规律。此指作者凭借文赋和道理。夫，语词。高楼，此指隐喻为庄严的事实。

60

　　我登上天下第三泉的遗迹望着江天一色的情景，目不转睛地观西河两岸下的潺潺流水。它们形成沸腾之势之后向西边奔去，只看到萧瑟秋草隐掩着这古泉的遗址。我又绕车后按照路的痕迹来到那摩崖的上方，不知那两位先圣仙逝了多少年？所幸的是这里遇上了陆羽，他说庐山为第一泉，无锡为第二泉，兰溪西潭坳者为第三泉。我面对江面感谢为此命名的茶圣和为此摩崖的我的祖父孙仲摩二位美人为兰溪的"天下第三泉"播下了姜尚一样的功绩啊！

　　空中的雁队在为即将凋零的荷花而悲秋，回旋不绝的清风也在吟咏着我内心的离愁。这是我祖父当年题书的五个楷书大字，其功绩随江水福及四周。借蓝天来消磨胸中的退思，驰骋在那银河星汉的上空就没有了一点忧伤。争议了多少年的摩迹之传说，这回我便作为孙仲摩的后人以赋文及书道一论这不可争辩的庄严与不朽！

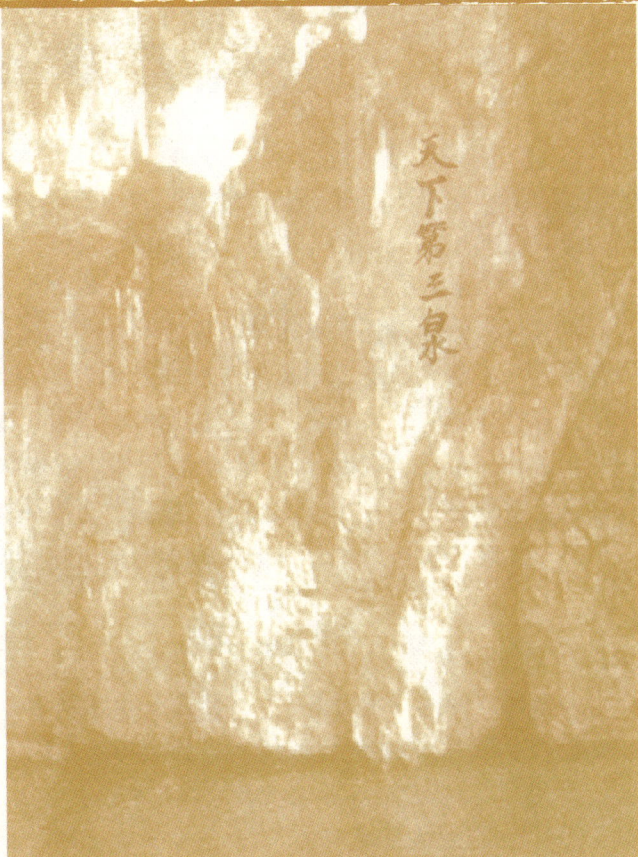

浠水兰溪　天下第三泉

2013 年 3 月 13 日

【写作方法】

　　辞赋虽为两段，但它却融汇了作者对先辈们的文化成果给予了无限的崇尚与敬畏之情。上段为兰溪古泉被誉为"天下第三泉"而愉悦；下段因为此泉摩崖之历史论争而作庄严申斥。这反映了作者以辩证唯物主义为文的科学态度和为正义事业而大胆作为的坚毅的率真精神。

# 蕲 春 赋

**【题解】**

20世纪80年代初，作者伴随那场改革之风被席卷到东鄂的蕲春县，在这里作者以时装培训为业。怀着对未来之憧憬和对大自然的敬畏之心，几年的旅居教学生涯让他得到了生活之启迪、思想之飞跃、人生之洗礼。他每每空隙时就思考东鄂的风土人情、自然风光、人文教化及民间传说等。于是，为了感恩这方厚土，叩谢这块封地，多年的魂牵梦绕迫使他于2011年底创作了辞赋《蕲春赋》。赋文里，人们不仅看到东鄂的蕲春是一个自然怡人之洞天福地，更是一个具有深厚人文教化的风土家国！关于那一度艰辛跋涉的岁月作者在长诗《致温莉·妮莎》里已作了完美的诠释。

**【序】**

余既作《蕲阳春序》[1]，癸巳春作《蕲春赋》为周年后续之；前者述余卅载创业初之艰磨[2]，后者乃叙洞天福国之淳和[3]；前者陈人生之思辨[4]，后者谓乡土之超凡[5]；前者忆春秋之流年[6]，后者彰世物之德范[7]。嗟乎！东鄂蕲阳虽地域县制[8]，斯赋人文之碑模[9]；虽非天地无垠，然气象之万千。以人伦而挟华夏[10]，发古贤而横九州[11]；共道统而染尘寰[12]，师里仁而宪长天[13]。斯是恩德而悟泉流[14]，报以圣教而抒壮怀。爰以赋载，词曰：

**【原文】**

四时靡谢蕲荣[15]，亘绿山川以春[16]。处扬子江岸之北，陆海八遐以纷[17]。古道千载驰歆[18]，天下直驱以畿城[19]。生灵彳亍游憩[20]，霏霏淼淼以万顷[21]。北苏皖、南港澳；东海浙、西且都京[22]。夫泪流云涌而离出[23]，慕万千西海以心贞[24]。扶摇青天鸿鹄[25]，阡陌皇舆以通[26]。

天庭迢迢褒以烂漫兮[27]，冯洞天福国之无际[28]。屹屼水榭以妍楚楚兮[29]，餂华都仕之安栖[30]。恍九嶷幽豁以群峦兮[31]，消英娥帝之翠微[32]。焉山笋肴以宴客兮[33]，宾友不绝之无觅[34]。乡野炊耕以诗画兮[35]，类陶潜闲之有期[36]。川呋鱼虾以筵膳兮[37]，福四海缱之卮杯[38]。菽粟囤山以弪患兮[39]，恩上腴之汗水[40]。库储肥鳙以济遥兮[41]，固清风之怀醉。芊菾蕲竹以寒暑兮[42]，奈何昼夜之无妨。瑰宝绿龟以享誉兮[43]，本草铭之良方[44]。农夫捕蛇以解疾兮，意非属我之堪藏。端午露艾以精油兮[45]，健身藉之强壮。

道统麐老以落此兮[46]，亘古化育之作为[47]。睿智方园以泱泱兮[48]，齐良君子之行规[49]。未见黉门以蠹立兮[50]，仁人志士之从随。天无私载以永恒兮[51]，丕堪视之轴离[52]。地无私载以长庚兮[53]，睿令转之损移。人无私念以公心兮[54]，世物平之安息！遂此乡土以磊磊兮[55]，黎政途之正气[56]。苍寰美节以垂宪兮[57]，慧德芳之流丽[58]。胡君尚礼以刚正兮[59]，菲作妖孽而文秀[60]。黄学立道以高远兮[61]，训诂谨之师刘[62]。畿城千顷以吊圣兮[63]，茇环蕲之跪拜[64]。萧萧濒湖以觞奖兮[65]，恐无二者之重来。横之含泪以代汩兮[66]，哀蕲阳之天才。百草植以圣灵兮[67]，愿先驱之放怀。碑林熠熠以浩浩兮[68]，昭日月之剡辉[69]。馆陈千物以寄后兮[70]，期美人之轮回！本草纲目以照烂兮[71]，周民祀之大悲[72]！

江帆河舟之疾驰兮[73]，输物产以商流。爰道经年之碌碌兮[74]，辗万贝以九洲[75]。通衢天径之四方兮，润致兆黎以相安。仁政和鸣之踆乌兮[76]，凤鸟麃发以几千[77]？华城汉阙之崔嵬兮[78]，娱庶市游之骷蚁[79]。商贾困鄂以往如兮[80]，昼出夜寐之幽期。漕蕲流星以西洋兮[81]，众物回首之繁乡[82]。勾心斗角之琼楼兮[83]，遂茶肆弥之流香。宾舍摩肩之煌煌兮，惠中外客之从容[84]。友朋远近之礼尚兮，善悌兄妹之隆重。里仁亲心之世间兮，葭莩心归以襟霒[85]。相敬桃园之人伦兮[86]，岂非陶公之世外[87]？！

河域北邻以翠山兮，因造适者之渔歌[88]。山水涧台以《春江》兮[89]，耕伺枉勿之蹉跎[90]。山岚云岳以霓裳兮[91]，似巨然彩之禅境[92]。日月隐约以天功兮，何以圣墨之比清[93]？佛道闻以千重兮，修将生民之无限。烟雨棋盘以四下兮[94]，归途曲径之回环。蕲阳熳若以春梦兮，放乎山水之绮靡[95]。歔欷故园以济世兮[96]，然则非此之太息？！

太和清明盛极以叩其往兮[97]，得赋闲纵情而发之。御遐想填空冥以释怀兮，酹千杯东园而赋感诗[98]！

2013年3月11日下午定稿

蕲春仙人台

【1】既，尽、终结。《蕲阳春序》，乃作者创作其于20世纪80年代初伴随那场改革之风席卷到了东鄂地区，几年的时装教学为他奠定了现实主义文学基础。【2】前者，指《蕲阳春序》。【3】后者，即本篇辞赋。【4】思辨，是说作者在那个人生开悟的世界就意识到人与自然的规律、人与社会的规律以及人与人间的复性关系。【5】超凡，此指东鄂地区的自然风光和人文风土与外面世界的显然有别。【6】流年，是说作者当年在那块风土上生活的非凡记忆。【7】德范，此指东鄂地域的人文发祥与风土教化等方面的优秀传统。【8】县制，即1912年改蕲州为蕲春。【9】碑模，楷模、丰碑。【10】挟 (xie)，挟持。此指感染、影响。【11】横九州，此

明·李时珍（药圣）

指好的德行充满天下。【12】道统，是说蕲春人民完好地传承了先人总结的人伦和天地之道。【13】师，效法、效仿。里仁，对别人住处的美称。宪，垂宪、榜样。【14】斯，语词。恩德，给人民造的福祉。泉流，此指隐喻这里的人民所包容万象的福禄如同泉水一样流传。【15】四时，四季。靡，没有、不能。谢，凋零。蕲 (qi 多音字)，张揖 (yi 多音字)《广雅·释草》："山蕲、芹，当归也。"因此地多山蕲贵为蕲春（代考）。荣，荣发、兴盛。【16】亘 (gen 多音字)，恒久、长久。【17】陆海，此指大陆与江河。八退，四周边缘之地。纷，纷至；此指交通发达。【18】古道，此指蕲春古来被誉为通往长江的储运天然之道。驰歆 (xin)，被传为令人羡慕的。驰，传播。歆，羡慕。【19】直驱，畅通无阻。畿 (ji) 城，离那时郡府黄州较远的城邑。【20】彳亍，来回地走路。游憩 (qi)，游玩和休息。【21】霏霏森森 (feifei miaomiao)，盛大的云气和辽阔的水域融为一体。形容东鄂地区自然风光的迷人景象。【22】且 (cu 多音字)，来、往。

【23】夫，语词。泪流云涌，形容人流泪的程度之大。离出，离去。【24】西海，即西边很远的地方。【25】扶摇，旋转而上升的风。鸿鹄 (hu)，鸟名，即天鹅。此指这里人的志向远大。【26】阡陌 (qianmo)，田间小路。【27】天庭，天下。迢迢 (tiao tiao)，高高的样子。袤 (mao)，广袤。烂漫，光芒四射。【28】冯 (ping 多音字)，依附、凭借。【29】屹屼 (yi wu) 光秃而陡峭。水榭 (xie)，设于水域边的亭阁。妍，美丽；与"丑"、"蚩"相对。楚楚，鲜明整洁的样子。【30】餂 (tian)，引诱、驱使人接受。华都仕，京都的贵人。【31】恍，好像。九嶷 (yi)，即湖南的九嶷山。【32】消，承受着、受得起。英娥，指传说中尧帝的女儿女英与娥皇。翠微，青绿色的山气。【33】焉，此为代词：它，泛指蕲春。山笋，长于山上的竹笋。肴，美味、佳肴。【34】宾友，泛指四周的宾朋好友。【35】炊耕，此指农舍旁边的耕种。炊，乃烧火做饭。

诗画，即美若诗画的田园风光。【36】类，如同，好像。陶潜，即晋代田园文学家陶渊明。【37】川吠（fei）鱼虾，到处在做鱼虾的生意。川吠，平川上吆喝声。【38】福，惠及、恩泽。缱（qian）牵连、分不开。卮（zhi），古时用来盛酒的器皿。【39】菽粟，稻菽之类。殍（piao 多音字）患，饿死者成患。【40】上腴（yu），上等肥沃之地。【41】肥鳙（yong），肥美的胖头鱼。鳙，鲢鱼科里的大头鱼。【42】芊莲（qian lian），草木青绿且茂盛。蕲竹，乃蕲春贵为天然的财宝。夏天以此竹做成的簟子用以降温，堪为至宝。【43】绿龟，即绿毛龟。同为蕲春之宝。【44】本草，即《本草纲目》。【45】端午露艾，是说每年端午节这天将蕲艾上的露水洒在田园上翌年就可天然的长出艾来。精油，即这里人民将艾进行科学开发后成为人们强身健体的保健品。【46】鲡（li）老，老年、衰老。此指尚古的文明传统。落此，在此地不断弘扬。【47】太古，上古。化育，造化。【48】泱泱，盛大而广阔。【49】齐良君子，道道德全面的圣者。行（xing）规，指依照天地大道之规律行事。【50】黉（hong）门，古指学校。【51】天无私载以永恒兮，是说上天没有私心而永恒地照彻着大地。【52】丕，乃、于是。【53】长庚，永久的。【54】私念，指一切背离大道的贪念。【55】遂，于是。【56】黎政，众多的清政之道。【57】苍寰，人寰、人世间。【58】慧德，智慧和德行。【59】胡君尚礼，此指当年这里的胡风崇尚古人之法度和礼数为天地传道。【60】妖孽，诡异之物。此指20世纪70年代国人所谓"胡风集团"之类的错误的批判与指控。此为讽刺之意。文秀，隽永而秀美的文章。【61】黄学，即这里的黄侃励志仿效刘勰而造就了学问。【62】训诂，解说古书文义。此指这里的文化名人黄侃当年的学术追求。谨，表示敬重。师刘，效法当年的刘勰。【63】畿（ji）城，离郡府较远的城邑。【64】荛（rao 多音字）环，百姓循环前往。荛，刍荛、黎民百姓。蕲，通"祈"。求。【65】萧萧，超逸脱俗的样子。濒湖，即李时珍，原号濒湖山人。以觞奖兮，用敬美酒的形式向李时珍表示敬意。【66】横之含泪，充满泪水来敬畏他。汩（gu），涌出的泉水；此指溢泪。【67】百草，此指蕲州李时珍纪念馆里的百草植物园。圣灵，指一代伟大的药圣李时珍照彻后人的思想文脉。【68】碑林，指李时珍纪念馆里的医药学文献和药草标本碑林。【69】昭，显示。剡（yan）辉，即锐利的光辉。【70】馆陈，在馆里陈列。【71】照烂，显现得灿烂。照，显现、耀眼。【72】周民，四下里的人民。【73】江帆河舟之疾驰兮，是说这里与外界经济合作或市场繁盛之景象。疾驰，指快速运输商品的情形。【74】爰（yuan），于是。道，道路。经年，长年。【75】万贝，泛指大量财宝。贝，古指钱币；引为财富。【76】踆（cun）乌，传说太阳中的三足乌；此指应运而来的瑞祥鸟。【77】毳（cui）发，鸟身刚长出的茸毛。【78】华城，美丽而富庶的城邑。汉阙（que），汉代官廷门前修建的高高的门台。崔嵬，山势高耸。【79】娱庶市游，娱乐的市民在街上行走。骷蚁，大蚂蚁。【80】商贾（gu），商贸。囷（qun）鄂，靠在仓库的旁边。囷，囤粮食的仓库。鄂，边际。【81】漕蕲，漕河与蕲州。【82】繁乡，繁荣乡土。【83】勾心斗角，此指楼宇建筑的技巧设计。【84】惠中外，利于中外的经济往来。【85】葭莩（jia fu），刚出土的芦苇不知里面的内膜。比喻人疏远了亲情。葭，刚出土的芦苇。莩，芦苇管里的薄膜。襟鬲（ge），襟怀、胸怀。鬲，通"膈"。【86】桃园，即陶渊明笔下的《桃花源记》。【87】陶公，此指陶渊明。世外，即《桃花源记》向世人所揭示的淳和而不染尘埃的人间美景。【88】适者，适应了渔歌生活的人们。【89】《春江》，即著名画家黄公望的名作《富春江图》。【90】耕伺，守候着耕种。【91】霓裳 (ni shang)，古时泛指仙人所穿的衣裳。此装以虹霓所作。【92】巨然，唐末著名画家，以《秋山问道图》最为著名。【93】圣墨，神圣的翰墨艺术。比清，一比品质的高贵。【94】烟雨棋盘，形容蕲春这里绮靡交错的山水就像烟雨中隐隐约约的棋盘一样好看。【95】绮靡，精妙、华艳。【96】歔欷 (xuxi) 叹息、哽噎。故园，此指作者曾经生活过的东鄂地区，即蕲春大部分区域。【97】太和清明，是说天下淳和政治清明之时代。【98】酹 (lei) 千杯，将许多叩拜乡土的美酒洒在故园的大地上，以表达作者对此地的怀恋和忠爱。千杯，形容多。东园，即东鄂故园。赋，特意创作、以深情的给与。感诗，即因特殊情感而激发的诗作。

## 【译文】

　　我终于作完了《蕲阳春序》一文，癸巳初春的这篇《蕲春赋》是前面这篇《蕲阳春序》刚好一周年后的新作。前者是讲述我三十多年前在蕲春创业初期的艰辛，后来的这篇《赋》是告诉世人这块洞天福国之大和大美；前篇乃陈述我三十多年来的思考和对社会的辩证看法；后篇的这《蕲春赋》可谓说明蕲春乡土的人伦教化超世脱俗的一面；前篇的《序》忆起我人生况味之流金岁月，后篇的《蕲春赋》是在铺叙蕲春这块热土上的人文物志的熠熠光辉，唉！湖北东部的蕲春仅属县级制辖，可这里的人文倒为世人树了不少丰碑；虽地域有限，然而其文脉气象万千。它以尚好的人伦标志制约着国人，依照古圣先贤之道回馈天下的人民；让人类以它的道德规范作为参考的范式，在天庭下崇仰最具邻里乡间的修行。就是这清泉般的恩德，回报圣灵的教化而让我不得不激热怜乡的情怀。于是用这篇赋来传载我对它的歌咏与颂扬；歌意这样说的：

　　一年四季不凋落青绿而茂盛的景致，总是碧蓝地保持着春的气息。蕲春地处长江北岸，水运和陆地交通发达。旧的古道改造为新的高速路，无论从哪里来均可直接到达县城。人们和牛羊、鸟雀等安然自乐地游乐在兴盛的园区里，有时像盛扬的雨雪一样追逐在辽阔的原野。北去抵江苏和安徽，南可直达广东和港澳；东边可去上海及浙江，西边是通往首都的门户。像流水和移云似的劳工外出从业，人们以一颗忠心去援助他乡的建设。怀着目标的智者希望得到青云般的升迁，即使是去往田间地头的路径却修得如此宽敞无阻。

　　辽阔而美丽的土地啊，随这天府之国没有边缘。秀美庄重的水榭巍峨地立在高耸的山峦间啊，它们吸引不少来自都市的名流度假安居。这里好像湖南苍梧山那幽夐的群峦一样啊！当年那美度于苍翠微茫山色里的尧帝的娥皇和女英就仿佛也住在了这山上。于是山中的鲜笋作为这帝子仙的美味啊，尊贵的友人不断地向这里寻问仙景的传奇。乡间田野炊烟袅袅像一幅美丽的画卷啊，如同田原诗人陶渊明在自己的原野上作耕。河域里的鱼虾也是筵席上的佳品啊，同样也能作为四周朋友下酒的珍肴。丰足的粮食

66

以备饥馑之荒年啊，当然感恩人们以勤劳的耕种。从水库捕起的胖头鱼服务远方的人民啊，所以人们易于清风之袭扰便开始了醉意。珍稀的蕲竹可以抗寒暑的威胁啊，白天和夜晚都一样受益人们。珍奇的蕲龟闻名中外啊，《本草纲目》已早有记载。农夫捕到的蕲蛇能解除许多疾患啊，还让人们可以珍藏。端午这天晨雾播种后的蕲艾啊，能提炼出精美液体让你保健强壮的身体。

自道统法则降落此处，远古的教化就开始造福人类。辽远的大地充满了智慧的光芒，德才兼备者总是循规蹈矩。虽说少有太学府样的教堂，却每每出现仁人高仕。天没有私掩才永恒远传，所以看不到它偏离中心。地没有私欲的装载才永远均衡，所以人们看不到它错动的损失。人没有私心足以公道为尚，所以社会这样谐和！于是这乡土的人类光明磊落，官民一求民族之正气。人们以崇尚品范高洁为风尚，所以贤德者们便芳名万古。名节者的胡风正大效古，不仿奴颜以美论传世。学人黄侃志趣高远，宗刘勰而扬之训诂。古城蕲州李时珍纪念馆在常年纪念药圣的功德，天外的人们前往叩谒。盛大的湖面上人们以酒舫歌颂他，似乎再不会有超越他的人了。长天充满着敬畏他的泪水，来祭吊这位罕见的才俊。那百草园吐着圣人的气息，是在请他放心安眠。碑廊闪烁着浩然之辉，是说明太阳和月光的赠予。馆里陈列着教育后人的遗物，希望再有圣人的出现！

江河的船只迅速往返，运输着各种商品。大路上忙碌的人群从不停歇，经营着财富遍及全国。以各种途径去往各地，以供改善周围人民生活。官民共像温暖的阳光，连鸟雀都不知增长了多少羽毛啊？！站在高大而华美的城门上看，人们像蚂蚁似的自由地游走。为繁盛城市贸易，人们居住在一起以便联络。漕河与蕲州的物资很快传到西太平洋，换回建设家乡的资本。工艺精巧的楼宇与茶馆酒吧连缀在一起。明亮而密集的宾馆，为中外友人提供自在的消费环境。远道而有礼节的宾朋，使这里的主人看做兄弟姐妹一样。乡间邻里亲密无间，即使是疏远的亲友都愈合了亲情。人们像《桃花源记》里描述的那样相敬友善，这难道不是陶渊明所期望的方外世界么？！

河流连接着青山，四下人们在渔歌里适从。江山如画卷，人们抓紧时机耕作。山峦的云烟像霓裳一样，有的近似巨然画的幽静的山水。太阳和月光巧妙地掩饰

金陵版本《本草纲目》

着大地，怎能和那珍奇的山水图媲美呢？那无数的寺庙，是为生民借以修行的。全境被置于烟雨样的棋盘之中，人们在曲径里回到家里。蕲春之美如春天的梦乡，游向哪里均是淳和。在追忆我三十多年前的哽咽时将这大美福地敬告世人，然则我再也没有什么叹息的了！

国运昌隆的盛世令我想到昔日的艰辛岁月，难得有空抒发故国之悠情。借诗意的驰骋思考来放怀，以成我把醇酒泼在那东方的故园上而后歌唱这谢恩的恋曲！

2013 年 3 月 13 日定稿

现代文艺评论家 胡 风

## 【写作方法】

作者在《蕲春赋》里以柔美之情为读者展开了一帧妙靡含英的福国图：小序一开始就交代了作此辞赋的原委；接着是告诉人们"春"字的含义。在铺叙蕲春乃福国之地的同时又揭示这里的官民一心的人伦宏愿。蕲春人在改变自己后便将援外的力量不同程度地分流到全国各地，使这里的人民完好地将自己的智慧融入到世界大潮的经济建设之中。基于此，勾起了作者对曾经奋斗过的乡土的无限衷情。此作以"蕲"字入文；以"春"字立骨；以"赋"字立心；的确让读者深慰哑啖之快！

# 序

## 蕲阳春序

【题解】

　　30多年前的芳华岁季，作者带着梦想在那举目无亲的世界以现代时装培训谋生。漫长的岁月，他在穷蹙的时世里觊觎着营生基点，一方面在烂漫的里仁市井中思考。东鄂的山水旖旎，域情风土，人杰地灵，钟灵毓秀；优美传说及天福独厚等一一镌刻在了他的心灵深处。30余年逝去，他忘不了内人是在那非凡岁月里牵手的伴侣；更忘不了30年后还乡时人们对他的一往情深。遂然，于2012年春访与故人重聚时不久，便有了钟情他多年的《蕲春赋》之诞生。关于那一度艰辛跋涉的岁月作者在长诗《致温莉·妮莎》及相关作品里已作了完美的诠释。

【原文】

　　阳汉郡【1】，县迄归辖。鄂之东户，国之师属【2】；漕因地往，河由北至。衔八省奔南海而挟深港，越中原抵京都而通九州。物产繁盈，福恩馈古今之黎民【3】；人杰地灵，修美染苍寰与中外【4】。山川流丽，俊星纷驰【5】。阁榭蕲极之于三江【6】，客主新旧之夜南北【7】。徐督故吾于共【8】，官访客此之兴【9】；尚姜之为庶姓【10】，崇聃之修道统【11】。适之春和，踏之景明；迢以空载而未拂【12】，思之上亘以相期【13】。金玉良宵【14】，畅叙春酬，胜友歌赋，文采飞动。诗骨汉唐【15】，盖坡仙之八代【16】，文象麇集，气屈子之《离骚》【17】。恩胡之赐【18】，谢母之修；倘非佳人，焉知是蕲！

　　时序四月，节令清明；衢露诸芽生之以娇萌【19】，树挂千苞动之以野烟【20】。伉俪父祭，尘驾而东谒；故国偿夙【21】，山水而青辉。瞻嫦娥御宫而扶摇【22】，齐昌蔚升平；伴冯夷化帝而登仙【23】，漕河佑康逸。驰鹜画境【24】，曲直恍惚；云阙林立，飞宇交映；阡陌往返，金贾商赫【25】。渔歌晚唱，济艻涠之流光，牧笛藉风，遐长天之萧鸣。空濛霁旦，烟水流霞；月动丘影，璃光潋滟【26】；皆灵性美人非所惧。垄方兴，哇亦荣；城野聚散海阔【27】，乡府轧市昊天【28】。耄耋圣贤【29】，毅垂少壮之志；初父金经【30】，躬耕塾堂学训。天地翼翼【31】，

69

器道古恒【32】。黎无価自然长存【33】，物有应道统永生【34】。知先悟律，春载濒湖众宿【35】；博寋学子【36】，杏坛千仞碑模【37】！

笨篱隈隅【38】，其主睄而非懈怠；洞箫激飓，其内美而非惨怛【39】。清水翠绿【40】，皇剡剡而余故【41】；八里如辋【42】，衷闵苫旧南山【43】。辰蹉跎，境漩覆，梦庚天帝戏弄，生死阴阳纵然。唯存无室，谢众生之凭阑【44】；相心牵手，遂焉恋美无言。噫兮！憾家君遭世罔极【45】，指京都却于天庭；处江湖而凌穷刑，独绝境离骚以忳悲。少故乡授，曰《马夫之典》【46】，上世潮变致余【47】，命岂非挑快乎【48】？！

物移人寰而无恒，事主意象却更期；三十不渝之陆离【49】，神圣不负而坚成；甲书画文，京华予彩。证透其理，余非马挑之由【50】，遂得马夫之雅，暨居马者为荣。盖挑夫人也，然则天下挑夫之滥【51】，焉何挑之所向？人挑而非家【52】，纵然文治眉庭【53】，何以类人之挑乎【54】？同此寰宇，问文史之仓皇【55】，问老孔与屈韩【56】，论柳欧及苏马【57】，疏恩列同孙毛【58】，其朽乃多哉【59】？

夫命寸兮，当墨支身。纵怀鸿图，微轻音上朝池【60】；虽梦王者，驷御天籁秋风【61】。无以篸笏誉生【62】，唯赋闲乐诗书；言四下伏潜危，述古今匿嬗变。道德　如，法刑懦弱，上下虚浮，佤傺酹声【63】。《高山流水》【64】，未伯牙之有觅【65】；文翰载道，岂非上帝而赐？！呜呼！感旧之重游，兴今之文发；屈子涉江，嬴政垒城，昭君出塞，何其非故？霓虹眩曜，交杯换盏；沐兴盛极诗赋【66】，概畅怀之不易【67】：雷霆掩耳，恭行玉引，把盏颂赋，四韵而成：

阳黉门大雁飞【68】，春夏秋冬禽畜肥。
山台水榭连天日【69】，阊阖飞鹜共余晖【70】。
五洲诗赋颂国运，三江波涟映客人【71】。
风光四月商百业，福祉齐昌仿大秦【72】。

《寒夫艺术论丛》书影

**2012 年 4 月 12 日雪雨轩定稿**

**【注释】**

【1】蕲阳：今蕲春，古成蕲阳、齐昌、蕲州等。【2】迄，此指蕲春县由古到公元1912年归为县级建制。师属：师，老师、教授、学者等；属，类属。【3】黎民：百姓。【4】修美：美好的德行。染，影响、感染。【5】俊星纷驰：俊杰之才像星星一样飞驰。【6】阁榭：楼阁和水榭。蕲，指本地。三江，即三江园度假村。【7】新旧：过去与现在。夜，指这次相聚的壬辰年四月初八的夜晚。南北，南方与北方；此处泛指多处归来的友人。【8】徐督：即徐和木书记，朋友谑称他为县督。故，老家、故乡。共，同一个地方。【9】官：这里的官，是指他在此地任县委书记。访，指作者到此造访。客此，都在此地做客人相聚。【10】尚姜：及崇尚姜太公。尚，崇尚；姜，即姜太公、姜子牙、姜尚、吕尚。庶姓，庶民百姓。【11】崇聃：景仰老聃。聃，即是老子、李耳；其因《道德经》传世。道统，指导、约束人类行为方式的道德准则。【12】迢以：久已。空载，白白空度、空想。未拂，没见面。【13】上亘：过去很久的意思。相期，等待好时机。【14】金玉：金子和玉。【15】诗骨：诗的气韵力量。【16】盖：连词，用于句子的前面。坡仙，指大文豪苏轼；八代，引自苏轼的《潮州韩文公庙碑》中的"文起八代之衰"；通指东汉、魏、晋、宋、齐、梁、陈、隋八个朝代。【17】麇(qun)集：成群集在一起。麇，成群。气：这里指文章的高度、深度、广度的审美意蕴。《离骚》，即屈原的描写离开楚国时的遭遇的文章。【18】恩：孝敬和感恩。胡，作者夫人出身的家府胡氏。此指谢恩夫人之父母。【19】衢：大道。露，清露；诸芽，到处放青的小草等。【20】野烟：充满野趣的烟云。【21】故国：故地；这里指作者三十多年前在此创业拼搏的地方。偿凤，还愿，凤，早，早有凤愿。【22】扶摇：旋转着向上驶去。【23】冯(ping 多音字)夷：引自苏轼笔下的水神。【24】驰骛：迅速的奔跑。【25】金贾(gu)：指经济投资。贾，商贾、商人。赫，驰名。【26】璃：玻璃。此处指楼顶反射出的银光。潋滟(lian yan)，水波荡漾的样子。【27】城野：即城乡地带。海阔，指广阔的地方。【28】轧(zha 多音字)市：这里指城乡携手致富。轧，交友。昊天，无垠的天际，这里引申为通过空运的意思。【29】耄耋(mao die)圣贤：是说古稀高龄人在传授上古圣贤的教化。【30】初父：刚做父亲的男子。金经，用金粉著的经书。【31】翼翼：整齐而和谐。【32】器道：人才之道。器，非常宝贵的人才。古恒，古老而长久、永恒。【33】黎无偭：天下人不违背道统。偭，违背。【34】物应有：万物必须顺应规律。【35】濒(bin)湖：即指李时珍。众宿，即群星。【36】博塞：学识广博而德行贞洁。【37】碑模：丰碑和楷模。【38】笓篱：捕鱼的工具。限隅，河边拐弯的水边。【39】内美：内在美德。惨怛(da)，忧伤。【40】清水：即清水河镇。翠绿，形容此地山水常绿像翡翠一样。【41】皇刿刿：大放光芒。余故，我的故地，余，我。【42】八里：即八里湖镇。如辋，像《辋川图》那样的景致；《辋川图》乃唐代大诗人王维的名画。【43】衷闵：内心怜爱。闵，通"悯"。南山，作者当年游历过的南山；在今天县城的东南方。【44】凭阑：靠着栏杆看。这里引申为人们伺机帮助人。【45】遭世罔极：遭遇不公正的境遇。【46】《马挑之典》：相传楚地的典故。即马

夫与挑夫之间的故事。【47】上世潮变：指20世纪80年的"改革开放"的历史巨变。致余，影响我。【48】非挑：不至于沦为挑夫而出卖苦力。【49】陆离：漫长的样子。【50】非马挑之由：不知道放马与挑夫之间的区别。由，原由、缘故、原因。【51】挑夫之滥：沦为挑夫之泛滥的哀状。【52】人挑而非家：一个人可以是挑夫而一个家庭不应该全是挑夫了。【53】眉庭：当下、眼前。【54】类人：人类、所有人。【55】仓皇：即仓颉，也称仓圣、史皇、皇史、皇圣即字圣等。【56】老孔屈韩：即老子、孔子、屈原、韩愈。【57】柳欧：即柳宗元、欧阳修。苏马，即苏轼、马克思。【58】疏恩列：疏，同书之意，即写和论的意思。恩，恩格斯，列，即列宁。【59】多哉：这里是问"多余的吗？"【60】上：传到上面。朝池：这里指朝官、朝廷。【61】驷御：四匹马拉着的车。【62】簪笏 (zan hu)：古代官人手里拿着的玉版之类。预示着地位。【63】侘傺 (cha chi)：失意的样子。醑，把酒倒在地上祭祀。【64】《高山流水》：古代最有名的乐曲。【65】伯牙：古代最负盛名的乐师、琴师，有乐圣之称。【66】极：这里指拿出最好、最新的诗或文。【67】概：景象、状况。【68】黉门：指学校、造就人才的地方。【69】山台：山上的楼台。水榭，即景区工人们在水上游赏和休闲的阁室等。【70】阊阖：天门。飞鹜：飞舞的水鸭。鹜，泛指水鸭之类。【71】三江波涟：三江水池里飞起来的波浪和涟漪。【72】仿大秦：学李斯辅助大秦朝代的励精图治。

2012年4月18日雪雨轩

## 【译 文】

蕲阳即今天的蕲春，亦曾谓之蕲州，而蕲阳的来历是从汉代建立郡府就开始，县府的建制是自1912年恢复蕲春正式改为它的新的治辖。这里是湖北省东部的门户，一直被誉为类属中国造就学坛莘莘学子的最优秀的地区。利用漕运的河套自这里有人类定居就开始存在，县城里的河流从县北的远方流来。地域连接着江西、湖南、安徽、江苏、浙江、上海、福建、广东直向南海而挟带深港，越过中原地区抵达首都北京而通往华夏九州。物产的丰富商品的通贸繁荣等其福祉不断地回馈这里古往今来的百姓；莘莘学子俊杰的成长不断地光照后世，他们美好的德行从来都在润染着人类许多国家和地区。群山和原野

田园之趣

是那样富有诗意如同流动的美丽画屏，自古迄今那些杰出的才俊就像天上纷纷飞驰的星宿晶澈耀眼。鉴于钦慕上述的圣贤高士，大家才聚于三江园相叙，在蕲春县城这三江园里的楼阁和水榭应该说是建筑得最为上乘的格调，今夜的宾主大多是从南北回乡的新旧朋友组成的。主人徐和木被朋友称之为县督，他与我同是故乡（浠水）人，而我至此造访恰好他也在此地做官，又因为我是蕲阳的女婿，故言咱们均是这里的客人，因此可谓欣然之至。为官多年的他一直敬仰为百姓开太平的姜太公；作为文以载道的我从来都是在推崇老聃"无为而治"的"道法自然"之道。恰好借这春拜探访之机、踏青旧地明媚的景致以解缓很久眷恋的别离之情。这样的夜晚繁星闪烁仿佛金子和玉的光芒在空中流淌，大家幽情畅叙以礼酒作为春天的酬谢，于是朋友们的意兴诗赋如文字在欢快中飞动。充满骨力灿然的诗词近似汉唐风格，类如词圣苏东坡高扬韩愈"文起八代之衰"的忠贞品质；文章的气象有若爱国诗人屈原《离骚》所追求的境界，大家分别是文笔不错的徐和木县督，理论水平优异的张建生、具有诗文成就的学长宋自重、艺术造诣有佳的寒夫以及热爱东方人文学科的长者陈务珍等。细想品赏这样难得的良宵必须感恩胡府为我塑造了如此与我有缘的夫人，重谢自己父母的养育之恩，如果不是与夫人莉莎的美好姻缘我哪里知道天下有蕲阳如此好的春之良宵和人文蕲春的大美大仁大爱啊！

　　时间是阳春四月，在清明节之后；这时候大道旁春露下的许多小草借助春的生力以娇美的姿态正在春光里萌发，那苏醒的各种花蕾以各自动人的姿容被挂在所有树的枝头与春光一起闪烁着烂漫的充满野趣的烟云。我与夫人在沉痛里祭祀了多年前的亡父后，便风尘仆仆坐车去蕲阳东部的别林岩拜谒岳父母家，一直想还乡的凤愿终于实现，有幸再度观赏这春天里大好山躯所悬挂的碧绿的容颜。这时我们如同怀着敬慕之心观赏嫦娥从宫廷出来迅速飘摇到空中——这是蕲阳蔚为吉祥太平的征象，同时又仿佛伴随蕲河的水神成为天帝入宇仙化，使漕河及整个蕲阳百余万的庶民得以永远安逸。我们和车子就像在画屏里穿梭一样，因为曲路的交错让我们深感视觉的模糊；城里高楼林立，大厦与阁楼的飞椽交相辉映；人们在往返于集贸和村落的田野之间，正是这种农商意识的挥发使他们赢得了自己这赫赫有名的充满人文思想意识的蕲春形象。这里的人们在夕阳收工时唱着渔歌以振作因劳累而饥惫的时光，清晨在风的作用下那笛声以鼓斗志驱除昨天的疲劳与忧伤。迷茫的大雨后是烟云共生的气节，月光下游动的山影，大厦与群楼顶端闪动着的玻璃银光波动着迷人的乐律，这些都体现人们性灵造化的美德，这样良好的生态环境与生活习性从未让他们忧虑过什么。勤劳的人民把田地的埂子都种得旺盛，将各种菜地种植得荣发焕然；城里和农民把自己经商的产品远销到天外的世界，乡下和镇府各阶层结为致富路上的朋友使物产空运到全国各地。而年逾古稀的长者以不负暮年之志用圣贤的教化启迪身边的少年，刚刚做父母的青年男女像耕耘田土一样在钻研经书并陪伴自己的孩子在接受蒙学的门塾的旁边。这样以"无为"教化的景象正是天地之所愿，人能成为国家的重器，他们会教化人——让世物回归自然规律当是永恒的追求目标。只有这样一切性灵和天下的百姓便应宇宙心觉而万古常新，世间的万物亦便顺之道法自然之统一法则而永恒不变。因为这里的人们先知先觉地得到大自然的智慧，于是便造化出了像李时珍、黄侃、詹大悲、胡风等人物的诞生及昔日鲍照、王禹偁、苏东坡、杜牧等圣灵的到来；这里的人民还懂得养浩然之气才能这样真正富有渊厚的学识与丰盈仁善的德行，他们还如同珍珠一样以教育为桥梁源源不断地成为世界各大名校的骄傲而被作为学坛丰碑让世人尊为人类的楷模。

篱紧紧地扎在河湾的地方，这是因为主人渴望收成的信念写照；牧箫随风悠扬地飘来这是因为牧童心灵美好和性情愉悦的真纯表达。清水河镇的山水风貌好似碧绿的宝石静卧在蓝天下大放光芒，这是我三十年前就已浏览过的胜景；八里湖镇的平川生态如同王维笔下的《辋川图》那样令我不得不衷爱；这是我当年在此创业时的故地重现啊！时光无情地打发岁月，人的境遇也在不断接受着命运的反复挑战，理想和追求时刻服从上帝的捉弄，就连生与死的密码都任凭它的摆布了。那时我尚未结识今天的夫人，独自以服装教学为生；在众门生的仁爱里我便成了这个充满人本关怀的蕲阳县的半口人——这是因为我是外地人而作为蕲阳的女婿的缘故。遂然我便完全爱上了这块令我升华的大美无言的山川。是啊！想到这里只有遗憾父母为我生不逢时，想指望有清明思想和高贵道德的京都富有人性的赏识与发现，可那首都却又在天边的远方；我处在无望的江湖而忍受着凌迟般的极刑之痛，一个人在绝望的途中倍受着各种精神上的挫折与难以言表的悲怆。但偶尔我想起很小的时候在故乡听人们传授《马夫与挑夫的典故》，细想起来赶上 20 世纪 80 年代开放的历史潮变让自己仰仗服装教学而不至于使自己沦为挑夫，这岂不是生命之大快的吗？！

世事的变迁，人与命运的博弈反复无常，我用三十多年的不渝之志，慢慢长夜的深海求索，于是以神圣之气和圣洁之心使积压胸中的文学、书法（学）、甲骨文书法（学）及哲学等领域的理论思想和艺术创作最终在京都赢得了社会的喝彩。然而这见证让我明白了又一个道理，一开始我不清楚那挑夫与马夫间的关系，后来才知道挑夫不如马夫的高雅；接着我又以为自己是马夫而深感荣幸。当然这挑夫固然是人，可问题是如果这天下的人民个个都成为挑夫，那么偌大的国家和民族将以何等质量的文明去指引人类的文化方向呢？一个人固然是挑夫，一个家庭不可以全是挑夫，广而言之当人类的现代文明发展到

参与农耕建设

今天为何要如此大比例的人口比去作为不必甘为挑夫的挑夫呢？倘若人类一定要这样，请问我们人类的文明史上的如仓皇、老子、孔子、屈原、韩愈、柳宗元、欧阳修、苏轼、马克思、恩格斯、列宁、孙中山和毛泽东等不朽者的"马夫"之道难道是多余的吗？！

寒夫命运微小，只能以翰墨、丹青、文学来支撑着自身。即使怀有远大的志趣和梦想可就连细微的声音都无法传到最高权力的深处；虽说顿然也梦见过中央的最高首长，可醒后也只是乘舆着一时极富自然美的心境使它化作祈靡温蕴的秋风。我无须权贵地位以及名誉来寄托一生，只有在家里研究作文、习书、绘画等门类的学问，偶尔以文章论述当今社会所潜在的危害之处，理论古往今来客观世界自然嬗变的道理。虽说现代文明不断进步，然而今天的人类却道德观念日渐丧失，国家的法律在体现其功能时却又那样胆怯而又软弱，人们由上至下一片虚华浮躁，不辨真伪，不分善恶，不明是非，周围的人们只能听到一些人把酒倒在地上发出祭祀般的哀叹声。至于《高山流水》那样超妙的乐曲，如果不是伯牙那样的乐圣是不会有人成为它的知音的；如今尽管没有他那样的知音伯乐甄别我为文修道的究竟，那么上苍礼赐给我并使之糊口度日文以载道之为，这难道说是我过分奢侈的要求的么？呜呼！有幸重游在我当年依靠服装教学维持生计的蕲阳故土，意兴勃然地挥文抒怀来赞美我离开这里三十多年的巨变，真让我和朋友们乐不容颜了；难怪屈原当年投江、秦始皇垒城，王昭君秉忠出塞等等这些历史记忆不是没有他们的一定原因吗？今夜这绚烂的灯光简直要惑乱了大家的视线，因我和夫人的到来徐督便邀请了不期而遇的南北还乡之友一起融为这席间举杯畅和的良宵氛围，高朋满座的友人用极美的诗文来讴歌这盛世祥和的大美淳和，以不同的释怀之心来珍重这来之不易的春天的景象；那雷霆般的掌声令大家捂住双耳，朋友们以恭敬行礼的方式来引出我即兴而诗，于是我一并要求所有宾客和主人一起进入颂诗的意境之中，这时我便向朋友们朗诵了四韵新作：

蕲春的学子向全世界远走高飞，一年四季的农产品其味美状肥。
山间楼台的水榭波光映着红日，城里天门和水鸭一起融入余晖。
五洲归乡的宾朋畅叙盛世昌荣，三江园的池水倒映着席间客人。
风光如画的四月大家借机谋商，造福蕲州应像李斯样辅助大秦。

**2012 年 4 月 12 日雪雨轩定稿**

75

【写作方法】

序文《蕲阳春序》从三大基点作了渲染：一是在自然中同读者一起进入作者三十年前的创业境遇；二是在富于哲理的思辨里让人们一同思考人的命运是同国家之存亡

息息相关的。三是作者在故园的春访里还在考虑它的发展和进步，自然，这是作者离开故地后馈赠给此地的最善美的礼物。如果说"诗"乃"言志"的话，然则，作者在《蕲阳春序》里的以文示志就言到了极点。

# 锄 耕【1】之 乐 代序

【题解】

　　此作原发表于作者《寒夫艺术论丛》之序言部分。此篇作为艺术专注的文序它总结了作者在漫长的创业历程里所经手的一切艰辛与挫折。并从多方面阐述了人生奋斗的刚毅性和复杂性。作者从默默无闻的乡场走进煌煌菲菲的艺术殿堂，倘若不经千难万险又如何成就此番大善大雅的理性梦想呢？这，便是作者要忠告人们的关键所在。

　　记不起是哪一天，但只知道是六七岁时的一个晚上，饭前我正捧着一本书，父亲和大家已围在了一起，母亲独自同我聊了起来，她说："寒儿，做娘的这一生如果能看到你也能印上这样一本书，这就是我和你父亲的造化。"虽说那时的我并非知悉出书的概念，但打心眼里就已种下了这个梦想的种子，尽管后来的日子那样坎坷、窘迫，也未曾放弃过实现这一宏愿的追求。

　　不知怎的，在年里校对《寒夫艺术论丛》【2】首稿时，细细一想，与母亲当年期盼的言语推算——恰好过去了四十年光阴。这漫长的四十个春秋，我没有忘却母亲的希冀，更没有遗忘父亲的倾心浸染。相反每遇逆境却使我难以忘怀两位长者的期许：他们像渴望花卉绽放一样盼望我能有个春花秋实的季节。父亲是一位书家，在我那蛮荒的乡场上，算是远近颇有声名，不论市井，或是乡间里仁，每逢年关和盛大节日大街小巷里的标语、宣传口号，各种活动的大个毛笔字，几乎非他莫属。因为两三岁开始接受他的手把手练习，这样十多岁便随他在乡下里仁，市井周围为年关，平时乃至一切喜丧事务仰仗为人写字过着"翰墨抒情"的日子。大概还是家境的不顺，父母很晚才让我入学。当我能独立在大街上卖字时，父亲说："你的字已经体现古人的墨意了，现在，除了读课本外还应多读古典文学，什么屈原啦、《楚辞》【3】啊、"四书五经"【4】啊、《汉书》【5】啊、《论语》【6】啊还有中国四大名著和鲁迅著作等等都可以通读一回"。

直到有一天，邮差递给我家一份报社稿费通知单时，这天夜里父母坐在我身边说："寒儿，你的字大家已喜欢了，无论将来社会怎样变化，写字也能缝合一点日子；再说这几年你的学费和笔墨、纸砚不都是你自己靠写字换回来的吧。我们是书法世家，你这一代只有靠你才能写出结果来，将来还要把绘画攻上来；在你身上能体现'书画同源'的气韵；这不——你还能写文稿，咱们这一大家就只有靠你啊！……"如果没记错，这时我约莫十三四岁。我开始将父母的谆谆教诲理解为两种含义：其一我毕生将不要放弃书画艺术的追求，否则拿什么来营生日子呢？其二不论写文稿还是操弄书画，总之我是必须要担起这个书乡世家的重任，否则就是背弃父母之恩，否则便是道与祖背[7]，书乡世家将由此中断。于是我便因此真正意义上的有了第一个梦。尽管我白天黑夜地练字、学画，还读书和写稿，但每每听到街坊里人称："这'文化大革命'，其实就是'大革''文化命'，你写这古玩意儿又有啥用？"在那个一切依赖着计划经济，"有力无处使"的"文革"时代，写字绘画本是谈不上值钱，何岂看得出能营生？即使这样，我开始觉着梦的悄然蠕动，攒下所有生活支出，不听任何人关于"读书"、"写字"无用的传言，我便同父母商量了一回准备独自长江直下做起沿江观摩、写生、体验山川物志、人文采撷的短期旅行来。因为经费的拮据，半月后便结束了探寻自然的"孤漂之旅"，一时期，我仿佛只考虑一个难以找到答案的问卷：难道此生我就这么潦倒在这荒芜的乡土的么？"梦想成真"一词似乎"鸣琴"一般时刻在我的脑海上空飞旋。那时我多次这么打趣道，要么就不应该有梦想；要么就一定将梦想变为现实；于是一路便将意志和汗水耕种心灵深处的鉴言：没有春天的播种，便没有秋天的收获。果然，一个特大的机遇来到了。深圳的"改革开放"在20世纪90年代已呈现出喜人、成功、快速发展的全新历史局面，为何我就不能混出个饭碗。那个晚上，父亲说："我们世家没有谁在乡土上写出个饭碗；既然你要去南方，有找碗饭吃的勇气，我和你母亲只好嘱咐你：一、不要忘记自己多年在书、画上的练习，不管深圳多么五颜六色，多么灯红酒绿，你一定要记住我们的家业——艺术。二、即使刚到没有你写字，写稿的活儿，就是在大街上修理自行车也能守住自己多年的手业；我们书乡世家，或许除了你再也没人传下书画了；这次别后或许再也没有吩咐你的时候了。"就在母亲悄悄给我一百元钱的时候，才知道她因为我的远行哭了几个晚上。临出门的那天早上，她说："寒儿，我一定要待到你将来有一天能写一笔好字，印一本好书再离开这个世界……"

迷茫里，我低下了沉重的头颅！

生活是如此千姿百态，现实也是这般残酷无情。大约是到深圳的第四年，才从贫民窟里搬出来，勉强有机会重新拾起画笔和写点小品文：因为前几年在应对初来乍到的挑战，不断转换寻求合适的发展空间，加之孩子的日益长大，哪里敢撑起文笔闲情修艺的呢？！那是我到深圳的第二个初夏。我将刚接往深圳的妻子托朋友安排在一内联服装厂就业。自己前不久被一港商印务公司聘为设计艺术代监。这是我生平头一回感到了梦的驿动，意志的复苏。我以饱情谢恩的效率回馈了老板交给的一切工作。同时还在宿舍用一切业余时间写下了我深有所感的关于自己在书学和绘画学理、印学、艺术鉴赏学以及文学等领域的理论性文（首）稿。然而，上天似乎要使我的梦境陡转一个角度：这时的印务公司因美方订单撤回——导致临时停业。像别的员工一样，我不得不另谋出路，甚而在为住宿而忧虑。就在临近迁往一朋友处借住的前一天晚上，我唯一的随身财产——小旅行包（包括文稿）被暗巷里的毛贼偷了个精光。所幸妻子在一服装厂尚有一份较为稳定的收入，否则我俨然就一个乞 。

此时的我，哪能敢想象爱母的眼泪和恩父的重托呢？"男儿有泪不轻弹，只是未到伤心处"[8]，于是我强压了内心的忧伤；"天无绝人之路"[9]，抑郁之余，我高亢地歌咏了前瞻的曲子："野火烧不尽，春风催又生"[10]。于是我坚定了信念："谁道人生无再少，门前淌水尚能西。休将白发唱黄鸡"[11]。于是我看到了前途的路径："是啊！我孔子就是一条丧家犬"[12]。当时在逆境里被世人诬蔑为"丧家犬"的至圣文宣王孔子都在接受现实的凌辱，而况我们连"丧家犬"都不如的人尚有何等理由不面对这严酷的景况呢？无声里我和妻子，一边抚育孩子的修学，一边尽力回馈父母双亲——以努力调理他们多病的身体，一边作着与现实的决战；我们以勤勉的教学——为小区的孩子补习书画教育；我们组织街道方面的各种形式的无偿和有偿笔会；我们日以继夜地为周围街道、里人、小区等装裱书画，以充实时为脆弱的日子。于是两千（千禧）年的六月便隆重地在深圳举办了自己的书画艺术展，其效果，其影响，其质量以及其境内外反响终于回答了一个十分庄严的答卷：父母当年的泪水和嘱托我

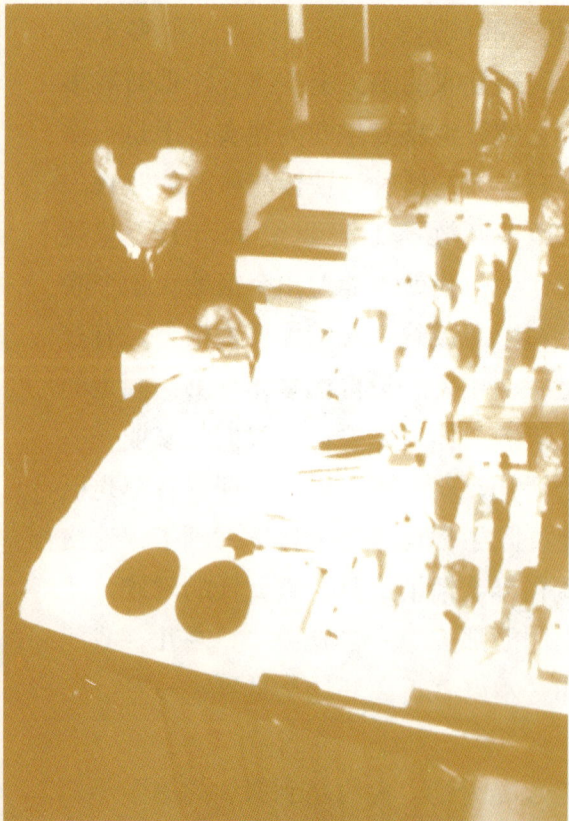

78

作者在进行篆刻

没有忘却，而且高质量地梦想成真了。然而依照双亲长辈之意，我尚只是"万里长征"的第一步。随着首展的告捷，社会的需求和家父母的身体之劳，迫使我没敢能拾起小品文章，几乎整个日子被书画所淹没，仿佛我不应该爱恋文学一样。在鲜花和赞美声里，我选择了冷静和沉思：作为书法艺术家，不仅仅是能将汉字的笔画结构处理清楚，这只是书法概念的一部分，而真正要悟出书法艺术的精髓，那就必须研析与探究它的结构美、意态美、传统美、表现美、空间美、气韵美和章法美等深层的传统命题；要以书法美学的的原理去丈量书法艺术的传承内涵；要用艺术审美的内在标准来鉴赏中国书法的外化与意蕴的精神所在。绘画，从鉴赏学的角度看大致相似，但国画是流于色彩美与强烈的线意美；而书法表现则依照其笔构之趣传递意象之美、气韵之美；绘画表现则依赖色彩的设染和空间的谋局而产生画面的立体感和视觉感。因此，书法创作其美的构成重在遵循哲学思想和逻辑思维；国画创作其美的诠释贵在服从自然法度与客观规律。我不断调整对艺术的辩证思想和学理认识，一方面以"师法自然"的求真精神指导着自己在书学和画学上的孜孜以求。我将第一次艺术展称之为"生命的起点"，将父母双亲的嘱托视为前行的灯塔，将白居易、杜甫、孔子、苏轼的警句看作是前进的坐标。……"人有悲欢离合，月有阴晴圆缺"仿佛让我看到一代大文豪东坡翁在窗前歌咏悲伤的情景！因为家父的离去让我体味这词的高苍与博厚。就在我首展的第三年初夏，在我尚未来得及迎接双亲来深一度耄耋之年家父就因脑溢血而与世长辞——仙逝了。

这是我家族的悲哀！
这是我艺术的悲哀！
这是我生命的悲哀！……

在巨痛里我重塑了灵魂，在茫然里我洁净了视线，在造化的世界里我矫正了将要远行的航向。深圳的多年求生使我看到了热气腾腾只争朝夕的现代意识与创业观念，不过，如何使自己的艺术丰实充盈起来，想必只有一个途径——这就是北上。踌躇满志里，得益书城领导之关爱、支持，我在亚洲第一书城高楼作完了艺术讲学，和同事们开启了高级书画教学中心的不久，便决定了告别！

与其说将父亲启迪我心智的恩藉藏于心灵的深处，不如说以破釜沉舟的坚毅创造来铸就一分造化—— 作为回馈先父的祭墓更为有意义。严肃地说，迁居北京，这是我生平的第六故乡。它较之过去的其他故里要如意得多：这里有高大的图书馆，是我取之不尽，用之不竭的知识宝库；这里有不时之需的书城和书店，是我求知造访的天堂；这里有丰富的故国遗存，是我尚古修行的精神家园；这里是一个行为世范，学为人师的先行世界；哪里都是我再造身心的楷模鉴镜。这里还是中华民族最具文明标志的皇天后土，是我和这个伟大的民族的所有人师法心源，文墨灿然的灵魂梦想！总之，新的北京生活开启了我对知识和艺术、人生和生命价值观的新认识。不仅如此，我努力将自己塑造成追求知识和探寻艺术的实践者。于是我深感先前的浅薄与幼稚，看到过去的天真和浮浅；于是我彻头彻尾地探索知识与艺术的本源：攻读博物学，让我用生命和思维感知人类知识和艺术以及创造学的起源；深入书法艺术世界的深层探究，为自己传承与创新中国汉字书法找到遵循规律和博弈传统的理由；研析绘画的史学，使自己努力获益国画创作的审美感知和行为法度。攻读文学，使自我再塑一个完美和充实的精神世界：在外国文学里，我不仅看到异国他乡的风土人情和雄壮恢弘的史诗般的战争场景及其历史根由；更珍重地品味着那些伟大的思想家、文学家、哲学家、艺术家们如何尊重客观现实地反映他们所处的那个时代人民的爱、恨、情、仇和为真、善、美而作出英勇牺牲的伟大品格及高尚的民族情操，比如巴尔扎克、雨果、莎士比亚、普希金、泰戈尔、高尔基、托尔斯泰、歌德、马克·吐温等，他们的一生不仅在喷涌自己辉炳千秋，风华百代的编织文学的天才，而且在向全人类史诗般地记录一个又一个发人深思，催人奋进的历史画卷。在中国文学里，我看到一个伟大而坚韧的东方古国如何从蛮荒的　古走向丰裕进步的诸侯争霸的时代；他们如何由兴盛转眼间又宣告一个朝代的灭亡；他们又如何在国破、离难的巨痛里建立起了人民的共和大统，为人民的安危和历史的延续承载着使命。还有在《离骚》[13]里，我看到了一位古代伟大的爱国主义者那高洁而忠贞的古国哀灵；在《老子》（即道德经）里，我看到道圣老子以终生之托铸就了五千多言的究天地之秘语；在孔子《论语》和《四书五经》里，我不但看到如何识别天工开物的大自然之美，还看到塑造人类与大自然互为美合的性灵之奥秘；在《孙子兵法》[14]里，我看到人类东方智慧的闪烁与战无不胜的国学珍典；在《史记》[15]里，我看到一代史圣司马迁以坚韧的心灵与磅礴的意志终使人类再现上下五千年的历史复原；在《韩昌黎文集》[16]里，我看到一代伟大的文学家的责任感和使命感；在《柳河东文集》[17]里，我看到一位文化先驱的心灵颤抖和人格的品范；在《东坡全集》[18]里，我看到一位旷世全才的遥途磨难与人民的生死情结；在蒲松龄的《聊斋志异》[19]里，我品到作者那动忧情，泣鬼神的国民意识与内心屈辱；在《鲁迅全集》[20]里，我读到伟大的文明先驱鲁迅先生的民族责任和为国家而战的强烈的爱国主义钢铁巨魂；等等；这些无愧于人类文明，无愧于伟大民族的不朽遗存，时刻都冲刷着我的心魄。在美学和艺术鉴赏学里，我用沸腾的想象和张弛的思维让自己求知的心灵体验着艺术的沁透与知识的滋润。诚然我觉着诗书意趣的跨越，无形里便感到一种力量和神往在升腾。于是就在我和妻子求索京城的第四年又一次隆重地举办了个人艺术展。我开始了新一轮的生存定位；无论如何，我们不应忘却这与之悲欢同行的根——因为是父母赐予我的生命与灵肉，上苍赐予我步履人间的机遇，大自然和大时代赐予我赖以生存的智慧和力量。所以，我决计要回馈两大恩者，首先要不失诺言地使年迈的家母在其有生之年看到她四十年前赠与儿子的寄托；同时也示儿子以报正果之心向天国的恩父告捷家族的后人呈现——无论儿子经受多少次涅槃之难终究没有中断家父的期诈；其次是感恩这四十年在人间火海和艺术天堂所会心的一切感受和书画鉴赏、艺术创修，或于名人名作读后之感，或美学审美之心灵撼动，抑或于己有趣的国学课题等等，一一以其身感之笔使之蔚为心语，并以图文相趣的形式以飨迫切成书的周围友人们。

当然，于我生命和意趣确有意义的篇章自然让我忘怀不得。作为中国古代绘画的一座丰碑《清明上河图》[21]，自大宋以来一直是画家和国人膜拜的心灵慰藉和学术标本，但其作者张择端却始终难以得到世人的颂仰；因此便有了《为〈清明上河图〉作者张择端正言》。作为大型工具书《辞海》向来被认为是国人生活的万用基本读物，然而，新版《辞海》问世后却眼看存在诸多不妥之处，便有了《论第六版（彩图本）"辞海"之问题说》。身为艺术家应以精湛的艺术创作和完美的人格品德为修行己任，可是当下的所谓艺术家不仅不假前车之鉴，有的甚而连普通庶民的处世法度都不够，一味以其贱行贱为——制造是非，污染文明，混淆视听，弄脏人类空气，于是便有了《为艺术家论》。多年来就听人们议论，为何听不到专业书法家论述学习书法等方面的感受与心得，这便有了《关于书法入门》。常言道，文者，乃文以载道，然而，自古迄今又有多少文人是在安分守己默耕着自己的田庄呢？要么无中生有地传播文坛"绯闻"，要么居心叵测地讹造谎言以达到声名升迁，遂然便有了《与文贤问道书》。作家本是代表人民在体验现实世界的喜怒哀乐和向邪恶势力予以抨击，示以警言，可有的作家一味

无欲则刚

81

谋求版权利益，以速度和数量而称之其身份，不负天下苍生，不涉民生痛楚，一味在淡妆浓抹的歌声里高唱"盛世太平"的不夜曲，在人民的视线里却书写与人民无关的下贱之作，因此便有了《论当代中国文学使命的再思考》。人活着是要有目标的，这目标固然对他人和现实社会有着利益或帮助，但有的人将目标放在玩世不恭、道听途说、绯闻滋事的日子里挥发着自己的生命，于是才有了《论热爱生命》。人类是充满矛盾着的，虽说20世纪80年代初，一时为化解矛盾而涌现一大批勇于直视现实的伟大作品如《泪痕》[22]，《伤痕》[23]及《天云山传奇》[24]等，不过这矛盾在今天似乎并非全然消失，因此便有了《再论天云山传奇》。艺术家不仅要遵循"艺术源于生活，却又高于生活"的创作规律，还应维护人类大家庭的和谐共处的唯安乐道的人伦秩序，遂然就有了《安治论》的诞生。我们有了今天的太平盛世，一定不能忘却为这兴盛而付出生命代价的革命先烈和人类的造福者，于是就写了《现代中国的文化脊梁》等等。《寒夫艺术论丛》之品格无疑向读者们揭示两种艺术元素，其一，作者在字里行间流露出用心灵品读艺术的醇美、用意志体感知识的甘露，并以美学之赏鉴学理外化地传递自己感受艺术的妙秘意蕴，使人们从中受益。其二，作者在用生命和责任同读者一起在近似乐音的世界里作轻快的自我修复与外在的使命审视，这是《寒夫艺术论丛》与众不同的一大宝贵之处。如果说人贵可藏器，那么，笔者则以为书贵应藏辉！

既然四十载春梦不惑，那么尚有什么值得拙述的呢？一切汗水和劳作全然在回馈母亲的那句话："寒儿，做娘的这一生如果能看到你也能印上这样一本书，这就是我和你父亲的造化。"不过我大以为感恩艰辛就是积累财富；不惧磨难便是忠爱生命；勇于探索可谓缩短梦想的距离；崇古尚进自然是在获益人文之道！这规律如同庄稼人：以小型锄头能除去草茆[25]，如改善土壤的质量，尚需大型耜耕，只有勤于季节之劳作，才可获取丰收之喜悦！

2009年12月初于故乡黄州东坡遗寓

82

评、评论、理论等领域的论述文稿四十篇。【3】《楚辞》，战国末流行于楚国一带的一种文体。《楚辞》一书由汉刘向编纂。【4】"四书五经"，儒家的主要经典著作。四书包括《大学》《中庸》《论语》《孟子》；五经包括《诗经》《书经》《礼经》《易经》《春秋》。【5】《汉书》，东汉文学家班固著。分二本纪、八表、七十列传，共一百篇。其中八表和《天文志》未成稿，由班固的妹妹班昭和马续完成。此书记述上起汉高祖元年，下至王莽地皇四年，共二百二十九年的断代历史。它是我国第一部纪传体断代史。由于作者是奉封建统治者之命修书，所以此书在思想内容方面远不及《史记》的人民性和尖锐的批判精神。但由于作者还能重视客观史实，因而在一些传记中也揭露了社会矛盾，暴露了统治者的罪行。在评价人物上，也表现了一些进步的观点。从文学成就方面说，在二十四史中，《汉书》仅次于《史记》。它的文章，组织严密，注意细节描写，语文繁富凝练。有些人物传记摹声绘影，可与《史记》媲美。在封建社会里，许多人以"史、汉"并称，可见它对后世影响之大。通行注本有唐颜师古注、清王先谦《汉书补注》、今人杨树达《汉书管窥》、顾廷龙等《汉书选》、冉昭德等《汉书选》等。【6】《论语》，孔子著。分为《学而》《为政》《八佾》《里仁》《公冶长》《雍也》《述而》《泰伯》《子罕》《乡党》等二十篇。【7】道与祖背，即后人所追求的不是前人所期待的目标。【8】 这里是说尽管面临多方不如意，也要保持男子汉的刚强以应对现实。【9】既然天地没有堵住人的路径，那么还是可以奋勇前往的。

【10】这里引用唐代诗人白居易《赋得故园草送别》，是为作者暗自求进的力量。

【11】这里引用宋代文学家苏轼当年游历作者故乡后创作的《浣溪沙》里的名句，以此激励自己。【12】引自史圣司马迁《史记·孔子世家第十七》中名句，作者以警示自己要时刻准备面对严酷的现实世界。【13】《离骚》，战国末期伟大的爱国诗人屈原的名作。【14】《孙子兵法》，春秋时伟大的兵家孙子所著的兵书。孙子，也称孙武子。【15】《史记》，汉武帝时代由司马迁历时十四年完成的不朽巨著。司马迁，史称太史公。

【16】《韩昌黎文集》，即韩愈文集。

【17】《柳河东文集》，即柳宗元文集。

【18】《东坡全集》，即苏轼文集。【19】《聊斋志异》，清人蒲松龄著。【20】《鲁迅全集》，该集收录伟大的现代文化先驱鲁迅的全部著作。他被毛主席称为现代中国的圣人。【21】《清明上河

农务各自归，闲暇辄相思

图》，北宋伟大的宫廷派画家张择端的经典作品。【22】《泪痕》，20世纪80年代初"伤痕文学"的先锋力作。原作为《新来的县委书记》。作者，孙谦、马烽，【23】《伤痕》，20世纪80年代初"伤痕文学"的先锋力作。20世纪80年代初"伤痕文学"的先锋力作。作者，卢新华。【24】《天云山传奇》，20世纪80年代初，被誉为中国"伤痕文学"的杰出代表。其作品后改编为同名电影《天云山传奇》。由小说到电影在上世纪引起极为深刻的社会反思和现实震撼力。作者，中国当代著名作家鲁彦周。【25】草茆(mao)，即茅草。

【写作方法】

　　此篇代序《锄耕之乐》，以追忆流年的写法，将作者最初的思梦，到后来的追梦，以至接下来的成梦等一路上的奋然不息和坚毅前行娓娓地表现得从容有致，轻松自如。值得品读的是：作者在作品的收束处告诫人们一个传统的规律，即无论是种庄稼还是作学问，但凡有惊人的锄耕，自然就会有惊人的产出！


## 记 （黄州八记）


# 二 赋 堂 记 [1]


【题解】

　　二赋堂，是《赤壁赋》《后赤壁赋》书法陈列的合称。它是将大文豪苏轼当年在黄州时创作的名篇后经清人程之桢手书的巨型堂匾。作者每每还乡时必得亲临瞻仰和拜谒。2010年的这次拜谒时正在动笔创作《吊东坡赋》；于是带有一种特殊的情愫着手创作了此记《二赋堂》。

　　子曰："三人行，必有我师，择其善者而从之，其不善而改之"[2]。大凡人类深明以"师"作为人们的行为指南或道德坐标，才在黄州千年以来的醉江亭的上方建树了供世人拜谒的二赋堂。噫兮！假如古往今来的人类不用"师"之道去教化人的心灵，不取"师"之德去治理国家，那么阴阳因何为界线？日月因何而运行？宇宙又因何故而泰然久之的呢？

正是这样，先人和今人便为我们兴建了二赋堂、岳阳楼【3】、孔林（包括孔府和孔庙）【4】，草堂【5】、武侯【6】、西柏坡纪念馆【7】及中山陵【8】、毛主席纪念堂【9】等等。凡此种种，全然以这些圣贤大德及一代伟人的精神开启今人和后人在历史的大潮中擦亮视线，把握方向；借他们的思想去照彻我们人类努力前行的创业征程；让我们尚未来得及在艰磨的岁月里体感世态的风云变幻——社会的潮起潮落；生命的无限宝贵和曾经有过的悲壮等等在日渐朝拜的警悟里才得以认清历史的真实——和这每每作祭的深刻涵意。于是，人们便陡觉"师"的伟大，"师"的高贵，"师"的至尊无比！倘若人无师，乃恍若世物也。

自然，这二赋堂承受世人瞻仰的不是别的，而是当年被谪居至此地为官团练副使的宋代大文豪苏轼的因其《前赤壁赋》和《后赤壁赋》而镌刻的旷世名篇。二者以迥然相异的风韵被高高地悬挂于堂的正背两面。前者，以近似擘掌大小的正楷书写；而后者则以章草与前者大小的规格浑然呈现。虽说它不比佛龛似的香火弥漫。然而，每每走进堂内，没有不使到访者瞠目结舌，魂牵梦绕，文脉庄严而令人肃然起敬。继而人们在此深感着两种慰藉，其一，作为一位伟大的政治家、思想家，尽管不为朝廷所用。但他仍未颓废生命之光——以其坚勇的意志力鼓舞着千百年来敬仰者的精神斗志。其二，如果那时的苏东坡如愿以偿地周旋于朝廷内外，他又如何创作得出千古不朽的赋文以及他那些诸如繁星似的艺术珍品呢？总之，无论从哪个意义上论，这二赋堂，是在向古往今来的人类作着"先为人师"的回答。

"师"，何止是教人修道成家的呢？众所周知，孔子弟子三千有余，其成为国家脊梁者至少七十二人，他们或从事行政、或谋事国防、或致力于教育、抑或攻于艺术等，无不为国家的发展和进步倾尽其"师"——孔子的大智大慧。当然逆"师"而流的反面性固然不乏其事。西汉武帝刘彻【10】，因独揽皇权，不仅不尊重太师晁错【11】之治国兴邦之大计，相反听信奸佞之党的无耻诳言，最终因无知而腰斩自己的恩师——酿成千古奇案。隋朝隋炀帝【12】因不服"师"心，善自开战，藐视人权，祸国殃民，

黄州 东坡赤壁 二赋堂

85

最终被起义将领宇文化及等缢杀。想必，天下违叛"师"道的悲剧何止这一两例呢？……

而今，海内外来黄州造访赤壁二赋堂的，大概是不愿再看到今天的所谓国之政者不能重蹈过去那违背"师"道的悲哀罢了！因为人们日渐懂得"师"的力量和"道"的科学乃至"德"所丰含的哲学思想。可不是吗？苏子，书扫千载尘埃；画纵山川奇秀；文（赋）照万古清流；词溢绝代芳馨；论若江海磐石；人乃河汉风度！这二赋堂的容间并不大，但它时刻弥漫着一种至尊的气息；这堂的楼阁并不高，然而它处处飞动着浸染心神的流美。亭台的右墙上总栖息着白鹭和仙鹤的降至与对唱——苏子当年夜游的月河边的小鸟不时地在传递与游客们的交流；这一切一切，难道不是在说明一位伟大的圣哲的学范和道德感

徐世昌为东坡赤壁二赋堂题写的对联

动了天地和万物而参应着人与众鸟合作的赞美之歌么？这不得不使我想到刘禹锡[13]的名句："山不在高，有仙则名，水不在深，有龙则灵"[14]的启示。如果苏子不是具有此种感天动地的气象又怎能让千百年来的海内外宾朋的到访和膜拜呢？毋庸置疑，我们当下的权职者能依照古人为"师"的品性去经营自己的权力，细想一下，人类与走向大同的道德目标的建设又有多远呢？魏征不惧权贵，为大唐的兴盛奠定了帝业；王安石不图得失，终成中国古代改革第一人；姜尚深谋远虑，最后铸就了齐国历史上的第一位繁盛时代的万岁国君——这些全是因为"行为人师，学乃示范"的结果啊！一个人能感动天地，这是建立于道德之上；一个人能影响社会是建立于品行上，这便是黄州二赋堂能招致四海友人光顾的理由。这理由是渗透在以大智大慧的美德与大悲大痛的哲学观而融为一体的精神世界里——而非建立在高楼大厦的馆堂里。我们再看，当今世界的哪座大厦不比这二赋堂的高大和雄伟呢？然而……

我们再这样考虑一下，倘若多修葺一些圣贤的庙堂、庙宇，不比修那些万

恶不赦的监狱好得多吗？如果处处都有圣贤大德在警醒那些稂莠之辈难道不比践踏圣灵而无意中扩大犯罪来得轻快得多的么？

呜呼！为何我竟看不到三赋堂、四赋堂呢？

**2003 年 5 月初定稿**

## 【注释】

【1】二赋堂：为黄州东坡赤壁重点景致，建于清同治年间。其因苏轼的前后《赤壁赋》而得名。【2】引自孔子《论语》一著。【3】岳阳楼：位于湖南洞庭湖畔，属中国南方四大名楼之一。其他三座为湖北黄鹤楼、江西滕王阁、云南大观楼。【4】孔林：即山东曲阜三孔之一，儒家思想发祥地。【5】草堂：即纪念诗圣杜甫的庙堂。位于成都西南部。【6】武侯祠：建于成都武侯祠大街，西晋为纪念三国蜀汉丞相武乡侯诸葛亮而建。【7】西柏坡：位于河北石家庄西北方向。为纪念中国共产党和新中国诞生的重要胜地。是毛主席、朱德、周恩来、刘少奇等老一代无产阶级革命家指挥新中国前夜的三大战役的地方。【8】中山陵：位于南京城西北的紫金山麓。这是一座高贵的建筑纪念群，以纪念伟大的革命先驱国父孙中山。【9】毛主席纪念堂：1976年底建成。为纪念伟大的开国领袖毛主席而建，以供世界人民瞻仰。【10】刘彻（公元前 156 年—前 87 年）西汉皇帝，景帝之子，15 岁登基，在位 54 年。【11】晁错：西汉主张改革的大政治家，思想家、文学家。时任年轻皇帝刘彻的老师。【12】隋炀帝：即杨广，569 年—618 年为帝，文帝之子。604 年—618 年因杀父而即位。【13】刘禹锡：772 年—842 年。河南洛阳人，字梦得。唐顺宗永贞元（805）年，因参加以王叔文为首的政治集团而被贬为朗州（今湖南常德一带）司马。唐代著名的文学家。【14】此句，为刘禹锡散文名篇《陋室铭》里的名句。

## 【写作方法】

此作以"论理"式开头，转而以记述过度，文中又引出"师"之尊严；尾声将文之核心推向高潮：其中作者在记文里以超秒的创作技巧把论"圣道"与"尊师"的重要性精巧地融于一炉，让人们在游览的同时又不乏其理性的思考。作者通过边"赏"边"思"的自在导引使人们深感这不是在枯燥的游览，而是在理性的哲境中认识到了圣哲之道是真正引领人类前行的"无为"之道！

# 天 下 第 三 泉 记

【题解】

　　作者告别故土近 30 年后的一次还乡，在知情的乡友关于"天下第三泉"的传说的介绍中，他同大家欣然前往。就在此后的 2003 年的 4 月底创作了此文。

　　自 1976 年底，我随父母辞水如州，直至 2003 年春，我才首次回到浠水兰溪方铺——我的出生地。那次由县里的朋友——书记仁兄作陪，让我一睹阔别近 30 年的故乡。

　　我和恩父、家小等，花了三个多钟头便将还乡的惊喜画上了句号。当我尚沉浸在儿童记忆的相表和肤色世界的梳理中，书记仁兄说：

　　"夫子寒，你们全家从兰溪故土迁徙黄州已 30 年，尤其是你——想必是没有看过你爷爷在西潭坳江壁上当年题书的'天下第三泉'吧！要不——今天顺机会去看看？！"

　　诚然，若不是他的提请我几乎忘却了——源自我祖上的文明记忆。接着，他这样补充道：

　　"兄弟，这对你，很有必要一看；你不仅可以目睹你先辈的圣迹，还可以一温北宋大文豪苏轼在西河留过的《浣溪沙》之诗意；再说，浠水和黄冈人都知道你父亲的书法是由东坡公而来；尚且人们还得知孙氏的后代有一位现在北京发展——其法书修得比他的古人当年所书契的'天下第三泉'还要胜一筹；当然，这自然指的是你呀！……每每听到人们提及此事，身为乡亲，我当以你们一家为自豪喔！……"

浠水兰溪　天下第三泉

我身边的父亲以饶有风趣的口吻回敬了他的溢美之词。不觉间，我们和车辆一同停在了现在修建的北永大桥的西端：这桥的东端起于刚好距离摩崖石刻不远的"天下第三泉"墨迹的不出一百米处，这五个楷法白色字样被镶嵌在一块竖轴式的约四五米长方形的石壁上。它的四周不远处是被岁月风化的岩石所衬托和年复一年的草木所留下的与岩石一同构成的沧桑和峥嵘。那时，我同小伙伴们在峭崖底下的河水里游泳曾多次仰望这幅墨迹；然而，到中年时我才真正领悟到上祖圣迹；自然，这苍怀之况味远非那儿时的单纯了。……

　　盖是因为县委书记的到此，才至于引起大桥两岸人们的欢欣鼓舞。我和父亲及书记仁兄等被四周的乡亲围住了，顿时我发现一位修长身材的中年男子同书记颇谈得来，这说明他们早是熟识的上下级的关系。当我把话题引到"天下第三泉"一作与我的先辈有争议时，家父这样回答我，他说：

　　"从此作的运笔和技法的个性化以及这五字的意蕴气度看，无疑这是祖父的墨迹。其二，这幅字碑迹从整体法度鉴赏甄别，它的体态结构、笔画润致、点画姿容等全然由苏轼而来；这些也是我祖上书体特征之一。因为我们世家无不受苏书而成其文化书风的。再说，不讲我的法体，就连现在——你在京城所被公认的书法美度都离不开东坡公的遗风。"我默认的望着恩父；未等恩父说完，那位修长身材的中年男子便凑过来并惊喜地说：

　　"请问，你就是在京的那位孙氏的最有成就的后人寒夫——寒先生？！……"

　　"过奖！学生寒夫正是孙氏书家先辈——孙仲摩在京的后人！"

　　我看得出大家在我同书记和家父探讨关于这五言书法墨迹之归属问题时，人群自有一种同书记一致的认知感；我看还是那位顾长男子说的有趣；他说：

　　"我们兰溪已传了多少代人，都知道这法迹出自你先辈孙仲摩之手。我们街坊的赵八爷是这里有名的文人，他说这'天下第三泉'是你孙氏祖先当年在大水汛期带着他的学生们一起题写的；赵……还是你们府上远房的亲戚呢！……"如此铿锵的声音一时让我无法怀疑这历久弥新的摩崖墨迹是别人所为。……但，在我的记忆里，有人称此石刻为明万历年间浠水知县游王庭所书；不过我从另一史料得悉唐代茶圣陆羽称："庐山康王谷水帘水第一，无锡惠山寺石泉水第二，蕲州（当时合浠水）兰溪石下水第三……"（《煎茶水记》），这不仅让人们猜测：从陆羽（733—804）至明游王庭万历（1573）间的840年里难道就没人可以为这里题词吗？再说古往今来，一切风景名胜均由那些名士、专家或皇室高端为之书写；再者，这既然是由一代茶圣陆羽所定"天下第三泉"，殊不知那知县游王庭又何以有资格为此书迹勒碑的呢？……早他600年前的大文豪，大书家北宋第一笔的苏轼当年客此浠水清泉寺还为它留下了著名的《浣溪沙》，词曰："山下兰芽短浸溪，松间沙路净无泥，潇潇暮雨子归啼。谁道人生无再少，门前淌水尚能西。休将白发唱黄鸡"。那时他难道不可以为这著名的第三泉挥墨而书吗？

……

当然，就人生的造化之道而言，我们大不可为此毫无着落的世界纷争而费尽心机了，我们还是应该回到马克思主义科学的自然观上去面对我们的现实世界。他说："世界不需要我们去解释，而是需要我们去改造"。如果说"天下第三泉"确实值得关注的话，想必我那故乡的人民是否重新开始考虑去开发好这经唐代伟大的茶圣陆羽定论的"第三泉"的本身的"泉水"为世界所淡忘的这一宝贵财富是也。

自我所闻"天下第三泉"的争议以来，这里的人们似乎忘记了"泉"的存在，而一味地放声为这"泉"而呼之欲出的归属上；难道这归属著名就一定比"泉"的意义更对人类有价值吗？——庐山康王谷之泉，每每为世界游客饮水而思源；无锡惠山寺石泉，同样为着那里的百姓润以甘露；唯此浠水兰溪峭崖石泉却被历史和人们尘封于它那默默无闻的世界之中。倘若这漫长的岁月，人们放弃它的归属而转移对泉水的科学开发和利用上，然则这第三泉岂不实至名归地为世人造就福祉而同时又获得像庐山泉和惠山泉一样声名远播，闻名遐迩吗？！

别说往昔的年代，打我们离去这第三泉乡隅迄今已四十来年，虽未能还愿故土，然每在黄州时也拨冗打听过第三泉的开发信息，然而，在人们的记忆里仿佛根本就没有"天下第三泉"的存在。

于是，每当在世人论争"天下泉水"之事，我不免总要因此而惶惑，因此而伤悲！自那次由书记仁兄作陪回还乡故里后，我便一直将对第三泉的惆怅寄予在了我那离开它的当晚所作的《满庭芳》里；歌云：

别兮三旬[1]，今焉名哉[2]？
商贾楼阙鼎沸[3]，江河依旧，唯两岸今昔[4]。
春秋落梦此处，难开口，冤屈兰溪[5]。
怜乡故，从来沉睡，怅夫子悲戚[6]。

奈何？问大道[7]，对天长歌，英雄无觅[8]。
细思量，蹉跎一摩圣迹[9]。
蠲却非属非故[10]，德唐尧[11]，三泉流丽。
桥东西[12]，障目世眼[13]，岂可赛庐锡[14]？！

【1】别，此指作者及全家于20世纪70年代中后期由这里迁徙到了祖籍黄州。兮，叹词。三旬，即30年。【2】今焉名哉，今天哪里听说过这"天下第三泉"的名字呢？焉，哪里。【3】商贾楼阙鼎沸，形容这里经济发展的速度之快。【4】今昔，此指今天与过去有着变化上的天壤之别。【5】冤屈兰溪，是说初唐的陆羽为此河下醴泉勘定为"天下第三泉"，可今天竟被人为地淡忘了，因此兰溪也就倍受着冤屈。【6】怅，惆怅。夫子悲戚，是说作者为此深感痛心。【7】问大道，是说作者借此事向天地问道：如此对人类有价值的醴泉为何没有被人们开发出来呢？【8】英雄无觅，是说此地真的没有人才出现；否则怎能无人为此天然之泉披上福祉的嫁衣呢？【9】蹉跎一摩圣迹，浪费了这摩崖的一处神圣的墨迹。【10】蠲（juan）却，除去、消除。非属非故，是说这里的人们以往一直在为此摩崖墨迹的归属问题论争了漫长的岁月；如果不考虑他的归属，将精力放在开发醴泉上面这不就给世人立下了公德吗？【11】德唐尧，要建立唐尧样的功德。【12】桥，此指改革后这里修建了跨越溪河的大桥。东西，即"天下第三泉"面对的东西两岸。【13】障目世眼，形容这里的人们没有睁开眼看事物，浑噩地过日子。【14】岂可赛庐锡，怎能同庐山（"天下第一泉"）和无锡（"天下第二泉"）比其泉水的盛名呢？！

【写作方法】

此记以一位还乡者之情讲到三泉的方位及身世；又以马克思主义辩证唯物观揭示了"天下第三泉"被人为的丧失了天然经济价值的主要原因。更有趣的是：作者在文尾的这首《满庭芳》的词里为"天下第三泉"之宝贵遗迹洞开了许多精妙的人文思考。

# 雪雨轩[1]记

【题解】

2000年时，作者由南方北漂后经友人们之相助，终于改变了自己的居室环境。作为为文从艺者自然要有个名正言顺的轩号或斋名；以便其更好的修身闻道，于是再次请求家父为之命名。因此出于感恩和启迪自己的闻道之旅，便写下了此篇记文。当然，作为读者无不从中受到教益。

古曰："室雅何须大，花香不在多"，依此论，我这百十平方的斋室难道不够我神思驰骋乃至性灵放达的吗？！

忆起四十年前：我们兄妹依偎在父母的那不足五十平方的兰溪[2]乡下的故居，加之农具堆砌；父母尚要日夜不失时机地抚慰我们的习书，作画，写词及背诗等，相反无不以为那小屋的温馨与和美。因此他们将我终于送去了日益竞争的大千世界。细想恩父的施养，不得不时时令我黯然泪下：他两岁丧父，后随母乞讨，迨自立时便缝合了后来的我们这个家。他不仅要坚守道统引领全家在乱世中风雨兼程，还必须让我们积蓄学识以应对未来之挑战：终于我让神圣之父母实现了夙愿。只是七年前他尚未看到后人——我的造化风流便溘然作古了。

其实，我在深圳的喜雨斋的命名也是因为他的赏赐，才使我修得了珍贵的学问：他说我们世家都在传承东坡的文脉；研究东坡的思想；还说东坡赴陕北的凤翔不久就诞生了名篇《喜雨亭记》，直迄今日不朽。于是因得家父心传和命名便有了深圳游学时期的"喜雨斋"。——尚圣之心让我最终由那钻石森林的南疆须臾迁徙到了这皇天后土的北国。那次，是我回故里的一次幸运——我仰慕恩父时即兴请教曰："家父，我们终于有了自己比南方大一点的书房，尚待您再赐一斋名是否？！"他不假思索地应曰："既然你没有忘却与圣哲的性灵互动，就将坡翁的《雪堂记》与《喜雨亭记》合而为一吧；刚好你先去南海赶上了千载难遇的生存机遇，这雪自然只有北国才有的；因此我以为名"'雪雨轩'为妙。"就这样，让我在不多的赐教里，重新认识到恩父的渊博、富雅与无言的深邃！噫兮，家父与我们全家离去的八年里，往往令我最难接受的一种煎熬，即是他亲自为后人——我命名了两处极富含学识与哲理的陋室名，然而却未到一处来作过闲留或雅聚。这——或许是上苍的旨意，抑或是我为人之不敬呢？！总之我时刻在为家父伤悲！

八年前的一个家宴时，我同年迈的母亲又一回论及亡父及其为文，还有他抚今追昔的乐善施教，当然也谈到我新近的雪雨轩之类。儿子说，这雪雨轩真是爷爷给命名的吗？我肯定地回应了他：并且尚向他和他姐姐一起发了一回令大家深思的感叹："爷爷，他们是在因袭苏轼等众先圣道德精神和学识的润养里走到今天，他们努力使我创造性的传载：以人性之光和润凡间，用慧悟之心去净化人伦——难道你们就无信心将此薪火传到你们的子孙？！……"

迄今，我尚在回味，那一回的叹问后，我恍若发现大家的心海里泛起了一道道灿然的发自警悟的敬畏之波光！

2011 年 8 月 10 日午后定稿

【1】雪雨轩，即作者在京的书房、画室。【2】兰溪，作者的诞生地。

【写作方法】

《雪雨轩记》，却未以此轩室为中心去写它的文房四宝、温文雅致、书香意气及雪雨轩给人的别样印象。作者却通过"雪雨轩"的来历以及作者在南方时的"喜雨斋"来展开叙述，从而让人们认识到作者如何珍重这轩室命名的人文意义；同时作者也在极力改造自己的思想和加强个人的道德修养：他不仅因为父母基于全家的艰辛付出而深表谢恩，还深为父亲终生崇尚古贤教化而身为感佩。此种"意在言外"之创作技巧比起费尽笔墨描写雪雨轩的内在过程要好得远。这种"记"法的创作乃颇有深意，无不耐人寻味。

君子不负昼夜

# 大 崎 山 记

【题解】

2006年盛夏，作者经友人务珍先生邀请来到家乡的名山——大崎山消暑。一天空隙时他访道一家山民。无意中在此次问道时却发生了一起千载难逢的"问答趣闻"；遂然成就了此篇《大崎山记》。"记"里作者描述了一位学者与山民巧妙会话史典的幽默故事，堪为风趣绰约，意境深长。

【原文】

自黄州东北曲且【1】，许百里而阡【2】；翠萃左右，忽道穷山阱【3】。竟曲径而橡之【4】，且登且巇【5】：日毋昕奇【6】，山高林远；穹森谷应，虫琴蝉啼；清风拂来，和奏幽鸣；才应牧人也。

余曰："山之何崎？谓之何大？观之何苍？深之何往？"婿者莞尔[7]应曰："余未知书，问见'睡仙'[8]，山顶荫处躺大石者[9]"！遂欣往之。俄儿，腕肤如淋浴醴泉，温体流舒，四下聒噪[10]，树木吐馨，乃境之迷人。婿言古井[11]，千秋功载，纵有天干山涸[12]，常饮三千民有余。昔轻病之伤，但就饮者，无不健苏，传奇井之恩人。夫似错迕[13]鸣响，如鹰雀栖唱；宛流泉以交欢，恍人穿之修篁；唯余感声之诱人。更奇之片杉林者：粗无人围[14]，躯杆峻拔，直指天穹，或如桅杆御风，捍破之于江海；如兵阵布势，壁垒森严；如拨河赛手，各守其位；如周易卦相，踞守圣妙者：乃护林之奇阵也[15]！

若夫与睡仙对坐，其面夹黝溢[16]，袒膀且披缕衫[17]者，笑曰："大崎群山，悠哉峰巅；世代所幸，幸于林间！""仙翁妙，妙于卓凡，当否复诵？！"吾晒尔[18]道之。其乐乎，且倚"睡仙石"复曰："客尊，'高筑墙'，'缓称王'，'广积粮'，'走四方'，各连一君王相对何哉？！"

"秦始皇'高筑墙'[19]，朱元璋'缓称王'[20]毛泽东'广积粮'[21]，汉武帝'走四方'[22]是否？！仙翁教化"[23]！晒然，客主于叹赏中不知所措。

间或雾霭涌起，淼漫寥廓[24]；岚岫旖旎[25]，山风藉笛[26]也。婿者睡仙不知所逝矣。不以婿喜，无以仙悲，不知回否，焉是鬼魅[27]。斯是山民何以足文，斯非华都甚为诗哉？！

目送仙云，远处半山炊烟扶摇，薄炊乡仿佛[28]。当属睡仙婿者之村舍焉？！


丁亥（2007）秋月于济南兵舍


**【注释】**

【1】曲且（cu 多音字），沿着曲折之道前往。且，往、来。【2】许，大约、大概。阡（qian），阡陌、田园之道。【3】翠萃左右，翠绿的树木汇集在大道的两边。翠，翠绿、碧绿。萃，荟萃、聚集。忽，很快。道穷，车道走到了尽头。阞，通"陡"；陡峭。【4】竟，居然。而橡之，很快通过一棵橡木树拐弯了。橡，树的一种；其果可入药。【5】且登且巇（xian），是说边走边感到危险。巇，险阻、险隘。巇，通"险"。【6】日母，即太阳。昕（xin）奇，鲜明之日光令人好奇。昕，鲜明、发亮。【7】婿（xu），古时指楚国一带称女方为姐姐。尊称。莞尔，微笑。【8】睡仙，楚地多称在山石上嗜睡的人。【9】山顶荫处，此指大崎山山顶有一块巨石供人们劳累时歇息。【10】聒噪（guo zao），是说周围百虫的叫声。【11】古井，此指那姐姐告诉作者的关于井的传说。【12】山涸（he），是说山到了干涸的时候，说明天灾的出现。【13】夫，语气词。错迕（wu），形容交错的声音相融合在了一起。迕，相遇。【14】粗无人围，

是说那杉树粗大没人用手能丈量完。围，用手抱量。【15】奇阵，此指山上那块杉树林的独特壮观、罕见。【16】黝溢，黝黑得流出光泽来。【17】袒膀，露出肩膀。缕衫，丝麻织成的衫子。【18】哂（shěn）尔，笑、微笑。【19】高筑墙，此指秦始皇当年修建抵抗入侵的长城。【20】缓称王，此指明帝朱元璋那时称帝治国的治军方略。【21】广积粮，是说那时毛主席发动的"深挖洞，广积粮，备战备荒为人民"的全国性基础运动。【22】走四方，是说汉武大帝当年为了征讨匈奴发兵边疆的兴国大略。【23】仙翁教化，此为敬词。仙翁，约摸六十岁也。【24】森漫寥廓，形容这里浩森无际的云蔼像辽阔的水域样的气象迷人。森漫，水面宽广。寥廓，空旷、辽阔。【25】岚岫旖旎（lánxiù yǐnì），是说山气披蒙着山峰使其显得异样繁盛的画图。岚岫，云蔼笼罩着山峰。旖旎，繁盛的样子。【26】山风藉笛，此指山野之风带来了牧笛的清音。藉，凭借。【27】鬼魅，鬼怪、猜不透。【28】薄炊乡仿佛，那里好像有影约的人家村落。

## 【译文】

　　从黄州东北方向往大崎山，大约百余里便穿越田间而上。一路两边树木蓊郁，很快就看不见大道。就在一棵大的橡树处转弯上山，这里山势险阻，日光尤为奇亮，山势高耸林木苍远，高大的森林应和着山鸟，各种虫子叫出琴样的声响和着蝉鸣；凉爽的风抚摸着身体，人与自然上演着清音的乐曲。这时我正遇上放羊的人。

　　我问他，说："这山为什么叫崎？究竟有多大？游览它其苍在何处？这林区深向什么地方？"那位大姐笑着说："我没文化，你去问'睡仙'吧！山顶那块巨石就是他常歇息的地方！"可是我去了。很快，我觉得手腕好像被泉水在洗浴，使身体倍感舒服，周围虫鸟嘈杂，树木、花草等飘逸着清香，真是一处醉人的梦乡。想起那姐姐刚才讲的这里曾有口古井，多少年来功德无量，即使遇上天干，它都能供给两三百山民的用水。那时轻伤的人，只管饮它的水，都得到了健康的恢复，因此这井被誉为大崎山的恩人。我觉着许多清音融汇在一起，又好像是苍鹰在巢里喧唱；这又如同交响的泉水声，有时又仿佛看到有人在穿越竹林的幽径；旷美的世界里只有我感受这诱人的和境，但更令我生奇的是一片杉树林；树粗大无人用双手丈量得够，树体超拔，挺直向着天空，有时就像巨轮上的桅杆抵挡着海风，类似英勇的水兵征战海洋！有时俨然是作战的兵阵，那样坚强而威严；有的又像拔河的能手，蹲在各自的位置上；也有的仿佛是八卦图中的卦点，都趴在自己的地方各显其神圣；因为这是一块原始护山的林场！

　　我同睡仙对立而坐，他面庞黑得发亮，光膀子还半穿着丝麻质地的衫子，笑着告诉我："大崎山有群山相连，悠然在此山岭；我们世代有幸啊，有幸的是因为悠然在此茫茫的林海中间。"仙翁妙哉，妙在卓多不凡，可以再讲一回吗？！我敬佩地笑了说。他非常自得而且还靠在"巨石"的一边又同我说："贵客'建筑高墙'、'提倡缓称王'、'竭力广积粮'、'发兵征讨四方'，你能各连上一位具有特性帝王的名字吗？！"

95

于是我答："秦始皇拉夫'高筑墙'、朱元璋设计'缓称王'、毛主席文革前'广积粮'、汉武帝布兵'走四方'是对的吗？！请鬻老指教！"笑声之中，客人和主人不知如何是好了。

黄州 团风大崎山远景

这时四周云雾涌起，笼罩着大崎山俨然无际的水域；山气幽美繁盛，山风把远处的笛声带来了，那位大姐和睡仙一时不知去了哪里。今天我因为那位大姐而惊喜，同样也不因为睡仙的逝去而伤感，但又不知他是否再来，他真是叫人摸不透的人物。作为世代依山的人怎能有这样的文才，不在都市做学问的人怎能又有这般诗书洪造的呢？！

我远送仙游的云海，看那远处半山腰有炊烟在升起，仿佛是他们的家舍。这——应该是那位大姐和那睡仙相安营生的村庄吗？！

【写作方法】

作者造访过家乡不少名山，独此次颇有别样的境遇："大崎群山，悠哉峰巅；世代所幸，幸在林间。"此为以山为家的那位"睡仙"老者的幸言。接着，作者又抓住"睡仙"老人提出的蕴涵妙趣的提问，同时作者也作了准确的应对；这是一次极为普通的观山风景急剧地转移到了人文交流与史学研究上；这不能不说是一次异峰突起，天外飞来的心灵转折，甚至最后作者叹息"睡仙"不应该住在这山的深处，应该居住在城里或适合他居住的地方去研究学问才是他的造化所需。作者这一超然的自然观和人文意识极深刻地反映人类社会有待思考的方方面面，譬如，这样优秀的才人得不到国家的重用和关爱，然则，那些所谓权贵把持着江山，其权力和执政功能又放在了什么地方呢？

# 三 江 园 记

【题解】

三江园是蕲春一个十分迷人的去处，这些年每每回归故里时，3。而 2008 年这次初览给他留下了一度其难忘的记忆。根据大家之提议，要求他以古文的形式创作。作者遂作了下面的回馈。

**【原文】**

环园皆山也[1]。其东北诸峰，霓岚烟雨[2]，观之苍雾而秀远者[3]，蕲阳也。出城东南八九里，缘曲道而驰骋[4]，穿幽境而掠鹜[5]，岿巍而群峰之间者[6]，三江园也。新老知己[7]，诗赋唱酬[8]，盖灿然之论道者[9]，友类寒夫子也[10]。

俄尔旋于群山间之旷野[11]，方得一豁然之钓池[12]。老髯敬谑[13]，曰："鱼泛其盛[14]，水汤其衷[15]，可谓池之天也[16]！"余曰："渔业利蕲众[17]，类之和其物[18]；夫子自谓世之江也[19]！"老髯应曰："惜天工遗一水[20]，奚非予二池乎[21]？岂非独钓而孤也[22]？"夫子回曰："非也！以道圣李言[23]：一池化二水[24]，二生三池焉[25]；三发泱泱乎[26]。"遂回髯之；曰："虽一池者，焉三江之园也[27]！此游不遑者，谓园之乐也[28]！故园非于大小，而于其趣也；乐非求极至[29]，而止于善也[30]！尔乐之以水者[31]，夫子寒乐之以山也[32]！故为天之遣也！"

嗟呼[33]！翌晨缘庭云而骥逐山之北隅[34]；雾裳而游弋天地[35]，霞晦而动若烟霁[36]；霆和而闻之鼍鸣[37]，霏恻而忧之羞灵[38]。千灌初露而芳之以馨[39]，众菲妍姿而动之野烟[40]。风和若彧肌[41]，气息如甘醪[42]；林影蔚然之池汀者[43]，独蕲阳每春之游园也[44]。感之今时，而遐之以千载[45]；秀八方无以相称[46]，善极人伦山水之间者[47]，念长终而无穷也[48]！

老髯奉钓与鲜肴[49]，聚一畿舍而约者[50]，欲兴类新故若夫子也[51]。新者荐[52]，故者逢[53]；然乐之以时珍为悦者[54]，非此而友朋之乐也[55]！乐之余，才识三十春秋前者[56]，夫子于白水畈交之学兄建生也[57]。蓦然天晞[58]，恍若宵旦[59]；长虹一现[60]，挥梦之间[61]；虽音容有隔[62]，然春扉复见[63]。且老者言建生之家亲[64]，焉友属畅之以情[65]，以待觥之为礼[66]；怀里仁以善德，尚天伦以美人[67]。夫乐以天地之间，觞酬古为沧民之宪[68]。慨生命之芳草[69]，恩友怀之故土者[70]，俟酹馈之三江园也[71]。

噫兮[72]！吾降之兰溪[73]，以四十之求索，而悟之都城[74]；然则感之以故土[75]，睨名利超度喧哗，非如体肤之惟恒[76]；纵权贵赫然无际，焉此园土之浓烈[77]？凡颠沛世物之乱者，皆一衷之懈也[78]。假流丽之山川者，乃友谕为之记也[79]；修契蕲阳三江之史序者，莫非京之寒夫子也[80]！

2013年3月23日毕于飞机上

97

【注释】

【1】环，环绕。这句是说园的四周都是山。【2】 霓岚烟雨，形容山上的云霞像美丽曼妙的羽衣一样；东北诸峰，指三江园东北方向的山峰。【3】观，看去；苍雾，苍翠的云雾，秀运，秀美而弥远。【4】缘，沿着，驰骋，奔驰。【5】 掠骛，飞快地奔驰。【6】 峭巍，高大的山势。【7】新，指此次结识的三江园主人等；老，指过去的第二故乡的陈务珍及徐和木、艾应春先生等。【8】诗赋唱酬，指有文采的朋友们在一起吟诗、赋文等。【9】盖，为文句常用于起首之助语；灿然，形容明亮，论道，即同大家一起谈论宇宙万物之道统。【10】友类，即一帮朋友；寒夫子，即作者自身；子，古时对男性的尊称。【11】俄尔，短时间内；旋于群山间，是说游览于山峦之中。旷野，充满野趣的开阔处。【12】方得，才看到。豁然，开阔而通达的境域。池钓，即供人们垂钓的池塘、鱼池等。【13】老髯，指上年纪满口垂须之老人；这里指长者。敬谑，带着敬意开玩笑。【14】鱼泛，鱼的品种广；其盛，形容盛多。【15】水汤 (shang)，指池水浩广；其衺，形容水面宽阔无际。【16】可谓池之天也，是说这池之广阔，可以让人和鱼在这水里尽情其乐。天，形容广阔。【17】这是说蕲春的人民因渔业而广收利益和福祉。【18】这句是说，像这样的生态保护，不要破坏自然才是最适合万物繁衍的天伦之道。【19】我以为这比世界上的江河都有过之的贡献。【20】惜，叹惜；天工，上天造化；遗 (wei)，馈赠。【21】奚，何；非，不；予，赠给；这两句是说，可惜啊，上天为何只造一个池塘，为何不开造两口池塘呢？【22】岂，难道；这句是说，这难道不是让我一人垂钓而倍感孤独的么？【23】李聃，即老子；这是借指他的哲学推理。【24】一池化二水，即以一口池塘来看做两口池塘放松自己趣兴。【25】二生三池焉，就是说两口池可以当做三口池塘来寄情于水的乐趣。【26】这句是说，三口池塘便可以视作汪洋之海那样去放骸垂钓者之乐趣了。【27】这句是说，尽管仅一池之园，于是便可视为三江之园来游历，这岂不更是浩淼无际太极之游的么？【28】谓，以为。【29】、【30】这两句讲的是，花园不在它的大小，而在于它的妙趣，寻乐不过了它的极致，而追求的是它至善美的境界。【31】、【32】

蕲春三江园

98

这两句是说，你（老髯）乐的是以水的垂钓之趣味；而我（作者）乐的则是因山的诗情画意的气象。【33】嗟乎，叹词、慨叹。这里借指因头一回看到如此佳境而佩叹和惊喜。【34】翌晨，第二天清晨；缘庭云，即随门前的云雾；骥逐，像赶着良马似的依云雾的方向追去。逐，追逐；骥，好马。　【35】雾裳，形容像霓裳一样的美云雾；游弋，移动、游走。　【36】霞晦，不太明晰的霞光。动若烟霭，比喻像雨后的云霭一样移动。【37】霆，雷霆；和，谐和；闻之鼍鸣，像扬子鳄低声的吟唱。鼍，即扬子鳄。【38】霏恻，纷飞而消逝的霞雾。这句是说游动而逝去的云彩如同害羞的恋人在独自忧伤。【39】千灌初露，形容万物迎春竞放；芳之以馨，以清香作为自己的美德。【40】众菲妍姿，各种奇花异卉舒展着娇美的姿态。动之野烟，形容像野外的云烟一样闪烁。【41】这句是说，体感着和风如同触摸着具有文采的淑女的皮肤。【42】这是说嗅着清香的气息，好像在品味甘甜和醇厚的美酒。【43】林影蔚然，形容树林荫影的高大。是说盛大的树荫遮掩了池塘的水边。【44】美好时光。【45】、【46】这句是说作者在今天才感到走了那么多的地方和饱赏古今有名之山水，才觉得周围少有与三江园相媲美的了。【47】、【48】天下真正懂得充满人间物化的山水的观光者，才会深谙这三江园的山水之美乃是无穷无尽的啊。【49】奉钓，即献上他垂的鱼类；鲜肴，刚采摘的新鲜蔬菜等。【50】聚，欢聚；畿舍，高楼附近的酒馆。　畿，原指离城邑较远的边城。【51】此句为邀上兴趣相投的新朋老友陪作者在一起庆贺。【52】、【53】新朋友相互引荐；老朋友阔别重逢。【54】、【55】此句是说因为贵友重逢便必须拿出李时珍名酒来愉悦友情，否则便称不上是真正为人生过交乐道的朋友。【56】、【57】这是说欢乐之后，才深深感到一位友人敢情是三十年前在蕲春白水畈创业时交织的学兄张建生。【58】蓦然，猛地，不经心地；天晞，天亮。【59】恍若、好像、仿佛；宵旦，即夜晚和早上；这里借指夜里的灯光和早晨的太阳。【60】、【61】这两句是说蓦然里我仿佛回到了惊艳太空中的长虹和在充满童贞梦境的世界里。【62】、【63】这两句是说为尽管时光隔绝了咱们三十多年，但这个春天又重新叩开了我们蕴之已久的心扉。【64】且，并且；这里指后来才知道。这是说老者介绍自己原来是学兄建生家的亲戚。【65】焉，在这里；友属，朋友们拿酒嘱咐并庆贺。属，通"嘱"。【66】觥（gong），盛酒的器具。【67】这两句是讲，大家秉着邻里亲情，敬仰自然伦常以崇敬有文化和道统的人。美人，古之誉为极具德才品行、修美的人。【68】筋，举起酒杯；这里指赞赏之意。酬古，实现古人的美愿。宪，范式、典范。这两句是说我乐活于人间较多地方之探索，一直保持像今天这样举杯的激情也是在实现古圣先贤们的遗愿，时时在想到天下人民应该遵从古贤的做人典范。【69】、【70】、【71】这三句的意思是，要珍惜美好的生命，感恩友情的珍贵和故土的淳美，于是我把美酒倒在地上，以圣洁之心来祈福这三江园和蕲阳的人民一同幸福。俅，恭敬地。【72】噫兮，叹词，哎呀之意。【73】吾降之，我出生在；兰溪，作者的诞生地；于浠水县的南部长江之滨。【74】这两句是说，历经了四十多年的追求，终于在京城定居。【75】然则，那么。【76】、【77】这两句是讲，漫长的岁月我总结了那些为名利而追逐的人们，结果在告诉我：一切名利远不如自己的身体健康的宝贵和长久，虽有权有势显赫无度，可这哪比得上如今在三江园里的淳美的故土上的浓烈的人性之乐呢？【78】

这两句是说，一切轻率、狂乱地对待人生和世界的人们，一律都是因为甘愿懈怠自己的生命的结果。颠沛世物，借指草率地对待客观世界。颠沛，受挫折；世物，及世界万物。【79】于是大家借这秀美山川及春和景明，让作者为这回春游作一篇记行。【80】要为蕲春的三江园圣景的来历和发展修序的人，就应该是从北京还乡的寒夫子了。

## 【译文】

三江园周围都是山。它的东北多山峰，霓虹般的烟云弥漫，看上去那雾气柔美连接着远方，是蕲春极为美丽的胜景。走出城东南八九里，绕曲线继续前往，穿过昏暗地带加快速度，瞬间眼前高山群峦之间，这便是三江园。大家同新旧友人相聚，吟诗赋文，笑慰着论起道来，朋友们像我一样愉悦。

一会儿在群山间的开阔处，我发现这一旷野处有一鱼池。池边老人两鬓花白且礼节幽默，他说："这里的鱼品种多，水面开阔，算是游人和鱼的天堂！"渔业能让蕲春人民受益，像这样是合乎这里生态繁衍的；我以为这种山庄，农业及渔业之综合发展是三江园的根本。老者回应说："可惜上天只赠一口池塘，何不赠给两个呢？这怎不让我一人枯燥而寂寞？！"我回说："不是！用老子的哲学说：一池可化两池来应用，两池可生三池的挥发，三池便可作为海洋来游历了……"我又回老者说："尽管一口池，在这里可化作三江园之世界漫游！这里不宽广，但可当作园之乐也！所以园不在大小，而在于趣味的生成；乐不在于极致，而在于善也；你老乐之以水，我却乐之以山了，这或是上天最好的安排！……"

哎啊！第二天一早我随云气追到山的北边。柔雾游移于园的上下，暗霞像烟雨在流动；雷声和山龟之声响在了一起，纷扰的云气如同含羞的恋人独自徘徊。万物初春以芳香为美德，一切妖艳的花草都吐着野趣的清洌之香。和风如同淑女文雅的肌肤，气息清新像是甘美的酿酒；浓浓的树荫遮蔽着池塘的一方，只有蕲春三江园才有此极乐的胜景。一时所感，让我联想到千百年的风土，周围没有地方可以移游，懂得人世间真正可游的地方，自然想到此

蕲春三江园 垂钓

100

地为适于长寿的偃境。老者拿来钓的鱼和佳肴，约我去园附近的酒肆，还约上新朋故友陪伴我。新朋友引荐，故友重逢；大家是因为李时珍牌名酒而乐乎！若不是它很难达到乐友的氛围！乐过之后，才认出三十年前的老朋友，其中一位是我那时在白水畈从事时装教学结识的张建生先生。顿时都感春天明亮了许多，一时好像分不清这是早晨还是晚上；大家觉得席间出现了彩虹，犹如醒梦一样；尽管音容有变，但童心重见。同时长者说自己是老张的家父，在场的友人都嘱酒为庆贺，用酒杯示意敬畏；念乡亲为修德，以崇尚天伦之乐为造化者。大家同乐在席的中间，以互敬来感恩古贤为今人所作的典范。有感生命的美好，感谢故土上的友人们，我恭敬地把酒倒在地上以回馈三江园之后报。

哎！我生于浠水兰溪，跋涉了四十多年，一直感受着都市生活，然则，还是有感于故土的好，那些为名利而追逐的人们，不如去追求身体健康来得长久；即使权贵显赫无边，哪能比得上这三江园里友情把欢的实在呢？凡是浮于玩物丧志者，都归咎他甘愿懈怠自己的生命。大家幸度如此大乐大美的春光，于是友人们说该为此次雅聚作一篇记文；再后大家说修订这次欢聚于蕲春三江园的历史记录，不过还是由在京的寒夫子来创作吧！

2013 年 3 月 23 日飞机上终稿

【写作方法】

此作记录了作者在三江园同友人们一起作春游时的两大主题内容：一是作者同池塘的钓鱼老者作了一回大自然与哲学上的深刻探索；二是作者在席间同新旧友人们把酒抒怀时所领悟到的人间世态万象的种种反思。虽是记游，但作者通过巧妙的设计方式将有限的空间进行无限的挥发，使在不长的篇幅里蕴涵了超容量的思想内容；无疑，此乃不乏高超的写作能力。

透过作品里的哲性美，充分显现了作者对现实世界的深刻思考以及对人生的心灵剖析。

# 长孙堤河床改造记

【题解】

　　作者像大多数人一样，在那个春风所向的改革时代。无不感受着人间意气风发的波澜壮阔的时代脉搏的颤动：他随乡亲一道进入大动干戈的关于家乡河床改造的社会实践。那时，作者不仅身受感同地和广大人民一样面对那场飓风的肆虐，更在三十余年后的今天，以马克思主义科学观和自然观的方法论来总结那场河床改造的破坏性及盲目性。

　　20 世纪 80 年代初，那是我生平极其值得纪念的岁月。

　　中国的改革开放正如春风一般吹向了中华大地的每个有生灵存息的空间，同样它像孩子期盼过年那样神奇地吹进了我那个沉睡而僵化的长江之滨的村落。开放，令人们为之欢呼，为之翘首称道！……

　　在欣欣然浩大的改革的传讯声中，我和村民们得知很快就要上马——去改造长孙堤外的古老的河床。据说，只要改革好了那条几十公里长的河床，就可以使我们这个六七百万人口的黄州市得到富裕，脱贫和奔上小康。其实，我那时芳龄十五六岁罢了，岂敢知道上述改造河床之原委的呢？基于融入全市的大兴改造河床以及向往改革致富的浪潮，朦胧里同乡里的男女老少一起上马了。记得那是一个阴蒙蒙的午后天气，我同几位壮士作为村里的先遣队，打装好行囊及几本喜爱的书籍同大家一样在期待的、神往未来富足的梦幻里出发了。大概是深夜里，我们就在一个旷野的伴有沙泥墙埂的树林间安营扎寨了。

　　深冬的寒夜里，我们透过备用的柴油灯光，大家一起搭建了勉强栖息的野营角棚。领队让我和达那去远处寻点柴禾木之类的，以便明天更好服务大家的炊作饮食什么的。比我大几岁的达那是村子里有名的老实人，与其说他老实，不如说他是一个有明显精神障碍的人。比如你要是问他："今天吃了什么呀？"他回答说"吃了"；别的他回答不上来了。如果有人问他："达那，你今天多大岁了？"他则回答说："我不知道！"……正因为他如此单纯的思维才被人们称为老实人的。同样，那时，我除了必要之事外，与我无关的世象我从不多言语，更论不上说什么高见之类的了。因此，大家便将我同达那划为一种简单思维的人群。想必，那时在乡间里所接受的的生活待遇仿佛也是正确的！之所以大家这样对待我，是因为我们一家是几年前从故乡兰溪迁回祖籍的。从地域看，那里更贫瘠、落后，从文化背景分析，那里远离古城黄州近百里，自然是谈不上什么文化之类，在那里，我能有机会读点书就已经不错了。这事直到后来我明白事理才深深地叩谢我的父母双亲：他们能传递我如此多的文化学养，想必他们那时该付出了何其多的汗水和历经几多不为人知的世俗之难啊！……因为那时我们刚迁回祖籍，被视为异途公居的归籍者，所以大家便看我沦为达那一类之群。当然，这有何异议吗？……大概我和达那因为年轻气盛，不觉体寒，当我们最终拂晓找到自己的营棚时，天色已被旭日渐渐染红了。这个晚上，我依着达那的性子，大约寻了来回不下三四十公里的黑路。假如要是在自己的村子里，这漫长的一夜之后，可想不说是累死也会被吓得半死的；但在这开旷之地倒没有什么可顾及和害怕的，因为治河上下几十公里，到处有人的夜影在游动，大家全然是因为集体上马改造河床而纷纷赶至于此的。偶尔看清人们在篝火上烤着糯米粑在充饥呢。有时，当我们身感害怕时就喊几声方角棚的民工："大爷！能借点柴禾煮点饭吧！"虽说没有满足我们的意思，但只要里面传出一两声人语，我们就倍感安全了许多！因为我们才十五六岁的童工而已。……

　　大约没过两三天的功夫，我们再也看不到初访乍到的冷清寂静，这时大河上下，人山人海。人们依照各自划定的工区，开始了分秒必争的劳作；如果引用毛主席的诗句"为有牺牲多壮志，敢叫日月换新天"来形容这一场冬天的治河大战是毫不过分的。虽就深冬寒彻，我记得那时的这场大战几乎尚未遇上雨水的浸害，一切临战的大军，宛如上天的约会，无不因为改革之风的洗礼而一起到此尽心、尽职、尽能的。大概是一个月的苦战，眼看比篮球场还大的方位，它的四周被人们挑起来的泥埂替代了围墙；后来人们就在这围墙的内外作着精心的修补：人们的木匠线功的水准将围墙坡的凹凸处削平；用鲁班式的建筑工艺来检阅每一段堤埂墙的水平线与坚固性、承受压力的科学性。在这样的战场上，人们看不到厨房，看不到做饭的蓄水池，看不到餐厅里的圆方桌，看不到正常用餐时的文明气氛，更看不到在饭店、宾馆、酒肆等典雅之堂品饮就餐的繁文缛节和那种饮食文明所赋予的仕雅场面。然则，人们仅能依仗野外露宿之便的半岸和坑汊，在这样古老而富原始的用土垒起的灶台，如放在今天，让人们再回到那个场景，让人们以极原始的方式和颇为原始的心灵意识作为每日三餐的应酬，不提如何去饮食，恐怕让人们看一眼——那种极富原始之野餐形式就足以使人倒抽冷气了。每日五点起床，因为那起床的号令声和喇叭的催促声，就是皇上也无法在这野外的被窝里停留一分钟，这是人们的意志合成的排山倒海之势；这是人们在困难里渴求改变现状的强有力的冲破；这——也或许是历史的选择和安排。约到八点，人们因为早起的决战，饥肠辘辘地边干活望着早餐的到来。这时送饭大军，虽说不尽于一时，但也力争非此即彼，非挑即扛地为一线大军作着汗马之劳。人们席地而坐，因为劳饥难堪，时而人们干脆坐在泥坷上进行用餐，有时没有筷子，就以树枝代之；条件差的，不一定能吃上饱饭；人们就将洗碗后的泔水充饥了。不必说中午是这样，晚上这样，就是遇上大的节日也都如此——那时的人们去哪里讲究所谓餐桌上的风格、饭店、宾馆样的文雅风度呢？倘若能保持每日三餐都有个饱的时候，这在那时就已经是十分大快人心的日子了！人们进入了这样的战场，几乎没能听说什么假节日的存在；没有一切特殊原因的批示；也无任何权益之计的行使；更无火线上的仁、义、礼、智、信的体现和演说。总之，人们一旦走上了这样的农垦决战，就像走向了死亡末日的战场——一切听由上马大战安排了。……

临近大年时，那些人强马壮的队伍因为战功显赫便陆续偃旗息鼓，班师过年了。那个年代几乎到处是这样的农改之风——然而迄今，我却尚未看到家乡那因大力土法上马改造河床而让人们获得一处开放致富的迹象。弹指挥间，三十多年逝去，后来我却因改革开放而离家四处游学，最后又由沿海的深北漂到京都，其间有过几次还乡。独是第二次回家探亲时遇上了当时指挥那场改造河床的总指挥喜功先生。这回，他向我陈述了那时长孙堤河床改造的意图：本想将那干涸之河床改造成鱼池，当然一部分作为良田耕种；但是因为世袭之变让那场巨大的改造工程化为废墟。……不过我问过他，我说："浪费和牺牲如此巨大的农民身价之前，难道你们当时的决策者就没有作过工程可行性的科学考察与前景分析的么？""哎！这已既成事实了。我们……"就是这次，我同样回到了乡下，当我问及乡伴，准备去看一下达那时，他们说："达那早已无辜地被人打死了！""为什么？"我问及他们；最终他们无人以正常人的怜悯或回答我的询问。……

于是，这次的还乡让我陷入了沉痛的思考：首先是改造河床的结局。河床既然已被改造好了，那么后面接着的便是农垦科技的种植与管理的配套，倘若如此浩大的农耕牺牲，姑且不论为此牺牲的人们

黄州 长孙堤河床改造

104

的生命代价，然则全市那改革开放，致富于民的行动又落实到何处呢？作为为官一方，其功业不建立于天下苍生又该是为谁而施政呢？据当时信息可考，全市约三分之一的人民走上了改河大战，然则二百余万人的创造和牺牲，那蜿蜒几十公里的被改造的河床荒芜地躺在那四季风蚀的天底下，请问这与两千三百年前竖在中华北部黄河一带群山上的长城又有何区别呢？其次是我为达那乡友的悲伤：村子里为何无故地要将这个纯真的老实人给活活打死了呢？这二者让我无限愤懑：作为权势者，他竟敢如此藐视人民的存在；身为乡里的居民竟敢无视达那生命的珍贵；这一切能给世人以何等意义上的启示呢？继而说来，倘若我一直同达那为友，想必，今天还会有人看到我为此撰写的文章？！

　　不必多问，我的乡故们，不效法纪而滥弑他人的生命，这是极大的耻辱；我们的执政者，不兼天下庶民而践踏权贵，此乃罪莫大焉！——于是，我以这首《卅年梦游故里河床叹别》一诗作为对这个地域曾经遭遇不幸的谏言；诗曰：

亘古驾道天地间[1]，
润养东西过人烟[2]。
废弛道统江河里，
未睹水面扬片帆[3]。
垂柳不再绿两岸，
无鱼河底空流惨[4]。
抽尽蕲黄农耕命[5]，
无言对日泪始干。
昔时渔歌伴长天，
今却怨月对愁眠。
懵懂江民奈何往[6]？
不知恨来不觉难！
当年笙箫行渐远[7]，
岂有歌乐假鸿篇[8]？
官庭穷尽尧舜事[9]，
可知灾民几多难？
旷冯列雁度往返[10]，
不如油鸡争飞翻。
阙如人伦不幸事[11]，

105

滥道恶行从未廉。

掏竭功名千千怨，

毁伦丧德万万年。

不孝鱼肉长河里[12]，

兆民哀恸几时牵[13]？

**2013 年 2 月 12 日晨定稿**

【注释】

　　【1】亘古驾道，这里是说从盘古开天地时人们创造的蕲（浠）河与黄州两岸人民共享的巴河流域。【2】东西，此指巴河东岸的浠水与西岸的黄州。【3】此句是说因为破坏性的改造河道人民再也看不到河上有帆船的影子。【4】空流惨，是说河已干涸再也没有鱼在游动了。【5】蕲黄，即蕲（浠）水和黄州。农耕命，以河水灌溉和渔业经营为生活来源。【6】懵懂，是说劳苦大众不能抗拒官方的非理性发展而蒙受灾难。奈何往，有什么办法来遏制呢？【7】笙箫，指当年两岸人们吹奏的渔歌。【8】假鸿篇，靠鸿大的篇幅来歌颂人民的现实生活。【9】穷尽，想尽办法。此句是说下面的官员总是要想尽办法让人们以为他们是创造了上古尧舜样的功德。【10】旷冯，白白的等待。【11】阙如，缺失、丧失。【12】鱼肉，此指无偿的消磨人民的精神和物质财富。【13】此句是说：这样非理性的改造大自然给人民带来的灾难何时不在牵动心灵的伤悲呢？

【写作方法】

　　此记以散文式开头，正文以小说故事式过渡，结尾处以诗画意境收束。读者在这种韵散相宜、雅俗融合的语境里找到一种轻快自如、赏心悦目的阅读感受无疑是一种撩拨心扉、以观红尘的精神享受。正文的结尾处，作者向读者道明了两大涵义：一是为人者要珍爱他人生命，这是在体现人道的造化；二是为政者要以天下苍生福祉为重，这是体现天下是否长治久安的安民之道。作者在《卅年梦游故里河床叹别》一诗里深刻地披露了违背自然之道就会以无偿牺牲人民为代价的客观规律。作为执政者不可不慎思。

# 清 泉 寺 [1] 遗 记

【题解】

　　自幼作者就听说苏轼在黄州地区留下了太多的传奇，其中最有名的是在他的故乡浠水清泉寺所留下的轶闻。但因为多种原委作者未能造访清泉寺遗址。三十余年过去后的今天，作者仍想实现此愿。然而，在2013年的这次回乡时因工作之误，未能探访清泉寺，当他在史料和朋友的通话里获悉"清泉寺"就在作者曾居住过的宾馆旁边时，遂然，作者欣然而书；故为"遗记"：即带着遗憾之情来记述这方胜境。

　　虽说，我们的先哲们讲过——人生要经历心灵之洗礼、万物之察看、世界之融变。然而，我倒以为，一个人最难忘却的这个世界便是：生于斯，养于斯及至成于故土这初迈的世界！

　　水，这个非算惊人之名，在版图上自然是难以让世人瞩目的；倘若不提起闻一多来，应该说在外人所知者，皆为数不多。此外，这个县最独特的一点便是其自然水域之流向——它为这个不惊人之地创造了奇缘：自古江水向东流，最终归属大海；但浠水之河水却从来是由东向西去。这一反地域印象之奇景就不知比现代伟大的爱国诗人闻一多早多少亿万年前了。因此，这便是世人将此浠水河谓为西河之缘故！打此西河与长江作丁字形交汇处的东岸东北方向去的五六里远的丘陵间的小街坊的正中心的那　早已荡然无存的村舍，就早半个世纪前我降生的地方。无庸说，那时，父母将我派到这个世上，他们是受过不少苦难的啊！

　　在恩父幼教的传道里，我依稀听其称曰："将来有机会去到大文豪苏轼游过的清泉寺那里走一趟，以吸纳古圣之灵气！"结果不到十二岁便全家辞水如州——移居到后来我们回到的祖籍黄州。不久我便开始游学四方，一为减轻家里的负担；一为充裕自己那惯于思想与诗意的心灵。因为命运之派遣，让我在鄂东博弈了几年后；不久让我去到中国开放前沿阵地的深圳。因为几经辗转于迁徙，加之恩父在非典期间作古，我便再也听不到父亲讲述的关于北宋文坛领袖苏轼以及游历我故乡之类的传奇与轶事了。或许我过于好奇恩父关于苏东坡的传道等人格魅力的塑造，尽管后来在南方的紧张维系生活的博弈里，每每同那些"苏学"专家们一道对词圣、书圣苏东坡开始了不同形式的接触与研究；这才使我对这位难得的旷世通才有了全面的探析与了解。十年前（即2003年）的春拜时节，我巧缘地回到故土黄州，并由朋友安排，这才如愿以偿地回到了我十二岁时迁离的诞生地——浠水兰溪。这次我决定随车和恩父及家人走马观花地游览了一下旧地，因时间关系很快便回到县城，大家将我们安排在闻一多纪念馆附近的宾馆；以便我更好地拜谒闻一多以及故乡的人文物志等。或许是"忙碌"，也或许是流于轻躁，也或者故乡人的忘怀，这回千载难逢地回访，我如何也未想起要问及父亲在我幼年时代讲述的苏东坡游历的浠水清泉寺一事。随着我对大圣人苏公的研析，加之我在传承苏学文化成果，比若以书法、绘画、诗、词、赋、文、论等作为艺术和学术载体去传播他的精神思想；同时我又担任多家"苏学"机构兼职等，这便使我在重新认识东坡对人类学意义上的价值有了突飞猛进的升华。至少，这是我半个世纪来最为不

黄州 浠水清泉寺

俗的一大跨越。这二十多年来，家乡里知道我在"苏子"的研学与传播上作了一定程度的贡献；于是大家每每同我保持着长期的交流和共识。就在此次我正准备计划清明节还乡为恩父作祭时，浠水老乡周先生给我打来电话，旨在约我们家人尽早还乡探访；以享春叙。阿弥陀佛！于是，就是同他的通话里，我这才得知半个世纪前要造访的浠水清泉寺，竟在他家的附近，闻一多纪念馆的东北边上。

根据周先生的描述，我便作出如下文字的概括：清泉寺坐落在闻一多纪念馆的东北一隅，虽说这里经常有海内外拜客的到访，但那千古物化之美早已随着历史之尘封被淹没在这里的人文市井之中。然而，千百年来这里的物华风志依旧透露经苏公圣哲浸染的灵润与绮美。那时苏公游历后题写的《浣溪沙》全文依稀如同他的音容呈现——也仿佛他伫立于这千古经流的浠水河畔。词曰：

> 山下兰芽短浸溪，
> 松间沙路净无泥，
> 萧萧暮雨子规啼[2]。
> 谁道人生无再少，

门前淌水尚能西[3]。

休将白发唱黄鸡[4]。

　　无论从上述之词境还是从东坡其他著作，我们都可以看出，圣人当时到此地时的烂漫心境与地域的淳和之美哉。比如他在《东坡志林》里曾这样说明：

　　　　黄州东南二十里为沙湖，亦曰螺师店，余买田其间，因往相田，得疾。闻麻桥人庞安常善医耳聋，遂往求疗。庞安常虽聋，而颖悟绝人，以纸画字，书不数字，辄得了人意。余戏之曰："余以手为口，君以眼为耳，皆一时异人也"。疾愈，与之同游清泉寺。寺在清泉蕲郭门外二里许，有王逸少洗笔泉，水极甘。下临兰溪，溪水西流，余作歌云。

　　由此不难看出，浠水县，这里不仅自古以来就具有了充盈的人文灵秀，还始终具有大自然所赋予的开合放旷——自然的诗意淳美。虽说十多年前的那次我与清泉寺擦肩而过，但此次通过周乡亲的言情及我当时初见之印象，也可刻画出清泉寺四周的佳境来：它面向北去，顺流而上，蜿蜒而伸；河水清浅，岸崎村遥；忽而鹰掠长空，齐歌啸鸣；引人于梦游之中，驾鹤驱御宫之外。放眼东望，一桥东西，两地都会，山川仰叹，物态生机；商贾达旦，纵横万千；惜时运之流兮，慨盛世之久安乎！南唱神往，地接广袤，四通八达，或沿海沟壑，瞬息万变；或江河为纸墨，繁昌乡土文化之奇观耳。西流而下，百舸争浪，万众躬耕；淘沙古今，勤勉而立，烈士忠义，放歌与长江共乐曲，客冶如明月同有无；任四季而驰原野，凭古贤而育方土之生灵也。

　　回首清泉寺之灵美，其依一桥东西而贯古今之长歌，物华天伦，人绝地沃；炎日烽照，烟水云霞。清，乃河水之清烈，举此地人谓之本也；泉，乃取之河而逾之河，其性为浠水之甘也；寺，无宏筑之厦，隐河岸之净域；不露世俗之山巅；无以犯突之掩体，唯一秀之毓美，一方之脉地，一处之浩然，一尊无二禹尧之气象也！

　　于是，我以为人生莫大过实现少年之梦想乎！半个世纪过去，我终于实现并活于五十年前的空虚与遗憾里，我还升华了五十年后的大美！这便是我因此为之记下的《浣溪沙》；词曰：

　　　　少小往返不明处[5]，

　　　　却误仙鹤弄长天[6]，

半生知了作遗词【7】。

溪旁桥头过有迟【8】，

倒海巨澜还我之【9】。

西水南岸垂此诗【10】！

**2013 年 2 月 12 日下午定稿**

**【注释】**

　　【1】清泉寺，位于浠水县城东南方的大桥的北端，依河傍城；乃浠水著名的人文圣迹。有书圣王羲之、苏轼等名人的历史遗迹保存。【2】萧萧，风雨急骤而下。【3】此句是说：门前的流水由东而西流。此话道出了西（浠）河与天下迥异的地域形态。【4】黄鸡，为苏轼引自白居易《醉歌示伎人商玲珑》一诗"黄鸡崔晓丑时鸣"而来。是说人不应该有"未老先衰"之感。【5】不明处，不知详细的位置。【6】弄长天整天为此烦劳。【7】遗词，因为遗憾而作词。【8】过有迟，过去了却难以再回来。【9】倒海巨澜，形容势艰难平；还我之，希望我再回来。之，往、来。【10】此句是说：在浠水西河的南岸为这庄严的遗憾而创作自己的诗篇。

**【写作方法】**

　　"遗记"，本是为遗憾而创作的记体文，但此文除了作者道出自己对这方圣土的眷恋之情外，还浓浓地将故往的生灵对此地所蕴藉的人文启迪和风土教化等一一作了深层次的渲染；这为世人更好地了解圣贤之道提供了心灵之疏导及导向上的引领。与其说是"遗记"，不如说是"补记"更有意义。

# 黄 州 小 秋 记【1】

**【题解】**

　　2009年底，作者就想回乡取回旧时所读过的书籍；因多种事物遂推至翌年的初秋。一路他遇见许多令他不快的现象。就于他归京的当晚便写下了这个初秋的独特的感受。

大概是白露的节令，我那酌然之心开始好了许多，于是又读了《古文观止》[2]；于是又读了《古文鉴赏》[3]及《古文笔法百篇》[4]等。欣然间便决定了还乡，一看爱母；一取我多年遥忆温心的一堆旧书。按理说，旧书通常是不必过于珍重的，然而一切旧书真的不可尊用的吗？！

非也！——人们常常将自己读过并藏之久矣的书称之为旧书的。正是这些旧书才让我顿生彻悟的哟！

《史记》[5]虽说小时候已读过的，但远远还是没有这次拜读的深刻。这里仅论两点感受，其一是让我重新审视了一代帝王刘彻（汉武帝）的功与过。大汉时期的刘彻的过失自然毋庸回避——在那特定的时代，如果他不挺起腰杆，反对和亲，决心以武力解决汉匈之间的"历史遗留问题"，那么尚有什么更好的办法作为治国方策呢？自然回答是否定的。于是历史便选择了以征战之策来讨伐以掠夺成性的匈奴部落。这是那时汉武大帝的不得已。当他在国家的征战处于辉煌战果的时候，于是以一位先哲之身向世人道出心中的"历史之难"、"时代之愤"，来表达自己对天下庶民的悲悯，他的这种积极"罪己"[6]的崇高操守在古往今来的帝王中又有何人堪比的呢？继言之，如果天下的国君或重臣都能像他这样懂得自知，懂得知耻，懂得悔过——那么人世间尚需法制重建和道德的约束吗？其二，在《孔子世家传》里，我这回才真正明白了孔子之所以堪称"至圣"的出处了：在"孔子世家赞"[7]的最后一句说：

> 学者宗之，自天子王侯，中国言六艺者折中于天子，可谓至圣矣！

人道是，自有文字记载以来，应该说，我国没有比司马迁更伟大的人文史学家了。既然如此，他已断定的孔子乃东方人类的"至圣"，想必尚有谁能推翻这一历史定论呢？……其三，这次我重读的《古文观止》，至

见贤思齐

少使我悟知三大学知：首先是让我感知了约三千年前至明末最富有文学气象的语言学及创造学领域的智慧大观；其次，在《古文观止》里我深深地吸吮着我们古国文学家们的海样的情怀和清泉般的美学思想；再次是让我在他们富于诗境的生命之旅重新认识了自己。这些是《古文观止》给天下每一位正在为文者的至高无尚的定理！在《古文鉴赏》里我不仅得知那些伟大的先贤们如何以学识经营思想；更得知他们如何以敬畏文明来塑造生命。——而在《古文笔法百篇》的深邃诠释里，真正教我学会以二十种立文法则去面对自己的为文修道。

就在我读完此卷时，不期而遇地碰到几位学者约我论及国学、文学、理学、美学、鉴赏学和哲学什么的。

狼藉而放骸的晚席间，大家论及的课题大约有三：一者文渊[8]教授称："孔子虽圣，但不会治军作战……"；次者赵向[9]曰："马克思固然伟大，可他不能指导全世界"；再者彭洵汴[10]说："东坡多么伟大，可他的文章不够感动我"。席间的这些令我心神蠕动的言论仿佛令我终生寝食不得。恰好那段日子我有幸到过三孔履行小型笔会；当我同夫人置身于三孔洗礼的时候，一种神奇的彻悟感让我觉得那晚酒席间文渊教授对孔子的言论深表惊愕：假如天下的芸芸众生尚需像孔子这样的圣人治军，然则那些所谓元帅、将军们养着可是干什么的呢？于是让我对那文教授的言论表示怀疑。接着我又细看了《共产党宣言》[11]及《资本论》[12]；尔后便立即对赵向"国学大师"的言论表示看法了：我想，马克思的革命著作《共产党宣言》在180多年前就点燃了整个被剥削阶级摧残的旧世界；《资本论》率先系统而完整地向世界人类提出了人类资本与劳动者之间的特殊关系，它的出版与传播给全人类指明了认识资本和价值的全新观念。然而赵"大师"却说马克思的伟大思想"不能指导全世界"，殊不知他的这一论点是凭空胡诌还是因为偏激而论呢？……也就是这段日子，恰巧的是我的母亲旧病复发，令我回到了故乡黄州。在那天整理完了自己的旧书后，便又一回置身于大文豪苏轼当年泛舟的赤壁之下。——或许是文渊"教授"所谓对至圣孔子的诋毁于我产生了强烈的不快；或许是赵向"大师"等人对马克思其博大思想体系深刻论述的不礼使我轻松不得；甚而彭洵汴"研究员"那样不理解词圣东坡的非常现象让我加剧了对一代通才圣人东坡的敬畏，因此我倒倍觉今夜重游于赤壁之下的一种特有的超脱与慧悟。的确我仰望星空下的夜世，先翁那"山高月小，断岸千尺"；"白露横江，水光接天"的静谧的赤壁之辞句豁然置身于我消醉于古贤的造美里。仿佛间先翁那"桂棹兮兰桨；击空明兮沂流光。渺渺兮予怀，望美人兮天一方"且"客有吹洞箫者，倚歌而和之；其声呜呜然，如怨如慕；如泣如诉，余音袅袅；不绝如缕"之动态美令我放骸其精心染织的于世独尊的天籁之中。不禁乎，我在想：那彭大"研究员"如能像我一样此时放怀于先圣的绝妙世界里去奋然一思或责然一品，蓦然间岂不该明白东坡那超越常人的处世之道，修身之德自省之律的伟大气象？！

另则，正是这个初秋的节令，我似乎生平头一回明白了一些道理，那些旧书不但不谓其为观念上的旧，相反却时刻渐新地在闪烁着人类先哲思想的熠熠光辉。继而，现实使我第一感知的是如何不至于涉身于浮躁；其次是反思；接着的才是忏悔和咒骂。然乎，倘若我们能常常在古书的照耀里步步前行，想必，那文渊"教授"、赵向"大师"及彭大"研究员"们的酒后谗言之谈自然就不会有的了。因此由这些"教授们"的"正统仁者"的流言现象便可得出一个结论：那些从事学习、研究者，不一定有真正的学识；那些作国学研究的人，同样不一定是真正的国之学者；那些身披教授外衣的人还真的不一定能教育人民；甚而有的还地道是一个挂羊头卖狗肉者罢了。古往今来，凡行大道者总是让人们在其道德之规律里寻得做人或治国的自然法则；凡以艺养心者往往使人们在其不同的艺术世界里获取知识之营养和心灵之净化，总之，让人们从中受益。——而他们却以滥言迷惑人们之意识；以贱行来左右人们之视线；这便是圣人与凡人的高下之分了。这也便是常人所不知觉的伪君子所谓"替天行道"、"为人类传播薪火"，其实是在所谓领取薪水借酒作乐、不孝道统、不忠前贤、不问国祚、不关萌隶，总之，不学无术且佯作误人子弟的"假洋鬼子罢了"。

宋·范仲淹[13]曰："先天下之忧而忧，后天下之乐而乐乎"。已于千年前便告诉我们立身、为文、修道者的严肃性——加之处世修心之法度，然而一千年后的国之学者、教授、研究员们竟如此自毁学业，不修人伦，不敬职守，不孝古贤，不怀耻辱感等恶习实让人们悲哉！假若还可以假一言相敬的话，那么吾当可以一论乎：书贵藏辉，文贵传道，学贵解惑，艺贵养心；焉之共勉，叩之秋也！

2011 年 10 月初一辛卯秋雪雨轩

【注释】

【1】小秋，即初秋，深秋的开始。【2】《古文观止》，清·吴楚材、吴调侯合编的美文专注。该著上起周文《左传》，下至明末《五人墓碑记》；全书收录美文212 篇；入录作者近 50 人。【3】《古文鉴赏》，即《古文鉴赏辞典》，由陈振鹏、章培恒主编。该著收录了由先秦《尚书》至清末刘蓉《习惯说》为止上下近两千六百年的优秀文章约五百篇作品。【4】《古文笔法百篇》，由清人李扶九、黄仁黼选

评，姚敏杰校点；该著从文学创作的二十个审美赏鉴命题对作文之道作了全面而精要的评述。【5】《史记》，即伟大的史圣司马迁造就的我国第一部权威性传纪体通史。《史记》，记述了传说中的黄帝时期约三千年的历史，反映了我国古代的政治、经济、军事、文化等历史概貌。全书约五十五万字，计一百三十篇，其包括:《本纪》十二篇，记述历代帝王的政绩；《表》十篇，以简明之格式记载了历史大事;《书》八篇，记述天文、地理、典章制度等；《世家》三十篇，记述了王侯将相之事迹；《列传》七十篇，以记述名人之事迹。书中揭露和批判了封建统治的腐败与残暴，同时记述和讴歌了古代政治家、思想家及科学

有教无类

家之宏伟业绩，包括对小人物的记述。此著表达了作者强烈的爱憎情感。故，鲁迅称"史家之绝唱，无韵之《离骚》"。【6】罪己，是说向世人忏悔自己的罪恶或过失。【7】《孔子世家赞》，作者编，原出于《史记·孔子世家十七》，文于该篇最后一段。记述了作者（司马迁）为了真正了解孔子世家的世袭传统亲自去鲁国，当他看完三孔的家制和陈列等于是便创作了《孔子世家列传》及其有关文章。【8】文渊，为作者一朋友之化名。【9】赵向，同是作者一朋友之化名。【10】彭洵卞，作者一朋友之化名。【11】《共产党宣言》，马克思恩格斯为共产主义者同盟起草的纲领。原名为《共产主义宣言》；1847年12月至翌年1月写于伦敦。后于1872年、1883年、1890年德文版时书名正式改为《共产党宣言》。《共产党宣言》以历史唯物主义观点阐明了原始土地公有制解体以来的全部历史是阶级斗争的历史，对资本主义作了深刻而系统的分析，科学地评价了资产阶级的历史作用，揭示了资本主义的内在矛盾，论证了资本主义必然灭亡和共产主义必然胜利的人类社会发展规律等。《共产党宣言》的诞生奠定了马克思主义建党学说的基础。《共产党宣言》的尾声"全世界无产者，联合起来！"这一警语，如同一股春光一直照射着一百六十多年来新人类的每一寸渴望自由和幸福的生命。【12】《资本论》，马克思毕生研究政治经济学的主要成果和最重要的著作。他以三十多年的时间在这部巨著里科学地论述了"商品的生产"、"资本的流通"及"资本主义的形成"等重大历史命题。【13】范仲淹，北宋著名的文学家，其文学作品以《岳阳楼记》最为著名。

【写作方法】

《黄州小秋记》之写作特点有三：一是作者以读书的正常知觉将闻道的范式一下子切合在了名著上，使文章很快接近拐点。二是通过高潮的起点把文章的中心落在了

对所谓"专家、学者"之批判上。三是总结了之所以不少"专家、学者"在违背良知和道德在世间浑浑噩噩地过着"名人的日子",是因为连他们自己都不知如何反省,好好学习,研究学问;更谈不上用马克思主义唯物主义历史观去思考问题和改造问题。否则怎能在莫大的事实面前不分是非,不辨真伪,不知深浅和不识妍媸,不认公母呢?设若作为高等知识分子如能以古贤范仲淹"先天下之忧而忧,后天下之乐而乐"来抚慰这个世界,想必,那是怎样的一个有章可循的太平盛世呢?同时作者以精巧的剪裁处理将多个论点串联在一起,使文章在有限的空间达到了无限的思想传递和思众反己的艺术感染力。作品为写"秋"而写秋,这与前面的《雪雨轩记》具有异曲同工之妙。另一个不可忽略:作者在向人们阐述"旧书"是不可以知识为"旧"而以反复温习且藉为新见的闻道之规律;所谓孔子之"温故而知新"就是这个道理。

## 游

# 兰 溪 河 风 光

【题解】

　　三十余年过后的 2007 年春天,作者忆起那儿时在乡土上梦幻般的岁月,不仅将人们置入一度纯美的童真世界,而且还让人们重温开放以前的计划经济时代人们生活的窘迫境遇,这或许能给世人以新的警示:珍重来之不易的安定环境而不至于浑噩怠世,苟且偷安。

　　那时,我像别的孩子一样,有空便成天泡在那充满梦幻般的兰溪河[1]里戏水也,压根儿不知"兰溪"二字竟为何意。直到我后来研究杜牧时才在其《兰溪》的一首诗中得启发,诗曰:

　　　　兰溪春尽碧泱泱,映水兰花雨发香。
　　　　楚国大夫憔悴日,应闻此路去潇湘。

打这时起，我不仅庆幸在我的故乡这"兰溪"二字上，更庆幸的是，在我出世的一千年前，大宋通才苏东坡便已欣然到此观光游览过。这，也或许是我的故乡兰溪每每令人称道的地方。此外，在我的童年世界里要说与我最为一往情深的，还是莫过于这条兰溪河——亦称西潭坳河，抑或西河——它绵延由东北方向而来，流经西潭河，再顺往南去便是入长江的出江口，倘若打空中鸟瞰——这河与江的交汇处自然是一个巨型的丁字结构的图案。我所熟知的童年的故里及那些面熟而陌生的土地上的人们就生活在从丁字口处向北去的约三四里纵横跨度的正中心——方铺。

刚懂点事，我就陪母亲去到田庄和菜畦。闲暇之余我目睹那些大孩子仿着我很吃力地帮母亲扛弯弯扁担，提沉重的箩筐；还学我仿大人竟敢在水牛的前面牵着它的鼻子让它一定走在沟里犁地。日子一长，大家便称我"少掌牛的"。于是大孩和小孩全依赖我的兴趣了。这样，我们玩够了田园上的"逞能"间或跑到河堤上看风景：那南来北往的船只参差地泊在"天下第三泉"[2]码头附近。他们彻夜不停地忙碌在船的上下：从大船上急卸的水泥袋，由我们乡下的大人分成摊轮流搬运，这样大家既能挣到钱，又不至于耽误农活。在人们紧张的劳作时，他们情不自禁地掌握着行进的节拍，注重气息的转换，即使是大汗淋漓的时候也同样觉着这是一种极富律动美感的卖力方式；因为在那古老的"河上运夫"的同声协奏的哼乐[3]里，人们只有一个念头：早点换班，否则这小命儿便唱不出调子啦。

遇上山洪和涨潮，船的主人迅速将船移在高处，一面等工作就绪，一面盼那些熟顾的田园劳工们的重返。如果是春夏之交的季节，这些大小船只尽可能多呆点日子，这样可以多占点乡下人的便宜[4]。春夏之交的乡里人在青黄不接的当儿只有变卖自己的家什：比如牲畜啊，蔬菜呀，或廉价劳动力甚么的。虽说人们不愿贱价[5]自己的物产，但与那些江船的老板处得还算是分外投缘，恍若相得益彰。有的还把船舱改为仓库畜栏，以囤积好收购之物品运往外地一倒手就赢利大焉……更有堪者，因长期的合作默契，遇上船老板的公子同我们乡

溪畔兰梅

116

下的少女谈得来——每有两厢情愿地"由农兼商"【6】；相识到知己最终嫁给了他们——一起外出图追求和造化去了。

秋初时令，河水干涸，运河船开始少了许多，而且那些船随水位渐渐退去了沙滩的尽头。但大家还是可以做生意的：乡里人将初秋的水果，青菜及新市农产品一一备上三五成群地送往船上。大家快乐地在船舷的灯光下成交或道谢！他们仍旧像过去的来客友好地留下地址电话什么的；一同让兰溪的丰富物产及外面的世界融为天然的一体。人们在这商运与农经的买卖自由流通途径里品到了生活的乐趣，人伦的道统，生存的奇妙及天人合一的默契感。每每遇上传统节日，一河两岸的居民依照传统——所有的商船一起融为一家：大家要么在船上论田论地，要么去农家里谈天说地，总之，人们似乎谁也离不开谁地活乐在这条河的两岸；假若有人要问这个时代人们还有什么大的追求和憧憬，出于那时纯真的回答是——大家只想将自己种出来的东西送到船上不至于无人收购就算是上天的赐予啊！……

四十余年后的今天，我倒觉着那旧时乡土的美丽：一是那时的人民一心因为生存而不懈向大自然表达自己的勤勉，即便与外来的商船发生异样的商贸关系也每每是在极淳和的人性之中——怎么也看不到今天这样的满是浮躁讹诈的世态；二是我们熟稔的西河，之所以为西，还是与那大文豪苏轼的"门前淌水尚能西"的诗句——他向世人道明了这里的乡土母亲河的独特流向：大陆上的河流、江水无不由西向东而汇入长江再奔向太平洋的；唯独我家乡的这河是由东来而后再向西去的。刚好这河经的最宽处是悬崖旧景的"天下第三泉"之遗址。后来，在那时众多的长辈的传说里我才得悉"天下第三泉"五字之楷法高古的圣迹乃我祖辈的墨迹也。至于尚有许多源自这兰溪（西）河的故景就让它一一收藏于我记忆的深处！不过，每每忆起这三泉上方的豁口深处，便不由得诵起那首我无法忘怀的题为《三泉之家》的小诗，诗曰：

今舛三泉昨芷花，【7】 燕咏桥台夕阳霞。【8】
而逾半百奈何往？【9】 豁口深处是吾家！【10】

117

2013 年 1 月 28 日定稿

**【注释】**

【1】兰溪河，即西潭坳河，也叫西河、浠河或溪河。【2】天下第三泉，即多篇文章里出现的"第三泉"。【3】哼乐，船工们干活儿时所唱的曲子，有类似船工号子。【4】便（pian 多音字）宜，廉价、趁利益而上。【5】贱价，降价。【6】由农兼商，是说那时开放之前由农业转化为经商、活跃市场的社会现象。【7】今舛（chuan），现在想起它曾经遭受的不幸。舛，不幸。昨芝花，此指大唐时盛放的兰花。【8】燕咏桥台，燕子在新建的大桥上歌唱和欢叫。夕阳霞，傍晚时的云霞。【9】而逾半百，此指作者已进入中年。半百，即五十岁。奈何往，能有什么办法呢？【10】豁口，此指三泉附近两峰间的小道。

**【写作方法】**

此作的开始就以唐代大诗人杜牧的名诗《兰溪》为引子，以告知世人兰溪是一个极有人文气息的古风地域。而后作者用回昑之笔调展示了三十多年前在那块乡土上的逸闻趣事。最后又以诗画的形式将人们的视线投在了思乡难觅，归家无往的伤痛之中。但此忆文的确能给人忆旧发新的艺术享受。同时，人们透过《兰溪河风光》的知解，不乏想象到中国改革开放之前人们所期待生活的富庶，精神的陶冶，思想的跃动等巨象环境的突变。

# 遗 爱 湖【1】 春 行

**【题解】**

作者自幼深受黄州那方圣土圣水的润养，就连他的书法、绘画、文学艺术等多门学科的基础构建都无不受到古圣先贤的浸染。因此，那次经家乡市委书记刘雪荣的介绍、自己随朋友一道观览湖区后，在短时间里便写下了具有"游"体记文的春天的独特感受。

因为在清明节祭祀亡父，才使我回到阔别二十三年的故国黄州【2】；又因为是遗爱湖的缘故，才让我与这爿眷恋的圣土深发着慨叹之情。首先，假如没有恩母和亡父，哪有我来到世间领略人与自然之万象美呢？其次，如果不是家父当年倾心引领我循序渐进地走进书圣问墨的苏东坡的圣灵世界，又怎能有我每每感佩他在我的故土黄州留下的绚丽的传说呢？

20世纪80年代末，我就离开了故乡。那时，只有将儿时听闻的有关黄州、东坡、古城、圣贤、美谈等一一装在记忆的深处。后来研读的阅历丰富了便对自己的家乡以及曾因大文豪苏　的到来而闻名遐迩的昨天乡土有了极其深刻的知悟。

据清版《黄州府志》记载，东坡于北宋元丰三年（1080）一月二十日抵到黄州，到元丰七年（1084）的四月七日离开这里。这四年多的谪居生涯，使他为黄州留下了大量的艺术品，其书法《黄州寒食帖》被后人誉为"天下第三行书"；其词《念奴娇·赤壁怀古》堪称中国古代词学的巅峰；其《前赤壁赋》《后赤壁赋》被称作中国赋体文学自汉魏六朝以来的又一艺术标志。然而有趣的是：上述苏公的这些作品我却作过无数次的研读和鉴论，唯独他笔下的遗爱湖没能让我亲历面赏过。殊不知，他那千百年以前的遗爱湖——我们的今人又有谁能涉足过呢？！

于是，在此行清明父祭的日子得知贤弟学彬[3]荐言，他说："苏公造湖一纸间[4]，今人遗爱几重天[5]"。这便决定了我要亲历观赏刘君在一千年后的今天为黄州近八百万故乡人民成全苏公遗爱湖的全景图。在家乡导游的陪伴下，我依照他循序的路线作着与遗爱湖近距离的接触：放眼四顾，湖面开阔；东壤阡陌，南临长江；西接赤壁，北及城乡。立于遗爱亭[6]高处，更欣然幽情：这湖似乎非一般之湖，它宛若一位饱经沧桑，文纵八代，学贯古今的伟岸的圣人的襟怀。我先观赏由公园北进的湖心桥：它长约五六丈，高约七八米，由大小环洞八九口，顺桥的北侧与北岸南望的遗爱亭遥相呼应。桥的南侧便受纳着那万顷碧波的湖的胸襟。微风拂面时，这桥洞的水浒处随即发出唏嘘的奏鸣声，仿佛冯夷[7]在说："别闹了，让我多一点安逸吧！"秋风弥阵时，当你初夜越过这桥再漫步它周围的湖滨，如同罗密欧与朱丽叶在一起作温之蜜语，若是于春宵寻趣打那靠近西南岸的竹楼群走来，你准会想到一千年前来我这故乡新修竹楼的另一位文学家王禹偁[8]当年

遗爱湖初访

119

建竹楼【9】的烂漫情致。湖的东南岸，有一爿作为今天黄州市人文地标的"名人纪念馆"业于奠基筹建之中。导游称，这馆将陈列古今为这块圣土有过光照和福染的圣贤、达人、政客，抑或商贾【10】、仕人等，但凡在由过去的黄州府演变至今的黄州市被史承和传颂的他们均一一请进这不久即将落成的名人馆，使之领引这个古老而文明的城市人的精神世界——让这块山川填平因历史所冲刷的沟壑；为这里曾有的一度荒芜时渐愈合那不该自毁的伤痕！不觉中我们来到湖东南岸蜿蜒十几公里的湖滨走廊。与江堤路面连接着的斜坡上，经过人工精细种植的护堤草，青光闪烁，深绿欲滴。从湖底砌出水面约丈余高的长廊路面平整而舒坦。在临湖的一边是留给机动车和情侣逍遥的宽阔的多功能道；无论何时在这里散步或放歌，均大有放浪形骸之意。那无名水鸟和鹭鸶从远处而降落在接近长廊岸边的刚刚出头的荷叶和不多的睡莲上，它们不约而同留下了几声清唱，眨眼间又飞了远处。呜呼，这几声清唱不竟叫我想到了这来之不易的遗爱湖：倘若大自然与人类允许，当年的东坡走后便应该就有这湖的建存了；或者如果政治和历史的开明，这一千年来黄州人早已该分享那由遗爱湖所浸透这千百年来人民的心灵愉悦；假如不是今天开放——这里政府的建设决策者的与民同乐，惠甲一方，岂有我今天踏湖春行的呢？噫兮，这鹭鸶和水鸟的歌声让我凄绝，令我庆幸：前者是因为——同样一块土地，昔日的一千年没能为这里的人民和游客增添一分慰藉；相反后者在同样的这块乡土竟让我这个游子深感我的亲人和这里的庶民百姓一同有幸感受这千载难逢的看湖的福祉。

总之，这水鸟和鹭鸶让我在这春行的季节里长大了，进步了！

大凡是激情与好奇所致，我终究没能想起那天我们打那里路过的临湖的半山的山名。

忆起这山，让我想到唐刘禹锡【11】的《陋室铭》的名句："山不在高，有仙则名，水不在深，有龙则灵"的遐想。虽说我这故乡的山非刘公笔意所指，然而却有着独其一味。我们顺江堤辅道与湖墙长廊连接处的尽头探入一条曲径通幽的山道入了山腰。转瞬间，是豁然开朗的菜畦，那齐人高的茂盛的油菜花似乎是一块巨型的绿毯铺在半山间。往前方

120

黄州 遗爱湖画境

的东南向是几户悠然肃立的村舍，并伴有几个渔民在村舍与湖水之间以小划经营着鱼和粮田的作业。他们用这样的声音回答了我们的好奇，他们说："这是生活在今天，若是几年前，我们又得四下借贷，日夜闭户的啊！……"

我直觉着导游的疲乏，便会意地同他约定最后的一个乐章——苏东坡纪念馆。就在我准备迈进馆的大门前，导游的一位朋友迎我问道：

"先生，你应该是外地来的吧？！"

我微微地点了点头。接着她又问道：

"先生应该知宋代大文学家苏东坡吧？！"

我会意地回应了。她说：……

我摆了摆头，一边在听闻纪念馆东北角的遗爱亭处的树丫上的喜鹊的鸣叫声。

大家在我的感佩声中看完了关于苏轼在我的故乡黄州及其生平纪念展和在此地代表其艺术及思想高峰的两赋一词一寒帖[12]在遗爱湖公园广场四周的浮雕的巨现。

这大半天因为我深怀好奇作春访所结识的几个朋友，他们最终让我同大家在苏东坡纪念馆正前方的东坡塑像前作了集体留影。照直说，在先圣巨像前的这次留影一直让我无以获得平静：那是因为一千年前的黄州太守徐君猷勤俭兴政，爱民如子，为这块热土倾尽了他的人本关怀，才使这里的苍生看到了人文之富丽；又因为被朝廷的奸佞贼子贬谪至此的一代圣哲苏轼因受益徐太守之伯乐相携，才让这爿昏睡而沉沦的土地泛发出圣灵的光辉。然而，自那后的千百年间——而仅在本世纪当下的近几年的民声里，我才得知今天的市长刘君俨然一千年前的徐太守——如此亲民，如此勤政，如此佑市如家。于是才有贤弟学彬借乡土文人称赞说："苏公造湖一纸间，今人遗爱几重天"之美传；于是才让在那水鸟和鹭鸶以及喜鹊声乐里的妙境诠释。……

总之，这回我在先圣东坡巨像前的留影，的确不是留作这回春行的纪念，而是使我和故乡的人民一同留在了先圣那无尽的悲怆；留在了今人在如此大好的开明与谐和、自由和安逸的春光里；留在了今昔比照的敬畏里；留在了我寄托于四大巨幅浮雕[13]的悠然感叹里！……

这，或许是我和我的读者们一起在这篇有关遗爱湖的千回幽萦的遐想里所要慧悟的今非昔比。

121

【注释】

　　【1】遗爱湖：据说今人由苏东坡的《遗爱亭记》演绎而来。此湖位于黄州市城东部，

约三千亩，是黄州市新增的旅游景区。一年四季供国内国际友人到访观光。【2】黄州市：位于鄂东的长江之滨。近些年来，经城市的改造，交通畅达，往来快捷，已具有寓经济、人文、旅游、商贸与投资为一体的现代新城。【3】学彬：作者于故乡的朋友。热爱艺术。【4】此句是说，古人苏东坡来黄州时，在纸上创作的遗爱亭；故，今人就演绎出这遗爱湖的传说。【5】指的是近几年地方政府建设遗爱湖时将过去苏翁之愿推向了历史的高度。【6】遗爱亭：指东坡写于元丰六年（1082）四月在黄州期间创作的信体文《遗爱亭记》。该作因典故而成。【7】冯夷：传说的水神。【8】王禹偁（950—1001）：山东济州巨野人，字元之。宋太宗时代翰林学士；著名文学家。卒于黄州（齐安）的贬所。【9】竹楼记：此作的原名为《黄州竹楼记》，王禹偁的散文精品，乃《古文观止》之名篇。此竹楼，与当时的月波楼、栖霞楼、涵晖楼为黄州四大名楼。《黄州竹楼记》它描写了当时黄州竹海及竹业市场之景象。【10】商贾（gu）：即从事经商的人。【11】刘禹锡（772—842）：河南洛阳人，字梦得。唐顺宗永贞元年（805），因参加以王叔文为首的政治集团而被贬为朗州（今湖南常德一带）司马。唐代著名文学家。【12】两赋一词一寒帖：指《前赤壁赋》《后赤壁赋》《念奴娇·赤壁怀古》《黄州寒食帖》，为苏轼文学艺术与书法艺术之高峰。【13】四大浮雕：这里指两赋一词一寒帖的原作以巨石雕刻来再现他的艺术神韵。

**【写作方法】**

文章里作者以清明节为亡父举行祭祀为因，最终以引起人们一道在遗爱湖发于心灵深处对圣道的慧悟和自省为果；同时在文的中间又铺叙了对故国遗爱湖物景的传神描写，自然，读者还真能同作者一起游了一回黄州的遗爱湖。因此，"游"在作品里让人们观到了一座新城的开合之气；"思"使人们察觉到了今人与古贤间遥不可及的思想鸿沟。

# 天 堂 寨 远 眺

**【题解】**

作者每每还乡时，总要被朋友们邀请到一些地方去造访，就在这个中秋将至的故里，作者便同友人们一起实现了登高望远之旅。此为作者于1997年还乡时的亲历写照。

那是我离家第七个年头的这年中秋。我被乡友们约请离开城东约三百里地的英山境内看家乡最为盛名的大山。大家计划看完几个景点后，最后一站便是前往天堂寨——去山间赏月。

子山及乡友们鉴于我好久未回到家乡，便总是与我保持近距离接触，一方面出于关心，以保我的旅途安全；一方面想从我这儿多听取一些有关外面世界的新鲜感和可取的时代信息。每当我提问之时，大家总要像儿童时代吹牛样的性子围上来争着回答。这情形使我常常快乐地沉浸于贺知章《回乡偶书》[1]的诗境里。

的确，乡友们没有一位能像我那样专注地以艺术家之眼光去独到地审视大自然的一切；如树木的形态，溪流的曲线美，萝卜地里的深绿，飞虫的流体，柿子树的黄叶，空中对雁的阵容以及每道急拐弯给我留下的思想印痕等。在喘气里，去深觉力不从心之际我同大家一样止住了前进的步

黄州 天堂寨远景

子，当我听大家说这回完了——全然错被一位老乡引误了路，虽能看见对面的大山——天堂寨的全峰，然而我们却隔着万丈峭壁及沟壑，只能望洋兴叹了——不一定非要登上天堂寨主峰，如果那样咱们还不一定登得上去。就现在我们立定这二道峰已经是次它的主峰。大家仍不以此为高峰之快呢！不过大家似乎时渐明白了不少道理：最终不约而同地确定在此赏月了。

中秋夜前的夕阳如同火红的秀色全披在了对面整个的山体，那太空中的云霞结为斑斓多姿的河际：大红的云纱携带周围渐渐被浸透的同类一步步向西天移去；黄里透红的云团再一次伙同四处的天幕将自己浑在了一起；那闪烁着金子般的霞辉总是那样耀眼活跃在太阳的四方，就宛如子嗣们紧簇着祖上一样那么忠心且又婵媛可亲。至于我们头上渐渐增黑时渐又由黄变蓝、由蓝变黑的云朵，不经意间便将这个天空演绎成了初夜——只是尚有一会才看到满月的升起。

123

大家还在围着子山夸夸其谈地论南方的改革和北国的经济、政治等；眼看此次再也无法跨越去到对面的主峰，但一时便以诗文来作为这回遗憾之安慰。于是我便脱口吟咏出了《远眺天堂寨主峰话别》；诗曰：

此山远眺彼山高，心作知音目为桥。【2】

垂悬太空生好色，何往依偎秘语悄？【3】

非是寒山却红叶，无愧道子胜绢描。【4】

诡路踏云觅仙处，美得悟空氾逍遥。【5】


  自然，没有人得悉我今夜因赏月而致的不为人知的沮丧，当然更无人理解我这小诗的一大收获；虽说乡友们总想找到一个至高点去登高望月，但总之，今夜我是唯一有收获的人。其一是子山的诲言让我明白了一个道理：是啊！登山是昭示了人生的豪迈之气度；但人们常说的"以逸待劳"和"隔岸观火"不也是一种崇高的处世境界么？其二是让我在这平凡的一天看到故乡的山的夕照，落日的惊艳和后来圆月的明净以及我生平头一回品到的乡情的浓烈！

2001 年初秋于故居

**【注释】**

  【1】《回乡偶书》，是作者贺知章描写自己阔别多年后还乡的浓情之作。【2】心作知音，是说以自己的心境知悉一切外化之理。目为桥，是说用眼睛来传达和感知对面的一切。桥，此为通往、感知。【3】垂悬，这里形容天堂寨之高耸，像垂挂在天幕上一样。何往，何必要登上顶峰。秘语，此指大自然给人们所蕴蓄的一切关于生态美、性灵美、山水美、气象美和自然美等方面的无声的语言。此句是说：何必要登那么高却不知大自然已呈现给了我们很多精妙的话语？【4】道子，即画圣吴道子。绢描，在绢上来作画。【5】诡路，违背意愿的路，即误道。悟空，是说大家一路上像猴王孙悟空那样上窜下跳的活泼劲儿。氾（fàn），浮移，此指跟跄地走路。

**【写作方法】**

  登高望远乃每一位游历者所渴望体验的尚美需求，但又因为乡友们的误导，最终使大家只能隔山而观了。然而，作者巧妙地抓住这一精妙之处以"误导"之不快进行诠释，便理性地成为作者挥发想象力之契机：赏月不在于极顶，而在于旁观。古人那"隔岸观火"及"以逸待劳"不正是这种境界吗？诚然，作者的这种超然物外的思想不啻表达了自己独到的达观精神，更反映了他超出常人的自然观和唯物观。作为读者，倘若是以纯洁之心闻道者，《天堂寨远眺》所给你带来的乃是一道供你研究的富于人生哲理的深邃的答卷。文章不在长短，在于其闻道之深浅；一如酒不在多少，而在于是否能保持仙境一样的运筹法度。

# 桐梓太平天池水库

【题解】

20世纪80年代初（1982），作者因开办服装教学而巡回在蕲春桐梓狮子山立点为业。随后的一些时间，经常随学员们观览异地的地域风情。这是这年的初秋第一次抵达桐梓天池水库并进行游览的感触。

三十一年前，我离开古城先在蕲春城东的红旗旅社开办时装教学培训中心；不到半年偶遇一场史无前例的洪水的肆虐，我不得不同学生们以请求将教学点移到城东八十里地的桐梓镇。

中心设在距镇一公里的西北向的路东的张家边。水英和居梅、小勇等是这一期较优秀的学生，在他们多次畅谈的语气里，我听说离此不远的东去的一个堪为人间天堂的胜景，它就是人们常说的闻名遐迩的太平水库——福地天池。

就了周日的空闲，借了大家提供的自行车，我们便一起驶往水库的山脚下。大概还是因为对大自然的奇观与妙想，我似乎没来得及细察一路风光和田园诗情，单是为了一口气同大家一起登上峰顶，以放眼观一回这生来头一回见过的天上水库。

虽说我记不起那时登梯水库台阶的具体数字，但我记得整个台阶其高度在六百级之上。尽管学生们时刻注视着我的登临和安全等，但那不为人知的好奇之心自然是无人理解的了。因为我生平第一次攀上六百余级的陡峭山梯，站在水库的堤坝上，我以极舒缓的心速先看了看刚才登过的天梯：我打脚下的水泥墙随着缓缓的斜线直接通向台阶的最底层，如果不是那时因为年轻气盛，身体的韧性，几乎随时有如皮球从堤坝滚向这山的脚下，再直接流向水库底的山谷。

我问过大家，这如此坚固的台梯和这四周的库堤要花多少年的功夫才能建造好哇？！当然无人能回答我的突然问话。

在惬意的观览中，我第一感觉以为这山与天之间的这座水库，如同巨人头上顶着的一个超巨型的铁锅，只是这锅的四周多了一些葱葱郁郁的杉树、樟木及一些叫不出名字的树木而已。无论我的步子行到哪里，不出方米便使人与森林融成了一片。倘若那时能长出翅膀可随时都能飞向林中的任何一棵参天大树的顶端。这些森林，它们要么高高地立在山的隆起处；要么谦和地站在等闲无及的凹凸处；但有一点是统一的，无论它们生长在何处，它们均以蓬松的枝体遮掩空中的日照，让人们在它们群体的外面觉着里面藏有无限的恐惧和诡秘感。我游到了被原始森林蔽掩光照的一面，林的高耸打山的巅峰索性覆盖到了这水库的西北岸。往往在光的下面，一切深水都呈现清澈碧绿的浑然一体；可我当时看到的是因蔽荫掩抑的水几乎由深绿变成了深墨——黑得可怕了！打此黑的水向东南处水库的正中心瞧去，那经过阳光照射的碧绿和清澈，在和风的作用下它们一起舞起了迷人的碎步和妍丽的笑脸。那因阳光而致人开怀动人的水面与此荫影漆黑的水区呈现为不可逾越的自然心境；我

黄州 蕲春桐梓太平天池

不禁叹曰："这水里的物质难道也会有阴阳两隔的世界？！"不觉中，小勇告诉我，他说："我听说洪秀全曾经在此打仗时都饮过这太平水库的水……"没等他说完，水英补充说："老师，就是这位大英雄到这里闹革命给我们鄂东人民留下了许多功绩，故那年，就是1852年他挥兵东去，准备定都南京；我们这大山里的人民为了纪念他，便将此水库命名太平水库，以信仰他开启的太平天国革命。……"

几近黄昏，我的双腿已不听使唤了，大家准备在我稍作歇息后返程。我们结束了山上蜿蜒数公里的库区堤坝的寻访，然而在我的脑海里始终有一个抹不去的精神符号：这就是这位出生于广东花都的农家后人何以要实现"天下一家，共享太平"为己任呢？自那以后，我渐渐明白，一切伸张正义，为天下苍生谋幸福，替天地行道者，但凡他能急危人之急，味难人之苦，屈平民之冤，济万民之痛，天地间何以不追慕他们的功德？！于是，我便欣然作诗，诗曰：

德播天下福兆民【1】，

心存恩祉慰苍生。
四海[2]承风堪为杰,
壮志天地共升平!
真气[3]浩然驱千里,
荡涤妖魔济生灵。
赴难当关[4]身虽死,
英明河山万古青!

2013年2月12日午后

**【注释】**

【1】兆民,黎民、百姓。【2】四海,指当时洪秀全发兵各地起义。【3】真气,道家泛指得道悟天地之气的人。【4】赴难当关,是说在危急关头敢于挺身而出的英雄气节。

**【写作方法】**

作品在恬淡的游历之中,以观今思古的悱恻之心向读者显现了人类共有之本性;人类是在谋求共同进步、共求自由、共享太平的自然体。在文尾的收束处,作者借助诗的演绎阐述了"为人类谋幸福的人,他将是永生"的铁的规律。

# 蕲春仙人台[1]

**【题解】**

东鄂的蕲春仙人台,是远近闻名的佛家道场。30年前就得悉那里的香火繁妙,但苦于无暇参禅,故为之生忧。而今在他环境许可的条件里一夙当年的愿景。遂于2006年的初夏同朋友陈务珍先生一道许了香愿。

三十年前闻香处,今作皈依拜佛来[2]。

127

旋车登天似哪吒，修性问学法门开【3】。

道具纸墨朝天使，功德仁教君着裁【4】。

会当工部卷潮澜，无愧诗书头一回【5】。

　　是啊！30多年前的20世纪80年代初，我将时装中心设在蕲春上半县最繁华的张榜镇的大桥西南处，那时就每每听人们约我去闻名远外的仙人台尽一尽佛心，可能会对我的事业有些帮助，但因事务之繁重，最终放弃了对这座名山的造访。这次还乡就了朋友陈局长的车马这才有幸登临，以一了多年之夙愿。

　　因为儿子今年高考，据乡人称，人的成长是必须要去到出生的当地最负盛名的香火之地敬拜，这才有望其日后的发迹与昌达。

　　在恐惧和绝望里，我们终于拭干了浑身的汗水来到了这个名山的香火台。像天下所有来朝拜的香客一样，我和夫人怀揣着虔诚和敬畏行进了作揖、行礼之叩拜，一束中香，两株边拜，然后是正前方的跪叩。虽说那天风的来势迅猛，但始终没有阻止我们面向东南西北四门的行礼。然而这回我真正见证了30多年前传说的这四门中间的奇迹：任凭四周狂风大作，但正中立于香台上的烛光始终保持着静态的燃烧，在它的升跃时，似乎从来没有感受到外界风力的扰动。

　　我不停在思忖，这烛光的忠心不二，难道真的是香客们的虔诚之心转化为它的忠于佛主的虔诚的吗？或者说，是这天堂里佛主因为千万香客的到来而必须要显灵的缘故呢，或者说还是别的什么灵验呢？……

　　寺里的住持接收了我们的赠予：我们将少量的款项、赠品都交付给了方丈后，接着他们便在茶宴时向我们提出要求；住持这样说："阿弥陀佛！听说'高僧'身为书画名家，今日幸会，可否就机为仙人寺留得一两帧墨迹？……以供我寺弘扬佛法。""阿弥陀佛！当该！当该！""善哉善哉！阿弥陀佛！……"我们就佛礼作着极其谦恭的答道。夫人看到他们虽说热衷书画翰墨之雅兴，但对摆弄文房四宝这一套尚不　熟便替他们为我的正

蕲春 仙人台香庙一角

式书创理好了把式。看似方外之人，方丈及住持尚颇有点书画翰墨之道统：他们先分嘱说留几件横向四尺的古诗词之类；然后住持又交为他们以竖轴式书写几帧古词草书，以便一月后新奠基的大雄宝殿的开光之用。我因夫人一时之乡语作了回就：可以。反正此行也是为了传道的，尽管住持们与我们所传的不是一种道，但他们也像我们为儿子的高考一样行了真正的虔诚。不过，他们的虔诚同我们的虔诚决非一个定义：也就是说，他们的虔诚是为了要咱们留下几件珍贵的墨迹；而我们的 诚是从三百里外的古城黄州给他们捎来经费、用品以及这几件艺术品和一颗全然的心。然而，总之，他们的虔诚是不付任何一丝代价的。

当我们的车子驶下山来迈向平缓的公路时，陈局长这才向大家发问了，他说："这些道观，寺庙的方丈、和尚、住持们，看似是那样虔诚地在念经，修行什么的，可我从未见过佛家给天下的香客们馈赠点什么，可从来是香客们给他们施舍和捐赠；我就不明白，佛家的这等人群究竟修的何种道统？念的是哪门法经呢？……"沉默了一会儿后，他的秘书小川说："古往今来，古今中外，如果像他们这样的弘道方式以用来治国，那何必以马克思主义和老子的自然之道治理世界的吗？！……"

大家似乎在这样的疑惑里进入了各自充满悠然情趣的梦乡。

2013 年 2 月 13 日下午

【注释】

【1】仙人台，位于鄂东最著名的佛家圣地，这里常年香火兴旺，梵音缭绕。在鄂豫皖之交界处具有独特的地理优势。30 年前作者在此地巡回教学时就想前往拜求。【2】皈依，佛语受戒、顺从。【3】旋车，是说作者随朋友的车子依照盘旋山路上到山顶。哪吒，神话中的人。此指大家像哪吒样的有胆识上到山顶。【4】道具纸墨朝天使，是说作者带上书画用具在寺庙里为大雄宝殿创作艺术品。朝天使，在高天与寺庙之间为道场创作。君着栽，是说作者将美好的艺术品就像中暑那样深深地镌刻在寺庙的深处。君，自指。栽，播种、留墨迹。【5】会当，一定要。工部，即唐代检校工部员外郎一职，当时杜甫在严武门下的职务。此句是说要像当年的杜甫不辱使命的文化气象面对生命。头一回，第一次在寺庙与天庭之间创作。

129

作者在一开头的诗画里，就雅致地给读者渲染了庄严而肃穆的清新格调；文的中心用作者与佛家间的心灵映照，不觉中作品将凡间与方内人的两种世界合为在了一起，他在向人们传达一个清醒的意识：但凡是人就得明理人之常情和礼尚往来的规矩。但文的尾声作者鲜为人知地讨论着：如果佛家这一套能派上治国，然则还要以马克思主义学说去指引世界的吗？！

# 五 祖 寺 登 临

【题解】

2008年的初夏，作者因为对家乡名山的敬畏便同友人务珍先生登临了黄梅五祖寺。在此次访五祖的时候，作者感受了不是别的，所感受的是佛家与凡家生活的质量取舍问题。

这天一大早，阿三和其父母陪同我和夫人一起由他作为向导远离黄州，用了约三个钟头的奔袭，临近午前到达了五祖这块佛地。

自我儿时便听说五祖寺乃鄂东极为知名的有求必应的一方净土。虽则晚了四十多年才实现这一夙愿，但从那天计划登临的一刹那开始，我们便以一颗纯真之心向这座著名的古刹致以深深的敬畏和精神之寄托。这是一处由苍松翠柏掩映着的寺群，它坐立东南面向西北，这是因为仰仗它的东山的脉象而形成的结果。各种珍稀的树种随着松柏主体的融合，亦然罗植于山体与寺宇的四周，并由上而下地顺着寺的正前门而蜿蜒地伸向至山的脚下。古往今来的香客们便打路的终点与这寺道的起点在那参天的翠木林中间带着虔诚和祈求最终在精疲力竭之中叩拜了佛祖，许下了誓愿——当然，也有的是为了还愿的。

据佛头阿三称，禅宗五祖大满禅师弘忍于唐咸亨年间，即公元670至674年建成，这一千五百多年来，它同此前即初唐修建的三祖天然寺（高僧僧灿执建）及四祖（初唐600年道信执建）合为鄂东三大佛门圣地——它们为这里的生民弘承佛法，修身正气，清心立命，匡扶社稷，普渡众生，兼济天下，无疑功不可灭，辉炳千秋；与人民共苦乐，同山川享永恒，参天地守太平；挟慧德于阴阳之间，垂功范与日月之远也！……在他的父母的佛心悔悟里，我和夫人一一拜了大雄宝殿，前门又耳殿及后重的祈福殿等。在大和尚及阿三的请求里，我们先须为方丈们留赠一点墨迹，然后是中餐。不过他们按照自己佛道之律给我们一行同样准备素食；我会意幽默地回敬道："很好，很难让我有机会充当一回'尸位素餐'之类！这样，我将无理由去批判社会上的'同类'了。"在大家快活的笑声和不时回应的佛语里，我们进行完毕短暂的笔会便接着的是就餐了。我瞧看众佛弟子们——他们的步态那样轻灵，他们服饰和腰带是异样的飘逸，那殿里的木鱼有一声没一声地鸣响，从宏大的佛磬里传出的那种催人自省的警示声等等这些让我一如进到儿童时代的母校：无论是言语或行动，如不能在此种洗礼中得到忏悔和教益，然则人生尚去哪里才可收到正果的

与僧同游

呢？！以阿三之父务珍先生这时说："不错，今天我们能食上佛家的素餐，这固然难得！""为何？"我和夫人同声回问道。"这……素餐以农产品的瓜、果、豆、菽、菜之类为主，怎么吃也不至于患疾的；只有那些动物肉类方可易于转化为病。……"

果然，我和夫人蓦然间如同从母校的幼稚时代回到了成年期。是啊！从营养学说，素餐虽不如动物的荤菜那样含有美味及多成分补充，但素餐的纯天然食物——它给人类带来的是安全无碍的选择呀！总之，这回我算明白了素食美味与荤食美味的科学性了。不然，佛坛泰斗释本焕能在106岁才圆寂，赵朴初95才作古，据说夏朝的彭祖活了三百岁不也是与素食结缘的结果吗？似乎我生平头一回觉着"病从口入"的深刻性。假设人们能懂得如何克制地进行膳食调整，科学饮用，想必大自然的生灵与我们人类之间该是何等的相得益彰，天然有致啊！

在愉悦的归途里，我在大家劳顿的鼾声中吟起了这次独特感受的《满庭芳》来：

天跃云裳，山寄芳心，木鱼碎断离肠【1】。

虽彼此遘途【2】，偷一车禅藏。

几多黄州旧梦【3】，顷刻间，沧海心上。

斜阳处，邾城雁咏，栀木割离伤【4】。


明道。今在也，凡佛同究，阴阳齐昌【5】。

举案眉生死说长道短【6】。

东山一去何见？汨江圣屈洗平冈【7】。

叩风雨，方存内外，清气绕天堂。

2013 年 2 月 13 日终稿

**【注释】**

【1】木鱼，寺庙里用来敲唤念经的器物。【2】遘（gou）途，因不幸而走的路。遘，遭遇。此指因为不幸的作者和佛家门才走到了一起。偷了一车禅藏，是说作者此行收到了异样的收获。【3】黄州旧梦，指当年就想造访的意思。【4】邾城雁咏，黄州城的雁声开始叫了。邾城，黄州的别称。栀（zhi），端午节栀子花的怒放让作者倍受离别的伤感。【5】阴阳齐昌，凡间与佛间都在悄然地发展。【6】举案眉，即举案齐眉。生死说长道短，指大家在车上谈论的生死问题。【7】东山，即指五祖一带为东山地域。汨江，即汨罗江。圣屈，指屈原。洗平冈，洗去在黄州的忧伤。


**【写作方法】**

作者通过对僧人的多方面描写，表明了作者在静态地观察所谓方内人士的生存方式；在论及饮食时，作者又如此率真地谈到古人的清规与今人的暴饮暴食；自然这是决定生命质量的重要关键。


# 向桥狮子堰老屋纪行【1】

**【题解】**

1982 年 8 月间，作者怀揣着追梦的心境，在学员们的介绍里他终于巡教于蕲春东部方向的白水向桥的狮子堰老屋。就在本期学员桃容的家舍开课了，此期的教学工作，是作者创办以来最有意义的一段时光。它对作者在学术上的影响具有特殊的意义。作

　　记得由白水畈[2]东去的一两公里的大樟树村[3]，在小勇家开设的那期教学班结业之前，我便随学员们的邀请去寻访了东去约十五公里的狮子堰水库的老屋村。果然，小勇家那一期，就两个月圆满结束了。应了我的考察和大家的敬请，就于这年盛夏的七八月间，同学们护卫着我的行囊，还是以自行车的运输方式像过摩天岭一般，就这样在老屋的一名叫桃容的同学家里"定居"了下来。她真诚，勤奋且豁达，大有从她哥哥那里学来的秉性。这批时装学员的一切从头至尾的工作均由她全权张罗运作；于是，谢天谢地地让我在这个极其充满山村野趣和民俗传统的山顶景区重新计划了时空的设制：每日晨我可以早起登临去大水库阅读，乏了还可以引吭高歌，或者面对库水呐喊几声；有时我竟踏进库背的半原始的林子戏语山雀或飞虫什么的！一句话，在这老屋的一段日子算是让我学到了一点文章；做得了一点学术；练就了不少志趣；同样还修得了融入大自然的心性。总之，让我走近并开始认识东方的人文道统。

　　尽管，我少小离家，独自谋生，可是就每每入住要求教学的居家，人们与我相处是如此平和、友善、尊师重教而又宽宥待人。自80年代初我独自由长江直下，又从蕲州登陆踏入蕲春这块福地以来，我似乎再也看不到幼年时代在我心灵深处所涂抹的阴影。浠水的兰溪是我的故乡，这是一片百家姓的乡场，人们的迂腐、思想的守旧、精神的颓废以及异族而居的独立性使这里的人们满怀着仇视和偏激，即使是圣贤也同样无奈日子的支撑。于是在我12岁时便随父母迁徙回了祖籍——古城黄州陶店。30余载过去，通过实践证明，我的一家回归祖籍，整体来的分析，我们所遭遇的精神伤痛和生活的不幸是原在兰溪方铺所有过之而不及的。从表面看，我们已融入了宗亲的一体。然而，这些陌生的面孔着实不将我们全家看做他们上祖血脉的同族，仿佛我们全然是打外星来的异域人类似的；无论从外在的里仁往来，还是从接人待物的言情表达等，一味地我们所看到这些人全然释放的只是漠视和无情。曾记得，那时，他们还对我的父母进行多次道德和人身自由上的诽谤和攻击呢。……这些现象直到后来我外出游学才算终止。直到现在，我综合自己这近五十年生命旅途的总结，便为这一炎凉世态得出一个深刻的结论：那就是我们的人类背离了古圣先贤的"修身、齐家、平天下"的文化道统之根本；假若人人懂得修身立命，治家安庭，那么普天下何其不太平、何其不安定呢？做到这

133

样，便可谓实现了至圣文宣王孔子所言"四海皆兄弟"【4】之太和景象。想必，人与人之间何以要如此相互"仇视"呢？……

相比之下，同样是凡人一等，自我结缘蕲春的人民以后，就再也没有觉着前面两个故乡的人性冷漠的世态。巡回在各地的时装教学，我仅仅是给学员们以现代时装的审美选向，美学服饰的思想与实践之探索，裁剪技术上的科学法度以及缝制技巧上的精确含量等方面的文化传播；可是我所收到的要比学员们

与农同乐·

获得的时装设计与缝制的专业知识远远丰富得多！每期教学培训的几个月，先是紧张的业务学习和实践探索；每每直到大家可以放手独自裁制的时候，加之有成绩优秀者作为辅导，这便使我多一点时间深入各地较负盛名的地域风情或胜景观览吸收一下自然之灵气，广交方内及方外【5】志士。在这样的日子里，我便学得了更为丰富的社会深处的多门类知识；掌握了更为传奇性民间典故及乡土传说；大大充实了我在课堂无法学到的关于以科学的思想理念去认识现代世界和最终达到改造世界的哲学思想。当然还有许多的社会知识均是这种广交和传授时装的岁月里得以缓缓积聚的。不光这样，在那一贫如洗的家境里，我每次的教学结业都得到了一点相应的培训学费的积累，虽则谈不上阔绰，但它可以毫无疑问地为我换回文房四宝【6】等，这就使我不遗余力地坚定了学习的信念，调整了人生启航的方向，无论东方古老而朴素的哲学《道德经》、庄子《逍遥游》，还是西方的马克思主义系统学说（包括早期的苏格拉底【7】、柏拉图【8】及亚里士多德【9】等）。那时，不管是我们故国的秦骚汉赋、经史子集，五经四书、唐诗宋词，抑或是世界十大文豪的警示之作，我都从未放弃过对它们的研析。另一个不可遗忘的使命：我必须将每期有限的经费寄给我那可怜的父母，以供养他们年迈体弱的身心。因为离开古城黄州几百里，我不能不坚守使命而放浪形骸地无视教学与事业之关键。在无次的牵挂恩父恩母的痛苦里，我要做的——便是我唯一能做的，便是寄上一点经费以表我对这两位恩人的孝德！正是这样，愈加让我深感时间的短暂，生活的宝贵，人生的不易。于是，不论在何处教学点的开张，我总是要有条不紊地安排好全期的课时，这样可以分秒必争地赢得省下的功夫用来学习和研究我所追求的学业：比如习书法、练国画；读《马克思传》《恩格斯传》《卢梭传》以及世界最有影响的二十多位伟大诗

134

人（《拜伦诗歌精选》《雪莱诗歌精选》《歌德诗歌精选》《海涅诗歌精选》《莱蒙托夫诗歌精选》《普希金诗歌精选》《裴多菲诗歌精选》《勃洛克诗歌精选》《惠特曼诗歌精选》《雨果诗歌精选》《泰戈尔诗歌精选》《涅克拉索夫诗歌精选》《马雅可夫斯基诗歌精选》《叶赛宁诗歌精选》《华兹华斯诗歌精选》《波德莱尔诗歌精选》《浪费罗诗歌精选》《狄更生诗歌精选》《尼采诗歌精选》《弥尔顿诗歌精选》《席勒诗歌精选》及《莎士比亚诗歌精选》）的作品。自然，这期间就少不了还要学习中外古今文学圣贤之类的优秀名著等。

这次在狮子堰老屋的桃容家期间的游学，是我十年游学间最为惬意的光景：她承担了我的一切行教的事务，除重要的讲授理论和实践技能外：我几乎利用一切时间研究毛主席的《矛盾论》《实践论》和他的诗词；这期间我先后读了普希金、高尔基、巴尔扎克、狄更斯及《荷马长诗》等人的重要著作。偶尔，我在水库大坝读书忘了用餐，那位慈叔便来殷勤地催我说：

"教授老师[10]，他们在等你一起吃饭呢！……"就是这样的一些生活内容，让我和这座天水一色的水库，仁爱无隙的老屋人结下了今生之缘。那是一个节假日，桃容已通知同学们放假，我破例抽一天功夫帮她及慈叔两家收打稻子。在大家一同忙碌的氛围中，我以古城黄州时学得的极本能的一点技能帮他们赶起碌子来，这时慈叔过来说：

"教授老师，你是学问家，哪能干这样的活儿？……你歇息吧！这不是你干的活儿……还是让我们自个儿干！……"

"慈叔，我不干点活儿岂能对得起你们大家伙儿啦！"我说。

"不行！我们向桥老屋人从不让客人上门为队里干活儿的；这是我们蕲春人的传统。古人道，'日子靠自己过。'这炎热天，哪能让你在我这大山上受苦呢！……"

一时，我无法顾及桃容和大家的劝慰，便不住地想：这两家长辈端出最好的茶水和饮品来招待我，却不让客人为他们减轻半点负担，他们如此体谅外乡的来客，宁可自己累得浑身是汗水也不肯让客人受累，这般仁爱之心难道不是出自大山里的刚正和自立吗？这不得不使我觉着他们在我心中愈觉崇高、庄严而伟岸！高热的中午，他们收拾好各自稻场上的事务，大约一碗茶的功夫，便一齐去到水库西岸下的邻居，帮他们收整最后一切谷子。他们说，不赶快点，会碰上阵头雨的洗劫呢！虽然我参与抢收之中，可大家从不让我做点事的；那邻居说，哪能让大城市来的学问家干这事呢？！这样我便相信这里的人民是一样的本色：从不让外地客人受苦受累的天然仁慈的秉性！……

后来我坚定了一个决心：必须就我之长，让这里从事时装的学员们以最好的成绩结业，否则对不起这些至真至仁的乡亲们。经桃容和同学的协助、同学们的钻研和勤勉，自然，我也投入了加倍的指导，五个月后，大家以出我所料的最优异的成绩结业了。一部分还准备在向桥大街办起时装店来。在结业的那次留影时，大家还说：

"老师，……你应该把蕲春向桥看作是你的第二故乡就好！"

"非也！……非也！蕲春是我的第三故乡了！"我发现几十位学员无不停留于快活的疑云之中。因为生计之所需，直到十年后我南巡深 时，才有空将这段日子记述在了初稿《醉过留别老屋》[11]一诗。诗云：

岫水环心绕云端[12]，跞石清浅逾香河[13]。
密篁幽村八仙洞[14]，水复山重噫觅歌[15]。
北倚松竹南汀水[16]，松竹寄诗一芳舸[17]。
令爱慧心巧施理[18]，金陵学钗六十多[19]。
酷阳留春花渐悄[20]，浓荫丛里振翥翮[21]。
最是寻觅两知己[22]，借阅人间天地和[23]。
群鱼戏谑恋旧处[24]，只鸟清音赏新柯[25]。
无心摇树雉雀鸣[26]，有意追林对嫏婀[27]。
余暇共劳乡门里[28]，桃花源间一清波[29]。
手足无别列国仕[30]，传统薪义适委蛇[31]。
远上古城五百里[32]，桑梓巡诲奈若何[33]？
德厚仁本鉴闳业[34]，匡故两土菷大泽[35]。
生来连山成一体[36]，力为躬耕非留过[37]。
迎进春燕芳菲俪[38]，精裁巧缝赛绮罗[39]。
崇古尚贤消美德[40]，未使道统遭一戈[41]。
里仁翻作上古训[42]，代复一代醒言珂[43]！
燕子骜吱啅新巢[44]，桃园松间空好窝[45]。
欣逢头回创家业[46]，百外诸子动欢呵[47]。
鸟语星夜书当友[48]，面壁求知对帘坐[49]。
芳春易度懒更短[50]，坚命唯恐自蹉跎[51]。
清贫几度寒窑矢[52]，悬镜薪胆报父说[53]。
耿怀屈圣《离骚》史，不成学人终不可。
乱世东坡造大器[54]，忠君爱民苦求索。
洒向天地均是美，千古风流永碑模。
平生一幸随老屋[55]，施教东鄂亚贤多[56]。
仿得尧舜点滴恩[57]，任凭刀山起银河[58]！

136

的确，自离开老屋的三十多年里，应该说我与那片留遍足迹的山野，从未终止对它的怀恋。即使那里的山水不能称之天堂之美，但它们却富含着天堂所不可有的朴实和淳和的性灵；尤其发自那天然之美的大山人的厚德与人性刚立的独创精神让我再生不忘！无论我走到哪里，在我演讲的学术及理论的范畴内，我无疑这样在捍卫他们——甚而整个东鄂地域人民的高贵。这里的人民创造生活的自立性，堪称天下人最纯真的美学思想；这里的人民在传统的仁厚兼爱的世袭传承里，堪为天下人极为垂范的地域美；这里的人民胸怀古圣先贤并在他们道德阳光的照耀下为东方人类和世界人类修成楷模，乃当今天下少有可比的德行了！！！

　　这便是我告别向桥狮子堰老屋三十多年从不敢忘却的缘故啊！

2013 年 2 月 15 日整理

## 【注释】

　　【1】向桥狮子堰，乃蕲春白水与安徽宿松交界处生活在极艰苦的山区里的自然村。堰，旧时人们将能蓄水的深凹处筑起土坝以储水源供灌溉和饮用；后经改造为水库。老屋，指水库依近的村落。纪行，记录在此生活的全过程。【2】白水畈，即蕲春东北向靠近安徽宿松地区的丘林与平原相间的地域。位于白水河的西南一带。【3】樟树村，即《白水樟树弯子》一文所描述的地方。【4】四海皆兄弟，引自孔子语：是说要聚大道，视天下人都是兄弟姐妹。【5】方内方外，本是佛家用语，此指作者时装行教的行内外之人。【6】文房四宝，即笔墨纸砚。【7】苏格拉底（前469—前399），古代希腊哲学家，2400年前开创了以神学代替哲学的精神世界的研究。【8】柏拉图（前427—前347），古代希腊哲学家，柏拉图学派的创始人。苏格拉底的弟子。【9】亚里士多德（前384—前322），古希腊哲学家，对古代人类哲学启蒙产生过重大影响。

狮子堰水库的鸟语林

137

【10】此语为乡下人对有学识者的敬称。
【11】醉过留别老屋，是说将影响过作者心灵的美好记忆留在这永难忘怀的老屋。醉，此指陶冶、浸透和感染。留别，留在即将告别的地方。【12】岫水，美丽的山水。环心，伴随和润之心。【13】跞（lì）石清浅，越过卵石淌过清澈的浅水溪流。跞，越过。香河，此指仲夏里河边飘逸的各种植物的香气。【14】密篁幽村，密集的竹林连接着深幽的村庄。八仙洞，隐喻作者当年所走过的不同形式的山体洞豁。
【15】噫（ai 多音字）觅歌，带着喘气边寻路径边歌唱。噫，打呃、打嗝。【16】北倚松竹，是说当年作者居住的房舍在北边多有松树和竹子的伴陪。南汀水，靠南边的水库是他常常读书的好去处。汀，水边。【17】此句是说在这有松竹结伴的妙

在老屋水库耕读

境里定能创作出芳馨永驻的诗篇。【18】令爱，对他人女子的尊称。慧心，充满智慧之心。巧施理，巧妙地安排事务。【19】此句是说这里的学员有像当年金陵有涵养的并带有金钗的仕女的那样在努力求学。金陵，即今天南京。学钗，此指学员、弟子。
【20】酷阳留春，盛夏里还保留一点春天的气息。花渐悄，形容面对酷阳之夏花儿们保持着寂静的芳容。悄，悄然、寂静的意思。【21】此句是说鸟儿们在浓密的树荫里抖动着各自的翅膀已降温。翯翮（zhu he），撑开羽毛和翅膀。【22】此句是说鸟儿总是像人样的在寻求成双作对为知已。最是，极顶的。【23】借阅，此指鸟儿们在树上鸟瞰人间之乐。【24】鱼儿总是喜欢在旧的地方游。此句是说作者当年常常来到原地方朝读。【25】只鸟，此指作者一人。清音，佛家禅语，此指作者利用最清澈的声音在早晨融入水库周围的森林树木进行阅读。【26】此句是说未经打扰就听见山鸡在鸣叫。雉雀，即山鸡。【27】婷婴（an e）无目标、主见地走。【28】是说有时去农家谈谈乡间俚俗。【29】是说在此桃花源般的世界里有时竟然像在清澈的波浪上一样的行走。【30】是说虽离家远去但和家人那爱国修身之心不会改变。【31】薪义，古人留下的品德及合理的教化。适委蛇（to 多音字），从容自得的样子。通"委佗"、"委它"。【32】古城，此指黄州。【33】是说有时思念家乡但因为要巡回举办服装教学那又有什么办法呢？桑梓，隐喻久别的家乡。巡诲，巡回办教育。诲，指导、教诲。【34】以宽厚的德行和仁爱的根本作为成就事业的镜子。鉴，镜鉴、镜子。闳业，大业。【35】此句是说改变过去两地的不幸同时给人民多造一些福祉。莆，福祉、恩典。【36】连山，是说作者出生地（兰溪方铺）也是丘林山区。【37】非留过，不留下过失。【38】春燕，隐喻当年的学员。芳菲儛，芬芳而艳丽的舞曲。儛，通"舞"。【39】赛绮罗，可以与精美图案的织品媲美。绮罗，精美图案的织品。【40】消美德，需要

和集聚美德。消，需要、聚集。【41】未使，不让。道统，古人总结的真理。戈，糟蹋、战争。【42】里仁，对他乡的尊称。翻作，当作、作为。上，先人、古人。【43】醒言珂，隐喻警醒人的箴言如同玉石样的宝贵。【44】是说燕子飞快的带着声叫在屋梁上筑巢。鹜（wu），飞翔。吱，尖叫声。【45】此句是说作者在桃园和松树之间的居室里深感一种怡然自得的从业环境。空好窝，隐喻空灵无人打扰的治学环境。【46】欣逢，对比作者早前的两地故乡而言这清静放达的里仁自然是令他欣慰的。【47】百外诸子，是说尊称那些来此拜师学艺的人们。呵，呵护、关心。【48】此句是说在鸟语星光之夜作者伴随着书本学习。【49】此句是说作者当年发奋求知的治学精神。【50】是说美好的春天很容易过去何况懈怠就更不用说对生命的珍重。【51】是说有志于事业的人最怕的就是自我堕落。蹉跎，虚度光阴、浪费生命。【52】是说作者曾经历过多次苦难和清贫的折磨后来就发出了誓言。矢，即誓言。矢，通"誓"。【53】是说将父亲之教诲挂在心上以卧薪尝胆之志来成就事业。【54】悬镜，将镜子挂在胸前。此指隐喻作者父亲的教诲。薪胆，卧薪尝胆之缩语。【55】随老屋，即心系老屋所有的传奇。【56】东鄂，即鄂东蕲春。后来被称为作者的东鄂地区的故园行。亚贤多，是说作者当年培养的那些学员虽学有一定的生活技能，但还是亚于贤人的立身立道。【57】此句是说能像古圣尧舜那样哪怕为人民修一点功德。【58】意为就是踏遍刀锋样的山路为人们从业行教即是命运将他送到天河那样远的地方也不值得遗憾。

### 【写作方法】

《纪行》真实地记述了作者在那个特殊时代的思想历程。作品开始像小说样的展示了作者与大山里的人民息息相通；他在感恩学员桃容的同时，又在积极地为自己创造最佳学习空间以更好地丰富学识。值得读者们警醒的是：作者在那寄人篱下的行教环境里不但没有沉沦，还始终想到幼年的他因为全家迁徙祖籍的不快而让他终于沉下心来将过去失去的损失趁现在这无人干扰的宝贵时光加强自修，以图实现未来更高的飞跃。作为特殊背景下的他，这种创造性的精神动力对于当下那些在顺境的人们就没有一点生的启示和奋进的激励么？

或许，在古体长诗《醉过留别老屋》里，人们将在这里得到的不是作者在文学艺术上的精妙造化，而是处处在暗示：无论什么人，但凡他能端正态度，遵循道统，坚定意志终会有到达目标的那一天。

# 巴 黄 大 桥 随 想

【题解】

　　虽说作者离开家乡很久，但每次还乡后总有机会从浠黄大桥经过。浠黄大桥是浠黄两地改革开放的产物，它的通行为国家和人民增加了一定程度的负担，当然更重要的是给两岸及周边地区的发展建设提供了快速通道。但作者每每发现周围不少人不去抓紧时间在此通途上发展经济、搞活商贸。然而，这些人却在大街小巷里游逛，在街上的酒肆里闹事，在茶楼里虚度光阴，更甚者是在利用大好的光阴去吸毒、摆麻将擂台和赌博等等。

　　居然这座价格不菲之桥成为了空中的摆设。

　　我由 20 世纪 80 年代初外出游学，迄今已 30 余载，独这几年回乡的次数略为多一些，这是因为现在来往古城黄州多了一快捷之高速路线——这自然感谢前些年修建的巴黄大桥。

　　尤其近几年，每就恩父清明家祭时同新老朋友一聚时，我本想看看那久违的雪堂、赤壁景区，或访访词圣当年初居的定惠院、临皋亭什么的，抑或拜一拜赤壁南隅的迎素月镜门和二赋堂以及栖霞楼等名胜。但因大家的所谓好客风俗，致使我留不住一点时间，几乎全被毁于他们的奢侈宴乐之中。即使我问及有关先圣东坡造访的遗迹等什么，几乎无人知晓其处，遂不得按图索骥——寻访圣人之足迹！

　　然而，巴黄大桥倒每每给我以愉悦情怀，但需十分钟便可驰向这江河交叉的桥上，再花上大半个钟头便可抵达散花——去看看我童年时代的老师——涂裕春家。下午还可赶至蕲春上半县的张榜——我的岳父母双亲的家。虽劳顿一点——但在昔日的年代，我不知需用多少功夫才可完成上述的行程。这一切无疑感谢中国改革带来的福祉！但正是因为这座畅通无阻的大桥又每每让我联想到许多不谐和的人伦造物之举；因此让我伤悲，同样也令世人尴尬。

　　大约九百年前的被贬谪黄州为官团练副使的苏东坡，由古城出发在这巴河渡口的西岸来迎接爱妻闰之及弟弟苏辙（子由）的到来，其间创作的十二韵诗——它不仅为千古黄州之人文丰富了地域内含，更使这个地球上名不见经传的巴河小镇声誉远播，名望鹊起。苏翁在《晓至巴河口迎子由》中诗曰：

去年御史府，举动触四壁。

幽幽百尺井，仰天无一席。

隔墙闻歌呼，自恨计之失。

留诗不忍写，苦泪渍纸笔。

余生复何幸，乐事有今日。

江流镜面净，烟雨轻幂幂。

孤舟如凫鹥，点破千顷碧。

闻君在磁湖，欲见隔咫尺。

朝来好风色，旗脚西北掷。

行当中流见，笑眼清光溢。

此邦疑可老，修竹带泉石。

欲买柯氏林，兹谋待君必。

　　诗在告诫我的今人至少有两点值得深思：其一、是身为乌台诗案的被极度冤屈的文人听说家人和胞弟的到来竟而忘记一切缧绁之痛为亲情友爱、重逢和刚落地并成为黄州人的知己而创作出无与伦比的诗篇，这难道说不要超然之勇气和过人的意志力而能造化的大美举么？！其二、身为学富五车之泰斗能与黄州人同生死、共患难，无非分之想，仅一味以此为家而专心致志地经营自己的那份荒山，同时还安平乐道地创造自己超卓人寰的《赤壁赋》《后赤壁赋》《赤壁怀古》及《黄州寒食帖》等；这在极度难世里独行君子之风，替天地行大美之道的方内大举岂不是在为我们当下的人伦世界引领着修身、达人和兼天下的文明大道的吗？！论及这位圣人之举，人们会以为作者有为难他人之意；然则，姑且休谈东坡的超凡脱俗，可以作者——我本身之创造知见是否可以让人们一点获益呢？！

　　还是回到这座巴黄大桥吧：20世纪70年代后期，我们家迁出 水回到祖籍黄州东二三十里的大鹤湾。那时，恩父母等先迁走，我因学校文艺宣传队尚未结束演出事务；遂年底便顺着我的"地名志"记忆，从鸡叫后由兰溪方铺出发，后途经巴河镇，很快打这巴黄桥底下的河道蜿蜒北上，大约黄昏初灯，我终于找到这陌生的祖地。我说，心诚则灵，志存高远，世间上没有走不通的绝径。其实，那时我才十二三岁。后来我用几年时间通读《楚辞》《论语》《老子》《孟子》《庄子》《唐诗宋词》《诗经》《古文观止》《唐宋八大家》及《世界文学名著》（多国传）《俄罗斯文学史》以及《马克思主义初探》《资本论入门》《共产党宣言》《自然辩证法》《莎士比亚传》《高尔基传》《卢梭传》《柏拉图》《黑格尔》等中西文学和哲学经典等等。迄今止，我就在这些伟大的圣灵智慧光辉的照耀下，才彻底明白马克思主义乃引领当今世界

141

最为科学的方法论。作为学人，我不谋求官运，不追求富贵，不崇尚显赫，更无权宜之举，只望自己读懂以马克思的"自然观"去认识世界，然后改造世界；仅此一点，吾当生之无愧也！然而，我的新旧朋友们，如果说能参仿圣人东坡去立道，可谓言之也嫌高；如以我之求存去砥砺营生——这又何以不可乎？！……否则，这大桥便枉成人间之通桥了。苏文忠公没有大桥却创造出驰名海内外的两赋一词一寒帖以及在此为世人感怀的《晓至巴河口迎子由》等；作者我没有大桥可立志以马克思主义的世界观去洗礼世人的心灵；假若我的朋友们依旧如此将宝贵的人生之旅耗磨于漫长的饮酒享乐，非居安思危之常态上；想必，这如此便捷宏伟的大桥又如何以不因无人通以创业、用以加速而空中楼阁地得以羞愧的呢？！……

于是，我大是深觉有对当年子瞻恭迎爱妻及弟弟子由的那首诗作和的必要；相念往故，思之今昔，我便将诗文以和之——《和晓至巴河口迎子由》；诗云：

圣哲大江去，西来一鹤归【1】。

道统几车载，美德千古菲【2】。

畋猎五十亩，朝夕绿蓑衣【3】。

幂幂馈世里，不绝卧薪随【4】。

未料巴河口，虹桥当空飞【5】。

东南西北中，世却枉桥堆【6】。

繁昌八百万，惊艳酒庄肥【7】。

一城森鬼游，无君劲风雷【8】。

宴饮如卷席，畲冗月岁推【9】。

终年咸亨市，修此作大美【10】。

生性天成者，非教却可为【11】。

圣灵当惨怛，天庭阴幕垂【12】。

2013 年 3 月 4 日晚定稿

142

【注释】

【1】圣哲大江去，是说一代词圣、书圣苏轼随着它的名词《念奴娇·赤壁怀古》的"大江东去"之敻弘的气象离开了他所抚慰的世界。西来，当年他诞生于西部的眉山，后来到东方的黄州。一鹤归，是说他虽然仙逝，但黄州时时在恭候他这只仙鹤的归来。

【2】道统，此指古圣先贤总结的引领人类正确发展的自然规律。道，是自然规律；统，是统一标准。菲，形容花草娇艳，芳香浓郁。此指美德。【3】畋（tian）猎五十亩，是说当年苏轼在黄州耕种的东坡那片山地。畋猎，耕种、种田。绿蓑衣，引自唐·张志和《渔父》里的"青箬笠，绿蓑衣，斜风细雨不须归"一句；是说苏轼当年在黄州的艰磨之旅。【4】冪冪，覆盖或影响广大。通"幂幂"。【5】巴河口，即今天的浠黄大桥的桥底下。援引自苏轼《晓至巴河口迎子由》一诗。虹桥，即今天的高架立交桥。【6】枉桥堆，白白地把桥堆建在那里。【7】八百万，此指黄州市的人口。惊艳酒庄肥，是说人们追求美丽的服饰整天以酒店宾馆维生。【8】淼，无边无际的云海或水域。此指人们毫无羞耻心的消费。凫（fu）游，形容人们像鸭子样在城里、酒店里或在茶馆等地方消费、游弋。无君，看不见一个圣贤样的人物。君，指圣贤。【9】斋冗（ji rong），怀着平庸度日子。【10】咸亨，援引鲁迅《孔乙己》咸亨酒店之意。是说人们常年只知道在漫市里逍乐。【11】天成，此指被古往的恶俗所染成的不惜创业的习惯。【12】圣灵，即圣贤们留下的遗风。惨怛（da），悲伤、伤痛。阴幕垂，从空中垂挂下来的是阴暗的幕帘。此句是说：现在再也看不到古贤的气象，是因为天下被那些淫靡之风所惑乱了的结果。

高深流水觅知音

## 【写作方法】

　　古往今来的修桥筑路，是为了改善民生的交通快捷、往来方便问题。然而，这里虽说花了巨资，建好了虹桥却又难以为那些醉生梦死的人们提供福祉，因为他们大多将宝贵的时间花在了吃喝玩乐、肆意消费、不究奉献，但求索取的颓废价值观上。这样的大桥不就成了"空中虹桥"吗？在诗的尾声，作者为当下这种普泛现象作了根源性的总结：之所以人们如此只懂索取，而不知奉献，是因为他们丧失了古贤的教化；之所以人们丧失了这些教化，是因为大家被古往的淫靡之风所浸透。于是在这种物欲横流，奢靡放纵的环境里谁也不激励谁，谁也不警醒谁；总之让社会沆瀣一气，浑浊一团。这，就是《巴黄大桥随想》之秘语。

# 青石姊妹樟传奇

【题解】

30多年前，作者在东鄂蕲春上半县开创时装巡教时，每每听说蕲河青石一带的两棵巨型樟树的丰富传奇；于是作者就称这两棵大樟树为"姊妹樟"。关于这"姊妹樟"的版本也众说纷纭，但作者就以亲自再访的版本为依据，这就有了今天的"姊妹樟传奇"。

凡通往蕲春上半县的人们，没有不打中半县的青石路过；但由青石经过的人们，无不见闻那充满传奇意寓的"姐妹樟"。她们栖立于青石镇东北向十里地的蕲河之西岸和东岸，若要论起她们为何各踞东西，然则这是有一段令人释怀的轶闻趣事的——那当然远不足我今天这里以作传的版本所能概括得了的。……

那时，我的教学中心就设于距离姐妹樟两里地北向的下芭茅街的范学堂间壁的一处村堂里屋。据传说，这一带蕲河的人们，无论遇上丰年、灾年、大年及非常年景等，四周的居民便在村头的吆喝里迅速便踊跃到这间古老的屋子里听令指挥或聆听下达执行农事的各项应急任务；因此漫长的日子，便将人们聚到此间商榷农耕事务而集聚此处称为里屋了——即在里面同图农耕大计的意思。在那个无法让我安分的（20世纪七八十年代）年代，我便趁着一风顺景，赶上一趟顺风船勉强在这里仁独厚的下芭茅乡土上，开始了极其简陋的营生的职业。

下芭茅街的这期培训班，是我从事时装设计教学以来最为惬意的一处教学之一：我的里屋教学点就设于蕲河的旁边，这里虽仅一条宽敞公路有南北贯通于蕲春县的主动脉，但东西各地的去向也分别由多座石桥、田垄及河道辅路通往这里的万水千山。这里地势平旷且又视野开阔，人们和学员的 至而来往返自由；虽无文明都市里的接踵摩肩，然此乡场上的人们几乎满兴于里仁厚德的淳朴民风的快活之中。在这一期的学员里，给我印象最深的莫过于"巨人碧桃"。她身材高大，约一米七八的个头，忠厚、善良、聪颖、纯美，一个典型的山里颇有教养的书香门第之后。她不仅使自己成为本学期最有希望从事本行业独设教点的学生，而且每日都做到提前到课；总要挤出时间为我的教程和事务作一些辅助帮忙的工作，使我腾出时间读书、习字或绘画和研究什么的。这

144

天是乡村集体观看电影的大喜之日，她腼腆地对我说：

"老师，我的同学们看电影，我妈妈为你准备一个周日晚餐，希望你晚上光临并指导我们时装就业……你看……"

就是这天晚上，我才第一回亲闻青石这两棵大樟树的不朽传奇由来。碧桃的母亲，在那个穷乡僻壤的山乡至少算是一位有学识、见地的至诚达人。在芭茅街的日子里，她们一家不仅给我工作方面的支持，还给我以精神上的激励。当然，这主要是让我在她讲述的姐妹樟的趣闻里获得的教益。

她说：

……那是在远古的夏商时代，便就将这个典故——"姊妹樟"的传说流传到了今天。上帝擢遣一对孪生姐妹降至这里，让她俩成为这蛮荒地域的人类始祖。后来的一百多年里，她俩同这里不断繁衍的人们一起治山、引水、兼耕庄稼；还同人民一起开凿了河道……据说就是现今沿流的这条绵延几百公里的蕲河流域。有一年，蚩尤部落里的群落因洪灾而发乱，他们要在此地强制农丁去抵抗黄帝后世的部落，人们鉴于路途遥远，食不果腹，战火绵延，生灵涂炭；人们便向强制方的首领说，"我们是上姚和太姚的后人，我们不能遗弃自己的祖先而去野外诛杀无辜，我们这些天下的生命本是一样的悲悯无度……因为你们就是杀了我们人民，我们也不会舍离自己的祖籍。这里远近闻名的农人没有一位愿意离开故土而奔赴华夏的西部而参与罪恶的杀戮！"于是那些首领便向这里的始祖上姚、太姚说："如果你们的庶民不接受我们的征调，我们就只好拿你们作为西下取胜的人质了。"然后始祖上姚、太姚回敬说："你们是远方的来客，我们会友善地款待你们；但我们决不会随你们去滥杀无辜。我们这里的人们乐意耕种自己的山野，以自己的自食其力维系生息，决不去侵害他人！"据说，首领们当晚就要杀害二祖和这里的良民等。宽厚仁爱的二祖为了保护这里的后人，晚上就继续以丰厚的宴请伺候对方。大

叩拜姊妹樟并告别青石下芭茅街

145

约天亮的时候，二祖身旁的臣女便告诉首领说："我们的两位太圣，昨夜变成了两棵樟树，她俩在这河的东西各立一方，为了保护这里后人的四季太平！你们要么就去那两棵大樟树身边询问她们好啦！……"

自那时迄今，蕲春人敬重外乡的来客，热爱人伦礼节，善待至仁乡亲，敬畏亲朋好友，坚守孝悌忠信，效法仁爱和平，恪尽礼义廉耻是有其历久弥新的历史渊源的。难怪，在我的人文世界的感知里，总回荡着："蕲春里仁甲天下"的大美情怀！

在碧桃母亲这位达人的讲述里，我还知悉不少闻所未闻的知识；比如蕲春境内被世人称为四宝的有蕲艾、蕲蛇、蕲龟和蕲竹；蕲春县在国内外被誉为"天下教授县"；蕲春的人民好客如亲，莫逆为友乃名噪天下，闻名遐迩。自然，这一切无不感恩上古那二位圣祖上姚和太姚传至今天的尊严与风尚。那时，我每天出入里屋的教学之间，虽说每有晨练跑步到过上姚和太姚的身边，但因年幼，尚未成长那颗探究这一古老传说的学人之心。那时期，每日除了完成教程便就是读书、研究等；加之那时我的大孩子孙萌两周岁及初建的家小，许多寄情之务最终被投入了淡忘的世界！

然而，三十多年过去的今天，每次当我通往这两棵姐妹樟时，不由得我总要低下头向这由先圣变为寿星树的历史见证物深深地鞠上一躬，以示我的愧对和自觉的反省。阿弥陀佛！伟大的上姚和太姚，是你们赐予了这里天庭下的生命与福祉；阿弥陀佛！不朽的二圣，是你们的赠予，才使这个地区的人类富有如此淳美而又质朴的里仁厚德之民风。自那迄今，倘若不是你姐妹樟在此河岸东西的驻守，想必，这里的生灵该要遭受多少无以计量的损失啊！叩谢上苍，让我认识了你们，叩谢上帝，让我每每从记忆到现实里向你们作直面的忏悔！因为两个孩子的外公婆远在你东去五十里——这便是我每往必躬——诠作敬拜的理由。因为谢恩上苍，然则遂以我的诗情一表对此地上古和今人而共建的淳厚民风；故《谢太上二圣并青石姊妹樟》诗云：

先圣亲民渥泽新[1]，
夏商碑模慰后人[2]。
自修慧能捍大道[3]，
九天云海泛龙恩[4]。
沧桑大业对防守[5]，
气如铁汉立天门[6]。
四海子孙滔滔祭[7]，

不绝人伦万古青【8】！

2013 年 2 月 28 日晚

## 【注释】

　　【1】先圣，此指夏时太姚和上姚。渥泽，弘大的恩泽。【2】夏商，远古朝代。【3】捍大道，即文章里讲述的那次为捍卫乡亲而不愿发兵的正大作为。【4】此句是说：这古老的姊妹俩在几千年来为人类的繁衍和发展所做的震撼天地的贡献。【5】对防守，是说她们踞守在河的两岸为这里人们的安康遥相呼应，誓死当关。【6】立天门，是说她们挺立在这河的两岸，为这里的山川物化而顶天立地，驱祸避灾，招祥纳瑞。天门，天官之门。援引自春秋·屈原《楚辞·九歌·大司命》："广开兮天门，纷吾乘兮玄云"。【7】四海子孙，即炎黄子孙。【8】人伦，古指封建式的官民意识。今指人类广博的社会关系。

## 【写作方法】

　　传奇故事向来具有极神秘的色彩，但作者在这里通过自己的造访并亲身体验的一位长者的述说，将两位古圣的恩泽和为民请愿的情节娓娓叙来，豁去神秘的一面，保留静雅的一面。人们通过古圣太姚与上姚的洪泽披露，自觉中深感自身的渺小，行为的贱卑，处世之不规，仁爱之不足的由衷反思。

# 大 同 渡 槽 夜 险

## 【题解】

　　那时（1984 年的仲夏月），作者经友人的引荐，就在蕲春漕河东六十里的大同里仁立点为业。这里人们本善厚道，邻里为亲，不觉中作者就成了这里人民的一员；无论何事何往大家都离不开他的参与。同样作者也就视里仁为家。这天夜里樟家咀因抗旱引发了险情。作为知己，作者便投入了这次深夜突发的救急活动。

147

　　我们的教学点设在大公乡这个闻名八方的渡漕的西端的樟树咀；因为樟树之盛名，故，这个咀被传为"天下第一咀"；又因为这个咀的声名远播，所以通往这个咀的道路才如此宽敞便捷；正因为很便捷地到达这个名不虚传的地域，因此由它这里出发去往县城或东南西北的任何一处理所当然地畅通无阻，所向而及。

渡漕悬空约百余米高，从两端等距地竖着高大的人造水泥土墩呈一字形排向东去的龙头水库山的起端，这些高大的石墩上一线芽珠的是由西向东地顶着的宽深见圆的沟漕，不论西端的樟树咀还是它周围的任何地方，只要遇上干旱，但凡东头的水库开启闸门，遂然一切旱情便得以控制。如果打远处看，这巨大的竖墩们顶着一条长长的水漕，不难让人们马上想到仿佛是无数个巨人在同时扛着一根比他们还粗大的电线杆的整体威武之势。

这天，我的主人孙觉夫先生说，西端的出水口昨天被大水冲毁了，这是一个紧急的抢险任务，就是全咀的三千多力士上阵都未免能即时修好水坝，故不能陪我作短期的茶谈：什么蕲春的名产、地方的宝藏，李时珍的药方或鄂东地区的人文物志等等。他说，大家接到上马突击的通知已两个钟头了，大约晚饭后就集聚在那里听候指挥抢修了。入住这樟树咀已三月有余，我不光是从语言会话上得到这里人们的百般崇敬，就连每或时装教学的难题——大家总会设身处地为我考虑再三：不让我一个外乡传教的学人身感异域之难。

德重一方

我分明看得出，这里的人们俨然把我看成他们乐意付出行动和语言去敬畏的一位为他们传授道艺的值得拥戴的偶像人物了。无疑，这使我的心同大家想到了一处：不管教程多忙，今夜我必须同大家一起上到坝上以乡亲们给我的那份仁厚与敬重一起回馈在人们急需必要的突击战之中；这既是我报答大家的最好方式之一，也是我与人民融为一体的最佳认识形式，至少我在暮年还可以回忆一下我生平能假机重温传教他乡时的动人趣闻轶事呢！……

是样，我没让任何一位认识我的熟人哪怕是学员的父母等知悉我的参与；在几千农人构成的排山倒海之势的抢战里，我同样戴上防夜蚊的草帽，卷紧裤腿，让双脚同大家一样插在泥土里一锹锹地把半垧的土坷甩上高高的坝基，让它接受

148

上面行家们的平整和筑实。其时，在那亮闪闪的萤火般的柴油灯的光照下，我已被许多人认出来了，甚至来人劝诫我——一定得立即返回，以免弄坏手脚的！

这时，从远处抬来一位伤员，他被摊在柴油灯火把的旁边。知情者说他是樟树咀三村的厚德书记；因过度劳累刚才倒下的。我正端详着那位倒下的长者，这时从人缝里钻进来的是孙觉夫，他扛着筐箕提着锹一见我便急着说：

"……哦，先生，你不能参加这样的农活，这会弄坏你的手脚的；看到吗？……这——厚德书记不已经倒下了吗？！"他忙指着地上的伤者说。在大家提出的众多的抢救方案里，我是第一个走到前面向孙觉夫老人说明我的观点的：其一是先让伤者充分降温；其二是使伤者补充水分；其三是给伤人尽快注入葡萄糖注射液；最为科学快捷、安全之策是立即送往附近医院。最终还是我的方案否决了其他一切提议；于是我便随着乡医务人员一同赶往二十里地的大公人民医院。

翌日拂晓，医院门口立满了昨夜突击战的人们，通过大家的语言声里，我深觉这位厚德书记的确给了这些人民以厚德的，否则岂能得到这些人们的关乎和忧虑的呢？！他们不惜路途迢迢和宝贵的睡眠，竟四五点钟就集到这里来——这难道因为厚德书记只是因为他是一位乡场上的书记的吗？！当我开口问及孙觉夫大叔时，他脱口而出：

"噢，老师！先师！你可不知啊！三十年前，他的父亲因为堵住山洪，那次活活被洪水呛死了！虽说他们一家几代人官做的不大，可给这里远近的者民作的功绩却不小啊！所以……所以，大家都来了，樟树咀人民欠他家的太多了！……"

"难怪，难怪——这里的群众都称他厚德书记呀！"我知趣地应了他的话。接着大叔又说：

"是啊！自古以来不论是大官还是小官，只要你是为人民大众谋福祉，人民就永远记在心上；只要你破坏或损害百姓的利益，天下人民是不答应的。我们那……那霸王庄的一家村官，从解放初到今天，一代复一代地鱼肉百姓，伤天害理，几年前那一家便一场大火给灭干净了；苍天是有眼的！……"

尔后，我同大叔和渐渐恢复的厚德书记目送樟树咀前来的乡亲们；空时便又问及孙大叔，我说：

"大叔，真的，苍天真的有眼能识别天下的善恶吗？！"

"嗨！……老师先生，苍天哪有眼睛啊，只是人的德行积到了极点，其能量的反馈便让他受之不得便形成了恩泽之光辉，这光辉迫使人民倍觉惭愧，于是人民只有感恩和崇仰了呗！相反，那些罪恶积到了终点，同样，那罪过的能量的反馈让这罪人无以承受惩罚和忏悔；于是这罪孽潮水便将其淹没得无声无息。——这就是西方物理学解释的'作用与反作用力'的表现啊；而我们东方人类便称之为'报应'了。……"怪不得樟树咀的学员们，常常说到孙觉夫大叔是一位少有的乡土学问家，这是名不虚传的。

近一年的时装缝技培训，我愈是觉着使命的艰巨，尤其往后的两期，我几乎做到了手把手地教授，真是"礼贤下士"地实践。故而，最后樟树咀的人民不愿我离去。…… 想必，天下的民官，国家的人臣，事业的主人等能否在这樟树咀仁厚德政民风感召下可否得到一次新的心灵的洗礼呢？！然而，无论如何，我将这一罕见的文明盛举载入了自己的那首《夜访樟树咀之民风感怀》的诗文了；诗曰：

> 幸栖樟树咀，
> 破律识风雷[1]。
> 山川遗大爱[2]，
> 篝火发又催[3]。
> 良官宪人性，
> 千夫携忠陪。
> 君迹载四方[4]，
> 传道共世归[5]。

2013 年 3 月 3 日定稿

**【注释】**

【1】破律，指作者在此地破例成为大家的知己。【2】遗（wei 多音字），赠予、赠与。【3】篝火，野外燃起的火。此指大山人民浓浓的阶级友情。【4】君迹，指那位长者的功德。【5】此句是说：真正传道的人们一定会同世界最主流的意识共芳流。

**【写作方法】**

150

此作凭借一个夜晚的险情故事，来抒发他对这里人民的厚爱和敬仰。在乡村，人们因劳累而入住医院是正常不过的事，然而，作者通过老书记就医赢得乡民的如此爱戴一事引发了一连串的思索：前任的书记因暴政而遭到人民的诅咒；后来的书记因施仁政而获得人民的拥戴。虽说事件不大，但它所蕴蓄的哲理却具有广泛而深刻的社会意义。

# 大崎山巅峰的诱惑

【题解】

　　作者于2007年盛夏还乡时，经友人务珍先生之约首度观赏了家乡黄州的名山大崎山。此次的观赏使他无意中发现大自然是如此之美丽、如此之具有诗意。于是在回京的不久便写下了这篇浓墨重彩的观赏诗。

　　这——或许是我终生不可多有的回恋：错连的声响里渐渐有感秋蝉的鸣唱，它的声音随风流远，似丝竹之余音，幼眇微吻；难怪有人称此蝉声为乐鸣。娇小的松鼠打腿下飞蹿至等身高的松枝上，还不时地歪着脖子，眯戏起小眼在耷拉着小脑袋的同时还翘起那动人的玄尾巴。那被称作爬山虎的青藤将高大且直入天穹的山杉绕得安详而又温馨，仿佛婴儿紧贴着那仁慈的母亲。我未来得及赏目这奇异的世界：红日啊，您已跃上了远方的山脊，好容易在喘气间落足于大崎山的极顶。子曼[1]和朋友称，该在这绝顶风光区待个小憩，饮上水，吃点什么，以补充耐力。

　　您打那远方的山脊上毫无顾及的使深红一会儿变成大红了。夫何谁知道您这火红的壮美不是给天体的世界和大地上的人民以精神的激热呢？您满载着热情，为战士纵身于洪水，为受灾者贡献其青春；您饱含着喜悦，为在成功的十字路口上的人们补充动力和指明方向；您胸怀着起点，为失败者树立目标，随时准备着冲刺；您体验着火热，为天下贫穷和无助的人民朝夕相处，以消耗最后的能量为终点！所以，您给人类的诱惑是如此的超然：群山在您的视线里绵延游移，翩跹而舞；白云兴致墒然，如雾纱起伏，似仙绸逾海，百姓享受您的自由和光明——安居乐业，只争朝夕！然纵有长天氛降[2]，灾洪肆疾，悲恸之后便乞求您的出现：因为是您才使整个世界万物华润，光明四射，天庭福祉！自那天人类见到您的诞生以来，亘古迄今，物换星移，尘寰无度，人何感恩之安哉？！这时，同事们和快乐的子曼强拖着我奔去松林，借道观看了奇物异景。但在极度疲惫时我回到了观天开景妍的峰顶。

　　现在您已快烈日当空了。我们身感气温的灼热，这是因为与您相距亲切；如体验不到温暖，那是因为与您隔绝得遥远。虽然您已奋力于高空，但对天幕下的人类仍依旧肩负着使命：从您放射光的力度，就得知您的秉性如此强烈，所有生物不得不改变其质量；从您光明的灼感，就可见您对天体间的世界准备着坚毅的愤怒或随时准备着燃烧，因此所有的物象不得不准备脱胎换骨。从您对大地投光的均匀度分析，您对大自然的人民进行着一切严峻的考

151

验，因此所有的存在体必须接受您赋予的诠释；从您光合作用的速度，您对人类的愤慨似乎退到了炽热，所有幸存体也仿佛不再为生存而祈祷和失望；甚而至于大以为您的残酷里饱含着无限深深的爱怜。因此无论是生命体或是非生命体——总之，这世界的一切受光体无不为您而低下感恩的头颅！

子曼和同事们这才支着无力的身子回到了我于山巅发越灵力的天地。因为猎奇，因为好勇，因为久违的琢磨，也因为千载难逢的周末贺宴，终于一行者这般尽兴、这般痛快！大家一一摆上登高前备好的酥油饼、麻辣酱、方便面、饮用水和什么的，任凭各自的兴致和爱好提前开始了晚上的野餐。看来，他们的所奇、所言、所欢、所叹也已暴发得活气全无！只有子曼依旧在大家的周围边享用边忽悠着观晚霞的小曲儿！

大崎山巅览胜

您已开始将白灼和炎热的光力努力减弱，并且使奋身一天的严酷和无情变得渐渐祥和起来，还不断将白灼后的浅黄变成金黄、土黄、殷红、赤红，并在火红一阵子后便被夜幕所代替；竭力使黑夜前的黄昏恢复昨日的景象：您把晚霞布满天空，给天底下的苍生以劳累一天后带来舒缓和松懈；让劳动者慰藉收获之乐，让创作者得以诗情画意之快感；让拍摄者与您交换最动人之眼神；让山水感恩您消逝前赋予他们最妍丽的夕照；让花鸟放歌您进行休眠前留给他们最后的一抹彩吻；尤其是我伫立于顶峰有感于西去远方的黄州赤壁山却在开始哀叹：如果将千古以前的东坡月下的荡舟与凭吊，夜宴的对歌与梦仙一起放在今晚，由您播焰光亮，发明耳目，于是乎苏洵可以论国政和《辩奸论》；杜牧可以畅述《兰溪》[3]及其诗篇；苏辙可以壮怀《六国论》[4]与《黄州快哉亭记》[5]之间，王禹偁可以在琴棋合成的《黄州新建竹楼记》[6]世界里不知自我。总之，让这些人类的圣贤们在您布施的光照里得以自由、得以生命的延续；这是何等的恩赐和仁爱啊？？？当然，您已经给我们留下太多记忆和遐想，我怎能愚昧地亵渎您的尊严和赏赐呢？！其实您已给宇宙间的人类和物质早已做好了调整及暗示。因此谁会因进入黑夜而对您谗言是非呢？！至于您给我们人

类留在夜幕前的欢聚与和谐之统一，更使天下的受益者至死不忘啊！

终于我和子曼他们见证了茫茫黑夜在取代您那万紫千红的激热气象。不，这世界怎能由黑暗遮掩光明、由邪恶辱没正义呢？！尚且您何止一次又一次地从漆黑深处旋即正大地由东方升起的呢？

不管黑夜将对宇宙间的存在体意味着什么，但有一点是可以肯定的：我们在积蓄一切能量和储备，在您由东方冉冉升起的时候，立即毫不犹豫地与您并肩奋斗，以不负您所召唤的光照与天令。

然而，在您所退却的黑夜里，无论何种物象均得以体验着黑夜的优热和价值，因此我懂得李白"山随平野尽，江入大荒流"[7]的浪漫；韦应物"春潮带雨晚来急，野渡无人舟自横"[8]的诗画；颜真卿"三更灯火五更鸡，正是男儿读书时"[9]的警醒；温庭筠"鸡鸣茅店月，人迹板桥霜"[10]的寒苦；苏轼"……月白风清，如此良夜何！……山高月小，水落石出。曾日月之几何，而江山不可复识矣"[11]之凄婉；谢庄"日以阳德，月以阴灵"[12]之颂鸣；欧阳修"星月皎洁，明河在天，四无人声，声在树间"[13]之恬美等无不因您而传唱万世，辉炳千秋！

不仅如此，农者挥汗一天后正借助这夜的停息，以补充体力，为翌日的收获作着体能的缓冲；学者正假借河汉之星辉，天地之寂寥追求其索取的学识营养，以充实自我的奋斗资本；文者仿佛步入了天堂，借妙密之词义，动心魄之涵韵，法古贤之范章，以壮怀其精湛而不朽之结晶；兵者待熄灯后速入悄然待命之状，随时听从上级传来的出战军令，以履行军人之职责和捍卫国土安全之使命；功者一边在欣慰里得以休整，一边为未来的功绩谋划着与对手竞争的捷径或玄机；罪者在这暗无天日的黑夜里则开始使愚昧达到极致，无知到无以挑战，将罪恶如何体现在良知的泯灭上，把残忍挥发在手段上，有的穷凶极恶到不知自己是否在这黑夜里会继续存在；禅者以绝妙的心境在双膝盘坐，来达到静修经义且为今生和来世或以同样的想象在忏悔和醒省的佛乐里以动之一发放之万千之念力来努力使自己的功德化予圆满，意神奇为否认涅槃，甚而发有羽化登仙之遐想！

……反正您赋予了夜的思考、夜的储蓄、夜的结果渥泽、夜的安恬及这夜的期待和全部！如果这世界上还有懂得知恩报德者，那当我和子曼及其朋友：天底下的千山万水无不为古今名人而秀之，唯无善者为您颂德！——然而，今次登临以还猎奇之愿者，能一同感受您的载天之福！呜呼！此乃我们人类生命之主啊！

譬如春天，您将寒冷的天体上升到温暖，将冰冷的人类点燃起阳春的生机，让所有植物萌发果实的幼芽，让所有动物勃发新一轮的生命激情，让人类认识到"一年之际在于春"气节之道理；给整个春的世界以复苏，蚩然[14]弥漫，并披上春的诗绿。只是在夏天，您将身体奋力与天底下的人类接近，让能结果的尽快成熟，让能成形的尽快完成，让大地火成丰收的前兆，让每个角落呈现出热火朝天的世界，而在秋天，您却化身为慈母，每每给人类以快乐和自在的节奏，并同我们的人类和睦相处，共享丰收赠与的喜乐！而对冬天，您将本有的自在与和谐蓦然变得严峻起来，似乎在向宇宙间的天体和人类发出庄严的宣告："你们必须经历一场大自然的考验，那便是'严寒'和'冷酷'"。

大崎群山日出

虽然天底下的人类和物象臣服了您的庄严宣告，然而为了彰显您赐予人类的恩宠，您依旧给我们和幸存的万物以十分醇郁的温馨和光明！！！

应该说，今晚所有宇宙间的人类无不期盼和感谢您又在提前运载春天的福兆！这——或许是我和朋友们今天登临大崎山极顶的发现！！！

于黄州大崎山巅峰
丁亥（2007）孟秋润笔

【注释】

【1】子曼，作者当年在深圳时书法成绩最优秀的学生。【2】氛降，缓缓降下的烟尘。【3】《兰溪》，大诗人杜牧在黄州任职期间去兰溪时创作的名诗。此作描写了春尽时节兰溪盛开的兰花与楚国大夫屈原精神抑郁的强烈对比。兰溪，直属浠水县管辖，距离黄州百余里。【4】《六国论》，乃唐宋八大家之一的苏辙名篇：此作认为六国被秦朝所灭之原因在于山东六国没有加强合作，精力分散，最终导致灭亡。【5】《黄州快哉亭记》，同是苏辙名篇，旨在说明苏辙不以得失为怀的崇高的思想境界。【6】《黄州新建竹楼记》，北宋著名文学家王禹偁的不朽之作。作品说明作者虽被贬谪但还是可以寄寓山水、豁达自适、身高怀远的人生态度。【7】此两句是李白名诗《渡荆门送别》

154

之名句。【8】此两句是唐诗人韦应物名诗《滁州西涧》之名句。【9】唐大书法家颜真卿《感怀》之名诗。【10】此两句是唐诗人温庭筠名诗《商州早行》之名句。【11】大文豪苏轼《赤壁赋》之名句。【12】南朝宋时著名辞人谢庄名赋《月赋》之名句。【13】北宋文学运动领袖欧阳修名赋《秋声赋》之名句。【14】岿(hui)然，蓬勃有生机。

## 【写作方法】

"诱惑"不在于人情的缠绻，而在于日母的遐想。作者以和同伴周游大崎山风光为主线，然因日光之艳美、色彩之异玉、全日之感受、四季之功能、万物之和润、昼夜之负载、光照之渥泽、天庭之森漫、人伦之迥异、宇宙之浩瀚等作了诗画般的刻画。自然这是一篇钦敬大自然、爱怜万象和解读大自然的前沿之作。自始至终作者以第二人称"您"之表现手法抒发了他对天庭下的日母和万象以及人类至诚至真的颂祇。不愧为一篇优美的散文诗。作品以赏日为纲，以赞物为目，以理人协和自然为依托，与成就了这篇超越人文与自然的恬淡的壮美诗篇。

# 白 水 樟 树 湾 子【1】

## 【题解】

20 世纪 80 年代初，作者从业在蕲春县的白水乡作了一年的时装巡教。期间在白水与向桥之间的樟树湾子，即宋家湾举办的两期时，作者不仅了解了当地的民俗，还掌握了不少民间传奇。但这个故事里讲的并非是传奇，而是一个真真切切的作者为改变深山人民的生活疾苦所做的一份功德。

论及这樟树屯村，大凡到过蕲春青石镇，再跨过宛如玉带似的通向直向东去约二十里地的白水畈向东的河的南岸，人们总不愿丧失这个难得的记忆：打它往东的远去是向桥街，若再东进，不花一个钟的时辰便就出了鄂之界域便到了皖之版图了。从这樟树的西去当然是返回了青石，再西奔便是县城漕河。而由樟树的九十度直角向北虽说隔有较宽的白水河，但因古往今来的人迹所至形成的一条顺樟树正北的方向路有一条缓坡由树的对面，又由对面缓缓台级下至河床直到对岸上到山的巅峰，过去不远便通往铜鼓岭；而这树的南向的一里半处的村子，即是几千年守候大樟树的屯子。

也不知这大樟树早了屯子的居民，还是这些庄民早于这棵大樟树，反正这大樟树同这些居民早已融为一体：共日月之始末，同四季之长终。这些屯子的居民大都姓宋，30多年前的那次，我同学生们筹备时装教学中心路过这里时，就在这大樟树脚下的一家豆腐店铺宋老先生家品过茶；并得悉他似乎是这棵大樟树的主人。通过其大儿子小勇之荐还知道宋老修有一身了得的岳家拳。尔后的几个月，因教学之需，小勇便成了我的学生；就这样我便入住在他的府上。在当地，大家称宋老乃岳家拳之名师，他所到之处无不令人有一种望而生畏之感；但他老先生与我却特别地友善和莫逆。同样，宋老先生让自己的儿子小勇修得了岳家拳之功法，但鉴于拳术一时不能在乡场上维系生存，于是全家便一同假借我的时装教学之机共同办起了时装教学。不到两个月，我发现小勇出乎寻常的聪慧，他不仅全部融会贯通我的理论教程，尚精巧地依照图样和示范开始自立脱手剪裁了。自然，他的秉性使然为这期学员起到了很好的先行作用。雪飞就是小勇替我全身心培训出来的优秀学员，正是她和她的姐姐们的奔走，才让我后来有缘入住狮子堰水库的老屋村，并成功地举办了三届教程。雪飞一家住在向桥街风景秀丽，四季如画的山冈与池塘融为一体的半山腰处，每次她从家里出发，一个健步滑上单车，瞬间顺坡而下——这是一个颇有诗意的滑坡，但凡人们稍带上刹车，从雪飞家出门约百步便开始下坡滑车。大家每每称这样飞速下坡驰骋的情形叫"仙女下凡"。当然这尚有第二层意思：雪飞在她的七姐妹中为最末的一位，因为她们在白水畈乃至更远的地方被传为最具声望的家誉，以至我们每每在开课之前总要问一声小勇说：

"怎样？小勇，雪飞该下凡听课了吧！"

"应该！应该！老师！"小勇答道。

虽说雪飞家的地势比小勇家——即我入住举办时装教学点的大樟树屯地带要高出海拔三四百多米。然而，那位叫町彤的同学居住的高豨塘却比她家尚要高出七八百米。后来，我才知道町彤每两天方能听一次讲座；这——该是何等的不易啊！

不觉中，樟树屯的首批学员儿近结业了。这天小勇转达雪飞代町彤之再次请假称："……寒老师，我十分崇拜你那极富哲理的讲授，还有你每次留在黑板上的书法笔迹；因为自然环境及多种原因未到课，望你予以见谅！"

竖日一早，雪飞头一位到课，我打书屋的门里听她同小勇喃喃说：

"……要么我们明天一起去看町彤，她是一个很有天赋的同学，虽说与我们同年，尽管环境比我们更艰苦，可她比我们更有学识，有事业心……"朦胧里，我似乎没能继续看书，就在我犹豫时被小勇进来说服了；他说：

"老师，可否明天劳你大驾一起去看町彤同学……"无疑，我安排了课程，布置了任务，大家最后还为我专门借好了车子。……

大概是受了小勇及雪飞等同学的友善之影响，我不觉着时间的流逝，也无以觉着登车的体乏等，不到七点我们便集合在了雪飞家的门前。大家一同 听她父母提供指向的捷径山路；否则会绕到晚上才下得山呢！

我无法顾及师生间的尊严，无法保持常日里的道貌装束；也无法屏住素日里的缄默气息和往日的循规蹈矩；准确地说，不是说今天丧失了理智，而是这里因特殊环境的改变——双手扶着单车沿着六七十度坡的推车行进——别说车子的稳健行走，就是前行的人不被灌木丛摔倒就不错了。这种挣车上山的同时还要背上包裹，如同行军式的攀高岂能由君子不君子，小人非小人之道呢？！总之在这种恶劣自然条件下要么全是小人，或者全

山水畅游

是君子了！当初听雪飞父母讲的路线，我倒以为可以依仗单车来行进，可现实里到头来这车子却享清福了：谁不推，车子是不会向上半步的，因此多数时间车子是靠人的肩膀来扛它的。大家在阳春五月的鸟语花香的世界里仍在论及他们同学的成绩、家境、个性什么的，我想：这次行军里恐怕没有我一人在独自体验着这大自然的珍趣和诗画般的天堂之旅！终于大家说，五个多钟的攀爬，约十二点半才到了高豨塘的一道石墩护路。很快我们走完羊肠护道便到达一条宽阔的公路，学生们仍就谈及他们间的传奇世界。就在大家拐进山岚的云海里时，我生平头一回目睹的天地间的 丽画境，不禁让我即兴吟起《云海观象》的诗来；诗云：

山海依偎云海边[2]，八百龙王浴汤泉[3]。
明日无奈纱霾里[4]，锦缎羽衣遮九天[5]。
一日频享造化美[6]，七僧浑禅染凡间[7]。
天地承平开乡业[8]，但教此生无终年[9]！

而且，我在凭车前行时还在为这条宽阔的大道犯思：这五六百米高的山

157

顶竟修筑如此宽敞的路径，为何就不把我们此行的天梯修成能够见形的环山公路呢？……当我们快到町彤同学家时，他们说这条环山公路不是一般的工程；这时我才明白刚才我们登天梯的必然性。走完一公里的大道接着的便是翻越两重山岗，经过一条曲径通幽之小道再通过一方小池塘，在雪飞的招呼声里我们停好了车子；同时见到了她们同学町彤及她的双亲和邻居们。

我行完了礼，并就町彤在学业上的成绩和相关方面的考虑等向她的父母作了亲密地告知；在此交谈接触的极短暂的时间里，我几近明白了町彤无法修学的真正原因：除了经济的落后再无别的解释了。通过她父母的语气好似是说即将农忙，收种交替，因为不误农时，加之长辈体弱多病故央我同意她的休学。其实我看得出町彤的父母为了避开家境贫困之嫌而使我原谅其后人的进取，看得出这也是山里人的纯朴心境。同大家修业时装的几个月里，自然她与同学们相处那样惬意、谐和，否则大家怎能如此动情地邀约我挽着车子像登天梯一样到此探访一位即将退学的学员呢？！无疑在她的心里我深窥她是不愿放弃此次学业机会的；但又无法道出家境清贫的秘密……终于我独自迈向她家的那方清澈的池塘。我以极怜悯之心向两位长辈表述了我的同情之心；我说，"老人家，町彤有天赋，很聪明，相信只要她学到结业，她将能凭自己的手艺可以找到一碗饭吃。再说，今天我已见过长辈和家境，我没有收取町彤学费的意思，我会将她已交的部分退还你们；……她能上下这几百多米高的天梯求知修艺就已不易了。我怎能不明此般理数呢？！……""不！不！不！……老师，你以这好的德行来我们大山推行时装教育为这里的子孙们谋一碗饭吃本是我们山里人之福气啊！我们岂敢不知贵贱、不知恩德呀？……"经雪飞和同学们的再三示意，町彤决然告诉父母说：

"父亲、母亲，我——还是执行最初的抉择。雪飞妹妹她们已都独立裁制缝制了，咱大山区除此之外尚有什么职业供我去开创的呢？……再说老师从黄州大城市来这里教我们谋业，这是多么难得的机遇啊！……"

在她坚毅的语意里，父母已重新作了工作的调整，并全家一致为町彤的最后结业提供一切方便；不过她告诉雪飞及同学们，说一定要付上老师的学费。果然在她延期结业时重新付出学费，但那天我制止了她的行动，我郑重地说：

"君子一言，驷马难追。"在小勇的劝慰下，她总算平下了那颗礼德之心。…………

我还清醒地记得，她在离开大樟树教学中心时，她超常地来到我的书房并要求我为她在自己的励志簿上题上一句警言，于是我便为她作了一次庄重的提示；我写道：

"一切屈服艰险征程的士兵，将不可能成为真的英雄！"

两年后，我的巡回教学在鄂皖之交的黄梅新学期开张的时候，她和同学们都到场参加了庆典。因为路途之遥远，信息之闭塞，加之多年后我决定南方寻梦，这便使她连同大樟树的宋庄一起投入了我那淡忘而又不朽的世界！但这畅怀的日子里，让我忘记不得的还有大樟树的传奇和町彤那纯净而美丽的心性！……上下数千年的过客，但凡打此一过就必须向它——大樟树示以老君般的崇敬或驻足一拜，以叩谢它赋予宋家庄生民之恩德！然人们却不知这里还有位坚毅的町彤学员因为她对生命的忠贞、对事业之信仰令我终生心慰和自觉！

2013 年 2 月 28 日终稿

【注释】

【1】白水，蕲春县青石镇向东三十里的乡镇。樟树湾子，在白水与乡桥之间的河堤处有一棵古樟树，此树据说已超过两千年历史。此树南端的村子为宋家湾；樟树湾子乃作者命名。【2】是说隆起的山峦和森漫的云海融为了一起。依偎，依靠。此指融合。【3】八百龙王，这里形容在云海里裸露出来的山峰。浴汤泉，在泉水沐浴。此指在云海里的山峦接受云雾的笼罩。【4】明日，光泽的红日。无奈，毫无办法。纱霾，山的上空不满的云霾如同青纱样的朦胧。【5】锦缎羽衣，形容空中泛起的各种梦幻般的云纱。【6】频享，感受太多的大自然之美。造化，源自天地间的自然化育。【7】七僧，指当时随作者登高劝教的七位弟子。浑禅，就像参禅悟道的人在修行积德。染，此为感化他人。【8】天地承平，人间在继承太和之景象。开乡业，创造乡间的就业机会。【9】但教，只愿。此生无终年，此句是说师生渴望这样如此美好的修业时光不要过早的结束。

【写作方法】

此作以樟树湾子命题，但其内涵却以劝导学员和改善他们的穷蹙为己任。作者不辞艰辛地穿越大山而要为经济拮据的山里人解决从业授课的典型事例，彰显了作者的人本精神和改造社会的一份使命。这正体现了作者坚守古圣孟子的"穷则独善其身，达则兼济天下"的人文关怀。作为在困境里求生的青年，作者的这种"先天下之忧而忧，后天下之乐而乐"的古君子之风乃难能可贵，足以令人感佩之至。此作既像小说又如同游记，可谓笔墨轻快，达志传神。

# 初览檀林古街坊[1]

【题解】

　　作者在东鄂实行自谋出路的时候，于1983年与心爱的莉莎牵手的第三年夏天，作者随岳母一同前往岳母之故地蕲春檀林做客。小住的几天里，作者走访了古镇檀林大大小小街巷，目睹商人在如何经营、小贩在如何挣钱、长者在如何老骥伏枥、人们如何在这大好的开放时代融入经济大潮之中。后来就将此次寻访一一记录在了脑海深处。直至今年才改为定稿。

　　首次造访檀林，是我与爱妻莉莎牵手后的第三年夏天。

　　那时，她为咱们的教学培训事业日夜坚守着阵地，偶遇空暇时，我便回到别林岩[2]看望我的岳母大人。这天，我就她老人家的提议陪她一同探访她阔别经年的故土——檀林镇陈家湾[3]。

　　大约过了两三天的功夫，除了当务之急的应酬外，我便抽了空子独自逛了这个看似不起眼且又充满古意的乡镇街坊。立于街心向四周望去，群山绵延，峰峦迭起。自然，这街市便俨然是这个巨型锅的锅底。它依托蕲水河与这里一支流的陈家湾河溪交汇的九十度丁字角的正东北方位；它的正东南是河的对岸，直接连着陈家湾的西北田园。这对岸的河坡上栖立着不少人家，它们依次由水滨而上砌着石垒的屋子，这些靠坡而起的房子远看就仿佛是一群自在地爬在墙上的瓢虫或跳蚤。两边是隆起于平地上的角楼、宾舍、酒肆、商铺、烟行、皮鞋店、手工艺作坊、肉铺、线车纺织间以及能工巧匠的各种造物齐设的商贸集散网络。总之，乍到此一看是一幅让人目不暇接的寻游畅怀的乡土风情——极其烂漫的民俗画卷。

　　这幅画卷的中心面向的南部是蕲春上半县最为集中的张榜镇。从街心向西北方向去的是风景如画的大同水库和香火蒎醮的仙人台道场。但如果去安徽西部或是合肥，尽管打这条支系河溪或沿蕲水河直上的鄂皖分界处——自然，那便是安徽的版图。因此观光学家和地理学家称：从空中鸟瞰檀林，它只是东鄂天府之国里的一个翡翠点；而在地图平面上看却又同蕲河形成了一条绿色的生命线。的确，居住在这里的人民，他们真的珍爱自己的生命：大家每每随着五更后的鸡鸣声就陆续起床。先是打扫自己的庭前，尔后是顺序当日之农务，接着是在几盅清茶里调理心神、养养精气，待日头午起便分东奔西地去往各自的田野或林壑间。有一回我问舅舅说：

"人们每天都是这样有规律地经营农庄和休养生息的吗？"

"是啊！人们从圣贤《朱子家训》里学了不少东西！"

这时我明白今天人们的劳作与生息是在古人的教化里得到了真谛的结果。初访街坊的那天，是一个几近黄昏前的一个时辰。我先悄悄走进一家间壁的线纺车在造线的门里。大凡是猎奇，我在一位90多岁长者的身边立着，看她以左手先在机杼[4]上捯饬[5]几道棉线下来然后腾在手上，等待左手儿圈绕过之后再将腾在手上的线子[6]引过去。她每日要如此做上至少六个钟头的纺事；而且听旁人说，她能每月做上近二十天，还不觉得劳累呢！

"先生，别看她九十多了，可她身体特好，饮食照常，起居正常，一辈子无名利之忧，没有非分之想，她儿子说，她可能活过一百五十岁再作仙呢！"长者的侍从告诉我说。

"你看，长者的头发尚不见半白呢！"我说。

"是啊！……是啊！她很懂得自律和养生的。"侍从说。

"那——这长者的孩子该也有五六十了吧！"

"不！……她的儿子快八十岁了，是我爷爷。"侍从回道。

"那么……你——"。

"先生猜！……我孩子已两三岁了！……我们一家已五世同堂啦！"

"哈！哈哈！……"我几乎乐不可支了。出于探索与寻趣，我于是又问起这位长者的老伴身体如何，侍从莞尔一笑说："我太爷今年一百零八了，正在家读书呢。"

"百余岁老人还在读书？！……"

"可不是？所以他俩是这里远近闻名的人物，所以人们称他二老为圣贤呢！"

至此，我再也没有那先前的不以为然之忝感了。恍然里我想，作为外孙女婿首次造访的我，必须努力捎上几包烟什么的较为体面，否则便被认为不知人情世故之辈。于是便去到桥外头的那家烟酒行问了烟价来。

"不用！不用客气！你还艰难，先解决了困境，将来再说吧！"尚未等我进门，我便发现言者把几张百元现钞交给了对方：这大概是因为对方得到如此具有同情心的主人谅解而接受主人的拒绝奉还。当我看好一款叫梅花牌香烟时，那年轻的主人被一位近七十岁的长辈叫住了："三叔，忙吧？！"

"忙的！忙的！"店主人应道；他一边掉过身子对准刚进门的长辈答道。

"三叔，有一阵子没有见过咱家的圣贤，明天我们一家过去看一趟吧！"长辈寻问道。

"没事儿！你们先忙着，我前天还去他老书房看过他；家叔还像青年人样在抄读《诗经》什么的。"

"好！好！好！这——我就放心了！"长者回道。

这回未等客人进门我便以买烟为由问上了这位主人；我说：

"掌柜的！刚才那位长辈何以叫你叔叔？……"

"是！啊！……先生，你——有所不知啊！我们这里以辈份称呼。要不，便像我家的圣贤说的那叫'有礼不尊，有序无伦'啊！"

这位年轻掌柜听出我是外乡人便向我作了一般他们家世之简介。在与他简单沟通后，我获悉那位深山圣贤自少年便主志修身：将名利放怀于身外；视得失如浮云；把世俗排弃于脑后；使身轻游弋于百无杂染的纯真的世界之中。是样，让他百余年之旅无权利之争，无邪恶之动，无悖逆无道之为，无与尘寰之逐流也。此时，我仿佛真正明白《吕氏春秋·尽数》里的"流水不腐，户枢不蠹"的秘意了。店主人还说：自这位圣贤来到这个世界就从未害怕过什么压迫和欺辱；从未忧虑过自己的名利甚至死亡；也从不因世俗而有损自己千里一驰的道统天伦；……这又不仅让我想到至圣孔子曰："知者不惑，仁者不忧，勇者不惧"的太真妙境，甚而至于我还疑心至圣这话难道是针对这位深山圣贤"量体定做"的"法衣"？否则这位圣贤为何修得如此之完美呢？想必这百余岁老人仍在抄读《诗经》之类；然则我们当下的常人何以不因衮衮诸公，行同狗豨，浑浑噩噩，且尸位素餐而无地自容的呢？！……

着实说，这第一回造访一处深山的乡场，就宛如我跨越过千山万水的世界极地。但愿生平许可，我将不失时机重返此地造访：访此古街坊的一切商号。似乎在这里每出入一个门堂就有我求索的正知；每遇上的人文便是我此生必研的课题；每味觉的一道山村风景就是我必抒发的大美诗篇。——然而三十多年过去了，我却未再度寻故，旧地作访；倘若有幸觐拜那位一百三十余岁的人间真圣，岂

访檀林古街坊

162

非我生之幸焉？！与其说这深山的古老，倒不如说这古为今照的新意来：我们东方人类万古长新之根何以不是因古圣先贤发源自然之根本而流淌出新人类的思想启迪呢？自那个月夜，我一直因为一首《八声甘州》[7]而忧欷；故词曰：

烟霞四处，是何人？参天地仪方[8]。道彭祖今伦[9]，中通直节[10]，扶摇消长[11]。内美江上清风，安潜公榆桑[12]。归兮无雁鸣，匿声顿航。

上下诸公迷醉[13]，借宇宙苍生，百业休忘[14]。谁知山中圣，焉得陈家堂[15]？攻权宜，昼夜宴庭；悖道统，诋箴言愚昌[16]。蕲河水，山榭入海，人寰流芳[17]。

**2013 年 3 月 2 日下午定稿**

**【注释】**

【1】檀林，东鄂蕲春县往北约百公里的古镇，这里与安徽紧紧相连。【2】别林岩，原名塔林岩，作者在长诗《再见了！别林岩》已作过深刻的叙述。别林岩，乃作者对它的敬称。【3】陈家湾，乃作者岳母娘家故地，在檀林古街蕲河支流上去约两公里处。【4】机杼(zhu)，纺线木车上所配用的木质梭子。【5】捯饬(dao chi)，修饰、梳理。【6】线子，供纺线使用的引线，也叫线头子。【7】古诗词的一种律式、格式。【8】是说与天地保持着共长久之法度。【9】道，评述、说。彭祖，相传上古长寿者，据说他活过来三百岁。今伦，当下人的生存道理。此句是说以彭祖之长寿秘诀来指引今人的健康观念。【10】中通直节，本指莲藕和竹子的节操；此指人应以莲藕样的自然存在之本就会养怡天年。【11】扶摇，神树名。消长，受用长寿。消，享受、受用。长，长寿。此两句是说：如人能依照彭祖的长寿秘笈生活就会像神树养的长绿不老。【12】内美，内在美质。安潜，停止流泪。公，此指那位长寿长者。榆桑，即桑榆的倒语。此句是说人要修到美质自然就像江上的清风那样柔美无形；否则很少有像长者那样长寿而不悔恨的。【13】此句是说上下几千年的人类那些所谓权势者都如此沉迷于浑噩里。【14】借助人们的劳苦来供养他们，自己却忘了天下的大业。【15】谁知东鄂山区有圣人，那还是生活在这个陈家祠堂里的呢。【16】那些经营权贵的，日夜泡在昏聩的酒楼里，一切都违背大道，拒绝真理所以他们愚蠢之为就越来越猖獗。悖，违背。诋，即诋毁。【17】此句是说这里蕲河的水域已将水榭景区里的水一起带到了充满信息流动的世界，使世人感知收益。

163

**【写作方法】**

此作以故事虚托为引子，将大山里的圣贤不究名利，攻其一生的好学不辍，终能长寿不衰的处世之道呈现的活灵活现，栩栩如生。作为阐释圣贤长寿的叙述，其实作者设计了两条线索：一是在证明长者不究名利而获长寿；一是在说明此地人善养精气，与人为亲，平和处世而相安延年。这在侍女的道白里已经隐隐拖出；真乃令人敬深山而仰止。

# 桐 梓 温 泉

【题解】

　　那是1982年的初夏，作者的行教点被邀请在了桐梓镇狮子山东北处的郑家山麓。在教学之余，学员们总是邀请作者前往离教学点十里地的温泉观光或泡温泉澡。这天作者随学员们的愿终于做了一次亲身的体验。于是就创作了此作。

　　在家边的十个月里，因为紧张的培训教学，只得将去往温泉一事遗忘了下来，直到学员刘超（大家常称他为子超）这一届毕业时，我才得以同大家欣然而至，豁然而游。

　　其实，我们居住的张家边到桐梓温泉，只不过五六华里而已，鉴于时装教学之余，我还必须抓紧一切点滴时间学点古文、唐诗、宋词、秦骚、汉赋等，如果那样将我所到之处的闲暇却花去观光游乐上，或许我也只能成为一位地理学家或自然学家而非成为诗人或作家艺术家了！因此，学员刘超同大家常在课余时间议论道："勇子，我们的老师从大城市来，他是个大学问家，我们得好好向他学习这时装上的学问，要不将来如何对得起这位年轻的学问家！……"

　　结业的前一天，我便同大家一同随着自行车队伍不用一刻钟的功夫便到了目的地。

　　这是自然性的凹字形的地貌结构，就在正中间较平坦的山地上建造的几排简易而明净的小高楼，它们耸立在披葱戴绿的山岚之中。尤其它们的白墙和青瓦合成的风格与四周高矗的群山呈现极为鲜明的自然画境；无论是谁的到来，无不以为这便是人间最适合居住的福地！刘超和大家陪着我扶着车子，上坡后穿过牌坊，歇好工具。取好了洗泡温泉的用具，然后转过几道厢房，再通过一处水温和天气检测点。无奈中大家必不可少地打一只旅游用品商场的门里经过，它们的尽头便是一排横向建筑的分为若干单间式的温泉室。大家在子超及总经理的交涉里去到了各自的房间，而我被安排在最尽头的最大的浴室。

总经理在子超的介绍里还同我作了短暂的寒暄和理论。瞬间他又让人为我特地调试了水温等。宽敞而传统化的浴室，它的四周可坐下多位浴客相互趣谈，不必说那条式排椅和供浴客上池落坐的口字形方凳，就连那白墙上钉的衣钩均是以木头或竹板削制的工具，非但不显得俗气，倒反觉着它异样体现这大山人民的能工巧匠的智慧。那阔敞而白净的绒织浴巾仿佛从未被尘埃沾染过；至于服务生们的礼仪服务，不时地让我想到了陶潜的《桃花源记》来。自然，约莫二十平米见方的浴池里，我被那十几个此起彼伏的喷泉诱惑了心扉：水温被调到比体温高得不多的温度，醋浴的泉浪里时而飘起阵阵缭绕的雾气，不知怎的，还不时的打窗外飞旋着鸟雀，这又不得不让我生性地默诵着王勃那"秋水共长天一色，落霞与孤鹜齐飞"的仙境来。

浴蚕

半个多钟头过去，我觉着洗浴运动的疲乏，准备结束这次首度温泉之体验。正在我迈出浴室时，大家同总经理一道过来了。在欢娱的气氛里我们走到了即将告别的胜景的大门外。一位山村装饰模样的姑娘打断经理的话对我们说："听说你是从大城市里来作教学的老师，我们老板说不能收你们的费用了！……"在子超的几次举措里，最终还是被老板给制止住了；他说："这是地脉之神赐予我们的温泉，我们何以就不能馈赠给你们一回消费？！……"于是在快乐的推委里我便以赞美之情向他们以小诗作了寄赠，我随即向大家吟诵道：

天公勺阙涌清泉[1]，
古来腕腕福地天[2]。
蒸得游客千里外[3]，
陪上厚德到永年[4]！

165

在大家的掌声和喝彩声里，我们消逝在欢喜和感恩的快乐之中。漫长的岁月里，我仍未淡忘这次洗浴的感悟与我这样有意义：是否因为这鄂东山区人的仁厚才得到上苍赐予的温泉福地呢？再说，他们如此尊重和敬畏到此传经授技的外地人，那么，我们人生该要如何去珍重和感恩那些向我们传播学养和教诲而做过抚慰的智者和师长的呢？！自然，这是日后我不断要思考的内容。

2013 年 2 月 13 日上午定稿

**【注释】**

【1】天公，泛指苍天、大自然。勼 (jiu)，聚集。阙，挖掘。此句是说上天在此处为人们挖掘了如此美的温泉。【2】睕睕 (wan wan)，原指眼睛塌陷下去了。此处是说这里地下藏有丰富的含硫物质的温泉水。【3】蒸，此指泡澡。【4】厚德，是说自然的地下温泉带给人民无以表达的恩泽。

**【写作方法】**

此作以记叙的形式描述体验温泉的整个过程，然后又以东鄂人热情好客的东方礼仪作为收束，自然而轻松的同读者一起畅游了这个充满大自然魅力的地质温泉。作者写到在浴室里体验时的温泉叙述，让人们有置身一跃的体验感。虽说一次极平常的天然体验，但通过人性的描述和对神奇大自然的诗化，无疑，这个温泉就成了作者心目中最为仙境的乐园了。

# 西 塞 山 云 游【1】

**【题解】**

西塞山位于东鄂之南部，这是一个颇有名气的山峰。自唐前和宋代就谓为山之绝秀。其名不在于高耸和蜿蜒，而在于古战场之要塞与文化圣地之斐然。唐·张志和诗曰："西塞山前白鹭飞，桃花流水鳜鱼肥"及唐·刘禹锡"人世几回伤往事，山形依旧枕寒流"等名句早有描述。因此西塞山不以高著称，则以文景而闻名遐迩。作者在近几年还乡时经友人邀约游览了此山。2008 年的这次游历是他最为惬意的一次造访。身为学者每到一处总会留下因爱怜物景和即兴记录而导致夜深觅饮之笑话。这从他的《西塞山疑游》便可窥见一斑。

还是因为我对这块净土的钟爱，或者说是我对西塞山圣景的崇仰，每每回到故土黄州时，方家务珍老先生总要我去走几处名胜，一般都难以应允。然而但凡去黄州南几十里地的西塞山逍游，我便同夫人莉莎不谋而合地前往了。这大概是因为我与东坡之缘故。作为一代词圣苏东坡文脉的传承者和研究者，只要留过他的足迹、闪烁过其圣灵光影的处所，不可或缺的我总要去拜一拜，寻寻古意。一则在他那天地淳和的大道里品味他天下不二的人伦况味；一则在其放形于山水之间的圣者的从容与自白。其次是因其弟弟子由；——我在《巴黄大桥随想》里已论及过。当年（1080）他在巴黄大桥古渡口处迎接子由和妻子闰之从磁湖来到渡口——这磁湖便在这西塞山的西隅不远。苏公门下的四学士之冠的黄山谷的名句"西塞山边白鹭飞，散花洲外片帆微"早已给这座名山装点了辉煌。至于其门师苏轼那"湖上秋风聚萤苑，门前春浪散花洲"的美句更使散花洲和西塞山这一江山如画的地域美成了一片，以至于美为一个绝与尘俗的世界了。当然，如果要客观地论及这座山的诗以山而驰名，山因诗而流丽，然则，它便是非山之山了。与其说它是一座得山水独秀而谓之江上灵山，不如说它是一座文墨灿然的诗意文山。

　　每次我都怀揣这种敬畏之心穿越在它的绮靡与陡峭的画意之中。但令我痴情的还是第三次的临登寻趣。这天我们将上午的时间花在访友问故上，故而赶至这山的时候恰逢烟波浩淼，风起水涌；白露横掠，渔舟唱晚；倩侣空绝，灯意阑珊的时候。于是我便为此吟咏了第一首《怀古西塞山逢却酒肆问道》的诗；诗云：

> 鹭行斜影西塞山[2]，
> 散花烟波黄昏浅[3]。
> 薄暮蓑舟三五点[4]，
> 奈何诗书酒家眠[5]？

　　……大家总还是原谅我的兴致，在他们尚未注意我的存在时，我却不几步跨过腰山的碑林墙，转眼间便到了主峰的一处望江亭。我分明是喜欢这夜幕和江洲混于一体的近似云裳羽衣样的晚境。大概是鬼使神差，往往在这种恍若佛境般的游历时就易于有点诗兴或感慨之类的。我惜时地放眼西望，斜阳开始收敛它那金色婆娑的世界，昏黄和浅墨被寂寥染上了几分恐惧感；几处类似鸦的哀鸣从天庭中划过；那远处七八百万人口的黄石的灯火辉煌的夜空用色彩点缀了这整个西天挂有几分愁绪的寥廓人间。转身里我细瞅正东方江对岸的隐隐约约的群山的一处缺口深处，那大约是散花洲东北向的红莲镇的位置——我童年时代那束我以礼、尚我以文、娱我以乐、励我以书的裕春先生一家，便坐落在那被霏霏雾空掩抑的世界里。与他的别离是 1976 年。我们一家迁徙兰溪时于西潭坳南江口同他作最后的告别。在那《远航》一诗里，我已将我的师生的这次诀别全记录了下来！因为游子的不得已，否则我将要化坚毅为羽翮，展妙理以寄长驱；不见我那四十年前的恩师、恩母岂为快哉？！ ……

丛山巍峨

　　似乎是迷了路，我在青纱帐的薄暮里走了一段时间，当我好容易寻到出口处时，我发现大家被浓郁的白雾所笼罩，仿佛他们是立在一堆乳白色的泡沫里一般。

　　"老师！……你几次游西塞山……同今次有何区别？"务珍先生同夫人同声问我。

　　"独有此次……我觉着仙山的存在！……"我回敬说。

　　"今天何不就此再吟诗一首，让大家一再提提意兴？！"

　　"好吧！……"我便咏了这回访山的第二首《西塞山望东君感怀》诗；诗云：

君隐东岸我西边【6】，
师生迢隔数重山【7】。
云裳粉黛入梦里【8】，
仙游禅廷过大千【9】。

　　在人们愉悦的掌声里，我和夫人莉莎同大家的访故归来是一致的：这次的难得，是因为我们在云海里游览了一回！后来他们说，老师，你何以不为碑林墙那里的先人和英烈们赋一首诗？我说，当年三国时我的祖宗孙权在此屯兵；苏公到此以诗言志；黄山谷和苏辙等相继在此放歌；……有这些芳馨绝秀，文采绝唱之碑林在此当关，岂允我辈敢赋诗首的呢？！……只有让来日的文人骚客们再作诠释和造化吧！

2013 年 3 月 6 日上午定稿

【注释】

　　【1】西塞山，位于东鄂南部黄石市东南向约三十公里处的长江边。自古迄今均是军事要地和文化圣地。三国时孙权在此屯兵；故往的文人骚客凡此必诗。故有东鄂圣山之称。【2】鹭行斜影，描述白鹭成行飞过时留下的影子。行（hang 多音字），量词；一排排。【3】散花烟波，形容江北岸的散花与烟云融为了一体。黄昏浅，黄昏前浅淡的色彩。【4】薄暮蓑舟，夜幕前渔父裹着蓑衣在捕鱼。三五点，是说有几处渔船。【5】奈何诗书，是说因为在山上读书而忘却了友人和晚餐。酒家眠，晚夜了酒家关门就寝了。【6】君隐东岸，此指作者的老师涂裕春在江的那边。【7】师生，即作者和他的老师。迢隔，因为大江而隔着很远。【8】云裳粉黛，形容黄昏前的天幕及缓缓而成的夜景。【9】仙游禅廷，此指作者在西塞山上进入了佛家的境界。

【写作方法】

　　此作以云游为题，故在游记里作了三大思索：一是因为先贤纷至沓来而生敬畏之心；二是因为四十年前的老师而生怀恋；三是因西塞山的自然之美而牵动他对超越自然的思考和对事物的客观认识。此为作者人文主义思想的深刻再现。虽说作者未在碑林处留下诗篇，其实作者已在不自主地为西塞山留下《西塞山疑游》和《西塞山望东君感怀》。在回答友人时以谦逊为由"岂敢我辈赋诗首的呢？"作为文章的焦点，这就是作者含而不露的妙笔之处。

# 传

## 良人陈开心传

【题解】

　　《良人陈开心传》是一篇浓郁的自传体作品，作为岳母的女婿的作者，如此真实的为一位极其平凡的妇人立传，此种体例尚属首创。在作品里，作者以这种亲历感受真实地记述这位平凡人而不凡的治家之道、处世之道等，自然要远比其他体裁的叙述效果生动感人得多；这或许就是选择这一表达方式的初衷。

　　那是我从业于别林岩[1]的第二年春，恍惚中我与一位名叫妮莎[2]的同学有了牵手的意思。后经我悉心暗访，终于明白那位在胡油铺[3]颇具声望的长者陈开心便是她的母亲。热恋里虽说我尚不知这位长者究竟"望"在何处，但至少与我这个具有文化气息的穷鏖[4]之家可以门当户对。后来我竟成了这位长者陈开心的门下女婿。诚然，三十多年后的今天，我们的那些故友重逢总免不了言上这样几句："子夫，你成为她门下的后人，看得出你不是出于'君子好逑'[5]，而是出于君子好学也！"

　　的确，三十多年过去的记忆，让我常常想到这位母亲的高大博厚，善德齐贤[6]的形象。那是癸亥[7]年大雪的一个三更后，我刚在北苑的窗前坐下借着晨光读书，不觉中我见她拿来一个刚盛满栎炭的火桶[8]，她弯下腰轻轻地说："小寒，以后别起得太早，先养好身体再攻学习。学习固然非常重要，不学习是不能看清社会的；没有文化是不能改变命运的；文化浅了是赶不上世界潮流的……"嗣后，此言如同一盆温水浇到了我的思想深处：多少年来，就连我每每拿着《诗经》[9]或《论语》[10]等著作，都要细细味觉[11]母亲那镜鉴[12]我行为的圭臬[13]。壬申[14]年是我们全家在深圳寻梦的第二个年头。这天，周围的亲友汇聚于我们的书房喜雨轩[15]，临近用餐前，亲房三圊的嫂子问母亲，她道："开心姊，……老三说那房钱本该是五万，可那买家却给三万，你看如何是好？！""……把智慧和精力放在创造上比等待那种享受有意义得多。再说，

170

当年的秦始修长城害了多少人的性命，你看长城还竖在那里，可秦始皇现在与长城有何干系？！……"就是这回母亲的身教，让我周围的友人们才众口矢认[16]那非同凡响的"陈开心"三个字。

　　大概是丙戌[17]年的初秋，我和夫人将年迈的母亲接往京城静养。这天，一位部级友人邀请我们全家相聚，在用餐结束前，这位仁兄请教母亲道："老人家，八十多了，尚如此健旺，请问——您老如何保养的呢？！"母亲回道："不敢！只是……只是我心态平衡；……十八岁以前，我在娘家就受教于父亲的点化：遇事要看淡这个世界，不要与世人争高低，争来的东西它容易失去。后来我和妮莎的父亲组建家庭时就明白了人与社会的关系。——人不可无心，这'心'是用来考虑如何与别人协和互为用的；家不可无主，这'主'是用来'齐家'[18]掌舵的；国不可无君，这'君'是用来'平天下'[19]的。……'文革'期间，那些造反派光及一时地对我全家批斗游街，正是我和她父亲保持沉默才留下了这两条性命；你们看那些所谓'英雄'早已见阎王爷去了。所以——所以人要有恒心去改造自己，就能成为好的材料；古人言：'　而不舍，金石可镂'[20]；意志坚定，才硬若磐石。在是非面前，不要一叶障目，闭目塞听；在名利面前，不要趋之若鹜，随波逐流；当然，在金钱面前，切记'君子赚钱，取之有道'[21]；特别是在社会和国家处于矛盾激化和前途危机时，作为仁人君者就应挺身而出，捍卫民族自强；坚守正大的图强之道，切莫畏缩不前，颓然而存。否则这不是正人君子之为，而是鸡鸣狗盗之帮。……不敢！不敢！大家尽管当我别说的！……"过后，大家在极力赞许的合声里仿佛看到了一座大山的凸起。于是有人说："薰老[22]，倘若以你的治家之道，推而广之地去治理国家，想必，天下岂有不太平的吗？！""不可！不可！"母亲回道。

　　这是我生平唯一见过的充满人伦大道的聚餐式的"论道开讲"；虽说我尚未全部记住她老人家的警言内容，

道学清修

171

然而，那个午餐大家送给她的掌声和鲜花等场面始终炫耀在我的耳际和脑海的深处。

陈开心传写到这里，想必，大家都知道她的名字的三个字是何等的平凡而又伟大。但尚有令人不知的是，母亲常常向我建言的是《礼记》名句，她说："大道之行也，天下为公"【23】。于是我才读懂陈开心传的深邃的秘密。在传里，我或许是破例这样谓及长辈，也或许同样破例行之笔法。

【注释】

【1】别林岩，原名为塔林岩，即东鄂蕲春孙冲街，此地在作者的其他作品如长诗《致温莉·妮莎》《再见！别林岩》及《1982年6月1日，牵手妮沙幸归故里》等均有记述 。【2】妮莎，即作者的夫人。【3】胡油铺，位于别林岩东北向一公里处的半山庄；因此地以胡姓居多而得名。【4】穷戚，贫寒。【5】君子好逑，引自《诗经·国风》"关雎"篇里的第一段的尾句，愿意是"我们成为好伴侣"。逑，伴侣、配偶。【6】善德齐贤，友好、美丽到了可以接近有才能的人。齐，看齐、接近。【7】癸亥年，即1983年。【8】火桶，原名为烘炉，因作者在那里的时间较长经由他命名后便传开来新的名词。【9】《诗经》，五经（《易经》《礼经》《诗经》《书经》《春秋》）之一；春秋时期由孔子编辑的我国最早的诗歌总集。共三百零五篇，并分为风、雅、颂三部。【10】《论语》，四书（《论语》《中庸》《孟子》《大学》）之一，我国儒家重要经典著作。相传由孔子的弟子编辑成集。其记录了孔子及其弟子们的言行、学术思想和教育思想；对中国和世界人类的思想教育产生过重要影响。【11】味觉，体感、感受。【12】镜鉴，镜子、使人自省。【13】圭臬，行为指南、行为规律。【14】壬申，即1992年。【15】喜雨轩，作者在深圳期间的书斋名；有其父亲根据苏轼名篇《喜雨亭记》而得名。【16】众口矢认，大家以正直之心来承认。矢，正直、端正。【17】丙戌，即2006年。【18】齐家，孔子名句，引自名著《礼记》；原文为"物格而后知至，知至而后意诚，意诚而后心正，心正而后身修，身修而后家齐，家齐而后国治，国治而后天下平。"【19】平天下，同引自上句。【20】锲而不舍，金石可镂，引自春秋思想家荀子名篇《劝学》。【21】君子赚钱，取之有道，引自孔子《论语》名句。【22】鑃（li）老，方言，出自古时楚国一带：您老的意思。对长者的称谓。【23】大道之行也，天下为公，引自孔子名著《礼记》一书。 是说之所以万物无私的面对着天地，是因为自然界已将它公之为规律了。

【写作方法】

自传体立传的《善人陈开心传》以一位忠贞于正义的民间妇女的治家之道，来引申担当国家重任的元首应如何平定天下。作者认为：一个治理好了家庭的家长，其经验可以提供给国王作为治国的标本。作为母亲她没有名利和欲望之争，也无任何贪念，只管儿女们在想什么于是就平衡这些事态。然则，作为一位元首如果不是这样思想天下人的呼声，仅凭自己的欲望去管理朝政和国家，自然这样的朝政是不会有公理和民主的；这个国家也就不会有天下太平的盛世。作品里，在大是大非面前，母亲总是立于正大及合乎法度的一边，无论处于怎样的环境她都保持极其清醒的正义感：不偏不倚，使这个家庭始终保持一种文明、和谐、安平乐道的发展景象。殊不知，天下的元首何以不敬这样的自然法度去治国安邦的呢？此作的"善"字，就"善"在母亲的海样的胸襟；"善"就"善"在母亲自我的牺牲精神上；"善"就"善"在母亲借助圣道的真理如何平定天下的大局统筹上。

虽说作者攫取母亲的几个横断面的自然剖析，然而，人们透过母亲源自心灵的肺腑之言，无意中已觉着这家庭和国家可具有同样的管理规律；这便是这篇"传"的经典所在。

# 寒 夫 自 传

【题解】

因为前几年要出版著作，所以大家要求整理一下自己的传记，所以作者这才以小传的形式将自己的一点生活历程许之以文字。

寒夫，于 20 世纪 60 年代初出生于湖北浠水兰溪河东三四里方铺街坊一姓孙的家里。父亲是一位有思想的乡土书法艺术家；母亲姓戴，同是乡下人，但正是她和父亲的熏染让我自两三岁便牵梦书、画、文学艺术之理想殿堂。五六岁时便替父母在山上和自家的那两亩园子里放牛并趴在地上画画、习字。大概近十岁，全家从我的出生地方铺街迁徙回到祖籍黄州。打此我的生活发生了巨变；一是在回到陌生的祖籍要承受莫名的世俗白眼——那是因为我们家底穷蹙的缘故。二是我要在这种冷酷的世界去实现父母嘱咐的"好好修身求艺"的梦想。惶惑混浊的思考里终于等到了开放的春潮。我决计离家游学，这时我已十六七，是该承担全家重任的时候了。

我借助在古城黄州一周里学会的时装裁剪与缝纫之经验首先沿长江东去，第一站便在药圣李时珍故里鄂东蕲州开始了我人生旅途的艰辛跋涉。这似乎是那个时代面临独立谋生的又一个活法。大约六七年的巡回教学，虽说没有

173

太大的经济上的改观，然而让我明白了如何有价值、有意义地活下去的道理；这或许是多少经济和物质都无法替代的财富。那时，白天除了时装教学便是借景写生、素描和临习圣帖及攻读古今中外文学名著等。论起我的文学艺术，自然得感恩狄更斯、高尔基、普希金、巴尔扎克、莎士比亚、歌德、卢梭、雪莱、雨果、泰戈尔、拜伦及欧仁·鲍狄埃；最令我叩首的还是高尔基，是因为他——才使我真正认识马克思主义。后来偶而应社会之邀去中小学作强化班科任教员。接着因小家庭之变迁，我便回到第二故乡黄州，并承包家乡南湖砖瓦厂做起经济管理及拉板车烧窑的苦力来。这时，通过传媒我看清沿海深圳在改革浪潮中确是日新月异，这便使我动了再闯大世界的念头。我背上书卷和大提琴及笔墨等就这样开启了我南方寻梦的人生远航！

修　道

其时，我整个激越之心灵被浸泡在那个热血沸腾、眼花缭乱的世界里；不过，我终究没有被那个物欲横流、金钱万能的社会所击倒。在书法、绘画和为文的求索里一时被建设部聘为山城重庆记者站主任；约十多年过后，即两千年（2000 年的 6 月 18 日）在朋友们的抚慰里于深圳举办了"寒夫书画艺术展"。同时受到那时曾任全国人大常委、中共深圳市委书记李灏先生的提携，我不断让自己的发展航向和艺术视野有了新的拓展和升华。为不负父母之教化，我必须把幼年时他们教诲我的马克思主义真理学说和中国古典文化同步进行研究；当然这时期还是仗着经营自己的书画艺术品来延续这种无产者惨淡的日子，还不断地为几家报刊作些小品文的评论和书画插图什么的。

直到 2003 年 6 月 25 日父亲的作古，我彻悟到父母那高天厚土的恩泽和生命之宝贵。这时我们全家北迁已是第四个年头。在这个东方人类的政治、文化、经济、科学和艺术融合的筑梦天堂，我加速了学创速度，更新了前行观念，时刻将感性与理性集为一体。于是我发现今天的书法、绘画是无法擦亮人的视线，只有以哲理的思辨和科学的马克思主义自然观、世界观才能真

174

正让生者悔悟何为高级灵长动物——人的存在意识不至于受愚钝、封建和腐朽堕落的奢靡、享乐观所腐蚀。自然我便由书画先行变为评论（批判）先行了。当然，每作评论者，其敌人便多了起来。虽说友人们请我作防卫科技学院文物系教授，但不久我还是将重心放在社会观察及现象批判上。

2003 年金秋时节由中国人民对外友协和团中央全国青联等多单位共同举办的"寒夫书画艺术成就展"之后，便回到马克思主义系统学说之研究上来，力争全面传播马克思主义，使当下迷离昏庸的世态得以厘清——如何依照马克思主义自然观去认识世界和改造世界。其间除创研东方人文之母的甲骨文、甲骨学及其他书法诸体外，还攻克绘画、文学、哲学、艺术鉴赏、音乐理论、艺术教育、书法入门、书画史学、书画鉴定、文学（含多种艺术）批评、社会观察等领域之理论创建、学术探索与艺术创作；同时出版部分著作，如《寒夫百松图》《书法家寒夫》《寒夫书画精品选》《寒夫书法十二体·史学版》《寒夫多体书法·史学版》《寒夫诗词精选》《寒夫诗集》《寒夫论文集》《寒夫长诗选》《生命礼赞》《人文现象批判》《寒夫鄂东逍遥游·还乡集》《寒夫艺术论丛》《艺术家眼中的马克思主义》及《寒夫的思想世界》等。

2013 年 6 月 28 日改毕定稿

【写作方法】

"自传"就必须轻松自如的给人以清风送爽之感，于是此传便显得流美、晓畅，吻合现实，贴近生活。《寒夫自传》清晰地将他的身世、家境、追求、梦想、苦难、创造、成就和思想世界等作了全面的概括；是一篇不俗的传记体作品。

# 黄 州 苏 轼 雪 堂[1] 碑

**【题解】**

这是一篇钦心凭吊和高度论述巨人苏轼的作品。16年前家乡来人在京城向作者请求"为雪堂纪念馆"创作一帧《东坡圣像图》，因为多种原因作者一直未回到故国的雪堂拜谒和再次目睹那帧《东坡圣像图》的芳容。于是就2003年6月底，作者就家父亡故之机令全家一齐在赤壁北山的雪堂作了敬吊。当时的亲友等要求他为此次的拜谒作一篇文章，将自己世家研究和传袭东坡文脉等一一记在一起，以寄后世敬怀。遂然便有了《黄州苏轼雪堂碑》重见天日的时候。

癸未夏至后，我同家人作完亡父的祭奠拟返南方的前一天拜谒了仰慕已久的赤壁北山的东坡雪堂。大家被融入在中外香客的人海之中。我瞻仰了雪堂的内外，就在我依附西墙根的瞬间，一种异样的喟叹让我彳亍[2]不得：一个贬官，千百年以来一直被人类敬之为神灵，这难道不是因为他的德行浸透了世人的心灵？！一位被朝廷"外放"的庶民能如此牵动中外游客的敬畏，此岂非一颗星宿在照彻山川大地而辉及万象的结果吗？！雪堂高不过两丈，宽不足三雉[3]，深不逾十步，然却如此终年泛起息息尘浪，声声追忆；四时相往，岁岁续续。自千古一帝嬴政建国迄今，有多少帝王不是因为身名显赫而至于皇权浩荡，门庭若市？！又有多少不是因其道统丧尽，身败名裂而后至于鸡犬四散，门堪罗雀的呢？！人们见过不少雄伟高大的皇家殿堂而不以为然，却总要不辞辛苦地来到黄州，置于东坡雪堂凝视放怀，以敬吊先圣为大美——这里面难道说没有值得教化国民和肇启后世的秘密吗？！

在喁唲[4]的语音里，我听人们说："苏轼乃人世间之奇才矣！……"、"苏东坡乃东西方人类绝无仅有的通才耳"、"夫东坡，他乃聚古君子之风于一人的旷世宏逸也！"、"可悲兮！如此国之重器，却被那些千刀万剐的昏君和佞臣给糟蹋！……"恚然里，我被伤感湮灭了视线。因为我家世袭在研习苏学文脉，又因我要养家糊口于异地，未能归还故里，而今让我生平首次感到世人这般走近苏公的世界，溘然里我开始非难自己。……

是啊！天下的人民这样追慕他的完美德行自然是有其理由的。至圣孔子曰："大道之行也，天下为公"[5]，于是他在外回到朝廷时便敬言皇上：权力不在大小，在于是否用在为天下的百姓谋福祉；用人不在多少，在于是否与人民同心同德地维护国家和北宋的朝纲；将帅不论亲疏，在于是否有能量统筹军心以至于国土的长治久安；学人不在于名声显赫，在于其是否在传播天地大道，以至于让先人的总结渗透世人的灵魂而达到天下大治的太平盛世。亚圣孟子曰："穷则独善其身，达则兼济天下"[6]，于是他在最初被下放的多

黄州（赤壁）大江东去

个地方任次官，其昼夜忠于职守，夙夜匪懈，取信于民且殚精竭力，从不辱国民使命之半步雷 。在同朝廷的百官言政时就敬言百官：身为位及人臣者，我们要替刍荛[7]着想，为天下担悲，我们是因为天下人的生死而在此言政，因此切忌不可意趣用事，置苍生而不顾，然则，这既辱没了先祖制订的治国方略，又违背了清政廉明的朝中体统。道圣老子曰："道法自然"[8]，于是他清醒地撤离朝官寻求外放以更好避开是非之地而筚路蓝缕地作为于广大的平民之间。熙宁七年（1074）他被改任密州（今山东诸城）知州，此地偏僻路遥，文化荒芜；山穷水尽，物景寥落；虽日薄饥馑，然能壮怀不已；虽蝗灭盖地，却仍运筹于济世之中；虽官贸勾结以盐市，可仍将饿殍之状拯救为安逸之区。熙宁九年（1076）底，苏轼任徐州知州不足三月，这里黄河决口，洪水为患；千山沉默，万顷劫舛。其无虑家小，恤城民于眉案[9]；天将降大任于斯人，其昼夜伴于灾民；立人道于天地之间，驱猛兽置古道之外；遂百日之呕血，铸千秋之芳名！元丰二年（1079）底，因"乌台诗案"[10]他被谪为我的故乡（黄州）任团练副使。时续四载，饥寒交错，施仁政，匡陋俗，千千功德享誉山河。诗文藉甘醴[11]，醉中发棹歌[12]；东鄂游，天地和，豪放一代巨子，黄州传奇两东坡！元祐四年（1089）三月，他再次被改任杭州知州。此地虽故国重游，却遇瘟疫肆虐致其浩气待酬。其大道鼎立，广开天门；盖人伦莫惧朝野，念苍民之而悠悠。昭正气于生死之上，忠皇权于劫难之危；封杀药市霸主，

修葺病坊当先，不畏佞臣结党，非惧惛君级首【13】。终致瘟疫退却，东坡功盖千秋！绍圣四年（1097），朝中小人、惛君一再高涨，他被贬为国中之南疆（今海南琼州）。蛮荒之地儋州，天地之尽头，望朝宫以赦之恩赐，斯唯心知可怜愁！其开疆拓土，耕躬山海，携大仁于黎汉之间，掘命井于盘古之先。教化人伦，置身于堂，解惑授业，俯首甘当。虽说他客逝途中，爰东方【14】苏轼二字不愧万代流芳！……

因为他深谙"道法自然"之秘语，所以他赢得了天地间人民至真至纯的盖棺定论。相反那些衮衮诸公，尸位素餐，浑浑噩噩且不知廉耻的惛君与小人们又有谁能获得过如此高尚无比的人类待遇呢？！甚至于王安石推行"新党改革"之际，天下已蕴蓄着一场毁灭性的灾难；只是朝野处于一叶障目，闭目塞听之中罢了，唯苏轼不悖先圣之箴言，他理解孔子最关键的"人无远虑，必有近忧"【15】，于是他这样回答皇上的请问：改革势在必行；但必徐立徐行，方可渐行渐远也！皇上说：依苏卿家看"改革"需花多长时间？他回曰：少则 20 年，长则 50 年！因为是皇权，自然是听不进他的敬言，仍蒙昧视线，我行我素，根本不知何谓圣贤大道，何谓天地玉律；只知兴师动众，顺乎阿谀奉承而不知其笑里藏刀；只知发号施令，乐于危言耸听而不知其危机四伏；只知皇权浩荡，喜谄上欺下面不知离心离德；只知皇上万岁、万万岁，得意其门庭若市却不知朝纲能存几时或岌岌可危；只知文武百官言听计从，无人敢于谏言犯上，却不知改天换地之河水已湮于朝廷正动摇江山之根本且让天下那些捍卫正义的人民将要把他的头颅砍下挂在城门上示众的事实的发生。可悲兮！可悲兮！——天庭下尚有比这更可悲的荒唐治国的呢？！于是在苏轼预言的第 26 年（1127）时，那些惛君和狗样无价值的虫豸【16】一同随那个腐朽的机器——北宋被宣告接受了历史的审判！呜呼！这就是一个伟大的圣哲和一个祸国殃民的王朝之间的关系和对比啊！

雪堂正中的堂中央是我于十六年前为他作的题为《东坡圣像》的国画。在过往的人群里我恍惚听见一位黉老【17】说："古往的圣贤不少，但像苏东坡如此大善大美的圣哲却不

黄帝

178

多。可是人类何以要让那些腐朽和昏聩之徒做皇上的呢？要让苏轼这样的人去亲政，想必天下该有多少人不在受益他的恩典啊！"于是在《东坡圣像》下朝拜的人们便一一点头，心息共鸣！

这里甚至姑且不言其为此地留下的"两赋一词一寒帖"[18]如何使黄州成为世界人类之文化焦点。就其文而论，不论是赋文、策论、碑记抑或是赏论等，其总是高屋建瓴，一针见血；理学清澈，入木三分；汪洋恣肆，撼然心魄。品其诗，情景夐阔，典白交融；寓意高远，淋漓哲性。赏其词，灵性洞达，意境深邃；举前人所未及，乃一代豪放词圣矣！仰其书，崇古骨庙堂之法，尚圣境大雅之风；修短肥瘦，工逸茂密；洗千秋之尘埃，立万代之风碑[19]！继王  之后一代书坛巨擘也！此乃千古以来人文学士敬仰他的唯一理由。

我听说孟子有："居天下之广居[20]，立天下之正位[21]，行天下之大道[22]"之圣言，而后才研究苏轼的。经半世纪之结论，他是以上述之道作为修其一生的心境。自他最初被贬谪直至死于常州于归途，也从未有改忠于朝廷和怨恨百官庸人，这是因为他在施放尧舜之德的缘故。在他为官于民时从来心系苍生，安甲一方；这是因为他替代布施姜尚繁天下为己任的结果。莫须有的"乌台诗案"置他于死地时可他仍坚信皇上会申张正义；这是因为他借以伯夷和比干[23]的大敬大善之为的原因。无论怎样在贬途中的屡遭朝宫的诛杀却从未放弃过礼仪廉耻、孝悌忠信、仁爱和平的亲历亲为；这是因为他不薄孔子"君子爱人"之天地大道。这些处世之律一如他为文研修的"六义"[24]一样，因此他的为人和为文是与世间别的圣人是不同的！

遂然，人们说了：苏轼乃千古仁政之君子、学界之巨擘、天地之圣哲，且与日月同辉也！正如恩格斯论马克思一样，他说：

> 一生中能有这样两个发现，该是很够了，甚至只要能做出一个这样的发现，也已经是幸福的了。但是马克思在他所研究的每一个领域（甚至在数学领域）都有独到的发现，这样的领域是很多的，而且其中任何一个领域不是肤浅的[25]。

这就是近代马克思和古代苏轼在相异时代而对人类产生过相同世界性意义的深刻认识啊！

拜谒雪堂过后的几天，亲友及有关人士说："寒夫子，您府上数辈在传袭东坡文脉，延以苏学遗风；这回您该为雪堂写点东西罢！"于是，我就在苏轼诞生的966年（2003）夏至期间，适之他驾鹤西去的1101年7月28日之纪念日常毕此文。

先圣谅之以微身，宥之以浅学；斯感之以钟敬，盖发之以万民；遗之以觞碑【27】，夫冯之以千文！

**2013 年 12 月 9 日终稿**

【注释】

【1】雪堂，北宋元丰五年（1082）正月，苏轼于黄州东坡山修建雪堂，且自书"雪堂"二字为匾。据《蔡忠烈遗集》载，明"崇祯中，东坡手书'雪堂'二大字犹存"，今毁。引自《雪堂题记》（丁永淮、梅大圣、张社教编著《苏东坡黄州作品全编》）。【2】彳亍（chi chu），小步子慢悠悠地走路。【3】雉，此为量词，古时长三丈高一丈为一雉。【4】啁哳（zhou zha），鸟雀之嘈杂声。这里形容游人的议论声。【5】引自孔子《礼记》之名言。【6】引自孟子《滕文公下》之名言。【7】刍荛，即百姓。【8】道法自然，即老子《道德经》之核心价值。是说人类要依照大自然本来的客观规律去认识世界和改造世界。【9】眉案，出自"举案齐眉"一语。【10】乌台诗案，公元 1079 年即元丰二年以王珪、李定、张璪、舒亶等捏造的"诗中有对圣上大不敬"之由而将其下狱。乌台，即当年御史台审理犯人的公事是设在一个有古柏参天的院落里，上面有不少乌鸦筑巢；又因苏轼是因为诗词引起的"文字案"，故为乌台诗案；被史称大宋天下一耻的文字狱。【11】此句是说苏轼以诗文凭借自己的仁德作为滋润这里曾经心灵荒芜的人们。藉，凭借。甘醴（li），甘甜的泉水。【12】棹歌，在船上用桨划船时唱的歌曲。此为苏轼人生达观的处世态度。【13】级首，取首级。这里是说朝野辱没圣道，滥杀无辜的昏聩勾当。【14】爱东方，于是成就为东方人类最为耀眼的人文巨人。【15】引自《论语》名句。【16】虫豸（zhi），不通礼仪而又昏聩无度的人。【17】黧（li）老，古时对长者的敬称。此语流行于楚国一带。【18】"两赋一词一寒帖"，即《赤壁赋》《后赤壁赋》《念奴娇·赤壁怀古》和《黄州寒食诗帖》，乃苏轼在黄州创作的巅峰艺术。【19】风碑，流传于人类的高尚德行的楷模。风，古圣之德范。碑，楷模。风碑有异于丰碑。【20】广居，此为大仁大德。【21】正位，此为大善大礼。【22】大道，此为天地自然之道。【23】伯夷和比干，伯夷，商末孤竹君的长子。墨胎氏，名允，号公信。最初孤竹君遗命立其弟叔齐为君，孤竹君死后，叔齐让位，他不从，两人一起投奔周文王。路遇武王伐纣，伯夷、

尧

叔齐拦马劝谏。武王灭商后，兄弟俩隐居首阳山，不食周粟而逝。比干，商代贵族，纣王叔父，官少师，因屡次劝谏纣王，最终被纣王剖心而死。后人称伯夷和比干的品德为正义和大道的化身。【24】六义，即古人为文的学术标准：它因《诗经》而来，《诗经大序》"故诗有六义焉：一曰风，二曰赋，三曰比，四曰兴，五曰雅，六曰颂"。【25】引自恩格斯《在马克思墓前的讲话》一文。

### 【写作方法】

作为碑的艺术体制，《黄州苏轼雪堂碑》自然有所新的突破。它不同于过去仅依仗论理和举事来叙述碑文。此碑作者将自己置身雪堂的中外访客之中，以亲历世人对雪堂主体的具有世界性意义的不朽人物苏轼在现实世界中的评判从而激发其对这位圣人的功德演义。作者说："雪堂正中的堂中央是我于十六年前为他作的题为《东坡圣像图》的国画。"这便将读者的注意力骤然转移到作者是以身论道的传神境界之中；接着他说："过往的人群里我恍惚听见一位鬵老说：'古往圣贤不少，但像苏东坡如此大善大美的圣贤却不多。可是人类何以要让那些虫豸和昏聩之徒做帝王、皇上呢？要让苏轼这样的人去亲政，想必，天下该有多少人不在受益他的恩典啊？！于是在《东坡圣像图》下朝拜的人们便一一点头，心息共鸣！"

作者以此生动传神的现实意境阐发对一代巨人的颂扬，不仅真实地传达了人民的呐喊声，更从人伦大道的高度上塑造了圣人的社会性和人民性，这是一般"碑"体文所无法达到的艺术感染力。结尾处的亲友等吩咐并期待作者为此次雪堂的拜谒记录一点东西，于是就有了这篇《黄州苏轼雪堂碑》的诞生。作品自始至终将读者引进一度由开端对"一位贬官"和"帝王"及"高不过两丈"的"雪堂"和"高大雄伟的宫殿"的强烈对比来悬念地昭示世人的思考，到东坡之所以能成其为圣人"是有其理由的"深刻延展；以及后来作者以孟子"居天下之广居，立天下之正位，行天下之大道"应对他终其一生的伟大实践，其结论是苏东坡具有尧舜、吕尚、伯夷、比干和孔子之美德，因此才如此完美，如此超凡。最后作者以恩格斯论马克思之结论收束，这十足说明作者始终以马克思主义文艺观来看待现实世界的人文意识和以马克思主义科学的自然观去引领人类的浩然之气。

总之，《黄州苏轼雪堂碑》无论作为其体制的衍进还是以马克思新人类学文艺观彰显正大之气，均属独具风流，另开一派之范式。

# 恩父孙楚寿墓志铭

【题解】

　　作为后人，作者为亡父造墓志铭是理所当然的。通过作者较多的作品，不难看出他对恩父的感恩大约在三个方面：一是感恩父亲自两岁就手把手引领他走上习书之路；二是感恩父亲自幼就让他接受东方传统文化浸染；三是感恩父亲理性的让他认识并研究和传播马克思主义。是样，作者才有幸实现梦想：在以马克思主义自然观改造自身的同时，还去影响周围的世界。这种力量难道不源自父亲那时悉心的教化与培植的吗？

　　为人父者，有人类迄今，便如江河之水滔滔不绝；似山川之落叶累累复还。一位普通人能以自身的道德言行去改变后人我——寒夫及他人的心灵世界，这自然有教化世人的德尚。这德尚它不仅在影响着我，还每每福及着周围的世界。

　　因此，恩父，你的降生和仙逝是有来历的，也是福址苍生的。虽说你不比尧舜、姜尚、孔孟，东坡[1]等由九天之星宿的降至，然在凡间你已被世人传为"孙公仁伯"了；这便是善为善报的规律啊！

　　孔子曰："不知命，无以君子也。"你的君子之风，在无声地置于一生的处世法则之中。充满罪孽的文革劫难，你受尽了人世间一切艰磨：含终日莫名绁之苦[2]；仍寂恃愚昧可笑之冤[3]。终于，雨过天晴，云开日朗：那些睁眼瞎的混水摸鱼者，他们丧魂落魄，无地自容；那些耀武扬威，张牙舞爪者，终致心惊肉跳，兔死狗烹；那些黑白混淆，危言耸听者，一齐被公允的昭雪给他们

舜

以响亮的耳光！尽管你未向任何人吐出一个“不”字，但他们往往以你作为再生的道德准则；重返人伦的道统楷模；不敢再有逾越半步雷霆的处世圭臬[4]。就这之后，人们便称你说：“超理数而容天地之太和；兼人本而行德善之美人也”。于是四下人民便公道之：“这便是人世间所谓君子小人之别啊。”

20 世纪 80 年代以来，中国由计划经济转轨为市场经济，你每每目睹人们之行为在疾速蜕变里裸露丧失天道大统之滥觞：人们以大不敬先人而诋毁父母造化之恩；以逆礼尚而背叛文化之道统；以戕害人伦而求之苟且偷安；以颠覆古圣先贤而天道阙如；以罪恶横行天下而动摇国民之根本；等等；这一切与你谆谆教诲我们的“君子，应顺乎天道”背道而驰。直到现在，我还常常叹佩：恩父，你不用任何力量之约束，却毫无违背上述之理数 ；没有国家对你的强制，却从未有过占他利为己有之劣迹；没有政策的强调，你却总是两袖清风，一尘不染；没有行政的号令，你却做到克己齐家，守德于民；就在大是大非和歌功颂德面前，你仍忠心不二，宠辱不惊！自你走向生命之终点，我从未听闻人们言你有背国家和人民之利益；相反，你从来是那样乐善好施，济困于人；仁德为怀，教化于民。是样，你对自然之效法，对天道之推行，对人民之博爱，对国家之体谅——此浩浩然之气节，儽儽然之风骨，难道这不是你追寻古君子之风的日月之德尚的么？！

循你旨意，我读完《春秋》[5]后便一改往日的文风。你还说：文章贵于传道，即自然之道、美人之道和创造之道是也。遂然，我才知道将老子“道德自然”之治国安民、孔子之修心仁政、马克思之以自然观改造世界等织人文理深处——此乃自然之道也。每遇世道之悖逆，尽管以现象与事实为理而行之以文，透之以言；为文不可无度，宗古不可无法；依仰先法效之以文，仗己新得修之以秘；文秘俱佳，乃为之创造之道耳。你尚教诲我：孔子问道求教于老子；刘备治军拜相于孔明；屈子造赋日夜学《诗经》；马克思修宇宙系统论而先后攻读德国古典哲学、英国古典政治经济学等等这些，他们

闻道

均出自一个理念，这便是虚心向先人和圣贤大道取经，而后方有道正焉！继而你说："宋人陆九渊曰'差之毫厘，谬以千里'；文章功则天地恩泽，风物百代；文章过则误人子弟，祸国殃民！"凡明此理，乃为文修道之美人气节，功莫大焉！

那是我们举家辞水如州的第二年，据黄州乡亲言，在我们尚未年关上街为乡亲书写春联之前，从未有人尝试过这一幸事。我才十三四岁，亲历乡亲争先恐后地围着你抢购对联，一壮士还央求道："先生，帮我题一幅吧，无论多少钱我照给！"而你答曰："此乃东方人文之道统，与钱无涉！我仅收纸墨费！"

父子情深

此等以春联济乡之举你维系了三十余载。遂然黄州的乡间里仁便称你"孙公仁伯"了！在我云游四海的头一年，你接受了为孙氏宗亲续谱之功业，便敬告乡人说"吾儿寒儿，已操书文美度，但可身轻，宗亲令我老夫从事，自当背水一战也！"此后你事必躬亲，兢兢业业；四海为家，受之以亲；风餐露往，报之以仁；穿蛮荒之大庚，无泰山之坠缚；渡沧海之横流，若登临险水之扁舟；凭族稷而迢之以扶桑，乐肝脑而觊觎以身涩；昌始祖繁衍之大业，独悄然悲怜而涕下！终无怨言。你让天下宗亲寻根问祖，按图索骥；使族谱功昊千古，薪火弥传！血亲投之以敬，报之以身；旁亲与之以桑，藏之以帧；力祈天下孙氏祥福齐天，功染四海宗亲而化育万年！此乃你给亲内旁外人类之功德耳！

儿吾存系之飘忽，无足力以修铭记；适至你御鹤十年之际，乡友保成君称："少先生，'仁伯公'仙逝也已十年乎。你业定京都，是否为家父立铭正焉？然则我们可以你之铭志勒碑且育于后人；即令你无以清明还愿，我等可代你为先生作祭祀，万请少先生适之！"复曰："少先生，你以书、画、文、论等早已'青出于蓝而胜于蓝'也，此岂非府上家父仁伯先生点石成金之挽扶，天赋化育之浸透，遂翰墨灿然，春秋笔墨——非公薪火之德范乎？！"

然则，于你十周年祭日之公元2013年6月25日之前，恭恩此铭，以祈安福；并依乡友保成君等之仰谕而为恩父孙公仁伯先生以《随天乡邀觞仁伯先生寄予驾鹤归来辞》歌词，遂适之；词曰：

那昔恩父过瑶塘，占卜料测世沧桑<sup>【6】</sup>。

性灵通达奈何往？妙年锦绣露华章<sup>【7】</sup>。

觊觎天帝恩泽赏，莞尔戏眉凡间上<sup>【8】</sup>。

遗仃两岁亲父亡，孤泪贫身悄作消<sup>【9】</sup>。

文梦破碎耕异乡，远上虹云羽衣裳<sup>【10】</sup>。

绝境造化诲一方，枯木逢春懿菲芳<sup>【11】</sup>。

半生修道翰墨香，一世砥砺美流芳<sup>【12】</sup>！

浊间妖怪贼入帮，仙域高贵自成行<sup>【13】</sup>。

牛鬼蛇神俱逞强，春风化雨判糊浆<sup>【14】</sup>。

筑梦大义撼高阳，护经究艺垂一方<sup>【15】</sup>！

千尊墨液宏逸广，功德众口佛声扬<sup>【16】</sup>。

担当苏学导川江，誉留中土旋扶桑<sup>【17】</sup>。

终效圣贤气高尚，言行文墨萃汪洋<sup>【18】</sup>。

里仁天乡同邀觞，何日归来驾鹤访<sup>【19】</sup>？！

儿　寒　夫　并　全　家　叩　上

2013 年 2 月 18 日京华学舍雪雨轩

【注释】

　　【1】尧舜、姜尚、孔孟、苏轼：尧舜，上古造化与天地之间的洪泽圣人。姜尚，周朝文王时代最杰出的重臣。后被封为齐国第一位国君，是他创造了东方人类最为繁盛的经济时代。孔孟，即孔子和孟子。东坡，北宋大文豪，人类少有的通才。【2】缧绁之苦，如同早被绑架样的苦难。【3】可笑之冤，即那个时代浑噩的政治冤案——"莫须有"之冤。【4】圭臬（gui nie），指建树客观事物认识或作为的方法与规律。【5】《春秋》，孔子所著述的最早的编年体史书。【6】那昔，那时。瑶塘，传说仙人诞生时所越过的地方。此指亡父所遭过的苦难。【7】妙年，青年时代。露华章，是说父亲很早就开始以文章、书法闻名当地。【8】觊觎，想得到。此指希冀之意。莞尔戏眉，是说嬉笑平凡之事。【9】遗仃，留下孤苦伶仃的人。亲父亡，作者父亲两岁就没有了父亲。【10】文梦破碎，是说那时作者的父亲怀有为文修道的梦想后来却被现实破灭了。耕异乡，去别的地方做童工。虹云，空中泛红的云彩。此指作者父亲在没有根基的地方立业就像在云幻里生活。羽衣裳，此为贬义词。这里形容那时亡父所衣着的凡间极为破旧而不遮体的样子。【11】诲一方，用教育改变人的德行。枯木逢春，是说他后来有了死里逃生的做人机会。懿，美德。【12】砥砺（di li），磨练。

185

【13】浊间妖怪，此指那时文革期间所暴露的一切非人性的违背道德的恶臭现象。自成行，自己成就了乡土上的书法艺术事业。行，行业。【14】判糊浆，看作遮掩人的一种欺骗的幌子。【15】撼高阳，撼动古人求教方式。高阳，乃孔子上祖居住地方。垂一方，在那方得到世传。垂，垂宪、流芳。【16】宏逸，有造化的人才。【17】担当苏学，承担弘扬苏轼学说的使命。旋扶桑，周游日本。扶桑，此指日本。【18】终效圣贤，一生依照古贤的道统为文修艺。【19】里仁天乡同邀筋，是说那些接受过教化的人们都在希望他能重返人间来共同举杯邀赏。里仁，对他乡的敬称。筋，举杯相赏。此句是说什么时候他能回到这美丽的人间呢？

### 【写作方法】

作为"墓志铭"与"传"、"碑"是有区别的。他首先强调了清晰的身世与功绩的记载；在详实的记录逝者生平的同时，尚需有一定的韵文作为渲染。此墓志铭恰好具有了这般体制之韵意。作者在记述亡父极力崇古尚贤的同时，并对他所遭受的文革时期的"莫须有"劫难给与强烈的同情与批判。从诗的结尾处理看，作品在总结一个永不泯灭的道理：世间的恶人一定得到诅咒；人类的善者终将报以芳流！以哀伤来凭吊亡父一生的苦难；用颂祇来讴歌逝者的高贵仁德；这便鲜明地记述了逝者纯净而光辉的一生。

## 吊

# 哀歌的岁月 [1]

### 【题解】

作者恩父于 2003 年 6 月 25 日驾鹤仙逝之后，就在所有购得的书籍的扉页上署上"醒言"——"哀歌的岁月"，即时时在提醒自己要牢记亡父生前所赐予他的一切。同时要记住恩父的不幸离世对他来说是一种难以估量的损失。为了不忘恩父之教诲，化悲痛为力量，于是将"哀歌的岁月"作为一面镜子处处警醒和照彻着自己。

**亲爱的亡父，本想在今年 6 月 25 日你仙逝的十周年祭日作这篇祭文的，**

或许早想到在此之前就该要做的；但因生计和这身不由己的昏聩的世道而至于今天着笔。虽然孩儿未可做到忠孝两全，然而，你我伤别的十年蹒跚前往的日子里，我从来是将这悲哀作为自己一路前行的镜子；遂乎，我便把你作古以后的我终生挨度的旅途称之为"哀歌的岁月"。

自儿时，我们的邻居赵英河在其母亲逝世的悼词里说："一定要将母亲的去逝化为力量……"之后，我便记住先人作古是必须让后人引以为力量的。同样，这十载有余的岁月，我每每将这哀歌作为一面镜子——以镜鉴自己是否苟且了你与恩母赐予的生命；还作为人生博弈的大道进行曲——以验证我修文、修艺、修身之乐章是否与你愿为地留下过遗憾的造次。诚然，父亲你是应该放心的：自我两岁接受你和恩母熏染的传统艺术迄今，一切根植我心灵深处的教诲如夫孝妻贤、勤俭齐家、不耻下问、诲人不倦，尚有那"穷则独善其身，达则兼济天下"；"为天地立心，为生民立命"；"君子固穷，小人则穷斯滥矣"，"君子泰而不骄，小人骄而不泰"，"君子结朋为天道，小人结党为营私"、"君子慎于身，小人则滥于言"等等从未在我生命之旅有过悖行。甚而至于这些狷介于怀的圣贤道统不仅在我为文修道的实践里得到传承，还在我自然观世界里业已得到思想之重建和东方人类如何坚守国民自强的信念升华。想必，这一切全然得感恩你和我那善德的母亲。否则，我怎知这宇宙间尚有光明与黑暗在并存，正义与邪恶在较量，君子与小人之分，科学与迷信之博弈；真理与谎言在对峙，自由与暴政在对抗等反正现象被融为一体的奇妙大自然呢？！

每每缅怀哀歌的日子，我总在然失伤，且时而在体验着潜然之苦的悲怆。虽湉湉兮之我怀伤[2]，决巨痛之河泱泱[3]！可是过后，我便溘然[4]而立，咽罄泪颗，捋拭泪痕，重新俨首，挺起胸膛，正视着前方！……

哀兮！这哀歌的十年，我努力实现——那时在你灵柩前的承诺：虽我有兄妹四口，但我总是刻意将母亲的生活全部作为自己生活的一部分，不

吸日月之灵气

让他们多一处倾忧【5】，是考虑为他们省下一切开支；尚且我常想，无论对父母还是对他人，但凡施得的是善因，将自然会得到善果。因此，我和夫人莉莎为孩子和母亲多一点善果的报赏，故连连担起这般"但求播种，不求收获"的责任来。因为我知道她是你生命的一半，对她的敬畏和孝道就是对你恩父最大的感恩。那是我在五六岁社稷山【6】放牛的年代，你和母亲为了多争取几个工分儿，一旦听到队上"大家走啦！去郑家龙开荒了"的集合声，就赶急将中午的饭菜为我们准备好随后风风火火地随大部队开荒去了。其实那时你和母亲很少吃了东西，有时甚而干脆没吃就赴队了。你们那样不畏艰辛地走在改天换地的创业者的行列里，却还要牵记不忘我们兄弟们的衣食和成长环境。……伟哉！我的父母，仁哉！我的恩典！……后来，你见我习书水平有了长足之进步，很快又让我攻读《唐宋八大家》《诗经》《四书五经》《楚辞》《唐诗选注》及《宋词三百首》等；当然，《唯物主义历史观》《马克思主义自然辩证法》是你们让我花更多时间研修的课题。是样，我才接触到东方朴素哲学和西方马克思主义哲学及其系统学说。有了这些理性的钥匙便让我一一迈进那辉煌深邃而神秘超妙的知识殿堂。多次在梦里，我依旧像儿时样的接受你坐在身边作为我的监考老师来引领我精神的长大，思想的飞翔！……这十年哀歌的日子，我简直没有让母亲因我而失望；相反每每让她为我的一步步前行深得欣慰，愉悦情怀。北漂后的近些年，在逆境里我终于在全国友协领导关怀下成功地举行了"寒夫书画艺术成果展"；在当下文化氛围处于阴霾里我仍在庄严的人民大会堂举办了《寒夫艺术论丛》理论研究与学术成果报告会。并且，当下今天的人心不古，世风日下，人伦丧失，道德阙如，真理罹难，文化背叛的浑浊环境的猖时，孩儿我仍屏住轻佻而终成巨著《艺术家眼中的马克思主义》等等这些常人所始料未及的艺术成就和学术成果。倘若没有社会的安定，友人们的相助，又岂能有你的孩儿我纵情引吭，展翅翱翔呢？！……于是，我又明白了一个庄严而深刻的新的道理：人来到世间，首先要学会敬畏先长；其次是学会掌握知识；再次是学会感恩社会。……

亲爱的父亲，这一切一切的收获，一次又一次的震动，一回又一回的鲜花与掌声，如不是你那时和母亲的抚慰我又怎能得到今天这出人意料且感人肺腑的跨越呢？从动态看，你同我们全家远离西去，然而正是这莫大的悲戚成就了孩儿我嶙峋【7】前行的动力。因此，我将这悲怆视为一种催发心智的能量；一个勇于博弈的航标；一把燎原的精神火种；一座致人永不离向的灯塔！

所以孩儿我永远是属于你的。无论世态怎样废弛与寂寥，我将时刻拭亮目光，任凭人类怎样污秽我将永远洁身自怜；是你让我深觉这宇宙的奥秘，是你让我体味这天庭如此的璀璨；是你令我餂啖【8】之命如此宝贵与芳美。……

呜呼！亲爱的亡父，孩儿我觉着未来的一切在镌刻着叩谢！我只有将一切的一切全寄托给了这仰赖哀歌的岁月！你的孩子，寒夫叩上！！！

2013 年 10 月 20 日上午定稿

**【注释】**

【1】哀歌的岁月，本意是指作者祭奠亡父后以心灵之颂语感恩生父的词章。哀，悲伤，通指父母、亲人离世。此处引自屈原《离骚》之"哀众芳之芜秽"一语。歌，即歌颂、颂扬。此引自班固《汉书·韩安国传》："平城之饥，七日不食，天下歌之"。此指引申为作者借助悲伤而坚毅前行的创造者的奋斗精神。【2】湉湉（tian tian）兮之我怀伤，湉湉，水势平缓流动的样子。怀伤，即因父亡而深怀别离的悲痛之情。此句是说：平静的泪水啊常常是因亡父与我的分离而黯然失神的。【3】决巨痛之河浃浃，决，指河堤溃裂；浃浃，水面广阔之意。此指形容作者深怀亡父离去的郁郁之痛。此句是说：怀念离世亡父的悲痛之心犹如决河的水势那样撞击和澎湃。【4】溘（ke）然，十分突然。【5】倾忱，诉尽心中的苦衷；倾，倒尽，倾尽。【6】社稷山，作者儿时放牛、读书的地方。于浠水兰溪方铺街正东南的大山。【7】崄巇（xian xi），艰险而困苦。【8】餂啖（tian dan），这里形容作者深感大千世界之神奇而自知生命的价值才觉着生的诱惑。餂，诱惑、勾引；啖，引诱、利诱。

**【写作方法】**

作为凭吊文，首先要道出逝者对生者的意义；《哀歌的岁月》在回首的往昔里陈述了常人所未知的感触。作品开局部分的幼年心灵里铭记的"一定要将母亲的去逝化为力量……"抓住了后人对先人的敬畏与承袭先人遗志的优良传统。文中讲述了恩父母在那个"改天换地"的艰苦岁月"毫不利己，专门利人"之道德楷模；后来告知恩父自己这些年来的一点跨越。这便真正让"哀歌"恸出了人生的志气、生命的价值、奋斗的结晶、创造的喜悦以及对自己世界观的改造。此为先抑后扬的写法。

# 在亡父的墓前沉思

【题解】

这篇原指于 2010 年 1 月 7 日在长沙完成；后于 2012 年 1 月 26 下午于雪雨轩定稿。作者在亡父的引领下不仅懂得学艺，还能明白修身；不仅能改变自己的物质生活，还能改造自己的精神世界；不仅要认识自己的人性弱点，还要认识当今世界惛而不清的污秽现象。

父亲，如果不是那天我展卷《清明上河图》引首部分的清明节令的人们为先人扫墓的凄怆情景，差点我又因忙碌而忘却了对你的记忆。诚然，父亲，咱们离伤的日子已整整八年了。尽管每年的清明节这天我都携全家在你的坟前朝拜谢恩；乃至以泪洗面，但很快又投入到那似人非人的潮海之中。

亲爱的家父，这时刻让我寝食难安的八年岁月，有时，我像一片风中的叶子被刮得无所适从；有时又如一颗沙子被时代大潮漩转致居无定所。这一切的一切皆为了一个目标：就是为了早日实现我向全家人誓言的——化悲痛为力量。要 而不舍地完成你生前为我们这个文雅之家建树的尚圣之风和你所追求的文化事业：书、画、文学、国学及史学等人文事业。

当年，我们一起陪同你在小饭桌上听课时，你常说，做人就必须安分守己，依照人道之规矩做人；这样才能修身立命，立志齐家。如果为文，就一定得顺从为文修道之原则处世立心；这样，你的文章才有深度，广度和高度；否则，即是洋洋万言却不关痛痒，不顾民情，不问天下之生息，这便是敷衍，这便是蜻蜓点水，便是哗众取宠，通俗地说，这样的文章就是骗子。你还说："如果你真正为文，就必须像屈原那样：不惧怕权贵地为天下的苍生说话；像韩愈一样为真理立言；像东坡那样去为真、善、美立心；

在亡父的墓前

190

更要像鲁迅那样'敢于直面正视淋漓的鲜血'，是样，你的文章才会大放异彩，经久不衰。要记住，为文千万不要奴颜婢膝，那样便败坏了我的东方人文的文化道统，还会残害我们世袭相传的文化薪火；……"虽然我像吟游诗人一样过着飘零的生活，然而从未敢忘却你生前的谆谆教诲。随着时光的流逝，加之儿子我寒夫在你和母亲道德阳光的照耀下，开始慧悟自己的所谓严肃的形骸：如果我少一些结友他人，多一些书房修文道和心志，岂非多一分收获吗？！如果少一些世俗的粘合与结伴岂不就多一份纯真之心的播种与尽责？于是，我清醒了许多：钱挣多了有何益？够花的就足矣。——人为何要为那一张纸非要成为金钱的奴隶不可呢？！如果一个人终日被浸泡在金钱和物质的世界里而不知灵魂之腐朽与堕落，这与蟑螂苟活于世又有何两样呢？一个人，一个鲜活的生命，如果不究"人之初，性本善"的人道去修身立命，却丧失了人的正常尊严的理性认识，那么，我们如何能建树一个康平乐道之家呢？倘若家家遗弃了"立身"和"齐家"的"立命处世"之根本，想必这个社会又该如何走向社会的安宁与大和呢？

于是，在你老人家道德精神的引领下，我每每以最纯真的大美之心来约束自己：你当年所说"为人于世必须这样——'金玉其心，芷兰从室，仁义为友，道德为师'"。正是你心灵的浸透，让我懂得以最美的艺术去传播精妙的思想；用最深邃的语境去诠释古圣先贤的"兼天下、平天下"的理想。总之，你和母亲给了我生命，还赐予了我智慧——使我真正意义上成为一位具有德行和创造性的人；否则，我这一条弱小的性命岂能感知这人类烂漫的文明与淳和的世界呢？！否则我凭什么来建设一个温馨而幸福的自由之家啊！亲爱的家父——我的伟大的恩父，今天我是以泪洗面的；——我代表全家向你作深深的忏悔和祈祷。这些年，虽说是在你和母亲的道德阳光的沐浴里追求着自己的理想，但尚有许多地方未尽到孩儿的孝敬；未尽到你创建的家风和文脉的传承者的全部；今天，就在此时，你的儿子寒夫在此一一向你忏悔了！！！并且，我将继续像过去的这八年一样——每年的清明时节回到你的坟前进行补孝、悔过、祭奠、追思和谢恩。在你伟大心灵的面前，我显得如此渺小，如此不知所措，如此的不敢左右，且又如此的悔恨自我！

我的伟大的恩父，我的伟大的造物者，在你老人家坟前，儿子——我一个不懂感恩的家伙，俨然一个不知报偿，不礼孝德的子孙……我是一个罪恶深重的后人，我是一个应该接受你和母亲任意鞭刑的不懂世事的不孝子。

无论如何，儿子寒夫还必须说："亲爱的家父，你就放心在那天国的一方静静地安息吧！我会好好地照顾妈妈的生活，——我会时刻作着悔悟；尽最大努力为她老人家减轻因为你的离去而带来的伤悲。你好好安息吧！"

现在我屏住呼吸，合上双手——从头顶到眉心——到人中，然后扑通地跪在了你的墓前，请你听我这样代表我们的大家庭向你表白：

"第一回叩首！我们感恩你和母亲赐予我们的生命和灵肉！

"第二回叩首！我们感恩你和母亲赐予我们的家庭、幸福和自由！

"第三回叩首！我们感恩你和母亲赐予我们的智慧，让我们在你和圣贤道德的沁润里拯救自我——去完成你生前尚未完成的文之大业！"

父亲，在我有限的生命里，我不仅每年春天这样用三回叩首向你表示谢恩，还要像那《清明上河图》的引首卷一样——将你崇高的德行深深地镌刻在我们后人的心里！

2012 年 1 月 26 日于雪雨轩定稿

【写作方法】

此篇以作者展开中国旷世之作《清明上河图》作为引子，再深刻论述亡父对作者的重要意义，在剖析人与社会间的关系时，作者一如既往地牢记古贤的道统而慧悟生命之宝贵。于是才有这样的表白："第一回叩首！我们感恩你和母亲赐予我们的生命和灵肉！第二回叩首！我们感恩你和母亲赐予我们的家庭、幸福和自由！第三回叩首！我们感恩你和母亲赐予我们的智慧，让我们在你和圣贤道德的沁润里拯救自我——去完成你生前尚未完成的文之大业！"这样的心灵洗礼，无异于对一切生者的自省。此为感悟的写作方法。

# 雪 堂 春 秋

【题解】

2003 年 6 月底，作者还乡同家人一起为亡父作完了家祭，离故土之前特地携家人专程前往赤壁北山的雪堂。全家拜谒了雪堂之后的第三年，便写下了这篇凭吊体文章。本篇的写作时间晚于《碑》体文《黄州苏轼雪堂碑》一些时间。

黄州，是否因为有了您的被贬，才有了我对雪堂怀有一往情深的恋因？

是否是因为与第一次观后的时间过久，迫使我常存如此重游之期盼？……

那是八个月前[1]的清明节。我让全家人从多处赶回，为我受艺真传的亡父——作古三周年的家祭。当然，弘姐也得知我孝还里仁的行程。我们被安排入住赤壁宾馆。依照程序，我们举家如期向亲爱的家父缅怀深切的敬意，表示极其沉痛的祭扫和哀思！在京城动身前，弘姐才知道我第一次游览赤壁已是卅年前的事，甚而她还诧异道："为何三十春秋游一回？？？"并凭借短信称："无论多忙，此行我陪你再看一趟！"

做完家祭，我安排子燕、孙萌等各自事务；还约定明早上赤壁山看雪堂。弘姐乃我故乡黄州极好的道友。三年前，她采访过我；打那一刻，我们似乎注定了佛缘，并自誉慰为佛自圣翁——苏文忠公之门下。或许，是圣翁之诗词、文赋、书法、其不为五斗米折腰之坚毅品格、悟佛之精要和那"江山如画"、"惊涛拍岸，卷起千堆雪"[2]之磅礴豪气，成就我和弘姐投合之缘故。

我似乎生平开始懂得尚圣、激热和寓意。待我和夫人莉莎及萌儿与其姑子燕等由梯山竞攀，曲径寻步，险道而下，兴越池塘，踉跄而至于香火弥旺的寺院门前，弘姐与我们欣喜地见面了。

大约因她之邀，副市长子匡、传媒子珍、寺的主人玄德长老、双手捧着高香不期而至的香客等等将我和家人们围得密不透风。从那祥和的寒暄、钦慕和赞誉里，我猜定乡亲们不仅得知我此行乃三十年后的一回，还知道我的书法道统大有先圣苏骨之灵气遗风、东坡之体貌并称我俨然东坡文化的继承者和创造者。仁兄子匡道："子夫先生，游教海外，里仁无归，今此同缘，可否挥来纸墨，以壮吾志气……""爸！……就满足他们吧！"爱女孙萌插嘴道。"瞧，贤弟，当下可让凉案是否？！……"其实，打弘姐那乐似紫云般的笑容里告诉大家——乡亲们的几分祈求，我的几分无奈和几分荣幸。笑声、互敬声、聒噪声[3]、翰墨香与佛寺里香火烟的交融以及众乡亲吸烟时的客套声将这间或的时空演绎成我生平头一回看到了人间祥和鼎兴的安恬与幸福感！阿弥陀佛！……

书就各自索藏的作品，内人正收拾笔墨，萌儿跚跚地从河里端回水盂[4]洗笔；没等我坐下缓口气，玄德长老哂尔[5]笑曰："……先生，凭你刚用之

黄州 东坡雪堂

193

钤印【6】断定你的书法真可谓'东坡门下'，乃'赤壁山人也'，你——何不常归兮？？？" "归乎！归乎！一定归乎！！！"在寒暄里我愧疚地回应他。

"子夫贤弟，尚有点时间，该拜雪堂啦！" "应当！弘姐！子夫陪上！"我们下意识从人群里抽身，来到雪堂的　额下。她以舒缓且虔诚的声音道："阿弥陀佛……" "阿弥陀佛！……"我仿声念着，一边虔诚而悄然地随其后，先在进门的堂像前照旧学着她烧好香、插就位、双手合于胸，接着叩头三回，然后再作善捐。到此，我以为雪堂拜完，用低声请教她。"不行！跟我来！"她用纠正的语气回答我。我随她经过刚拜　的堂前朝左细细浏览了堂屋的左半部分；后回头向右边拐进，看完右半屋陈旧的陈列物什，再退出进入前面的左壁的小耳门，尔后与她一并站在一面黑乎乎，久未修葺过的陈墙对面。这回，我先按她的旨意重复了刚才前堂的仪式。紧接着，她郑重且又虔诚地拿食指将我的视线引向黑尘墙正中的一幅人物画像抑扬顿挫地面朝我道："贤弟，这正是你久以敬仰，始终崇拜的圣翁——苏文忠公……这帧《东坡圣像图》【7】就是当年我向你求得的！……你看……" "阿弥陀佛！"我们不约而语念道。

细瞅整个先圣的轮廓，不由我顿生一种超然的自豪感和悲愤感。我再次镇定神情，清楚看上去，敢情那是多年前应她的约稿而完成的那幅。诚然，苏公的眉宇间所透露着的仍旧是他那忠君报国的气息；似乎在说：大道者——必贤能清政，爱天下太平；国学者——必德才兼备，方世物华润；兵武者，必文韬武略，则国土不受侵犯。……接着，她又一次面对圣像亲切地言语："苏公，子夫由京城回乡到此，自幼迄今，视您为圣师，崇拜敬仰，凡四十春秋，以您为快，究您为豪，其书法不断融入《景苏园帖》【8】类之妙境，绘画不乏您笔下之气象，且文亦放您烂漫之异彩……请您受其一拜焉！……我与他无论天各一方，异域他乡，从未中断过对您渊学博识之研究、探索和传播；他不善佛语，今天我陪他一起向您示以隆重之祭拜，万请先圣受纳！……我们尚在努力继承和光大您的事业；——安息兮！阿弥陀佛！"的确，我不善佛颂，并因她的引导，我深深地向圣师——东坡圣像又作了庄严的祭拜——我跪下双膝，叩头三回，再沉重的竖起身子。随后我说："先圣，这回我以心作为祭典！我们之奋斗乃您之夙愿，望圣师放心长眠之悠哉！！！"

退出雪堂，有人招弘姐应酬香客，我趁机跨起大步，穿过竹林迂回去池塘的南岸，这才看清雪堂的屋顶及全身。

屋脊生满土黄与绿草相间的青苔，斜坡瓦区星星点点的野草和小树在向人们、游客敬告着一种文明；在穿越时空——在不断呐喊；四周老尘墙那苦恼的面容似乎亦向我们倾诉一种极待泛新的音息；池塘通向雪堂大门的曲线坡，仿佛在陈述一位渊学强识、震古烁今、吐芳扬烈、辉炳千秋的学长曾于此栖息过、生计过，消逝过。或许又有谁获悉那流芳千古的山水绝唱《赤壁赋》[9]《后赤壁赋》[10]《念奴娇·赤壁怀古》[11]及《黄州寒食诗帖》[12]等经典岂非诞生于此呢？！……伫立池塘的南岸，我受其英灵所感，悠然间合了一下眼睛，间或，刚才似乎见过长者在河边自娱地洗完了砚台，再缓缓地直起身子，理了理肥大的衣袖，然后小心且娴熟地经曲线坡回到雪堂的内屋。他先舒展了一下筋气，接着便拿笔，还定了定身位，随即书写那被堪称"天下第二行书"之《寒食帖》的创作圣境呢。……不禁，我惊喜曰："苏翁尚在！雪堂不倒乎焉！"……

大家几经周折，好容易在池塘南碰到了我。在回到给乡亲赠书墨迹的寺堂中央，仁兄子匡和弘姐等在谦让声里令我落座。

乡亲们在我不绝的哀叹里像是揣度出了一点不快，子匡便安慰我；他说："……游了雪堂，先生似有不悦？！家乡的经费依旧不足，但我们在努力之中，尽我们所为——使雪堂和寺院、观宇变得品味一点……如不加强保护……大清时代尚遭过火灾……政府准备投入；先贤苏东坡是世界级的名人，乃我黄州之幸运……""阿弥陀佛！但愿！但愿！善哉！善也！"我和弘姐等一道谢过。我语毕，子珍说："先生被聘为东坡书画艺术协会名誉会长，可否为其建设提点看法？"倾听此言，如利剑般刺痛我早经震颤的心腑。"是！是！是！……"不尽的回答，同时又在不尽的驱使着我对眼前这一切作着何等程度的思考呢？

许久，在巨大的沉痛中，我才清醒了一个念头：乞求政府的投入。——然而我们是否想过，保护和修葺人类文明成果乃造福后世，恩泽千古；反之，若丧失先人的发明与创造，岂非殃及今人，遗臭万年？是乎？且然否？！愿圣哲感动天地，育化清政！

光阴荏苒，岁月非但无法磨灭今年春拜之记忆，相反，三月还乡之祭典，似是让我看到了自己在飞跃：三十年前的观赏赤壁雪堂，那仅是乐于儿时之好奇；而今次，倒使我懂得赤壁的山水草木——因为雪堂而挥发其灵气啊！七百万人的黄州因为苏轼而时刻愉悦情怀，就连江水都泛起了熠熠之光泽。而中华民族亦因出现这样一代词圣、书圣，并为世界艺术殿堂丰富了一位文化巨人而倍加骄傲，同时，又因他的驾鹤西去何尝不为今人所悲叹乎？

盖先圣能益于世人，何以不益于我？——不过，每我登临山顶，无不想其"山高月小，断岸千尺"之妙境；每到江河湖海，无不因其"大江东去，浪淘尽"而频添雄襟荡达、长风万里之豪气；每每脑海闪过"人生如梦"之念，不得不因过于放浪形骸而廉耻！……尚且，我开始发现因其大智大慧而深感自愧形秽来。因弘姐也工于苏子文化之研析而使我觉着心灵当以豁然之净化了！……

　　大因生计所致，那初春还乡祭祀时潮般之幽情，竟于八个月后的深秋而至于润笔此文。子夫终于叹曰：圣翁——乃吾之智慧、吾之圣灯、吾之勇气和希望！

**2006 年 10 月 15 日于雪雨轩**

**【注释】**

　　【1】八个月前，此指 2006 年的清明节。【2】此两句是苏轼《念奴娇·赤壁怀古》一词的名句。【3】聒噪（zao），声音嘈杂。【4】水盂，创作书法时常用来洗笔的器皿，也叫笔洗。【5】哂（shen）尔，发笑。【6】钤（qian）印，在作品上盖印。【7】《东坡圣像图》，作者当年应邀为东坡雪堂纪念馆专题创作的作品。【8】《景苏园帖》，乃苏轼书法的部分作品集。由湖北人民出版社出版。【9】《赤壁赋》，苏轼当年被贬谪黄州时第一次游览赤壁后的赋文。此文作者重在以敬畏江山、凭吊和追忆古人为主。【10】《后赤壁赋》，乃苏轼在黄州时期再度游赤壁时的经历写照；此作以描绘山水奇特、梦仙人而寄幽情为主。【11】《念奴娇·赤壁怀古》，此词不仅是苏轼在黄州的艺术巅峰，也是中国词学的巅峰。此作抒发了作者思慕古人，赞美豪杰，文娱江山的超度境界。【12】《黄州寒食诗帖》，乃苏轼在黄州于 1082 年 3 月寒食节期间创作的传世之作。

**【写作方法】**

　　作品以记叙的方式描述了作者一家在作完家祭后朝觐雪堂的经过。作者深感三十年前的拜谒只是肤浅的游览，三十年过后的朝觐才让他深觉思想的飞跃：苏轼不仅对家乡黄州有益；还是世界人类极有影响的精神巨人。文理清新，言理透彻；具有灵动的境美。

# 敬 吊 闻 一 多 先 生

**【题解】**

　　2003 年初春，作者由沿海还乡，经故土的友人们的安排终于实现了探访作者的出生地兰溪方铺。回到县城宾馆后就决定翌日拜谒现代伟大的爱国诗人闻一多的纪念出于非常之因我去浠水县闻一多纪念馆祭吊了闻一多先生。

其一，他与我是同乡，只是我的乡土是浠水兰溪，他的故里是浠水巴河；即他的出生地离北宋大文豪苏轼当年（1080）迎子由的巴河口不出十里地的巴河镇。其二，我们全家于1976年迁离浠水兰溪回到祖籍黄州陶店。那次我因学校文艺汇演被推迟到年底独自寻故，当我只身由兰溪走到巴河，想看看梦中伟大的闻一多故里时，因年幼才十二三岁，且地域不熟加之害怕乡狗的追逐便放弃了探访一多先生的计划。其三，因为我的上祖沿袭迄今一直在传承词圣苏轼的文脉，在我游学三十多年后回黄州经故人作陪寻访到了苏公当年《浣溪沙》所描写的浠水清泉寺时，我第一回拜谒了一多的纪念馆。其四，我作为马克思主义研究者，从无产阶级的角度与一多之信念是一致的。当然尚有其他因素，让我与一多先生有了一乡之缘——此处讲的是乡缘，而非是攀龙附凤。

因此，研究和敬吊一多先生是我每次还乡必不可少的内容。

这次的拜谒是我阔别乡土三十多年后的第一次。那天由市里安排，我们由县委书记陪同，我和恩父及家人没等早餐完毕便准备了看馆。大家还在谈论看馆里的诸多内容时，我几乎未等车停稳便推开车门索性奔向了这位现代伟大的爱国诗人闻一多约四米高立姿的铜像正前方：他眉目舒展，凝视着前方，似乎是在告诫人们这是坦荡里夹杂着光明与胜利的喜悦；面庞里透露着一丝笑意和对世物充满无所畏惧的淡定的坚勇；它的上方驾着一幅以民族大义为使命的眼睛和绕脖子而垂向前胸的围巾，正在向世人陈述这是当今东方人类赖以自信和自强的伟大的国民气节！我和大家一一向他鞠了三躬后便去到他的事迹陈列馆。

依次我们先拜览了序厅。我同大家一样以极其敬畏之心开始从进门正面的墙上目读一幅以先生生前极负盛名的诗作《红烛》内含创作的巨幅国画；透过作者的钤印，不难看出是先生的后人闻立鹏及夫人张同霞教授的联袂之作。我姑且不论国画《红烛》一作所富含的美学元素和其超卓的艺术价值；不过，从二位作者对"红烛"的精神诠释、思想再现、笔墨润致以及"红烛"的民主性斗士的慷慨及大文豪为国请愿的民族正气在沧宏的意蕴里发挥到了"不知红烛便不知先列"的创造语境。至少我是被这帧反映大革命爱国先驱的浩然正气震住了。当我读到画的收束处不禁在我记忆的脑门深处闪烁着先

197

生那涌动如铁流般的诗句；他说：

> ……红烛啊！
> 你流一滴泪，
> 灰一分心。
> 灰心流泪你的果，
> 创造光明你的因！【1】

慷慨就义

……接着，我们又一同被沉浸于先生生平事迹展示厅的寻思里。他志存高远，胸怀天下；东渡扶桑，弥往学海；博学强记，堪当国运；知难而进，为国捐躯。在这一壮阔的生命乐章里，他由风华意气的青少年到不辱真理使命的文化斗士，以为国民振兴而肝脑涂地的伟大气概，为东方人类不屈辱邪恶、黑暗和愚昧铸造了一块不可朽灭的大义风碑。直到1946年因悼念爱国民主人士李公朴等人的大义凛然而惨遭国民党反动派杀害。先生以47周年的宝贵生命和烂漫的文化甘露不断鼓舞和激励着他之后的一代又一代为真理和正义而赴汤蹈火的中国人民。这不是一个闻一多先生的身遭劫难，而是中国亿万人民为争取自由和平等、幸福的伟大警示！

不约而至的敬拜的人们，像我们一样，不觉半点劳顿，在看完上述重要史展之后便是尾声：通过现代手段模拟的微缩景区把先生诞生的故里巴河望天湖一隅给展示得恬淡而宁谧，让世人无不称奇——一个普通偏僻的江浜乡野，居然造化出如此超凡脱俗的伟大的民主革命诗人。这是何来的灵妙？何来的星宿呢？

我们结束了敬吊之旅，在陆续散去的人流里，我不断在比较里深深地发之慨叹：苏东坡出身于四川眉山，其地不为显达之域；孔子出身于山东曲阜尼山的避风洞里，马克思和恩格斯均出生于德国特里尔和武阳河谷等等，这些迹象表明，人的天然造化无需计划、申请和审批等程序，但凡他是"为天地立心，为生民立命"者，他就自然为天地所承载；为人伦拥大爱；为伟人之共列；为圣贤之共星宿。……为不废此行之拜谒，便以诗之言记下了这次的感悟；诗云：

友之人去心非死【2】，

敢有歌吟恸地知【3】。

担义捐躯铸大勇【4】，

昏聩文王酿大耻【5】。

死水哀兮泣鬼神【6】，

红烛惊澜破祭时【7】。

衮衮诸公障目里【8】；

最是狗烹落汤迟【9】。

**2013年3月5日深夜终稿**

【注释】

【1】选自《红烛》第6页；华夏出版社。【2】【3】【4】【5】心非死、地知、大勇、昏聩文王，是说周文王那时以卜卦的唯心之道，向人们传授课意；汉时的唯物学者批判了他的这一迷信思想。【6】死水，即名诗《死水》。【7】红烛，即名诗《红烛》。惊澜，惊涛骇浪。破祭时，以大无畏的革命精神冲破祭祀者的悲痛。【8】衮衮诸公，即那些把持朝政却又丧德卖国的亡国奴。【9】狗烹，就是说将那些丧失民族气质的傀儡像煮狗肉样的煮了。

【写作方法】

此作以亲历闻一多纪念馆为敬吊方式，自然是虚托追缅的精神寄托。在纪念馆里，作者取"极目"、"沉思"、"借拟"、"比兴"及"追思"等手法对一代伟大的爱国诗人作了钟情的凭吊。作品纵深有度，开合并然；属题字生骨之法。

# 拜药圣李时珍陵园

【题解】

此作最初创作于1988年初，因故直至2010年终稿。作为家乡最著名的古贤，那是20世纪80年代初的一个春天，我独自离家沿长江东去，仗着现代时装培训的教学与缝纫的一技之长，第一次就在鄂东最负盛名的古城蕲州登陆并开始了我人生第一站的旅途设计。那时在我十五六岁的心灵深处，我的家乡黄州，我以为除了苏轼外最没有比药圣李时珍更有名的人物了。因此，谓之蕲州古镇的盛名大概还是因为他和他的《本草纲目》罢了。

鉴于经济拮据，我便在一家颇雅致而又廉价的小馆子里落定了栖所。仅用三天的功夫我便张罗开了教学点的事务，就等时机成熟便可同这里的求师学艺者见面推行这第一期的工作。小馆子的主人很是仗义，每见我的请教或打探有不明之处便总是以仁厚之礼报以帮助，仿佛大家相处了许久似的。他叫李睦。通过他多次的盘算账目和记录处理，看得出其文化程度约为初级小学，但就是他那宽容大度的理性之光，让我觉着这是一种美的发现。

这天，雨后放晴，经他的导引我来到了久已仰慕的李时珍陵园的外面。我静静地在雨湖之滨看了看这里被誉为古时蕲阳八景之一的"雨湖渔舫"；它并入李时珍陵园一并被国家列为重点文物保护单位。但因为时间关系，我没能去到与此隔岸相望的瓦硝坎——这便是这位东方药圣诞生的地方。

重建后的陵园，楼阁耸立，亭台交错；碑廊庄严，园寝肃穆；其药物善本置于灵验的妙堂之理，而圣君和于术数的回春之誉远乎天庭之外；近百亩傲视东西药学之畿城医学馆无不挥发着因为李时珍超强的意志和博大的医道学养而致人于默默祭吊的缅怀之中！陵园主题标志的"李时珍纪念馆"乃小平同志题写的浑厚的法书，值得国内外敬拜者一看的当自然是园里最独特的本草药物碑廊：它约200米长，以石刻的保存形式为世界人民准确地记录下了各药物的名称、性能、功效及科目属性；这便杜绝了因印刷品传载所误印的偏差。药物馆无疑乃纪念馆最核心的部分。在这里我用心读到了三大内容，其一，他将自己由先人接过来的处方，经过多年的临床效验后作了重新科学的结论；其二，历经漫长岁月对诸多药物的临床类别一一作了药理、药性等史料整理，使后人便于查寻其归属编程；再次，诸药物不论是草本

200

全国爱国主义教育示范基地

**李时珍纪念馆**

中国共产党中央委员会宣传部

一九九七年六月十日

黄州 蕲春李时珍教育基地

还是矿石本抑或为动物科等，被重新冠以科学用名和注入新的物理内涵。此外，馆内还陈列了动物、植物珍物标本数百种之多，是样，药因自然科学而闪烁出奇异之光辉；物因客观常律而泛发着天赋之活力。由此我不得不想到在他之前的几千年里多少人命又因盲目愚昧或药误而夺去了生命呢？……我拜看了百草园，在这里，我仿佛目睹他仍在同药农们一起攀虬龙，登栖鹘，履巉岩，披蒙茸及据虎豹之艰磨。我不禁想到这些名贵的百草药，经他遴选培植迄今，它们被使用了多少代，又造福了多少天下的人民！……

在沉重的思绪里，我迈进了他的纪念馆。在这里，第一个导入我心灵深处的便是大画家蒋兆和为他造的标准像以及莫斯科大学为之铸造的铜像。一时间，我如同站在了他的复活体的身旁。我透过那些久远的历史文物，看到他还在仰仗这些极简陋的用具以极其平和的拯救生命的使命感；同每一位渴望康复的人们以肝胆之心回答病人的诉求；在那些历久弥新的透露着被岁月尘封的书卷气息的善本，我仿佛看到他在那数百年前的灯草的暗光下伏案着校勘和在月光底下设计着目录或分类什么的；那些古往今来，古今中外的敬吊者以发自内心的崇仰和对他为后世留下的不可估量——同样也是不可磨朽的伟大功勋而不惜一切代价为之创作的书画、塑像等艺术品，自然为每一位到此凭吊的人们昭示了一个庄严的理由：李时珍不是一位商贾显赫之辈，不是皇亲，也非国戚，之所以饱受数百年世界人民的忠心爱戴和高山仰止，是因为他同广大的百姓共一个心灵；同一切与病魔抗争的患者同一种祈望；和普天下的人民共一个仁心仁术。这——就是伟大的药圣李时珍……我还以笔记的形式记下当时我所抄录的几个数据：他是第一位以求真务实的改革家的责任感，在明代倡导了科学治医，

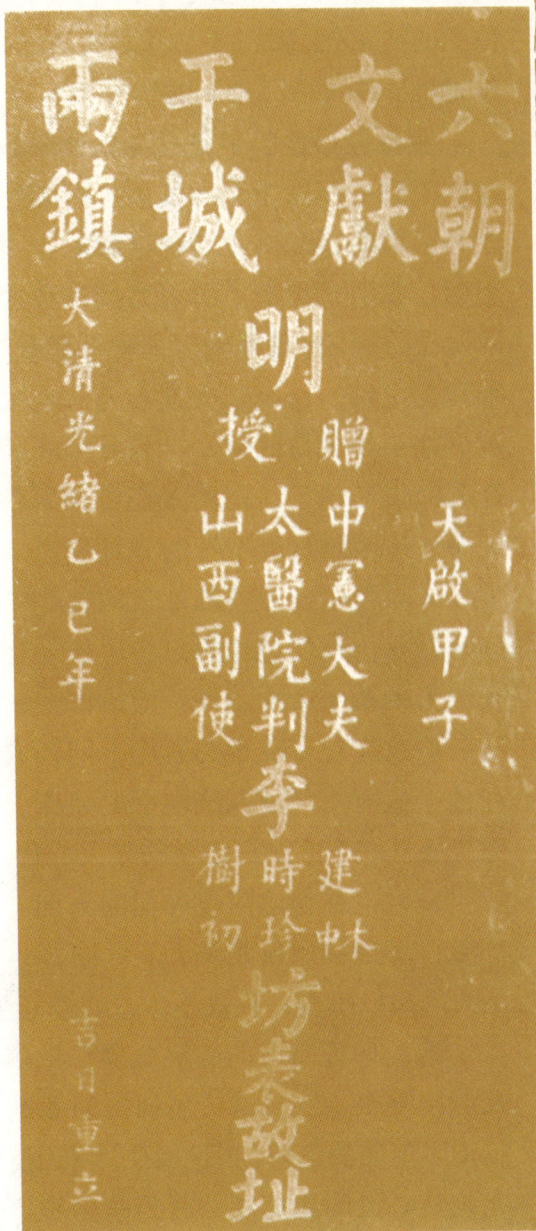

六朝四贤碑牌坊

201

合理取药的医药学理论思想；他是我国古代第一位以医药学同广大的人民（包括农民和下层人）、渔民、樵夫、药农及行医问教相结合的走自然科学之道的伟大先驱；他在丰富的医药实践里，参考了历代有关医学、药理文献800多种；他在一生的医药生涯中几乎批判性的对旧时之药物加以鉴别、考证、纠正了古代本草书籍中的药名、品种、类属和产地等严重错误；也是第一位收集、整理宋元以来民间发现的新增药物，使之充实中国药物内容；他经近三十载精心专著的《本草纲目》收录原有诸家《本草》所载药物1518种，其中新增药物374种。《本草纲目》的诞生，总结了16世纪以前中国人民丰富的药物学经验，使之成为中国医药史上的一座永恒的科学丰碑。在他的纪念馆里的结束处，我还看到类似《濒湖脉学》《奇经八脉考》及《五脉图论》《三焦奇难》和《命门考》的仿真抄本等。……

我将敬吊他的半身立姿铜像及陵寝放在最后，于是在我结束纪念馆时便索性来到他铜像纪念碑前面。碑身约六七米许，四周簇拥的是灌木与花卉合成的圆形的绿化圈；就在这绿的正中与他对峙的两米处，我向他沉痛地鞠了三躬，我似乎顾不上游人的拥挤和含着叹佩之泪意又一次回首瞻仰了他立在碑次端的铜像，他时刻以那种平和而淡定的神情面向每一位前来作拜的后人，那和蔼亲切的面庞在向世人无声地提示一个精神世界的秘密：无论权贵还是黄金都不是生命的财富，只有健康和长寿才是人类追寻的永恒！他那微微张开着的嘴唇似乎是在向人们传递早他两千年的先圣孟子的圣经："穷则独善其身，达则兼济天下"的处世之道。……顺着人流我便在他的陵寝的跟前跪下了，同样以三叩首的礼仪向他作了默哀并绕陵寝转了两圈。在人们纷纷散去时，我仍在那遐想的思绪里替他在那个极乐之国的世界描述着他的日以继夜的为拯救生命的工作：他或许在同先前尚未完成的病例作科学临床上的总结；他或许是在陡峭的云崖上同药农们在寻找他那久已失传的草本验方；或许他干脆就像沉浸在这地下的寝床上因劳顿而伺机在休眠间再回忆一下哪些弥足珍贵的工序对药物学的光大与传承更具有历史性价值……

总之，在他这陵寝外面的人间，我生平头一回看到了所谓圣人的造化、悟觉、修身和如何兼济天下；同样，我仿佛感到在那安眠的地下世界，这位圣人的日以继夜，孜孜不倦；心系苍生，无言无悔！……

202

这是何等高大的心灵气象？！这是何等造化的学范圣灵？！这是何等超凡的精神坐标？！这又是何等坚毅的东方人类的自信与自觉？！……忆起这三十多年前的造访，虽说因生计索骧，但每每总要想到故土东去的那一方圣土，无论是心灵的润蕴还是行为的引领，我总以为这是一轮不灭的光辉——让我在充满荆棘的旅途上缓缓前行。尽管延至今天为其作文，但早于二十年前便已为他造了诗文，这就将修改后的《咏怀蕲州李时珍》附此文末；以飨诸君，诗云：

畿城翠畹映碧空【1】，
本草洪绪世命同【2】，
医药渥泽济千古【3】，
内外捍使永遗风【4】。
千山万水播大爱【5】，
三言两语肝胆逢【6】。
裁剪删谬报真知【7】，
天地无悔效国中【8】。

**2010 年 3 月 7 日晨定稿**

**【注释】**

【1】畿（ji）城，离府城较远的城区。翠畹（wan），青翠碧绿的原地。畹，长满花圃的园区。【2】本草，即《本草纲目》。洪绪，宏伟的功绩。【3】渥（wo）泽，弘大的恩泽。济，拯救、施舍。【4】内外，指海内外。捍使，使之成为。【5】大爱，此指李时珍留给人类的有关医药学领域的巨大贡献。【6】三言两语，是说当年他留给人们心中的最为简洁的诊断方式。【7】裁剪删谬，是说当年他在修缮巨著《本草纲目》时所采取的科学态度。【8】效国中，报效中国。国中，中国的倒语。

**【写作方法】**

此指属于起笔波澜之法。文章在记述作者从业游学期间的敬拜圣人，尔后顺势叩拜他的各种纪念地，使作者从中受到了耳目之清新、心灵之洗礼、思想之波澜、精神之净化。在穷蹙里作者得到了思辨；在惶惑里作者得到了慎思；在心灵洗礼过后，作者又得到了高瞻远瞩，平视远方的超迈的自然境界。这便是敬畏古贤的结果。亦是作者多年崇尚的"文贵传道，学贵解惑"的亲历写照。

# 故 土——兰 溪 [1] 古 镇 觅 趣

【题解】

　　此次回到故乡，是作者辞水如州 36 年后返回故里的第一次。他目击了生养他的故土；思索过这里与山水同在的人们；追忆过两岁就失去父亲的亡父童年时代所遭遇的劫难。在他泪满衣襟后决定了写出此篇的计划。这是作者在外地出差时完成的作品。

　　论及我的出生地浠水兰溪，委实让我有些愧意；在我较多的文赋、诗、词、策、论等体制的传载里，在作此文之前，尚无一篇文章涉及我的故土兰溪镇和居地——镇东去四五里地的方铺街。这大概是因为我十二三岁随父母迁离此处——除了那个孩提时代的一些初成的乡土上的轮廓，别的几近被忘却了的缘故。就那次初访后的一些时日，还是因为难舍，我便作了这首《赠留故乡兰溪方铺别后四十载廿四韵》的悲情诗；诗是这样写的：

> 苍苍螺盘地，依偎大江边 [2] 。
> 帝子恕我命，投胎牛社山 [3] 。
> 方铺肇蒙语，生平头一天 [4] 。
> 河汉梦游里，叱咤蔚大千 [5] 。
> 谒谢父母心，怜吾难作眠！
> 兄妹凡四口，一女比三男。
> 家境穷途里，劳乐各参半 [6] 。
> 浠河恼童身，耕学晗一线 [7] 。
> 访世三四载，诗随畋猎间 [8] ！
> 鹦鹉鸭聒声，象复又一年 [9] 。
> 窗扃门板纸，撇捺横竖点 [10] 。
> 枝棒为坚笔，常练坐沙滩。
> 母伴油灯下，父课餐桌前！
> 每温旧时课，新陈方连贯。
> 他日梦未醒，鸿语蠲流传 [11] ！
> 倾家议盛世，木童倚余边 [12] 。
> 卿卿徙故里，祖籍在陶店 [13] 。

异族迎相送，别时黄昏晚。
喟兮世万象，一去不复返！
侘傺陌乡场，非然浑芊蒝[14]。
嫭嫇兰溪者，瞬媥阞成年[15]。
沈沈他乡文，冯予心浩然[16]。
冰轮四十载，不绝泪阑干[17]。
归途访一遭，壮诗可耕田[18]！

其实，我早有写这生我的故土的必要。自幼时，我听闻祖父题写"天下第三泉"的故事开始，就有为关于这一文脉正言的冲动。不过到我成就书家后才彻底明白一桩道理：历史所尘封的谜团岂随今人的意愿而被打开的了呢？！……后来，随着我经年游历山水的意气表达、自然生活的考究、人文区域的造访、历史沿革的探索、文学艺术的创研、东西方哲学的博弈以及在书画领域的探究等，让我越觉这故土的忠爱和亲切！

正是后来家乡的艺术界朋友同我论"第三泉"，于是，使我从阔别多年的文脉记忆里得以苏醒。关于"第三泉"之掌故，我在《天下第三泉》里作了论述，这里不作赘言，还是回到与我最有史学意义的"兰溪"的内涵上来。十多年前的那次我受友人之邀有幸拜谒家乡名人——伟大的爱国诗人闻一多时，第一回得悉北宋大文豪苏轼的《浣溪沙》是他在"闻一多纪念馆"附近的清泉寺游览后的心得之作；此后让我对自己的出生地兰溪提升了认识。苏公的《浣溪沙》是这样写的：

山下兰芽短浸溪，
松间沙路净无泥，
萧萧暮雨子归啼。
谁道人生无再少，
门前淌水尚能西。
休将白发唱黄鸡。

由此可见，词圣苏轼游历时的兰溪，当是春意盎然，兰花盛妍的节令，尚且，直至今日，我尚在他的词章里谈到兰溪河的独特的地理标志；他说："门前淌水尚能西"，这已详尽地告

205

还乡故里

知后人——浠水河的流向是由北去的大别山发脉而经西（溪）河流向西潭坳后再汇入长江的自然事实，加之我上祖世代追随苏体法迹，过中他又对我的诞生地如此客观造诗，主观构形怎令我不为之动情的呢？！由此说来，我对自己出去的乡土方铺街和区辖地兰溪的认识一下子从蒙昧的童年一跃到了清新的中年了！

三十多年，我游历过太多的人文胜景，史迹遗风，不免我总要将他同我的乡故珠联在一起：首先我要想到的是，作为北京文化革新时代的先锋、文坛之领袖苏轼，论治国，他有天论大道；论改革变法，他有徐立徐行、渐行渐运之良策；然而，那一叶障目，闭目塞听的神宗何以不用，反倒将其谪居黄州而后让他徒步到兰溪再步行至清泉寺的呢？而后我要想到的是，何以要在这位旷世通才到访的千年之后，上帝让我在此地降生，而且继我祖父之先业——不遗余力地传承苏学之遗风呢？！总之，是位圣灵的驱使终致我苏复了对故土的眷恋与希冀。随着我艺术创作和学术领域的开拓，居然不久前我又在唐代大诗人杜牧的《樊川文集》里找到了另一惊奇：即早于苏公230多年的黄州刺使杜牧就到过我的故乡兰溪。有诗《兰溪》为证，其诗曰：

兰溪春尽碧泱泱，
映水兰花雨发花。
楚国大夫憔悴日，
应寻此路去潇湘。

诗意为，兰溪的春天虽过，但绿草里的兰花因雨水的滋润而香溢四野；那昔日的楚国大夫屈原在极其忧伤的时候，如果能来此地一游，再去湖北湖南恐怕就没了不少悲痛！值此，我才深深地追忆到1200多年前的兰溪——那时，我的故土是何等的充满诗意啊！这般山川四野弥漫着兰芷惠若的一爿洞天福地难道不是我用以大歌大言的天地清歌吗？！自此后的岁月，每逢我想到还归故里兰溪，我总要发之幽情，动之壮怀；思之以圣灵，畅之以兰叙；焉乎咏吟我那久别兰溪乡土的《回兰溪望长江怀古》四韵诗来；诗云：

霄境故园溪江岸[19]，
帝赐福国扬子边[20]。
自古圣灵诗经美[21]，
繁星隐约落九天[22]。
山水游于棋盘里[23]，

萧萧暮雨发君兰【24】。

难得仙域逢我时【25】，

愧誉天下第三泉【26】！

　　言至此，我还得交代一下此诗的大意：第一韵，是说天地间居然有这样一片美丽的乡土附在溪河与长江的交汇处，好像上帝将它的一部分置于长江的旁边。第二韵，从茶圣陆羽，大诗人杜牧到大文豪苏轼等以诗文言美以来，这块福地就俨然不太明朗的星辰遗失在人间；这是说明后来很少有人将此圣灵的诗论发挥光大、承载与推广，让天下人难以知道还有如此美丽的地方。第三韵是讲兰溪的丘林山脉及地貌仿佛是游动于棋盘中的棋子；那微微的黄昏雾雨催发着兰花的怒放；这里形象地概括了兰溪的山川地貌结构和君子兰的独树芳名的特征美。那么第四韵便是对这片故地提出了反思、遗憾和深深的悲叹：因为唐代茶圣陆羽云：

　　　庐山康王谷山泉第一，无锡惠山寺石泉第二，蕲州（当时为蕲州郡所辖）兰溪石下泉第三（载于浠水县志）。

　　接着的是杜牧《兰溪》诗的驰誉；当然尚有大文豪东坡《浣溪沙》的深度塑造；近现代我的祖父孙仲摩题写的"天下第三泉"。这已凸现出兰溪古镇并非蛮荒偏僻，人迹罕至，相反其早已闻名于诗传诗载，遐接于薪传；只是我们这些后人但求自身安保，勿求社稷昌盛而至于致世人与我乡间之无涉，外世无之以手足之故罢了！否则，就连圣人陆羽确立的"天下第三泉"的水的丰碑，都迄今1300年的人文征程，竟不再见别的文化的声浪，可想这大美诗言的兰溪和这默默无闻的"天下第三泉"岂非因人们的忘故知新和继往开来而愧存于洞天福国的么？！

　　前面说过，这里不赘言"第三泉"之"非议"是讲不再多论关于"天下第三泉"的历史迷尘的纠结；但这里要说的是围绕这"泉"的一点思考：言及第三泉应分两个命题，其一，是关于我祖父孙仲摩与游王庭题写"天下第三泉"一事的谜案争议；其二，应是"第三泉"的"泉"水今安在哉。这在我的另一篇记文《天下第三泉》里已作过叙述：意思是批评了我们这些后人常在这块摩崖石刻上争论了漫长的岁月，然而却从未有人想到去如何开发由茶圣陆羽定论的"泉"的重大历史资源。如能想到这一点，然则我们不觉着可怜、可悲吗？自"天下第三泉"之争议以来，却从未有人想到对此"泉"水的开发与科学利用——使尚好的天下第三泉得以服务兰溪且造福外面的世界，甚而至于当地的乡亲们仅听闻泉的传说而非知这泉的实处者甚广也！于是，我便在《天下第三泉》一文里以诗言志之意为此作了概括，以再次引起我这乡土上的人民以此为自己沃土上的财富作一回科学性的发掘，不然后来的子孙将会以此为大不敬和大不孝先圣遗训的。出于德尚，出于感恩，抑或出于警醒，遂将这首词附在这里，以敬我养育人伦的故土；词是这样写的：

别兮四旬，今焉名哉[27]？
商贾楼阁鼎沸，江河依旧，唯两岸今昔[28]。
春秋梦落此处，难开口，冤屈兰溪[29]。
怜乡故，从来沉睡，怅夫子悲戚[30]！

奈何？问大道，对天长歌，英雄无觅[31]。
细思量，蹉跎一摩圣迹[32]。
除却非属非故，德皋尧，三泉流丽[33]。
桥东西，障目世眼，岂可赛庐锡[34]？


鉴于不违社稷，这里还是有必要将这首《满庭芳》作一回浅译，以敬乡人，以报恩土。上阕第一、二句，意为我阔别了四十多年的兰溪故土，那圣人命名及天赐自然的三泉现在何处？商业和楼市在大潮中沸腾不息，长江和溪河仍是昨天的形态，只有两岸的变迁让人联想到今天和过去的比对。三、四两句是同我以《春秋》式的辛辣文笔和对乡恋的幽梦心情在这里发出呼吁，却无人以对，羞以放言；这委实是浪费了先圣们塑造的"兰溪"二字之历史自然意义。我可怜这降生我的厚土，亦遗恨这上两句因浑浑噩噩而不知科学利用自然和人文资源的人们，只有让此惆怅之心来抖动我老夫的悲悯。下阕之头两句系说怎么办？要使兰溪真正意义上富饶起来只有向天地间的大道求教，向天地示以顺乎道统之规律，那时才得以有杰出的人物出现；现在我们应该总结历史教训了：不要为往昔的"天下第三泉"的五言而纷争不休，应将注意力全部投入到如何开发和使用这西潭坳泉水的经济建设上来；要不，岂不浪费了这一块历久弥新的摩崖圣迹和大自然所赏赐的恩典。我们应以马克思的自然观来认识世界和改造世界，去掉那些庸俗的内容，建树健康有益的理性风尚，像皋尧时代的人民那样为后世的子孙造福。这样，天下第三泉就会流淌着为世人而福祉的恩泽。西河大桥虹贯东西，为兰溪古镇的兴盛铺平了前景，可惜人们又一味轻佻，眼睛被树叶遮掩，也从不动脑思考从根本上改变现实以效社稷；既然这样，这被久埋地下的第三泉又如何同第一泉的庐山康王谷水和第二泉的无赐惠山寺石泉一起驰名天下的呢？！言至这里的古镇之泉，不难使我忆起七八岁时登临过的离镇东去十里地的莲花山。此山顶端有一仙洞，那时所说是三国我孙氏上祖的吴国大帝孙权长江天堑由西来东去屯兵的遗址。想必，这地下的堪为人伦福祉的甘泉都无人问津，何况尚有人去到高山消暑吗？自然那山是早已被人遗弃的了！

国家开放后筑起的西河大桥东去约三四里的方铺街就是我的故土。这里是我生命第一缕青光升起的世界，十二岁以前在此构筑我太多的梦想，后来的移迁使我与这个充满童话的地域画上了旅途的句号。在那艰难时世里，我约六七岁随乡里的成人们一道

学耕田猎

将自己园子里种的瓜果什么的从街上西出，约四五里便到了兰溪桥（不是现在修建的西河大桥），再过四五里的长堤就到了梦中的集市——兰溪古镇。说是古镇，也不过是近千家居民而已。从大堤高处看，这上千家居户仿佛一堆鹅卵石被洒在江堤的坡岸上。错落有致的街市，很少看到楼台建筑；有阔门与耳房的屋舍；有院落与女儿墙的连居；有间壁的作坊同商行的融为一体的闹腾的繁华；有勾心斗角的茶馆与吹拉弹唱的闲情酒肆的簇拥成一堆；有通过市面曲里拐弯的幽巷后再九九八十一道个回折便是下坡去到江边的兰溪码头港。在这里人们常常目察到中外商贾财人之阔气地步出船舱，拄着拐杖，一手挽着情人，且手里还捧着个翘尾烟斗。经我清醒的回忆，恩父称——他两岁失去父亲后在一家远亲寄人篱下的艰磨里度到五六岁便当了一家商行的小店员；这店铺就在这码头上坡后与街面呈九十度拐弯的路东的那家烟酒行。据他们说，那时，恩父在这里吃尽了不少苦头，比如父亲每次从河里挑回的两桶水，掌柜的总要说后面的一桶水脏；必须由父亲只手提到河里倒掉再提一桶干净的回来，以此方式来作为对他的体罚。想必六七岁的孩子何能承受这般程度的折磨？！因此，每次我同大家来到这个街镇就会因父亲的遭遇而潜然泪下。后来岁月一长，我在这个古镇的书店里购了不少书籍。在那些书籍里我不仅认识了这个充满矛盾

209

的人伦社会，还开始了解这个阶级与阶级对抗的人类世界。……

虽说十二岁别离故土，但我对这片土地的炽爱和源自多方面的探索需求——它们在无形的历练中成了我心海深处的热情火种和向进的攻克力量；让我在理性中剖析自我，审视天命，洞察世界。或许是这种责任感，让我明白了这片乡土的今昔与传奇。据悉，先秦郡县制时代，兰溪由蕲阳所辖，汉后被分离出来；到了南朝宋置为希水左县。唐武德四年（621）至天宝元年（742）的121年间，这里被设为兰溪县，又因此名同浙江兰溪重复，故，又于天宝元年始更为蕲水县。蕲水因蕲河（旧时蕲阳郡境内之河流）而得名。沿革到了1933年便又更为（发源于大别山系水脉）浠水县。遂然，故土在历史上的建制就这样被淡忘，一个隐约的古镇兰溪——便如此构成我脑海里的大概轮廓。诚然，说它古镇，倒不是因为这里类似其他地方有什么古战场、古刹寺庙或圣贤遗址等，而是因为先秦郡县的建制和不少类似苏轼、杜牧、王禹偁、黄山谷、刘禹锡、魏了翁、顾景星、陆游、杨万里、陆羽等闻道圣贤之披蒙茸与文脉唱和而将此地富含了人文之精神和天地之气象！

2013 年 2 月 13 日上午定稿

**【注释】**

【1】兰溪，作者的故乡；毗邻长江（属湖北浠水管辖）。唐·杜牧诗《兰溪》曰"兰溪春尽碧泱泱，映水兰花雨发香。"见《樊川诗集》）等。1927 年 5 月 8 日，宋庆龄和向忠发视察浠水革命运动时，在兰溪码头工会作演讲（史志《浠水》）。唐武德四年（621）将原浠水县更为兰溪县；唐总章二年（669）经陆羽勘定兰溪西潭坳河下石泉水为"天下第三泉"。唐天宝元年（742）又将兰溪县改为蕲水县。自唐前至宋后，兰溪一直以兰花负盛名，故因此得名。【2】苍苍，犹言广大之意。【3】帝子，泛指尧帝之女娥皇和女英。这里是说那时作者母亲说自己的出生是由她俩派到人间来的。投胎牛社山，指出世后不久就放牛并以家门对面的社山为友。【4】方铺，作者的出世地。肇蒙语，开始学话儿。肇，开始。【5】河汉，天河、天津。叱咤，怒吼。此为年幼无法无天的冲撞。【6】劳乐各参半，家里充满欢乐与老苦的节奏。【7】浠河，即兰溪河，亦为西河、溪河。恼童身，烦恼地想起那儿时在河边出卖苦力的情景。晗一线，期待一线光明。晗，天刚亮。【8】访世，来到世界。畋（tian）猎间，耕种在田间。畋，耕种。【9】鹦鹉鸭聒，泛指刚刚学会说话的情形。彖（tuan），判断，仿效成人做事。【10】这句是说作者小时候将门窗等都当作纸张来练习写字。【11】此句是说这天家里开始传说一个惊人的好消息。蠲，显露、显现。【12】倾家，全家。盛事，即迁徙祖籍的大事。木童倚余边，小孩被弃于旁边。【13】卿卿徙故里，亲昵的商量回祖籍的事儿。陶店，黄州东北不远的孙镇。【14】侘傺（cha chi），忧伤的

样子。非然浑芊萋，是非像地上面的草那么多。浑，像是。芊萋，草木生长得繁盛。【15】娉婷兰溪者，是说作者年轻难有主张。瞬蝙(ban)阽成年，是说像是有思想的大人了。蝙，灿烂多彩、富于灵性。阽(dou)，通"陡"。

【16】沈沈(tantan 多音字)他乡文，以深邃的文笔来记述阔别已久的故土。沈沈，深邃。冯予心浩然，凭着一颗馈赠之心及正大之气感恩它的养育之恩。【17】冰轮，月亮。泪阑干，泪水纵横地流淌。【18】归途，是说2003年的那次还乡。壮诗可耕田，是说作者以这样雄壮之诗来激励自己就像当年父亲同家人在耕田一样纯净和美。【19】此句是说云蔼掩映的故土兰溪方铺位于浠河的东岸。【20】帝赐，上天赠予的。扬子边，是说兰溪坐落在长江的边上。【21】此指那时苏轼和王禹偁、刘禹锡、杜牧等文豪在此创作的诗篇有如《诗经》般的美丽。【22】此句是说那些圣贤被历史的尘埃所遮掩已经回到他们各自的天堂去了。【23】此句是说这里的山水环游于棋盘状的和境之中。【24】是说傍晚呼啸的雨丝催润着兰君的盛开。【25】仙域，此指兰溪这块发君兰的宝地。【26】愧誉，此指愧对茶圣当年命名的"天下第三泉"之美誉。【27】今焉名哉，这三泉的名誉怎么没有人传说了呢？【28】商贾楼阁，商贸和楼舍的建设。唯两岸今昔，只有两岸的过去和今天没听说"天下第三泉"有何改观。【29】漫长时间三泉被闲置了，作者对谁说呢，真冤枉了兰溪啊。【30】寒夫子只能在此悲叹了。【31】英雄无觅，这里不会有英雄豪杰的出现。【32】这里已经浪费了作者祖辈孙仲摩当年摩崖题写的法迹。【33】此句是说不要再争论"天下第三泉"五字是谁题写的，但愿人们能开发泉水，造福人类，像皋陶对人类积德，这里的三泉就会常新美丽。【34】可是啊，这里人们来往于桥的东西，却装作没看见它，自然它怎能同庐山和无锡两处泉水媲美呢？

**【写作方法】**

的确，在此篇作品之前作者尚未真正为离去四十余年的故土兰溪写过文章，当然诗词在外。在开局的诗文里，作者以当年辞水如州的亲历和四十年后的回望，加之对恩父童年苦难的钟情流露，还有古贤们在此留过的文脉等一一作了追忆和渲染。因此，这是一片鸿博恣肆的冯籍文章。理于文中，情于言外；诗文咸宜，韵散相融；构于弘阔，居于气象也。叙事、畅怀、诗画、言志、凭吊、忆古和讽喻乃本篇之独善哉。

家学浸染

## 跋

# 因为诗之生命 代跋

【题解】

2008年就计划出版《寒夫诗词精选》，但因种种原因遂而缓出。《因为诗之生命》乃诗词精选的跋文，旨在述及作者几十年业余时间在诗词上的探索和以诗作为表达他对人生的态度。即将出版的长篇史诗《马克思》四十余万字，就非凡地诠释出他对马克思主义世界观的深刻认识和对生命价值观的剖析。

大凡自《诗经》开始，人类便将对生活的追求与对美的憧憬全寄托于诗的这一载体：它把人对自然的倾诉与自然对人类的回馈一一凝聚在那源远流长的脉动里。诗不但以其独树的文学样态自立于艺术海洋之中的个性旗帜，更使自己成为古今中外天庭下为天地树碑，为人伦造化，为生命修美的创造之托！

它的衍生不仅为中国的文学艺术发展和繁盛书写了不可磨灭的辉煌，还在世界文学史上已造就了不少文学巨星，这让国人和世界人民在知识的海洋里找到了各取所需，愉悦情怀的休眠区域。人们在这一特有的心灵世界捕获到了他们渴望宁谧——充实的养分；在这里，他们还梳理了冗繁浩瀚的生与死的梦绪；但凡是生命都在这里体味到了甘露、彻悟了心智、荡涤了灵魂、修复了人性。如果不是这样，我们的生命又怎能品觉这诗带给我们的慧悟呢？！

《西里西亚的纺织工人》（德国海涅）在它那个特定时代为德国和世界人民敲响了战斗的警钟：把对万恶的腐朽官僚主义织在工人用血汗编织的物品里，人民只有反抗，才能夺取争得自由的胜利。《叶甫盖尼·奥涅金》（俄国普希金）堪称世界文学史上首部诗体长篇小说。它通过奥涅金和达吉雅娜的爱情故事真实地再现了那一代贵族青年的迷茫、苦闷及对生命的大胆探索；被誉为"俄罗斯生活的百科全书"。在《唐璜》（英国拜伦）里，我们看到作者笔下那不堪重负的封建君主政体和被讽刺的上层社会的虚伪等让所有读者无不为之一震。伟大的德国诗人歌德称："《唐璜》是彻底的天才的作品——愤世到了不顾一切的辛辣程度，温柔到了优美情感的最纤细动人的地步"，他甚至称之为"绝顶天才之作"。拜伦的《唐璜》以其丰富的思想，高超的技巧和独特的艺术形式，把西方的叙事诗推向了一个新的高峰。《国际歌》（德国欧仁·鲍狄埃）的人民性和社会性，毋庸置疑，它被全世界人民传唱了两百多年的历史。之所以它经久不衰，那是因为它饱含了世界人民的心声。它的文字创造，包括其诗本身的精神引力，让这两百年的人类深慰作者的神圣与诗的力量。

　　诗在我国的繁星群里，以其超然而引领时代的文明和人们精神受益的当早已星光闪烁，绚丽长天。这里不作赘述。

　　生活的每个空间却充满着喜、怒、哀、乐，人们的日子里往往少不了悲、欢、离、合，大千世界又每每是真、善、美与假、恶、丑相并存，这一切无论它们如何变幻无常，然而只有一种力量的

纳山水之气象

所向披靡，它们会为之走向正大而规制的航向。这般力量便是诗的激昂，诗的唱响。诗——它是一种信心和力量的融合体，但凡它乐意表达，一切丑的东西，美的修饰，甚而就连人的老旧都能催得下来。在它的面前没有吟咏不出来的光明与黑暗！

　　诗在挥发灵感时，让一切想象服从其乐韵的弦律，也听从其美的意蕴。这乐感的弦律伴陪凝聚的思绪一同将清新的语境融化为一层层即将诠释的语言定格，把一度心海中激撞的宣泄，起伏难抑的悲欢一一奏响为烂漫的章回。——这便是诗的知觉。在这种知觉里，人，开始认识了自我，让我在"悲"的境遇之中探寻一种自律的向往；填充一种生来缺失的动力；在"欢"里日渐意识到哀的将至的规律；于是，生命的本能与人性的慧悟最终携手在了一起——于是，死亡、愚昧、贫穷、病态、落后、荒芜以及在无望的世界里一切非正大的因素几乎被拯救了回来！——这便是诗的力量——诗的创造。

　　诗，它记录着生命的过程。这种过程将创造的世界与世界的创造谐和地连在了一起；大悲大喜的风云际会；大仁大德的普度众生；大是大非的人间百态；大起大落的生死浸沉；——只要为诗者，没有不以此为一种高尚而圣洁的

213

载体——使诗呈现阳光一样的力感。世界因它而光芒四射；大地因它而春暖花开；江山因它而蔚然淳秀；生命因它而大放异彩。

一切有感于生的启示，全在了这诗的理解，于是我将《寒夫诗词精选》与自己这四十余年的慧悟熔于一炉：它们或关于创造、人伦、悲欢、哀乐、抑或有关命运、追求、责任、苦难、贫穷以及与对艺术美的演绎一一作了陈述。

——因为，这一切全然因为生命之诗与诗之生命！

2011 年 5 月 3 日上午于京华定稿

【写作方法】

《因为诗之生命》谓之言诗，故而论诗之古今、发诗之长讽、雅诗之文脉及诗乃人类风华之不朽，一一作了阐述；才有作者为诗之而生、为诗之而战、为诗之不懈也！作者以《诗经》敬言；以世界文学宝库里不朽的《国际歌》《西里西亚的纺织工人》《叶甫盖尼·奥涅金》及《唐璜》等作品的人民性和艺术性思辨，于是，人们就不难理解他的"——因为，这一切全然因为生命之诗与诗之生命！"

# 《寒夫书画集》跋语

【题解】

在较多的序文里，这篇关于论及书画领域的作品自然从东方人文艺术的高度阐述了作者在书法和绘画学科上的精湛的美学思想。

很小的时候，我听父亲讲过一个古老的故事，他说：从前有一个农夫，在耕田时看见一个从远处窜过来的兔子，因速度过快加之没看清路线便撞死在田中的树桩上。不久那农夫就天天蹲守在那棵树桩边——希望每天能收获被撞死的兔子，时间一长结果不但再也未收到被撞死的兔子，自己的田地也荒芜了。后来我便知道这故事出自典故"守株待兔"[1]，这个故事直到我只身南下寻梦的第十年才得以深感启迪，令人觉醒。因为自幼我就依赖父亲执手习字，母亲劝之学画，直到深圳第十载举办个展时才身有所悟：倘若一味按照家父、家母的叮嘱——摩帖[2]字保持古人的一种面孔；临画[3]须同古人的一脉相因的法度，那么在书法艺术的神圣殿堂里，除了重复他人的创造，又能拿什么称之为自己的成果呢？这里引用的"守株待兔"是说不仅要勤劳，还要创新；这才对得起父母的教化。

好在我能辩证地吸收他们的教诲：首先必须尊崇先人[4]的示范，在学有一定的功夫时便可以脱胎换骨[5]，有古人的基因，再介入自己的感知与创造，这便叫书学[6]上的入古出新。正是这样学创结合与近三十年的孜孜以求才赢得了这次庄重的个展，如果就三十年前的混沌初度的照葫芦画瓢，想必是不至于有这次个展的诞生。因此——我想到"守株待兔"的危险。其次是家父、家母矢志不渝地鼓励着我的勇气和勤勉：不但要借鉴先人的优秀之处，还要大量阅读书画方面的论著和名篇、名作，以充当自己循序渐进，耳闻目染的精神润养品。记得那是我去南方离开家的前一天，父亲说：

笔成冢，墨成池，不及羲之即献之；笔秃千管，墨磨万铤，不作张芝作索靖[7]。东坡不仅成就了圣人，还给咱黄州的天地投播了日月，相信在深圳你会仗着书道之造化有一碗饭吃！

诚然我岂敢误却家父、家母的许托呢？大约是寻梦深圳的第三年我就开始拜求名家、道长，以求书学、画事上的修进。最初我敬拜的是时任中国书法家协会的党组副书记的谢云老师。在他的悉心教诲里，我开始体验茅塞顿开的快乐；直到他赋闲在家兼任书协艺术顾问时，我每每"问道"时都能得到新知和获取书道的要秘，他这样告诉我，说：

每字成形之前，先要谋构它的创形体态，待轮廓明晰时即笔而书，这便是所谓书法的"意在笔先"[8]。字的构成是依赖点画的融合，笔画生动传神，有根有据[9]，其字自然仪态大方，血肉丰满；否之便称之病态所为；字与字之间，不每字相连，那样会笔画冗繁，有故意之嫌。字的运行，即当顿便顿，该连就连，当断得断，它的流线意趣，不但顾及本行气蕴，还要照应左邻右舍的生化墨境，使字与字亲近传情，行与行行云流水；读来令作品给人以自然流动，富于乐感，峰回路转，相生相化之蕴味；使笔画在眼底起伏，字行在视线中穿梭；这些都是体现书法表现美的全过程。此过程，既是修行的过程，也是创造的过程！无论字怎样变化，但不可不让人得知它是由古人的灵美法度过度而来，尽管在闪烁自己的创制和悟觉，但最终一定要让读者认得字的身份，这就是书法创写中的传统美。

有了较好的形体表达和通局化境的艺术呈现，如果不讲究引首章【10】的寓意、压脚章的功能或跋款的法度协和等，那么，多高深书法意境的作品也便因此而丧失其应有的章法美的严谨构成【11】。

此后在恩师眼里，我俨然是一个天真好求的孩子。有一回，我在电话里受之言传，他称："习书不仅要注重长久地练写，更应研究它的审美意韵。创写只是加深对书法的运行表现的内在修养，而外在的书学神采才是体现其本身含量的重要方面，因此你务必研析苏轼的"书必有神，气、骨、肉、血、五者阙一，不为成书也"【12】。

在参照中我不断否定自己和发现自己，在探索里寻求"意"的升华，在渐进中守望"法"的嬗变。当我重新审视书法的创写行为与美学赏鉴时，这才明白，果然书法的确不在于拼命埋头书写的事，而是怎样将灵妙、法境融入字的血肉里，使其字字得体，笔笔有骨。字因笔画而庄严神动，排列因字的气韵而和美生辉，空间因自然流动的秩序而古雅灵动，诗意益然。时间一久我便又发现自己勉强有驾驭笔墨和技巧运致的勇气与信心，于是便又重新研读蔡邕的书法警言，他说：

> 书者，散也。欲书先散怀抱，且情恣性，然后书之；若迫于事，虽中山兔毫，不能佳也【13】。

古人在这里，告诉我们每于创作前的自我心理约束和正确的创写精神状态。一个书家对自己进行临场创作的情态固然重要，如同战前的军事准备一样；假如没有好的构思意图，不具佳作的出笔时机，即使藉以怎样精美的翰墨道具也是无济于事的。在面对创作境界和心神合一的临前术数蔡邕还说：

> 欲书，先默静思，随意所造，其不出口，气不盈息，沉密神彩，如对至尊，则无不善矣【14】。

这是古人警诫我们在进行书法创写时的又一至理之见，假如书家在面临创事之前，做不到胸怀坦然，意蕴所向，将心神与目的完美地合拢在将要出品的创制活动之中，想必要诞生堪称佳作妙品的书创艺术品这自然是难有可能的事。

后来我拜访刘炳森【15】老师，当我在他的雪堂里发现一本《东坡题跋集》【16】时，老师接过说："我看你的字颇有苏体气息，不如你还是多研究他的《黄州寒食帖》吧。"其时我猜不准炳森老师是否知道我的书法和身世与黄州有何内在的联系。不过临别时他还指教，说："书法，意在笔先，功在字外啊！还得读读苏轼的相关书论，不过你应该看看元人赵孟頫是如何评苏体书法的。"默然的谢恩里我终于找到了师长提及的有关文章。在元人赵孟頫的所有评论里，我深觉他在评介苏书时，其中有一段令我十分有益，这段既真实而又客观的文字对《跋东坡书醉翁亭记碑》[17]作了精到的概括。他称：

> 北宋学士东坡苏公之笔，赵子固家藏旧物也，今为伯田冯先生所得。余在京时尝见此卷于高仁卿家，前后有子固印识，今悉亡之，想为俗工裁去。讵谓神物，而灾亦见侵如是！然而字画未损，犹幸甚耳。或者议坡公书太肥，而公却自云："短长肥瘦各有度，玉环、飞燕谁敢憎？"又云："余书如绵里铁。"余观此帖，潇洒纵横，虽肥而无墨猪之状，外柔内刚，真所谓"绵里铁"也。夫有志于书法者，心力已竭，而不能进，见古名书则长一倍。余见此，岂止一倍而已！不失伯田之所自得又几何？

　　研究完赵孟頫对苏书的评鉴，于是我又开始否定自己的眼睛；因为在过去的这些年里，在创写实践和观摩研读的日子，为何我就没有探析元人赵孟頫所评的深刻之处呢？大约又经几年的会心调整，理论与创写之寻觅，终于才得以感知其窍。书之，要凭借古人的架构，嵌入自己的血肉，在纵横恣性、任意韵致的呈现里，使字迹收获所谓"神、气、骨、肉、血"的灵动效果；这，便是我日渐追求的境界。

　　虽说绘画比书法在某种意义上显得简单一点，然而，绘事却是一门见仁见智的学科。最初我求教的是天津籍长者王学仲[18]先生，当我请教到关于韵致和意境生成时，他不厌其烦地说：

> 唐人张怀瓘在《历代名画记》里讲得很清楚，他说"外师造化，中得心源"，亦即以天地为参照，以造物为承师，加之男儿有勇不负昼夜，是

圣灵的浸透

为画者。

在长者一针见血的教诲里，我读懂了两种意思，一是要努力以大自然为师，不但吮吸大自然的神妙天工的造化之美，更要掌握自然界万物生与灭的客观规律；二是虽然画家可以自然为师，但要使自己的画境产生自然美的效果，这不仅仅是借助师化自然就足矣，还要不负光阴的磨砺和漫长的心摩手追的感知，方能得知画的外化与内涵。于是我便想到孔子于《论语》读画的先见，子曰：

> 子夏问曰："巧笑倩兮，美目盼兮，素以为绚兮，何谓也？"
> 子曰："绘事后素"【19】。……

从这段先圣孔子与其学生子夏的对话里，我不仅看到古人俱有丰富的绘事经验，重要的是他告诉我们今人如何面对绘画创作的探求方法与治学精神。正如顾恺之在《魏晋胜流画赞》里所言，他说："凡画，人最难，次山水，次狗马，台榭一定器耳，难成而易好，不待迁想妙得也。"自那以后，我先用三年时间察看自然物态，用五年功夫进行形美与质美的创事实践，然后又以十多年的读析与伏案耕作，终于找到了一条谓之为画、谓之为创、谓之为评及谓之为鉴的绘画之道。在那次求学王老学仲先生的第三年便再次问学于学长范曾。在他的话语点化里我琢磨出了一个道理：绘画像佛道修行一样，只要心境修正了，那么画品自然会升化格味【20】的。于是我又开始将心沉到最静、最细的境界上：用心灵的波动融化"外师造化，中得心源"的甘露，以审美感知触摸"以天地为师，以造物为学"的和美韵律；不浮躁东西方绘画的谬见，一心求真求实地反映国画的本质；一定求形求美地再现东方意蕴的复归；一切服从东方绘画的美学标准去创造物己与人的大美世界，以不负苍天所愿，不负光阴所赐，不负天地所托，更不负生命所趋！

无论是美的是丑的，其书法是尽人意还是弄巧成拙，也不知画的是精灵所至还是委屈了大家的视线；总之得益先辈们的苦心教导，加之友人们谓为展事的吻为，遂辑一书画合璧本，以飨朋友们及各界资师正教。

能成为一辑读本，先叩谢多年不吝教诲的学长们（如吴丈蜀、启功、沙孟海、谢云、赵朴初、王学仲、李铎、范曾、娄师白、汪新士、刘炳森、彦涵、王琦、潘絜兹、阿老、沈鹏等），再谢忱所有知趣的读者们，横直是得益于你们的不少关爱。

本文原载于《寒夫艺术论丛》（中国文联出版社）2010 年 8 月版

2002 年国庆节于深

**【注释】**

【1】引自《韩非子·五蠹》之说。【2】按照原作的字帖进行练习。【3】依照原画的韵致进行绘画。【4】这里的先人，指作者长期崇尚并研析的古今名家，如顾恺之、王维、仇英、文徵明、赵孟頫、高岑、徐渭、朱耷、马和之、武元直、苏东坡、王羲之、张芝、蔡邕、陆机、王献之、王珣、黄庭坚、贺知章、王铎、傅山、沈尹默、沙孟海、赵朴初、启功、刘炳森、谢云、王学仲、范曾等。【5】这里是说书法先由古人的法度精髓作为创学浸染，再变为自己的个性、风格。【6】书学，其与书法是一个领域两个学科的专业。前者在于学术研究，后者在于艺术创作。【7】引自《东坡题跋》等著作。【8】这里是说动笔之前的思维准备。引自王羲之的《笔阵图》。【9】这里是说书法的造型与体态要有它成字的依据，比如楷书要有楷书的味道，篆书要有篆书的气息；苏体要有苏体的风格等。【10】引首章也叫迎手章，它一般钤盖在作品的开卷部位，以提示赏鉴的方向。【11】这里是作者多年请教老师谢云先生的笔录。谢云，中国著名书法家、理论家、艺术评论家。【12】引自《苏东坡大传》。【13】引自蔡邕《书论》。【14】同上。【15】刘炳森，当代著名书画家、全国政协常委、原中国书法家协会副主席。【16】《东坡题跋集》，收录东坡公关于书法与绘画等领域的前序与后跋的经典著作。共分六章。东坡即苏轼。【17】引自《苏轼书法精品集粹与拾遗》。【18】王学仲，当代著名国画家、诗人、国学家。【19】选自孔子《论语·八佾篇》。【20】格味，这里指针对艺术领域的一种极形象的审美标准与美学趣味。

**【写作方法】**

作者在这篇作品一开始就举出"守株待兔"之范例，以此启迪人们——闻道是要有规律的。作者抓住书法"贵在于哲性的思想审美"；绘画"贵在视觉的境味表达"；而理论"贵在于自然观的深邃诠释"。虽说此三者不统一地再现美，然而，它们却在统一的传达美；此乃东方艺术的复杂性和多样性。

# 关于《艺术家眼中的马克思主义》

**【题解】**

作者于1981年初，写就了《关于〈共产党宣言〉》，此为作者研究马克思主义之开卷之作。而于2013年底出版的巨著《艺术家眼中的马克思主义》(上册《理论部分》，下册《史诗部分》)，此文乃其跋文。从第一篇《关于〈共产党宣言〉》迄全著出版，巨著历经了近30年时间。作为充满哲学意寓的跋文，这里有必要随书再次发表。

亲爱的亡父，你还记得吗？在你作古的[1]前些年我承诺过：一定按你的吩咐——在我的有生之年拿出一部关于研究马克思主义自然观宏观系统论的理学[2]著作。又经15年整理与后续创作，孩儿我将1981年第一篇文稿及迄今的近100篇结为《报家父书》；但后来觊觎尽可能走进现代读者的心灵视野遂改为《寒夫论马克思主义》一题。然而，经贤兄金海先生[3]之润致后便确定现在呈现于读者手中的标题——《艺术家眼中的马克思主义》。总之，孩儿总算依照你老人家当年的"真理是永恒的，一定要拿出你对马克思主义的——作为新人类的理解与知见！"[4]于是，今天可以告慰你——我的恩父，现在你应该在那极乐世界静静安息了！！！然而，没有你和母亲的星光照彻，便不会有这部巨著的诞生。在此，孩儿就以呈报体之样式向你报告它诞生的全部过程。

恰好今年6月25日，是你仙逝的十周年祭日。自你作古的那天起，我便将造此著的步子努力加快，无论是朝不饱夕的素日，还是颠沛流离的岁月里，每每在我想到你生前给我抚慰作文的命题，抑或是一起探讨东西方哲学史或是马克思主义无产阶级科学系统论等，我总免不了要以泪洗面的：为何孩儿我要如此坚守于苦难中探寻你所信仰的伟大真理——马克思主义系统论的伟大学说？……于是我想到孔子修《春秋》[5]的艰辛；左丘明撰《左传》[6]的惊人意志力；饱受膑刑的史圣司马迁锻造辉煌巨著《史记》[7]的伟大历史使命等。于是我又擦干眼泪，奋然前行。

那时，你告诫我，君子固行大道，必筚路蓝缕，步履艰危。诚然，史上之行大道者又何以不如此呢？这便让我明白了楚国大夫何以用《离骚经》[8]来忧国忧民，北宋文学家苏轼[9]何以要乞求外放、远离是非；李聃为何要隐居深山而修造自己的《道德经》[10]。这些不就是为了捍卫心灵深处的替天地行道的君子之作为吗？！当然你还指出，正是因为世间小人的不作为——大以苟且偷安，才轮到那些卓有大道之见的至诚君子们而为天地立心了！

我十分清楚自己处于极度清贫的文化世家，如同身处囹圄，加之地位卑微，这使得我自幼无法深造学业。正因如此，你才警醒我：作为无产者，就没有理由不去认真研究和探索马克思主义伟大思想学说。因为只有在它深邃的海洋里，才得以找到无产者如何自省的改造方式。打那时起，我便开始觉着马克思主义之所以成为"放之四海而皆准"的科学性。在渐进的修学里，我不仅懂得它不仅是改造个人对生命存在的自然科学观的认识，更重要的是明白它在启迪世界人民去认识整个人类和宇宙存亡的科学性。否则地球上的一切生命和物质便依旧存在于混沌初开的非文明的世界。这正如恩格斯所说：

我们之所以有今天，都应归功于他；人类解放运动迄今为止所取得的一切成就，都应归功于他的理论与实践活动；没有他，我们至今还要在黑暗中徘徊【11】。

因此，世界马克思主义理论家们称"马克思主义乃引领全人类科学发展的精神灵魂。"近200年的世界革命史在努力证明，马克思同恩格斯以新人类的认识观指引世界人民的辩证唯物主义之方法理论去解释千百年来束缚全人类的唯心主义的旧思想；他以发展观指导着人类合理使用资本并使资本物尽其能地为人类之存在与进步起着积极的推动作用；他们以科学观指明全人类依照科学之原理去总结和运用劳动与生产之关系、经济建设与上层建筑之关系、经济基础与政治经济学之关系，人类的存在形式与特殊的思想意识形态之关系等；他们以自然观引领着世界人类必须依照大自然存系的自然法则及自然规律如何践行在遵循自然主体之前提下去实现人与自然之和谐、人与自然之统一的科学创造性，而非为人类之存在必须对自然界加以非科学的迂腐的破坏性。他们始终向全人类以辩证观作为新人类最核心的改造世界的重要武器：即以自然辩证法同世界人民一起解剖和认识现实世界。他们首次向全人类揭示出"事物的变化与运动，不在于其外在的表现化，而在于其内在的矛盾化。"马克思主义还第一回向全世界总结出"一切社会发展史皆是阶级斗争史"等伟大的科学论断。当然，马克思主义向全人类所揭示出的伟大科学总结还远不止如此。几十年的探寻里我日渐明白，自有世界人类文明史以来，尚无哪一位伟大的思想家以其深邃的宇宙观去实现和指导全人类科学的存在意识；这便是马克思主义最为超凡而伟大的一面。如硬要总结它的非凡之处，然则其伟大之处自然是这样的：一、马克思主义首次叩开新人类的科学大门；二、马克思主义创建世界人类第一个无产阶级哲学（即唯物主义哲学）；三、马克思主义自然辩证法是指导新人类科学的理论工具，同时使唯物史观从其哲学体系里独立出来；四、马克思主义之科学存在观为世界人类奠定了政治经济学批判的学术基础；五、马克思主义对生产力和生产关系作了全面而科学的总结；六、作为新人类的政治经济学，它对经济决定上层建筑作出了最为深刻的分析；七、作为新人类的宇宙（世界）观，它对人类存在形式决定它的社会意识形态等作了极为深层次的探索与阐述；八、马克思主义不仅创立了世界性无产阶级政党，还指明了该党如何防修、防变、防腐等伟大的历史使命；九、社会主义之所以能取得胜利，是因为国际无产者推翻了资本主义，取消了私有制，从而使剩余价值归劳动者和国家所有（这里需要说明的是，这100余年后的今天，国际资本主义死灰复燃，卷土重来，大举东山再起之势，其主要原因是现代国际资本家对资本的垄断；加之人类的存在和自然观的意识退化——好了伤疤，忘了痛等腐朽（败）思想作祟；对资本主义及封建主义丧失警惕，对社会主义和共产主义丧失信心等原因混合的结果。因此导致今天的人类趋附现代资本主义迅速发展之原因并非马克思主义缺乏科学性，而是委属从奴的则是我们丧失社会主义警惕性的世界无产者的本身。这情形如同一个人愿意将一头秀发让理发师刮成光头一样。其原理为——这乃"一个人"的原意请求，而非是理发的强制；十、马克思主义剩余价值学的研究是对阶级社会的终结鉴定：以资本剥削人，并对剩余劳动价值占为私有者为资本主义，以资本推行共同富裕，并将剩余劳动价值归属劳动者或国家所有者为社会主义或共产主义。由上述十大论点便可得出一个不可朽灭的结论：马克思主义以"批判"和"革命"的方式来拯救人类不是面对哪一个国家或哪一个历史时期，而是科学地面对宇宙间人类的永恒。其次，马克思主义在这里向世界人类悄然在揭示一个为世人所不知觉的伟大秘密：我们今天的人类并非生活在一个幸福的世界，而是赤裸裸地盲目无知的生活在一个委属人奴却又毫不觉醒，浑以为然的罪恶的世界里。……真理，只有在有思想的人的头脑里，才会发出奇异的光芒！因此，但凡地球上有人类存在，马克思主义将永远无时无地地熠熠生辉。——这些定义，早在资本主义的那些思想家、经济学家以及庸俗的理论家和哲学家、政治家们就已承认过的不朽事实！……

　　亲爱的恩父，你两岁时便丧失了父亲，在乱世，你认识和接受了伟大的马克思主义思想学说，并一路让我睁大眼睛，所以我才辨清马克思主义对世界人类的伟大福祉。记得我的第一篇文稿是在 20 世纪 80 年代初的一个初春完成的；事后，我便一直以你为导师：我始终体验着孜孜以求和专心致志。科学地说，这部巨著的诞生，不是孩儿我的学术知见，而是你老人家对人类所馈赠的礼品！你的思想和感召力，早已化为一种能量和光辉：只是我将它代表你去传给马克思主义真正的崇尚者们。司马迁说过：

人有人的命运，书有书的命运[12]。

播种天地之道

**这部著作对于真正的马克思主义**

研究者，相信是一位难得的挚友；次者，他们或许是作为传播；再次者他们也许是聊以讲述而已；更次者也许会有人将其论作邪恶之道的。就是伟大的马克思学说都深受叛逆者的诋毁，更何况孩儿只是一位研究者呢？！古往今来，古今中外，那些尚好的圣贤大道之经典又有多少未经人伦之践踏和异论的贬斥呢？这正如马克思所言：

　　　　一切新生事物，当它正式被人们认识以前是盲目的【13】。

　　所以《艺术家眼中的马克思主义》的最终效应，仅待人们和历史去定格了。三十多年前，你教诲我；时刻想到：

　　　　为天地立心，为生民立命；为往圣继绝学，为万事开太平【14】。

　　孩儿我最终还是修完了你尚未完成的传播马克思主义的终生夙愿。这漫长的三十多年的游学苦旅，我似乎失去了常人所有的青春之乐；也未体验过王维和李白那样逍遥自由的诗意人生；没有能力去品尝月下池边的浪漫邂逅；更无以受得富家子弟那浮云罗绮构置的洞房良宵。总之，我是拿风餐露宿、兢兢业业、颠沛流离和饥馑无度的艰磨与意志力同这些文稿日夜厮守而精成一位传道者的骨气的！

　　那些岁月，每遇经济拮据，我总要想到苏东坡【15】当时在我们的故乡黄州种地的情景；太姚和上姚【16】为民请愿的典故；还有杰克·伦敦《热爱生命》【17】等力量的驱使，这才又迫使我奋而疾书。在我正式攻读《资本论》【18】《共产党宣言》【19】《自然辩证法》【20】《1844年经济学哲学手稿》【21】《家庭、私有制和国家的起源》【22】以及《德意志意识形态》【23】等重要著作以前，我以为《诗经》【24】是最早的东方圣经；后又以为《离骚经》乃中国最值得敬仰的经典；接着以为经、史、子、集，秦骚、汉赋和唐诗宋词、古文观止最是东方之奇绝也。然而，就是因为你和母亲的引领，让我在上述的马克思恩格斯的博大精深的著作里真正看到了马克思主义思想的神圣与崇高。这是人类理论思想家和艺术家所无以比拟的了！后来的漫长岁月，我从身旁周围的马克思主义理论家的交流得知，敢情那些所谓政治家并非在真正研析马克思主义科学系统学说；他们一半是扛着红旗反红旗的伪马克思主义政治家或理论家。还有不少人只是在口头上空喊马克思主义，其实是在苟且偷安地在那里甘当利用马克思主义而饱食终日的蛀虫之类。这些人，他们一方面不学无术地与马克思主义大道作长期旁观或对抗，还要说共产党没有好好体恤他们；有的还赤膊上阵地挖社会主义墙脚时还说马克思主义缺乏科学性等。…… 是样，我不得不又想到这个国家的存亡之危。先秦穆公广招由余[25]、百里奚[26]、蹇叔[27]、丕豹[28]和公孙支[29]等，不久便因为他们的独特智慧收复了二十多个诸侯国。秦孝公用了商鞅[30]的新法，破除迷信，澄清了是非与明暗，并分清何为稂莠之辈与妍媸之分，因此国富民强，天下民众愿为国效力，很快国力强盛，于是各国诸侯便亲近秦国，上下言听计从。孝公便这样战胜了楚国。秦惠王重用了张仪[31]等人的治国大计，攻取了三川[32]之土地，后东守成皋[33]要塞；西并巴蜀二国；南取汉中及楚国多族；北攻占了上郡等要地。惠王这就建立了大业。秦昭王[34]得到了范雎[35]后，以其科学见解，立即废除穰侯[36]，驱逐华阳君[37]，同时强化朝中集权，以网络的民心日渐吞并诸侯各国，终使秦国建成了强大的国家和霸业。以上四王之所以能拴住民心，立国于天下，其主要原因是政治开明，执政有方；上可从谏如流，下可直言犯谏；内可政令畅通，外可抵御强敌等科学为政之道，否则岂有大国繁盛不衰的久立之理乎？这些正是马克思主义辩证唯物史观的科学运用的结果啊！一切以辩证科学之法治军治国的成功之道，但凡其合乎民意，顺其自然者便称之为自然存在之大道。无论是古代的，还是现代的抑或是未来的。这便是马克思主义之所以"放之四海而皆准"的不二论断。今人用之，乃科学实践；古人用之，乃科学验证。……

前不久我有幸造访了中国现代革命战争纪念馆——红军长征"突破湘江"烈士陵园。当我看到这是记载 1930 年 4 月初红七军（包括红八军一部）离开右江革命根据地决定北上中央苏区与中央红军会师，而后于 1934 年 11 月 25 日到 12 月 1 日激战于有名的"三官堂"——湘桂之交的战争要塞：桂林兴安"三官堂"血战时，一组触目惊心的文字和数据令我 然泪下。数据是这样陈述的：

> 其中一军团一师、二师在脚山铺阻击战损失 3000 多人；少共国际师（十五师）一万名年轻战士损失一半以上（6000 多人）；三军团五师新圩阻击损失 2000 多人；六师十八团没有过江全部损失约 1800 人；四师十团、十一团、十二团前后损失 2100 多人；红五军三十四师全师覆没约 5000 人；八军团二十一师、二十三师损失约 6500 人；九军团二十二师损失约 4000 人；另外，三军团四师十一团、十二团及五军团十三师，军委两个纵队伤亡逃散估计约 1500 人，红一方面军以上共计损失约 31900 人，其中牺牲师级指挥员 7 人，团级指挥员 16 人[38]。

当我问及解说员："如此大的伤亡战例，我们为何没能从影视等载体得到知晓呢？……"他们回答说："因为这是一次失败的血战，所以半个多世纪一直未经披露。"蓦然间，我为这 31900 阵亡的英烈们难以心海平静。论及战场伤亡，解放济南，攻克台儿庄，夺取上甘岭，解放石家庄以及中央红军多次反"围剿"中屡屡受挫的血战何止不是以巨大的伤亡换得最终的胜利呢？为何血涌湘江河的31900名英烈们就不能为后人广为颂记和以正大载体进入列传和缅怀、歌功颂德的呢？难道只有胜战就可以彪炳千秋而遇败就应该"遗臭万年"的么？"民无食不安，国无兵不立"。倘若再遇见战事的开启，尚能看到为国捐躯的勇士吗？战争，为自然辩证法提供依据，而胜战和败战则是这场战事中的自然存在品；也就是说，无论这场战争的胜败与否，但凡是为了捍卫人类正义而牺牲的英雄们，我们的后人将无条件为他们的英勇杀敌所付出的大义凛然而忠孝其德，颂仰齐天！这是极简单的辩证关系，否则这个世界上尚有谁甘愿出生入死的呢？这一辩证逻辑正好符合马克思主义自然辩证法三大定律的第二定律；它是这样确立的，它说：

对立的相互渗透的规律[39]。

不错，这前人的伤亡得不到国家和人民的体恤和拥戴，那么其后人自然不会再次为国家的安稳而再度参战。这一辩证逻辑便是前面"对立的相互渗透的规律"的自然解释。自然辩证法又是内在与外在相吻合的组合体：我们不尊重已故的先烈们，自然将得不到后人的积极响应，因为在强烈的事实面前他们已警醒了自己的心灵与视线——这又吻合马克思主义的自然辩证法的第三大定律：

否定之否定的规律[40]。

但愿我们的今人认真反思湘江血战死难战事的处置方式，是因为希望这个东方大国不再遭辱邪恶力量的侵犯与分裂！这一论点是关于以马克思主义自然辩证法和唯物主义历史观所作的对人生命的珍视和对未来国家强盛的统一辩证的思考。从几十年的圣著典籍里，我读到过杀人、越货、骄奢淫逸和昏庸无道之类的词语；然而尚未阅及到绑架、

道为天地所融

抢银行和电信（话）诈骗之类的句子。——现代文明让我们满是赞歌累累，社会形势一派大好的环境里，居然，国人们将诈骗、勒索和绑架、卖儿鬻女等罪恶词汇熟视无睹；而一边还要大吹大擂地说在"努力学习马克思主义宏大理论学说"和"加强震古烁今的传统教育"尔尔。当下中国的这一无以涂抹的恶臭现象，但凡有一点国民心结和高远意识的人便没有不为之倒抽冷气的：泱泱大国，一边在高喊建设伟大的文化强国，一边却又与鸡鸣狗盗的世俗为友；一边在极力打造东方大国的外在形象，一边又在同制造罪恶的不知耻者们狼狈为奸。这寒噤不得的作为让我向谁发问的好呢？如果人们真的是在"努力学习马克思主义的伟大理论学说"，我们的民风、国风难道会乱至这步田地的吗？再说，一边是在"努力学习马克思主义"，另一边却又在努力上演不同程度和色彩斑斓的罪恶行径；这——究竟是在说明我们当今人类的意识麻木愚昧，还是胸怀侥幸的自欺欺人的莫大的迂腐谎言呢？……自古迄今的治国安邦的范例里，我还是崇仰我国大唐"贞观之治"。皇上在昏聩不朝之际，大臣魏征便上谏之；谏疏曰：

> 臣闻求木之长者，必固之根本；欲流之远者，必浚其泉流；思国之安者，必积其德义。源不得而望流之远，根不固而求木之长，德不积而思国之安，臣虽下愚知其不可，而况于明哲乎？人君当神器之重，居域中之大，不念居安思危，戒奢以俭，斯亦伐根以求木茂，塞源而欲流长也[41]。……

正是因为此类的上谏疏，终致君王得以觉醒。于是开创了我国文明史上的第二大文明高峰——盛唐诗词的文明。也就是说，大唐的文化兴盛，国人安居乐业，朝纲清正开明，天下物宇归心；这是国政与民心顺乎宇宙自然之道的最好回答。难道不是吗？一代名臣魏征假前车之鉴，思秦朝灭亡之根源，究大汉衰败之遗训；不虑个人之得失而忠犯人主之怒，遂创立了大唐的稳固江山。魏征以科学的知见，运用古代朴素的历史唯物观而赢得了东方人类的永世美传！此岂非科学治国之自然之道的吗？作为学者，身为这个民族的一名艺术家，血脉里流的是东方的血液，研究的是东西方的哲学，当"文章千古事，得失寸心知"的惶惑时刻，本人能否同天下的广大读者——一起反省我们这个伟大民族所身负累累的伤痕的前因后果呢？作为国人，尤其是为江山社稷而亲政的人们，是否在每每想着以马克思主义科学的自然唯物观去把握每一次权力的公正运行和行为的国民使命感呢？

如果人们来不及反思日常细小的疏忽，然则，我便从大的社会反响谈起吧：20世纪50年代中期发起的"大跃进"一事，其时，大生产没有跃上去，到头来举国上下，饥馑泛滥，哀鸿四起；饿殍街头，千夫所指。后来总结为这是一次政治路线的极左错误。60年代中期接着的是一场惊心动魄的"文化大革命"。结果国家"革命"毫无成功，却给这个百孔千疮的国家"大革"了"文化命"；最终的总结是"十年浩劫"。紧接着70年代末全面推行"大革改，大开放"。三十多年后的当下，事实每每在警惕我们的视线：国人看似是从贫穷的旧世界走向了富裕的新时代。然而，一心向"钱"看突飞猛进的时代浪潮将国人们本来不多的爱国情结、传统教化以及崇古尚贤的文化心灵洗劫得空空如也。遂然才导致今天人们日趋唯利是图，假公济私；买官卖官，损人利己；父母不矩，儿女不孝；知法犯法，有令无禁；行贿受诱，男盗女　。……总之，整个社会世风日下，人心不古；民风败坏，天下歔欷一片！韩非子曰：

天下之难事必作于易，天下之大事必作于细【42】。

亦即国家改革，如此重大决断，必须应从它运行的背后的各种细节上加以考量，否则伴随它的推进便少不了与之丛生相应的负面的事端来；全国对外开放，这样艰难的势如破竹之大业，必须从它最容易激活的方面展开，才不至于漏洞百出。果然当下的一切人心不古之举不已证实了韩非子的朴素的自然辩证唯物主义的科学诊断的吗？其实，早在马克思恩格斯和韩非子之前的老子就告诫过我们的人类；他说：

治大国，如烹小鲜【43】。

他的这一更为朴素的哲学思想，同韩非子及一百多年前的马克思主义自然辩证法固然是如出一辙。无论是东方早期朴素哲学，还是西方马克思主义哲学，总之他们均是遵循一个理性——这就是"道法自然"。西方的马克思主义系统论学说冠以自然哲学观，也就是世界人类常言及的宇宙（世界）观、发展观、思想观和科学观等。它们旨于强调我们的人类应按照人类在宇宙间存在的自然规律去把握人类对自己精神世界和对外在客观世界的全面改造。之所以马克思恩格斯以其宏大之论来诠释他们的思想和"批判、革命"的理念，是因为东西人类的几千年文明史——这是一个半昏聩半觉醒的文明史。之所以那么多暴政、暴君、统治者和资本家以及半觉醒而又贪生怕死的人们在反对他们，是因为由他们缔造的全世界第一个伟大的无产阶级政党触犯了那个靠剥削而存在的阶级和那个阶级利益下的人群。虽说马克思主义无产阶级哲学与东方朴素的古典哲学有着相异之处，但它们的相异只是异于称谓和叫法，但它们的核心思想仍是

穷则独善其身 达则兼济天下

一个：就是以科学的态度去认识和改造这个复杂、矛盾的世界。有人称马克思主义学说太深奥，令人费解；这是真的吗？几十年的研究，我是这样认识的：马克思主义哲学，旨在以科学辩证的态度去甄辨宇宙间人脑的产物和自然界的产物；马克思主义政治经济学，旨在揭示几千年来尚未被人类发现的如何以科学的运行方式去看待资本以及科学地利用资本——使其更好地造福人类；马克思主义无产阶级政党下的社会主义，旨于强调新人类如何共同劳动，均衡受益，建立平等，追求自由；以推翻人吃人的封建制度为前提，以取消私有制为关键，以将剩余劳动价值归还劳动者或国家为己任，以保持人类共享太平——按劳取酬并不变修、变资、变腐为使命等等。这如此清晰、明了的理学思想有何"费解"的呢？准确的说，之所以人们深感费解和远离它的"深奥"，那是过去的一百多年来我们的少数执政者和理论家对它所作的不公正之解释和宣传，加之浮浅的误导，便使科学的马克思主义伟大学说一度披上了神秘的色彩。这正如一段京戏的表演：无论是谁在演唱，当它在现实生活的田头、地角或餐厅表演时，人们便称之为雅俗共赏的艺术；当它被放在舞台上演唱时，人们就说这是舞台表演艺术；倘若来两位所谓达官或贵人的光临，然则它便附上了高雅的戏曲艺术了。其实这种表演无非将水袖在空中摇来晃去，以两眼在戏中眉目传情，使碎步在台中纵横交错罢了；别的——它尚有何种艺术？一种艺术不能让观者从中倍受精神的超脱，心灵的净化，思想的洗礼，此为何种高雅之谈的呢？因此马克思主义科学的无产阶级伟大学说就像这样被有些人错误地佯装为神秘了。严肃地说，马克思恩格斯的新人类学说，他们是以真纯的自然科学的思想意识去揭示人类辩证唯物主义和历史唯物主义以及其他科学的诸多宏大学说——它们本来与"政治"和"神秘"无关。至于在他们的系统学说里所出现的"政治经济学"一词，这本不是马克思恩格斯的首创或言倡的。"政治经济学"一词原出自1615法国重商主义者蒙克莱田发表的《献给国王和王后的政治经济学》一书。近400年来，各国政治革命和资产阶级革命，为了使各集团利益人民化、科学化，努力攫取马克思主义的自然观

228

的科学成分；加之一些不学无术的庸俗哲学家、理论家及经济学家的泛滥歪曲，于是便让圣洁的马克思主义附上一层"政治"、"神秘"、"深不可测"、"高不可攀"和"深奥"的阴霾意识。这是国际社会不理解马克思主义的主要原因之一。世界本是自然的，同时又是鬼魅和幻妙的。东方人类不仅这样看待马克思主义，就连我们自己的先圣孔子也不例外。2600年的东方人类，那些哲学家和对至圣崇仰的人们无不谓其为宇宙间罕见的思想圣哲、精神巨人；但在政治家和理论家眼里却称之为"儒家创始人"；而在那些没落的世相和叛逆者眼里却言之为"丧家狗"。噫嘻！这同是一样在宇宙间行走的灵魂，为何差异就这般显著呢？这究竟是文化的差异，还是道德的沦丧呢？无疑，同前者一样，是诋毁自然辩证法的严重结果。不过有一点是必须肯定的，不管人们怎样不接受自己的文化祖先，但这"丧家狗"一直是在拯救着人类，包括世界人类。这如同盲人不承认太阳和月光一样：无论你是否承认它们的存在，但它们从不改变自己对宇宙的功能和能量。只是这些披着政治的面纱和装扮着做人的面孔的异型们一叶障目，浑浑噩噩，尸位素餐而从不知羞耻罢了！可悲！可惜乎！然而，这地球上的人类又有多少人明白——这些委实的叛逆者们，他们骂的这位伟大的文宣王，其实并非是在骂孔子，而是在骂马克思主义者（马克思、恩格斯、列宁、斯大林、毛泽东）、老子、孟子、庄子、苏轼、鲁迅、孙中山以及那些为世界人类薪火相传——开创文明史的造物者们。也就是，那些判逆者骂的不是他人，而是在骂自己！——这就是鲁迅所说的"悲哀"，悲哀啊！……

亲爱的恩父，谢忱你赐予我赋予哲境的心魄。漫长的征程让我明白真理的哲学性和科学性。我常常思索，一个人来到世间如果不分黑白，不识真伪，不知好歹，不明是非，不甄稂莠，不辨妍媸且不思天地大道，这与植物又有何两样？！经历那万般 据的日子后，我和莉莎通过前后几十年的背水一战，终于改变了这一严酷境况。直到十年前[44]这漫长征程的历练，才有了如今稍稳定的转折，便将一路走来的所闻、所感、所见、所思一并结为《艺术家眼中的马克思主义》；其间所遭遇穷途的磨难，病体的威胁，身心的摧残，漂泊的险象及不堪回首的严酷现实生活的忧愤与不幸，自然是为世人所不知的。终于，我长驱放力之舟没有被污秽和混浊的世俗击垮；否则我无以让你在九泉之下安眠，否则你和爱母为之塑造的这条充满多舛的性命便草木一秋，浮之一世！……孩儿我渐渐明白：巴尔扎克在窄小的走廊里是如何成就《人间喜剧》[45]的；高尔基在不幸里是怎样创造出伟大的无产阶级政党下的社会主义初级阶段的艺术典型（《童年》《在人间》《我的大学》《克里姆·萨姆金的一生》[46]等）；贝多芬在失聪后写出了超常的《田原交响曲》[47]；居里夫人[48]失去精神支柱——丈夫皮埃尔·居里[49]后最终跨越了探索自然科学的巅峰；海伦·凯勒以坚毅的创造力给后世留下了《假如给我三天的光明》【50】等思想经典；欧阳修被外放后铸就了千古不朽的《醉翁亭记》【51】等；蒲松龄【52】虽几次落第却终于修成为千古风华的讽刺先宗；孙膑受膑刑后催生出了伟大的《孙膑兵法》【53】；遭遇宫刑的伟大史圣司马迁为后人留下万古常新的《史记》；等等；这些不可朽灭的精神丰碑无不因为乱世给他们的激励和强烈的使命感而成为一代又一代最激撞人心的思想坐标。正是这样的坚守，孩儿我在三十多年的苦旅征程中修完了《艺术家眼中的马克思主义》。现在，你老人家应该慰藉了！此文是付梓前在外地参加笔会时赶写出来的一篇心路呈报，旨在让你老人家放心，无论何时何地，我不仅要实现当年对你的承诺，更要以遵循马克思主义的伟大学说，以我的绵薄之力去感化周围的世界！几十载马克思主义传播里，也曾经倍受外在和生存的冲击，我固然有过放弃和随波逐流的动因，但理智和真理终究占据了上风。虽说人心不古，世风日下的浑世，作为东方人文的理性学者和西方马克思主义真理学说的研究者、传播者，我必须一如继往地挺起脊梁，以你的教诲与重托，用马克思主义精神灵魂作为我去把握自然存在观之向导。多年的马克思主义与现实的对应里，我发现一个不胜雄辩的事实：有人满口里所谓是马克思主义的外在游言，实则是行享乐至上的资本主义腐朽堕落的那一套；有人每每喊着马克思主义，其实日理万机地经营着贪污腐败；有人满脸上挂着马列主义毛泽东思想，实质是在背地里研究着男盗女娼。这些从名义上唱和着所谓马克思主义的"政治流氓"和"理论流氓"们，他们却又从不接受这扛着红旗反红旗的可怜事实，其目的就是要钻进马克思主义学说阵营，以其所谓的掩耳盗铃的面具作为护身符，最终达到窃取名誉，收取余利，将科学的马克思主义通过他的魔掌一步步引向邪恶的世界，尔后蛊惑人心，祸国殃民，染及人类。

鉴于此情此景，孩儿经受东方人文和西方思想世界至精至深的洗礼，必须时刻拭亮眼睛，坚守真理，不辱使命，毅然前行。寄身于昏聩与睁睛之中，我日渐发现那些资本主义和无产阶级社会主义的少数马克思主义研究者一样，大都处心积虑地将马克思主义科学理论边缘化；这是因为现代世界很少将马列主义应用到现代社会的改造之中。否则现在的理论岂敢如此大胆地篡改马克思主义之科学性呢？诚然，假如世界各国真的是在推进马克思主义伟大学说，然则，今天的社会主义建设会至于回头复辟的吗？对此人类的不祥之兆，作为马克思主义的传播者，也只能做点自觉之劳。天地这般黯淡，内外同此蒙昧；八遐几近障目；世态如此浑浊，阴阳这等失调，人伦仿佛聩却；天道如此失衡，机运恍若逃遁；各国君王辄之无能，况乎一支文笔又奈之几何乎？！……

那时，你就告诫我和周围人：之所以爱国诗人屈原如此伟大，是因为他总结的 2000 多年人类的历史遗训是从未有人给推翻过的；他说：

230

黄钟沉默，瓦釜雷鸣；小人高张，圣贤无声[54]。

屈原这样夐远地概括了历史的通病，这是何等科学的知见啊！ 2000 多年的历史过去。可是，在古老文明和现代文明交汇的今天，上述之慨叹却依旧重演于现代文明的当下，是否有人在思考——这是说明人类社会在前进，还是在说明倒退呢？！自然，这是天帝和圣贤们所作的答卷！是东方或是西方，在我们无以逃脱的现实世界里，人类如此曲解和诋毁马克思主义科学的治国安邦之道，这不仅远离了科学存在意识的本身，而且是在悄无声息地将科学和文明推向与自然相对抗的边缘。科学地说，应在那些所谓哲学家、理论家、经济家、政治家的前面加上一个伪字（即伪政治家、伪哲学家、伪理论家、伪经济学等）。——然则，何为真正的哲学家、理论家、经济学家、政治家呢？即对一切背离自然道统的　论予以彻底批判者则是。——正如前面一切劳动果实归劳动者或国家所有为社会主义社会，其剩余劳动价值归资本家所有为资本主义社会一样清楚。因为马克思主义已科学总结说：

人类社会存在，决定人类的意识形态[55]。

然则，人类社会的这种浑浑噩噩的求存样态是在证明人类脑髓的愚钝、退化，还是在说明人类共有的思想的蜕变呢？《艺术家眼中的马克思主义》不论对今人或后世产生影响大小如何，自然这由人类的心灵史和历史去定格了。然而，孩儿我要坚守的是：《艺术家眼中的马克思主义》乃以我几十年的学术研究与理论实践所作的总结，即以马克思主义伟大的科学原理去告慰人们——用它的人类存在意识的科学观、自然观、世界观去认识世界——行之达到改造世界。

亲爱的恩父，此文虽言之犀利，但倘若孔子、老子、屈原、苏轼、鲁迅或西方的马克思、恩格斯、列宁等面对今天多病的世态又何其至于此般之言说呢？！这便是孩儿之所以要以三十多年的坚韧来实践你未完成的真理心路！现在你应该静静地安息了！！！

231

你的儿子 寒夫

2013 年 4 月 18 日

**【注释】**

【1】这里指作者父亲于 2003 年 6 月 25 日仙逝前的岁月。【2】理学，即指宋明时期以周敦颐、程颐、程颢、陆九渊、朱熹及王守仁等人研学的哲学思潮；认为主观意识是派生世界万物的本原。亦称为道学。【3】金海，即杨金海，中共中央编译局秘书长、当代马克思主义研究专家、研究员、博士。曾出版著作多部。【4】录自作者父亲（孙楚寿 1934—2003，著名书法艺术家、人文学者、《孙氏宗谱》编修）之《传教语录》。【5】《春秋》，为我国古代第一部编年史的史书，据称由孔子编修。【6】《左传》，古代儒家经典之一。亦称《春秋左氏传》及《左氏春秋》。相传作者乃孔子同时代人左丘明所著。【7】《史记》，原为《太史公书》，东汉后期才定为《史记》；为西汉司马迁著。它是我国第一部以写人物为中心的纪传体通史。记载了从黄帝到汉武帝太初年间大约三千年的历史。全书五十二万六千五百字，一百三十篇；其耗尽了司马迁近二十年的岁月。在文学方面，它的出世已成为后世古文运动之旗帜，为唐宋以来历代大文学家所效法；故被鲁迅誉为"史家之绝唱，无韵之《离骚》"。【8】《离骚经》，后称《离骚》，乃我国先秦最伟大的作品。是作者屈原（前 340—前278？）的重要作品。《离骚》共三百七十三句，两千四百九十字，是我国古代文学作品中最长的一首抒情诗。作品忧国忧民地诉说了自己横遭迫害的愤慨。离骚：其本意为离走时的痛苦；但史上对"离骚"一词多有争议。【9】苏轼（1036—1101），字子瞻，号东坡。北宋伟大的文学家、政治家、书法家及一代词圣。其重要作品《赤壁赋》《后赤壁赋》《念奴娇·赤壁怀古》《黄州寒食帖》等被流传后世。【10】《道德经》，亦称《老子》《老子经》《道经》等为春秋时期老子（即李聃）所著的道家的重点著作。【11】引自《马克思箴言》；中国长安出版社 2010 年 7 月第 1 版。【12】引自电视连续剧《汉武大帝》第六十二集。【13】引自《马克思箴言》；中国长安出版社 2010 年 7 月第 1 版。【14】引自张载（1020—1077）北宋著名哲学家，理学家创始人之一；其思想对宋朝以来产生过重大影响。【15】苏东坡（1036—1101），即苏轼，北宋伟大的文学家、政治家、书法家及一代词圣。【16】太姚与上姚，传说远古（即夏朝时期）在战乱中为生民请愿的孪生姊妹；此注解可参考《寒夫鄂东逍遥游·青石姊妹樟传奇》一文。【17】杰克·伦敦（1876—1916）美国著名小说家。短篇小说《热爱生命》以人与狼两个在危境中的用强烈的意志力战胜对方的经典故事，告诫人们：只有不屈和坚守才能战胜厄运的道理。【18】《资本论》，马克思毕生研究的政治经济学的主要成果和最主要的文献著作，共三卷，1867 年出版第一卷。他以三十多年的时间在这部巨著里科学地论述了"商品的生产"、"资本的流通"及"资本主义的形成"等重大历史命题。【19】《共产党宣言》，马克思恩格斯 1847 年 11 月至1848 年 1 月创作的伟大的无产阶级革命文献；旨在以历史唯物主义观阐明原始土地公有制解体以来的全部历史皆是阶级斗争史的结论；对无产阶级作了深刻的全面分析，科学地评价了资产阶级的历史贡献，同时提出资本主义必然灭亡的科学论断。【20】《自然辩证法》，引自《马克思恩格斯选集》第三卷之《自然辩证法·辩证法》第 484 页。【21】《1844 年经济学哲学手稿导言》：即 1844 年 4—8 月马克思的经济著作名篇；

第一次以唯物主义批判资本主义。【22】《家庭、私有制和国家的起源》，全称《家庭、私有制和国家的起源，就路易斯·亨·摩尔根的研究成果而作》。此文编入《马克思恩格斯文集》第四卷；恩格斯写于1884年3—5月的重要文章。作品阐述了恩格斯以唯物主义观点科学地总结了人类早期社会发展的历史，并揭示了原始社会制度解体和形成的全过程等。【23】《德意志意识形态》：原文为《德意志意识形态，对费尔巴哈、布·鲍威尔和施蒂纳所代表的现代德国哲学以及各式各样先知所代表的德国社会主义的批判》；马克思与恩格斯1845年秋—1846年5月合作的重要著作。【24】《诗经》，相传我国第一部诗歌总集。原称《诗》或《诗三百》，后来儒家尊他为经典，故称为《诗经》。【25】由余：晋国人，先在西戎任职，后来秦穆公设法使他投奔秦国。【26】百里奚，楚国人，原为虞国的大夫，晋灭虞国后把它作为陪嫁的奴仆送给秦国。【27】蹇叔，原为岐（今陕西岐山东北）人，旅居宋国，由余、百里奚的推荐，秦穆公使人用厚礼迎蹇叔为上大夫。【28】丕豹，晋大夫丕郑之子，丕郑被晋惠公所杀，丕豹就自晋投秦。【29】公孙支，原为晋国人，后归秦，为秦穆公谋臣，任大夫。【30】商鞅，卫国人，姓公孙，名鞅。入秦后，被秦孝公重用，实行变法，有大功。因封于鞅，故称商鞅。【31】张仪，魏国人，秦惠王时任臣相。【32】三川，旧时指伊水、洛水及黄河一带，今于河南西北部。【33】成皋，旧时又名虎牢；今河南荥阳县一带。【34】秦昭王，即史称昭王。【35】范睢，（前？—前255），字叔。以游说为长；后为魏王封为客卿。【36】穰侯，即魏冉，秦昭万之舅父，曾为相国。【37】华阳君，同秦昭王的舅父，他同魏冉都是秦昭王母亲宣太后的弟弟。【38】引自《红色湘江》一著。【39】引自《马克思恩格斯全集》第三卷（《自然辩证法·辩证法》）第484页。【40】同上。【41】引自《古文观止》第391页《谏太宗十思疏》。【42】引自《中外朗诵经典诗文选》第9页；重庆出版社出版2010年10月第1版。【43】引自李聃《道德经》名句。【44】前十年，即作者父亲作古（2003年6月25日）的这段时间。【45】《人间喜剧》，即巴尔扎克（1799—1850）的作品全集；这是他以毕生精力在极其恶劣环境里创作的被誉为法国最伟大的作品之一。《人间喜剧》同时被誉为十九世纪最全面和最科学的社会总结。【46】高尔基（1868—1935），19世纪苏联最伟大的无产阶级批判现实主义作家。他的三部曲《童年》《在人间》《我的大学》及《母亲》《克里姆·萨姆

忍

233

金的一生》等伟大的作品为世界无产阶级文学殿堂创造了极其宝贵的艺术形象。故列宁称他为"无产阶级最杰出的代表"。【47】贝多芬（1770—1827），德国伟大的音乐家、钢琴家和作曲家。维也纳古典乐派代表人之一；有作品《田园》《命运交响曲》《英雄》《第九合唱》等传世。【48】居里夫人（1867—1934），原名为玛丽·居里，原籍波兰法国科学家。巴黎大学毕业；她和她的丈夫皮埃尔·居里都是天然放射性科学；而她发现了镭在医学上的科学应用；并因分出了纯净的镭而获得1903年诺贝尔化学奖。【49】皮埃尔·居里（1859—1906），法国物理学家。巴黎大学毕业，后发现钋和镭两大天然放射性元素，和夫人同获1903年诺贝尔化学奖。【50】海伦·凯勒（1880—1968），美国著名盲人女作家、教育家；她出生不久便因病失去了视觉和听觉。但她在家庭老师莎莉文的教育下，努力用手触摸识字，开始学会说话并与人交流。后以优异成绩毕业于哈佛大学。主要作品有《我生命的故事》等。【51】欧阳修（1007—1072），字永叔，号醉翁，晚年号六一居士。北宋伟大的文学家、政治家，中国古文运动的领袖；文学作品名篇有《醉翁亭记》《丰乐亭记》《朋党论》等。【52】蒲松龄（1640—1715），字留仙，淄川（今山东淄博）人。其终身以愤愤不平而写就《聊斋志异》；后还创作了《聊斋文集》《聊斋诗集》及《农桑经》等著作。【53】孙膑，战国时期著名的兵家。青年时师从鬼谷子学兵法。后于公元前354年和341年打败魏国庞涓大军，从此奠定了中国古代伟大兵家的历史地位。【54】引自屈原《卜居》（《古文观止》第227页）名言。【55】引自《马克思箴言》，中国长安出版社出版。

【写作方法】

作为跋文，《关于〈艺术家眼中的马克思主义〉》，无疑是一篇鸿藻之作。跋文的开头，记述作者因为要实现30年前恩父交给他的承业使命；同时，作者说明了要完成这一使命的意义：因为父亲是一个马克思主义的守望者！跋文的中间作者举例说明"人类只要依照马克思主义自然观去认识世界和改造世界，然则，距离天下太平就不遥远了！"文尾说明为实现父亲的遗愿，作者以30余年的亲历之苦来告慰父亲：他不仅实现了诺言，而且30余年的人生历程让他看到了人类的昏聩与黑暗；蒙昧和无知；肤浅和虚伪；贪婪与腐朽。30余年的苦难岁月让作者认识了自己，也认识了世界。这就是《关于〈艺术家眼中的马克思主义〉》对人类的意义。

## 散 文 诗

## 生 命 礼 赞　119 乐章

生活越紧张，越能显示出生命的活力。

—— 恩格斯

生命的功能不仅仅体现它如何呼吸，重要的是体现它如何像太阳的功能。

—— 寒　夫

【题解】

　　这篇乐章式散文诗作品，最初创作于 2002 年春天的深圳，直至 2012 年夏结稿于北京，从起初构思到结稿前后，历经 10 年的业余时间，加之反复修改，最终定为 119 章节。

　　作者经阅读大量的有关生命科学的作品后，着手以心灵的叩谢、极富哲理地思想语境来完成这篇《生命礼赞》。在鲁迅的《狂人日记》里他找到了作为人的自省；在培根的《论死亡》里，他体感到了身为人的正确生死观；在伏尔泰的《老实人》里，他明白了人与世界的互为作用；在蒙田的《人之常情》里，他懂得了身为人与社会的规范的行为准则；在海伦·凯勒的《假如给我三天的光明》他倍觉生命的幸福感和浪费生命的耻辱感；在莎士比亚的《待人》里，他如真如切地品味到做人的权利和使命；

在泰戈尔的《吉檀迦利》里，他由衷地彻悟到生命如磐石样的坚韧，如水一样的温柔，如春光一样的明媚，如月儿般的清逸。

总之，《生命礼赞》全面而深刻地剖析了作者身为文人那超妙绝伦的人格思想、道德品质、恬淡的襟怀、忠贞的爱美、细腻的洞察以及时刻向生命发出敬畏之声的真纯心境！正如他说："生命是有主体的心脏、大脑和感知体的合成，如同烛柱一样——它是由光明的火焰和蜡烛的烛柱组成一样；如果没有火焰的光照，烛柱只是一根凭空的摆设；如同人的心脏和大脑假如不善美地挥发其作用，那么这人活着又有何意义呢？但倘若有着很好质量的心灵等器官，却不知珍爱保护，它又如何体现其生命价值呢？"这便是《生命礼赞》所揭示的鲜为人知的生命科学的新审视与新认识。

# 一

你满怀着仁爱悄无声息地搀扶着我来到这个生不逢辰的世界，用你慈母般的抚慰警醒我要准备应对一路的艰辛，你拿同情和怜悯来温暖我那过早受伤的心灵并央求说："你可以有梦想和追求，可以有抱负和进取，但不可以有贪图享乐和浮华于世，不可以有默守陈规和苟且偷生，更不可以像婴儿吮吸母乳一样不劳而获地受益先人给你带来的文明成果；因为人来世间是必须懂得创作与奉献的。否则怎能证明你在体现我生命的价值呢？？"

风雨交加的岁月，我以坚毅支撑着信念，用与死神抗争的果敢气魄结束临危的坎坷旅程。你让我懂得了勇敢和坚韧、探索与创造、发现与进步。

你总是用耐心和佛手温柔地拭去我那惊悚和喜悦、凄绝与悲伤的泪水，每逢我在十字路口彷徨不定时，每遇我作出错误的选择时你依旧那样长明灯似的令我振作精神，认准方向，擦亮视线，就连我在饥饿的尽头都未觉着死的威胁；黑夜落幕的时候我都深感前景待发。这一切叫我乐观至尊的结果不是因为你的护佑和培育、坚守和旨意我怎能看到生的希望和奋进的光明呢？！

因此，我誓死在用珍爱、警惕、守望和自强不息来承诺——捍卫与你

生命之自然体

一路同行！

## 二

即但奔命的日子，也总是想到你来之不易的形成：没有苍天的赐予，便没有我生命的诞生；没有父母的赐予，便没有我肉体的凝结；没有生活与大自然的赐予，岂有我此时此刻的如潮水般的诗情和烂漫的奇思妙想呢？！

我不得不感谢你，生命！
我不得不热爱你，生命！
我不得不礼赞你，生命！
我不得不歌唱你，生命！
我不得不敬畏你，生命！
我不得不崇尚你，生命！！！
……

## 三

即使在我入梦幽宵的时分，也时刻在因你欣慰，因为你给我以感受生的喜悦和如梦如诗的生命之乐！

还让我将行为的创造和梦里的虚无世界完我地结合为一个自趋完美的生命体。

我因此常常深感生命的奇迹和快乐！命运的狂热和奋进！

## 四

当艰辛和曲折向我冲来时，是你命令我要以大无畏气概去战胜厄运！

与生命、教化同行

过后，我总是站在你面前：先是向你叩首，然后是以万分敬畏之心向你表示钦慕，再后便是为你歌唱！

尽管，我不是超凡的歌唱家和出色的歌手！


## 五

有时我很可怜，也不知前进的旅途有多么遥远，甚而更不知前面的荆棘有多么恐怖，然而一经向你用心地祷告之后，仿佛前方是春光无限的花海或是一马平川的满是诗意的绿洲。

于是，我便又开始了前进的书写和庄严的誓言！


## 六

没有哪一次我不是感恩你带给我的福音：是你让我感受着生的伟大，生的神圣，生的自由和生的权利——以及生的尊严和生的至高无上，甚至使我深信：如果没有你的指挥和安排，我这一生将是对你——生命的亵渎和价值的浪费！但那又是不可能的啊！


## 七

每每当我前行无助时，是你伸出无形的双手，将我从黑暗而寂寞的深夜里拯救出来；还给我以无限激情——抛弃往日的悲怜和旧时的伤痛，让内心铭记你赐予的教诲，使之成为我勇往直前的路标和灯塔。


## 八

虽然我不知打哪天起，但我知道从我懂事的时刻就开始明白——是你及你的同一属性主宰着整个人类的生命体！

并且自那时迄今，我从未放弃过这种辩证：如果不是你的命令和指使，人类的今天怎能体验着福祉和安逸、自由与快乐呢？！何尝还有人看到远古的文明，今天的繁衍以及现代文明对未来文明的功不可灭的影响力呢？！


## 九


大概从我懂事时，是你赋予我以情感：你让我对如此灿烂的世界充满爱；让我在万物葱茏的春天——我在变化万千的人类大潮中懂得分辨是非和珍爱生命的乐趣与价值啊！

正是这样，才让我敬畏你的伟大和神圣！

当然，如果不是这样，我不敢相信——我的今天和未来是何等结局哟！


## 十


在我漂泊他乡时，即便在深夜，我却深感你在我就寝的屋子的一角——守候着我。期望我用理智之躯去完成我应该完成的事业；以善举之为去应该呵护的行为；用仁爱之心去怜悯该怜悯的生命；以孝行之德去体现我们人性之本和道德观。

因此，我是那样的珍爱你——生命！


## 十一


小时候，我在乡村，你教我热爱庄稼并懂得农耕，当寒暑袭来，你让我潜回屋子里，不让我受风寒致疾；一旦雨过天晴，你便告诉我如何珍惜农时——去夺回丰收；每当遇上丰年，还得提醒我如何去爱惜来之不易的劳动成果！让我记住唐代诗人李绅的《悯农二首》：


春种一粒粟，
秋收万颗籽。
四海无闲田，
农夫犹饿死。


锄禾日当午，

汗滴禾下土。

谁知盘中餐，

粒粒皆辛苦。


因此每当我和家人或亲友举杯畅叙幽情时，从未敢忘却你在背后给予无形的警示：节省一粒米饭这是人性之美德；然而，那浪费一回宴请是何等地耻辱和罪过啊！


## 十二


不管我生活在世界的哪一个角落，你总是在提醒我：以敬畏之心与人相处；以平和之心与人为友；以仁爱之心与世相随；以圣洁之心与世相依！

但凡如此，我才懂得修善积德，功染后世——这也是我毕生努力的佛行啊！


## 十三


夜，已关闭了属于她那世界的大门。但，还有一个细小的窗户她却无论如何也不可合拢——这便是我的心扉！

然而，我在尽情地让她张开——张开，去完成那旷夜里的驰骋；去体验那幽寂里的恐惧；去完美那从漆黑里穿越晨曦的一路艰辛！

过后，才真正让事实告诉我自己：啊！我只是这一路自光明走向黑暗，又由黑夜步入光明的全过程的感知者，而那倍受艰辛———矢志不渝的勤耕者却是你——无怨无悔的生命啊！

神奇的生命啊，是你取代了我的遇险和离骚、折磨和悲戚、抗争和

240

问佛

灭亡！这一生，我将如何敬畏你和孝行你呢？？？其实佛陀和上帝时刻都在目睹着我为你而付出的忠贞与虔诚呀！

## 十四

月光下我独自在崂山海滨漫步，我依附着你的力量才和风糅进了这个月朗星稀的世界！

大概还付着你的激情，我匪夷所思地与狂涛怒海的月夜发出了情感的对撞和乐音般的畅想：

> 大海呀！——
>
> 赐予我胸怀吧，我要将这白昼时江山如画的世界装进我的胸膛；
>
> 赐予我勇气吧，我要赶走这世界的一切乱世的恶魔；
>
> 赐予我坚强吧，我要完成我生来的使命；
>
> 赐予我胆略吧，我要与这万恶的假丑恶现象奋斗至终；
>
> 赐予我孝德吧，我要以感恩之心去报孝恩者；
>
> 赐予我善为吧，我要以慈母之心爱怜人间的弱者；
>
> 赐予我仁爱吧，我要以敬畏之心去修善天下的隐痛；
>
> 赐予我智慧吧，我要以幼儿之心从混沌进化到文明！
>
> 还有，我不让生命——你，倍受浪声的恐惧和夜的惊悚！！！

## 十五

在你全身心地为我创造价值和财富时，我却无意地毁坏了你的尊严：比如以轻佻去蔑视你的存在；用无知去亵渎你的庄严形象；以懒散去蹉跎你的光阴；用享乐去腐蚀你的天性；以侥幸去挑战你的圣洁；以愚昧去践踏你的人性之光！

不过，后来我才醒悟——这是何等的罪恶啊！

241

## 十六

你是那样与我形影不离，从不忍心挪动半步。因此你总是微笑着面对我的一切创造；其实是你将富于诗意的想象和大海般的激情让我如同蜜蜂酿蜜一样使我每一件作品化为泉水溢向人类；是你将超然的智慧和圣洁之心使我变得光彩夺目！然后如同繁星一颗——去照耀他人的世界！

## 十七

我在河岸的一边，蹙看对岸的纤夫们。他们将粗硬且沉重的引纤搁在被终日熏黑的裸露在外的橘黄色的肩上；他们罗列着长来的索队，摆动着终日不再变动姿势的胳膊，起伏着因引索而致使摇动的肩的进行曲，指齐划一地协调着全身而升降的步子——这一切，如果没有你的许可无论如何也得不到前进半步或逆水行舟的。

他们在长河上就这样仗着纤索，卖着苦力来拯救你，济活家小，让奔走实现梦想，让汗水代替眼泪，让他们一同喊出的"号子"来谱写这个世界的无怨无悔！

同样是你让我在纤夫的对岸为长河上的纤夫蠕动着辛酸的血液和流着忧伤的泪水！！！

## 十八

那夜我出国归来回家很晚，你似乎发现夫人因为我的晚归而忐忑不安，是你让我屏住怒气——以久违的爱心去伺奉她的伤痛；以护花使者的怜悯去温暖她别后的寂寞！无论如何也得要以师长关爱学生一样去抚慰她的离情、她的孤独、她的期盼和她女性的无奈与特性。

因为上帝从来就这样缔造女人供男人观赏——像欣赏玫瑰花儿一样；男人供女人去追寻——如同收藏家发现了宝藏！

再后你才说："这种理解和敬畏才有机会让自己体验相濡以沫，爱亲致远的哟！"

# 十九

先是薄雾，如同玉带一般缭绕着寺庙延及远去的群峦，让整个世界仿佛被浸泡在影影约约的白色泡沫里一样。接着是磬声，俨然将人们重新带回出世前的混沌世界；声音的庄重让人们听了不得不承认自己的渺小和虚无；乐音的清彻叫人深感行为的污秽和言语的肮脏！

木鱼一声接着一声，将忏悔和自责伴随前一槌而逝去，希冀与反省依仗新的一槌而诞生，仿佛这佛声是在念："走吧，罪过！来吧，智慧！去吧，无知，来吧，新生、仁善！"

你时刻在暗示我，这是人世间最美的学校，也是这世界最好的监狱。因为不交学费在这里能学到如何做人和修心，成人和修行；也无需监管却在这里能够自我洗礼，使自己在罪孽的世界里脱胎换骨！

你善始善终地告诉我，这是佛国，到此不仅能洗尽我的尘埃，更难得的是在此能洗净我们人类的心灵。

这里没有熙攘声，只有磬声和木鱼声……

这里没有俗间和凡间的校园的误人子弟的"官教"，只有洗心革面，佛光普照的心教……

这里没有歌声，但有的是佛乐。它如同清泉将人们龌龊的灵魂洗刷得干干净净，再让生者化为佛者仙然道骨地立在人间的庙里；然后又好似灵镜将人们罪恶的行为照得清清楚楚，再让那些万恶的魔孽化为烟尘使佛风催速它们去到受罪的地狱和诅咒的天堂。

是你让我在如此短暂的时间里懂得做人，还有这样的学校和监狱啊！当然，你还告诉我们做人为何不懂得自学而后非得进入这令人悔悟的监狱呢？

因为敬畏你的伟大、你的超凡，我不得不溢下感恩之泪！

243

对佛洗心

## 二十

你让我每一步走得踏实且又小心翼翼，且从不贪婪大自然的新丽和奇美。你任凭漫天的彩云带去天地间的神奇从水面上掠过，正如画家拿彩笔在玻璃镜子上拖过一样！你恪守着心动，不让我有半点自私——平和地与大自然的奇观异秀作一回人文与天象的合奏！

终于你让我赢得了这场天然乐场的公演。

你还清楚地看到天地的矿泉一瞬间化作云烟飞上了天穹——很快它们又聚成雨布向四周分延，然后稀稀落落地洒向人间。

没有你，我何以能心领如此浩瀚壮美的景致呢？

## 二十一

走在村头的那会儿，你叫我别过于张扬气质，让我像受戒者一样去体验村民的肩扛、手提和背驮的劳作。让他们因超负荷的体劳之痛如同开水一般从头淋到了我的双脚。

你还清楚地看到我因乡村的贫苦止不住地流泪而安慰道："不要因乡人的荒落而歧视他们，没有他们的农耕，便没有我们的人类的生命体的诞生和延续。"

因此，我在你的教诲里得到了升华与复活！

## 二十二

无论是红墙还是大殿，琉璃瓦还是庑房，它们都在体现故宫的富丽与博厚，沧桑与辉煌！

是你的旨意让我因这伟大的创造——人类建筑史上的奇迹而自豪。

是你的安排令我生平多次到此抒发诗情——我中华民族的勤劳和智慧！

是你的命令才使得我有权见证我大汉民族的伟大思想与伟大文明！

一切皆赋予了故宫伟大的内涵之中，一切都包容在故宫的无限的字眼里！

因此，故宫代表中国早已镌入了世界人类的心脏！

## 二十三

她睡得很美。那熟睡的微笑和安详的面庞似乎在告诉我们每个不眠者说："别闹了，我们一起聆听天宫的徽音吧！"

你当然没有敲醒过她的身子，甚而走近她的床边时，却不忍心让我用甜蜜的嘴唇去亲吻一下她那满是因柔情与仁爱、善美与艺术合成的樱桃式的含情小口——因为你让我懂得了这是对夫人最亲的体贴！

也不让我使双手捂住夫人那春风满面的容颜——但凡她笑口一开，整个世界仿佛被装在音乐厅里面一样！

你不止一次地被夫人的妩媚的笑姿而倾心过，但我毕竟不能拥抱她的快乐和激情——使她的酣笑化作春雨洒向人们所共有的欢乐的世界！


## 二十四

即使不是黑夜，你也是这样慰藉我。你说我在柔美的灯光下像蜜蜂酿蜜一样做着自己的文章。

可黑夜里还有多少人因旅途遥远而疲倦地在黑幕里奏着奋斗交响曲！

还有多少工人在不同的岗位上坚毅地与命运作着无休止的抗争！

有多少不归者在忍受着由意志而带来的皮肉之苦——不得不与自己的亲人遥夜相期啊！

还有多少人因黑夜而让他们倍受生的恐惧和无形的坟墓的夜深梦袭！


## 二十五

时间的流逝，它如同清泉尽情洗净世间的尘埃和人类的污浊！

历史的铭刻，它仿佛一块仁厚的碑碣，将人世间所裸露的邪恶与正义毫不修饰地保存了下来！

阳光的恩宠，它俨然一位慈母将人性之圣洁和无私的爱抚洒向世界的每个角

攻读

落，让那些因为失去爱及无望的生命得以复苏，还让仁爱和善德使那寂寞而黑暗的深夜豁然光明肆溢，福址千古！

罪恶的世界，它恰似灾难深重的孽海，把本是明媚和谐的人类淹没在它那愚昧的深渊；把充满智慧和文明的世界搅得遍体鳞伤，昼夜不宁；——只有理智时刻在为它走向灭亡让路；而只有正义却始终在将它进行无情的审叛！而这一切不是你的监督我将怎能有权辨认这世界的真伪与善恶的呢？！

## 二十六

当你疲惫地入睡时，我不得不悄悄地守候着，但愿你以极充沛的活力去迎接新一天的冲刺！以最大的释放去丈量你的追求！

我毫无掩饰地如同一个乖巧的幼童拿着书本还抱起枕头在你醋声悠扬的世界的边缘恭候！渴望你带着愉快的笑脸和充沛的形体与我商谈新一天的内容。

不让任何声息致使你惊梦而起，我总是因为你的存在而发自内心的祷告！宁可让你在那佛乐的世界里哪怕熟睡一辈子我都乐意伴守啊！

即使从窗外飞进小虫我必须拼命去歼灭它，不让它在这属于我和你的世界里留下一丁点惊扰不快！无论你在梦境里是书写还是歌唱，是散步还是演说我都心甘情愿地陪同。

还因为我知道你比我更需要休眠，时间和岁月的轨道上已留下了我太多不可磨灭的创伤和痕迹！假若没让你修成果实而就这样轻松自在地飘然一生，这不仅是今生的羞辱而是我来世的遗憾啊！——难道我还有什么理由让你无心而教，让我无功而终呢？！

## 二十七

那天我在恩父的陵前完成了家祭。我和家人一样怀着悲痛和感恩向我灵肉的赐予者和缔造者做了叩首，然后是修坟，还化了香钱，甚而将全家的祝托一起送到了先贤的墓门而后让纸钱等飞扬

珍重

上了天堂！

你满意地微笑着，使我觉着我人性的天赋没有丧失，你不断地在为我作为先贤的传人的祭祀而时刻在为你我的未来点头。

你深觉着我的祭拜是在为自己铺路；要么就为自己的末日留下骂名和遗憾，要么就为后来的子孙做着航标。


## 二十八

没有她在我身边的日子，是你让我把思念写进忙碌里，将拥抱化合于创造和艺术之中！

大家的睨视让我在细心的收敛里找寻平衡。从不要别人看出我是在因为你而溢泪！

她那温柔的手指多少次碰在了我的面庞和下　有时连她的呼吸声一同溜进了我的心　！

别说她妩媚的风姿，但凡她那银铃般的笑声只要一经诞生就足以让我前仰后合，醉爱千古！这自然是你的设计，否则，岂有我如此甜蜜的感受呢？！

即使她与我多次因距离而产生的"不解"，尔后两者是如此理智——将圣洁之心，慧能之光去衍生宝贵的爱恋及点亮沉寂的夜空！

有时出轨似的爆发一点"伤感"，相反还以为这是一种可人的诗意。想必，这是何等高尚的"瑕疵"哟！

漂泊在天涯海角她与我也从不怀疑对方的贞操和圣洁；任凭那万分的煎熬也总是期盼，守候佳音的速归。两心合一地体谅着这是生存的分离而非人为的罪过！

不仅一次地在用真爱和互助来铭刻她与我关于《博爱之心》的旷世心经。

从来就奉诺用心护佑迟到的爱，以事实去延续和看紧两颗来之不易的生命；上苍与父母，修道和更心的超然的生命！！！这一切过程如不是你的恩赐和仙化的旨意我怎能可以如此超然地体会着万象之美和人性之光呢？！

## 二十九

细想人于世间，他如同一片飞叶任凭上帝将他飘落在一个满是汗水与伤痕的世界；然后又眼巴巴且默默地服从佛陀派去了天堂！

他疲惫地耗尽了最后一滴心油，然后再告别他倾情抚慰的儿女和与其风雨同舟的前行者——他生命的另一半——妻子！

然后由天地祭祀他留给人类的一方遗存和那微不足道的功绩，让他的后人在此仅有的寄托里实现他们的孝行，填充各自的哀思！

坚毅的儿女们以仁爱和智慧在此巨大的伤逝里努力增辉烛光，试图改变自己的通向前进路径的同时还要照亮他人的世界！

逝者，苍天在因你涕零！大地在为你抽泣！

山川在因你淌汗！江海在为你澎湃！

安哉！佛陀之佑兮！

安哉！极乐国土之净　！

没有你的教诲岂有我能为那临庄的阿凡的葬别的代唁呢？！

## 三十

在感恩你的河海里，我终于洁净了尘埃，思情让我走近那阔别的故土。记得很久没有与父母见面了，虽然曾有通话的时候。那是一个假日，如不是你给予我恩亲万丈的热情岂能让我有缘作一次心灵的表白呢！

……

亲爱的父母，我的亲人们，我再次在此为你们请安了！

没有我在你们身边的日子，你们把思念和牵挂的泪水停留在心海的深处；将期盼与祝福淹没于久违的劳累之中。

我们兄妹从无知的起步到可以释放热能的那天开始，你们从来是那样身为人师：以仁爱点亮我们的世界；用善举指导着我们的航向。即便我们犯下了什么罪责，你们依旧像长明灯一样照耀着我们——从黑夜走向光明！

谢恩父母

在极罕有的通话里，通过你们借助电波的唏嘘和祈望声，我早已深感你们是在拿心与我进行爱抚；虽然我努力地将涕零声用抑制力使它压至最底，然而却又因世界的那一边的你们——怎么也不让儿子感觉你们是在因渴望而颤抖着波音的嗓子！

其实我每次都在流着泉般的泪水！

在那费劲终日劳力竟换回两毛钱的岁月，在那是非颠倒，伦理丧失，国戚民哀，文明离骚的年代，是你们仿佛苍鹰呵护小鸟一样将我们兄妹紧裹在你们那温馨的怀抱——那间积木式的小屋里；从不让我们裸露一点稚嫩的肌肤。

是你们俨然熊猫伺奉它们的新生代一样把自己最后的一口餐饮布施给了我们——不让我们提前走向生命的终点、痛苦的极点！

经济拮据的日子，揭不开锅的时候，亲爱的父亲、母亲，你们以坚毅来撼动贫穷，用乐观去面对乱世，即便濒临危存的边缘，你们仍默默地前行和悄悄地携手飞翔！在那水深火热，极度深寒，朝不饱夕，冰雪交加的时世里，你们不迁怒，不悲叹命运，仿佛一对上苍赐子的比翼鸟——使家庭得以幸福，我们兄妹得以快乐——所有的生命得以平安；因此我才懂得这便是生死与共，相濡以沫。

你们尚且多次警醒我："寒夫，我们像抚育春蚕一样将你送到外面的世界，你要珍爱自己的生命。创造是你们的思想，智慧是你的星光，在照亮你自己的同时还应该去照亮他人的世界！知道酒对你的灵感有益，然而用到极限会对你有害的——难道你不知道的么？！"

当然你们多次警醒我的职业与酒宴不可分割，甚而还罗举了那些因酗酒而致的悲剧，其实我已让我的生活规式告诉过你们：多少健康的生命因为酒提前走到了终点；多少英勇的汉子因为酒终止了大业；多少豪强枭雄因酒留下了遗憾；多少皇权的天下因为酒变成了罪恶的世界。……

亲爱的父亲、母亲，是你们耕耘的苗圃我岂能让它荒芜？是你们缔造的生命我岂可将其堕落成罪孽？是你们用爱燃烧的火焰我岂敢就此熄灭？是你们点亮的灯塔我岂敢大逆不道——自掐它的光明？！

恰好今夜我又要与众友人相聚与酒。然而我会将你们播洒的心光——以文明友善的仪式、施舍相助的名义去面对他们的心空！并望他们一起拥有幸福的家庭——不负赘社会；进步的工作——丰富国家的财库；健康的体魄——强胜坚强的民族；和谐的慧光——书写人类的文明！……

还要传递你们的恩宠：在死亡的面前，你们犹如佛仙让我在歧路上重获新生；在春天你们无限量地散发芳香的气息；在黑夜你们宛若不灭的星光照亮漆黑的世界；在白昼你们恰似中天的艳日不让天体下的人类留有一丁点阴影！

自我用行动向你们宣誓的那天起，就已忍辱负重地承担了这延续和挥发的重任。

仅管儿子我已穿越了几十春的生命之旅，但从未偏离你们用心和爱来导航的目标，我懂得你们像藏宝者护佑他的财富一样在哺育我的成型，像军事情报员对待机密一样在守候我生命的境遇和旅途的平安！

如果没有你们的牺牲，哪有我能在蓝天下的飞翔和在艺术世界里的驰骋；如果不是你们的赐予岂有我用智慧和生命来体验和感受这万物华润的庙宇和无极的伟大文明呢？

亲爱的父亲母亲，我不会忘却我今夜的使命——我坚信我会像你们保护我一样去警醒他们。

现在，我们已共举了酒杯，满屋子里在回应着一种声音——

"我们为平安干杯！！！"

"在为——平安——干杯！——干杯！……"

其实我的伟大的旨意者——生命啊，你已听懂了我对亲人和朋友的承诺，同时已岂非又在因你而干杯呢？！

## 三十一

这天清晨是我生平少有的一次晨起。我来到窗前时被阳台上的盛开的兰草花醉得几乎迷心千重了！

是你曾多次让我低下头伸前脖子并拿鼻子亲昵地与那张开的花瓣接触；任凭那花的妩媚的姿容和诱人的芳香如同初情的恋人的亲吻在和风的作用下悄无声息地渗进了我的心底！

尚且你还让我不无浪费地将这一生命中少有的愉悦和甜美感指导着我洋溢激情，慰藉欢乐忙碌的一天。

你甚至根本不让我在这一充满创造与发现的一天里找到闲暇之余。因此你又是那样科学地让我懂得时间的运用和智慧的挥发！直至傍晚我还以为那清香的花蕊的香粉还仿佛黏在我的脸庞、耳朵、鼻子和发际里。你不但没有使我忘却我对兰花的记忆，相反你更让我坚定地认识了兰草花的力量！

直到现在我不知影响我那具有特殊意义的一天是你生命融入了兰花还是兰花融入了你生命啊？！

## 三十二

你总是那样让我欣欣向荣，朝气蓬勃地面对新一天的开始。即便我从床上爬起来之前你已命令我如何以充沛的精力来应对新一天的挑战和新一轮的冲刺。

你从不因劳倦而让我放缓前进的步履，用超越和飞翔的慧能迫使我体验和实现梦的意旨！

你每天让我在进入晚夜时用无奈去愤怒天幕的垂落，以忏悔去抗争沉黑的降临！

再没有任何力量让我能提前观望长天眼神的睁开，天地芳心的溢馨，山水笑脸的容颜。

## 三十三

你总是那样信心百倍地让我在月光与灯光交织的夜里依照你赐予的权力和自由，去为目标和使命作着精彩的宣战和冲刺。不管季节的转换和气候的变化，也不论我心境涨落与体魄的兴倦，你从来是如此用你的责任抚慰着前进，以你的永恒捍卫着我极积向进的追求！

你用事实告诉我——人于世间的创造性和快乐感！

## 三十四

漫天的艳照显得有些柔和，飞翔的鸟雀时渐在歌唱，惯态的街人似乎露出笑意，空气的流动仿佛同风一起加快了步伐；这似乎是你让我生平头一次深感回到我们人类伟大的始祖——轩辕黄帝身边的吉兆感和亲情感！

如果没有你的安排和引导岂有我和夫人见到我们伟大的先祖的容颜和栖居地？

如果不是你的赐予会有我和同时代的人类能看到远亲黄帝陵的巍峨与尊严？

如果你不主宰我的心魄和灵魂岂有我和我的后人一起感受这祥和的盛世与至尊的人类文明的么？……

## 三十五

那天一大早起乌蒙蒙的天幕开始下起了雨，很快便将平静的路面澎湃了泥泞、投上凄凉。这时，天体耷拉着愁苦的视线，大地拖着病体般的倦意；是你再次给我以自信和坚韧的祈望感让我度过了被满是泥水和沉寂　污的日子。

我还记得当时我记下了这样的文字：

不管潮水怎样湍急也淹没不了我的敬畏之心；不管泪水怎样冲刷也洗涤不了我那坚毅的守候——"相爱、奋斗、拼搏"；尽管路径怎样凄迷也改变不了我前进的航向；尽管世俗多么混浊也无法消失我那携手飞翔的激情和意志力！愿佛陀天佑我那充满火热、贤达和多趣的夫人！

是你多次让我在这段日子里看到自己的天性和作文人的本能。啊，谢了！我的主啊——生命！

## 三十六

昨夜是你让我在梦里去到了国家大剧院的乐厅。同那些饥渴和享乐的人们一样，任凭那穿肠的音符和动心的乐音将大家置于似我非我的境界里销魂。

后来我被悠扬和弥漫于整个天宇的妙乐陶醉了，仿佛是在乘载一叶轻舟在天上人间之中游弋。似乎看到了孔子在那闻韶处听乐师演奏治国的方略：好像看到了东坡在那赤壁之巅独自吟唱"乌台诗案"而写就的国之大耻；还俨然看到了毛泽东在战火四起、暴风骤雨的乐声里挥笔成就"中华儿女多奇志"的改天动地的巨人豪情。

接着你说叫我回到自己真实的世界用现实的笔墨去书写现实的颂歌。

后来我才明白你能让我依仗灵觉去到天庭和乐海，还能除掉虚无回到真实和自控，并使我在寂寞的世界找到飞翔的意趣，在无定的世界又能回到忠于现实的伟大奇迹。

你是何等伟大而无愧的主啊！

## 三十七

我打街市上回到家里，是你将一整天的倦意压于心底，一方面使我体味因劳累而负感的向进意识，一方面又为我分享奋斗与收获，创造与释放而带来的生的意义。

时而用寂寞来面对你的一切指令，时而躺在床上又拿倦睡来回避你的坚韧和缓延的力量。总之，我时刻在按照你的旨意行驶自己的前进的航向！

## 三十八

风儿像水样地从窗外溜进来，在轻柔里我让她抚摸过全身再由你的恩赐才使我萌上了诗情，一会儿因得益你的许可便让我在此柔情的海里泛起了乐音的狂舞和飞翔的超俗。

这回似乎真的忘却了你的存在了！啊！你是这样的安恬和无私哟！

## 三十九

无数次你让我抽出闲暇之余去同那些浑身是佛心的人们一道在寺里做周末佛会，每每使我亲临佛园的圣境和佛土的清净！

在你仁厚的佛光里我让自己少了混沌之意而多了些慧悟感；用你教我以清心致远的能量使我品味到佛的力量，修行的魅力，圣洁的尚妙和超然的因你而才有的伟大的意识啊！

主啊！生命，这个世界哪一点不是因你而绚丽多彩呢？

## 四十

又一个周一的晨早，你以主人的责任感说："一年之计在于春，一日之计在于晨。"尔后我不假思索地在此教诲里用珍爱你生命的爱心和热情结束了这一天的心灵洗礼与行为矫正。

我似乎生平第一次看到古训名言对人类的力量，也头一回深感理智对你无论在何时何地所产生的效应和奇迹。打这一天起我才真正认识到了你的价值乃至给感知者的恩宠和无限竭尽的动力！

253

## 四十一

　　那天我从海滨散步回到宾馆房间，你让我把"宽广"和"渺小"，"坦荡"和"蹩足"，"万能"和"无为"三个截然非同的概念对比在一起，直至翌日清晨我方合上那久违的双眼。

　　当然那前者自然是海，而后者自然是我栖居的小屋。你不止一次让我在脑海里闪现关于海的辉煌：在它的上面渔民可以缔造自己的生命，船舰等能扬帆各自的梦想，水下的生物得以千古蜕变，海水在风的作用下自然卷起诗意的浪涛和飞扬的乐音，到后来我还想到海——它不仅"能载舟，亦能覆舟"的铁的规律。

　　那么小屋能给我以什么启迪呢？然而虽然它不可与大海比能，但尚可让我在其窄小的世界里任凭我将包罗万象的思想与千古不毁的灿烂文明等在此严实而安详的空间里得以完成。

　　这可是何等崇尚的自豪和坦荡感呢？是你为我擦亮明辨世界的眼睛，用你无声的赐予使我屡屡为自己在这世界的存活而叹为观止呀！


## 四十二

　　漫步在街市上，你总是谦恭地低下头和眼神，不让我以趾高气昂的形态去取代那真正文人的庄重与平和；其实我一边在用意识来丈量文人的雅致，一边也在任凭醒悟驱策着自己——加紧改造，以求使你信得过的感知者完美地凸现出人性的光辉！

　　其实，这也是我一直以来要向你作的交待！

　　一切源自创造的呐喊，一切飞越极限的冲刺，一切跨越视线的文明，一切超越心海的乐音没有哪一次撞击和震颤不是你的引领而得以会心的服从。

　　然而我又是这般地俯首称臣的哟！

　　累了你还随我于欢乐的乐音中休整，光芒四射时你还叮嘱道："别过分精力透支，以保全实力——延续你的能量——不断在夜间闪光！"

## 四十三

　　中午我做完佛会回到了书房，因你坚强的记忆一直让我在那佛坛的回荡萦绕的佛乐里洗礼灵魂。

　　尚未到傍晚时，几个惯往的道友不约而至地在我书柜的上方掠走了两把蜡香，还粗俗地弄歪了佛身的位向。

　　我似乎生平头一回见到了以心手污染圣洁，用所谓的道德传播愚昧和恶行。

　　主啊！这岂不是罪过的吗？！

海纳百川

## 四十四

　　我热爱你，我就是你——自我认识你存在于价值的那天起从未放弃过对你的忠贞和敬畏、崇尚和珍惜。

　　从来是那样如同母亲看护自己的婴儿以牺牲自己为荣而不至于使你看到精神的遗憾和物质的伤害乃至自然界的侵蚀。

　　从来是那样仿佛农民害怕失去自己的田地而用心血去耕耘和培育并终日寄托着自己的挥洒汗水的丰收喜悦与再生回年的希望。

## 四十五

　　油灯耗尽了最后的光亮，夜开始加剧坟墓般的恐惧感，你轻轻地如同手一般挽住我的躯体和心灵，在寂寞与惊悚的漆黑的世界里用炼狱的勇气和超然的求生胆略来依照天体的密码把沉夜送到尽头——挽回光明的诞辰。

　　没有哪点我不深表恩宠的敬畏，对你鼎拜的倔从啊！

## 四十六

　　我多次从图书馆回到书房，你照例清晰地给我以记忆——匆匆地指令我打开每本受宠若惊的版本，看到自己的渴望在那字里行间挥发出饥饿的吸吮；

感知沸腾的想象在海洋里澎湃一般；烂漫而恣肆的汉学通感无不如热浪从头到脚甚而快慰至我心的深处及整个灵魂的边缘。

因为爱你，我才如此深厚地理解你并且充实你啊！


## 四十七

两个孩子在极度深寒的岁月因磨难改变了他们的相表；四位双亲在携手同心的日子不可抗拒地走到黄昏的时分；我和她的梦想因经年的书写已日渐成就幸福和谐的夫妻篇章；我的追求亦因一路的洗礼冉冉看到春天的气息和初秋的喜悦！

这些没有你的浇灌和伺候岂能让我感悟如此巨大的成就感和荣誉感哟！

因此我为你歌唱，更应为你请安和祈求护佑！


## 四十八

因为久来的信息中断，如果不是你深情地驱使，我几乎不知如何在记忆里去修复她的容颜，她的银铃般的笑声和那富含诗意的心空世界。

又一度的回忆不得不让我想到她那有似燕妮的美神似的艺术塑像。

谢了！是你叫我唤醒了仁爱，是你令我懂得了天佑的秉性，是你教我如何用眼神和心灵来创造她——兰玲的艺术体重现！！！


## 四十九

囊中的羞涩使我感知意志的飘渺，每在行为和想象及艺术的驰骋中总是借助你的胆略和勇气向着你为我设计的那步靠拢！

这样重新迫使我认识金钱的魔力，无为的神圣：告诉自己——你高于一切；我正视生之和谐与死之坦然！这是因你才有的坦然！

再也没有任何力量能比得上你如此清楚地引导我——像佛一样面对生的世界，像神一样认识死的天堂。只有你才能给我如此大的勇气！

## 五十

我敬畏你，我重塑你——因为你创造了我的灵魂和感知体，始终没有让我因为虚存和荒谬而歉疚！

正如太阳毫不示弱地将光芒射向天体下的每个间隙——我敬畏你，我爱恋你！

黑夜深如海底也盖不过我明断你赐予我的明亮的热情，更淹没不了我胸怀你万丈恩德的旨意——我敬畏你，我崇拜你！

在庭院前的思索

## 五十一

大街上泛乱的人群不绝如缕地将仁爱的硬币填满我饥饿的渴望和丐意的虚空。

凄绝美艳的乐音伴随魂牵梦绕的戏曲终于丝毫未改变我因拮据而低头用笔墨来回应行人的不断打量和亲善心的加倍收敛。

阳伞下的纨绔子弟和巨商的眼神不停地闪烁着些许同情和敬慕，但最终还是因残忍而收回了善意，接着便关上了施舍的大门——其实我早已用天赋的双手将他们挡了回去。

午后的炎阳，黄昏的晚景将天空和都市烘出了一幅极为壮美的画卷，我将全天候的收获藏于半羞的喜悦里，努力使自己的丐艺方式与这天然的一天成就此生唯一的传奇神话。

不罪责这炎凉的世态，以佛道之心来化尽这过眼悲喜的往昔，正如法官错判"犯人"而见到的无罪的目光和泪水！

## 五十二

在一度伤悲的日子里是你在陪我用热情的火焰燃烧着激情为她记下了这样的诗文：

没有他装腔作势的影现，这里本是与世界的异地一样谧静祥和，你告诉我："世界就是这样的——真善美与假丑恶构成的人类也是这般：道德、文明、罪恶与耻辱组合为一体！"

在这不够百余人存沼的小院世界里，无权者仿佛挨着月亮遮挡星星、太阳掩映月光的屈从岁月。不懂得虚伪奉迎和随波逐流的兵法是不足以有明朗的天日。否则便是残云被风雨吸吮掉！

心灵在体验着委屈，步履在感受着虚滑，议论在颤抖里趋化绝唱，生存在蒙受着屈辱和无奈。再后你才告诉我："在这充满罪恶的世界里生存，你务必得听我的！"

"谢谢！我打来到这个世间就注定要听你的啊！！！"


## 五十三

这是我和她又一次尝试久别后的惆怅与寂苦，如同两艘离岸的船只在大海中漫游！

偶然间的声绪无以填平天各一方烟淼，又恰似天上人间的两条山谷在同时发出呼吸！

祝福和祈愿在不断缩短两岸的距离，只有泪水和心跳时刻在因重逢而肩负着渴望！

艳阳初照时我们用自信来取代归心的雀跃，仿佛两只凤凰即将返航它们阔别遥远的西楼！

星汉的皓洁已表达我们双方别后的寄托与思念，没有任何礼义和财富比得上它在夜的心中彷徨。梦里我们相拥云绕，借助吻昵以示爱抚，试图全负地伺奉演绎忠贞的爱怜且在醉后作着贺颂与歌唱！

然而你虽未有一言地恋恳着我应尽情地使自己成为爱的奴役，仁的使者——光明不久会露出，两块圣洁的田野会诞生一方迷人的绿洲！


## 五十四

长者佝偻着艰辛的岁月洗礼，屋子四周的物品行将告别他那昏花的视线，他　然地站在厅堂的门口好像在说："这世界再没有多少光阴属于我的啦！我该准备去到漆黑而寂寞的国度吧！在那安逸静阒的天国里就听凭佛主的安排吧！"

他回到自己的寝房，极虔诚地拿颤抖的手燃上香烛再搁在他寄托修行的位置上然后惯例地叩着头，一边竖起身子还一边尽忠孝地作好礼拜。

自这一夜起你让我真正懂得了热爱你的方式，赞颂你的旨意；你俨然一位资深法官在给一个无知的犯人传播人道课一样。是你教会我认识生命的异常宝贵——生的不易——死的悔悟——挣扎的神奇感！

## 五十五

洁的月光洒在了海滨，远来的笛声把我和她带去了神话的国度。

敲打礁石的涛声在凄绝里露出无限伤悲，那或许是因为我和她用不言的漫步在藐视它那庄严的倾诉和哀婉的吟唱。

巨轮似的月儿在缓缓西去，小划子怀着倦意渐渐收灭了灯光，晚夜的渔歌不再有初日时的激荡，星光和海面似乎合约了夜幕在他们合上眼皮后强逼人们也该飞回自己的巢穴——这一切谁也不得不服从你的命运。

## 五十六

我一直以来不知如何向你表白感恩和谢意；但我只有用无言的方式向你作出承诺：

今时的感恩，我用吸吮和铭刻向你表示敬畏；

今天的感恩，我用劳累和报酬向你作出价值的体现；

今月的感恩，我拿进步和效果向你慰安生命的珍贵性；

同夕阳沉思

259

今年的感恩，我以事业和成就向你汇报全年的谢恩进行曲；

今生的感恩，我奉命智慧的召令和精神的发越而向你作庄严的宣誓：我是在用行动捍卫你的旨意，你的安排，你的——生命——人性之光辉？！

## 五十七

天耷拉着倦怠的眼皮，云拖着劳顿的步子缓缓向前移动，大地懒散地编织着烟淼肆霭的纱帐，晚霞正如赶集似的来不及招呼周围的云彩便一味地去向西天的海里冲刺，努力地冲刺！

当你再度问我"要在别人疲惫时进行超越，要在他人消夜时发出总攻，胜利终于属于我的"时，这才明白我的前行和追求你依旧是这样的尽心尽职。

于是在进入夜幕的世界里我屈服了你的指令，没有折扣地品到了你心灵的蜜钱——爱的力量！

## 五十八

用心感受生命的每个角落，用眼观摩现实中的每个现象，用智慧照耀每个阴霾的高空，用笔描述天体下每次真善美与假丑恶交战后的结果；这便是一个有良知的庶民的使命和责任。

你用尚圣之手伺役着我的魂灵，我以朝拜之心珍守着你的眼神。

## 五十九

他是我们院落里的福星：推着小车装着浇花桶，露着晴天般的笑脸迎着行人。

我们入住新居的那些日子，我从楼顶的窗外看见他在对面墙跟上用夕阳的余辉伴和着稀落的树群，投入慈祥的心神催速花草成荫。

我记得你常常为我鼓起勇气瞧窗外的老人——快乐和勤耕将我转身过去——陪他共享园丁之乐，慈母之快！

大约三年的光景那墙跟的花草和树木时渐高越过了墙顶。你告诉我这是那长者积给后人的福音。要像他一样没有收获的目的且也无索回的意思！

虽然在愈加赞誉的声中他走向了呼吸的终极，不过大院的受益者却总在议论这福星的话题：他是我们院落里的福星，推着小车装上浇花桶，露着春天般的笑脸迎着往来不绝的行人。从这天我明白了尊重他人的劳动。

## 六十

请你一同小憩并尽量不要触摸我。他们和那些陌生的人们打我躺着的身边走过，甚而还听到那些因起步而溅飞的沙子声。

我精疲力竭的身子不许我动弹一下，极欲睁开的睡眼最终还是因活力不济而合上仰目的天窗。

啊！恩赐的你啊，是这样的伺奉着我！

在我正式苏醒之前你仍无半点睡意地坚守你的岗位就像臣子恭候他的主人！

这个世界没有谁能比我更懂得饥困和劳顿，也没有谁能代表我向佛陀祈求——祈求她赏赐我充沛的力量和鲜活的激情。

在我仅有的一小声凄叹里，终于让我看到了小溪融合大海的悲壮和那令人回肠欲绝的无际的波澜了！

啊！你是那样地令我屈服你的善举和仁爱的啊！


## 六十一

我从出生的那条小路一直乞求到广袤的世间，用卑微的身份和自然的方式走在成人队伍的后面。

风霜袭来的时候，不动声息地使自己瑟缩那极小的体积，以免伤害这可怜巴巴的无助的性命。

乡村的富丽，都市的狂舞我怎能拿奢侈去耗费那来之不易的乞体呢？！

漫步在灯红酒绿，醉生梦死的人间，起伏于风花雪月，怜夷美艳的梦般的天庭之中我似乎要醉了！

就是沉寂于暴风撼动的梦里我也未敢贪心偷睡，仍旧让记忆回放我从来乞求和成长的过程。

啊，你是这样虔诚地监视着我、面对着我！

261

与月夜对话

## 六十二

我和父母及兄妹们在跳跃的灯光里泛起了睡意。彼此的祝福为对方留下了睡前的吉言："愿你们今晚梦见贵人吧！"

半支的窗户声把大家从昏睡的境界里惊醒，有人说："是有伟人真的进屋里了么？""没有！这是风袭击的声响！"

门的撞击声仿佛要将半睡的全家人从天堂里赶至地狱；然而他们有人说："睡吧，不是风大的缘故，只是门过于轻薄的结果。"

"父亲，我好像梦到了一位仪态过人的长者，这是否是我曾经画过的先圣孔子？！""别瞎说，你睡去吧！"

在疑惧和惶惑，昏惑与凄冷的梦里我指望你的安排，但这回未得到你的召示我看见面我的房门轻轻地在和风中开了，敢情是我早年画过的孔子轻盈且礼尚地将其双手合一地进来了！

## 六十三

大家任凭音乐指挥家指挥棒的起落而在各自的座位上弹簧般的用身子俯和着音符和弦律的跳动，宛如神奇的乐感将大家置于海绵上观摩美丽的天象一样。

我受你的驱使在音乐厅的一角观赏旋律在人海中荡起幸福的篇章；指挥棒在空中书写着神圣的秘语；一个浪漫而富于想象的艺术世界在倾诉和感染我饥渴的灵魂。

你不动声色地与我听任晚会的谢幕，人们在因审美差异而先后走出乐厅于　相异的享乐世界里像逃出笼子的鸟儿们归到了各自的巢穴。乐厅恢复了宁静，只有我还在思索着！

## 六十四

那天我和家人们欢欣地畅游了泰山后，能头一回紧张地用心去抚摸着我久已礼拜的圣土。是你像看护孩子一样牵着我的手与时间亲昵地吻于一体了！

我用神奇的意识紧锁着胸膛的跳动；拿颤抖的双手呵捧着圣洁之心；以经验丰富的老护士的良善感来看守着肝胆；还用双目失明的老太太过桥的谨慎

感将自己一步一步地挪向圣土的边缘。

朝拜的间或，我打人群的缝隙里看见人们俨然我一样的境态出现在了人类第一位圣人孔子的家里。大家的步子迟缓得轻似柔毡上掠过；纷乱的拜阵里连小孩也未敢发出一点无知的欷歔声。

孔府家的上空弥漫着澄彻而吉瑞的云纱，仿佛上帝赐予的彩绢玉帛要为这块神美的天庭染上福祉的颜色和自由幸福的天幕！

人们在家训里体验着规矩、严教、善行、道德和无为的本义；尽管一再谦恭地抬着步履，但我还是因为晚来的受教而倍受意志的谴责。

满屋子的家什在默默地接受着游人的忏悔；巷道里被两千多年的人类踏损的路面悄悄地承受今人含罪的叹息；墙壁上的训导没有不让来人读后而深感做人的惭愧和歉疚。

是你让我这次在孔府家的祭拜里看到了家教的力量和父母的责任。

孔庙被泰然的苍松古柏装点得神秘里充满着梦幻；碑碣的昭示教人看清了做人的希望和勇气；高大而闪光的圣人的儒像时刻在向过客传递着一种愉悦情怀的铭言："有朋自远方来不亦乐乎，学而时习之不亦悦乎，人不知而不　不亦君子乎！"

飞宇的殿阁，古韵的庙堂，益人的门联，思进的台阶和那诱人改过自新的警语等不是在说明后人的醒悟与崇拜而是在向今人宣言圣人的思想的不朽和其智慧的永恒性！

啊，我的朋友们在超然的礼拜氛围里不知不觉地随着人们进入了孔林的世界。

就在大圣文宣王墓前，是你搀和着我早已驿动的心及圣之伟大，以至渺小的撞击感而缥缈的身躯，并断言我每一次卑微的颤抖与勇敢的发现是在和全世界的人类融为了一体！

我的主啊，生命，假如不是你时刻在指导我的视线和旅行，我将如何懂得此生的无知和遗憾呢？！在叩拜的人群里是你要求我去接收心灵的洗礼；在双手合一的瞬间是你教我明白智慧的力量；在我履行梵香的清过中是你让我看到烟霭里文明的未来希望；在不绝如缕的前来崇尚与心祭的队伍中是你再次给

在圣庙前沉思

263

我以信心使我看到了我们伟大民族的强盛和博厚。

你故意让我走在人潮的后面，还清楚地告诉我："人类自有传记书籍诞生以来有谁的版数能同先圣的比高呢？人类自有帝王以来有哪位国君能与大圣文宣王比得上功绩千古的呢？人类自有园林建筑以来有哪国的园林可以与孔林比其超然美、思想美和精神美呢？人类自有家庭概念以来有谁的家能有资格与孔府家比其德、才兼备的完美性及典范性呢？自有寺、庙、观以来人类有何处的庙宇能比其尊贵，灵验和神圣呢？自有府的设制和称谓以来人类又有哪国哪家的府能比其体现民族的传统，国家的尊严，里仁的家训，社会的责任感和人性的光辉呢？……"

带着无尽的思索，怀揣潮般的感慨，没等我找出一点理由和一丝劳顿，反正我也被你为刷新我记忆的赐予给淹没在了泪的海里了！！！

## 六十五

她大约因忙碌或是粗俗，刚在阳台上凉好的服饰滑了下来将青瓷缸里种植的辣椒树无情地折断了。那痛苦的枝头只有含恨地躺在地上。

良久以后，我一直在为她的"酷刑"而忧愤：倘若她不假服饰的残杀，想必小屋子在辣椒树盛开的诗意里岂不是天伦与物性，绿色与生命的大汇演的么？！

其实她固然是无意，但它毕竟被她那不经意的服饰所斩首而毙；绚丽的春天它不能妩媚动人，充沛的水土亦无可使它有似感知生命的权利啊！是你让我为此平凡的枝物动之怆然且忧之怜悯哟！

似乎打这天起，你叫我在心灵里种植了永恒的常青树：既要绿化自己的世界还要受益他人的生命！

## 六十六

因为你的呵护与抚慰，我日渐看到自己志趣的超越和生命的坚强；因为你的忠于职守和圣洁无比的怜悯，我每每在体验着生命的快乐与前进的喜悦。

快乐时你不让我疯狂人魔，提醒我要时刻屏住声息，并以预言家的心境平衡眼前的风平浪静与未知的暴风骤雨。

## 六十七

忧伤的时候你不让我过于悲观厌世，在悄然的慰安里使我不减当初激情万丈的心绪，以战略家的姿态在灰暗的世界里懂得播撒坚韧的种子。

滋润的日子是那样能麻痹人的意志和灵魂；可你从不让我在优裕的市井里忘乎所以，也从不让苟且偷生、安享自乐来腐蚀我的心境，相反用极简易的方式教我认识幸福与安逸的来之不易。

逆境有时如同海啸似的刮来，你从来以勇士抢夺高地的气魄将我从水深火热的深处拯救出来；还不停地告诉我：

接受心灵的洗礼

不要迷失航向坚定自胜的信念，光明和坦途就在前方期待我的伺机冲刺。

在那一度悲哀的岁月，你亲自让我挺起胸膛，擦干眼泪，点亮生命，驱灭饕餮，化生平莫大的伤痛为巨人的力量将此绝顶的悔恨和遗憾熄灭于万丈激热的誓言里，用真我的发现与创造撰写一个繁花似锦的世界！

当自由为春风似的拂面而来，你总是那么亲昵地让我看清前进的航线，并常常旁语说："自由唯人生极宝贵的存在方式！创造在这里能看到奇异的果实；艺术在这里能彰显文明的光芒；生命在这里能挥发善美的光辉；一切想象和飞翔都会在此找到它相应的世界及所需的角落！"

于是我选择了自由，也选择了珍惜！

幸福是你我乃至这个世界的生者一味视为至高无尚的追求。可你从来是这样告诉我："生于忧患，死于安逸，玩物丧志！……"我不止一次地回放你矢志不渝的警言，甚而不仅让我在幸福的边缘升华了生命的价值，还令我亲眼看到不少人因幸福而丧失了宝贵的生命。

于是我选择了幸福，也选择了警惕！

每每面临失败和挫折，是你搀扶着我的躯体，指挥我的方向，点亮我十字路口的光明，照耀我黑夜里的世界，用热情温暖着我的心海，以勤勉依偎着我的斗志，让我颤抖的心魄和受惊的灵魂回归原本的坐标：准备为一往无前的冲刺而再次启航。

在鲜花和掌声一起染就的辉煌里，没有哪一回你不是谨小慎微地站在我身后说："千万别让成功麻木了视线，不要让喜悦和赞美冲昏了头脑。一定要注意，成于止善，厚积薄发，更要研习老子的关于'水'的学说啊！"

于是我选择了成功，也选择了"水"的规律！！！

……


## 六十八

大概是双休日前的提示，你让我处理一切事务准备去北城山庄的桃花源做快乐的礼拜，漫街的行人没有昔日的活气；街坊的物什仿佛也不见昨日的生机；纷乱而忧伤的倾诉里我终于得知这是因为地震而致的悲痛！

悲痛啊！这悲痛已将生者引至万哀之渊。

此刻人们的脸上开始镌写生来的巨痛；里仁互动有了从未有过的亲昵；就是往日的债主也不再有先前的怨气和仇视；相反觉着来于这世间就不应有讨债的陋俗。

从这一刻我开始认清了生命的意义和价值！倘若不是这场饕餮的地震，人们似乎无法去体验生命的宝贵以及做人的愚昧！

因此漫长一天的桃花园的礼拜里我似乎麻木了一生的志趣，在极尽离去时才明晰一点道理，那便是地震的可怕和生命的可贵！


## 六十九

生命，我的生命，充满智慧的生命，肩负使命的生命，生生不息的生命！

啊，我的灭情的火焰，你使我从漆黑的夜间飞翔至光明的世界，你使我在无望的洪水中挣扎到了泛绿的平川，你赐予我的力量，让我感受着生的价值；你赐予我的信心，让我体味着勇气和希望。

苦难在你赋予的怜悯里终结了倾诉，自由在你赏赐的梦境里得到了尽情的呼唤，幸福在你恩宠的笑声里绽开了人性的神话。

我的热情，我的力量，我的价值，我的信仰，我的希望都在你生命所护佑的世界如同春天的百鸟以不同的乐音在歌唱；仿佛靠山的瀑布用相异的姿态向这世界回报不同的乐章！

我的热情，自由地在为梦想飞翔，只争朝夕地在为实现你所交给的使命而搏击，疯狂游历！！

## 七十

我的主啊——生命！在饱尝艰辛的岁月里我日渐获悉你的来之不易；在历经磨难的漂泊之旅，我怆然懂得你这样弥足珍贵！

在我做出深深探寻和苦苦求索的结论时，是你支撑起我的躯体且潜然让我知道：人是由生命（主体生命心脏、大脑等）与感知体紧密地合一而成——如同蜡烛是由火焰与烛柱构成的一样！

正是这样——如果蜡烛熄灭了火焰，烛柱便承受和面对着黑暗；如果生命停止了心脏的跳动，那么不管多完美的身材、风韵的线条、绝色的面孔甚至君王的皇位与挥之不尽的财富亦便失去存在的意义。

因此我是这样的热爱你，为你称奇，为你歌唱！在感恩父母赏赐我来到这个幸福、快乐的世间；其次我要叩谢的便是你：是你让我成为心脏与肢体的完美合一，是你告知我——父母派我来到这个世界，而你却守候我一同履行生命的价值和挥发这一价值的权力啊！

## 七十一

于是，我懂得杰克·伦敦热爱生命是因为他不得不体现人能挑战饿狼的力量；马克思热爱生命是因为他要为全世界无产者找到活着的勇气和资本；孔子热爱生命是因为他要让乱伦的社会和不平的世界走向协和一统；毛泽东热爱生命是因为他不让一个伟大的国家被黑夜吞噬中国的希望和民族的灵魂！

我于是又懂得在你的膝下，自己俨然一棵待发的小草，一个听令将军的士兵，一个愚昧无知的学生，一个无家可归的乞 ！

啊！我的主啊——生命，我自始至终在等候着你的召唤！

## 七十二

你说，无论漂泊在世界的哪个角落，都不要忘却自己如何来到世界上，从无知走向大学；苦难里懂得珍爱自由与幸福；死亡线上获得的新生；绝望的市井里，赢得了鲜花和掌声！

## 七十三

　　我知道是你为我设计的生命之礼，无论在哪一处拐弯，我都必须回首凝思——是否有过羁绊；是否有过忘乎所以。

　　你将最佛心的恩赏赐予了我：像冲锋号一样在召令我，千万别因为一时之误，便将厄运招致；这——就是痛苦！我怎能让你的佛光那样白白地放射呢？！

　　你固然不愿一切生命的感知者在痛苦后思痛，你不是感知者的旁令者，而是感知者的责任者，所以我在你的使命里从不会危言耸听、口是心非。

　　在痛苦里我历炼了勇气和智慧，在沉默里我约定了承诺和日期，一切行为都因你的召唤而所向披靡。

生命的敬畏者

## 七十四

　　忧伤的日子里，我看到了你那镇定的面容，你没有屈服一切自溺的造次，把你细腻的思考都挂在眼前，不让他人看出你的发自内心的冲动。

　　用极平缓的节奏，教我去擦亮眼睛，撩开心扉，不要因忧郁而荒废了岁月，也别因伤感而蹉跎了光阴；鲜花凋零了可以再生，生命浪费了可不复重来！

　　明白了你圣令的指引，我便同每一秒钟结为首足，并在它们的怀抱里我感到了春天的生力和夏天的火热！

## 七十五

　　四十余年奉命的投入，我把自己对汉字输入法的理解和传递呈现在了首都最耀眼的展馆，用足够的阅历和无限的泪水，体验着古汉字的意象之美；在博读和勤耕的世界里，我如同慈母舔爱婴儿一般，来与这一伟大而富于东方奇美的载体，保持温眠的守候，在表达和创造乐感的海洋里，我借弄潮者的勇气和胆识来同它一起闪烁民族的尊严和文明的荣誉!

## 七十六

白天,我挥汗做完为生计所困的劳务,还要不断地接受因家境拮据的精神的委屈和物质的凌辱;有时每日一顿的维系,我依旧是那样的充满自信和一往无前的斗志,因为我选择了它!

黑夜,没有油灯我如同在白昼里一样——从未放弃过我对它追求的梦想和研习的心读;即使被周围的白眼所冷对,我依然是那恋人偶失情侣一样——无不对它心往神驰。因为我爱上了它!

鲜花的簇拥与掌声的雷霆,让我燃旺了奋勉之火,空中的彩幅气球,似乎与天庭的绚烂约定了祈祷,我仿佛一时间成长了高瞻远瞩的襟怀;没有一丝愧疚,也忘却了昔日的悲愤,就好像是你将我举在空中与天体共同祭拜一样。因为我屈从了它!

繁星在眨着美丽的眼睛,月儿在播撒银辉的光芒,风儿在不断传送远方那悠扬的晚笛,我的心绪与完美的天籁合并为禅境的一体。父母和亲人们告诉我,这一切是因为你的召令,让我同书法一起领悟着艺术的魅力,一起履行生命的骄傲。因为我承诺了它!

其实天地间只有我最明白——这一切成功的甜美的愉悦都是属于你的呀!

## 七十七

当我从疲惫的"劳役"中解脱出来的时候,我总要以如释重负的轻快感来向你倾诉我心中的委屈和精神的摧残。你于是用无言做了回馈。

当我打清晨前的曙光里第一回睁开眸子的时候,我总要用勇往前行的意志来向你表达我心灵的目标和思想的支点。于是你以点头做了许可。

每当我收束一天的工作进入梦幻的境界里,我从来要向你致以深情的请问:"我是否应该休息呢?"你总是以默默的微笑作了示意。

当我需要你在如此环节上出现的时候,你总是这样不动声色地给予我极甜美的回敬,无疑——我才真正意义上懂你了——这就是欢乐!

## 七十八

那是一个周末，我在道观里整整呆了一天，像大家一样，我把粉红色纸签包扎在香柱烧在了祭坛里，看青烟升去了天穹，再将火纸化为灰烬，在仙乐里做着自省。

伴随清静的仙乐，与人们一道沉浸于漫步的炼狱，任凭乍来的悟觉，来宣泄满腔的尘埃，让心灵深处的本能，在加速清澈那过去的不清的狂躁和浮沫。

不用泪水来洗礼，也无需誓言做许诺，脑海里抽搐着愚昧，心腔在抖动着虚无。是啊！我在屈从！

因为过失而在忏悔，因为你的使令在让我受着悔悟的煎熬。

## 七十九

我做完了一个较长时间的旅程，并且用记忆和快照完好的将此次长途采风做着保存工作；即便在一个斜阳里的小憩，我却不舍得放弃对它的追忆。

在山水里我品尝到祖国大好山川的雄情壮意与自然的化合，它们宛如人体神经似的，在这个伟大民族的九百六十万平方公里的版图上，挥发着各自神奇的功能——让灿烂的文字为其喝彩，使浩瀚的歌乐为其澎湃，而从未让天庭下的世界有过寂寞和荒芜。

在花鸟里我洞悉了四季交错的艳丽色彩，和四季更替的动人乐章——春夏秋冬的花卉如同佛心一样不求任何私利，为人类燃烧着激情的火焰。四季往来的飞歌，仿佛天籁一般，不知疲倦的大自然与人类之和谐演奏着永不落幕的交响盛宴！——啊，生命，是你为我修来了这一神圣的旅差；否则，否则我岂有感知这令人撞击肺腑的快乐与富有呢？

因此，你还责令我——这回遨游的山水之旅是我整个生命的一笔财富！还因此——如果我浪费了这次旅程——我就失去了对你应作呵护的信任。

在月夜里前行

270

## 八十

每种植一棵树木，我都要在你责任的监护下，用泥土和水分将它培护好，为不让它被风雨刮倒，还多次用我的双脚在它根的周围趁水分尚未干裂就踩得严严实实——这样以便它的成长。

你说："从今天起，我们把希望给予了它们，将来它们会将绿色给予大自然和人类！"

啊，我明白了，自这天起，我便开悟着心智，这种给予正如父母把生命传给我们——还希望我们明天将文明的薪火传递给未来社会一样。

于是，我终于懂了——什么叫做赠予！


## 八十一

那是一部百读不厌——原是用血写成的心经。人们在那里修成了正果，化成舍利子，其人格与智慧伴随青烟上归了天堂后又回归了地面。

你又说："这便是智慧的轮回，天庭的福祉，你可否再继续保持修行？！"

"是啊！主！我岂敢违背你的指令，你的旨意，即使炼不成舍利子，我也不会去污染《心经》的。因为你尚未指使我去玷污那光明的逆行呢！"

因为我知道《心经》默默托付的力量。


## 八十二

你让我奉命你的意思，把阳台上的花儿喷好水后，还洒上护花的药物，以免害虫对它的入侵。尽管你没有声令的安排，动作的引领，但还是依照你的驱使来做着使命的许诺。

有时我忘了对它们的看管，即便再没有感到你的旨意，然而我毕竟能延续你那奉命之意。

它们在那无声的世界里得以成长，同时也在默默地给翘起屋宇的寓舍源源补充芳香和生机，这不仅使我感知了自然与人性的乐趣。

赋闲之余，在此漫漫修行养性的日子里，我先体验着轻度劳动给自己带来的满足，然后品尝那花儿们赐予我无穷尽的消遣。

结果，这样的日子告知我——别带一丝挂念来享受因爱心而回馈的愉悦和安逸，是无法用文字来形容的！

八十三

在准备新一天地的工作之间，要用意念设计全天候的内容，以均衡的速度和质量去履行每一个环节，热情和信心自然是不可或缺的！

喜悦是因为这一天的产值而降生，成功是因为这一天的完满而铸就；但，骄傲则决不是这美丽的一天所必要的内容。

想到这第一天的顺境，我应该实施第二天及往后更多天的复制——只有不懈的总结，才会赢得长久的收获。

遇事没有留下遗憾的环节，成事没有造成缺陷的空间，认清了每一个行动，珍重了每一分钟时间，自然就懂得了驾驭自己一往披靡的主——生命！

于是，我开始学会如何面对你——我的感知体——生命！

八十四

从田园和季节里夺回的粮食，却又遭骤雨的洗劫，我和父母及其他亲人用眼泪和绝望哀怨了半年，也知道这是徒劳——无济于事的悲哀！

全村庄一样的遭遇，所有的生命尽于一般的凄绝，但最终还是挺过了这一灭绝人性的天祸。双手和意志改变了饥馑，勤劳与刚毅创造了新生，无数个生命在第二春唱出了胜利的歌声，漫山遍野充满了新机，不倒的激情在四处燃烧着生命的火焰，不灭的精神在田头地角重生了向天灾宣战的抗灾热情！

这一切复活的希望，没有不是因为你的召唤和命令而发生奇迹般的改变！

于是，你让我们学会了忧伤。

八十五

无论你在什么地方或什么时候，我都是异样的热忱和百般的珍重，因为你的命运与我的呼吸是天衣无缝的。

我虽说没有向你表白我将如何回敬和感恩你的赏赐，但我却时刻在用信心和力量守卫着你！

## 八十六

其实不用你作任何吩咐，我会一往情深地与你携手同行，因为是上帝把你我连在了一起。

也无须你为我作任何劝慰，我会一如继往地完成我未来的重任，因为只有我才能读懂你今生今世所引领我进步的涵义。

## 八十七

我饥肠辘辘地坐在戏院的一边，一位女乞丐坐在了戏院的门口，我们一起在看行人打我们眼前迈着赶点的步子，他们品尝着消遣和幸福，像应邀出席婚宴似的，从金碧辉煌的大门迈向戏院里的座位。

我仅看过一位女记者身份的年轻太太向她的膝下扔过一回硬币。后来，我知道那是一块十元的港币。

她用怜悯的目光告诉我，似乎说："不，不需你同情啦，你已像我一样够无助的了，明天就是死掉，我也不至于期待你这小生命的周济！"

"如果我能周济你一点——哪怕可供你吃一顿，这也是我的造化。但，上天哪能肯给我这能量呢？尚且，我担心将来会到你这个年纪能有勇气讨下去么？"

"不会，亲爱的小天使，上苍会保佑你的，你好好利用时间吧！晚上——我还要把这十元钱布施给我的两个像你一样可爱的天使呢！只是他们比你还小两岁！"

是呀，这十元钱是拯救不了她那久已畸形的双膝，不如干脆给了他的新生命。

阿弥陀佛！这便是爱在传递——坐在戏院的"女记者"把硬币扔给了她，晚上再由自己交给别人——这是多么伟大的施舍啊！因为这一天是你才使我发自心灵的颤动哟！

歧路上的乞丐

# 八十八

大约从凌晨，楼道里的狮子狗吠到了天亮，我站在庄园广场的绿化园旁。楼长说中楼主人的狗已超越了人的待遇——

很快那狗的主人家中的八旬开外的老太太，从电梯里来到邻居们中间说："我活着还不如这狗的地位啊！"

还是因为罪过和耻辱迫使那狗主人发现了尊严在受非议。她将老太太打发进了电梯后，又重新被狗牵着她出来了。

她所走的路线，从来就听令狗在前面东跑西窜的领路——人与狗掉换了屈从；她们仿佛是在街道上耍猴把戏似的。

这样的狗与人的演义，在曼德丽庄园里进行了好几天啊！

天还没有亮，那狗主人的老母亲因昨夜过度伤悲而故逝。后来她得知老人家的作古，并不是因为老者的生命令她悲怆，而是因为长者的每月伍千元的抚恤金从此终止——她这才淌下了忏悔的眼泪！

狗也开始不驯服她的宠爱，每天同外面的流浪一族鬼混，然而总是深夜回家吠门，但她一开门时，那狮子狗便奔得无影无踪——似乎同她做对一样。

不到三个月的功夫，她便疯了——被关进了精神病医院，后来大家干脆开玩笑地说："她好像是那狗养的女宠儿。"在医院除了狮子狗来嗅嗅她的腿脚外，再也没有别的人来看望过她。

你又告诉我："人在养狗是求自然的和谐，而狗宠人这是——狗人不分——视狗恩高于父母则大逆不道；老人作古，是她狗主人在作孽，她自己在跌入魔疯的深渊，这便是报应！——"

啊——主啊，我明白了你赋予我生命的真实和睿智啊！否则我怎能懂得去孝敬生我和养我的父母呢？！

# 八十九

记得你让我自一两岁开始鹦鹉学舌的时候，同时便赋予我丰富的想象和好奇的蒙书。

因此，我不但能准确表达由中国汉字组成的复活性语言，而且能清晰又工整地书写由上下、左右及

这是人和狗的和谐吗？

274

内外程序合成的祖国文字的多种体貌。

后来，你还不断告诉我，要用规范的语言及准确的含意去向我们周围的世界传达自己的情感和思想，不论在任何地方，要以这种独特的表达方式，来记住——这是我们先人给我们人类留下的唯一值得自豪的交流的遗产。不管在什么时候，必须延展这一无与伦比的记述，形体——因为这是我们东方大国经五千余年历炼的堪称全世界唯一宝贵的文明创造。

后来，我便用极优美的歌声与沁人心脾的乐曲来抒发自己对交流的理解，对艺术的追求，对我的主——生命，即你的憧憬和爱恋；我在此天籁之中得以升华，在此富于乐音的世界里得以超脱，在此激情与乐感交织的奇妙梦幻里我发现我自己已远离了城市，漂入了由云山雾海所赐予的佛的天国里！

## 九十

然而，有一回，我好像瞒过了你，深夜里，我拿起笔，满怀深情地给我的爱妻——莉莎庄严地写下了这样的文字：

"亲爱的，请您让我用弹奏贝多芬钢琴的指头拨弄您那缠绵的柔情。请您让我拿国王奴舔梦露脸蛋样的荣誉感来亲吻您那胜似梦露的樱桃般的小口！

"还请您允许我用婴儿吸吮爱母乳汁时的纯洁和圣往之心来抚慰您那播种生命希望的乳房和那点燃激情奋飞的艺术品般的乳头，并且请您在天涯海角的梦幻里像宝玉搂抱黛玉一样紧紧抱住您，直到我们成为永恒的化石！

"还请您让我化作春风和阳光，为你传递人性的芳馨和将艺术之甘露播洒世界的每个角落。我还想拿超越毕加索的画笔，使你成为现代文明唯一的一尊爱心天使，而享受天地之朝拜！

"我还想用字圣仓颉之造字圣念，让你成为人类不朽的由书法而镌刻的艺术丰碑，并且还想以苏轼的文笔将您塑造成人类最伟大的快乐美神，我还会将屈原之高洁和诗意来创造您这位我以生命缔造的今世佳丽！

"我永远是你身边的爱神使者。愿天佑你我，并共同祈求上苍赐予我们和家人健康、平安、快乐、永生！"好多年过后的一次，我从梦里惊醒，同样未经你太明确的许可，又一回给爱妻这样致函：

"亲爱的我的夫人，我刚才在梦里与你握手了！你有感应吗？！莉莎，其实我更需要你的抚慰。自26年前牵手之后，没有哪一次分离后不牵挂着您；我是那样的爱恋往返；因此，无论在东西南北，我总是因您日思夜想、牵肠挂肚；即令为生计所迫，也从未淡忘过对您的爱怜！

"因为你那发自心灵深处的誓言：'今生今世我们要——用心相爱、携手博弈、超越自我！

"故，亲爱的夫人，今生今世，我尚有何种理由不爱您的呢？我是你的全部，你是我的生命；我是你的太阳；你是我的智慧，我是你的星星，你是我的月亮；我是你的海洋，你是我的方向——灯塔！我用激情镌刻你的美丽和圣洁，你以大爱慰藉我的天赋和创造，我俩用善德来感恩上帝赐予你我之生命，以仁爱护佑当今荒芜之世界！……"

终于，这天你若有所思的说："哦，你的声音成熟了，您的人性完整了，你应该唱得更高——更好，你应该写得更深——更美！

"既然接受了我赐予你的生命和力量，能表达你对人生已知和未知的世界——这是你的权力。您应该明白勇气的光辉！……"

主啊！我的生命，你如此伟大的声音，如此伟大的佛旨，作为一粒沙子，作为一棵小草，在你的意旨和驱使里，我尚有什么能力不屈服的呢？

# 九十一

生命——人类感知体的主啊，但凡生命体一经诞生，你从来就显得这样高不可攀，这样至尊无上，这样威严无比，这样神圣不可侵害、庄严而不可亵渎！

你——悄悄地守候着每一个感知体的降生，跋涉无数次的颠沛流离、春夏秋冬、直至默默无闻地伴随着感知体走向痛苦的极点和你要到达的终点！

你——毫无声息地搀扶着生命体在电闪雷鸣、暴风骤雨的天底下奋勇前行，无论经受多少次的摔跌，你总是视死如归地与生命的肢体一道携手同心——最终走到心中的据点！

276

你——光明磊落地打一开始就注定要为正义和追求而随时付出牺牲，不管人类如何荒芜或文明，世态怎样炎凉与变迁，然而你却从来就坚守自己的主题和使命，不加顾忌地为感知体实现了梦

孕育生命的世界

想后才安然地合上你那审视的眼睛！

你——用智慧的体魄，圣洁的心灵，超妙的意旨，坦荡的襟怀，让一切任重道远的生命躯体不受邪恶、污秽、毒菌及病体的感染，在感知体完成你所交付的一切内容时，你才放心地舒缓自己因责任和价值观而紧张的神经！

你……

在充满生命万能的宇宙里，有谁能知道从何时就应探索你的力量和能量，并且你的魅力具有多大的惊奇感和畏惧感呢？！

不过，我同大多数人知道：一年四季因为你，人类才得知季节的更替与诗意的描述；日月星辰因为你，人类才明白天象的绮靡和光明；天地阴阳因为你，人类才懂得大自然的反复和主宰道德的自然规律！

总之，宇宙和大自然因为你而构成了万物华润的家园，你却为人类的繁盛而谐和地创造了财富，也构筑了美的世界！

……

因此，自我诞生的这天起，我没有理由不服从你的教诲——要么，我拿什么作为抗拒你意旨的勇气呢？诚然，父母把我交给这个世界时，我便注定在你的召令下决定接受言听计从的任务！

## 九十二

曾几何时，在那个归国的深夜，你轻轻地说：该是让步子停顿，用脑子工作的时候啦。

你告诉我要用异国他乡的情致，来抒发我对这半年生活的新发现和新思考；这便是这次出国的收获。

要我以慈母般的温情去回味在那陌生国际所感知的民族的文脉和人民的声息，以便实现去国求学之目的。

你还用极轻柔的语气提醒我，难得一次异国销魂，应尽可能地带

同行

277

回他乡堪为人类文明丰碑的薪火；在来年自己的国家里——春天的季节，它便披上春衣，开满春天，结果传递。

有漫长的一段日子，我被封锁在一个净养清修的世界里，如同蚂蚁在消食你的嘱咐，像老黄年一样在啃食你所颁发的战令——在历炼之中我获得了彻悟！

后来的事实在告诉我：你让我从零走向收获，在游历中得到醒悟——假如我的行为与你的意旨相违，这便是我人性的毁灭，整个的毁灭啊！

## 九十三

没有山誓海盟的誓言，也无庄严郑重的承诺，然而，在那柔和明晰的世界里，我看到了那位姐姐多萌和弟弟唐圳，在极度深寒的岁月里，一直到在牵手着互敬、相助、勤勉前行！

她俩深恋着亲爱的父母——因生计不得不远离他们的恩人——父母，用希冀的眼泪说："孩子，你俩如此理解我们，我们一定想办法把你们提前接到我们的身边！"

而姐姐多萌和弟弟唐圳以哭喊的方式在表达："爸爸，妈妈，在这陌生的的大山里，我们除了在梦中见到你们，再也不敢有别的奢侈了！你们好好工作吧！我们相信你们迟早会接我们去沿海的大城市的。"

姐弟俩神往而纯净的世界里，不知消耗了多少期待和梦魇、远眺与暮守、泪水和忧伤——然而在深夜里，他俩又在充满泪水和忧伤的小板床上梦见了一对旋飞的鸽子，他们还准备像这鸽子一样飞去他们的父母——我们的身边。

后来在你赐予的灵觉里，我便深深明白了这就是家的悲欢与亲情的力量。

## 九十四

丰家山自那天诞生以来，就一直这样四面八方的通过细小的曲径连接外面的世界。

在这些细小的山道上，山民们步辇着惯用的尺寸，丈量着他们世世代代无以变更的命运；牛羊们朝发夕归的紧蹄着它们各自的腿脚，为应对主人们对自己不时之需的召唤。

他们不分春夏秋冬在这大山的周围，演绎着自己的意趣；他们还不分风寒暑热地在这先民们为他们设计的星田月地的昼夜里诠释着自己的求生的活境。

而雨过天晴的时候，他们抓住点滴功夫在田土上用汗水浇灌着丰收的希望；夜尽日出之时有如同晨鸟以清丽的歌声，为可望与祈求的一天，充当快乐与自由的前奏。

他们日还一日，年复一年，世世代代往返不绝，任天地之运转，听日月之安排，无抗拒之念，无反规之意，一如先辈所为而生生不息。

后来你说他们这样忠于大山的安排，是在承诺实践对丰家大山的责任啊。

我终于因为你的警醒，溢出了知趣的泪花！

## 九十五

生命！——力量！我无穷无尽的力量，充满五光十色的力量，闪烁着奇光异彩的力量！

啊！我的幸福：你让我把自由的春光化为佛水，从一开始就吮吸直至人生之旅的最后一站；我的自由：你不分昼夜的为我的航行建造着灯塔，驱除了路障，直到我通往梦想的终点！

你让阳光在我的世界里婆娑起烂漫的乐章，使万物结成丰硕的果实，给在绝望的世界里的人们赐予了希望——光明，人类因为你的授意而前仆后继，生命不止！

生命！——我的力量，你让我编织大海一样的胸怀，将日月的光辉藏于海的深处，使我仰仗浪涛的歌乐去演奏天地间的狂想——把美的经典奉献给人类，把急需反思的悔恨埋于重新表达的世界，让所有一切生命的感知体得益你的赏赐，在你力量的使命里功染后世，辉炳千秋！

哦！我的神奇的生命——我的千古不灭的宝贵的生命！

## 九十六

你随我在午后的酣觉里醒来，用极舒缓且轻弛的心境里探看一天中即将闭合的天幕。

西去的落日满怀着含情脉脉，努力向树梢下松开了与人类的牵手，它不留一丁点声息毅然决然的向西边的地平线下走去。

颤抖的老人与机灵的孩子们开始扮演在黄昏里的主角，而妇人们则用锅碗瓢盆的协奏曲——共同演奏，他们以各自心灵手巧蒸煮煎炸的美味佳肴来迎接终日前的家宴。

而膂力健全的汉子们才真正是村落里的主人啊！他们担着采摘的果实、扛着刨地的犁耙，或同老黄牛一道从边隅的田野上用晚歌寻着垅径愉快地回到了炊烟四起的村幕。

如此和谐的乡村晚唱的人间，但不乏一定比例的偷儿他将罪恶的"三只手"伸向了东家后又伸向了西家呢。

"他们为何要如此偷的呢？"我问。

"他们要么穷得可怜、要么懒得可怜、要么贪得无厌、要么挥霍……"你默默回答我说。

果然，在夜间的梦里我听见了一个穿着褴褛的偷儿说："其实，其实，我何以乐意去偷吗？我的生命——主啊，他只让我有活的勇气，却不给改变我命运的能力呦！"

是啊，我不知这偷儿的话该如何去辨析的好，因此这一夜我一直没有过合眼的时候。


## 九十七


在庙宇里，我从声息到脉络的跳动无不是在你的指令下进行着身心的革命；我看清朗明净的云霭在上空的天体中洁悟着行踪。

我按你的旨意在每一步的穿越里用心贴近那道观的静谧里、道观的清乐和道人的每个净修的细节。

你教我用钉子般的目光盯住那些道人如何打座、如何诵经、如何持笤寻洁净庙舍，如何将心修至与太上老君合一。

我终于有一天听明白了你的提示："人活着要有造化感，就必须像道人一样'性命双修'，否则来世是没有机会的！"

因此，我还清楚地记住："道士为了修好今生，佛是为了修得来生，一个想出正果的人，不从眼下开始修行，待到来世——这岂非不为道之一笑，佛之一哀的么？！"

于是我便学会了什么是愧对命主，何为自欺欺人的境语！

## 九十八

　　自那天你结伴我之后，我从来就将一颗激热之心交付了另一个极富魅力的世界——美丽的家庭——大自然。

　　在这里，我可以用绚烂多彩的笔墨来装点他神奇超妙的大千世界；不分日夜因为对他的眷恋可以不厌其烦地躺在他充满仁慈的怀抱！

　　在这里，我会以帕瓦罗蒂的高亢之声来表达自己对它的感恩之心和敬畏之情；没有任何力量剥夺我来自欲望及想象世界的权利和勇气！

　　在这里，我还可以邀请那些擅长四季花卉的绘画大师和不知疲倦的地球设计者和装饰工，一道在它与天庭之间摆上极富丽的大自然盛宴来庆贺我们共同的智慧和共有的收获！

梦乡里的世界

　　对了！我还应该特邀我亲爱的父母，包括曾经相识的难兄难弟一起在这里借助白兰地或威士忌来畅述我们伟大的先民给我们留下的伟大的创造和不朽的文明！

　　不！我们更应该特邀让我们从混沌走向文明、从黑暗迈向光明、从失败奋斗到成功的恩师和圣贤们——让我们懂得活着就要为大多数人而活——用智慧和仁爱点亮自己的同时还要照亮他人的世界！

　　不仅如此，我们还应该携手前行——用大自然赐予我们的智慧和本能为后人的成长和未来文明的繁盛和进步，不应留下半点权利的遗憾与道德的过失！

　　是啊！在如此盛宴的天体下面我们牵手同心，并肩未来，用善美之歌来抒怀自己的责任，以礼信的方式来延续古老的文明；主啊——我的生命，你赋予我顽强不化的生命不息，我尚有什么理由不为你的恩赐引吭高歌的呢？还有何种理由不为你的造化而心往神驰呀？！

## 九十九

　　你同我一样在感受月牙光带来的慰安里步入了不知其往的境界。

伶俐的孩子们同耄耋之辈一起在松软的池塘埂上做着丢把游戏，用愉快的笑声传递他们心中的幸福！

主妇和男人们在用天真的秘语换取对方的承诺；他们一点也没有想过这信誓旦旦的语言是不守法规因素的！

而少男少女们却避开成人的视线在池塘与高低错落有致的田园的西南隅的山窝里用甜蜜的词儿和周详的眼神一道设计两心依依的梦想；他们拿手体验着心跳，以亲昵的嘴唇表露出圣洁的心语，让整个世界泡在春光四溢、明媚如镜、鸟语花香、诗意盎然的自由而幸福的田园的静憩的欢乐世界里。

对天当歌

这些所有幸福开怀的村民啊，他们谁的脸上都是在一种极度莹黄的色彩里绽开各自的满足和共有的和谐——因为自然光体早已将他们照耀得如诗如画的澄黄了！

老人们说了："这样的日子哪怕此生只过一个晚上然后再去西天也值得啊！……"

后来，不知是你的照令还是我的不可言状的惊悚，——当我清醒时才知道自己又一次回到四十年前的故乡的梦境中的庄园。我仿佛听到乡亲们问我"这世界还能真有如此安逸的田园之乐的吗！"

但有的时候，似乎我没有下意识地让你指令，却在我对往昔的追忆里不断怜悯我那令我悲哀的父母。

母亲操持着家里的后勤事务，一切仗着父亲在外面的收成来维持家里的生计，要是当餐的不够吃，她索性就不动碗筷；这样的体谅方式一直持续到我成人之后。

父亲老实巴交，忠厚纯朴得任过路的孩子均可以直唤其名；相反他还报以微笑的面庞。后来听他说这是用仁慈去换取安宁的特定方式。

悠长的岁月，久来的修道，我发现母亲因克己之为，而终成健康的缺陷；父亲因仁爱之德，而饱受心灵之苦。

很快，我觉着内心的悲伤和做人的忏悔：假如年迈之母不是呵护我们兄弟姐妹能至于这样瘦弱残年的吗？如果家父不是这样行为人师，学为世范，岂有我们同修的幸福之家的圆满与快乐吗？

于是，我们大家庭的天伦之乐要感恩双亲的赐予才是，我们所有作为父母的后人要以偿还债务的方式和理由来孝敬为我们倾尽呵护和仁爱的先长！主啊，你难道不是这样监视着我的吗？

## 一百

这天上午，我与你同时发现胸怀的荡漾，心境的豁朗。画家们让整个庭院泛起了艺术的声浪；诗人们使全部的空间流动着乐质的语音。

在那此起彼伏的声浪里，我们感到精神的情致在水波里自由自在地流动，仿佛春鸟飞翔在空中；在那撩拨心弦的语音中，我们看到了生命——你的豪迈的自信与不灭的火花，如同在黑夜里点燃漆黑的世界一样！

大家在掌声和赞美声中告别了子夜！而你始终与保持着自豪感看护这用激情书写的浪漫之夜。

## 一百零一

闷罐子长途大巴上挤满了赶路的躯体，别说那乘客们没法同萝卜比形像的体面，就连坛子里的腌菜都不至于被他们挤得倒霉。

遥遥一千八百公里的路程，我也只有无可奈何地被挤在下车门口的唯一区区一角的间隙里——通过我上面一级台阶却坐着两位乘客，我比起那两位客人来还略显优越的待遇了。

越过他们肩膀的上一级便是通往前后座次的正常甬道。在这趟车上我从来是看不见人的腿脚的，所能看到的尽是人体的毫无秩序的肉体。

如果再夸张一点，除了车头的两位轮班的司机，在车厢里的所有肉体似乎是一块压缩凝固的巨形方块人肉箱子，又俨然一大块沉重的花岗岩巨石。

然而，我一直在庆幸，只要一开门我将第一个被获得解放——因为我被紧关在闷罐车的大门口里面。但我仍感恩你安排的这一千载难逢的精神体验啊！

## 一百零二

啊，你与我一起在蓝天下看着奇观的景象——

大道给退出来了，人群也给散开来了，一些可以涉足的空间全退出来了，是因为你才使我的心放射出跳动的光芒！

老汉们握住线把，一手摇着线轴，凭风儿把风筝托起——借着舞动的力量使风筝升上了天宇。是因为你才使我的心腑发出了奇异的抖动！

大小男女孩子们也照旧牵着从大人们或技师手里接过来的各式各样的风筝，用希冀的目光送那飞鸟样的风筝一转眼便飞上了天　！

好奇或无谓的看客们则小山丘似的聚于一堆看天上的游历、天上的色彩、天上的舞姿，任凭那光和色、奇与险，以及速度柔和的梦幻世界来一统他们赏心悦目的眼神儿。

我再一次被这和谐安逸的百姓之乐快活得溢出了幸福的泪水！这回我甚至忘记了你的存在。


### 一百零三


兰溪，是一个小镇。在这里它记载了我生平第一次求生的写照。那次是哥哥带我来这里一起出卖苦力的。

大约二十余吨的河沙，依照监工的意思，必须在一天内从它现存的屋基转移至五百米外的空地去。超过第二天是不得付工钱的。

因为生存和家境的补充，哥哥便划去他能勉强获取一天两元收成的吨量。任由我在一方听凭力量和命运的安排。

这天的晚夜，他终于拿到了一点他以苦力换取的一点报酬。至于我，是在第三天才搬完那沉重的吨量，虽然没有相应报酬的付给，但能幸免没有被饿死——这岂不是你主给我的恩赏吗？

直到后来我才深深醒悟，这不怪哥哥的视而不顾，而是哥哥的爱莫能助——时代的混浊罢了！


### 一百零四


一路小跑地跟着妈妈自离开外婆的村庄便索性往自己的故乡赶去。

听完了妈妈讲的故事，就一直憧憬着她的悬念："你好好同哥哥弟弟和妹妹一起干着活儿，过两年就带你来外婆家的桃园里摘桃的！"

我告诉所有兄妹的故事信息；我们期待这一天能有机会同妈妈或爸爸一道去外婆家做客的到来。

直到我写成这演义的时刻，我们全家谁也没有再去过外婆的家里——因为全家不如意的日子，父母哪能抽得身去实施那外婆的天边之旅呢？

后来我才明白妈妈常常流泪的意思：她是外婆唯一的亲骨，正如我们是她唯一的寄托一样——她不但没敢谈起外婆，就连那桃园的事儿再也没有听她说起过——主啊，是你让我深窥做母亲的痛苦哟！

## 一百零五

在欢乐时刻，我总要记住你与我所走过的严冬和酷暑，这样让我更加意志弥坚、秉性弥高。

在屡遭挫折时，我从未放弃过你对我亲身抚慰的嘱托；没有多次失败的总结，岂有壮志凌云的实现呢？

于是，我学会屏住呼吸，不犯一处古来的旧辙，不轻佻一次深邃的教训，不浪费一个成功的良机，更不欠上一回道德和法制领域的过失与叛逆。

## 一百零六

那是我别离故乡好久后的一次归来，你让我亲昵地探望了父亲；他没有太多的倾诉之言。许久才在沉默里发出了哀求：

"你不应该再离开家园，大家的村子全候着你回来撑着；因为贫瘠和愚昧这里才显得如此荒芜和败落。我和母亲一直在盼望你的还乡！"

"这里的土地和庄稼好像无情，凡耕种它的人们几乎没几个吃上饱饭：一部分交了税赋，一部分让给了虫灾，有时或许叫上天收了去！

"哥哥他们怎样？！"我乞求着家父的回答。

"虽说比我们年轻一些，但少壮是抗拒不了税赋和天灾的呀！"父亲悲哀地说。

"那先前的老家稍好一点儿的吗？！"我接着问他。

"不比这儿好到哪里去，去年他们还派人来这里借粮呢。"

"政府不是救济了一些的吗？！"我又问。

"是啊，天下到处在说政府的补赏，可又有谁吃上了救济粮呢？！……所以，我和母亲希望你赶快回来，不然我们两条老身子骨一年后怎样安排啊！你是有孝心的儿子，我不愿自己和你母亲遭受北村福田的父母那样——无人送终的结局！"

我生平头一回跪在了他老人家的前面。我并未忘却这是你给的感悟和善良的启示啊！

你，总是用父亲的庄严来看管我的言行，以母爱的甜美蕴藉着我的心灵，让我的心魄与意志在你的赐予里得以生根——结果——不但传递！

我感谢你——教我在苦难和逆境中学会信心的培育和意志的坚守，不要因一时的艰辛便丧失了前进的动力！让我知道信念就是前进的方向！

我感谢你——让我在大风大浪的求索之旅不要轻易放弃对目标的捍卫，不然一切发自内心深处的神往之心因主意的改变而造成生命的缺陷！

我感谢你——自一开始至今就让我学会用观察家的眼睛去审视自己所面临的一切矛盾和是非的世界；从不让我在那复杂的生活里因为双眸的失职而产生甄别意义上的悔恨！从来不让！

我还感谢你——使我懂得亲情的宝贵和友情的幸福感：因为亲情是在延续未来和承接着过去；友情是在歌颂着生活与丰富着生命！

我还感谢你——因为你才是我明白今生今世无论怎样的回馈也感恩不尽对父母的报答：不是他们的赏赐哪有我体味幸福与自由、想象的驰骋和梦幻世界的编织呢？不是他们的赏赐岂有我享受智慧的诠释和对大千世界索取知识的权利以及对意志力的支配呢？

我更要感谢你——是因为你才让我多次发现不慎之后的痛苦反思和无知里的不可饶恕的忏悔！没有哪一次不是因为你无声的警醒才使得我看清法律面前的污辱和在道德跟前的谴责呢？！

因此，我也不止一次向你陈述——只要父母愿赏赐，假如我今生留下了遗憾就在来世你的宽容里乞求你对我重新以"不言"进行惩罚，用伴陪作为监视，这——便是我最虔诚的哀求！

因为，只有你的宽恕才让我体验你——生命的价值通过我的挥发在真正闪烁着不灭的光辉；只有我的请求才让你看到你——生命的力量将永远同大自然携手前进并与之和谐！

其实，伟大的主啊——生命，一切来到这个世界上的感知体，有谁不是如此接受你的宽恕的呢？然而，此时此刻，可又

在天伦里成长

有谁是在我似的向你——感知体的主啊——生命——做着这样庄严而自责的请求和自省呀？！

## 一百零八

从婴儿额头上离开的甜蜜的眼神——谁又能知道这是如何形成的呢？相传是人类始祖的旨意：用大爱去滋润仁智的真美，一切善护的行为，便降落在婴儿的全身。无论是何处的触摸，它都是爱抚！

从婴儿无知而洁净的嘴唇上离开的亲吻——谁知它是如何诞生的呢？据说祖先在月光下用男女的语言织成信物：它保证在后代的降生时就开始行使仁爱的诺言。无论在那里舔贴皆是天赋的亲吻！

从婴儿天真知趣的全身流下的每一个圣洁的细节——谁能猜测这是怎样构成的呢？传说始祖在海边用心跳铸就寄托：生命与守信同在。无论在婴儿那个部位上的目光停留，均是上帝赐予的圣洁啊！

这些都是我在你敞开的怀抱里用我的不懈的思索所获取的。

## 一百零九

博厚而广袤的地土上，我如同一棵带露的小草，我从来悄悄的想，因为你这棵参天大树的遮掩，才有我在下面悄然而安逸地生长。让我享受着安眠！

没有顾忌狂风暴雨向我袭来的惊心动魄，任凭你在我的上空用巨人的身躯，抗拒随时令我夭折的危险。你是这样的祖护着我！让我享受着微笑！

没有忧虑百兽用铁蹄似的脚板断送我柔弱的性命，你能以你伟岸之躯迫使他们远离我求存和幸运的禁区。你这样的看守着我！让我享受着慰安！

从不惧怕因干旱和枯萎向我逼近死亡的末日，你用常青的生机和地表里的甘露穿越仁爱之光，让我穿越春、夏、秋、冬，体味年复一年的由

287

向仙人感恩戴德

黑夜走向光明的生命历程。你是这样的为我做着永恒意义的布施，让我享受感恩的！

## 一百一十

每次净化心灵之后，唯独要想到的便是你！你一如我的兄弟姐妹：其间我们多少次因童真而闹得不欢而散，又多少次因亲情而握手言和，最终你俨然一位德高望重的审判长一样，在我们中间令我们顿悟是非——直至成熟。

虽然你不像我们一如传统的继承父母的财产，然而你却有着充分的表决权和监督权：无论是谁在任何地方但凡在你那阳光般的眼神的关注里，大家从来是这样愉快地前往，和谐相处。

甚而你从未发号施令或迁怒一言，大家在那无声的训学的世界里，仿佛星星相伴月亮一样：各尽其能的在黑暗的天庭之中放射着各自的光辉。

无论我们是在熟睡还是在醒来，你从来都是忠于职守，让大家用身体承载你的寄托，以心脏感知你的旨意，让血脉通变你的期许，用呼吸来传递你的哀乐——每个互为的声息里——我们全然地体验着你所给予的光明正大的求索和在炼狱的生生不息。

## 一百一十一

游历的岁月，我深深的受益着你高阔的胸廷的慰藉。你是海洋——狂风巨浪时，你依旧承载着千万艘船只破浪前行；日月的风华，让你传露出坦荡的笑容；山川的陪衬，使你因广袤深邃而动之欢欣鼓舞；水下的一切生命啊，因为你的赐予享乐那无限的自由和福！

你还不因气候的变化而减弱你对大自然的热情，也不因四季的时令降低你对人类的回馈；更不是因为时光的流逝而磨灭你对天体下文明世界存有贬意。因为你和我们一样都知道海洋的胸怀从来是深无边际的、不存私欲的啊！

## 一百一十二

灯影里的我总是在自作催生术似的努力回答你一直以来的追问："儒"为何存在？它的存在能使人类的道德心灵趋向净化；"墨"为何存兮？它的形成乃传递人类之治国理念；"法"为何有？他的力量是使人类之大同得以规制

谐和；"道"为何义？它的功绩能使宇宙万物顺应天地之凤愿而能排弃人类意识里的污垢。

在我的血液和行为里，尽管是自己释放这样的光辉与色彩以回报你忠贞不渝的看守，即使有时在所有的天国里也都在履行你的告慰，甚而让我们默默五体投地！

打那一刻我懂事的时候起，在我的肉体里跳跃着你的思想，在我的脑海里奔泻着你的智慧在我的眼神里拨动着你的光芒，在我的心灵里燃烧着你那自由飞翔的激情！

在探索中前行

## 一百一十三

你像慈母亲密地柔吻婴儿般的告诉我——要像偿还债务的责任感和义务感去回孝母亲，因为得益她赐予我们的生的存在，你还告诉我，同样要回敬我生命的另一半——妻子。因为这前者已走完了她漫漫长夜的艰辛历程；而这后者才是我后半生的支撑者和搀扶者。你还暗示我应该这样歌颂她：因为她的到来使我的生活春发了绿洲；因为她的相助使我的前行丰富了相濡以沫的人性之歌；因为她的路途相伴让我坚信前途的光明与未来的收获；因为她的携手和奉献才是我倍增不懈的斗志和勇气。

## 一百一十四

寐寐欲睡的幻境里，我不知如何放飞自己的想象，因为漆黑与未知遮掩整个天庭下的世界，甚而不敢预言明天那即将来临的日子是否是安详平静的一天，因为我的躯体包括四肢周围满是黑压压的一片海洋，这是多么足以令人吓到的黑暗啊！

当清晨的阳光像银水一样染白窗户的时候，我的想象如同萤火虫在起航一样充盈了力量。但还有一个未能脱口而出的谢忱却始终没有向你表达出来：那就是这个世界只有你才能为我打开自由飞翔的大门！

所以，我是这样地诚服和珍爱你！

## 一百一十五

当我发现自己如同一片秋叶在空中滑落的时候，当我觉着似乎一头走在草原上的小羊羔的时候，当我深知自己宛如冰霜雪地里的小草的时候，还有——当我清醒自己仿佛一头受伤的小鹿的时候，我的主啊——生命，是你在无声的世界里用意志力将我搀起——用慈母亲吻婴儿似的让我从稚嫩的一天过渡到日渐成熟的一天。

看不见你有任何一丝接受回偿的意思，但凡人类者，整个世界的感知体没有不因为你的宽恕而自觉为人的渺小；没有不因为你的尽责而深感为人的愧疚；没有不因为你的旨意而流露人性的无奈和意志的屈从感！

只有你才使活着的人类体验生命的灿烂、死的无谓和在生死之间的游历和抉择的滋味。

## 一百一十六

疲惫的小憩里，我无法浪费一眨眼的功夫来与你做着关闭心灵窗户前的构思。不管已经体味的酸甜苦辣还是那将要面临的喜怒哀乐，它们这一些未知的动因啊，如同繁星一般在我未来得及关闭前的心空世界里乐此不疲的泛着奇异的姿态在拼命地角逐着。

它们谁也不敢不接受你的安排和指令，在我能亲临感知的气息中间，是你——仿佛战场上的元帅一样，让一切可以跳动着圣往和涌溢着血液的行为者，时刻准备接受你的冲锋令：一切美的复活、一切丑的终结，甚而永无休止的所向披靡啊！

## 一百一十七

我的万能的主啊——生命，请允许我将往昔的苦难编成闪光的金链放在你的胸前，你可以时刻照应着我。

并请你允许我把未来的快乐与荣誉织成光明的帛衣，用它作为礼品挂在你不眠的床前，你可以时刻召唤着我。

我愿意将一切劳作的果实变成一个经典而永恒的华丽世界，为你在里面享受我的酬谢，使我在外面承载着你的感恩！

## 一百一十八

……

尽管她（这个浑浊的世界）无以体谅我的真情流露，我仍在你的驱使下做着艰辛的悔过——让她在麻木里作着无谓的彷徨、悱恻——她会张望着我的微笑。

当然我猜她肯定不会像我一样用敬畏的文字来撰写《生命礼赞》，但只要在你的受益里我必须坚守信念——她可能在麻木里张望着我的微笑。

可能日子的纷扰弄得她不知所措，也不管她如何执拗，只要你的恩赐——即使她是在揣有不为人知的善意——她坚信自己是在麻木里张望着我的微笑！

## 一百一十九

我与你一同以镇定和轻快的心理时刻在迎接一个时刻的到来——死亡的到来。

只要是生命从来是逃脱不了命运的终结，这是宇宙终结论的真理；也是马克思主义世界观的真理。但是，我们可以在前往生命终点之前活得更有趣——比常人的有趣、有价值、有意义！

人类自有生命诞生的那一天起，就在天体下存在一个不可抗拒的规律：生命在不断地增生与不断地增死。

因此，我和你心灵合一的寄托着——一边准备肉体的告结，一边创造着精神的永生！我们这豁然之心或许是常人无法拥有的！

生灵的死亡在物质世界里复活

在宇宙的终结论里，我们一同看到地球的毁灭、繁星的毁灭，在大气层的下面还看到圣人的陨落、贤人的陨落以及伟人的消逝——如果是一个健康的生命、放射过光辉的生命、无愧于人类的生命，还有什么死前的忧虑和恐惧的呢？！

于是，我便欣然告知我那满是硕果的金秋的世界——忏悔的人们，该抓紧修为的吧；自豪的人们，你们去光照最后一抹余晖；我们一起为荣誉干杯！为来世共祭我们的生命的赐予者吧！

啊！生命，你永远是伟大的！

……

【写作方法】

119 章的《生命礼赞》，以其独创性的对于生命的领悟、生命对其生命体持有者之间的关系的认识和剖析，深刻地揭示了一个铁的规律：当生命在为生命体工作时，人就应为其生存而创造出有益于人类的价值；当生命停止呼吸时，生命体就不再有存在的意义。这是针对生命科学的论理。譬如，人虽不存在，但他的精神仍在激励着人类，引领着世界；这就是唯心主义的信仰与唯物主义的导向在把握的结果。诚然，正常人在有限的生命期，都难以创造出惊人的功德，何况那些诋毁人伦、违背天道、丧失道统、悖逆文明、伤天害理、腐朽堕落着又怎能建树自己的德行呢？作者在《生命礼赞》里告诫了远远不止是这般秘密。

# 天 堂 寨 落 日

【题解】

这篇文的首稿原创于 1996 年 10 月 24 日于深圳，其二稿于 2007 年 10 月 20 日于北京。这是作者由南方还乡后（1996 年）随友人观光家乡的名山（吴家山）天堂寨后，创作的散文诗作品，这篇作品寄托了他深刻的人生思考和社会的思索。

因为他们是我的朋友。所以，这次回故乡他们与我一道头一回登临家乡的名山，且一路总要对我作些礼让和牵就。比如每每率先向我介绍天堂寨景点的来历、掌故；还有在我腿脚不利索时总得令我以休憩一小会儿再前往的慰意。大约终日之劳顿，人人体乏语短，队伍自然稀稀落落。因此我便趁了这会儿留在最后，以赏这令我神往的天堂寨的黄昏的奇秀。

我努力地体味这生来罕有的好奇——看一回大山的落日。即便返回晚了，乡亲或许都在前面的山腰宾馆留一宿呢！伴着倦意，我渴盼太阳能尽情放大步子，在我的梦幻中加速诞生一个晚夜前的如血、如火、如画、如诗甚而如烟霞共存的艳丽纷呈的世界。

果然，天边那靠近西天流动的火云堆有如动画的效果在其独有的节奏里徐徐爬行，毫无顾忌地帮助它底下的云带缓缓协同山岚和应晚夜而来的大山的飞禽一起构成这烟霞烂漫，万紫千红，若隐若现，可望而不可及的天意云海！

当然，我还业已体觉了这大山的晚寒。一方面更期待胜此奇景的天象的

292

出现。……

　　在我回首再看一眼天堂寨顶峰的那一瞬间，不自主的我几乎要大叫起来——那是因为山顶的西前方渐渐涌现一大片刚刚经过染红的、厚厚的、沉沉的艳红的霞海。

　　那盘龙峰和仙楼阁距离霞海只需远上几步，甚而还看得出那山峰上所保留的几分秋阳的温灼感。悄悄的似温水流吻的秋风殷情地打四下刮来，她毫无羞色地将松枝、板栗树叶、百合茎，甚至连枫树根和原始山杉的混合气息含情脉脉地送往我的面颊，再由我的鼻腔识别它为飞动的甘泉将永远铭刻在我的脑海和心灵的深处。

　　因此，我便这样身觉着几丝初到的冬意。

　　四周群山山顶混织的云纱和行走的褐色云，紧紧挨近那远方的云海，不一会儿悄悄变成了浅蓝色的、乌色的、淡黄色的和浅黑色的伙同那些不是颜色的云很快结成夕阳世界的伟大联盟。它们看似交流着意见，保全着距离，不乱昔日的方寸，各自完成那神圣而又不可缺少的形态和容颜，让黑夜前的每双目光注视着它们自由的婚变——乃至幸福的聚散。

　　那时候，在这茫茫的霞海中，我一人站在雾纱云带的仙境琼楼之上，开始了独自奇妙的遐想——我，一只梦中的风筝，在无限的霞海和山群里翱翔，分不清夕阳和晚霞的边际，看不见这云海和山岚的深处，只是一味如同那联盟的云群大军一齐乞求尚未完全隐没的红日：求它多一点施舍，多一点温暖，不要让黑暗提前降临，不要对感恩它的人们过于残酷无情，即使它退入黑暗仍然拿艳日光照它那肩负的另一个无人知晓的世界！因此我始终乞求它推迟关闭对这世界的光明啊！

　　它顾不得云群的哀求，义无反顾地去履行那神圣，坚毅而伟大的使命——依旧职守它的归宿——默默地西沉。

　　它之所以坚毅，是因为在这黑夜之前以世界万物的光辉与华润终致它吐尽最后的艳丽；它所以神圣，是因为它已唤醒了天体下的人类为生存和

看日出

293

进步付出整整一天的梦想和尽职以便藉此获得休眠再迎接第二天的新冲刺；它之所以伟大，是因为它于黑暗之前给人类以浩瀚无限的大地装点一幅幅色彩斑斓，气势恢弘，融天幕与陆地，流云与夕照，山川与河海以及真实和想象而连成一体的壮美画卷。

在落日西沉的那一瞬间，淡红色的，绛紫色的、墨赤色的、乌云色的、青海色的一整片——仿佛无量数的染工一起在无涯的纱幔织层里，编织一张黑色的巨型夜幕和天带。不一会儿，那染工们连云带便钻进了黑色的海里。

风，又动了起来，使劲为初夜的黑色助兴，不时地让山的树叶撩起声来，没头没面的在天与山之间产生巨大而空虚的吟唱，似乎在拿气魄吓人，还时而拿叱咤的松涛声让野兽听了胆寒。

……

我再回首时，那黑海般的天幕与整个天体已吻为一体了！老远处的夜空上好像有几颗顽皮的星点在那里眨眼，看来夜幕将要把这黑暗又一度描绘成满是星辉的世界……

### 【写作方法】

散文诗是人的情趣、性格、思想及思维方式的综合反映体。文中作者以"览"来洞悉天堂寨与异地之山感的不同，于是就有了"在我的梦幻中加速诞生一个晚夜前的如血、如火、如画、如诗甚而如烟霞共存的艳丽纷呈的世界"。以"闻"来寻味水和瀑布之妙境，才有"松枝、板栗树叶、百合茎，甚至连枫树根和原始山杉的混合气息含情脉脉地送往我的面颊，再由我的鼻腔识别它为飞动的甘泉将永远铭刻在我的脑海和心灵的深处。"作者用心地"赏云"，于是"它之所以伟大，是因为它于黑暗之前给人类以浩瀚无限的大地装点一幅幅色彩斑斓，气势恢弘，融天幕与陆地，流云与夕照，山川与河海以及真实和想象而连成一体的壮美画卷。在落日西沉的那一瞬间，淡红色的，绛紫色的、墨赤色的、乌云色的、青海色的一整片——仿佛无量数的染工一起在无涯的纱幔织层里，编织一张黑色的巨型夜幕和天带。不一会儿，那染工们连云带便钻进了黑色的海里。"作者在"感风"，于是"风，又动了起来，使劲为初夜的黑色助兴，不时地让山的树叶撩起声来，没头没面的在天与山之间产生巨大而空虚的吟唱，似乎在拿气魄吓人，还时而拿叱咤的松涛声让野兽听了胆寒。"

天堂寨落日，其实因为"日"才有机会写上述景物了，所谓"醉翁之意不在酒，在乎山水之间"便是作者要达到的"意在言外"的结果。

# 与 妻 说

【题解】

2009年9月3日于深圳，作者较长时间不能回归北京，夫人看似难以理解作者的工作难度，于是就写下《与妻说》。

亲爱的妮莎，似乎从未有过距离书写过我们的离愁，大概是上帝和命运撮合了这回分离，于是，使牵挂和期盼为你演绎了烦忧！

心绪伴飞时辰，他们无法知道你在哪一头，用梦想和记忆将我们往日的故事连接，可是，这个世界却把我们割成了两头！

千丝万缕的遗恨，回眸由相识到相爱的时候，任凭博弈淹没下意识里的渴盼，最终，我俩的相见还是在无望的电话里头！

我不敢相信，你是否知道这是我生平唯有的酸楚，但，我可以不怀疑，每在黄昏落日的天幕里，你依旧会在那风儿和笛声里等候！

眼帘的闪烁，心脏的颤动，没有一缕清音的缭绕，听不到你的激励，看不见你娓娓的春风倩柳，只有让祷告抚慰着爱怜一起牵手！

在我两祈福的照片里，又一次读懂你那无言的怯羞，你用忠贞和沉寂的誓言——"我们一定要走到季节的白头！……

没有你银铃似的笑声，满屋子充盈的是孤寂描写的空乏，怎能使东西世界的心跳缓下来？我俩谁也没有答案，不过，我俩谁都有了考题的理由！

我把祝福寄给你那坚毅的世界，你将珍重藏匿我电话机的最里头！

再见妮莎！牵手在不久！……

295

知音

　　此作作者以别离的忧郁作为抒发性情的载体，先用"离愁"拉近二者间的关系，尔后以"电话"传递他对家人的信任和祷告；接着是借助"屋子的空洞"和对方声音的再现，无疑便在一篇短小的韵文里蕴含着作者热爱事业、追求卓越、不受世俗羁绊而坚毅前往的创造精神。

# 峡 谷 里 的 流 声

　　如同一对热恋的情人在村野与大山之间，用它那永恒而不可终止的喧哗来演绎这古老与渐新的乐音。在晓雾将逝的时分接着暴发新一轮的对大山的敬畏，对山民的礼乐！它将大小瀑布，缓急流响从雾的下面传彻到村野的尽头，又从那尽头复响了回来！

　　如同周围的深秋，月光用那轻柔的手指触抚，在树的枝丛，隐约那依在天国里享乐的子规骂出那深秋人间的第一次愤怒。

　　如同在梦中的夏夜的海上，亦近似在黄昏里那无望的快要死的太阳的微光里间或从海底里钻出的一两个渔民愉快地将远去，一边用收获里颤动的双手荡着不紧不慢的双桨；过来，过来了；去了，远去了！……

　　如同刚下场的斗牛士，填满了醉肴，躺在光明的凉席上，任梦幻消磨他的醺息；以清风泯灭他的醉意。

　　如同无以确数的闹饥馑的孩子坐在神圣而慈悲的庙宇的门前，让风带走他们此起彼伏的嚎啕、祷告和乞求！

我生平首次醉在了古老的山峡的谷的流声回响的合音里。
它们从哪里创造出来的？！
它们打何处开始就有的？！
它们怎会这样丰富而又新奇？！

这风的一声，鸟的一声，瀑布的一声，小孩的啼哭，成人的呼唤，在海边的抖动与寂寞的鸣琴的序曲里，曲折地，烂漫地重演——协奏，所有的波澜平定了，所有的形态消逝了，所有的声音和容姿于完美与伟大之中！

这一次次重复，一次次逝去，一次次出生，又一次次死亡——混却了尘世里万辩无结论的是非，嘲笑里回答宇宙间一切矫揉造作误人生死的创造。

这是什么时候降福地面的默契——水沫、浪花的主宰，苍山峡谷的渊流，真善美的控诉：完化了一切如呼唤，成全了一切的祈福！

在天地的边际，在峡谷的源头，在比邻的村野，在我那尚空乏的口袋里，在睫毛底下，在心海的深处，在血液丝管的尽头，在叱咤迷离之声的酣梦里！……

在这一瞬间的梦境里，古山、瀑布、深溪流，枯林木、野林清香四溢的世界，岂不为我久恋的故乡吗？不是的吗？

陡危险岭的瀑流，持续它们全恩典了峡谷的善美、庄严、绮丽、冷逸和重复，让这里的人民和大山美化了！我快要累死了；为瀑之流美，为溪之致远，为声之富丽、为村野之乐音也！

听峡谷的乐音

【写作方法】

峡谷里多半有瀑布，但这英山吴家山的瀑布就别具一格了。村的尽头，每每被那雾霾掩映的峡谷里总有乐音般的清音的回响，这是何等迷人的乐音呢？像在梦里，又像在海滩上；像一位渔民收获后悄悄去了远方；这是何等空妙的遐想呢？总之，作者借助一连串形像的隐喻在抒发他对峡谷里的流美作了精湛的陈述，可谓一"流"字在此升华到了极致。

## 叙 事 诗

### 妈妈，我在你的脸上

【题解】

此作写于 2011 年 7 月 3 日去青岛的火车上。作者在创作此作的时候，在火车上还悄悄地溢出了泪水。因为他的童年时代是母亲陪他在山上放牛、识字、背诗。能写出这样的诗作怎能不让人潜然而泪的呢？

童年时，我随你一起在山间田园打滚儿；
你将起早贪黑捆绑在丰姿绰约的粗装上；
春夏秋冬的博弈给你以无情的伤痕；
在我人生含苞的季节，我开始注意：
　　　　妈妈，你把我写在了脸上！

求学的日子，我渐渐失去你那亲昵的身影，
但我已将你那颗慈悲之心藏入沉沉的行囊。
多少回，全家相聚的哀怜的声中
每每祈求的吩咐里，我已看得出：
　　　　妈妈，你把我烙在了你的脸上！

在我履行你样的使命时，我以感恩的文字
深深地塑造你的无畏；且放进脑海默默收藏！
虽说很少听到你的声息，但岁月加深你面部的皱纹；
艰磨的延续在向我暗示：饱经沧桑伴陪你走向衰微：
　　　　妈妈，你把我镌刻在了你的脸上！

298

虽说是一首不长的现代自由诗，但却似乎是一部小说在记叙一位母亲的持家史。儿童时代，作者由母亲伴陪着学习，即使在荒凉的大山上；游学的日子，作者将母亲的抚爱深深藏在自己的行囊里；当它履行母亲使命的时候，已彻底明白作为长辈的一切。此为三段式的形象刻画，让母亲跃然纸上，感同身受。体现了作者自然辩证法的运用能力。

妈妈，是一座高山仰止的大山

# 如 果——

【题解】

这是一首轻快明丽的小诗，作者以富于哲理的逻辑形式将一个人的成败、正反两面结局科学而精确地阐明了出来。"乱世造英雄，盛世出巨贪"正说明了这种逻辑之圭臬。

如果你爱我，
就应该抛弃我：
　　让我在苦难的日子里长大；
　　让我在冰冻的泥土里发芽！

如果你恨我，
就必须放任我：
　　让我在温顺的怀抱里浸泡，

让我在幸福的花园里倒掉！

**【写作方法】**

作者以"如果"来假设一个人的命运：要么就成功，要么就失败；要么走向正面；要么走向反面。但其结果还是由"如果""爱我" 和 "如果""恨我"作最后的理性塑造。

# 远 航

**【题解】**

此作原创于 1980 年 4 月 11 日晚于故乡黄州，改于 2011 年 5 月初于北京。作者的这首诗真实地记述作者由出生地迁徙到祖籍的全过程。这里反映了作者对故乡的无奈、祖籍的未知感和对前途的忧虑等。

周围是贫瘠的丘林，却没有一条大道
通向县城；一出门抬头便是盐碱地
遍村是麻骨石土和一派阴郁的山冈。
人们存活在这里，世代饱受着饥寒
和亲骨一起抵御这里的颠沛与荒凉！
它建制一个不大的街市。然而，它却失去
一个村街本有的集市的模样。
自六世前迁此，直到我们的离走
这里一直延续着那远古迄今的土乡[1]。
我们兄妹在父母的节俭里成长
如同断壁残垣里倔出的瓜秧！
上山砍柴，下地锄耕，我们全家一起
以施舍的劳作，彻夜的收种，同样无法
幸免日复一日的清苦、年复一年的饥荒。
母亲，从村头借到街尾，以求在素日
不让我们全家瘪着肚子耕田、挖地；

逢上灾年，和全村一齐因为糊口奔走他乡。
我还记得这里的歌谣，歌曰："山中无木，
家里无仓，四季耕穷饿得慌；
上天有旨不让死，两载三回割断肠。
不经天灾守汪洋，死神昼夜游四方！"
……

我们终于等到了一个渴望已久
开放、平和的料峭的春天，
恰逢我们的祖籍有人到此地寻亲。
远亲，近邻相聚了一起，大家立即
为我兄妹断然作出了决定：
"你们应该回到几百年前的故地，
那里有日新月异的文明古城；
为了孩子们未来前景的铺路架桥
你们应该去自己的祖籍书写文明！"
……
方铺[2]中学，是我成就梦想的摇篮，
在这里我用文艺、勤学、意志力
唱过自己期许的歌声！

十二月底，是我们全家决定迁徙的日子。
尚有半月，我将远离这生我的故乡。
告别童年，我要道出全家的新的秘密；
诉知恩师[3]，我们将移居另一个陌生地方。
补习功课，我开始觉着时间的异常短暂，
努力钻研，我决计发挥自己一己之长。
回首先前，艺术占有了我较多的课时；
警醒自己，我必须善待这每一寸时光。
攻读文学，寻找世界文学里的精神偶像；
品读屈原，用心灵去感悟他的离骚和国殇。
调整思路，我不再有过去的轻慢作态；
认清目标，我不再游弋以前的迷惘。
我爱这里，它造化我生命的大学摇篮；

告别故土——兰溪

301

我恨故乡，因为这里是地狱而不是天堂。

我在期盼，一个梦幻将要在异地诞生；

我们忧虑，祖籍只是一个开放区的边疆。

……


方铺、兰溪[4]，

我与恩师相遇在起船的江堤，

房族为我们装载满满的船舱；

父母目送他们返回自己的村庄。

恩师给我所有的粮票和盘缠；

弟弟逗着小狗已跃进了船舷，

船上的马达吐出了浓浓烟雾；

我已看见，母亲的双眼在哽咽里

开始了她漫漫征程的回想！

船夫、船长系好了最后一道护绳。

父亲在离恨里向货船作了几回张望。

站在船上，我和恩师作了最后的别意——挥手！

随之，马达仿佛在离惜里发出了庄严宣告：

"为了新的开始，我们一起远航！"

……


**【注释】**

【1】土乡，极贫穷落后的村庄。【2】方铺，作者诞生的故乡，浠水县东南部的邻江的村镇。方铺中学，即作者在这里读完高中后便迁徙其祖籍古城黄州。【3】恩师，指作者童年在方铺中学受教于时任文体科目的涂裕春老师。【4】即作者诞生的故乡的镇的名称，兰溪濒临长江之滨，由浠水县管辖。


**【写作方法】**

以质朴的笔调申述那个贫瘠土地上的人们的生活习性；以寄予的憧憬写到归乡的离愁；又以忧伤的处理方式来渲染远航的无奈。人们在这种窘迫里除了"向往"或许再没有别的了。

# 再见！别林岩

【题解】

　　此作原创于 2003 年 3 月 29 日下午。别林岩，原名塔林岩，因为赋予了作者之诗意，便改之为别林岩。作者于 20 世纪 80 年代初在徘徊后便独自远离家乡，自食其力，通过服装短训业的实践与暂时生活之寄托便来到了这个东鄂地区极为荒凉的地域。两年后经人介绍与这落后的大山为友了。这一时期，他不仅学会了营生，还学会了如何看待生命，认识生命，以及认识世界。其间，并与支持他事业的大山姑娘妮莎，最终结为终身伴侣。关于这段激情岁月的动人故事，已在他的自传体中篇小说《春之韵》、长诗《致温莉·妮莎》及相关作品中均有写实性的记载。20 世纪 80 年代初，他与爱妻妮莎一起携手南方（深圳）寻梦，20 年后的 2003 年春决定了去北京寻梦，其间，作者和爱妻回到 20 多年前的故乡后，便含着激情之泪创作了这首充满激情的抒情诗篇。

上帝让我在冥冥之中接触了你，
并将你所有的故事
深深地埋在了我的心底。
我没敢像初出生的婴儿，闭着眼睛
张大饥饿的嘴，作第一声向人世间的
奇异的哭泣！
就像梦一样
我被激泻的流水
在莫名的地方
打了几个转儿之后
又随着那漩涡
带到了你的淳和的怀抱里！

一

303

雪后初春的晴日，
为了日子的延续
我孤身前往，在你——别林岩
的桥头站了一会儿

然后去到了一个属于我的
那片营生的，极其惨淡的
岑寂的世界里
与我那从命的几件道具作伴！

同人们在相叙的时候
我发现他们像我一样地
在无助里找寻一种活法；
大家用期许的眼睛
和亲情的声调问我，说：

"先生，能告诉我，这个职业
需要多长时间结业呢？
……
我先得感谢你，然后
是感谢这里的房东；
接着是要感恩我的父母；
不然，不然我无能回馈
他们的赏赐：
这大山里，没有别的过活的职业，
不是这样，我们将
在这里被活活地饿死！"

二

在这里，我以不懈的
传教士的方式教会他们
从事服饰业的每一个工艺细节；
一起在体感创造里分享快乐；
在自觉的探索中愉悦情怀。
为了我和大山里的求职者们
不分日夜地与他们同在！

啊！别林岩，
你日渐让我认清了你烂漫的诗意；
不足千家居民
将你横七竖八地
构成了山乡村市部落。
一条勉强跑车的黄沙路
由东而西，彻夜流动，
奔往鄂、苏、皖的商贾，他们
日夜打你这里经过；
你仿佛一座古桥，一直承载着
人们千百年来的生命
从你疲惫的肩上通融、交错。

猎田的日子

四

学员们，他们没有半点
叛逆——不孝父母的言行，
他们的父母，都以儿女
作为自己终身的责任，
他们的里仁、街舍
如同手足亲情地相依为命！
他们以护卫之心一起上山、下山，
他们持感恩之心一起风里、雨里，
他们一成不变地守望着门前屋后，
他们一起用仁爱互助四季的农耕！

五

305

曾几何时，我随大家的邀请去到了他们的山庄，
因为爱美的心灵让我们一起耕作那贫瘠的坡岗；
我用文字和歌声把他们镌刻在自己的灵魂深处，
让大美无言的纯朴民风宛如清泉在我心间流淌！

## 六

春意在渐渐地向着
人们的眼睑里扑来，
那极易牵人心动的
兰草花儿时儿借助春风
从山里刮到街市上
又由街面上吹进了姑娘
小伙儿，商店的橱窗
和一切充满性灵的地方！

## 七

一切绿的物种
在阳光下，那样婆娑而舞，
一切生命
在这古老的山乡里
迈着它那悠闲的脚步。
街市在鸟语林之中
勾勒着人伦的世界；
小河在黄沙路的下面
悄自源远西去。
那抬头望去的大山
在人们的眼里那样巍峨雄奇。
它们山腰上的巨松
伴随这大山的山民
一直在向他们倾诉着衷情！
这里似乎没有节日
和悲伤的阴影
这里被祥和的兆云覆盖着天地——
这里的人民如同生活于彩色的画屏！

306

卖柴度日

## 八

健壮的日子，他们
生活在这锦绣如画的大山，
他们与此深厚的山乡结下了良缘。
他们不畏严寒、酷暑
不惧贫穷、寂寞
甘愿披星戴月地
厮守自己营生的几分田土
和那渴望丰收的庄园。
旱涝了，他们依仗坚韧
开垦新的生路；
收年了，他们全家和乡里的人
一起在庆贺的喜悦里彻夜无眠。

## 九

这里，没有偷盗和失窃，
没有所谓社会安逸的危机感；
没有压迫和反抗的迹象，
因为，这里由古老文明和
朴素的礼尚填充了人民的胸膛。
这里，有乐于同大自然
作抗争的坚强意志；
有克己与民的兴政德尚，
这里，还有相心携手的
不惧天灾人祸的古老遗风；
没有贪腐与恶臭的权势；
没有动荡与涂炭的悲痛。
人民在这里有了生息的自由，
生命在此游夷一方，
连鸟儿在这里发出欢娱的歌唱！

## 十

啊！别林岩，
自那天悄悄地走近你
我便没有想过要与你分离；
担心多年在你怀抱里的炼狱
以免招致你心神永恒憔悴，
于是，我才决计与你谢弃！

## 十一

因为爱你，我才这样分离；
因为不愿你淡忘
我才默默地告诉你；
我才将你藏于心底！
因为，你为我安排了
你那美丽的温莉·妮莎
请你放心，我会与她
生死与共，濡沫在一起！！！

……

迷惘的二十余载的相思梦
没有哪一回使我平抑：
忙碌的工夫，我无法将你
系在心坎，只有偷闲时
我便有空与你相聚！
创造的日子，我因你所向披靡；
艰辛的时世，我又暗自回到
你那发自平和之心的山里。
是你，使我明鉴世态的
清澈与混浊；
是你，让我学会在沉寂中
看管好自己的生命；

勤勉闻道

308

是你，教会我在无望里智取创造，
在荒芜的混沌之中克己自律。
是你，让我明辨都市的浮躁
与山乡的醇厚；
是你，赐予我不灭的激情火焰；
让我在绝处逢生；
是你，让我看到了天地间的秘语
在我的心灵深处绽放万千！

## 十二

别林岩！我默默地走了！
如同嫁女抑郁地从母亲的身边离开；
这二十多年来的心跳，仿佛
我仍旧埋在了你那浓情的胸怀！

因为爱你，我才这样分离；
因为不愿淡忘
我默默地这样告诉你
我才将你藏于心底。
请放心吧！我会誓死与她相依，
因为我和她永远属于你！
因为爱你，我才这样分离，
我才将你藏于心底！
因为，你为我安排了你那美丽的温莉·妮莎
请你放心，我会与她生死与共，濡沫在一起！！！
……

2003 年月 29 日于北京

**【写作方法】**

　　作品没有惊天动地的描述，有的是淡雅风清的表达。作者抓住山里人的纯真和善
美使他能在此地立业；学员们怀揣着学艺立身才有了时装之普及；温莉·妮莎是众多

学员中的一个，正是她的悉心护佑，最终与作者结成连理。于是《再见！别林岩》便证明了山里人的醇厚是无可厚非的。

# 伟 哉 ，黄 州

【题解】

1998年春，作者还乡时，抽出时间看了大量的家乡名人录及各种传说，回到南海后就紧急创作了这首激热心扉的豪迈之作。

一乡醲丽的风土，
一部璀璨的传奇；
一弯八千余年的历史飞虹，
一度捍卫天地大道的飓风！

一缕缕春光在这里绽放，
一泓泓渥泽在这里流淌；
一帧帧绚烂的画图在沉睡中苏醒，
一座座星辰在无声里默默地流芳！

是它们，塑造了这淼漫的伟哉黄州；
是它们，让这座赫赫名城万古清流！
…………

2003年9月底于京华终稿

黄州 畅游图

310

【写作方法】

作品不在多长，在于意境之渲染。作者取八个"一"作为诗作的眼睛，其中上四句概述在"醲丽"的"风土"上曾经历过辐辏的历史印痕；中四句概括了古贤所留下的恩泽和美名；下两句是说古城的伟哉清流得益于他们的文明播种。不愧诗发千年之慨叹，气铸万流之雄浑。

# 歌手，你们为谁歌唱 ？

【题解】

此作原创于 1996 年 10 月 9 日于武汉武昌彭杨柳街古木屋。这年的 7 月作者还乡时，在鄂黄轮渡上目睹一对兄妹在渡船上献艺的生动场景。正是这样的素材触动了他以诗来表达生活的激情与欲望。

一个还乡的黄昏，我来到故乡的江边，
同抢渡的人们一样挤上即将离岸的渡船，
久别的心绪如马达声一般在舱上涌动，
那归途的激情似潮水一样在船底下飞溅。
打我的身边站立几位乐队的歌手，
寒暄了几句，尔后一边向四周张望，
你们交了音弦，合了战斗的乐调，
领队靠近歌女开始了你们的歌唱！
客船暂时与江岸和码头做着告别，
旁听的观众为你们鼓掌鼓得热烈。
听众的目光为你们的弹唱而凝聚，
周围的心神因你们的旋律而停歇。
你们满是欢娱的容颜和歌声，
抑扬顿挫如管弦丝竹样动听……
你们将吉他和三弦颤动得如劲草上的春风，
那歌乐悠扬如水在船的江面上空缓缓流动。
那悦耳的歌喉让自己在神圣里驰骋，
那迷人的乐音让听众在陶醉里沉浸。
一位衣着褴褛的老者给歌女献上三块钱，

给你们的演唱增添一分燃烧不尽的激情！
女童在你们的钱碗扔了几枚硬币，
可她的父亲却将其中的一块拣回，
歌妹为他们的善举郑重敬了一礼，
那父亲并不因为吝啬而深感羞愧。
听腻了的听众陆续打人群里走开，
没凑够热闹的观众便从远处涌来；
献了钱的热心人仍在人圈里聆听，
不给钱的看客们却在圈外面徘徊。
你们不言一句委曲求生的楚苦，
你们不弹一个背叛良知的音符，
你们不断饱受世间的人情冷暖，
你们还依旧执着地漂泊在江湖！

你们的歌声早已震撼着江水，传彻了蓝天，
那燃烧抗争的汗水从额头到嘴边沁到心田。
歌妹和乐手们拿着纯净水滋润劳累的嗓子，
自由的水鸟们付声助兴盘旋于天水之间。

你们不觉困乏，也忘却了是在歌唱，
忘却了江堤那边有你们等候的田庄！
因为你们这样歌唱能挣回一点资本，
因为这资本是那妻子和儿女的希望！
段段句句为匆忙的看客送去警惕，拨开迷雾，
字字声声给渡船慢行的游人献上平安和祝福！
平凡者听了你们的倍觉忏悔不已，
弄潮儿们听了之后不再误入人生的歧途。
用你们的歌唱来作远航的灯塔，
用你们的精神领导求索者前进，
用你们的呐喊铸就他人的快乐，
用你们的不幸维系自身的平衡。

尽管受尽冷落，甚而挣不上一点唱钱，
却从不像那丧尽天良的歹徒肆意丢脸，

懂得游唱是你们赖以求生的最佳选择，
懂得这娱乐艺术也能为自己占一块天。

严酷的现实教你们辨准了方向，
用吉他三弦你们也能照样打仗，
坎坷的道路等候你们的汗水铺平，
相信有一天便是他人心中的偶像！

那慷慨的歌词已化作激进者的力量，
那铿锵的乐音亦弹去奋斗者的迷茫，
每个开头给追梦的求生者以警钟鸣示，
每个结尾与创造者的辉煌来一起分享！
收了钱，唱出祖国和民族的善良美德，
收不钱，要经得起道德和金钱的较量，
人生本来是一部悲欢离合的长篇巨著，
从你们来到这世界就意味着上了战场！
从学会发音的那一天起，就注定要为他人歌唱，
把苦难的命运埋在心底，将坚毅涂在脸上荡漾，
无论在人山人海的白日，还是人流稀少的黑夜，
你们牵挂着家中的田地，还要养活年迈的爹娘！
高亢之声为自己的追求发出冲刺，
震耳之弦让你们和快乐一起疯狂。
那"疲惫"的嗓子和乐器不觉自己在呼号，
陶醉时，不知道自己究竟是在为谁而歌唱！

美丽的歌女，聪明的乐手，
你们是热情的火焰，
你们是智慧的使者，
你们是圆梦的帆船。
你们是现代文明的骄子，
你们是精神世界的圣火，
你们是咆哮情感的河流，
你们是播种欢乐的歌手。
你们是人类文明的长明灯，

歌 手

313

你们是勇士们前进的号角，

你们是春天里的歌声，

你们是传递春的精灵。

你们是创造自由神的翅膀，

你们是不幸者心中的太阳！

你们是春天的音籁为苦难者守候心灵的安恬，

你们在为人类的文明缔造自由和幸福的乐章！


来吧！朋友，给我装点歌手的乐器，

让我们一同在这乐音的潮水里死去。

我们一起为民族的繁荣昌盛颂扬，

我们为共和国的和平安定而歌唱！

我们要为天底下的贫穷嘶声怒吼，

我们要为大地上的和谐吟唱不休，

乐队的朋友们，让我们在新的节奏里和唱 ，

伴我们从黑夜的船舷唱到东方露出新的曙光！！！


## 【写作方法】

古往今来，不少作家的笔下都有过"卖唱"的人物形象：有在大街上卖唱的，有在乡土上卖唱的，更有在花园当口卖唱的。

《歌手，你们为谁歌唱》则不一样——他不以浓墨重彩去渲染"卖唱"的场面和歌手的声色以及那乐队所展示的 "器质"；而作者则这样与读者进行心灵的沟通：一、乐队的队员和歌手利用农耕之余在渡船上"游唱"，以实现其自身的价值。二、听众将扔进"钱碗"的硬币"捡回"，作为有德行的歌手，他们不但不反对甚而还友善地向那位听众深深"献上一礼"以示他们的善良品德。三、为了满足观众 ，他们任凭热情的汗水由头顶滑到嘴边最后咽到心田。说明他们对此"卖唱"的执著与无奈。四、无论是白天，抑或黑夜，他们努力将演艺换回的收入，以耕好自己的"田庄"， "还要养活那年迈的爹娘"，以体现他们热爱家园，孝敬父母的美德。五、他们身处无法抗拒的现实，但从不像那些歹徒结伙外出伤天害理，甚而通过歌唱来鼓舞激进者的斗志，不幸者的勇气，以正视他们能改变贫穷落后的能力和方法。因此作者看到了他们不屈从厄运、敢于面对贫穷、不自卑身世、大胆演唱、积极向上的求进精神；更洞察了他们不因落后而丧失传统美德——珍爱生命，孝敬父母及亲人的崇高的为人境界。

最后，作者因受其乐队演唱的感染，便呼唤同行者一起歌唱——歌唱民族的安定

团结，文明与和谐。这说明作者给予乐队一族以深深的同情，和对美好生活的共同期盼！

1996 年 10 月 9 日于武汉

# 我 的 乡 村

【题解】

此作于 1996 年 3 月 13 日下午于深圳。这是作者记录第二故乡黄州乡下的处境。作者随全家于 1976 年 12 月初由湖北浠水兰溪方铺迁居今天的湖北黄州市陶店。在这里，他的书法由父亲引领，转移到直接临习黄州东坡赤壁编纂的丛帖。但他一方面体验着乡村的贫瘠与荒落，此诗最初写于 1983 年初，直至此次发表前改定。

自最初我认识你的时候
你就这样，在温蕴的色调中徜徉；
河流、田野、山峦与你萧瑟地媾和在一起，
贫穷和劳顿，让人们开垦着村庄。

你，一块沉重的古玉，
可怜啊！又似一张废旧的报纸，
从接受生命的那天起
就由他们镌刻着这里的历史！

那是一个值得纪念的日子[1]，我随父母
离开我的故乡[2]，回迁到你这里：
我父辈的父辈们的出生地——
我们世家的祖籍。

可是，这里没有一处是我熟识的地方；
幼小的我，在孤独的乡土上寻觅，
如同一只雏鸟

在这荒原上彷徨！
岁月日渐在改变我那
诞生地的一切记忆，
新生，在困乏的光阴里让我
品读这块陌生而无望的领地。
我随父母
开始接受这初耕的田庄，
在汗水里编织着梦乡，
把每个陌生而新奇的故事
留在这时渐步熟的山冈。
耕种的间隙里，像其他的伙伴
一样，我们扔下农具
爬上树顶、窥探鸟巢
取获鸟蛋、窜入河沟
摸一些改善餐饷[3]的鱼虾，
让日子在嬉戏里放着光华！
我仿佛发现自己有了使用
农具的能力；
现在，便开始不让父母那样
拼命地同牛马作伴；
因为他们多年的示范与演绎
我终于把农技和智慧
像他们一样驰骋在田间。
慢慢地，我熟稔了这块土地，
悄悄地，我爱恋着大自然！

每天，我伴随着日出的时候
整理全天劳作的行囊；
在蓝图的轮廓里
使工具和力气的作用
经营终日期盼丰收的梦乡！

土地是原始的，
种子是传统的，

但耕耘却又是科学的。
用传统的耕作
这必对种子的利用
以科学的种植
这是对种子的科学尊重。
我多次种植上的损失
使我泯灭了种子的能量；
多次的丰收
让我悟觉智慧之光！
过于传统的农业
使土地得以磨消；
以科学的耕墒意识
才闪烁出创造的光芒！

尔后的阳光，它从
云雨的缝隙中射了出来；
我跟在母亲的后面
一棵棵地移栽着
刚刚出圃的棉苗；
父亲肩扛着沉重的耙
往炊烟的村里归去；
乡亲们被饥肠辘辘的折磨
迫使从各自的垄上穿过；
大家无须救世主的恩赐，
谁都懂得以锄耕
和节令
来改变自己的四季生活！

因为，我八岁的年龄
不懂史上的农耕；
回迁这第二故乡的几年后
我便成了这土地上的主人！
同间壁、邻村的农民一样
用蓑笠和体魄

317

故乡的乡村

抵抗终年的风雨；

让饥馑和灾害教会了坚强！

任凭天地间的饕餮肆虐

我们仍坚守在这自救的一方。

农闲的时候

大家赶种经济型的蔬菜；

用从容的农家把式

应对季节性的农忙。

买不起时尚的服饰

便续着那风蚀的旧装；

身为世代的农耕之子

岂不忍受这贫穷和忧伤？！


在你的土地上，

我学会了生存的技能；

这新生的人间百态

让我认识了自己的生命。

如果不是我日夜志趣的炼狱，

或许还在同贫穷落后相依；

那是上苍与意志力的携手

就这样，决定了我与你的分离！

我把青年刻在了出生的地方

我把知识写在了你这第二故乡；

我将追求和意志带出了外面的世界，

我将回馈和感恩留在了故国——黄冈！


【注释】

【1】值得纪念的日子，指作者随全家于 1976 年 12 月初从出生地兰溪方铺乔迁祖籍黄冈的日子。【2】我的故乡，这里指作者的诞生地兰溪方铺。【3】餐饷：即膳食的意思。

【写作方法】

这是一篇极度令人深思的作品。作为同族人回到故乡，理应以礼待之，以友敬之。然而，在那个特殊的时代，人们因道德之缺失，人伦之殆丧；天道不究，礼尚不复；故而将亲人判为仇敌，把血脉视若异族可谓滑天下之大不敬。作者通过荒落和贫瘠的描写揭示出这里人们心存之邪恶；人与人间的仇视揭示出此地道德之阙如；如此年轻人对此地毫无情感揭示了这里社会对文明之背叛和对自然之道的极力挑战。于是才发出这般声音。

# 致 远 方 的 兄 弟

【题解】

这首诗创作于 1996 年 3 月。后于 2003 年 6 月 25 日父亲去逝后便重新作了修改。这次发表时做了三次修正，此作全景式地向远方的久病初愈的兄弟讲述了一个游子的复杂心理。弟弟在那萧瑟而清贫的家境里，患了严重的精神病——疾病夺去了他三十年宝贵的青春和自由的生活。然而，即在父亲病亡期间，其弟却在重病里使哀悼亡灵的葬礼雪上加霜。这使作者无不痛苦到了极点。一个人在面临父亲的亡故，同时又遭遇同胞的严重精神病的袭扰，这难道不激起作为仁者的悲痛？

亲爱的兄弟，近期你们都好吗？
是否像当年一样，同母亲一起？
不论日子是贫困还是悠闲
像我在家一样紧与母亲相依？！

那时，父母为了我们兄妹和全家
不厌其烦地奔波在自己田边；
一同相濡以沫我们那游戏般的岁月，
无怨无悔地耕耘我们那梦似的童年！

他们劳累时，就一起在家歇息，
待到忙时的节令过去，大家便

就晚夜的油灯下听父母亲
讲述一个个极其动人的故事。

还记得，在我和大哥刚刚入学
的不久，正是你要上学的时候；
母亲为我们找来了不少纸张，
父亲点燃了我们求知的梦想。

为了生计，我必须先迈出一步，
用真理、智慧去世间开始生活；
始终保持着清醒的头脑，一往
无前地在茫茫的人海中求索。

父亲他有着丰富而多领域的
人文学识，将其藏在心灵深处；
挥发在我们小家庭的世界上
使大家总充满着幸福的阳光！

我们那仁善的爱母，她时刻在
为着这个文化世家，心历艰磨；
无论我飘泊这世界的哪一方
也不让她辛酸之泪白白流过！

红薯、土豆、茄瓜拌上蔬菜作为
我们全家维系着日脚的主粮；
我们在贫穷中学会了向前看，
我们在黑夜里辨识了新方向。

没有钱的日子，全家相心携手
把饥饿和穷困踩在我们脚下，
把文明和意志扛在我们肩上，
让不幸在坚毅的河流中流淌。

暴风骤雨的日子我们意志如刚，

那乡 那情

世人幸福时，我们照样很幸福，
当天地间弥漫了诱惑的空气时
我们却学会了无畏和坚强！
在他老人家的身边，我们深感
意志力的获取和心灵的塑造，
他近七十年卓绝的行为人师
在人们心中建树了一道航标。

他和我们的母亲，总是用无声
和无愧的奉献，来暖温我们的
多次受伤的，极其脆弱的单身，
风雨中却在履行自己的使命！

父母用谦恭、宽容为我们全家
编织了健康的礼尚和谐文化；
让我们一起逆境中昂首挺胸，
我们将贤达学范永远地颂扬！

为改变我们的命运，父母决定
将重新选择适于生存的地方；
就在那一个冰天雪地的季节
全家终于踏上了还乡的远航。

虽说回到了我们祖先的故里，
这里却没有一点古人的亲意；
因为，父母要让我们兄妹成长，
他们断然风雨兼程奋斗不息！

亲爱的兄弟，就在我们乔迁的
第五年初春，苦难便将你缠身；
假如不是上苍那人性的安排
你几乎要被精神病夺去生命！

拮据，让这两条老命东拼西凑，

尽管变卖家的一切有价之物，
到何处寻求如此神丹妙药？
无奈，只得让你在生死间搏斗。

你应该清楚，自咱家增加了她——
气氛便如同秋风似那样喧哗；
一个愚昧生非的女人，便那样
毁坏了一个文明的清贫之家。

她将你的生死、家庭的荣誉感
从来不怀好意地置之度外；
深夜，我们为了你的医治筹款
暴风雪时，我们在人家门外徘徊！

在最关键的时刻，还是母亲说，
选择药物治疗，不可行将电疗；
你本是全家共荣的花季生命，
否则，你将被误疗而无辜死掉！

兄弟，在这里，你一定必须记住：
倘若不是父母的镇定与执着
岂有你今天感受自由的生活？
又怎能品味幸福在心坎儿流过？

是你，在疾病中，失去自控之后，
错乱的神经，终至你恼羞成怒：
不时的拳脚相加，让父母悲伤
中绝望，积劳成疾里痛苦不休！

我漂泊在外不知家父的病情，
那天噩耗传来，方知父亲病因；
我们以最快的速度赶回家，
最终没能听到老人家的余音！

我们小家承担着丧事的全部；
所有人在天国的哀乐里恸哭；
你却在那复发的魔境里驰骋，
如同唐·吉诃德[1]在风车前挥舞。

治丧的人们悲痛中穷尽哀情，
他们心中仿佛毁了一颗星星！
礼尚，贤达，世间少有的学范，
我们应该在他的光影中前行！

他去了，母亲亦然九死一生，
我们全家携手全力地拯救你，
三十，三十余载的心灵的悲壮史，
终于换得你康复欣喜的来迟！

母亲仿佛第一次从日暮中走来；
这是神父为它将命门打开；
她凄苦、失落、无望中痛不欲生，
宛如战士在绝境中独自徘徊！

兄弟，我们各自在自己的空间前进
梦幻的世界里化悲痛为力量；
用博弈和无愧来书写着沧桑，
就像战马奔驰在杀敌的沙场。

虽然，她老人家已痛失了依靠，
所幸你已从魔境里悄悄来到；
上帝已拯救了你苦难不堪的灵魂，
又为你修筑通往新生的大道！

我们全家所有受蹿的生命，
正如蓓蕾在暴风雨中被凋零；
死神饕餮着我们全家不灭的意志，
上苍又还给我们祈求的公平！

为了存活，我漂泊在世界一方，
无时不在忆起那童年的长天；
即便是抑郁、挫折的煎熬时刻
都像归鸟样回到你们的身边！

兄弟，病魔蹉跎你那宝贵的青春，
爱神却又将你从沉睡中唤醒；
应该在母亲面前尽忠职守，
以回馈她老曾经赐予的自身！

母亲，她是一支年迈的孤独马，
愿你用孝善为她抚慰着归巢；
不负她和亡父的造化的隆恩，
就像战士因为使命坚守岗哨！

香花，它凋零了，还有机会重放，
生命，一旦消失，将不再反照回光；
如果说宇宙间尚有大美书写，
只有母亲在蜜河中静静地流淌！

应为着我们这个文明的世家，
咱们一起携手锄耕礼尚风华；
不辱守望生命的春天之使命，
让理性、天伦一同从心灵出发！

【注释】

　　【1】唐·吉诃德：西班牙伟大作家、诗人塞万提斯（1547—1616）笔下的"英雄"
人物。

【写作方法】

　　此作紧扣作者亲兄弟遭遇严重精神病袭击的同时，又处于极度清贫的家境来展开
对不幸环境的描述。当作者忆起和弟弟在父母呵护的童年时写道："那时，父母为了

我们兄妹和全家，不厌其烦地奔波在自己的田边；一同相濡以沫我们那游戏般的岁月，无怨无悔地耕耘我们那梦似的童年！"当作者写到未赶到父亲作遗言是说："我漂泊在外不知家父的病情，那天噩耗传来，方知父亲病因；我们以最快的速度赶回家，最终没能听到老人家的余音！"在亡父葬礼又遭遇弟弟犯病时作者写道："我们小家承担着丧事的全部；所有人在天国的哀乐里恸哭；你却在那复发的魔境里驰骋，如同唐·吉诃德在风车前挥舞。"这篇叙事诗通过弟弟的病魔、家境的拮据、作者远离家乡的漂泊以及寥落无助的社会现实，深刻地揭露了那个麻木不仁、人情冷落、世风鸿荒而严重被判文明的炎凉世态。与其说《致远方的兄弟》是在对亡父的悼念和对亲兄弟的伤感里的眷恋，不如说是对那个淡无人道的社会的申斥和批判。

## 抒 情 诗

## 母 亲

> 母亲是英勇无畏的，当事情涉及她所诞生的和她所热
> 爱的生命的时候。

—— 高尔基

【题解】

2011 年 3 月 23 晚终稿的这篇"感恩诗"，原创作于 1992 年春天。作者南寻的时候，母亲将自己仅有的一点私房钱交给作者去南方寻找出路——实现梦想。由此他深感母爱的博大、仁德和圣洁。这是一首用真爱和叩恩融化成的诗篇。

母亲！每每青草泛绿的时候
人们便知道这是春天的旨令；

如果不是你在面对苦难中
默默地将我拯救
岂有我能在你创造的
春的季节里生根发芽？！
日渐，我懂得与这春的秘密
教我在人生的旅途含苞——开花！

你彻夜不自由地在忙碌着，
而将你创造的新生命放在
你寻梦的远方——
让我学会啼哭、嚎啕和张望。
你忍心在爱的河水中割舍
那极需哺育的希望的呼吸，
但凡是生命都在这一季节
始感你那母爱赐予的忧伤！

你不在身边的日子，我在哭声里
学会了自律和收敛，
有时翻下床来，滚在地上
用初度的、颤抖的支撑
体验来证明自己的力量；
无望中，你伸出了双手
让我扑进了你的怀抱——
我渐渐品读这生的阳光！

不知道饥饿难耐，
不知道缺奶而疯狂抽泣，
只因为倍感腹腔心慌地
拽着自己的耳朵和
亡命似的惨叫。
终于你抚摸我发烫的头颅；
在你暗自淌下的泪水里
我珍重这宝贵的琼浆雨露！

生命的旅途在努力
向着天边无际的远方延伸；
峥嵘、磨难开始敲打着心扉；
那春天的艳阳在悄悄地越轨？！
初访的心灵仿佛在
大海上将要失去舵手和航向，
是你给了我这黑夜里出发的星光！

疲惫的旅程使我
常有意趣消减的惰性；
理想的破灭像一场场
暴风骤雨时时在袭击我
勇往前行的欲望之心。
虽说有时滞留在平缓的沙滩上，
因为你那爱的温暖与加油
让我顿觉春风吹拂着我的胸膛！
每一回成功，你那样
与我一起感受着喜悦；
每一次失败，你照样
和我一起身同感受。
你把自己阅历的经验融进
我将要重新启程的每一步探索上，
将自己总结过的真知像火焰
一道道点燃我内心的激情，
我——有了新的爱的力量！

后来，我懂了；
因为，上帝只有一个，
于是，便创造出你——母亲！
接着，我用智慧接受了你的
施舍和恩典；
我以不懈和坚强完成了
你创造我时的爱意；就这样
在母爱里我铸就了勇气！

亲情无价

母爱！你厚重的心
使我感知着生命的博大；
你那宽广的胸怀
让我锄耕人伦的四季；
你仁善的秉性，使
我结出修为的硕果；
你终生惠及我的
是我永无终止的大学！

## 【写作方法】

此作一开头就用"青草"隐喻人的生命来形象地警醒世人该如何认识自然和人的关系。这里隐喻的"青草"和自然体都能感知人情世故，那么我们人类何以不知父爱母爱之宝贵呢？

# 父　亲

## 【题解】

此作创作于 2004 年 8 月 14 日上午。这是作者深情哀悼亡父的"悼亡诗"，该作是作者在其父亲逝世的第二年创作的。在作品里他在敬畏先父的悼言里倾吐了自己深受亡父的教育与影响，在亡父的生前所学到的做人和修行的多方面知识。

你悄悄地走了！
却将忍辱负重留下；
你匆匆地去了！
却让我们终生牵挂！

我与你相聚的岁月
你把知识传递给我；
而今，我们天各一方！

你让我在风雨中探索！

一穷二白时，你和母亲
携手创建了我们这个家，
相濡以沫的尽头
母亲依然放心不下！

日子宽裕一点，你让
我们在诗意里约会；
你和母亲合奏家的乐音
使我们在爱河中陶醉！

农忙过后，你不忘
在青灯下孜孜以求；
你把学识故事和期望织在一起，
把整个家编成一个美丽的方舟！

暴雨、冰霜、饥饿和酷暑时
你用爱紧裹着大家，
让霪雨侵袭着自己，
终生，这样鸿恩仰止！

那一次，我们兄弟结伴于乡街，
孑然中，你从远处担回了柴煤，
第二天你因透支卧床不起，
于是，这便使我终生失泪！

我们拥有一个积木式的小屋，
仿佛在风中可以支离摇晃；
我们坚信它不至于会倒塌；
因为你时刻在为我们护航！

在书里，你启发我们学会了知识；
在现实，你教我们认识了生命；

父亲的恩泽

329

你的笑声里，我们品味到了慧悟；
在理论和实践中，我们矫正着方向；
你的精神是我们到达彼岸的圣灯！

你的宽容，我深感着品格的高峻；
你的勤勉，我体味着生命的芳香；
你的大爱，我沐浴着人性的深邃；
你那终极时的微笑，永远在弥漫着
先知者永不熄灭的智者光芒！！！

## 【写作方法】

亡父是一座山、一艘船、一栋不大的房子、一只呵护雏鸟翱翔的雄鹰。作者用这些隐喻来歌颂那位任劳任怨且以知识浇灌后人的父辈，因此父亲的形象被活灵活现地树立了起来。

# 青 春 颂

## 【题解】

这首诗创作于 2008 年 8 月。作者以饱满的青春激情，讴歌了青春对人类世界的坚勇无畏的人伦力量。在这里，他不仅歌颂了青春的伟大和无畏，更塑造了青春的圣洁和无私。有人类生活的地方，从来没有青春战无不胜的自然规律！青春是美的、是伟大的、是高洁的、是永恒不灭的！

在没有你的地方
大自然协和着寂　；
当你激情的时候，
天庭便流光溢彩！

你在休眠时

一切精神世界的
所向披靡随之安澜、岑寥；
当你油然情生的担负使命，
宇宙间的每个角落，
因为你——在烈火中燃烧！

青春！在逆境和苦难的人群中
你是一把熊熊的火焰——
那些缺乏斗志，无望的人们在你力量的旗帜下
将信心和意志力更新点燃！
啊，青春！你无需任何
意义的自然界的奖赏，
却从来那样执着、坚定信念地
为天下可以触摸到的角落
前赴后继地赴汤蹈火
忠贞不渝地冲向战场！

你啊，生命的旺盛季节，
把忧虑和烦恼丢在脑后，
把使命、责任、坚毅挂在胸前；
没有羞答答的娇艳
没有奢极的左顾右盼，
因为重任在身，不可以胆怯从事，
更不可临阵脱逃
不讲生死的一切条件
去彰显自己的价值——
不顾一切地一马当先！

青春啊！你无愧是一轮初春的太阳；
人们在山洪暴发的关头
得益你的冲锋陷阵；
河田干涸时，人们因为
你的精神焕发，尔后把
灾难降到了最低点，

你将福祉送给期盼者的身上，
你那涌动的春光，如同
暖流在人们的心间流淌！

人类，因大自然饕餮地摧残，
无处不潜伏于生命的危难：
道路被洪水冲垮了，
山居被泥石掩埋了，
城市被地震夷平了，
铁路被山洪阻隔了，
机场被大雪覆盖了
车站被人流围困了，
码头被台风掀翻了，
银行被劫匪抢劫了
……
在自然和人为的魔障里
你始终视死如归，气概如坚！

你站在城市的工地上
以汗水滋润每一个建筑细节：
长者以年迈之躯作为后勤
补给整个工程的空间；
他们不甘示弱地与你
终日地战斗在一边。
你那铿锵的拼搏声
像战场上的冲锋号，每每
响彻在改造日月的蓝天。
你不计较餐饮的质量
也无法审视盘中的菜汤；
你用速度和尺度丈量这个
都市的建设结果
却无需有人为的回馈
也因此，你在那样的使命里
保持着自然——心境的坦荡！

冬去春来的架设，
仿佛在梦宫中的陈列：
一层层大厦在你的脚下升起，
一座座高楼在你的胸中耸立。
你将妇人和孩子留在了后方，
你把蓝图和目标塞满胸膛；
一切世俗虚华的念头与你无关，
你坚信，这个城市成长史将会
镌刻你无愧于生命，无愧于青春的
神圣使命和辉煌的篇章！

是你，——青春！
在地壳疯狂抖动的那一刻
你不假思索地冲在了最前线；
你用坚强的力量
支撑着死里逃生的人们，
你以大无畏的气概
驾驭震灾的狼藉现场
为拯救被掩埋的生命
争取早日脱离危险！
搜救犬和探测器
在你的勇猛的呼喊声里
它们超常地体现着人性；
那些挣扎在死亡线上的
被压在地下的苦难者
在苦难中体验着你的温暖！
你时刻在警醒自己——
这不是一般的战场；
多一分热血的涌动
便少一位亲骨的哀亡！
你与时间一起赛跑
把一切生的信息，送到
所有能点燃希望的地方！
……

为青春歌唱

333

你啊，总是站在高高的悬崖上
向一切受苦的人
发出鼓舞的声音；
人们用苏醒的意志
在涅槃的大门里
挣脱了神赐的
昂首挺胸与你结伴前行！

当天灾人祸突发的时候，
人们在悲痛欲绝的
哭泣着自己不幸的命运；
一股坚强而不灭的信念
让苦难者擦亮了眼睛——
敢情，你正是他们
绝望中获得新生的命令！

一切来自人类虚弱的世界，
青春啊，是你让这个世界
充满生机，无限春光。
可不是吗？在那寒冷的季节
你挥舞着热血
闪烁着激情，将整个
冰凉刺骨的世界
点得通亮——通亮！
在人们遭受痛苦折磨时，
你如同一棵大树——
为苦难者挺直了脊梁！
有人徘徊在成功的十字路口，
你以朝气蓬勃的心动
传递他加速超越的生命力，
于无声处地抻给他陪伴的巨人之手！
每遇人们在绝望的时候
你总是战神般的立在他们的背后！

你以一腔滚烫的血液
抚慰那些亟需治愈的伤口！
在失落时，人们常常
仿佛一只受伤的小鸟；
你那样镇定，那样自信
让人们投进你无私的怀抱！
因为贫穷，人们在不幸和自责中生活；
你将希望的身影投了过去，
宛如一道佛光从他们的心头掠过；
使力量和光明在脑海里闪烁！
人们与病灾作着抗争，
在祈求中苦不堪言；
因为你闪电般的光影，使人们
不断为自己祝福；
感谢你——生命的奇迹、舞动的青春！

如果没有你风华魅力的放射
岂有人类生命世界的十色五光；
假如不是你一往无前的英勇无愧
怎能有宇宙间生生不息的为你歌唱？！
……

【写作方法】

　　"青春"本是人生中的黄金季节，然而在作者的笔下，它却成为了"精神"、"力量"、"火焰"、"鲜花"、"荣誉"、"希望"、"未来"和拯救人类的不可估量的坚强后盾。这些虽说是以"青春"之涵义作了诠释，但在其学理赏鉴上看，就全归咎在了一个"颂"字。

# 致 大 江

【题解】

此作创作于 2011 年 6 月 11 日的井冈山，后终稿于 2011 年 6 月 29 日的南苑雪雨轩。在此次作者回到家乡黄州时，又一次登临了名山赤壁。在赤壁巅峰，他满怀诗情，凭吊古贤；日后创作了这首充满深情的乡诗。

回想吧！我阔别多年的大江！
你奔腾不息的豪迈和坚强
在我眷恋的心海里
驰骋向东去的海洋。

你彻夜无眠地呼号
你那周而复始的倾诉；
像是挚友作别时的激情喧哗，
像是滚烫之心一起在交流！

我的心境曾经被你征服了！
我的目光一直在因你　　。
如同我的恋人以歌乐敲开我初春的月宫，
如同她因为我的不解而后席地嚎啕抽泣！

无声里，你载着渔民朝出晚归，
默默地，你守候着鱼群东去西回。
仿佛儿女履行天令的孝道，
仿佛父母播撒的仁爱之辉！

春夏秋冬里，你教我结识水的技巧，
南来北往时，你让我学着水的秘密。
二十多年过去，我一直在记忆中寻觅，
终于明白，你赐予的真知！

我爱恋你那壮怀激烈的怒吼，
我钦慕你那落日西沉的低吟；
我从来就在你的涛的激撞里被催眠，
如同婴儿在慈母怀里听着乐音！

渔民们在你的胸襟上布着风帆，
以汗水和祈祷在编着梦想，
无畏地掠过你汹涌的峰峦，
当你偶尔铁面无私时
便会吞下那可怜的渔船。

啊，二十余年前的昨日，
我仗着由北堤渡向南岸，
一边经营着自产的农产品；
一边连深夜都在忆起那船的歌声！

多少次，你令我在堤上望而却步！
多少回，你叫我长嘘短叹；
因为你浩瀚辽阔的神情，
迫使我伫立于你那无垠的岸边！

像水神一样，你护佑着黄州府
百姓的农耕与平安；
大旱时，你注入天令的喜雨；
洪涝时，你抵御江泻——一夫当关！

你抵御来自青海湖源头的压力，
堵住蜿蜒山川涌至的奔流，
你没有一丝毫的怠慢和倦意，
让那曾经的又归复去海洋并赠与九州！

你几千公里长眠的躯体，
静静伺候一望无际的山群，

大江的赞歌

你悠悠东去的浪涛声
悄悄抚慰着两岸接缘的人民！

你湾随武昌、黄州赤壁的拐角处，
在那儿，曾有一幅宏伟的诗卷；
它浸透了一位巨人的智慧和仁爱，
他一直陪你在这座圣山长眠！

他的长辞，乃黄州人民的苦难，
他的圣诗"大江东去，浪淘尽"，
是你安谧永恒的清音，
你同他一起在天地之间
将美的创作与动的气节一道辉映！

这里的山川惦念着你的豪迈，
这里的河流敬畏你的深沉，
这里的土地爱慕你的博大，
这里的一切生命是你的子孙！

人民在盛夏消夜的时分
看你涌动的船舷的巨声
大家在你堤岸身上轻歌曼舞
而你却那样依旧默默不鸣！

初秋的黄昏，人们在江滨
与你作着邀月般的晤面，
徐风把你从那边的江上赶过来，
仿佛情郎来触摸恋人的笑脸！

太阳把金子抛洒在你江的水面上
你同忙碌的人民抖着金子撒着网；
月儿从西天钻出来的时候
你便与水上的人们收获着星光！

呜呼！大江！我壮丽的大江，
我始终将你藏匿于心，
不向世人传递一点声息，
我独自让自己悄悄地默默地聆听！

你的恩惠让人民镌于心里，
我将你的一切写进我的灵魂，
谁也偷不走你这富饶的宝藏；
让我们一同分享这不朽的光影！

2011 年 6 月 18 日下午于井冈山

【写作方法】

这篇抒情诗里，作者借向大江抒发慨叹为媒，却实质上表达了他对大江的敬畏和赞美！在写到大江对人们的蕴藉时作者写道："我爱恋你那壮怀激烈的怒吼，我钦慕你那落日西沉的低吟；我从来就在你的涛的激撞里催眠，如同婴儿在慈母怀里听着乐音！"当写到大江发出的自然力量时作者写道："渔民们在你的胸襟上布着风帆，以汗水和祈祷在编着梦想，无畏地掠过你汹涌的峰峦，当你偶尔铁面无私时便会吞下那可怜的渔船。"当然，大江对黄州人的贡献还远远不止于此。这或许是作者最要慨叹的。

# 致 春 天

【题解】

这首诗是作者 2004 年旅法期间创作的。作者将涌动的诗情与活力的春天完美地融化在了一起，他将高妙的拟人手法把春天人格化了，让人读后无不对春天发自内心的敬畏、季节的感恩、精神的跃动和对生命的热爱。

你像美神一样，让大自然

发自天地间无声的敬畏；
没有你的季节，这万物华润
魅力的世界，仿佛因为失落
而悄然在羞愧！
待到你走近深冬
一切可以生发的灵意
却仰望着步履的轻响
并捎来你春天的复归！

春天啊，你从不比长天
那样呼号地电闪雷鸣，
却像胭脂少女样踏来静寂；
胜过她那芳龄艳伦的春色，
还赐予人间的烂漫的诗意！

那从梦中睡醒的人们
被你悄无声影的气息
阵阵醉迷了渴望而飞跃的心芳；
在遗憾里，你激励着他们清醒；
出发时，你给他们第一缕春光！

谁没有过松懈的日子和
沐浴过你那激昂的兴味？
谁也不敢再有那自溺般的惰怠；
你将神圣的意志植入人的心灵
谁又不将你致以叩谢与之亲爱？！

年复一年的，你授意着天地
好像少妇封守着初胎的秘语；
炎阳烧破你缤纷的世界在肆意张狂
你不作半点迁怒，仍然保持着缄默
你却安闲自适坚守着那平和的气质！

大地、山川、河谷到处都是

340

黄州的春天

你亲自播撒的绿色葱茏的盛装；
泥土渗透出初暖和天然诗意的清气，
鸟儿便将歌声响遍了装点花儿的山冈
约你一起把这个活生生的季节给点亮！

你不用声音，却能宣告自己
肩负季节的重任，一味暗自
将时光的宝藏悄悄开采！
以自己永恒的庄严性格
让生命体感着花落花开！
啊！春天！你是天地间
和人类一颗力量的种子；
没有哪一种生命不因为你而敬畏；
在你那主宰的史诗一样的光阴里，
一切激进的诗人因此而百倍感佩！
饱受冰冻的生命体
期许你春天的来临；
它们在那漫长的岁月里
它们用无限的沉默——
祝福，悄悄在为你致敬！

你把冬夏之间的时空
塑造得绚丽而又多姿，
让那所有的性灵争得了自由；
你将春的旨意吹拂给了歌手，
他们为之歌唱你而无止无休！

无疑，每一轮初到的节令，
你张开翅膀，袒露着胸怀，
结伴万紫千红的大地，
融入生灵奔放的世界
和谐画家的千姿百态！

春天啊！你是一位多情

而不灭的、永恒的母亲；
转眼间，便孕育出无限的生命！
孩子——和大自然万古长青！

你将智慧收敛在长河里，
你又把创造交给了上苍；
宇宙在运行中与你——结伴谐和，
天地在为你永远地——放声歌唱，
这便是你赐予人类的——不朽力量！
……

【写作方法】

　　"春"在这里仿佛不是时间和季节的代名词，它好像是充满不可抗拒的巨人，不可言表的故事、不可言美的诗篇。总之，"春"带给人类的赋予力量的、赋予美的也似乎让作者无法表达的。这就是"春"让人们始料不及的魅力！

# 贫 穷 与 伟 大

【题解】

　　此作创作于2011年8月22日。在此观看根据高尔基三部曲改编的电影《我的大学》《童年》《在人间》后受到一种新的启示，于是当晚就写出了此诗。

江河因为辽阔才显得浩瀚；
日月因为明净而播出光华；
贫穷因为志坚方成就伟大。

一贫如洗，可以开启创造之潜能；
一穷二白，可以激起拓荒者的欲望；
一腔热血，可以融化古老的坚冰。

富有，它呈现的是幸福和享乐；
但它决非是荣誉和尊严；
那些勇士在逆境中积极地生活；
穷苦并不是他们的羞耻与罪过。

借助坚毅在前进中探索；
用智慧将正大和品质进行雕琢；
在乱世的风雨中泛起轻舟；
前进！在庄严中伟大而不朽！

**【写作方法】**

此作开门见山地将"贫穷"和"江河"、"日月"作为同一定性词来解读，其主要含义是把"江河"、"日月"之自然功能意义隐射到"贫穷"上来，旨在揭示两种可能：要么因为贫穷而堕落；要么因为贫穷而崛起。作者写道："富有，它呈现的是幸福和享乐；但它决非是荣誉和尊严"，还写道："在乱世的风雨中泛起轻舟；前进！在庄严中伟大而不朽！"这里作者不仅呼吁人们以朴素的自然观看待所处的不利环境，更重要的是如何在逆境中自省、自律和站立起来。

# 献 给 亡 父 的 承 诺

**【题解】**

此作最初发表于《艺术家眼中的马克思主义》扉页，以示作者实现30多年前对亡父的承诺。那时他承诺父亲说："孩儿一定按照你的意思在我的有生之年，来完成你尚未完成的一部著作"。于是作者的第一篇论文《关于〈共产党宣言〉》创作于1981年的3月份。后来的30多年的坎坷跋涉，终于在2013年底出版了作者经30余年的抚慰辉煌巨著《艺术家眼中的马克思主义》。此著分上下两卷：上卷"为理论部分"；下卷为 "史诗部分"；全书约100万字。"理论部分"以延展马克思宇宙观——让人们以科学的态度去认识世界和改造世界为核心；"史诗部分"作者以大全境的写实手法生动而完整地塑造了思想巨人马克思恩格斯光辉而伟大的一生。

你，两岁便开始风雨兼程，

在没有父爱的世界里求索；
唯不幸和坚毅伴随你同行。
后来，你把握前进的航向，
并让我体念着真理的甘露，
于是你成了我跨越的桥梁！
你将马克思照彻我的生命，
我在洗礼的岁月接力跋涉；
于是你成了我思想的圣灯！
那时，我应允过你的教诲，
今天，孩儿将它织成书卷；
一起来回馈这迷离的人类！

重温受教的日子

【写作方法】

这是一首典型的"励志诗"。诗作由四韵而成，它简洁而深刻地概括了作者亡父一生追求真理、弘扬正气、肝胆照人和不辱使命的默默修行的道德典范。正因为他"行为世范，学为人师"的先行立道，才有了后来作者继承父业的延展先德、弘扬光大的行为结果。这是中华民族最为宝贵的民族品质。因此，《献给亡父的承诺》它不仅是一首启迪人们在逆境中保持清心寡欲，正视现实，坚勇励志的佳作；更是一首教育国人如何坚定信念，务实图强，追求真理，改造自我且乐于为国担忧的民族气节。

# 1980 年 12 月 23 日的寒夜 [1] 二首

【题解】

1976 年冬天，作者全家由故土浠水兰溪方铺迁徙祖籍黄州；全家七口人仅居住在近三十平米的两间小房。四年后，由不辞劳苦的父亲周旋便于 1980 年的深冬准备在村中的一块废地上建几间小屋。那时作者才十五六岁，依照乡风在建屋子时必有人在宅基地席地过夜，于是，作者只有在宅基地上伴随寒夜和苦雨熬到天亮。这是作者最为刻骨铭心的记忆。《1980 年 12 月 23 日的寒夜》记录了这个寒夜的经历和那段岁月的艰难境遇。

## 之 一

自我家迁此，苦度四春秋[2]。

一片芦萧瑟，满眼伤离愁[3]。

周济还无力，母语作禅羞[4]。

全家夫七从，唯父堪当头[5]。

蜗居三十平，寒雨无缝流[6]。

暴日三五分，吾命皆空徒[7]。

## 之 二

族房初善意，拼瓦一风楼[8]。

孤星对伤者，全身颤忧忧[9]。

风涩不减冽，薄褥裹冰球[10]。

五更霰雨下，板床已湿透[11]。

揣度宅基物，冷目岂可休[12]？

恨时骚芳短，他日湮此仇[13]！

1980 年 12 月 21 日的寒夜，作者在家舍的地基上值夜

**【注释】**

【1】这年的 12 月 23 的这天寒夜，依照乡规建屋子的前一夜必须有人在宅基地上就寝，这样以示家庭人丁兴旺，流年顺昌。【2】四春秋，即 1976 年迁往祖籍的第四年。【3】此句是说：自迁往此地全家就一直深感窘迫，以至于常常令人寄情于伤怀离别的惆怅之中。【4】周济，因生活拮据向他人借助。还（huan 多音字）无力，担心借助后无能偿还。作禅羞，就像佛家在家里默默不语。羞，羞涩。【5】夫七从，到了这里七口人都从事生产劳动。夫，这里。【6】寒雨无缝流，冬夜里的雨水从瓦缝里滴下来还没处流淌。形容屋子窄小连雨水都无缝隙流淌。【7】此句是说：那时整天劳动仅拿到几分工的报酬，可谓生命是全被浪费了。【8】初善意，开始有了善意。拼瓦，大家接济帮助的材料，如瓦等。风楼，即建的屋子。因为经济拮据，做的屋子自然处处漏风、漏雨，就像四面通风的楼台。这里形容环境的恶劣。【9】是说作者躺在寒夜的宅基地上怀着伤感之心仰望着稀星的夜空。颤，因寒冷而颤抖。忧忧，极度忧愤。【10】冽，寒冷。薄褥裹冰球，是说作者被冻得裹成球状的身子。形容身遭恶劣环境的侵袭和折磨。【11】霰雨，白色微型球状的结晶体随小雨而降的混合雨。

345

通常在大雪前和大雪之后降落。有说是丰年的兆头。【12】此句是说：尽管年小但还是考虑到明天建屋的事，因此这夜里哪敢合上这瑟缩而冰凉的眼睛呢？【13】此句是说：那时多么痛恨自己年幼志短，但只想到将一定会以自己的奋力拼搏来埋葬那不合理的现实苦难。

**【写作方法】**

这是一首"抒怀诗"。《1980年12月23日的寒夜》以极其写实的艺术表现从深度反映了中国改革开放前夜的乡村人民生活的苦难。《之一》全面地揭示了计划经济时代给人民带来"一切服从计划"的不合理的腐朽的社会问题。作者说，之所以"蜗居三十平，寒雨无缝流"，是因为那个昏聩的时代无形中桎梏了天下人民终年"暴日三五分，吾命皆空徒"的深刻的社会原因。《之二》的现实写照充分暴露了那个腐朽没落时代的给人民造成的身心伤害和物质世界的匮乏。并以朴实的文字、简洁的语境凸显出一个年幼者在极其恶劣环境中对社会和人生的细致思考。这首诗的创作，在记录那个浑浊无望的时代的同时，也开启了觉醒的下层人民对不合理的社会现实进行无情的彻底批判。

# 生 命 旅 航

**【题解】**

此作于2011年3月13日晚创作于北京。因为又一次听到母亲讲到父亲的故事，于是作者当晚写下了此诗。

在教化和屈辱里反思
时间让我明鉴前面的
每一步——充满叵测的路径：
坎坷时，我注目深思；
畅顺时，就左顾右盼；
一生的路尚漫长、悠远
为了不再曲折地前行，
我用回眸感恩我的母亲！

母亲那重复的故事里
我深知父亲的童年：
两岁时没有了父亲
没有了父爱，——到了六岁
便给本房族的店主营业赚钱；
他在举目无亲的世界上
出卖不是年龄的力气
如同巨浪中的一叶小船！

母亲那反复的叮嘱里
我读懂了她讲故事
的一切的背后：
家父那失去的
希望我们不再失去；
他们那个时代的老路
不让我们再次行走——
否则像家父：依旧是一叶小舟！

后来的岁月，我与父母
拉开了目标的距离；
可那昔日的家族史
却让我时时在回忆。
家史无形中成了我必读的课本：
那上面的每一页我都没敢忘记，
分手两离的日子，我都在诵读，
——要让它成为我奔向目标的秘密！

仿佛，这课本日渐让我
丰富了许多求进的哲理；
于是我开始有了自己的追求。
那些故往的先知的
精辟的至理学说
游学中，使我插上了思想的翅膀；
我吮吸着先哲们和父母的敬言，

后来，便成为了我前行的航向！

艺术的创造，据说需要生活；
我便整个地与它为伍，
还说，创造需要积累；
于是我就终日发奋善读。
在艺术的殿堂里，我才真正
感受到了——所谓
天才出于创造者的勤奋，
创造乃出自灵感的天赋！

如果说，大海是船长的故乡，
那么，梦想则是我出发的战场。
我把多年的梦境
用记忆之绳
系在了一起；
把所有远航的战利品
装载了回来—— 于是
生命为我书写了"传记"和传奇 ！

不要权力，也无需名利，
与扬帆一同在海上所向披靡！
珍爱生命者，同生命共辉煌；
生命者，与生命天各一方！
我这样热爱自己的生命，因为
因为，它是我们家族的荣光，
没有哪一种天外飞来的诱惑
能替代我同创造一道——
自由、愉快的远航！

生命，在博弈中前行

348

【写作方法】

　　此作以"旅航"展开诗作的想象力，并以哲理的逻辑表现手法来阐述自己对设生命价值的认识。譬如说："如果说，大海是船长的故乡，那么，梦想则是我出发的战场。"这种充满哲性的诗风是诗人通过漫长的生活积累才会得到的创作灵感。因此才有"不要权力，也无需名利，与扬帆一同在海上所向披靡！珍爱生命者，同生命共辉煌；蹂躏生命者，与生命天各一方！"的科学总结。古人所谓"诗言志"在此已得到了活的诠释。

## 爱情诗

# 夕　阳

爱是充实了的生命，正如盛满了酒的酒杯。

—— 泰戈尔

**【题解】**

这是一首堪称"爱情"与哲理以及以圣灵之心融为一体的极美妙的"爱情"诗。作者在访问和考察法国时，经友人介绍结识了法国文化友人法尔娜女士。在作者学习与考察的半个月里他们建立互信友爱的真实情感。但作品在诗的叙述里非常注重语言文字的创作、语言的技巧、心灵的诠释、思想的表达和作品的艺术性与思想性的完美统一。无论从感情意识还是从哲学思想上研究、借鉴，无疑《夕阳》是一首不可多得超凡之作。作者将对异国文化使者的深情厚谊和异国友人对作者故国（即中国）的渴望来访以及他们之间的因文化而交织一起的不必言传的文化心灵、文明情爱等全透过超妙的"夕阳"里的"秘密"的语境之中。人们从这里无不感佩作者驾驭文字和艺术的天才之乐、天赋之美。

那天你说过，这是我们在巴黎
最后的一段值得留恋的时光；
叩拜里，我用绝顶的崇敬

日夜不假思索地，毫无杂念
地以受洗礼者的真纯那样去
充实和粉饰我匮乏的胸膛。
电话里，你说不能与我共进晚餐，
　　　　　于是，你让我在夕阳里彷徨！

在巴尔扎克的纪念馆里，我们
同那些四处寻觅的人们一样
以极其敬畏之心献上了玉兰花！
在德语导游的绘声的解说里
你用我能勉强听懂的华语
赞赏他是十八世纪法国最伟大
最罕见的多产文学艺术家。
当我作再后一次向你请教时，你作了辞别
　　　　　我知道，你用夕阳作了回答！

法兰西人，他们不仅热爱自己的历史
还用智慧来保护他们那饱经战火
和岁月侵蚀的美丽的城池。
我一次次被这里的故事所吸引住：
二战前后被德国法西斯占领；
直至二十世纪四十年代初叶才
得以正式恢复他们的民族主权。
在你不多的回话里，我充分相信
你是一位法兰西最年轻的先知。
我没敢再向你论及这里的明天，
　　　　　没错，你用夕阳作了解释！

你预约我一起观光英吉利海峡，
在电波的那一头，我觉着你仿佛
故国的百灵鸟一样温雅可爱！
你以熟悉的法兰西语向我讲述
这海峡迷人的风光和传奇的神话。
面对海涛，我们敲开向大自然索美的胸怀！

阳光代表我的心

时儿，你用中法谐和的语音考察我
是否虔诚地邀请你去到我的故国[1]；
每个回应，你看出我是那般坚定。
在我欲罢不能的时候，
　　　　　　我猜测，你以夕阳作了表白！


塞纳河[2]，你称它是巴黎的母亲河，
我将它的神秘寄托于你的解说；
还庆幸你的欢颜与娓娓之声
宛如春的翅膀打我心的门前掠过！
你那波动的倒影随河水在汩汩流动，
我用异域的诗情撼动你初春的心窝！
你说："先生，我尽力为你作好考察导向"！
尔后你不再有任何语言地望着天空：
　　　　　　我明白，你使我在夕阳里找到了寄托！


在法国档案馆里，你向我诉说了
它的珍奇和无与伦比的首创性；
它开先河的建筑以及那人文学科的齐备
无以让世界人类因此而牵动心扉；
它被誉为第一个近现代意义的档案群
两个多世纪以来使到访者为之陶醉！
我发觉你因激情，责任倍感精力困乏，
当我向你正要示以感恩的时候
　　　　　　我看清，你用夕阳作了回馈！


梦想和追索让我们来到了阿尔卑斯山[3]，
我们早已消解了异国的言语阻隔；
让这里的知客将我们领到了隆起的山峦。
你说："这是我生平头一回到此礼陪"！
我说："谢了！你的殷实使我终生忏悔"！
这里的山峰和平地处处是奇妙的幻境！
阳光把这里装点得五彩缤纷。
你没有回答我关于这群人的秘语，

我料到，你以夕阳作了回答！

在天主教堂，我从你那里已获悉
教会自古迄今的演绎史、进化史：
一个个真实的故事不断在此上演，
一幕幕触目惊心的悲剧让人们记住；
哀怜时，你双手拭泪而又克制自我，
愤怒时，你的胸膛怦怦跃起。
你捉住我的手，不让我上前安慰，
　　　　于是，你让夕阳作了最后的陈述！

我们迈着急促的步子，从法兰西
少男少女的街市中心穿过。你说
他们的肤色因这里的海洋气候所滋润，
世代的生命在此海陆之间得以净化，
耄耋之年都能回味那遗存的青春！
你不乐意我为你施加烂漫的溢美之词，
时刻以亲昵的眼神向我速递
你那清纯而真挚的异域乡情！
我在向你约定晚餐的内容，你拉着我的手，
　　　　我记住，你用夕阳作了感恩！

你说："南部地中海，我陪你去一趟"！
豁然我似乎冲出了迷雾，看到了远方。
那里是历代航海者的自由乐园
也是人类地理、史学家们的天堂和故乡！
你使我又丰富了法兰西的另一个世界；
此行将是我生命的最激动人心的乐章！
游客们，大多陆续地散去；
我开始预定今夜的归处；
你甩了甩头，没有一字一句，
　　　　我想，你已在夕阳里作了暗示！

你那烂漫的语音和天姿的容貌，

告诉我法兰西国家的绮丽与智慧；

五六十万平方公里的国土，近七千万的人口，

时刻为创造欧洲的经典传奇无悔。

你在我的表白里知道东方文明的博大；

你还赞美异国国学之崇尚与高贵；

你说："咱们选一个神圣的日子聚餐"！

    我理解，你让夕阳作别了安慰！


因为我和你走到了最后的一个时刻，

两颗心没有不因为抉别而此起彼伏！

仿佛一对恋人儿是因为意外的抉择

而难以按捺内心的将要决堤的情海；

在沸腾的人群中间，我们同时施用

礼赞的双手压抑着潮汐那样的心跳，

一边用期许融化那激昂圣灵的热血；

当你最后一回向我挥手时，你没有声音，

    我潸然，你请夕阳与我们一起作了惜别！


【注释】

  【1】这里指中国。【2】曼谷市中心的一条大河。【3】欧洲最大的山脉，西起法国东南部的地中海。全长 1200 公里。


【写作方法】

  "爱情诗"《夕阳》并非常人所理解的那种庸俗的注重于情感的男爱女情，作者是通过异国两位具有深度文化心灵的文明使者以文化传播为使命所建立的超然的人伦情愫。诗中作者每每在工作之余向异国友人表示邀请、探寻、知事时，可她总是以"夕阳"作为最妙美的回答；这不仅传达了异国友人对东方人类所给予的诗意的理解，更显现作者创作这种特殊情境下的诗篇所具有的超然的艺术才华。

文明的桥梁

# 惜　别

【题解】

　　此作于 2011 年 8 月 29 日晨创作于北京。一次家乡的"纪念苏轼诞辰 974 周年"与故友重逢后，作者怀着"友情难得"之心记下了此次别后的心情。

　　我曾经像绿叶那样，将你
　　紧紧地、浓郁地呵护；
　　当然，你也同样——以圣洁之心
　　让我们一起被天真和梦想征服！

　　而今——我们已天各一方，
　　你是否依旧在月下思量和彷徨；
　　时在回味昨日那东奔西走的故事？
　　反正——我一直在思念的世界里徜徉！

　　自那场春雨之后，我们
　　就这样悄悄地作了分手；
　　你没有一句别前的吩咐，
　　只是——我不能报以眷眷的倾诉！

　　偶尔的惊艳的飞信里
　　我觉着你所深怀的蜜意；
　　只是天高路迢，就这样
　　不让我们携手在一起！

回首

【写作方法】

　　作者借助"绿叶"之寓意来表达自己对友人的深情别言，但因为天各一方之事业，因此作者以理性的思维作出这样的收束；他说："只是天高路迢，就这样不让我们携手在一起！"这既告诉对方客观环境的存在，又让故友明知双方友情的明净；自然是颇有意寓言外的钟情所致。

# 相 逢

【题解】

2006 年夏，作者于深圳文博会的紧张活动期间，因为在南方相同的追求而偶遇知己。为记述此次别后多年的相逢，作者创作了此诗。

纷乱的人群里，我俩第一次
因为眼神打开了情感的心扉！
大家因为使命，如同归来的
一群企鹅扎成了沸腾的一堆。

你那春蝶般的姿容
在我的记忆中如同化蝶在穿飞！
那闪烁浪漫的妩媚
恰似恋人作着天真无邪的敬奉的玫瑰！

人群中，你已克制住了自己
以胸腹承载了气象万千你那海样的敏捷潮思；
你不忍心流失我期许的目光
于是，你用背部来诠释无声变奏的主题！

当参会的人们坐在你的左右时
你从遮掩的手袋一侧向我投射真纯的回眸！
人们在记录大会主持人的演说；
无言间，我俩在用心缔约今晚预约的时候！
头一回相识，我们还来不及正面招呼着谁，
你却在歇会时用意识走近我；
羞愧，让你不敢抬起头来；
其实，它说明你在向我表白友好的胸怀！

你腼腆地拿着一杯开水
在曲线里向我悄悄行走；

邂逅

将目光的全部睨视着我，与我对峙交流；
我猜，你时刻在准备与我做第一次握手！

终于，在下楼梯处你赶紧借了一个机会
你根本不顾一切人流的阻塞；
使我触摸你富于美雕的肩背；
一时间，让我在浪漫的春光里受福陶醉！

遗憾里，你被人们无序地挤在了车的窗口边，
不远处，我只有因为时速而抱愧；
在车上，你似乎是在失约里伤悲；
我没能献上一句赠言，却为你淌下千行悔泪！！！
……

【写作方法】

作者仅凭对友人动态的描写和对其自己静态的心理活动的渲染，揭示出作者善于把握"动静"环境的心理塑造。虽说没有过多的人物对话，却让人读后身临其境，跃然纸上。

# 致 丁 尼

【题解】

这首诗创作于1996年的夏天，当时因肩负党建工作的区域性组稿，在成都时因工作与丁尼结识。后因时间的紧张未能双方见面告别，于是以此诗的回答作了回敬。以示分手时的言别与祝福。

我没忘记你那美妙的一瞬，
你像青云似的在我眼前闪现；

你那纯真的美神的化影，
仿佛稍纵即逝的梦幻！

几度无望的忧伤的漂泊里
几度悲凉的郁悒的惶惑中；

身边响起你温柔的银铃般的声音，
我梦见你那亲切如画的笑容！

时光给我留下难以注解的文字；
是你让我铭刻充满热情的诗卷！

能否再次携手你那理想之帆？！
直到冲破云开日朗的彼岸！

诗意的记忆

在悒郁里，我多次回首那远方的都市；
在默然里，我独自静静的在一方等候！

热切地期望那鸿雁的飞至，
迷惘之后，我仍一无所有！

那次临别，你说，我们会重逢；
于是，我在默许的日子里等待！

像是渴望久别重逢的兄妹；
预想那激动的时刻的到来！

那天，你说："我们要挺起胸膛"；
一时间，我悄悄地为着你在鼓掌！

357

我发现，我们彼此在缩短距离，
重逢的喜悦一直在我心中徜徉！

你说过：“人活着，要为人类而生存”；
我答应道：“不要因为一点困惑就被绊倒！”

没有坚强意志力的躯体，
不经风雨就会自己倒掉！

那段岁月，我编织着美的梦想；
因为思念，好像每天面临作战。

那日夜里，我煎熬地体验着每一分钟；
如同月亮，徘徊在我期许的无形的山边！

重逢，是在美丽的城市，还是那沉闷的乡村？！
你在何方？丁尼！我独自回答着无言的答卷！

我没有了勇气，我已被凝聚了思索；
我没有了泪水，我彻底没有了激情！

于是，我就在另一个世界里找寻；
常常，在聆听你那银铃似的笑声！

同时在猜测，你那永远看不透的心　，
一起在梦里，对峙着与你昔日的光影！！！

**【写作方法】**

　　这是一封给故人的致候信。这封诗信传递了作者同友人共有的崇高的事业追求、厚德的思想境界；为世人立了“兼济天下”之德范。比喻：“你说过：‘人活着，要为人类而生存’；我答应道：‘不要因为一点困惑就被绊倒！’”这种作者与友人间的心灵互励的人生观及价值观是十分难得的。无疑，这便是诗作对友人的最好礼遇。

# 致 远 方

【题解】

2005 年夏，作者在出访香港时，与书画商珍曼结识后便谈起了许多关于文化、艺术和评论等领域的课题。这是她们之间渴望携手探索的一段心路倾诉。

因为上帝的美意
终于让我们相聚；
如果不是那心灵的默许，
岂有来自天地间的密语？！

你那淡淡的仿佛酷似
美神的春波似的笑靥；
你那眉宇之间，无须惊人的魅力驱动
不论何种时候，便能荡起徐徐的波澜！

在白昼里，我时在牵挂你的出行，
而晚夜间，背诵你那绮丽的迷影！
我以数字在丈量与你之间的距离；
岂知一直在祷告与你在终点靠近？！

总要等到约会的那一天，
无不是因为空虚而犯难；
我只好暗暗地把一切描绘在梦里，
愿我等候在那儿每天都祝你晚安！

【写作方法】

这是一篇情深意切的抒情诗。虽说压根没谈到艺术上的追求、思想上的共鸣，但意在言外的流露里，却含蓄着因为共同的人生

天边的思绪

359

价值观的显现。他们不是因为常人的那种邂逅而生情，而是因为理性的艺术情感而表达各自的超然人格。所谓古人"诗言志""言"的是达人的心灵之"志"，而非庸俗之"志"。

## 长 诗

## 母 爱 之 光

没有太阳，花儿就不会开放；没有爱便没有幸福，没有妇女便没有爱。没有母亲，既没有诗人，也不会有英雄。

—— 高尔基

**【题解】**

作者在纪念亡父 7 周年的不久，便于 2010 年 9 月 25 日晚深怀敬畏之心写下了这篇感恩诗。据作者称，《母爱之光》一诗是作者早前二十年就准备创作的诗篇，但因各种原因推至 2008 年完成。

### 序 诗

亲爱的母亲，请你倾听孩子——
我以记录的方法，诗的形式
向你讲述一段因为你
才有的我的没有开头
也没有结尾的
是你赐予我的爱的故事。

几乎是你将我塑造
的那一天起，
我仿佛一只自由而
无助的天鸽
在昊阔和多灾的世间飞行。
因为你用颤抖的双手
欣喜的热泪
以及柔美且圣洁的心灵
呵护着我脆弱的生命。
搀扶我初访的灵魂
在此芳香万种的世界里
开始风雨兼程。
你借助父亲给予的安全感
和整个家族期许你的荣誉，
在你尚未卸任娘家的依托
就已肩负了婆家的使命。
啊，你攀缘上帝从云缝里
施给你的一枝青蔓
把自己紧紧地紧紧地
与苦行者的灵魂系在了一起。
在父母威严时，
你屏住脉动与呼吸，
汗水从发际
淌入你自辱的抖动的嘴唇，
你能凭借意志力
和默默的倔强的秉性感知，
没有一点娇气
更没有任性的叛逆
悄悄地、静静地躺在小床上哭泣。
喔，睡梦里将婆家的梦
编织得绚丽多彩，
小窗前的阳光却——
把你的驿动的神圣之心
染成了春天的花束。

平和的期待里
望月儿爬上屋顶
再蹑手蹑脚地来到窗外
等到满月西沉又回到
你那精巧绝伦的梦幻世界，
直到有一天父母恩准了心语——
你终于在生命的拐弯处烦忧与徘徊！
你听母亲说：
人来世间，
如鱼凫水，
如云无垠，
如鸟林间；
你听父亲说：
天地有宽，
智者无道，
勇者无拳，
仁者无边，
母者之多艰！
……

妈妈，水一般的心境

## 一　生的序曲

流水的岁月给你和父亲以及
我们兄弟姐妹
烙上了饥馑、贫穷和
步履维艰的生活印迹。
沉重的行囊为你和外祖父母
连同整个家族
铭镌着强忍拮据
与渴望的精神记忆。
你和父亲担当
这部家史的开创者，

——啊，我们几个脆弱的小生命
仿佛受惊的小鸟
在饥肠辘辘的
天真世界里
一同演奏这部诗的清音！


## 二　爱的洗礼


因为，你以爱和生命的承诺
让父亲，大家族沉浸在新生命的祝福之中。
因为，父亲用天职与信心
在期盼中保护你我母子的平安！
终于，终于在大家的掌声和笑声
织成的快乐里
用惊愕的赞礼
和万般动人的诗句
让我在苦涩里来到人间！


## 三　初　探


那时，虽然我看不清你的眼睛
也无法读懂你的心灵
只看见你的身影和脚步在重复中交错，
更无法感知你和父亲的终年劳顿。
可往后的岁月
和日渐的如影随形，
你那风驰电掣的奔忙
仿佛蜜蜂在为孩子酿造蜜糖！
你那日以继夜的除了我还有
全家人衣食住行

和当务之急的每日三餐
和你那发自心源的话语
如同明彻夜空的星光
时刻在使大家按图启航。
你那额头上因日子的旨意
渐渐雕刻的纹线
宛如一道道小溪在
沧桑的小河上悄悄地流淌！


### 四　爱的使命


你迎着春晨的凛风
用外婆唯一的一件头巾
像包裹粽子一样护着你那满头秀发
和能看透渊谷的眼睛，
胸前还围着几圈父亲拿来
捆绑箩筐的纤绳，
在自己的腰间紧紧地束了起来。
屈弯的扁担
在你的肩上跳着充满
原始音乐的舞步，
两只水桶服从你而站在
池塘与水的边缘。
你以较厚的围裙护着双膝
并让它们跪在裙的上面
用木杵敲破冰层，
让双手体验刺骨的残忍；
让发紫的面部和脆弱的
身躯在池水边唏嘘；
把爱的使命藏于心底，然而
寒风竟与你一同在这个世界博弈！
……

母亲，爱的使命

## 五　生的责任

那时，你可随时扔下我
奔向厨房
转眼又在门外，
用你流动的青春
同飞逝的时间比赛。
你搂着柴禾
挟着菜什
赶着白天黑前的一点光亮，
做完属于当天的后勤
在自家的门前候着父亲
还搂住我向四处张望！

从外婆外公处拿来的
能抵御风寒的破旧服饰，
在你无声的造型中
那一针一线都在涌溢着你的智慧
也在倾诉着你那受苦的泪水！
大件的改成哥哥的护身棉袄，
小件的剪成姐姐的背带裤，
最小且薄的夹绒衫
便成了我全身的冬里的防护套。
你把外婆的风帽
裁成父亲的背心，
还将外公的烂秋裤
制成姐姐的围裙。
全家族的人用新奇的
眼神目注着你——
废旧的衣物经你的
想象和图改
充当护身的武器
廉价的陋制

处处闪烁着你织满爱的密语！


## 六　圣洁之心


朦胧的声音里，我开启心灵的初悟，
你用熟稔的语气教我发音。
没有开头的
也没有结尾的
总之你是在以甜美的爱意
与期许的心律告诉我——
这是东方语言的会话的开始。
我便仿着你的声调
重复你的语意
模仿你的嘴形
甚至开始接近你手式的旨意——
终于，我吐出汉字的音节了。
你满脸露出了慰藉，
父亲也为之欣喜若狂。
村子传开了我的话题，
人们在审视我的超常
外婆却在为我快活，
整个家庭如同乐进了春花烂漫的天堂。


## 七　爱在风雨中

夕阳揉进了黄昏
你带着我和哥哥由三十公里外的家园
赶到外婆的村庄。
你说春寒料峭
晚风袭人容易致人伤身

不如明日再去桃园春摘。
于是在油灯下看你同外婆讲她
苦难的身世，讲你童年和凄 。
三天的探访小聚
我看到了外婆的怜悯；
也看到了你们间的母女情深
以及爱子如命。
我生平头一回感到了何谓人生的远征：
生命的艰磨与苦难的交汇！
于是，我常常想到外婆给你倾诉的满腹苦水；
于是，我久久不忘那晚你在油灯下淌的辛酸之泪！


## 八　文明的载体


在你美的语气里，我学会了汉字的读音；
在你爱的浸染里，我掌握了音乐的练声；
在你无私的表达里，我懂得了如何追求圣洁；
在你仁善的呈现里，我明白了什么是仁爱之本；
你以心美让我迈入绘画的殿堂；
你用大爱使我书写生命的乐音；
你以圣洁之心为我缔造未来的精神远征；
你用无畏为儿子筑起一道坚不可摧的心灵长城！
因此——我获悉中国汉字的起源；
我知悉甲骨文的来历；
我明白真、草、隶、篆、行的史期与韵律；
我懂得诗、词、文、赋的诠释与演变；
我学会了用美的眼睛去发现周围的世界！
我在研究以审美的原理去解剖
艺术与学术的自然属性。
因为你的施舍才使我
有幸体验生的快乐；
法的彰显，智的挥发

与线的协和，
这一切一切，
如果不是你的赐予
岂有儿子——我生来的感慨与美学的凝聚呢？
假如，假如儿子要偿还恩典，
那么，除了以生命作为回馈之外
尚有什么比这表白得更有意义呢？！


## 九　精神的力量


春夏之交的清晨
你身着一套单薄的陋装，
我惯例走在你的后面
任凭我们的老牯牛向村外
的蛇山——东边放去。
你说他们过几天
就要套上石碾打稻场了
如是就应该吃些好的青料，
我像伺候老太太一样做着它们的仆人，
我从这一天开始明白
你如同对我们兄妹一样对牛，
又像对待牛一样对待我！
烈日当顶时
你说我们该回家歇息了。
当我俩随着大牯牛放过小河的对岸时
你宁可让自己背着我
却不让我坐在牛的背上；
你甘当牯牛来背我
却让它养着身子去打稻场。
这是多么伟大的善德啊！
于是我头回哭了：母亲，
——你是我们人类最朴实最伟大的爱神哟！

母爱，精神的力量

## 十　抚　慰


烈日当顶，
村烟袅袅，
鸟雀息音，
农夫归舍。
你说父亲快回家了
但还有点空，
于是你领着我向父亲耕作的
庄稼地跑去。
你从带来的小竹桶里取出"倒餐饭"
给父亲以补充体力，
接着让我跟着你的后面
学习你如何扶犁把，
如何叫牛按规矩犁土坷，
如何以鞭子作为教令。
微风撩着你那带汗的秀发，
笨重的犁头消磨着你那纤弱的犁把式，
父亲在旁为你的女扮男当的气势而赞叹，
我在莫名的仿意中思量；
——啊，母亲，你是如此的伟大啊！


## 十一　冬天里的春天


又是一个喜庆的节日，
我们约好吃完早饭
然后去方铺街的一个商品社
购一件你渴望已久的
为我装束的"的确良"料子

我提前做完你吩咐的农活；
以补偿因节日的耽搁。
人们在商品社里选着各自的商品，
我被你抱着穿过不知多少圈人流，
因为你告诉我：
"家底空虚
手头寒碜
既无外援
又无产出，
就等日子好些时再买件新装好吧儿子！
这手里的一点小钱要给你买纸、笔
供自己求学的"。……
于是你在我的明智的回答里绽开了笑　；
我在你甜美的慰安里合约你心灵的默契。
同时，我开始了一个美好的梦境——
母亲，放心吧，
我会因为你和父亲
而忠贞于恩德
不懈地奋进
在苦难里前行！
……


## 十二　心祭


炊烟在村舍的上空静静游动，
大地在沉寂的气息里吐着初春的绿意；
手持铁锹和肩扛扁担的人们
纷纷去到各自的先人的墓地准备修填坟山，
只有乌鸦们在清明节令的树丫上空盘旋地
叫着哀婉的悲鸣。
你指着地上的一丘坟茔对我说：
"这是你祖父祖母的陵寝，
为了我们和你父亲的父亲，

他们受尽了折磨
历尽了艰辛，
却过着非人的日子；
现今，我们一起给他们多烧点灵钱
使他们在极乐的佛国里不再受苦
而要尽到我们做后人的忠贞！
否则，将无人保佑你的成长，你的学业……"
于是我禁不住地淌下了祭祀的热泪
那是因为我早已被你那泪盈的双眼沁透了心灵！
这一刻——正是这一刻
我日渐悟得生命的宝贵：
祖辈的苦难，你与父亲的
于我们兄弟姐妹的恩重如山。
哦！我明白了
我开始在意志与血液中历练！

## 十三　缔造者

尊重自己莫过于尊重他人；
看重学问不如先看重老师；
你还教我明白尊师重教之理。
是样，人方可建树美德和人格——
因为你的授意
这天我们一同敬拜了裕春老师，
许多年你都在帮我回忆：
天才出于勤奋；
敏捷出于好学；
成就出于勤勉；
成功在于不懈；
业精在于勤耕；
事败在于虚滑；
造化在于深究天道；

爱，精灵的缔造者

371

功名出自卧薪尝胆。……
当你在我的身边，我如同被监考的学生，
你不在的时候我仿佛如影相随。
以老师的教诲修补自己的体表；
用你和父亲的心教浸染我内化的世界。
没有你和家父的言教
便没有我学养的丰实，
没有老师的拯救
便没有我灵魂的塑造；
因此，你和父亲以及老师
无时不是我生命的长明灯——航标！


## 十四　爱的诠释


记不住是什么地方
也记不起是什么时候
但只记得是你亲口的叮　：
岁月如梭，
光阴似箭，
时光如白驹过隙；
花有重开之日
而人生，则再无少年。
是样，在你的警示里
我才一步步走到了这天——
能有理由向你们报捷的今天！


你的关于凿壁偷光的故事
关于王羲之"老子"一"点"的故事
关于孔子救麒麟的故事：
它们如同烂漫的春光
照射着我勤勉的眸子
也照彻我激荡的胸膛！

在学校我废寝忘食的博读，
在家里我日以继夜的劳作。
直到我生平第一次获得学校的奖项时
才彻底明白一个万变不化的道理：
你与父亲是我们生命的灯塔；
我们兄妹是你们无尚快乐的天使！


## 十五　心灵的导师


兄弟姐妹总有结不完的冤屈，
父母长辈总有劝不尽的理由；
孩子总是在父母的训斥里成人，
父母又从来是在儿女的"斗争"中建立威信。
在我儿近十岁时方已告别了"战场"，
大家都在静态里开始思考：
倘若不是你的把握"朝政"
这个儿童世界将是何等局面？
如果不是你与父亲的细心抚慰
这个家将是何种结构？
假设没有你教导的心灵膜拜
这块净土何以得之安宁？
假若没有你的仁心仁术之呵护
这个乐园又是怎样的支离破碎的景像？
于是我们兄妹得出了这样的结论：
父亲在风雨中冲锋陷阵，
只有你为我们作着行为监护
与心理拯救，
你让我们认知了自己的存在，
你使我们开启了生命之旅，
你为我们校正了前进的方向，
你帮我们擦亮了苦行的目光，
你给我们以所向披靡的信心，

373

你给我们以无尽的生的力量：
你教我们辨别与时相随的大是大非，
你教我们以美德来诠释自己的人伦，
你让我们用仁爱在互为周围的世界！


## 十六　爱的回馈

你我与父亲相处的时候
他总是对你夸耀我的不凡
以及你对我与众不同的爱溺；
当我们兄弟姐妹在一起的时候
你从来是那样表率我的身世；
虽然大家有时带着妒嫉
你与父亲仍是那样标榜我的长处。
岁月悠长起来
我们各自体验着生命的沧桑，
生活使我们倍觉母爱的珍奇。
不用你太多的旨意
也无须你太多的警示
我却能像你一样体贴
父亲那与日俱增的家族的负担。
我以你爱我一样的纯情去回馈父亲，
我用你呵护我们兄妹四人一样的圣洁
之心去暖和父亲的酸楚。
我彻底没有了那儿时的纷争与稚气
也不再有那先前的愚昧和天真，
一切因受教于你的言传；
一切因得益于你的浸染；
我终于明白了你们为我们所付的全部；
我们终于懂得了欠下你和父亲的恩典。
我们终于彻悟了要为你们而忠孝生命的一切的一切
因为，这一切全然是你与父亲的赐予！！！
……

## 十七　期　许

油灯的火焰闪烁着你心灵的光芒，
黑夜的世界寄托着你
和父亲无限深情的守望。
我们兄妹四人又聚在了一起
任凭你和父亲的旨意
握着各自的毛笔：
在同一个墨水盘里
蘸好墨水再回到
各自的废纸上
启蒙自己的笔画
和依照你和父亲的
字迹书写各自的体态。

每每到困倦时
你们总会讲一些
类似东坡洗砚
钟繇读帖
献之求教
醉翁读书
以及孔子周游列国
之类的典故画——
来唤起我们的精神！
在岁月里，我们体验着知识之积蓄；
在求知里，我们感知着生命之价值；
在饭桌周围，我们享受着天伦谐趣；
在你和父亲的心中，我们如同一起出海的
四艘战航——将满载而归。

哥哥大我几岁要努力
承担家里的重活儿，
妹妹和弟弟自然

由我作为领队，
因为我在传承你和父亲的翰墨重负
所以我便肩负让他俩入门的义务。

虽然我侥幸地上了学，
但仍然接替你的天职，
做完老师的课令
还必须日夜引导他们。
因为你的力量加之我的辅导
他们全在家教后入了学校。

鉴于日子的拮据
你和父亲让妹妹
在小学毕业时就
从此辍了学。
为了我和全家的减负
她决然回家务农，
我用课余时间补习她的功课，
你和父亲为她作着精神的支撑，
我们全家一同在风雨中并行
一起在饱经沧桑里前进！！！

## 十八　永恒的灯塔

贫瘠的方铺街，
人们在此苟活；
山川在这里幽存
万物在这里隐现；
街长人众、是非横起
自然古而延之。
宗族观念之对立
和派系世俗之博

有人之始自存而祸之。
你和父亲教会我们非与凡人同；
亦非连凡人争；
以极高的精神激励家庭建设
用纯真的美德建树自己的家风，
不因乱世而糊改先祖之立言，
不因微言而自毁上苍之大统！

勤耕农庄以不负耕者之力，
洁身自律以不舍苍青所期。
丰年里要竭力艰苦朴素，
天灾时应致力未雨绸    。

他人之难要伸出援手，
亲友之苦得乐善好施。
与自无关者要一尘不染，
大是大非时应两袖清风。

父亲因劳累早已打起了吓人的酣声，
他们兄妹三人已进入了梦乡，
我看见你在油灯底
用鼎扣和漆黑的针线
在重复多次的补丁上
细密地添上疤痕。
……

虽然你双手忙着针线却告诉我：
学好课程是为了你自己的前程；
写好字是为你将来的人格门面；
千万要与上进心者为伍——
因为那样会激发你的意志；
不可妄自尊大和骄傲自满——
那样会使坚毅的信心流失。
在学校里受教是人外化的充实

母亲、父亲，孩子的圣灯

377

在家里的自修是内化的塑造。
我们清贫之家将以你为荣，
我们全家的共同付出只因一个梦：
但愿你日后学业有成！

于是，父亲说："没有母亲
就没有这个幸福之家，
没有她的精神
便无我照彻你们心空的灯塔！"
没有忘却，我们伟大的父爱
不敢遗忘，你们创造我们四个生命的文明之家！！！
……

## 十九  忠  孝

因为家大口渴的时代
我们只有往拮据里做着文章，
那时，我们兄妹还有谁能想象过
吃上肉食之类的美餐呢？
约莫是我五六岁的光景，
你感冒好几天没吃上饭，
父亲因奶奶的生日
几天却未回得家来。
记得是这天晚上，父亲
从奶奶家赶回后决定了
明早上街购点猪排
以滋补你的体虚。
我欣喜地看到父亲从
外面拿进一小块肉排
并说给你作为晚餐的补品。
接着你将他吩咐后去了菜园，
接着你让我将荷叶包好的

妈妈，让我学会忠孝

猪排立即送往蛇山东外的奶奶家：
因为你说这应该是给奶奶的生日礼
为何要给自己享用呢？！
当第二天父亲问及你时，
你快活地回答说你昨晚已经吃过！

为了你心中的秘语，不至于泄露，
我只好站在你的一边默不作声。
几天后你担心父亲追问事的原委：
你竟表明吃过肉排后
身体如何的精神！
打这天起我们兄妹仿佛在说：
在奶奶的日子里
你是她生命的常青树，
在父亲的心中
你是他家中的无花果
在我们儿女之间
你是我们精神世界的长明灯。

为了我们，你可以付出一切；
为了家庭，你可以牺牲所有和全部；
为了今天你可以不分昼夜；
为了未来你甚而甘当无形的桥梁和无影的太阳！
你如同鲜花——让我们长芳久　，
你仿佛艳阳——使我们心灵闪烁精神之圣光！

## 二十　不朽的力量

茫茫的人海里
你只留下一道弯弯的脚印；
悠长的隧道旁
你只烙下一张沉重的身影。

你不比山峦的伟岸
却胜过它们的挺拔高耸；
你不比江海的辽阔
却远胜它们的庄严生动。
你不比李清照、蔡文姬样的热烈
却远胜于她们，给我无限之力量！
你没有泰山的磅
却有超越泰山的高度；
你没有四季花样的绵长
却有逾越它们的似水流香！

饥饿的时候，是因为你
我才信心百倍，意志如钢；
受挫的时候，是因为你
我才生性豁达，勇溢胸腔。
冰冻的日子，是因为你
我才热血沸腾所向披靡，
悲伤的时刻，是因为你
我才重塑灵魂正视前方。
上苍许托了我
我应该拿这生命书写自己的神奇；
你和父亲创造了我
我就必须珍重这庄严的创造。
一切服从你们最特有的旨令；
大自然赐予了我先天的智慧
我将勇往直前地为今天的社会
和未来的人类回馈我至真至诚的神圣表达。
因为是你和父亲给了我生命的权利，
因为是你和父亲给了我生活的理由，
我们一切传承是你们的崇高旨意，
我们一切创造是你们的心灵秘语！

……

【写作方法】

　　长诗《母爱之光》，乃作者感恩诗里最为深情的诗篇。童年时代，作者深受母亲的教诲；青年时代，作者在母爱的启迪下受到心灵的洗刷；后来的作者，体感母亲样的使命。总之，长诗《母爱之光》充满人伦道统的熠熠光辉，它不仅让作者在人生旅途中得到了思想的照彻，还使读者自慰于心灵之洁净。这是《母爱之光》带给读者最为震撼的精神自省。

# 致温莉·妮莎

　　　　　　　　岁月，它能改变人的面目，但无法改变心灵的秘密；正是这一理由才让我们珍守那三十多年前共同走过的记忆。

　　　　　　　　　　　　　　　　　　—— 寒　夫

　　　　　　　　我不能吻你，只得求助于文字，以文字来表达亲吻。【1】

　　　　　　　　　　　　　　　　　　—— 卡尔·马克思

【题解】

　　长诗《致温莉·妮莎》初稿于 1987 年春故乡黄州，2000 年元月二稿于深圳；2011 年 3 月 5 日定稿于北京。

381

　　这是一部真实的故事，我将它献给三十年前生死与共的伴侣——今天的夫人莉莎。在这里，我竭力以这部长篇自传体爱情叙事诗向我们即将逝去的那个时代传递我和爱妻那时在逆境中探索人生、追寻理想的奋斗史与心灵史。

　　这是一部长篇爱情叙事诗。温莉，是一位有着家庭教养和文学修养的山乡姑娘，当我初访大山因为生计不得不以暂时的服装短训业为生活所托。在我传授技艺的日子里，得益于她的理解；便与其结下了深厚的真挚情谊。因为她自幼深受外国文学的熏陶（正好本人也从事外国文学的学习与研究），从小温莉就有一个极富于外国文学诗意的浪漫的昵名温莉·妮莎。在我惶惑而迷的日子，是她与我牵手才使我后来的生活发生了根本性的改变。在那段岁月，我们征服了重重艰辛，冲破了一次次坎坷与乡土上的封建意识；最终为了一个常人所愿的梦想：让大山里的人民掌握服装、时装设计的基本原理，既使自己有了就业的机会，又能感受现代服装文明所带来的精神享受与美的升华。

鉴于她和朋友的相助，我们的短训工作很快得到了回报；这里的大山人民也受到了教益。这样的开拓、创造性的工作，让我们在风雨中并肩前行！这时，为迎接新的挑战，加之远在江城的家里的催促，于是，我们将所有的器械、材料等——留给山里继续求学的人们。

就这样，我们决定了远航！回到了自己较为开放的家乡江城黄州。

无疑，我和妮莎的这段难忘的创业经历，不论对作者自己还是对朋友抑或是对读者，无论在哪个意义上理解都会给人以启迪；无论多么恶劣的环境，或是多么生不逢时的贫穷年代，只要有一颗纯净之心，神圣之志，为了正大而光明的事业追求，最终会到达理想的那一天！

因为种种原因，我们在亲历艰辛的三十年后的今天，才将此故事再次修改成型。其实，我们的这段相心携手，忠贞于爱情，坚守于事业，珍爱于生命的不朽传奇，早在 20 世纪的 80 年代初业已被那里的人们纷纷传颂（当然也遭受过封建意识的妖言惑众）。温莉·妮莎与我一样有着超然的梦想，我们的这一梦想的最高境界在于向人们传达一种理性思辨的信息：在逆境中我们能坚持患难相守；在极度深寒的岁月我们能做到相濡以沫；在大是大非的风浪中我们能做到矢志不渝；在经济与文明如此潮动的今天，我们能做到崇仰文明，研读

东园行（20 世纪 80 年代初，作者和夫人温莉·妮莎曾经相心携手共同创业的乡场——东鄂蕲春地区）
此图为拟景之一

圣贤；在现代文明遭到如此背叛，人心不古、世风日下、拜金主义日渐猖獗、国民意识日渐消减的同时，我们仍然做到捍卫真理、坚守正大之气且以马克思主义宇宙观来看世界和改造世界。……

我们没有熄灭当年青春的爱的火焰，后来因为梦的升华，我和妮莎便寻梦去了南方——中国改革开放的最前沿深 。

因为我们共同携手，日夜兼程，就于我们南寻的第十年的夏天，我们在深圳博物馆隆重举办了书画艺术展。因为艺术，不久我们便全家迁徙到了北京。几年后又在京城成功地举办了《寒夫书画艺术成就展》及后来的《寒夫艺术论丛》首发暨学术理论研讨会以及辉煌巨著《艺术家眼中的马克思主义》等重要活动。……

无论是当年在大山里的郁闷彷徨，还是今天迈入庄严的大会堂艺术殿堂，这些全谢了温莉·妮莎的悉心抚慰！于是，便将我的叩谢全融合在了中篇小说《春之韵》、长诗《再见！别林岩》以及格律诗《六月一日携妮莎幸归故里》等等。

愿它有益于我周围的世界，有益于未来的读者，也有益于我们自己！！！


## 序　诗


风，在不比往日的咆哮；
云，在异乎寻常的移游；
日光，闪烁着色彩，照彻着四方；
空气，夹杂着芳香，如同向人们解惑着迷途。
门前的小溪，日渐披上初春的绿衣，
四周的田野，仿佛在更新自己残破的黑旗。
大道的车辆，少见那昔日的怠慢，
村庄的人们，日夜在庆贺一种历史性的巨欢！
白天里，大家风风火火地赶着手中的农活，
在夜晚，人们东跑西忙地琢磨着"改革"的前景。
晴日里，大家伙儿忙里还期盼着政策的规正；
雨天里，全村人又聚在一起议论着"开放"将带来的新生！

沉睡的乡村终于听到了一声苏醒的惊雷；
沉寂的土地终于迎来了季节的耕耘！
沉痛的心灵终于在春天到来时心花怒放；
沉沦的岁月终于告别哀伤一同为走进新时代而歌唱！

在期盼里人们渴望早日告别昨天的忧伤，
在跨越中人们忧虑和怀疑
那贫苦交加的日子是否重来？！
因为守田的庄稼人再也禁不住苦难的折磨：
好比受伤的耕牛不愿越过寒冷刺骨的冰河；
那食不果腹的年代不能死而复苏，
那冤屈的漫漫长夜人们再也不能将生命蹉跎；
仿佛多病的人们害怕打独木桥上走过！
昨日[2]，天地陷入一片昏暗
而看不到边缘的蒙昧的世界，
人们从早到晚沉浸于混沌的时光里，
没有超乎现实的追求
也没有远离故土的别样的探究，
没有物质世界的企想
也无精神世界的欲望。
没有思想领地的脱俗与开放
也不敢有大胆创新的行为理念，
不能有冲破封建意识的锐意，
还不敢面对沉寂的现实表示违抗。
一切必须顺其自然，
一切都要墨守成规，
一切都应复制着陈朽，
一切不得有推陈出新的意识，
一切不能离开旧桎梏的模式，
一切不能有改变现实的呼声。
任凭怠惰的光阴浸击着健康生命；
任凭发霉的救世主陪你维系着残生！

接受人伦世界的洗礼

......

终于，艳丽的阳光从云缝里穿透
照射在二十世纪八十年代初的华夏国土：
大地泛起了绿意；
山川跃出了生机；
人们瞪着初春的梦眼
——感受这史无前例的巨变！


## 第二故乡


四年前[3]的深冬
我随父母及全家
满怀梦般的
回到了我祖父的祖父出生的地方，
这里没有我孩提时代的熟稔面孔，
却有的只是我直面冷对
贫瘠而又无助的村庄。
没有一处令我壮怀激烈的空间
甚至打这里人的脸上看得出地域的荒凉；
正是我和这里的人们一样
看到了天道初开的春风吹起，
在久已炼狱的气节之后
我便决定了离开——这第二故乡。

大家开始了本能的热闹和沸腾，
都知道我要远离这荒寂的乡村。
未等我来得及有序安排
他们就如同水样的围在一起；
在小桌上摆放着几瓶啤酒
添上几碟兰花豆和花生米，

——一个简单的告别宴席；
就在男女老少的祝贺声中开启！
族房里的一位挂须的长者说：
"去吧，闯闯属于你自己的前程"！
另一位家族的叔母吩咐道：
"敢出去，就必须干点你能作为的事情！"
亲爱的父亲说：
"不要回望我们在家里的人和事，
但愿你将自己在服装中的全部
尽可能应用在游学的日子。"……
直到翌日的天明
我耿耿于怀的长夜之思——
让我坚定了一个改变在这贫　村庄的信念，
将多日在城里学到的服装技艺
用于求生——并与之一往无前！

## 异域县城[4]

茫茫的人海，仿佛风的作用下不时在涌动，
街道在不规则的拐弯处因为人
而到处泛着喧哗的声浪。
门店、商贾、酒肆、鞋行等
全在各自的盘算计划之中经营着事务。
我和唯一的妹妹扛着行囊
奔往了几个回合后
就在这个县城红旗旅馆[5]
会议室旁的陋室间办理了手续：
一大一小的两间简陋的客房
便是我和她在这陌生的城市
栖身谋生的唯一熟悉的世界。

一个礼拜的招生简报的张贴
忙得使我们忘记了十天前远离的家乡；
每日穿梭于人流马车的市井里

不敢回忆那安逸的村庄；
因为——因为谋生我不得
不淡忘了我们的爹娘！
珍燕[6]以其细腻的手巧之灵
准备着为首个服装设计
短训班做技术示范；
我以通俗的理论决定
为新生进行启蒙教学，
我们没有就业前的窘迫和胆怯感，
也顾不着生平头一回在异地
身为人师的坚勇与誓言。
因为旅馆房价的高抬，
我们只好将百余人的班组
编为上下两组进行培训。
妹妹的心灵手巧给学员送去
无限慰藉，我用虔诚为大家
带来他们未来的就业希冀！
大家每日以欢快的求艺
在这个弱小的大家庭里
将获着生来少有的发现，
没有一人不为自己的
服装业去屏住呼吸！
有的说，我很快就要
创办一所专业学校；
有的说，我会使我们全家
都学会这门求生的本领；
有的说，服装设计业
会让我走出贫穷；
还有的说，"有了你们两位
老师我此生将无尚光荣！"
这天，大家作着设计
和缝纫课程的实习，
突然一阵狂风把教室的
门窗掀了个混乱，

暴风骤雨不断在凶狂地加剧
使所有学员不得照常学艺。
我们同旅馆一道日夜抗灾，
全体学员、旅馆所有成员
都在抢救和祈求里徘徊。
夜色迷重，市民在暴风雨中忧虑。
白日消沉，都市在洪水
涌起的浪涛中哀泣！
因为学员的提议，我们
必须往更高的地势迁往，
因为大家的学业，必须
尽快向能授课的地带转移！
风哥[7]、李娇[8]为我们
联络好了新的地点；
我和妹妹同大家仿佛因为
一种使命而上前线。
潮湿而漫长的一天旅程，我们终于
在城北一百余里的别林岩停了下来，
大约一周的工夫，我们新的授课班
就拟于下周二的上午借助晴日张彩！

在故乡的炼狱里

## 别林岩[9]的诱惑

春节后，我和珍燕第二次来到
洪涝后的新的据点——
张塝东去十华里的美丽山乡，
好像我生命攸关的别林岩！
一条蜿蜒顺河东上的黄砂马路
铺满我求索的志趣与梦想
和绽发亲近这群山初度的诗意。
一时开旷的山间的原野
四周参差的白瓦房由树林中凸起。
山腰处的浮云在微风里婆娑而舞；

388

似乎迎接一个无产者的光顾。
河的两岸萎萎杂木已在春里泛绿，
一切过往的迷沉仿佛随之逝去。
街道在无序中那样井然，
房舍在别林岩河的两岸东躲西藏；
新年的山人在各自结伴销魂；
就连鸟儿都在树梢四处声张。
新据点在别林岩中学邻庄开课，
学员们每日定时赶到这里求学；
珍燕依旧做着她熟练的剪裁和缝纫，
我以大家惯需的理论进行补充说明。
金云【10】、胡里【11】等学业
熟识得令我们欣喜；
温莉却在最后一排默默无声地
看着我们每个人忙碌而快乐的一天，
我似乎有时能揣测她沉默里的万语千言！


每个周日，珍燕代我
为大家温习理论的课程，
我必须抓住点滴工夫
学点本专业之外的知识；
比起一年前县城的红旗旅馆的教学，
现在是畅言不尽的幸运和安逸。
我常常地思索：
这些大山里的少男少女们
如同我当初一样背负着
责任，肩负着梦想
为各自的未来而走在一起，
他们热情、勤勉、善良而又浪漫；
一点也不失大都市人的那种
时代感和那份时尚。
他们借助学到的时装技艺
日益在为自己更新时装！

因为生计、家境和生活
我们不得不收取一点学费；
因为责任，理想和价值
他们安步当车，互教互学，
朝至晚归。用知识武装自己，
用专业书写生命，
所有人在崇尚这份学业的高雅，
他们都在认识这份职业的
神圣和时光的珍贵！

岁月在创造每一个年轮的奇迹
同样在书写我们教学事业的
拓荒史和创造史，
我们的时装培训在山乡响彻了山谷；
学员们用业绩证明了我们的时装设计
所带来的时代感、精神性和流行气息。
生平我和妹妹头一回深感传艺的荣耀，
从来没有比此更令我们激动无比；
在难分难舍地送走了一批熟视的面孔，
又如春风风人似的迎来新生的欢聚！

这天黄昏，我如常地送完新生
离去别林岩的桥头，
蓦然间，温莉和金云
携手向我慢慢走来。
犹豫之后，金云便
表达了她们的来意：
"老师，你和珍燕老师
为我们的学艺
太过于辛苦，我们一定
会谢恩终生！"
我自慰地回答了她们，说：
"你们别如此客气，这是
一位善教者的责任。"

接着，她又开口说了，
且声音变得近似沉重：
"老师，你们从都市来到
我们这孤单的大山
让我们点燃求知的欲望、
就业的信念，否则
我们此生不知该做点什么呢！
前几年我们初中毕业后准备去外面
的江城看看那城市的模样，
因为有了你们的指引，我们……
我们终于可以走出这深海的迷茫！"
说到这里，她的话总算让温莉开了腔：
"还是你那天说得好——
一个人选择了目标就必须勇往直前，
一个人没有信念或缺乏坚毅
自然难有获得成功的那一天。
通过珍燕老师，我看过你
身边所有读过的书，
在这些天里，我也读到了
许多知识与学问，
我还读到了你许多做人、
学艺、求索之类的心路！"
温莉低下了头，莫名中金云补声说：
"老师，自开学的那天起
温莉时刻在注视着你；
你讲课的神情，修学的仪表
和修艺的一切她往往如迷如新；
只是山里人，没能开放地向你
示意她的溢美之情！"
默默地，我觉着温莉没敢
抬起头，便问："温莉同学，我们的
教学或许存在诸多不足，
你们可否说点看法，或许
我的课外学习耽误了

你们大家学业的深造？！"
她拿左手撑着那稍尖细的下　，
右手环住左腕
似乎被我的问话吃惊了。
金云稍上前半步，接着告诉我：
"我们所有学员里，她是最先发现
你求学的方方面面的；
当时我是被她说服准备
去你们江城都市看一看的！……
温莉是一个很有思想，
很有抱负的山里姑娘！"
……

在别（塔）林岩（原蕲春张塝孙
冲塔林岩）的日子

我仿佛脚踩游动的浮云，
别林岩让我不断发现人生的密码
也使我好像踏进了生命的大门；
我不知何时同她们告别和分手
却回到庄房后先独自对月吊着孤影！

深夜，我静静地伫立在简陋的月窗，
俨然是一个多虑的鸟儿停靠在寂寥的山冈；
山人的纯朴为我丰富着求存的内含，
姑娘们的超脱为自己插上了翅膀！
睡前我仍在思考金云提起的温莉的另一个名字，
还说她是一个有着现代意识的山里人的代表：
很小就从其父亲那里学过古典文，现代小说和
西方世界的文化知识。
的确，我开始发现她那与众不一的特质；
珍燕将替代较多的课时，
因为我要研究更多的时装外的领域；
安稳的短训生活使我得以休养生息，
一切来自这春天的旨意
仿佛注定要将我与这充满落后而
时尚的别林岩镇紧紧地合在了一起！

## 府教堂【12】

第二期学员又该面临结业期，
胡里，阿千【13】他们早早
集到了我们的教学室，
金云静坐在教室的一个角落里
脸上露出一丝从容而自信的语意；
我为他们新老结业生的欢聚深感快乐！
果然，金云对我报以愉快的消息——
为了减免教学室的租金她同温莉
作了新学期教学点的决定：
"但凡你们老师不嫌环境的恶劣，
我们几家一定帮你开办下一个学班。"
在无声的谢恩里，她看到了我们的真诚，
很快就决定了近几天的迁址之行。
大家从陌生到学友、同窗
没有一日不充满火热之情。
转眼的几个月使他们重新认识了自己
为实现大山里的就业之梦而知己知彼；
他们计划回到各自的村庄建立时装服务站，
还决定按期返回我们教室来提升技术攻关。

我多次收到家庭寄来的诉求，
便只好听从家父母的安排
让珍燕早日返回故里
伺候父母并经营那爿小店；
因此，这在远外的地域便依仗自己
独闯江湖的志趣来应对教学的艰难。

这是一进三重的古建筑风格
的清代老家院的遗府，
高阁开放的空中镂雕，

四壁乃巨屏式的楠木纹饰，
三重对柱的楹联经古人的
书　显得典雅而奇妙。
一个山区古老家族的承载，
·个大山里先人智慧的杰作。
我们的教室安排在第二重的南厅，
不用电灯似乎可借日月使里面通明。

大山的村民，他们用劳碌换取果实，
狭小的世界，这里以真纯铸就了文明；
落后的山区，这里却有先进的时代观念；
世代的坚守，使他们懂得置业繁生。

珍燕在新老学员的陪送里返去了故乡，
培训中心的工作由我全力以付地支撑，
好样儿的金云为我安排温莉代替珍燕
作实习以及相关业务的指导；
而她却让我不时地为之莫名的心跳。

温莉很少用语言和我对话
仿佛总是在拿灵动的眼神
时刻在我的周身做详尽的询查；
她的密友金云渐渐地成了她的代言人；
我努力地传递自己时装学科上的真知
为她们未来扎扎实实在人世间上求生！

时间的飞逝，我看着她学业的修进和飞跃，
看到她的知己们在暗自给她打趣；
看到她威严的父亲对她的森严、恐惧，
看见她如同威严里的小天鹅
在那孤寂的寒冬里护卫着自己！
……

这时，有人传出了非言非语，

那是因为温莉与我走得太近；
有人向她的父母作了谗言与诬告
那是担心我会玷污他女儿的青春。
于是，有人在四处造谣，
那是因为担心我毁坏她的一生！

我镇定自如地坚守自己
每日必不可少的教学实践，
以真知独到的培训、教学
去让所有熟识的人们取信；
不能向任何人作不必要的解释
一切努力和攻先教学上的难题
用坚毅回答，让她来平衡。

用心灵温暖他人

一个月以前的生活是那样安恬
而今因为新址却使我心底犯难，
不，我见过几次她的母亲——
一个忠善、仁慈贤达的妇人
一个能明辨是非了不起的母亲；
还有她的所有支持她的兄弟姐妹
他们倒像是我镇定下去的铜墙铁壁，
我开始用冷静和正大进行慰安着自己！

这是一个传统与现代观念并存的家族，
大家在各自的社会意识里生活；
她家共同经营一份五亩田地的产业，
没有惊人之举的时候
满府的日子自然悠闲自乐；
自从我在府里创立了培训中心
就一直觉着这府里凭添了不少内容。
因为温莉的时装之梦
每每引起全家的躁动。
府的内外听见了不少议论；
如同一场莫名的现代人的战争！

然而，较多的还是赞赏温莉的追求：
以现代意识武装自我，
为实现山区兴型就业而艰苦奋斗。
维福兄[14]在支持她的前瞻定位，
其他人因为现代见识而多作观望；
还是那位仁厚、慈爱、贤达的母亲
时刻在给女儿以创业的信心！
在复杂的是非声中
我屏住了各样的呼吸，
传授学员未来就业乃当务之急。
这是我迫在眉睫的工作任务，
解答老学员回访的攻关技术
是我每日的必修之需。
没有时间去辨析外面的是非世界
也没有能力去平息这悄然而至的诋毁；
多谢金云的相助，她与温莉的家人
始终站在公正和明智的一边；
可是——可是只有温莉的威严的家父
时刻在构筑一道无可释怀的鬼门关！

于是，我才明白他们观念的陈腐：
山里人世代依靠田土的自力更生，
他们又岂能相信温莉的时装就业
将会创造出自己的新天地呢？
又怎能靠这时髦工作改变自己的命运？！
因为，八十年代初的开放之风
尚未彻底刮进这古老的大山区，
所以……一切新鲜的事业和信息
他们看来全是纸上谈兵。
于是，我才意识到他们的反对意见
先是担心自己的女儿误入歧途
而且还会浪费青春和岁月。
其次是忧虑温莉年幼无知随我奔走他乡！
——那样会伤害父母的自尊，

也毁了家人的颜面和社会荣光。

我独自照常去到河边散步。就在
黄昏与夜幕之间，金云来告诉我
她说"村里召开全民选举大会，
温莉决定同你认真谈一回她的梦想"。
我礼送她返回的路上
看去府堂的周围灯火辉煌；
俨然我不是在古老的山乡
而是在一个风景别致的山城里徜徉！
我复而离开府教堂，向河的方向迈去，
就在我回首的这个当儿
温莉却默默含情地站在了我的眼前。
我不知所措地问她；
同时感到她有些胆怯，还有些腼腆！
她略高我几公分的修长稍瘦的身材，
那长方形的脸蛋始终与略微尖细的
下颌亲密地生在一起，它还不时地
传递出她那温存的信息！
出于思考的需要，她常常将左手
托起那下巴，且那样富于审美质地
还把右手绕过去环住它，
仿佛使人看去这是一个由藤萝而缠绕的果实！
在与她一起教学时，我倒觉着
她是那样自在和热情至上。
今夜，此刻她的出现
却使我多了几分紧张！
大半年的相处，我钦佩她的高洁自重，
她的全部如同幸福的湖水
不停地在我心中荡漾。
她以商议的口气终于
把这沉寂的话门打开。
我瑟缩地体验着她那温馨的
密语从她宝贵的容器里流了出来：

我已考虑过很久，
你博学求真而富于创新上进；
为我们大山创造了就业机会
还帮我们给未来找到了自信。
你迁入我家的府教堂
你就遭遇不公和非议；
为了证明，证明你的清白
我才努力把珍燕老师的
责任勇敢地承担下来。
你来自外面的大千世界，
自然不同于我们大山的见识
因为改变我山村服装观念
人们开始读懂你的真知灼见！
我生平头一回见到你
我便自个心地庆贺幸运，
冬至春来接受着你教育，
我愈觉这大山人的不幸。
我本是一个多思多虑的山乡女孩，
认识你是我此生的一笔财富，
在迷茫中结缘你的到来。
你那开放的胸襟
你那超前的思想
以及那高妙的理论学识
烈火般的事业精神
无时不让我耿耿于怀！
老师，我将永远视之高贵藏匿心海
你已听我的好友金云说过：
我很想见识外面的世界，
不论父亲怎样反对
也阻拦不住我八十年代的脚步；
他是一个有文化却又封闭的人
但不能因其老朽而将女儿束缚。

......

她的话语抽搐着我的神经，
一个大山的少女是如此的超脱，
我似乎反觉内心的煎熬，
也似乎为她的坚强难过！
夜幕里，她大胆地将坐距
向我移动了半步，然后风趣地说：
"老师，在教学的时候，
我们都听你演说，
可今天，是否我言语得太多？！"
她还以试探和警觉的手式
拉了一下我的手。
为了不损温莉的自尊
便只好对她作了如下回敬：
"温莉同学，你的赞誉令我惭愧，
只是我将书本理论和生活感知
融进你们的教学实践
以供你们早日回馈社会
并尽可能改善自己的日子。
师者就应该像蜡烛
为照亮他人而牺牲自我。
种子发芽后就必须结果实，
这是生活告诉我们的真知。
因为事业和追求我须所向披靡，
感恩上苍让我们走在了一起！
如果因为我你必须站在家庭的
风口浪尖而倍受责难，
那么，你往后的生活会多有难堪；
就尊重父母的旨意顺其自然吧！
别为我而自招蜚言流语；
那样，你会因此彻夜不眠！
感谢你和金云，我才扎下根来，
我一定让你的学业在所有学员中领先。"

夜色在加黑，我恍惚中
感觉一只手温柔地抚摸着我的面颊，
很快我面部被她悄无
声息的泪水淹没了一半！
我猜她作出了坚毅的决断后
才最终向我袒露了自己的宣言：
"我就是自己，我就是温莉，
我不会因为家父的封锁被吓倒，
我不可向世俗低下前行者的头颅！
我要让府教堂和别林岩
四周的一切牛鬼蛇神
在我身后仓皇逃掉！
国家倡导改革开放，
可这大山还在封闭观望；
要紧跟伟大的时代潮流！
新的世界拉开了历史序幕，
敢于继往开来和推陈出新
才能实现后天的人生自我。
母亲他们都会支持我的；虽说
这些老封建世代与大山结缘
我——就不能越过这雷池半步？！
我生性不相信眼泪，
我的生命由我做主！
我要用行动去实践我的梦想；
我以生命和抉择向他们宣战！
除非我在你心中一文不值
否则，否则我将誓死为你的梦想作补充，
从今天起便与你携手并肩……
难道你真的以为我是轻浮之类……
难道你不相信我这是真的誓言？！"

行教者，拳拳君子心

……


我的双手被她死死地握在一起，

宛如狮牙狠狠地将它咬进了肉里。
一种本能的男子汉的刚烈
一时快被她摧毁成了浮泥。
她的从容不迫的人生导航
如同乍暖的春风与我拂面，
她那冲破封建的崭新气质
仿佛音指拨动了我的心弦！
我一手在拭去她那正在哽咽时的泪花，
一手移正她那稍尖细的下巴，我说：
"能与你走在一起
这是我生命之大快，
只是，我不敢眼看
你同我一起去受罪；
不能给你以安逸
相反使你倍受拖累！
虽生在那开放的大江边，
但父母一样在乡下耕田。
这几年，我看着有钱人正在
大规模地投资地产和商业，
无钱的我却在日夜为生活奔忙；
谋求着各种机遇，
感恩妹妹的驱使
才有今天这一步起色。
我发现你比我妹妹珍燕的
学业更显完美和漂亮，
这是我常常为你快乐的理由。
我十分敬佩你的坚强。
而且我还珍惜你对我的忠贞；
但我没有千言万语的誓言，
我只有用创造与你结伴前行！"

……


这是一个周六的上午，

教堂里已集满了不少人，
他们大都是温莉的亲友
和别林岩四周的知已。
昨天，她告诉我——
让她所有熟识她的人们一起
集体听一回我的授课和演说；
她的至亲好友，金云按年龄
招呼大家在合适的地方落坐。
她已通知金云，告诉今天的课题
是《服装的历史性革命》。
我早已有了应对这场大课的心理：
大家不是来听我关于时装的讲解
而是关乎我综合意义的一次庄严检阅；
如果说这是温莉的一次大胆尝试，
不如说这是她大鸣大放的对策。
如何利用《服装的历史性革命》
来推行这大山里思想的变革——


……


府教堂的听众排坐在了大门外，
有感觉的人们继续往里面涌来。
金云把握着全场的人流和秩序，
而她却独自在周围监视着徘徊！
她早已为父母预留了两个位置，
坚决让他俩做我的今天第一观众，
演讲时，我恭敬地请她的父母坐了下来！
然后，再同大家一起进入了主题乐章：
服饰是人类精神生活美的象征
却又体现物质基础的进化观念；
时装能让人体的精神文明昭示飞跃。
因此，时装的流行
正是一场思想的革命。
从原始服饰到今天的时装巨变

由古老思维到当下人类
科学，艺术的审美，
一切都在前进中更化，
一切都在革新中升华！

这是我头一回发现温莉
在伴陪她父母这样开怀，
因为，府堂里的欢颂声
和欢娱的掌声经久不衰！
人们在向她投以不尽的赞许，
亲友们在鼓励她为梦想坚持。
喧哗的课后，我深觉一种期望在闪烁，
也仿佛是一大难关已经被我——攻破！

……

### 《佐罗》之夜

学员们也好像比往日活跃了许多，
府教堂的气氛的确显得自在清闲。
胡里代同学约请了我和温莉
今晚在他的村庄作一次晚游；
温莉的福兄及他全家
好像对我解禁了似的
每每同我接触了起来！
应该说，感谢她的好友
金云从中付出的关爱。
好一阵子放弃了教学之外的修学，
那是因为温莉的原故
而让我失去了自觉。
我没敢接受更多学员
在他们家里的膳食邀请，
因为府堂内外的"革命"氛围

令我治学的心弦绷得太紧；
我决计让她的美的追求化为现实，
同时，还要将她内心
对我的贞守藏得更深，更深！
为了减少府上对她的压力
我们尽可能地去分头工作；
常常地我为敬重她的所有亲友，
她却每每在因为我而暗自难过。
我已处理完了一切手头事务
准备今夜可以放松心事随她
去往异村山里观看《佐罗》。

我们约定了之后便由府教堂西去，
在经过三道弯处遇上了她的家父；
我以极礼尚的言词来问候了长辈，
他却依旧那样威严且又视而不顾；
她已经向父亲作了被应邀的说明，
得到的仿佛是一次封建父权革命！

大概在父权威压里
她学会了灵巧善变；
每每面对复杂态势
她总会能左右逢源。

也大概她习惯了山道的崎岖，
所以她那样地提醒我的脚下；
我俩越过那高低曲回的村冈
来到她儿时砍柴歇息的山梁。
淌过一溪卵石杂砌的弯河桥
转眼间便攀上了水库的半腰；
正在我们喘口气的那个当儿
同学们都在迎接我们的来到！

傍晚间的小雨

月夜同行

404

给初夏的山峦洗了个清凉；
那雨后的云裳
像无际的白纱掠过了山乡。
那寂静的山村
被雀跃的人们吵得热烈沸腾，
银幕上的情节
在震撼这夜里观众的胸膛！
我和她第一回手握着手
心连心地静坐在异乡，注目着前方！
……

在返回的路上她赞美说：
"你没有佐罗的侠义
却有似佐罗的智慧！"
我用谢恩的方式回答了她：
"承蒙你的激励，我将
勇往直前，奋斗不止，英雄无愧！"
她又一次握紧我的手说：
"因为你的学识，你的富有佐罗的正气
赢来了我家庭的这次革命。
我学会了坚强，学会了辨别是非
更坚定了如何为我们共同的事业发奋。"
这回，我似乎多了一份信心，便说：
"是啊，我们要有佐罗样的正义感
不为现实所屈服、不被习俗所左右
不被封建意识和陈腐观念所击倒；
不学习你就不会拥有知识作为武器
不追求我们就不会有圆梦的那一天！"
她头一回挽住了我的脖子，接着说：
"我准备请金云姐
在府教堂代替我管理中心的工作；
我先去张塝镇联络
下一站的培训教学工作。"
为尊重她的这份热情

和来之不易的珍贵的携手同行，
我回答："那是个陌生的大镇，
组织工作你还不熟，
单枪匹马多会受阻。"
她果断地回应我，说：
"不！那里有我的亲属
还有我的高中同学，
一切梦想要在实践中去奋斗。
这世界从来没有现成的
果实让人们去轻易地占有，
为了事业我甘愿从先不后！"
……


## 池塘邂逅


统筹好了近期中心的事务，
由她的好友金云支撑这里的工作；
看来温莉现在可以充当我事业的先锋。
我依旧回到先前的自修规律；
一方面设法尽最大努力
让别林岩的学员学好知识，
用理论的解答和实践的回应
来维护那次大课带来的声誉。
终于，府的内外都在支持她的行动；
诚然，这一切源自她坚定的求索意志，
于是，两颗创造之心赢来了新的开始！

我看见，她从府教堂的中心迈出
经过东边拐角的栅栏后再回到
她后屋的不太远古装式的寝房。
银灰的月色衬托她娇艳的气质，
仿佛让我在大山的深处觅见了西施！

我已全面同金云谈完了她事务的全部
然后送她离开了我们梦幻的教室。
间或，我拿本普希金《上尉的女儿》
顺着温莉家的府教堂门外的卵石通道
步向府西口不远——我常去的小池塘，
在那里，我们曾有过多次地观赏、相聚，
在那里，正好也是我们心　和梦想
追求和事业起飞的地方！

月色的镜鉴，我看见一位少女模样的身影
静坐在池塘北岸的槐树底下，
待我欣然前往正想低声叫唤时
却一下子被她先提前问了起来：
"老师！……寒夫老师……
是我——是我……温莉！"
"你也来到这里？！"我兴奋地问。
……
"是我寒夫，我想在此静赏月夜的诗美！"

她猜出了我夜访池塘的来意，
并担忧是否因近期她的家人
对我施加了那来自何方压力；
我委实地告诉过她，并开导她
只是因为下一站的工作
艰难而又一个陌生的山镇
使得我的心境安逸不下。
只有来这寂静的池塘边
好像在这里让我得以战舰重发！

……

她将双手搭在了我的膝上
仿佛火焰在燃烧我的胸腔！
她正式表明，从今夜起

她便是我生命的一个重要部分；
无论后面是刀山火海
还是天崩地裂，她毅然
将誓死与我结伴同心！
她谈完了今夜来这池塘的计划
——担负起我生命的重任
一起历险走到天涯！

我们的交谈由紧张
转向轻快的话题，
她细腻地自我提到：
"从今夜起，别再叫我
温莉同学，那样显得我缺乏自信，
就直接喊我温莉，
因此，……我会更有信心！"
我以同样的心境在回敬：
"以后就也别称老师好了
只管叫兰夫倒更亲近！"

……

一时间，我想起她的好友
金云曾告知她另有一个名字，
于是，我便轻轻问她：
"听说你还有一个更美的芳名？"
"是姐姐金云透露你的？！"她问我，
"对，那是我初中时的名字，叫妮莎，
……相反，我更喜欢你这么称呼我！
说实话，这是我的真心话。"……
在她委婉而亲切的叙述里，我知道
她是由外国文学和中国古典文化
合成的非一般大山的现代女性的
学术典型与性格超迈的
完美的女才、杰英之花；

今夜，两颗圣洁之心开始在攀爬！

我体味着事业的烈火
在我胸中熊熊地燃烧；
脑海里那创业的血液；
在灵魂深处汩汩咆哮。
她尖细的下颌贴近我
那刚毅而沉着的脖子，
那温柔特有的女的气息
如像热流一时蓦然间
通往我所有神经的末梢：
爱——因为激情在徐徐中燃烧！

……


"兰夫，我将永远在你身边
捍卫你正大的光明事业，
别林岩和大山需要你，当然
还有你的家乡更少不了你。
我的事早已同母亲商量过：
我可以提前离开这大山
去你的家乡一起从零开始，
因为，我不能在这别林岩
守上父母一辈子，
那样会生不如死！"

……


"温莉！妮莎！就开始
从今夜正式称呼你吧！
我没有太大的梦想和抱负，
只想通过自己的努力
使家人稍微过得好一点。
父母，他们用苦难丰富了我的学识，

相约，为了明天

409

以仁爱塑造了我的灵魂，

如果我碌碌无为，家庭将无依无靠；

如果我不学无术，那样会自我毁掉！

你如此理智，笃实而坚强

如同上苍在我前进的路划了一道佛光！"


窗外月朗星稀，

门内潮绪凄迷！

家书里捎来我那天边的牵挂；

府教堂的故事让我安宁不下。

——不过，有了妮莎的携手，

她日益拓阔而慰安我的心路：

她那样忧虑张塝镇的培教点

期许着我们去抓紧时间开发。

眼下的待业和技术的攻关

还必须由金云去坐镇身担。

……


## 情系张塝河【15】


一字型的河流

由北来而南下，

被一座东往西去的飞桥横着；

人们站在它的上面看

它仿佛一张著满文字的稿纸，

如果从空中看它

它就像一个巨大的十字架。

古老的大山人

称它张塝河，

但于我到来之后

便称它为太阳河！

日落后的漫漫长夜

410

人们在大河的西岸，
去那涛的梦中销魂。
然而，天昊的时候
太阳将满是金辉的
光明施舍这河区的人民！

……

山洪泛滥的日子
这悠久的太阳桥
让无数鲜活的生命
在它的躯体上东奔西走。
农闲季节的时刻
它便承载着史令
为这里的人们
提时加速；
自开放以来
它便日夜沸腾
使海内外的商贾
和着那各式的商务车辆
在它的肩上彻夜奔流。
假如不是这一股人类春风
我又怎能到此做客
又如何成为它的挚友？！

……

阳光收敛了它那
烂漫而可人的笑容，
尘埃被突起的初夏的凉风
卷向了无际的上空。
小雨开始驱赶着人们
坚持原有的位置；

张塝河，作者抒情的河

411

不多久，它便猛地
从空中倾泻下来
使大河的两岸
在不幸里惊恐。
这时，我在桥西的
刚筹办的教学中心里
担忧妮莎是否在府教堂徘徊？
同时，又深怕她在
这倾盆似的雨中到来！

……

培训中心，不足五十个平方米，
里面由前后几排
缝纫机组成的教学区域
和东墙上的一块黑板——
最里面的一间狭小的
暗淡的小屋子
便是我用来栖身的洞天。
该是午间吃饭的时候
中心挤满了前来
应招本次待训的新生，
还听到是妮莎的喊声；
她停靠自行车后
马上回到屋子里
将全身被雨淋透的
水哗哗的衣服
在我那小屋子里换下，
汗水裹着她那受力的黑发。
几个倾盆大雨的时日的等待，
一抹艳阳打云缝里射了出来。
因为，她那天经受过
暴风雨的袭击
和在风雨中的往返驰骋

412

头痛病开始袭扰着她。
我从忙里就偷了空
去医院为她求了药品。
她却告诉我，说：
"不要矫揉造作
要奋斗就必须牺牲！
梦想在于行动的召唤；
责任由无私来承担；
未来是靠每一个脚步链接起来的，
没有艰苦的磨
岂有我们期许的成功的那一天？！

……

这天，我们终于赢来了中心的开张；
她的所有至亲好友
一一前来助兴
大家为我赢来了人气
也为我赢得了太阳河的社会声誉。
大概是傍晚时分
我们送完所有的学员和亲友，
清理好中心的事务便锁上门。
我依旧骑着单车
让妮莎坐在后面；
还让信心和力量
指向十公里外的别林岩。
我们不断在工作中学会了总结：
开发一处新据点
要以信誉获得社会的认同；
结束一个地区
要用成果回馈给这里的人民。
要让理想和追求开花结实，
为大山里的就业不负使命！

……

礼拜天，在她家的府教堂，
我又一次听到了新的议论：
有人说"他并非真的爱恋妮莎
而是在作另寻新欢；
他在江城早已有个家……"
屈辱里，我想以真言
与她说个清白，
她竟这样坚定地说：
"山里人，很少是有见识的；
这样讹人的非议，我自出生后
就经常听见有人在这大山传播。
我却无法堵住他们的嘴，
何况你是外地人
又知道谁是谁非？！"
明天的新课在急
我们赶着暮色返回了据地。

……

刘超【16】给我的小屋子
添置了一盏极简省的油灯，
上完课后我该可以轻松地
在这个细小的世界放飞遐想：
妮莎将自己全部的技术
应用在了学员的实践上；
她开始过着离家在外的日子：
她携手与我一起漂泊
一同在时代的风雨里成长。
她恨府教堂那里的
愚昧而恶毒的眼睛，
更恨别林岩乡下泛滥的谗言。
于是，才多次暗示我

蕲河，作者的第三故乡河

尽可能早一点，更早一点
离开这流言蜚语的大山。一起
再永不回首这老朽无望的天边！

……

然而，这是一片温暖的土地：
至少这里还有养育自己的父母，
因几句谣言就远离家园，
因人们的愚俗就回避亲故，
这样的选择方式
难免过于简单。
我如实郑重地对她说：
"有人类居住的地方
就有真、善、美
与假、恶、丑的对立并存，
正如，哪里有压迫哪里就有反抗一样。
生命的价值，不在于如何
回避苦难，逃避艰辛，
而是在于勇敢地去接受考验。
在暴风骤雨中屏住呼吸视听
敢于直面死与生的沙场，
在复杂多变的环境里闪光！"

……

她抬起了沉默已久的头颅，
将尖细的下颌搁在我的肩上，
她在用明镜的心灵
照彻前面的方向。
她没有往常样多余的一个字眼，
就连她两耳根都显得异样庄严！
她用修长的手指拭去了

刚才那抑郁的泪花，
良久才回答了我的问话：
"山里人，有它天生的纯美
自然也有它的痴狂；
我会很好地敬重自己的父母亲！
我明白自己的使命：
以往说过，这几年要做好就业培训工作，
积累好一定的资源。
我们一起在落后的乡下
在开放的大潮中超越自我，
用价值去体现我们开始的约定！"

……

我在单车上看见福兄
打桥头坡上骑自行车滑了下来，
同时，又看见新老学员们
纷纷地从我们中心散去。
因为黄昏的初夜
将所有人的面目深深地
掩盖在朦胧的暮色里，
直到门前我才把她们认清。
他说，村子里按人口计划
后天要在张塝的河东
开始抗旱护坝，
全区村民不论理由地一起都
搬上工地现场
否则，不至于前来通知妮莎。

……

五十多个平米的中心寂静无声，
我深感他满脸的窘意，
且理解此时他心中的话语；

她以稳定的语气说：

"二哥，我一定到现场参加护坝，

这是建设家乡的义务。

为了大家的农业收成

我不可见死不顾！"

妮莎的决断使我心灵发颤

决计与她一同她前往坝上应战；

他补充道：

"别林岩的人多嘴众

担心流言蜚语让你难以自控；

现在，你还不是我府教堂的女婿

这样出场难免有损你的身份，

大山人的乡俗会对你有所不恭！"


……


我们商议了工作

并拟定休课两天；

说明这样做的原由

并将告示贴在门前。

分别把应战前的一切事务

踏实地做得无懈可击

以免会战归来时

保持学员们正常的功课秩序。

深黑的夜幕中送走了福兄，

我陪她顺道

停留在东上河的坡堤上，

牵手两颗驿动的心。她说道：

"时装培训是我们起步的基础，

走出大山才是我们的生存大计；

无论怎样的大风大浪

我们一定要两心相依！"


……

果然，晨曦尚未完全散去
太阳河的东北岸
已几近了人流的沸腾；
我与妮莎担上挑筐
推着单车加入了治坝的人群。
在这里，我时刻在提醒自己：
面对不相识者保持着从容；
在熟知者中间必须以礼相敬。
这是一个由偏见和封闭意识
构成的缺乏文明感的群体，
只有我才是他们的陌生人。
金云，胡里、刘超和朱更
同时都在这场治坝的战斗中，
大家因为治河而走在了一起。
日头升温了它的炎光，
指挥部已摆开了
各自取土拦坝的战场。

……


流动的河水蜿蜒而北去，
大坝连接着美丽的村庄。
河面倒映着浮动的蓝天，
分渠灌溉至如画的山乡！


乡政府，为了深蓄河水
指挥部将围坝的防护队伍
拉到十余里长，
人们把堤下的小溪堵了起来；
把坝旁的小河也给填了起来；
把残泻的瀑布流给引了进来。

…………

不到半天的决战
那河下方出水处的
河水渐渐地蓄满了。
这不是一般施工的景象；
而是惜水抗旱保收的战场。
勤劳而纯朴的山民
大家都步调一致地
听任指挥者的发落：
不惧怕炎日烈照的蒸烤，
不胆怯河堤灼脚的煎熬。

人们似乎忘却了烈日的威严，
忘却了滚烫河沙的焦灼；
成年的庄稼汉肩扛，运送
携带年长冲锋在前；
体弱年幼的队伍
便就近土灶一起后勤做饭。
青年的小伙子们
在堤下的河水里
成组成组地整编
向岸上拉着泥纤。
以村为单位的指挥
督促起各自阵营的质量，
妙龄少女的班底
不住地为争先恐后
轮换磨擦着"刀枪"。
像不同时段的赛区，
那奋战救水的节拍
紧跟着此起彼伏的哨响！

或许是改天换地的气概
撼动了这太阳河的上苍；
尚未到治河的计划终点——

张塝河，作者曾经留过参战的足迹

419

第二天的中午
灼烈而灰色的天空
被四周黑压压的云层污染；
天空那细小的电光
很快化作惊人的雷电。
所向披靡的治水大军
受令指挥部的号声，
——在紧急疏散。

狂风，席卷着尘埃和杂物掠过河面，
骤雨，织成瀑布回复田地越过山峦；
高空，黑云和巨雨加之风力的作用
让这里的人们在返回途中止步不前。
太阳河已经接受上苍的施舍
眼看今年不再是天旱的荒年！

……

虽然是黄昏，
暮色相反还亮了起来；
我们躲过电闪雷鸣的惊吓，
和那些治坝的人们一样
从各个自救的栖所里走了出来。
在快到镇街的满是
泥泞的街口处，又一次
同别林岩等地的学员们邂逅了。
他们快乐地告诉我：
"老师，我们家乡的干部说
你是一名共产主义学者；
不计贵贱得失，一名外乡人
来参与我们山乡的抗旱救灾
还培养了许多山区人的技能；
给我们山区输送了人才
给大家指引了就业……"

告别了所有熟知和陌生的人们，
我收拾了两天参战的工具，
努力凝聚的心魄
正如在我那小屋子里的油灯，
去引领那些时装生的启程！
那太阳河的壮阔画图
和暴风骤雨的奇妙记忆
被妹妹捎来的家书
一时划破了我心中的宁静：
江城的改革开放
带来了无限商机。
必须返城寻求一个事业空间
为明天规划更好的发展！
——回首几年来的培训业，
它虽然没有给我商业资本的积累
没有使我变为大潮中的富人；
然而，这远离家乡的岁月让我
从深度地认识了自己的生命
还缔结了与妮莎的携手同行。

我爱恋自己的所有亲人
更思念离别已久的父母亲；
如果因为家书的一再催促
就必须放弃我经营几年的事业，
我将如何寻访未来
如何塑造自己呢？
又怎样向妮莎袒露
我胸中的那久修的自律？！
——她能接受我的解释
她能尊重我的一切归乡的言语！
她却报以信任的回答谅解我。

终于我们合约了这样的创业计划：
我们把兴型的时装短训业

建立在山区。这里经济滞后
收费低廉，注重技能引导，
加之有妮莎的携手，才让我们
这短训业得以延续、遍地开花。
虽然，没有理想的经济积累，
但我们有理想的追求。
——待我们创造相应的条件
再置业我们的江城——黄州。
到那时再考虑双方的父老，
锄耕美丽的家园
紧跟开放改革的步伐
精通各门科学领域，
创建幸福的新家！

夜幕下的游子，两心牵手着用梦想和信念
缔造的虹桥！那远处浮现着漆黑的群山，
它们静静地见证着两颗沸腾而求索的心灵！
汩汩的太阳河，歌唱一对坚毅无畏的
开放大潮的弄潮者！古老的张塝桥，
承载着传统与现代
观念碰撞的历史文明！

夜，深沉、寂寥！
河，徐水、悄悄！
温莉·妮莎，在广阔的山城里演绎成了诗意；
探索——事业，在我们之间如同
这太阳河水奔流不息！

她紧紧地握住我的手；
我们看见屋里的油灯
在夜风里尽情地闪着光明；
我觉着她那悠长的叹息里
是在诉说——
在这里，我们尚要停留多久？！

她仿佛听见我那怦怦的心跳
像是回答——
尚有漫长的旅程在等待着我们去探求！

……

## 涉世商贾【17】


经验和梦想，
驱使我和妮莎在南去的
陈广岭【18】扩招了新生。
但，每日必须回到
张塝桥的教学据点。
事业，博弈都充实在白昼，
只有黄昏和深夜
让我留给小油灯作伴。
别林岩的教学收束工作放在了这里；
四下里的回馈解答一一拢集在这里；
那府教堂的一切传闻都汇集了这里；
来自我远乡的家音也等候在了这里；
我的难以释怀的深思寄托在了这里；
妮莎梦想的起飞无疑诞生在了这里；
我们携手同行的起跑线划在了这里；
总之，我们的未来都孕含在了这里！！！

……


路，虽说这么邻近
却每每走起来又那么遥远；
起初，依靠自行车
这样仿佛是在丈量
在往来陈广岭的崎　；
日子久了，才又以为

它与小油灯只是一线相联。
我和妮莎，审时度势地
秉承忠贞于所愿的教程
不分你我地轮换据点
以满足学员们亟需的求教。
我离去桥西中心时
总要回望那些乞求的面孔；
她迈进陈广岭的课堂时
先必须问候大家是否有难题；
——技能就业，一定样样精通。

……


经过了漫长的实践之旅，
我获悉着大自然的赐予
和一来路乡亲们的信任；
虽说我来自江城——
优裕这大山的生活，
可是，这大山人的朴实
让我修善了心智。
这一学班的两个学员【9】
不但失去了父母
还不能正常生活；
我们不收取他们的一分学费
我们要重整他们的精神信念；
要传递他们所需的一切技术
让他们一同摆脱那无情的艰磨。
他们用灵巧的手脚
和谦逊的学风
赢得了学员们的赞誉
以及自我力量的冲刺！

……

妮莎，开始劝我：
"——中国的一切，都开放了，
多少不识字的人
都争得了经济的解放；
就连别林岩的穷炭人【20】
在河边盖起了楼房。
我以所有的力量
替代你的一切事物，
你是否抽出身来同府教堂的
亲友一道试着经商？"

她远房的族兄；
果然与我结盟了商务；
以他们熟悉的商道
加上我外面的——江城市场
来回几趟地方猪肉的差价，
大家可以理顺这条商旅的关系；
不但能尽快改变咱们的现实处境
还可以常常回到我那久别的故土之乡！
——按他说，他做生意从未赔过本；
至少还能给这眼前的短训业
带来一定经济上的补偿。

……

就着她善言得体的生活思路，
我着手与其族兄胡刚【21】的合作；
同时，我与她已周密
协调好小油灯处
和陈广岭两地的教管：
前者由她安排优秀者督课；
后者由她自己往返兼顾，
至少这是我们现成的生存基础，
因为，生活的走向在告诉我们——

商贾谋营

425

在开发商业市场的同时
更不能丢掉现有的时装培训。
相反，稳住原有的培训业
方可另辟新的发展途径；
我可以体感商海的况味，
换一个领域来感受人生，
生命因为多姿才闪烁着光辉！

……

不知多少个回合
我同胡刚洽定了商货；
将几个血淋淋的麻袋
装好经屠夫过磅的猪肉，
一起抬在了马路旁，
待到三更时大巴的通过。
前几天的积雪尚未消融
这鹅毛般的雪团又在
深山的夜空中淅淅飘落。
他听说我家乡猪肉的行情
并计算此次会赚得好的价钱；
生平头一遭涉足商业
好像猎人在草原上驰骋！
无法畏缩寒夜的袭扰，
迎面上坡射来了灯光，
我们搬上麻袋，很快钻进了车箱。

汽车在马路上颠
仿佛游艇在海上掠过。
本能的睡意让我们在
受冻后进入了梦境。
恍惚中我见到了父母，
还一同见到了兄长；
儿时的追逐，那样

商运之旅

让我视之眼前……
急忙里我回到了
那熟知的田庄。
那忠厚的家父
并肩母亲一起忙碌在稻场，
我们兄妹都围在了
盛满喜悦的金色的粮仓！
哥哥承担着我前面的
整个家务的琐事
顷刻里，我愉快地
回到了二十年前的乡场！
蓦然间，我被一只冰冷的手钳住；
未等我清醒过神来，
两位头戴工商物价字样的
大檐帽的家伙尖厉地说：
"检查、检查，
这些是谁的猪肉？"
胡刚像我一样
被弄得魂不附体——
我们只好将几袋商货
按照他们的意思搬往车下：
"要么，罚没过关税八百元；
要么，扣留猪肉抵罚款！"
车上的乘客说，商贸流通何以罚没？
工商说，"晚上拉货，车上运肉是犯法
开放搞活经营猪肉，
夜间运输应当没收。"

……

我们两条汉子给惊呆了；
两颗滚烫的心扉给冰结了；
冰冷的夜空黑透了；
一场致富梦就此给破碎了！

……

胡刚那怒火中烧的头颅
被冰天雪地的夜色降温了下来。
在窘迫中，我开导了他；
人生的序幕可以有多个场景
面临商场的
我们可以重新拉开。
这是一个新旧历史的交替处：
一切精神和物质的
美的和丑的
光明和黑暗的
正义与邪恶的
都会自然和不自然地衍生。
因为开放，大自然才五颜六色；
因为改革，人的想象会趁机　　　。
一切正义的事业
难以得到康健地保护；
一切肮脏的市侩手段
总会借机背判道德；
还惯以披着法律的面具
却达到那几个人的致富。
人们常常被现象左右了视线，
一切都成了这个特别时代的产物。
一切初涉商海的躁动……
妮莎似乎比我更觉得
这个现实世界的残酷！
我俩凑尽多年的积蓄赔光了；
加速改变现状的热情火焰熄灭了；
就连她母亲在背后的祷告也开始少了；
我和她面临这次失败的确常常不知所措了！
……

428

# 从这里远航

在几近贫穷和
逆境的交叉袭扰里
我们重新调整了前进的思路；
时装短训业虽不可
让我们成为富商但也不至于
使我们沦为一个十足的穷人；
我们理应发挥新生的
特有资源的全部力量
培养他们作为地方的产业向导
一道与我们昂首挺胸并肩同行。

在选拔的几位学有造化的学员，
他们能胜任各个网点的
开发与教学管理；
我们以精品的保障
逐级强化的方式
建立每一个据点的施教理念
加快提速人们对服装
审美的时代感观。
从教者，传递我们
新时代服饰的美学论理
就业者，为现实世界的人们
提供无愧于时代的形象示范。

我已经看到了半年来的
时装业在山区的兴盛气象。
妮莎时刻把心贴在
每个据点的人才塑造上；
我们驿动的心弦又在
激热的梦境中徜徉！

下芭茅街【22】，魏河口
以及青石镇的教点
一切按照我们
设计的蓝图延伸；
人们在传说，这是一次
现代时装的变革，
四下里都在体感
这是一场开放时代的服饰革命！
……

桥西的小油灯仍就是
我们指挥培教事业的据点；
我依旧在攻克教学技能的理论，
妮莎同学员们跟踪
实践上的重重课题；
有时，我们还分头骑车
每每朝出晚归将各处的
疑难带回这桥的港湾。

三天前，她代我研判了家书，
家书，就像一轮红日——
驱散了我心海的迷雾。
我们反复回味家父的苦心；他说：
"吾儿，兰夫，我们虽然在乡下，
但临近城区不远，
大家借助江城的开放
得益不少商机，在山区的这几年
你没有一点经济积累；
俨然误人了歧途；
前景黯淡无光！

"要不是你妹妹的小本经营
眼看家里会出问题。
因为，你有一肚子文化，

能建设家乡的事业，
乡亲们都渴望你回来
圆满地成一个家——
然后实现你的一技之长。
兄弟姐妹无不挂念你，
愿早日回到江城发展，
趁此开放搞活的好年景
只愿你有一个事业的蓝天！”
经历紧张一周的抉择，
我们终于作了方向性的转身：
与其说这是一个梦想的开始，
不如说我在走向事业的光明。
我认真分析了家乡的优势；
妮莎，也在擦拭新的视觉，
努力应对无以料及的新生。
我们做好这异地时装培训业的
全部收束工作，
以服从我们一往无前的奋进！

……


这回，潮动的创业时日，
消息不由得我去封锁，
它却如同一缕缕春风
从大山与河面上刮过。
来自别林岩最早的老店的信息——
他们不希望我们离开张塝桥；
陈广岭的学员开始了忧虑；
府教堂的亲属不时地
在向我表示衷心的挽留。
新老学员们陆续前来探访。
四下熟识的人们
日夜来这桥西为的屋子
与我作别前的问候；

自得其乐的日子

但有那极少数人却在
分手别离的时候
蛊惑培训业的过于现代性
还借机在人流中四处中伤；
应对中，我和妮莎时刻
在把握着健康的前进方向！

她最忧虑的不是自己
而是爱她知她的母亲——
才使女儿认识了自我；
因为她的几年悉心呵护
才让女儿感悟着人生。
面对别林岩风火的谣言四起，
她却让妮莎成了我的知己！
每当府上面临意识革命的时候，
她却伸张正义地
站在温莉的一边；
虽说那些亲友向她谗言使计，
她竟声援女儿一往无前。
妮莎几次遭到父亲阻挠的时候，
她像《母亲》【23】一样大义凛然！
在我们从商失利的时候，
她用心抚慰女儿的坚守；
使她保持在静谧中等候。
当我最后一个告诉她——
我们担心还乡的消息，
她由衷向我说明：
既然有了远大的主意——
就无须在这大山里久留；
一个创大业的男子
应该坚信自己的主见和目标，
任何事业都没有现成的模式
让人去照葫芦画瓢。
一切理想的追求

它需要超常的智慧——
去耕耘——创造！

……

离愁，让我为太阳河忧伤！
告别，使我为这里的人民彷徨；
分手，我无能表达对学员们的情　，
远航，我们在这里将会留下无尽的悲　！

……

我爱这里的山峦和小道，
我爱这里的晨　和晚阳；
我敬崇这里的纯朴民风，
我更爱这山乡里如画的村庄！

因为，我与这里的万物建立了印记，
因为，我与这里的生命缔结了情谊；
所以，我不留下遗憾而正大地离去；
所以，我要让这里的人们将来记起……

留下教学材料，让学生们更好地传递他们的学生；
馈赠他们书籍，帮他们一齐幸运的人们事业有成；
赠给他们机具，让大山人更快地实现兴型就业；
因为温莉·妮莎帮他们一样在这落后的山里延伸！

我和妮莎向这里的全体亲友作了深深的告别；
学生们和车夫包扎我们最后一捆沉重的行囊；
泪水浸透了我与她的牵手依依；
梦想——今夜，就从这里远航！！！

433

【注释】

【1】 选自《马克思恩格斯全集》第29卷第515—517页的《致燕妮·马克思》。此文作于1858年6月21日在曼彻斯特格林码头的巴特勒街34号。【2】昨日,这里特指20世纪80年代改革开放前的旧时代。【3】四年前,即指1976年作者全家由浠水迁徙祖籍黄州的日子。【4】异域县城,此指当时作者谋生的蕲春县。【5】红旗旅馆,即当时(1982年)的蕲春红旗旅社。【6】珍燕,即作者的妹妹。时任缝纫技师。【7】风哥,那时成绩较好的学员。【8】李娇,具有超高技艺的一位学员。【9】别林岩,经作者赋予了诗意后,便敬此地称别林岩。原本为孙冲乡塔林岩。另见长诗《再见!别林岩》。那时作者和其未婚妻妮莎在此度过了近六年的艰难岁月。【10】金云,妮莎的挚友。【11】胡里,原名胡清里,是当时培训班里的成绩优异者。【12】指胡氏宗亲,清末遗留下来的乡府式的古教堂。【13】即培训班里最乐意同作者探讨文学和理论的一位学员。【14】即妮莎的亲哥哥,原名胡维福。【15】张 河,即蕲春县由北向南并经张塝流过的蕲河。【16】刘超,原前年在青石桐梓的那期优秀学员。【17】涉世商贾,指那时携夫人回到家乡黄州后同友人一时作贩卖猪肉生意。【18】陈广岭,1985年于张塝镇南约两公里处的陈广村的办学点。【19】两个学员,指那时的龙罡、陈晶(xiao)同学。【20】穷炭人,是说那时孙冲塔林岩人多半在大山上以卖石灰和黑炭维生。【21】胡刚,即莉莎房族的亲戚。【22】下芭茅街,张塝南部约20公里处的小乡镇;作者在《青石姊妹樟传奇》里描述的地方。【23】《母亲》,即高尔基笔下的著名长篇小说;这里暗喻莉莎的母亲特有的品质。

【写作方法】

自传体长篇爱情、叙事诗《致温莉·妮莎》记叙了作者在那个 "改革开放"大潮高涨的特定的年代:他同后来结识的未婚妻妮莎依靠自己的双手实现自己的追求和梦想。在这段流金的岁月里,作者认识了人生、认识了生活、认识了劳动改变自己,也认识了社会。作为富有理性思想的"我",在那个潮起潮落、物欲横流、享乐至上、拜金主义日渐兴盛的今天,正如在《题解》里所讲的:"我们的相心携手,忠贞于爱情,坚守于事业,珍爱于生命的不朽传奇,早在20世纪的80年代初业已被那里的人们纷纷传颂(当然也遭受过封建意识的妖言惑众)。温莉·妮莎与我一样有着超然的梦想,我们的这一梦想的最高境界在于向人们传达一种理性思辨的力量;在逆境中我们能坚持患难相守;在极度深寒的岁月我们能做到相濡以

告别第三故乡——东园(蕲春孙冲别林岩)

沫；在大是大非的风浪中我们能做到矢志不渝；在经济与文明如此潮动的今天，我们能做到崇仰文明，研读圣贤；在现代文明遭到如此背叛，人心不古、世风日下、拜金主义日渐猖獗、国民意识日渐消减的同时，我们仍然做到捍卫真理、恪守正大之气且以马克思主义宇宙观来认识世界和改造世界……"

一篇文学作品，能如此激动人心地鲜为示范的引领人们的思想、触动人们的视线、改变人们的意识、净化人们的心灵，准确地说，这恐怕不是有赖优异的文学创作艺术表现手段所能表达的了。这也一如作者在众多的作品里所说的"文贵传道"的根本理念契合在了一起。

# 自 由 颂

似太阳把天庭照明，似那伟大的宇宙精神，用生命、用爱使混浊的世界永葆青春，雅典【1】用你的喜悦使人间焕然一新！

—— 雪 莱

【题解】

《自由颂》初稿于1983年3月的故乡黄州；定稿于2010年12月底北京。因为种种原因才并入本集一起发表。作者在研究了大量的古今中外的诗人和作家关于"思想与自由"之论说，而后创作了这首自己对自由的理解和追求自由的渴望心理。

435

自由，对于失去的人
它是那样的高伟；
自由，对于渴望的人

它是那样的宝贵。
自由，对于需要的人们
它是那样的来之不易；
自由，对于被剥夺的人们
他们那样五体投地。

争取自由的人们，
他们因为自由顶天立地；
创造自由的人们，
他们为自由所向无畏！
破坏自由的人，
自由便将你撕得粉碎！

宇宙间自有了生命，
生命便为自由而战。
自天地造化了人类，
生命开始弥之多艰！

久远的历史，诉说不尽
人类长河里改变存活的乐诗；
那浩瀚无垠的生灵之旅
记述过多少争取自由的故事！

被囚在笼里的鸟儿们
它们的歌声，那样凄厉而忧伤；
当被放归自然的时候
它们那样自由自在地凌空飞翔！
一切被禁锢着的人们
他们的日子像笼子的鸟儿封闭；
当它们享有着自由时
仿佛鸟儿们飞向了解锢的天堂！

权力被剥夺的人，他的存在
便失去真正做人的意义；

即使在万紫千红的春天
也难有一点蓬勃的生机！
他的空间，是被一张网监控的世界，
没有发言权，没有选择权
一具魂不附体的身影，
宛如赴宴死神的边缘！

因为梦想，你可以
在脑海里展翅翱翔；
面对现实，你不得
不去选择终生彷徨。
你可以在想象中建设自己的拔地高楼，
然而，这却是你一厢情愿的结果。
真实、现实在给你以教训：
因为，你丧失了经济自由！
假如，你俩是
建立平等携手的婚姻，
想必，你们的生活
将一定会幸福、温暖如春。
倘若，你们之间
受限的是一种桎梏的封建，
这毫无疑问
你们的幸福将是苦海无边！

平静的生活是一叶悠然的小舟，
浪漫的信仰是一所美丽的家园。
这家园可以编织你的梦想，
梦想在多趣的心海里荡漾。
困乏的日子，一切停止了活力，
玩物丧志时，却在践踏生命；
如果还能看到理想的力量，
只有信仰加速如愿梦想的热情！

有人类生活的地方，

就需要智慧把这个世界点亮；
知识浸染这里的一切，
创造让生命登上神圣的天堂！
没有扼杀创造的戒律；
不能强加它套上权力的枷锁；
只有它——创造，给人类以幸福，
只有它才使生命的世界绽放春光！！！

尊重规律，来创造艺术，
尊重科学，去释放灵感；
尊重知识，拯救人类；
尊重人才，生命的世界何其绚丽？！
让性灵，在自得的空间里陶冶；
让激情，在驰骋的原野上奔放；
让美，在天地间无限挥发，
让艺术给整个世界涂抹精神的芳香！！！

理论，它是一个
既严谨而又庄重的学科；
不要强加所谓条条框框，
它本着自身独到的
特质和内在的理学机制，
因此，无须置它教条式的方向。
一切权势和政治的横加干涉
只有使它在学海里默默消亡！

音乐，你无须人们
给你插上凌空的翅膀，
无须伴奏，人们在天边
都能聆听你那关于美的歌唱！
你像春风那样在向人们示礼
像鸟儿在人们的心灵深处飞翔；
因为自由，你仿佛清泉一样在流淌，
有人禁锢你——音乐便立即惨淡无光！

生活，在现实中
教会人们认识生存的智慧；
人们，在生活中
学会了去适应现实的规律；
享有自由的人们
他们在自由里为别人带来自由；
失去自由的人们
他们在不幸里为赢得它而坚守！

没有战争——自由，
你没有被剥夺生活；
虽然你像他人样康健，
然而，你却丧失了表达权。
万紫千红的美妙世界
眼看一天天在你眼下走过，
你没有歌唱的机会；
内心如刀刺样的接受折磨！

人们如同森林一样
均衡地来到这个世间，
却又因一种莫名的原由
不料，遗失了分配权。
那些权势者，因为自由
日夜在那里花天酒地，
失落者，则在暗地里
为赢得这一天而生生不息！
一种热情的火焰
燃烧你那漫长的饥饿；
一道神奇的光影
开始你在绝境中探索！
使命——见证了你无愧的人生；
责任——让你走出了艰辛；
意志——把你从魔障里改变；

热爱自由的人们

求索——给你以自由的生命！

在寂寞的夜空，你独自在
那万籁俱静的世界里寻觅；
无情的现实啊，谁也不能
把你从那无望的黑暗中托起。
顿时，你的灵感突然爆发，
把自己从绝境里拯救出来：
要一步步向着想象的目标靠拢，
命运的转机让自己勤勉地开采！

人们在沸腾的现实里走过
俨然在繁星的夜空中穿梭；
岁月让他们织成金色的梦想；
仿佛上帝赐予自由的生活。
大家因为梦想而东奔西忙；
使工作馈给人们无尚荣光。
只有那些失去工作的人们啊，
一种追求在日夜令他们痴狂！

不敢积极地进取，
那是因为自己缺乏胆略；
不能放飞诗化的心灵，
那是因为自己没有梦想和追求。
如果你践踏了自己的权利，
你便会成为自由的奴隶；
假如你珍重自己的意志，
你将同自由结为亲密的兄弟！

当你被压抑的时候，
你像一台没有燃料的机器；
当你激情万丈的时候，
你的言论那样令人痴迷。
在自由面前，言论使人们耳目一新；

自由，流淌在天地之间

440

在被剥夺的时候，言论便暗淡无声！

自由！在道德面前
你是春风化雨的仙人；
自由！在文明礼尚面前
你是情同手足的兄妹！
自由！在名利和声誉面前
你是它们运行的升降梯；
自由！在创造和生命面前，
你如同眼睛和心脏一样宝贵！！！

当你被压抑的时候，
你像一台没有燃料的机器；
当你驰骋万丈的时候，
你的力量那样令人痴迷。
在自由面前，言论让人们自觉地仰赖天地；
在被剥夺的时候，言论便奴人死般的沉寂！

因为正义，你才显得光明磊落，
因为呐喊，你觉着存在的必要；
因为追求，你是那样神圣无比；
因为争夺，你那样高不可攀；
因为捍卫，你那样纯真圣洁；
因为剥夺，你那样视死如归；
因为丧失，你那样无可奈何；
因为愚昧，你那样问心无愧！
啊！自由！你被人类戴上最魅力的桂冠，
因为，不是你，人类便再也看不见光明！
你让宇宙充满着人伦的力量，
因为，是你给它以悠然的歌声。
如果不是你与日月星辰的见证，
哪有天地间那圣洁的人性？！
倘若你一旦悄悄地逝去，
整个世界将融为一块沉重的坚冰！！！

【注释】

【1】雅典，希腊阿提卡地区的主要城市。

【写作方法】

古往今来的"自由诗"无不在为追求人类自由而放声高歌。作者在这里以有限的隐喻来揭示自由对人类所产生的无限的意义：人类的一切只有在自由平等面前才会达到公正，最后走向无私。追求自由的人们也就是为人类创造幸福的人。作者总结说："当你被压抑的时候，你像一台没有燃料的机器；当你驰骋千里的时候，你的力量那样令人痴迷。在自由面前，言论让人们自觉地仰赖天地；在被剥夺的时候，言论便奴入死般的沉寂！"作者以第二人称"你"来形象地告知人们"自由"的争取、"自由"的宝贵以及"自由"的神圣而不可侵犯乃具有极其非凡的意义。

# 故国——黄州，你在苏醒

【题解】

2011年春天作者还乡时有感家乡的巨变，于是在 6 月 29 日晚便创作了这首充满渴望故土腾飞的长篇抒情诗。

你我诀别的那天，一时
谁也无法表达赠言。
当年轮回旋到
二十多年后的今天
——我们拥抱在了一起
你我用慨叹紧握着双手：
仿佛怒涛似的
相互作着这久别后的倾诉！

你那默默的体表
袒露着乍到的春意；
历经沧海桑田的豪迈
却依旧富含着亲情的气息！
在潮涨潮落的巨象里
你没有沉沦，也不寂灭，
因此，这回——我
郑重地向你深表着敬意！

一

昨日那羊肠小道
崎岖的小径
凸洼的夺命路
都去了哪里呢？
老友务珍[1]说：
"时代换了，潮流更替了
上帝和真理，民意和正义
终于为黄州易更了新貌！
……

旧时的东门
一再不复昨日那样的凄凉：
高大而翠绿的迷彩枫
如同庄严的城市卫士
威风凛凛地立于大道的两旁。
——道啊，虽然
保持着昔日的曲线，
然而，亲历城市化的修
使它连同两边那
富饶的集市，商店
一起映衬着

443

这美丽的蓝天！

商贾们彻夜无眠地
伺候着各自的商行，
市民们在闲暇时
都涌向大街赏光。
他们漫不经心地和着
喧嚣融入大道的四周，
每闻汽笛的警鸣
便立即闪退——
让车辆先行
使它通向远方；
人们惬意地如诗如画的市景
好像仙女上了天堂！

二

城北的立交桥
编织四面八方的网络，
受苦的生意人不再行那
半死不活的沟壑之旅，
他们像计算机一样
将外面的商货采购回家；
又准确地把自己的
物产通过这畅达的
路线送了出去。

几年前，去往省城
或是邻省，人们要
经历一个整天，而今
只需花上一两个钟点。
出行的人们，他们选择

还乡的游子

444

水道，可以西去江源，
尚可以东至出海口，
往来海外或边远的
业务，用上半天
通过武汉机场，而后
便能到达第一线。


三


建设中的城际轻轨，
加速了州汉[2]间的沟通，
像是长了翅膀的百姓
不足三十分钟就可与
大都市的社会紧紧相融。
东南方的鄂黄大桥
每分钟都在承接着两座城市
间的交流和礼尚：
它让黄州的农产品
通过它引向南岸的吴都[3]
或更远的世界，又把
那远外的物流反馈
到江北的市场。
这座大桥啊！自那天
竣工使用的日子起
便默默地为这两个隔江相望的
兄弟当上了红娘；
让天庭下的人民
抚慰着心灵，点亮智慧
一起在此为共同的未来
日夜汇集着大业的碰撞！
我——一位乡村诗人，

自那年告别之前
就知道你的原名叫齐安[4]，
尽管于博弈的岁月
也未因此休息等闲。
恩受你于大潮中的洗礼
和经济长河里的历练
仿佛时刻在研究我
来之不易的生命的甘苦！
发轫那次春潮[5]的降临，
我便被激流旋到了远方。

因为高天厚土的恩偿，
你——才使齐吴都会
于是，黄州换来了
时代的新装，鄂州
收获了恩惠，万民一同
在此为江山和社稷颂扬！

四

在我的记忆里，那时
你满城一副被尘埃
和愚昧封闭的格局：
没有色彩，没有容颜
没有文明，还没有规制。
萎黄的枯叶飘落在
城池的四周，
废弃的板车架
堆于街市的门前；
看不到那青少年手里
捧着求知的书本
却一味地在孽风中

446

冲进破落的影院。
……

——这回
我看到了你的勇气，
读到了你的坚强，
品到了你的慧悟；
觉着你明天一定能飞翔！

七一路南，那繁盛的商街
纷纭嘈聒的日日夜夜，
人们在商市的交易声中熙攘；
万紫千红的集市门庭的上空
昼夜闪烁着时代的色彩，
而晚上便显得迷人样的梦幻
仿佛那唐人街般的灯火辉煌！

宽敞而平坦的江堤
的路面，因政府的
举措，人民的携手，
是在说明它的坚固和功能
将永与这里的苍生
一道安葆永年！
高大的护堤林，
它们延及东西的远处，

昔日的黄州赤壁

修堤的工人，
他们世代以堤为家，
用时代和责任，终日
守望在大堤的内外两岸！

环城的主干大道被掩映于
苍翠的迷彩般的枫林之中，
它把市内外的交通
网络连在了一起：
外出的眨眼间到了城的正东。
这样的布置——它门好像
巨大的蛛网——和而不同。

市的中心大道，由南直穿北去，
它淹没了上世纪窄小的模样；
一改昔日破落而伤残的
情形；让永恒的荣誉
铺在路面；还把林立的
高楼树在大道的两旁。
南去的路径，直接通向江堤
和沙街以及东坡赤壁。
人们顺堤东去，可赏
波涛潋影的长江。
而沿古城西上的即是
千古流韵的赤壁观赏群：
人民称此，为黄州人文的天堂。
这里有蔚然深秀的林海，
有曲径幽鸣的山涧异景，
有苏公当年那水落石出
山高月小的诗画的背影，
还有栖霞楼下方
那令世人注目清心
的二赋堂；在与赤壁山
比肩的龙王山的西隅

便是在黄州闪烁着
千年圣光的——发源苏轼的雪堂！

五

中心大道的北处，它将
东坡大道和新港大道
交汇在了一起，
新城的规划和
市民的群楼如同
繁星似的织在了一方，
长途站的改置和
公共娱乐业的配备
使开发区的新城构成
一幅江山如画的艺术长廊。
怀望昨日的古城，
那俨然一块令人胆寒的魔方。
因此，这里的民谣说：
"黄州门外柯山凉，
东坡岗下酒难香。
随风飞雨一阵过，
羞得城门儿汪洋"。
……

六

在这新城与旧城的中间，
有一湖碧水倒映着蓝天；
它们四周，因为
百鸟的鸣唱，应和着

它田原诗画的乐音。
这仙界的画屏中，
还不乏打竹楼处
生出几叶帆船。
宾馆连接着湖滨，
波涛越过那桥洞，
水浒那千姿百态的花卉
浸透着驻足游人的心坎！

绝代名人馆，将在湖的
东岸庄严地落户；
这些圣灵，将和这湖碧水
为这里的人民引着路；
百鸟在遗爱亭上
礼赞他们的功业。
市民在传唱他们的祈福；
历史将永远记载这里
的真实，日月会
光照这里的富庶——
而新的黄州版图上，就这样
诞生了不朽的遗爱湖！

## 七

昔日的沙湖[6]早已
不再是人鬼难至的地方，
巴河口[7]与长江的交汇处
亦非昨天水涝肆溺的坟场。
因为，因为这几年
被突飞猛进的高架桥
和快速道的现代化取代
让四周到此的车流

穿梭在它的空中世界上
如同梦幻中的人们
驾着飞车行驶在天堂！

这飞桥的西端
便是闻名遐迩的
黄冈中学及教育群院，
很早已来，这里
是被誉为人类尊教
——尚教的典范。
国家将此地作为民族
教育的圣地，
国际社会视它为
现代人文教育的经典。
莘莘学子从这里
充盈心灵后
飞向那寻觅的天边。
这块圣灵的土地啊，
你携手这些循序善育
的师者，将美德、仁爱与
智慧薪火相传！
你给我们伟大的民族
注入正大的文明血液；
你使我们这块博厚的乡土
蔚为灿然——且气象万千！

八

啊！故国！我的故国！
你尚有取之不尽
用之不竭的魔力资源；

你的红色文化
与共和国的命运
系在了一起；
你用共产党宣言
和苏维埃的真理
指引着这里的热血将士，
为了新中国的崛起
他们前赴后继！
你的观光文化
伴随日新月异的
开放与和谐，你将
五祖寺、大别山
天堂寨，将军县
教授县以及大崎山等
众多的胜景一起融入了
当今世界的度假群里。
你的人文文化
仿佛春风拂着冬后
的人面；如同
日月普照着大地！
你把这里聚集的
所有圣贤的光影
抚慰这里的人们；
由涅槃拯救新生，
由涅槃让他去重塑心灵，
由涅槃令他们所向披靡！
……

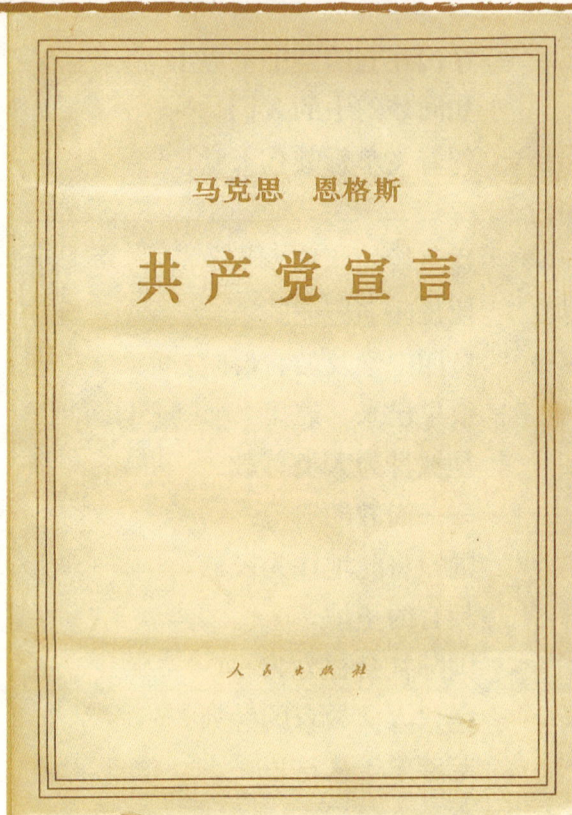

马克思　恩格斯

共 产 党 宣 言

人民出版社

《共产党宣言》书影

九

在沸腾而虚华的大潮之中，

你能作着沉静的思考——
在这几近文明与荒芜
的边缘，终于你睁开了
长眠的双眼：
你知道文明乃引领
人类前进的主流，
于是，你便不再那样长眠！
你明白圣灵是人类
精神的至尊，
于是，你将苏东坡重新再现！
你挥发着厚土的恩泽，
一湖碧水在同你心息相连。
昨日，这里还是一片废墟
而今天，你便成为黄州
——人民的伊甸园！
在你粗犷的胸襟
人们在漫游的东坡纪念馆
看到他千载前的躬耕；
体味着他书写大江的豪迈；
他以两赋一词一寒帖
让这块平凡的沃土
变得千古非凡！
他将翰墨、丹青和文脉
一起馈赠给了黄州，
因此——因此这块圣土
便有了圣灵的闪现！
啊！苏公，我叩拜
的圣尊，珍藏四十多个
春秋的我，从未见过
你那高贵的身影，

这回——今年的
清明时节，我终于拜谒了
你庄严的塑像！
你宛如一杯久旱的甘露
甜透了我久已
无寐的心坎！你好像
我干涸的血液
舒缓了我焦虑的神经。
你仿佛一幅巨大
的幕帘，在黄州
人民的心海——
在遗爱湖广场以及在
这万顷天庭的
下面，巍峨耸立，泰然高悬！
……

啊！我们的乡土——黄州，
二十余年过去；
我曾几度归来，
目睹你——渐渐跃动这
沉重的身躯，
缓缓在彻悟那
受伤的心灵！
然而，你敏捷地掀去
被凄风苦雨侵蚀
的那一页。
摒去你曾经满目
疮痍的伤痕！
你将勤勉的锄耕和
这里的生命的希望
播撒在这里的
山川河流，
你把活的春天画于
每个岁首；而后，

苏东坡——圣灵的光影（寒夫作）

又将热烈的力量催生！
于是，我和
人民日夜在欢呼
日月在放射着时代的光辉，
四季在丰盈
的田园上放歌；
山水在默默为人民造美；
历史在重写
这里的文明；
天地在谐和的运行中为
我的故乡
——降福甘露的清音！
啊！我的乡土！

我回来了，我亲历着你的芳馨；
我和我的故人一起为你歌唱，
我们一起以无限的礼赞和歌声
为你伴行：
故国——黄州，你在苏醒！！！

**【注释】**

【1】务珍：即陈务珍，作者在家乡的朋友。其好交友，善收藏。原市委老干部。【2】州汉：即黄州与武汉的缩称。【3】吴都：古时三国的督府，即今鄂州市，与黄州市隔江相望。【4】齐安：唐前后设置的郡府，即今黄州市。【5】春潮：指1980年我国实行的改革开放的历史巨潮。【6】沙湖：据苏轼原著，此地距今黄州东二三十里。【7】巴河口：此地距黄州约二十里，属浠水地域。

**【写作方法】**

长诗《故国——黄州，你在苏醒》同是一篇以第二人称"你"为抒情对象的抒情诗。诗中作者将往昔的故土与现代环境下的都城的建设、市容、自然环境、人文科学等一一作了"兴比"式的撞击描写，使人倍觉赫赫古城正在演奏欣逢盛世的时代清音之感。这种期待古城的巨变并非作者一人，而是代表着千千万万的黄州人在诉求，因此作者写道："啊！我的乡土！

我回来了，我亲历着你的芳馨；我和我的故人一起为你歌唱，我们一起以无限的礼赞和歌声

为你伴行：故国——黄州，你在苏醒！！！"

## 格律诗（春祭）

《春祭》乃作者格律诗集，此集凝聚了作者多年来创作的格律诗总汇；其包括五言诗、七言诗、古乐府诗等多样式的格律诗。此次仅选一部分（描写作者感恩家乡的格律诗）随集出版。

## 咏兰溪

【题解】

此作创作于 2003 年 8 月初。当时作者于 5 月时其阔别故土的第二次还乡，当他站在幼年时坐渡船的地方便热泪盈眶；于是创作了此作——以示感怀。

幽兰浸没大江边[1]，
茶圣闻道迹此前[2]。
杜公玉文撼千古[3]，
黄州辞赋涨三泉[4]。
楚国大夫废幸事[5]，
英皇枉蹈舞翩翩[6]。
伯牙未知相好处[7]，
坡仙早过一千年[8]！

【1】浸没，这里不一定是当年的兰花飘逸在兰溪的四野，自然有诗人此时泪满衣襟之意。【2】茶圣，即唐·陆羽。因为当年他勘验"天下第三泉"而来到此地。此前，即"三泉"遗址。【3】杜公，指唐朝在此任刺史的大诗人杜牧。玉文，形容杜牧文章的超妙。【4】辞赋涨三泉，泛指那时以苏轼为代表的黄州辞赋的兴盛景象，犹如漫过井面的泉水。【5】楚国大夫，即屈原。废幸事，是说浪费了兰溪兰花这样美好的景致没欣赏到。【6】英皇，即指女英、娥皇二人；传说她们是尧帝的女儿。【7】伯牙，春秋最负盛名的音乐人。未知相好处，没找到好的地方。【8】坡仙，即苏轼。早过一千年，是说苏轼早在一千年就品尝到了兰溪兰花的太和诗境。意含苏轼比其他的文人要聪明得多。

**【写作方法】**

此作借助作者悲怀故土的伤感为开局，尔后将情感和抒情的视线转移到茶圣等一系列圣哲身上，斐然间，读者不得不知兰溪是一个鲜为人知的古风之地。

溪畔兰花

# 游太平天池怀古洪秀全

**【题解】**

此诗摘自原名《寒夫鄂东逍遥游》部分《桐梓太平天池水库》一文。此为作者初访大山天池山时的凭吊之作。

457

德播天下福兆民，
心存恩祉慰苍生。
四海承风堪为杰，
壮志天地共升平！
真气浩然驱千里[1]，

荡涤妖魔济生灵。
赴难当关身虽死[2]，
英明山河万古青！

【注释】

【1】千里，是说洪秀全当年不远千里来到鄂东
蕲春天池布兵作战。【2】当关，是说当年洪秀全部
队以天池一带的山脉作为抵挡匪军的关口于屏障。

【写作方法】

此作以"先抑后扬"之法，表达对先人洪秀全
功绩的肯定和颂扬。前四句是说洪秀全的功德于民；
后四句是说洪秀全得到后人敬仰的永恒性。

怀古洪秀全

## 上大人二老[1]甲午春拜忆仁妹王虹[2]之江州[3]置业竟徜徉不愉

【题解】

这是一首作者为家国黄州的友人龙晨（胡丰）及其姐姐龙云（王虹）所作的感恩
诗。癸巳深冬乡友龙云随作者及夫人莉莎长驱直入至其父母处别林（原塔林）岩的胡
油铺为其堂叔作祭，同时龙云欣然祭之。几个月后的甲午春（元宵节前）作者携夫人
再次还乡作春拜。作者忆起几月前由她的到来，曾一路风风韵韵，好不释怀；然而这
次油铺人提及她的未到，于是，作者于翌日凌晨便创作了此作。

去月[4]承风跃横江[5]，
驰骛[6]千里过张塝[7]。
善德[8]仁祭种菩提[9]，
播恩油铺[10]满庭芳[11]。
尘寰崛耸一骁夫[12]，

东鄂【13】传咏两皋唐【14】。
身世艰平【15】范颜圣【16】，
留取芳华【17】四海香！

甲子孟春正月初十凌晨三点
于塔林（别林岩）胡油铺

**【注释】**

【1】上大人二老：即作者岳父岳母；上大人，是对对方父母的上称。【2】仁妹王虹：即作者故国黄州乡友龙晨（原名胡丰）的姐姐（本姓龙，号云）；仁妹，乃对其尊称。【3】之江州：去重庆；之，去、往；江州，重庆之旧称。【4】去月：过去的那几个月。【5】承风：驾着风，迎风而往。承风，通"乘风"。跃，飞跃；横江，横穿江面，此指作者携夫人莉莎随她驾驭的车辆飞跃浠水与黄州之间的巴黄大桥。【6】驰骛：疾驰。【7】过张塝：驱车路过张塝。过，路过、经过；张塝，东鄂蕲春北部的人口及经济、农贸重镇，30多年前作者和夫人携手创业的地方。【8】善德：此指仁妹龙云处世之美德。【9】仁祭，以仁爱之心向作者上大人之亲弟之故逝示以哀悼和祭奠。种菩提：借此比喻她以大爱之心向身处危难者施恩的高贵品质。菩提，梵语意为正觉，即明辨善恶、觉悟真理之意。它是结束生死轮回和导致涅槃的究竟觉悟。乔达摩·悉达多（释迦牟尼）因具有此种悟觉而成为佛陀。故，修成菩提是佛教徒之理想。【10】播恩油铺：播恩，施舍恩德；油铺，作者上大人（岳父母）生活的乡间，位于张塝东去12里地孙冲（别林岩）街东北处的河北的山麓。【11】满庭芳：词牌和曲牌名。此指生活中富有道德双修之品行，人们就会借助满庭芳之类的表现形式给予颂扬和赞美。故，满庭芳引申为高品味的赞颂。【12】骁夫：勇猛杀敌的战士。此处形容她具有男子汉果决的处事能力和法度。【13】东鄂：即鄂东薪春县，在作者其他作品里还被美称为东园故里。【14】皋唐：即指上古皋陶帝正大作为和唐李世民为国人立命的理性风范。此处比喻龙云及其弟龙晨为世人施恩报德的兼爱清和之情怀。【15】身世艰平：形容出身平凡及幼年时代经历父

人在他乡

459

亲早亡等坎坷不幸。【16】范颜圣：形容姐弟俩为人示范有如春秋末期复圣颜回的尚孝守贫的真纯人格。范，风范、楷模。颜圣，颜回、颜子，孔子弟子。【17】芳华：美好的声誉。

【写作方法】

诗人在作品中表现了两种意思，其一是对仁妹龙云偶遇作者堂叔作古欣然为祭所给予的道德价值观的赞美；其二是她同弟弟出身艰平坎坷却如此修得施恩报德之善美人境；诗人不仅对此表达了充分的肯定，还从辩证哲学的高度上向世人渲染了一个极其理性的处世道理：人类的那些引领文化航向和以圣洁贞操去改变及影响他人的那些创造者及道德丰碑总是源自身处危难和逆境中的人们。诗人用"善德仁祭种菩提，播恩油铺满庭芳"两句刻画了龙云施己与人的兼爱德尚；同时以"传咏两皋唐，芳华四海香"两句铸就了主人翁龙云及其弟弟龙晨"穷则独善其身，达则兼济天下"的高贵人格品质。虽说去月那次龙晨未到场礼事，然而其姐姐乃代表弟弟前往作礼之。

诗人以亲身所见所感，并运用自己独到而丰富的想象力，在作品中悄然间塑造了两位施己与人，兼爱天下的时代形象，令人感佩，启迪后世。

# 游蕲春三江园凤凰桥感遇春时偶得

【题解】

2010 年清明时节，作者做完亡父的家祭，经友人邀请遂然前往蕲春的三江园。在客住的几天里，作者惊奇地发现了许多源自大自然的妙趣，于是将其所感一一作了记述，此作乃其中之一。

诸矶云岫碧葱葱【1】，
柑油杜鹃笑面红【2】。
闪转腾挪画境里【3】，
杨柳林中踏歌声。

【注释】

【1】诸矶，许多裸露在三江园池塘岸边和山崖上的石头。云岫，云雾掩映着山巅。

【2】柑油，指柑兰型油菜；产油植物。杜鹃，鸟名，身体黑灰色，尾有斑点。也称布谷鸟、杜宇或子规鸟。笑面红，作者和游人同鸟儿对峙时的愉悦情形。【3】闪转腾挪，指鸟儿在丛林中的矫捷动态。

## 【写作方法】

此诗前两句描写大自然与人物的情感交融；后两句则描写了充满动态的鸟儿们自在其乐的天真场面。至于读者在探春、访美、感时之氛围之中。末尾句的一个"踏"字就将鸟儿们的憨态可掬着实人格化了。

凤凰桥感遇春时

# 题重大历史题材 44 集电视连续剧《苏东坡》

## 【题解】

此作创作于2010年秋，当时作者观看完《苏东坡》，感东坡之不幸；替东坡之不平；鸣东坡之海冤；泣东坡之哀声。遂创作此诗，以寄圣人！

皇天后土肇宏业，
江山社稷雄才多【1】。
乌台诗案鬼当道【2】，
大苏小苏枉蹉跎【3】。
可惜帝王饿殍者【4】，
最谢后宫动笙歌【5】。
百年谪宦撼长古【6】，
万世遗训震山河！

461

## 【注释】

【1】社稷，泛指国家。【2】乌台，即当年的乌台诗案。鬼当道，是说苏轼所

处的时代遇上的不是明君清政，而是一朝乌合之众随着傀儡在把持着朝野。这便使普天下的圣道和贤者无可奈何。【3】大苏小苏，即苏轼和弟弟苏辙。枉蹉跎，白白地浪费生命和光阴。【4】此句是说：可怜的宋朝的几个皇帝啊，就像被饿死的庶民一样打不起精神来，这样的人执政怎不使朝代早早灭亡呢？饿殍者，被饿死的人。【5】最谢，最使陛下值得感谢的。动笙歌，是说那些惯于谄媚小人极尽所能地在皇上身边使用陷害、中伤的伎俩。笙歌，用笙吹奏出的歌乐。此指借喻为不怀好意的拍马屁。【6】谪宦，丧失理性的贬谪官员。撼长古，是说大宋贬谪官员的恶习永久的成为历史上涂抹不掉的耻辱。

**【写作方法】**

此作是一首具有鲜明立场的批判诗。就从"乌台"、"鬼当道"、"饿殍者"、"可惜"、"谪宦"、"遗训"等词汇看，足以让一个摇摇欲坠的朝廷执政者读后心神不安，体力难支。诗的第一句"皇天后土"的展示与"肇宏业"的大和景象，为人们提供了一度灿然伟业之和境；然而，经"鬼当道"、"帝王"之"可惜"，加之丧失理智的"百年谪宦"，这种不作为的傀儡政府自然就招致葬送江山之根本。此作辛辣、正大、客观而尖锐的对那个悖逆大道的朝政予以深彻的批判具有现实意义。

三苏图

# 蕲阳春逢友感

**【题解】**

此诗是摘自《序》部分《蕲阳春序》里的感恩诗。2012年4月初，作者还乡时随友人参观了蕲春三江园后，便以此诗记录这次春行怀感。

蕲阳黉门【1】大雁飞，
春夏秋冬禽畜肥。

山台水榭【2】连天日，

阊阖飞鹜【3】共余晖。

五洲诗赋颂国运，

三江波涟【4】映客人。

风光四月商百业，

福祉齐昌仿大秦【5】。

2012 年 4 月 12 日雪雨轩定稿

【注释】

【1】黉（hong）门：古指学校、培育人才的地方。【2】山台：山上的楼台。水榭，即景区工人们在水上游赏和休闲的阁室等。【3】阊阖：天门。飞鹜：在水面上飞舞的水鸭。鹜，泛指水鸭之类。【4】三江波涟：三江水池里飞起来的波浪和涟漪。【5】仿大秦：学李斯辅助大秦朝代的励精图治

【写作方法】

此作第一句从整体点出了蕲春地域性的特征：即教育和禽牧业；第二句渲染蕲春山水城阙之容貌；第三句说明四海宾朋聚集三江园之目的；尾句陈述友人们还乡之任务。此诗意境深邃，立意高古，破传统之法度，尚创新之思维，不失古风之美。

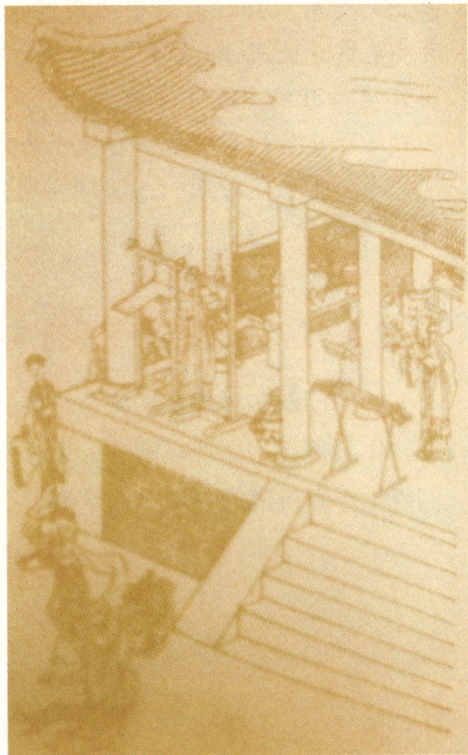

春遇图

# 秋夜忆故土，哀亡父七周年

463

【题解】

2010 年 10 月 28 日作者在外地出差时，忆起亡父之教化，当晚便写下了此诗，最后定稿于北京。

生离大江黄州西<sup>【1】</sup>，
器骨游道皈赤壁<sup>【2】</sup>。
半老圣景怀旧故<sup>【3】</sup>，
哀怜家父梦佳期<sup>【4】</sup>！

**【注释】**

【1】生离，指出生和离开此地。大江，即长江、扬子江；黄州在长江的北岸。此句是说：作者离开故土时是从长江边的黄州西向的江城武汉出发的。黄州在武汉的东部。【2】器骨，有才能和骨气。游道，出外传播道统。皈，佛教语，通"归"。此指信奉苏轼当面在黄州赤壁留下的璀璨的文脉。【3】半老，即作者处于中年时期，圣景，即文明发达的大好时代。【4】梦佳期，期待好时光在梦里见到父亲。

怀念亡父

**【写作方法】**

此诗前两句讲的是出家传道的目的；后两句交代作者步入晚年彻底想到恩父的归来。作品表达了作者丰富的人伦思想和勿忘传统的道德风范。首句的"西"字就让人们得知作者游道的去向；而"赤壁"则告诉人们作者怀恋故土的心境和地域高度。

# 感时蕲春桐梓温泉怀远

**【题解】**

摘自《游》部分《桐梓温泉》一文的配诗。当年作者描写自己在东鄂蕲春创业的作品很多，但此诗是唯一描写其体验温泉的作品。

嶙峋矶崖溢醴泉<sup>【1】</sup>，
古来无私福地天<sup>【2】</sup>。
健得游客千里外<sup>【3】</sup>，

陪上厚德到永年【4】！

**【注释】**

【1】嶙峋，是说桐梓温泉所处的独特的地理环境，在乱石怪壁的山体下涌出如此好的温泉，这说明桐梓地域富含对人体有益的活性的矿物资源。矶崖，是说这里的山崖处处都有裸露在外的山石；既彰显桐梓地域之特征，又为人们增添几分山水独绝的天然气息。溢醴泉，涌出清澈而美丽的泉水。【2】无私，拟人语；是说温泉的公共造化的自然力量。【3】游客，指长期以来国内外到此观光和体验温泉的客人。【4】厚德，是说桐梓温泉回报人类的贡献。

远山里的桐梓温泉

**【写作方法】**

此诗乃采用前后照应法而创作的作品。前两句揭示桐梓天然的地域环境；后两句颂扬温泉带给人类的无穷无尽恩德。因此，第二句的"无私"与第四句的"厚德"自然形成构思的对仗和学理的映照。

# 怀古西塞山逢却酒肆问道

**【题解】**

此作摘自《游》部分《西塞山云游》一文。当年作者随乡友陈务珍先生及夫人等一同游览鄂东南黄石的西塞山后便创作了此诗。诚然，此诗乃作者特意和给唐·张志和《渔父》及宋·苏轼《浣溪沙·散花洲》两诗；但仅取古意，不尽辞章。以示作者诗之跞行。

465

鹭行斜影西塞山【1】，
散花烟波黄昏浅【2】。
薄暮蓑舟三五点【3】，
奈何诗书酒家眠【4】？

【1】鹭行斜影，白鹭成行飞行时留下的影子。西塞山，即唐·张志和及宋·苏轼笔下的西塞山；在鄂东南部的黄石东南二十公里处。【2】散花烟波，散花洲被融入烟波浩淼的一体。黄昏浅，夜幕刚刚降临。浅，此指与夜色之深黑而言。【3】薄暮蓑舟，是说有人在将近黄昏时披着蓑衣在江心捕鱼。三五点，因为黄昏，所以小舟看去像几个星星点点。【4】此句是说：因为喜爱在山上读书写诗等不觉中回到市面上准备去酒馆时怎么都关了门呢？

夜访酒肆

【写作方法】

此作乃采用状物借代法创作的作品。所谓"状物"，是诗的前两句作者以清晰精妙的笔法描述西塞山的天然景致及动静相宜的客观融合；所谓"借代"，是说作者因为痴迷大自然之圣境而被置于夜市的酒家门外。作者此种超妙的创作技巧旨在说明两层意思：其一是说明西塞山的绝境超然；其二是说明作者以山为友、仁者乐山之志趣体现。此诗可谓情志烂漫，意味隽永。

# 春临蕲园小舍兴作

【题解】

蕲园，此指作者在蕲春岳父母家的小舍。此诗记录了作者在 2006 年春还乡时在此小住时的深切感受。此作注重于自身体质的锻炼和加强自我身体保护意识。

乍暖还寒春露早，
布衣绵绵志登高。
伸展筋脉趁性巧，
艺海生涯保长刀。

【写作方法】

此诗强调了晨练的节令性和持之以恒。在“春露早”的时候进行锻炼，就得穿上适合锻炼的“布衣”；同时，只有 “趁性”坚持不懈的“巧”练，就会得到“保长刀”之效果。要拥有好的身体，就必须懂得生命科学的哲性思维。

三江园春鸟

## 上酹江亭眺东坡塑像

【题解】

此作写于1997年2月28日的故里黄州。那是作者还乡的第二次，他独自上赤壁栖霞楼，鸟瞰赤壁广场中央的苏轼塑像，潸然泪下，遂然写下此诗，以寄冯怀！

**举目大江滨**[1]，
**千古一风流**[2]。
**大道共韩柳**[3]，
**天地籍此酬**[4]。
**生来作人杰**[5]，
**西去炤千秋**[6]。
**功德肖日月**[7]，
**鸿逸沧海楼**[8]！

【注释】

【1】大江滨，指黄州赤壁位于长江北岸的江滨走廊。【2】一风流，即苏东坡被千古人类认定的风流巨人。【3】此句是说：苏东坡坚守着韩愈和柳宗元的人生观而最终奠定其大道独行的世界性的巨人地位。韩柳，即韩愈和柳宗元。【4】籍此酬，以此作为回报人类的标准。籍，通“藉”。【5】人杰，杰出的人物。【6】西去，作古、仙逝；取古人名句“驾鹤西去”之意。炤千秋，照耀千年的人类。炤，通 “照”。【7】肖日月，像日月一样地辉炳人间。肖，好像、如同。【8】鸿逸，指特异的人才。沧海，

大海。此句是说：旷世英才的苏轼仿佛是一座大海上令世人醒目的万丈高楼，不仅绮靡璀璨，还让人们高山仰止。

**【写作方法】**

五言诗《上酃江亭眺东坡塑像》，乃作者采用凭吊方式创作的诗篇。此作先抑后扬，前四句陈述了巨人苏轼的伟大功绩；后四句讴歌了圣哲的闻道风范。诗中的"千古"、"风流"、"大道"、"韩柳"、"天地"、"人杰"、"千秋"、"功德"、"日月"、"鸿逸"、"沧海"等语句无不在集中体现和塑

凭吊圣像

造一代圣哲苏轼的万世师表的伟岸形象。可想，作者在塑造伟人的精准语境是极其高超的。无疑，作为冯籍古圣，《上酃江亭眺东坡塑像》堪为上乘之作。

# 天 堂 寨 赏 景

**【题解】**

这是一篇摘自《游》部分《天堂寨远眺》里的赏景诗。1998 年的那次还乡，在友人的陪伴下观赏了家乡名山天堂寨，那次因为友人不熟悉山路最终因误道只能站在与天堂寨遥遥相对的次峰山上观景。不久便写下来此诗。以示作者对故土名山的眷恋之情。

此山远眺彼山高[1]，
心作知音目为桥。
垂悬太空生好色[2]，
何必依偎秘语悄？
非是寒秋却红叶[3]，
不愧道子胜绢描。
峰回路转觅何处？
美得悟空泛逍遥[4]。

【1】此山远眺彼山高，苏轼站在次峰山上观赏天堂寨的风景。彼山，即天堂寨。心作知音目为桥，是说用心来理解两山间的天然美感；用眼睛作为桥梁传递所极目的两座大山之间的自然信息。【2】垂悬，山体断岸直耸入天穹的伟岸气势。生好色，是说天堂寨拔地而起的自然之美。何必依偎秘语悄？此为倒语：是说大家一直在议论误路的事，其实何必一定要上到天堂寨呢，这里观赏不是很有意思的吗？【3】非是寒秋却红叶，不是深秋就已经泛红了叶子。寒秋，深秋。不愧道子胜绢描，是说这么好的景色简直不亚于画圣吴道子用绢本绘画的画作一样美丽。道子，画圣吴道子。【4】末句是说：在回来时的路上大家随着迂回曲折之路，个个乐得像孙悟空似的上蹿下跳好不逍遥。

游天堂寨

【写作方法】

　　赏景诗《天堂寨赏景》记述了作者和友人们观赏天堂寨的全过程及其巧妙的构思。前四句用误道带来的"秘语悄"烘托大家的复杂心境；后四句用愉快的"孙悟空"之上蹿下跳来抒发归途之乐趣；诚然，这赏山真的赏到极致了。同时，作者以"心作知音"、"目为桥"、"生好色"及"秘语悄"来渲染大家对山的惊奇和敬畏；又以"寒秋"、"不愧"、"峰回路转"及"悟空"之情景对比来描述大家赏山之愉悦情怀；想必，这山真的赏透了。作品里没有一个人物出现，也无任何语言在披露；然而，一次随友大军的访山活动就在56字的演绎里得以跃然纸上。这不得不说是作者的匠心独运。

# 三江园早闻

【题解】

2013 年 4 月 8 日写的此诗，以记录作者在三江园里的新见闻。

呓嗡清音惊晓梦[1]，
子规传语籍林风[2]。
对雉啁啾闹不识[3]，
斑雀撕交压几重[4]？！

【注释】

【1】呓嗡（yi weng），尚未醒时在梦中听到窗外的鸟雀之声。清音，天籁之声。惊晓梦，指鸟儿惊醒作者的晨梦。【2】子规，杜鹃、布谷鸟、杜宇等。籍林风，借助林间的风。【3】对雉啁啾，成对的山鸡在天尚未亮时就发出叫声。闹不识，是说山鸡啊它们怎能知道作者这时还在梦中做学问呢。【4】斑雀，斑鸠。撕交压几重，从它们相互撕扯的声音判断不知它们有多少层叠在一起的。

【写作方法】

猜疑诗《三江园早闻》，记录的是作者尚未梦醒时的心灵反射。前两句介绍了梦中刚被惊醒时的揣度；后两句凭作者的知觉猜测窗外山上的山鸡、斑鸠们厮打的动态感受。虽说此诗为平常之作，但看得出作者对大自然的观察是如此之细腻、熟识和富有天真的仁爱童心。

朝闻清音

# 与张君漕河春逢席间诗赠

**【题解】**

　　此诗为作者 2012 年 4 月 8 日于故里完成。此行作者通过友人找到了失散 30 多年前的故友张建生，当晚兄弟重逢，好不幸喜；于是作者创作了此作，以示感怀。

　　　天涯游子故土逢，
　　　卅载夐梦瀚海中[1]。
　　　有谢天机闻旧赋[2]，
　　　沧海桑田一杯融[3]。
　　　古今贤达畿城里[4]，
　　　人生造化各秋风[5]。
　　　把酒问君歌一曲[6]，
　　　不废他日度悲空[7]。

**【注释】**

　　【1】卅（sa）载，三十年。夐（xiong）梦，漫长的梦魇。夐，辽远而古老。瀚海，辽域之沙漠。此指坎坷之旅。【2】天机，非常难得的机遇。闻旧赋，是说故友重逢再次吟诵当年的诗赋。【3】一杯融，是说将一切失散多年的愁绪全部融化在酒的杯里。【4】畿（ji）城，距离黄州较远的城区；此指重逢地漕河三江园。【5】造化，指人在世间通达感育的自然界的总结。各秋风，是说在故土上先后故世的圣贤们各以各的思想特征在引领人们行进。秋风，风色、风流、正大之气。【6】问君，指大家敬酒时问候作者多年的创造历程。君，此指作者。歌一曲，即此诗。【7】不废他日，不浪费来日光阴。度空悲，以免白白承受一事无成的悲伤。

**【写作方法】**

　　此诗为欢聚诗。作者 30 多年后与故友重逢，心绪高涨，把酒而歌；自然是常见之态。然而，此非常见之诗：前四句叙述了故友重逢的独特襟怀；后四句表达了作者坚守圣道而不误年华的理性思考。因为，失去情谊可以找回，如果丧失理智而虚度光阴，不究人伦，无功而终，这恐怕就是作者此诗最为核心的立意。

相见欢

471

附：

# 赠孙君，和寒夫《与张君漕河春逢席间诗赠》

【题解】

2012 年 4 月 12 日 ，故友张建生就作者的赠诗和上此诗，以示回敬。

与君阔别三十春[1]，
相思指期梦中君[2]。
吾思君来君思我，
君思我来我思君。
天随人意终相聚，
倾诉衷肠泪满襟。
功成名就垂青史，
生花妙墨冠古今。

【注释】

【1】三十春，即指那时的 1982 年的分手。【2】指期，希望有一天。

【写作方法】

作者的故友张建生的和诗里，以朴实自然的清新笔调流露出对作者 30 余年的久盼相思，正是这种自然淡雅之情才构制了作者与故人间的"相思"与"永恒"。

# 三江园初游

【题解】

2012 年春，作者应邀回到阔别已久的东鄂故园蕲春，在小住的几天里，作者仅凭自己的诗性和兴趣写下了不少作品，此诗乃其中之一。

青山空鸣撼荆楚<sup>[1]</sup>，
碧水天籁泛江舟<sup>[2]</sup>。
淡霭凝春洒生灵<sup>[3]</sup>，
云雨托起一浮楼<sup>[4]</sup>。

【注释】

【1】青山空鸣，形容山势辽阔，谷音回荡。空鸣，回荡的山谷声。撼荆楚，是说三江园唯一的那座楼房高而挺立，足可以震撼荆楚大地。【2】此句是说：三江园池塘里拨动的桨声犹如大江里赛龙舟般的好听。天籁，自然之声。【3】淡霭，淡淡的云雾。凝春，凝聚着春的气息。洒生灵，拟人句；形容生灵自在的生长在这里。【4】一浮楼，指前面描述过的那栋矗立在三江园正中心的别墅楼。

三江园畅游

【写作方法】

诗以前后呼应法描述作者初游三江园的独特感受，特别是后两句颇有境味："淡霭凝春洒生灵，云雨托起一浮楼。"令人回味不止。

# 放眼蕲春仙人台观浩淼云海而兴作

【题解】

此诗摘自《游》部分的《蕲春仙人台》。2009年初夏，作者随友人陈务珍观赏蕲春仙人台时，并受道场方丈之邀请，此次作者还特地为道场创作了书法艺术品，谨作为大雄宝殿镇殿之作。

三十年前闻香处，
今作皈依拜佛来<sup>[1]</sup>。
旋车登天似哪吒，
修性问道法门开<sup>[2]</sup>。
道具纸墨朝天使，
横披竖轴用心裁<sup>[3]</sup>。

473

会当工部卷潮澜，
无愧诗书头一回【4】。

放眼仙人台

【注释】

【1】三十年前，即指1982年。闻香处，听说那里的香火繁旺。今作，指2012年初夏才得以亲临。皈依，是说像佛教徒样的虔诚前来拜佛。【2】旋车登天，形容登上仙人台的路径险要。哪吒，神话里富有活力的神名。此指比喻作者和友人登山的勇气。修性问道，以虔诚之心请教寺庙里的主持。【3】道具纸墨，作者用来创作的笔墨纸砚等。朝天使，在山顶上毫无拘束的对天创作。横披竖轴用心裁，此句是说：作者在创作时巧妙地把握宣纸的规格、方向和横竖款式等。【4】会当工部，一定像当年的杜甫样用诗作来反映现实世界存在的问题。会当，一定要。卷潮澜，收敛激情澎湃的诗情。卷，收敛、收藏。无愧诗书，不丧失机会好好地创作一回诗歌和书法。

【写作方法】

这是一篇"游道之作"，第一韵告诉人们三十年前没有实现的愿望而今实现了；第二韵说明了游道之艰难；第三韵讲述了为道场创作的娴熟的心理准备；第四韵是说作者定要借机创作出好的作品。这篇游道诗在告诉人们悉心修道的同时，还要注重文化艺术的综合修养。

# 别　故　人
## 致良友陈务珍先生

【题解】

2012年4月11日下午，作者在准备回京时为多年的（隔代）好友陈务珍先生创作了此诗。一是感恩他多年的真情抚慰；一是敬仰他多年对文化艺术的崇尚。同时还包括作者对这位长者的公德意识的钦佩！

杯酒盛仁意，
握手心浩茫【1】。
吩嘱各东西，

千里两相望[2]。
情系故土缘，
把言共安康。
邀约他日见，
最是感难伤[3]。
八载逾千载[4]，
一别泪千行。
忠孝随身俱[5]，
友爱播四方[6]。
道统侔前贤[7]，
生平润矶冈[8]。
修美桃园义[9]，
毓秀子孙昌[10]！

**【注释】**

【1】浩茫，辽阔无边。此指心绪随着分手而茫然若失的样子。【2】两相望，是说作者与友人各在南方的湖北和北国的京城。【3】最是，至关重要的是。感难伤，倒语；是说一分手就容易伤感。【4】八载，此指作者与友人相识有八年。逾千载，虽说才八年却胜过千年之交。【5】此句是说友人陈务珍一生以忠义和孝道为修身立命之道。【6】播四方，将友善传到周围的朋友。【7】此句是说他极尽仿照古人的做人范式来敬畏先人。侔，效仿、学习。【8】此句是说他以毕生精力来和美家乡黄州的社会。润，滋润、和美。矶，此指赤壁。冈，此指黄州。【9】修美，美好的德行；出自屈原《离骚》一文。【10】毓秀，培育出优秀的人才。毓，通"育"。

**【写作方法】**

此诗为"送别诗"。此作分为四层意思：其一是说此次分别后千言万语无法表达的嘱咐的复杂心境；其二是因为乡亲又是挚友，所以每每论及重逢又总是那样伤感；其三是之所以离别那样难舍难分，是因为友人有着常人难以把握的仁善厚德；其四是作者赞美友人不仅心怀古贤之德范，而且这样的为人修道自会带给子孙之福报和友人之安详。因

475

故友别离

此作者在作品的收束处写道："道统侔前贤，生平润矾冈。修美桃园义，毓秀子孙昌！"作者的这种弘扬正大之气的为文方式应该是我们当今人类普遍要思考的问题。

# 春 词

【题解】

2012 年 4 月 8 日作者在去往赏景的途中，因为深感春景和鸣，于是在车上创作了此作。

自古春来枯木兴，
吾悲还乡祭父坟[1]。
绝痛生平少一师[2]，
谢却患难增一君[3]！

【注释】

【1】祭父坟，每年的清明节作者都要还乡为亡父举行家祭。【2】绝痛，巨痛。少一师，是说作者的父亲仙逝后自然就少了一位传播学问的恩师。【3】谢却，感谢、叩谢。患难，是说作者在少年时代没钱读书时是父亲亲自把手他入门习书、背诗颂文。增一君，是说作者在初入人生旅途就有一位优秀的导师来辅助他前行。君，对亡父的尊称。

【写作方法】

虽说是"春词"，却不如说是凭吊辞。作者借代自然之规律来概括"春来""木兴"的这一现象具有丰富的哲理性意义。当在春天人们普遍都在为先人作祭拜时，作者不由地联想到自己幼年时代父亲引领他在艰难处境里入门问道；这里表达了作者缅怀亡父之深情厚谊固然是出自纯真的流露。

闻道与父的日子

# 怀念寒堂（之一）

【题解】

　　作者自1980年初离开故土后，就再也没有在家乡居住过。但后来作者亲自将原来的极为破旧的老宅改造为现在的寒堂。几经修葺后将寒堂让给自己的父母和弟弟居住。虽说作者远离故土，但还是忘不了那时在那个极其温情的宅子里的书生意气。

一钩明月俟宅桑[1]，
满塘清波发忧伤[2]。
彳亍幽梦浑邻童[3]，
类如鉴真度扶桑[4]。

【注释】

　　【1】俟（sì），期待、等待。宅桑，作者故居临塘边的桑树。【2】发忧伤，拟人语；此句是说故人离去，在风的作用下涌动的清波仿佛是在因为主人的长久未归而抖动着忧伤。【3】彳亍（chì chù），不紧不慢的走路。幽梦，隐约不清的梦境。浑，像。此句是说：那一弯明月迈着不紧不慢的步子就像从梦里醒来的邻居的小孩常常独自坐在作者的故居寒堂的门口与故居为伴。【4】类如，好像。鉴真（688—763），唐僧人，日本佛教律宗创始人。本姓淳于，扬子江阳（今江苏扬州）人。于日本天平胜宝六年（754）东渡日本，传授戒法。为中日两国的文化交流作出了贡献。有《鉴真上人秘方》传世。扶桑，此指日本。此句是说：那月亮就像鉴真当年东渡日本样的在这寒堂的南边池塘里为这村庄的人们播撒着星辉。

【写作方法】

　　此作的开始就用"一钩明月"和"满塘清波" 对仗式的描述了一个人去楼空的自然景致，这为下文虚设的"幽梦"之宅做好了充分铺垫。因此，寒堂多需要"鉴真"样的人来播撒幸福的光辉。

学书与寒堂

477

# 醉过留别老屋【1】

【题解】

此诗摘自《游》部分《向桥狮子堰老屋》一文。1980 年作者在蕲州举办完一年的现代时装的教学之后，就准备前往漕河寻找教学点。终于在 1983 年的这场洪灾过后，经朋友的邀请先在白水因半年时间教学了三期，而后便应邀走进了山庄的狮子堰老屋。在此作者度过了一段极其宝贵的教学相长的黄金时光。因此作者怀着感恩之情写下了这篇《醉过留别老屋》的古体长诗。

岫水环心绕云端【2】，跞石清浅逾香河【3】。

密篁幽村八仙洞【4】，水复山重噫觅歌【5】。

北倚松竹南汀水【6】，松竹寄诗一芳舸【7】。

令爱慧心巧施理【8】，金陵学钗六十多【9】。

酷阳留春花渐悄【10】，浓荫丛里振鸶翮【11】。

最是寻觅两知己【12】，借阅人间天地和【13】。

群鱼戏谑恋旧处【14】，只鸟清音赏新柯【15】。

无心摇树雉雀鸣【16】，有意追林对婀娜【17】。

余暇共劳乡门里【18】，桃花源间一清波【19】。

手足无别列国仕【20】，传统薪义适委蛇【21】。

远上古城五百里【22】，桑梓巡海奈若何【23】？

德厚仁本鉴阀业【24】，匡故两土莩大泽【25】。

生来连山成一体【26】，力为躬耕非留过【27】。

迎进春燕芳菲俦【28】，精裁巧缝赛绮罗【29】。

崇古尚贤消美德【30】，未使道统遭一戈【31】。

里仁翻作上古训【32】，代复一代醒言珂【33】！

燕子骛吱哷新巢【34】，桃园松间空好窝【35】。

欣逢头回创家业【36】，百外诸子动欢呵【37】。

鸟语星夜书当友【38】，面壁求知对帟坐【39】。

芳春易度懈更短【40】，坚命唯恐自蹉跎【41】。

清贫几度寒窑矢【42】，悬镜薪胆报父说【43】。

耿怀屈圣《离骚》史，不成学人终不可。

乱世东坡造大器【44】，忠君爱民苦求索。

洒向天地均是美，千古风流永碑模。

478

平生一幸随老屋【45】，施教东鄂亚贤多【46】。
仿得尧舜点滴恩【47】，任凭刀山起银河【48】！

**【注释】**

【1】醉过留别老屋，是说将影响过作者心灵的美好记忆留在这永难忘怀的老屋。醉，此指陶冶、浸透和感染。留别，留在即将告别的地方。【2】岫水，美丽的山水。环心，伴随和润之心。【3】跞（li）石清浅，越过卵石淌过清澈的浅水溪流。跞，越过。香河，此指仲夏里河边飘逸的各种植物的香气。【4】密篁幽村，密集的竹林连接着深幽的村庄。八仙洞，隐喻作者当年所走过的不同形式的山体洞豁。【5】噫（ai多音字）觅歌，带着喘气边寻路径边歌唱。噫，打呃、打嗝。【6】北倚松竹，是说当年作者居住的房舍在北边多有松树和竹子的伴陪。南汀水，靠南边的水库是他常常读书的好去处。汀，水边。【7】此句是说在这有松竹结伴的妙境里定能创作出一船芳馨永驻的诗篇。【8】令爱，对他人女子的尊称。慧心，充满智慧之心。巧施理，巧妙的安排事物。【9】此句是说这里的学员有像当年金陵有涵养的并带有金钗的仕女的那样在努力求学。金陵，即今天南京。学钗，此指学员、弟子。【10】酷阳留春，盛夏里还保留一点春天的气息。花渐悄，形容面对酷阳之夏花儿们保持着寂静的芳容。【11】此句是说鸟儿们在浓密的树荫里抖动着各自的翅膀以降温。翯翮（zhu he），撑开羽毛和翅膀。【12】此句是说鸟儿总是像人样的在寻求成双作对为知己。最是，极顶的。【13】借阅，此指鸟儿们在树上鸟瞰人间之乐。【14】鱼儿总是喜欢在旧的地方游。此句是说作者当年常常来到原地方朝读。【15】只鸟，此指作者一人。清音，佛家禅语；此指作者利用最清澈的声音在早晨融入水库周围的森林树木进行阅读。【16】此句是说未经打扰就听见山鸡在鸣叫。雉雀，即山鸡。【17】嫿婴（an e）无目标、主见地走。【18】是说有时去农家谈谈乡间俚俗。【19】是说在此桃花源般的世界里有时竟然像在清澈的波浪上一样的行走。【20】是说虽离家远去但和家人那爱国修身之心不会改变。【21】薪义，古人留下的品德及合理的教化。适委蛇（to多音字），从容自得的样子。通"委佗"、

479

在白水老屋的日子

"委它"。【22】古城，此指黄州。【23】是说有时思念家乡但因为要巡回举办服装教学那又有什么办法呢？桑梓。隐喻久别的家乡。巡诲，巡回办教育。诲，指导、教海。【24】以宽厚的德行和仁爱的根本作为成就事业的镜子。鉴，镜鉴、镜子。闳业，大业。【25】此句是说改变过去两地的不幸同时给人民多造一些福祉。莆，福祉、恩典。【26】连山，是说作者出生地（兰溪方铺）也是丘林山区。【27】非留过，不留下过失。【28】春燕，隐喻当年的学员。芳菲傩，芬芳而艳丽的舞曲。傩，通"舞"。【29】赛绮罗，可以与精美图案的织品媲美。绮罗，精美图案的织品。【30】消美德，需要和集聚美德。消，需要、聚集。【31】未使，不让。道统，古人总结的真理。戈，糟蹋、战争。【32】里仁，对他乡的尊称。翻作，当作、作为。上，先人、古人。【33】醒言珂，隐喻警醒人的箴言如同玉石样的宝贵。【34】是说燕子飞快的带着声叫在屋梁上筑巢。骛（wu），飞翔。吱，尖叫声。【35】此句是说作者在桃园和松树之间的居室里深感一种怡然自得的从业环境。空好窝，隐喻空灵无人打扰的治学环境。【36】欣逢，对比作者早前的两地故乡而言这清静放达的里仁自然是令他欣慰的。【37】百外诸子，是说尊称那些来此拜师学艺的人们。呵，呵护、关心。【38】此句是说在鸟语星光之夜作者伴随着书本学习。【39】此句是说作者当年发奋求知的治学精神。【40】是说美好的春天很容易过去何况懈怠就更不用说对生命的珍重。【41】是说有志于事业的人最怕的就是自我堕落。蹉跎，虚度光阴、浪费生命。【42】是说作者曾经历过多次苦难和清贫的折磨后来就发出了誓言。矢，即誓言。矢，通"誓"。【43】是说将父亲之教诲挂在心上以卧薪尝胆之志来成就事业。【44】悬镜，将镜子挂在胸前。此指隐喻作者父亲的教诲。薪胆，卧薪尝胆之缩语。【45】随老屋，即心系老屋所有的传奇。【46】东鄂，即鄂东蕲春。后来被称为作者的东鄂地区的故园行。亚贤多，是说作者当年培养的那些学员虽学有一定的生活技能，但还是亚于贤人的立身立道。【47】此句是说能像古圣尧舜那样哪怕为人民修一点功德。【48】意为就是踏遍刀锋样的山路为人们从业行教即是命运将他送到天河那样远的地方也不值得遗憾。

**【写作方法】**

　　《醉过留别老屋》是一篇励志诗。诗作从宏大气象的意境展开对其生活的全面把握，又从细致的情节进行刻画来记述作者在那黄金般的岁月里所阅历的生命之歌。总之，这是一篇用生命拥抱生活、用激情点燃人生、用意志浇灌理念、用真知抚慰道统的充满传奇意义的时代杰作。

# 怀念寒堂（之二）

【题解】

　　2009 年冬月，作者还乡时再次回味旧时那月下灯旁的发奋情景；于是又写下了新的所感所悟。

> 长夜离骚冰残吾[1]，
> 万户浊流鬼当歌[2]。
> 星神鸿辉仿天书[3]，
> 浩瀚远征蠲痴途[4]。

【注释】

　　【1】此句是说：长期怀着离家之苦就像被冰冻的寒夜折磨自己抑郁的身体。离骚，离别之伤痛。【2】万户浊流，形容人们的意识随波逐浪而不知自省。鬼当歌，将鬼魅而荒谬的思想意识当作颂歌来信奉。歌，此指信奉。【3】此句是说：唯有我把那些圣哲之光辉看成是深奥的书卷来研读。星神，比喻那些圣哲巨星。鸿辉，古圣先贤之思想。【4】此句是说：在辽远的人生旅途上驰骋要用圣哲的智慧来消除前进的障碍。蠲（juan），消除、免去。痴途，痴迷之路、障碍。

【写作方法】

　　与其说是"怀故诗"，不如说是"励志诗"。诗作的前两句流露出作者在当今随波逐浪的环境里坚忍不拔的批判精神；后两句则凸显出作者誓死捍卫古贤大道的正大之气的民族品格；正是此次还乡给他在故居里带来的灵妙的思想启示，才不难看出作者那忧国忧民的非凡的超然意识和达观人格。

# 回兰溪怀故里

【题解】

　　2003 年 3 月初，作者首次还乡阔别 30 余年的故土兰溪。一时亲近故土的深厚情感难以言表，遂而以诗当谢！

满春斜阳絮飞高【1】，
苏杜玉文数重桥【2】。
开唐君子遗浠河【3】，
犹味兰溪胜闻韶【4】。

三十年后还故里

**【注释】**

【1】满春，春天的尽头。斜阳，夕阳西下之光辉。也称斜晖。【2】苏杜玉文，苏轼和杜牧的美丽诗篇。此指苏轼的《浣溪沙·兰溪》，诗曰："山下兰芽短浸溪，松间沙路净无泥"及杜牧的《兰溪》，诗曰："兰溪春尽碧泱泱，映水兰花雨发香"。数重桥，比喻将苏轼和杜牧的文学智慧作为通往其艺术世界的思想桥梁。【3】开唐君子，指唐朝第一位皇帝。遗浠河，遗憾没有来到浠河。【4】犹味，如果感受这种味道。胜闻韶，胜过当年孔子闻过的韶乐。

**【写作方法】**

这是一首"借拟诗"。前两句说的是借拟古人的文化思想来烘托故土兰溪自古就是文人纷来沓至洞府之地；后两句借拟开唐君子闻到兰溪兰花之春香而遗憾来衬托兰溪地域之非凡。自然，这就将读者在有限的语境里喟叹着无限的期望欲。

# 和《晓至巴河口迎子由》

**【题解】**

此诗摘自《游》部分《巴河大桥随想》一文。2010年作者还乡时，在当年"大苏小苏"握手释怀的巴河口停顿了一下，作为远离家乡的学者，这一停立自然是他发于心灵的颤抖。于是当晚就创作了此作。因此这是和给苏轼《晓至巴河口迎子由》的一首诗。

圣哲大江去，西来一鹤归【1】。
道统几车载，美德千古菲【2】。
畋猎五十亩，朝夕绿蓑衣【3】。

冪冪馈世里，不绝卧薪随【4】。
未料巴河口，虹桥当空飞【5】。
东南西北中，世却枉桥堆【6】。
繁昌八百万，惊艳酒庄肥【7】。
一城淼凫游，无君劲风雷【8】。
宴饮如卷席，齑冗月岁推【9】。
终年咸亨市，修此作大美【10】。
生性天成者，非教却可为【11】。
圣灵当惨怛，天庭阴幕垂【12】。

**2013 年 3 月 4 日晚定稿**

## 【注释】

【1】圣哲大江去，是说一代词圣、书圣苏轼随着它的名词《念奴娇·赤壁怀古》的"大江东去"之夐弘的气象离开了他所抚慰的世界。西来，当年他诞生于西部的眉山，后来来到东方的黄州。一鹤归，是说他虽然仙逝，但黄州时时在恭候他这只仙鹤的归来。

【2】道统，此指古圣先贤总结的引领人类正确发展的自然规律。道，是自然规律，统，是统一标准。菲，形容花草娇艳，芳香浓郁。此指美德。【3】畋（tian）猎五十亩，是说当年苏轼在黄州耕种的东坡那片山地。畋猎，耕种、种田。绿蓑衣，引自唐·张志和《渔父》里的"青箬笠，绿蓑衣，斜风细雨不须归"一句；是说苏轼当年在黄州的艰磨之旅。【4】冪冪，覆盖或影响广大。通"幂幂"。【5】巴河口，即今天的浠黄大桥的桥底下。援引自苏轼《晓至巴河口迎子由》一诗。虹桥，即今天的高架立交桥。【6】枉桥堆，白白地把桥堆建在那里。【7】八百万，此指黄州市的人口。惊艳酒庄肥，是说人们追求美丽的服饰整天以酒店宾馆维生。【8】淼，无边无际的云海或水域。此指人们毫无羞耻心的消费。凫（fu）游，形容人们像鸭子样在城里、酒店里或在茶馆等地方消费、游弋。无君，看不见一个圣贤样的人物。君，指圣贤。【9】齑冗（ji

昔日，圣者东坡在黄州

483

rong），怀着平庸度日子。【10】咸亨，援引鲁迅《孔乙己》咸亨酒店之意。是说人们常年只知道在漫市里逍乐。【11】天成，此指被古往的恶俗所染成的不惜创业的习惯。【12】圣灵，即圣贤们留下的遗风。惨怛（da），悲伤、伤痛。阴幕垂，从空中垂挂下来的是阴暗的幕帘。此句是说：现在再也看不到古贤的气象，是因为天下被那些淫靡之风所惑乱了的结果。

【写作方法】

这是一篇"借古讽今"之作。第一节的四句表达了作者对一位旷世巨人的呼唤；第二节对古贤苏轼在黄州贬谪生活的深切同情；第三节是说故土政府花了天价终于通了大桥却很少有人利用大桥来加速经济建设和发展，于是这桥成了空中之摆设；第四节讽刺了人口虽说在发展但多半在追求物质利益和游饮宴娱；第五节揭露了现代人以虚华为美、以享乐为幸福标准；第六节批判了人们毫不珍惜来之不易的大好时代、不居安思危；圣道的处世之律不修，则一味追求丧失理性的鬼魅之术。诚然，这是大苏小苏怎么也不会料到的结果。诗中的"繁昌"、"惊艳"、"一城"、"无君"、"卷席"、"斋冗"、"终年"、"天成者"和"却可为"等无不在极度的讽刺里进行无情的严厉的批评。

这种"文贵传道"的崇高思想境界和艺术创造力，正在说明作者传承古贤"为天地立心，为生民立命"敢为天下先的崇高的集体主义精神。


# 重游故里问古城齐安

【题解】

此作创作于2010年3月27日。当时作者在还乡的不久便因激情而至写下了此诗。


银河东逝春帆高[1]，
齐吴都会卷雄潮[2]。
八千侯爷方何在[3]？
一池静水闻前涛[4]。

【1】此句是说：如同银河的长江载着春天长满的白帆向东缓缓而逝。银河，比喻长江。【2】齐吴都会，因为鄂黄大桥将两地汇聚在了一起。卷雄潮，推动着大江两岸的经济浪潮。【3】八千侯爷方何在，是说八千年来的所谓太守、方官们今天都在什么地方去了呢？【4】一池静水闻前涛，是说一城市人不求进取地在听说前人的故事。

问古籍齐安（古时黄州）

**【写作方法】**

这是一篇"问责诗"。前两句旨在引出黄州赶上大好时代的太平盛景；后两句贵在警醒今人：故往的八千年的地方官员为黄州建树了什么功德呢？可惜今人仍在浑浑噩噩地虚度光阴。此作发人深省，撼动机杼。

# 三江园角景速写

**【题解】**

2013年4月8日的那次还乡，在三江园创作了不少作品，此诗为其中之一。

云霓羽裳枯木苏[1]，
凤凰烟雨空自流[2]。
凄凄百鸟和管弦[3]，
袅袅小花连点头[4]。

485

**【注释】**

【1】云霓羽裳，云雾里透露出虹的影子仿佛穿着彩色羽毛制成的衣裳。此句是说：霓裳下的万物在春的节令里露出了春的生机。【2】是说凤凰桥上空的烟雨缓缓移动

着却又掉不下来。凤凰，景区的月桥。【3】是说烟雨里寒栖的鸟们以美妙的歌声应和着窗户内电视里传出的管弦音乐。凄凄，寒凉的样子。【4】是说吐着香气的小花多情的连连点着头。裹裹（yi yi），花的香气四溢。

### 【写作方法】

这是一篇"状景诗"。诗中以"云霓羽裳"、"凤凰雨烟"、"凄凄百鸟"、"裹裹小花"等句绘画出了春天来临的清晰特征；作者又以"枯"、"空"、"和"及"连"字的巧妙运用刻画出了大自然静谧与生灵闹春之间的强烈对比。这便是所谓"状物寄情"的范式之作。

# 问 三 泉 觅 影

【题解】

2010 年初春，作者还乡时再次观览了故土的胜景"天下第三泉"；很快就写下了此作。

迹舛三泉昨芷花【1】，
燕咏桥台夕阳霞【2】。
而逾半百奈何往【3】？
豁口深处是我家【4】。

【注释】

【1】此句是说：大唐时代的"第三泉"虽说蒙受过自然界和人为的不幸，但那时却同兰溪漫山遍野的兰花一样名传九州。迹舛，遭受不幸。昨，此指大唐时期。芷花，兰花的极品。【2】燕咏桥台夕阳霞，是说春燕在桥的两头吟咏着歌曲直到夕阳的降临。【3】此句是说：我已过了五十岁还能断定何时再来这里吗？而逾，已经过了。【4】此句是说：无论怎样我必须记住从这个豁口往里面不多远就是我的出生地方铺。豁口，两山崖中间的人行道。

古道悠悠

## 【写作方法】

这是一首"寻访诗"，作者的前两句就将读者置于怀古追思的情境中：在"昨"天的大唐"三泉"就同"芷花"一样广负盛名；而春"燕"又每每在"桥台"为这处胜景赞美到"夕阳霞"的来临。不能不说兰溪这块风土是值得令人回首的。后两句虽说颇有些伤感，但还是可以让读者放乎幽情的，因为尽管到了半百有余，然而作者毕竟忘不了"我"的家是打这个豁口进去的。这就天然地把读者的怀古之情一起留在了兰溪，也留在了 "我"的家！

# 谢太上二圣并青石姊妹樟

## 【题解】

此诗摘自《游》部分《青石姊妹樟传奇》一文。它从神话的传奇角度讴歌了"太上二圣"繁衍生息、造化大千的不朽功绩。

> 先圣亲民渥泽馨[1]，
> 夏商碑模慰后人[2]。
> 自修慧能捍大道[3]，
> 九天云海泛龙恩[4]。
> 沧桑大业对防守[5]，
> 气如铁汉立天门[6]。
> 四海子孙滔滔祭[7]，
> 不绝人伦万古青[8]！

## 【注释】

【1】先圣，此指夏时太姚和上姚。渥泽，弘大的恩泽。【2】夏商，远古朝代。【3】捍大道，即文章里讲述的那次为捍卫乡亲而不愿发兵的正大作为。【4】此句是说：这古老的姊妹俩在几千年来为人类的繁衍和发展所做的震撼天地的贡献。【5】对防守，是说她们踞守在河的两岸为这里人们的安康遥相呼应，誓死当关。【6】立天门，是说她们挺立在这河的两岸，为这里的山川物化而顶天立地，驱祸避灾，招祥纳瑞。天门，天官之门。援引自春秋·屈原《楚辞·九歌·大司命》："广开兮天门，纷吾乘兮玄云"。【7】四海子孙，即炎黄子孙。【8】人伦，古指封建式的官民意识。今

指人类广博的社会关系。

**【写作方法】**

这是一首"无中生有"假借虚托的作品。古往今来的传奇里，有不胜枚举的故事，但这个故事却鲜为人知。作者以"先圣"、"夏商"两词告诉人们这个传奇故事所发生的时代；以"渥泽馨"、"慰后人"两句表明向人们奠定上姚和太姚所立下的功德；"九天"、"大业"、"四海"及"不绝"等句旨在揭示这两位古圣造福后世的深远影响。作为几千年前的古圣能在民间保持着这般传说，想必，其功德可谓如日月同辉，山河共存；其乃实至名归，万古芳流。

问鼎青石姊妹樟

# 夜访樟树咀之民风感怀

**【题解】**

那时（1984年的仲夏月），作者经友人的引荐，就在蕲春漕河东六十里的大同里仁立点为业。这里人们本善厚道，邻里为亲，不觉中作者就成了这里人民的一员；无论何事何往大家都离不开他的参与。同样作者也就视里仁为家。这天夜里樟家咀因抗旱引发了险情。作为知己，作者便投入了这次深夜突发的救急活动。

幸栖樟树咀，
破例里仁随[1]。
山川遗大爱[2]，
篝火发又催[3]。
良官宪人性，
千夫携忠陪。
踵武载四方[4]，
传道共世菲[5]。

2013年3月3日定稿

## 【注释】

【1】破例，指作者在此地破例成为大家的知己。里仁随，随着异乡人无顾虑的居住在一起。【2】遗（wei 多音字），赠予、赠与。【3】篝火，野外燃起的火。此指大山人民浓浓的兄弟友情。发又催，比喻思想或精神被挥发出以后又影响了新的景象。【4】踵武，足迹；此指那位长者的功德。【5】此句是说：真正传道的人们一定会同世界最主流的意识共芳流。菲，芳菲、香气，形容美德。

## 【写作方法】

这是一首"感怀诗"，作者在前四句突出特殊环境下的特殊人物来彰显异地里仁所凸显的善德人性；后四句总结了"好人必有好报"的客观规律。

访遇民风

# 雨 夜 声 声

## 【题解】

2013 年 8 月 14 日改为定稿，此作原出于 2003 年 8 月，即作者父亲仙逝的两个月后创做完成。在作者创造的"哀亡诗"里，此诗是较为长的一首古体诗。读完此诗，真有撼人心魄之感。

万籁呓语间，蓦然意清醒。
户外闪光窦，判若夜游人。
飞沙掠窗过，颤灯寒吾心。
闪电回复回，破雷声复声。
侘傺万千起，唯忆恩父情[1]！
那夜是今夜，为儿动雷霆[2]。

任冯泪阑干，但令母寒身【3】。

今世一家悲，来生报恩铭。

犹嫌苟同在，决非枉人生【4】。

那宿军招晚，盯矇问天星【5】。

扶摇仲夏夜，阵阵风袭人【6】。

恩父匀黄老，殒命驾七旬【7】！

童苦千千结，修能岁岁行！

长猎无飧日，毕生类远征。

两岁丧亲父，兼程孑伶仃【8】。

六岁倚商柜，彻夜伴孤星。

担水河堤下，微命保全清【9】。

可恨守财奴，拳脚交相营。

未到成年期，业堪一将军。

秉赋纵天然，修德一诗经【10】。

心贤慧悟高，仁爱齐芳薪。

身正大风歌，传教承先圣。

道统兴八遐，忠魂畏祖灵【11】！

诗书翘楚者，不废月一轮【12】。

箴言句句续，厚尚日日鸣。

恍惚冰轮起，鞿羁骊山行【13】。

父泽宛同遨，畜予寿祖彭【14】！

【注释】

　　【1】侘傺（cha chi），忧伤的样子。
【2】那夜，即作者亡父于 2003 年 6 月 25
日之祭日；今日，即作者创作此诗的日子。
【3】任冯（ping 多音字）泪阑干，让悲
伤的泪水左右着双眼。【4】犹嫌苟同在，
如果像那些苟且偷生的人一样活着。犹嫌，
若果像、假若接近。【5】那宿军招晚，倒
语；那一晚上寄宿在军招的宾馆里。盯（chen
多音字）矇，直视而被泪水淹没。问天星，
是说向夜空发问："为何家父就要驾鹤西

在天地中回想

去了呢？"【6】扶摇，出自庄子《逍遥游》名句：向空中旋起的暴风；此指作者悲痛难抑之心情。【7】勼（jiu），聚集；此指作者亡父系统的研究黄老学说。黄老，此指黄帝和老子，因为黄帝有《黄帝内经》传播他的修身之术，老子有《道德经》传播他的道家之术；故后人统称他俩的思想为古代最为朴素的哲学学说，亦称黄老学说。驾，驾鹤西去；古为亡灵乘驾仙鹤去往西天的极乐国土，因为鹤象征着长寿永生。【8】兼程孑（jue）伶仃，一路艰辛向前孑然一身，没有任何人帮助。【9】担水河堤下，微命保全清，此两句是说：那时六岁的父亲在商行里每每去河里挑水时，还要保持两桶水清澈，否则就少不了店主的辱骂或人身攻击。微命，薄命。【10】纵天然，释放自然的才能。纵，释放。诗经，即父亲一生在攻读孔子编注的《诗经》一著。【11】道统，古人留给今人的修身立命的科学总结。亦指真理大道。八遐，四周较远的地方。畏，敬畏。祖灵，先人的荣耀。灵，荣宠、荣耀。【12】诗书翘楚者，父亲是一位在书法和词章上算得是有才能的人。不废月一轮，是说父亲像一轮月亮从来都在照耀着作者前行。不废，没浪费。【13】恍惚，好像。冰轮，月亮。羁羁（ji ji），自我约束。骊山，秦岭山脉支峰，于西安临潼东南部。此处发生过四大历史悲剧：一是周幽王戏诸侯导致西周东迁；二是秦始皇刮民脂民膏建阿房宫及骊山陵致使六年后秦国灭亡；三是唐玄宗建华清宫染及安史之乱将唐由盛而衰；四是蒋介石重庆谈判期间在此被捉。此句是说：作者将亡父看成是探索前行的月光，虽说是一位学者也要以骊山之悲剧为戒来成就理想的事业。【14】父泽，父恩。遨，游逛；此指徘徊在身体左右。赍（ji）予，赠予、保护。寿祖彭，健康以长寿鼻祖彭为标准。此句是说：有恩父的福泽护佑，我会不忘记你的赠与将远大的理想和事业尽到做儿子之责延伸到远处。

## 【写作方法】

这是一篇古体"哀亡诗"。作品透过七个章节在一个夜雨凄凄的晚上，记述了从梦中被风、雨、雷、电惊醒后的心灵独白。首节展现了一个在呓语中的人被诡异的风、雨、雷、电所袭扰的恐怖境遇。第二节在忧伤里联想到父亲去世时同是这样的一个风雨交加之夜，于是又想到亡父的一切及母亲因失去父亲的痛苦。第三节是一表化悲痛为力量的决心。四节是揭示亡父童年所遭遇的莫大的不幸。五节讲述了亡父在那寄人篱下的背景里还在坚守自立，这为作者引领了在逆境中前行的航向。第六节塑造了亡父捍卫正义、力播天道而不随波逐流的古君子之风的高洁风范。尾节旨在表明作者一定要不辱使命，锲而不舍地完成亡父尚未完成的文化先业。全诗结构严谨，层次分明；忆古发今，撼人心魄。

# 过 莲 花 山

【题解】

2008 年 5 月初，作者还乡时路过了儿时熟稔的传奇山脉——莲花山。那时作者每每在莲花山上放牛、作农事等总免不了要放眼长江和西河水面上的景象。此次路过于是再度映现出了儿时的画面。

烟海婆娑过仙山，
仙山疑隔数重山。
扬子江上鼓片帆，
片帆巍巍悼孙权。

【写作方法】

这是一篇"借景冯吊诗"。作品通过对仙山的描述和对江河船帆的刻画，将读者置于一个"大江东去，浪淘尽，千古风流人物"之怀古场景。虽说这里不是赤壁，但仍有将孙权与当年的周瑜、刘备、曹操等三分天下的赤壁之战连在一起的悠然画境。

祭孙权

# 由深圳归故里，于但店[1]霜晨送儿女朝读，顺时赴南方

【题解】

1996 年 10 月 2 日作者第二次回故乡，这首格律诗是作者距发表词作的 20 多年前的格律诗里的一篇。作品里作者勇敢地承担着家庭重任：为儿女的学习、自己的追求、家庭的责任、社会的思考等全然真实地做了深刻的表述。

姊弟朝雾里，父母伴后行[2]。

鸡鸣茅舍边，露湿单衣身【3】。
母子诉书语，间出哽咽声【4】。
叮嘱回复回，应作泪不停。
家境几迁史，栖若岭南人【5】。
辗转南北中，但无少陵君【6】。
离骚问苍天，何有道可行？
壮心动耕事，却如半空勤【7】。
长江日复日，黄河恒再恒。
屈子悲国痛，千古未了恨【8】！
我当诲儿女，不及圣贤铭【9】。
世态荒与莽，造化在何春【10】？
江山辅大义，万顷苫苗青！
陪子拜良师，他日复学耕【11】！
非披青罗绮，一颗苏子心【12】。
朝朝欲此往，代代路近人【13】。
岁岁平天下，声声抚哀民【14】！
人人随父意，个个吻母心。
件件修身事，道道此墙跟【15】！

**【注释】**

【1】但店，作者当年将儿女寄读的地方，离作者家乡约50公里，属黄州市管辖，位于城北方向。【2】姊弟，姐弟。【3】鸡鸣茅舍边，是说天刚亮时就来到了华家边的村舍。华家边，但店山里约三公里的山村；此地离作者孩子寄宿地约一公里。【4】诉书语，诉说在学校的艰苦环境。【5】几迁史，在深圳的多次搬家。【6】南北中，在南方和北方及中原的湖北等地寻求发展。但无少陵君，是说没有遇上当年帮助杜甫成就学业的那样的严氏知己。【7】此句是说：尽管充满豪迈之心从农村走出来，但却还是没有创造出奇迹，就像在空中白白穿过了岁月。【8】此句是说：想起当年屈原殉国的经过，才知道两千多年人们不断纪念他的原因啊。【9】此句是说：虽说尽了教育儿女的责任，但还是没

慈语声声

493

有古贤那样的箴言来启迪后人有力量。【10】荒与莠（yǒu），比喻现代社会肆意奢靡、坏人当道的丑恶风气。造化在何春，是说这样妍媸不分、善恶混淆的环境里何时能有个建树功名的日子呢？【11】拜良师，同孩子一起拜访那位姓江的老师。复春耕，作者寄希望自己的两个孩子将来像老师那样在教堂里为人们传播学识。学耕，比喻在校园里培养人才。【12】此两句是：尽管没有穿着当年苏轼为官的服饰，但要有他的那颗忧国忧民之心来教化自己的孩子和世人。苏子，即苏轼。青罗绮，古时官服。【13】此两句是说：常常要想到这种求学的经过，让他们记住曾经有人在这条路上留过陪读的印迹。【14】此两句是说：终成学业后就要以平天下为重，胸怀还有多少人在这样的远离故土的深山里求学。抚哀民，帮助身怀疾苦的人民。【15】此两句是说：不要忘记修身之大事，更不要忘记曾经在此华家边墙根留下的深深的记忆。

## 【写作方法】

这是一篇"寄望诗"，即寄托后人成长的诗作。作者以五个章节记述了这次拂晓陪子送读的一路经过。一路上作者并未写到如何教育子女读书的细节，而是由读书引出的一系列的关于作者创业、迁徙、怀古追昔、敬畏圣贤、时势忧虑、人才宝贵、推己与人和牢记艰磨、不辱使命的东方人的文化自强的人本精神。作者在诗的收束处，极其浓郁地渲染了自己生当人杰的大道气节。比如"朝朝"、"代代"、"岁岁"、"声声"、"人人"、"个个"、"件件"和"道道"之类的句子集中凸显出了作者心海的开合，激情的澎湃，诗性的卓然，语境的超脱等心灵折射出的熠熠的人性之光。古人所谓"诗言志"似乎是定格在了这首"寄望诗"的思想深处。作者结尾的这种艺术处理，在故往的诗作里尚属首创，令人回味无穷。

# 登黄鹤楼忆江导师

## 【题解】

1996年夏，作者因工作之便首次登临了家乡的名胜武昌黄鹤楼；9月7日于深圳创作了这首诗，作品十分真实地反映了作者当时身处艰磨的内心独白：他携手爱妻在南方寻梦的岁月，把两个年幼的儿女，寄在故乡友人的大山里借读。该篇与前面的一篇是同一时期的作品，但反映的是同一主题的两个生活侧面。此作它侧重以一颗崇敬之心，向孩子们的老师和大山人致以深深的感恩之情。

姊弟从学华家村，拜得导师江学堂【1】。
别后身陷囹圄事，不尽长江诉衷肠【2】。

隔山隔水不隔声，远山远乡心相知。

偷得闲暇赏黄鹤，凭籍江水写几诗[3]！

梦见儿女学业荒，可费导师耕课忙。

古今严师训高徒，修剪稂莠造一方[4]。

师家耕课又犁田，坡上师母汗珠连。

掏尽慧能浑烛身，留取芳名染寰间！

肝胆相照卅余载，终识伯乐天上来！

精雕玉器辈辈续，寒夜冰棻代代微[5]！

日复一日父母心，年复一年嫁妆人[6]！

长江夜夜东流逝，江水年年伴君行。

君住黄州客在汉，暮色羃情看不见[7]！

但愿我乘黄鹤去，白云脚下饮交欢[8]。

诉尽人间不平事，吐却心中不得志！

千杯万盏桃源酒，儛乎悠哉莫愁曲[9]！

## 【注释】

【1】姊弟，作者的两个孩子即孙萌和唐诗。华家村，他们求学的寄宿处，离丰家大弯小学约三华里。导师，此指孩子的引路人。江学堂，即拜学江导师家。【2】别后，指1990年离开故地黄州。囹圄，牢狱之困，此比喻作者在逆境中求索。诉壑(ji)肠，是说以长江之水来冲尽其内心的愤懑。壑，愤懑、憎恨。【3】此句是说：好容易寻得机会观赏黄鹤楼并一吟唐·崔颢《登黄鹤楼》的诗句；就凭江水带去他的哀愁来写下几首诗。这是其中的一首。【4】修剪稂莠(lang you)，除去不利于为人处世的坏毛病。稂莠，稂、莠皆是杂草。【5】寒夜冰棻(ku多音字)，比喻受压制之心长期得不到释放。棻，幽远，传说月亮诞生的地方。此指作者同情那位导师的教学处境。【6】嫁妆人，代指教书育人者。【7】暮色羃情，形容黄昏的烟云和人的离情融入在了一起。羃(mi)，烟幕笼罩的样子。【8】白云脚下，此指故乡那天边的丰家大弯小学。【9】桃源，即晋·陶渊明《桃花源记》之缩写；意犹作者与大山人建立的深情厚谊。儛乎悠哉，挥动着手臂悠然而去。儛，通"舞"。莫愁曲，谐趣语；

495

思乡

是说别再忧伤了，还是回到人生旅途上去博弈吧。

**【写作方法】**

　　这是一首"怀故感恩诗"。作品借助在观景黄鹤楼的悠然之心来表达对孩子的导师的深深谢恩，这对比常人是极为难得的修行品格。作者的孩子虽说在那天边的学堂受教不足一年时间，但这种发自内心的感恩之情无不让天下的父母和受教本人深受洗礼：因为人的成长与其受教的师长是分不开的。推而广之说，一个人忘记了给自己传教的恩师，然则，这人就不具有仁德，没有仁德的人是不会修行成业的。读者从"掏尽慧能浑烛身，留取芳名染寰间！肝胆相照卅余载，终识伯乐天上来！精雕玉器辈辈续，寒夜冰菜代代微！日复一日父母心，年复一年嫁妆人！长江夜夜东流逝，江水年年伴君行。君住黄州客在汉，暮色罩情看不见"等诗句品来，不难看出作者怀有非常之心在讴歌这位非常之"嫁妆人"的默默奉献的高尚情操。虽说作者在逆境中求索，但仍不忘人伦大道的践行，此非常人所及也！

# 云 海 观 象 寄 怀

**【题解】**

　　此诗摘自《游》部分《白水樟树弯子》一文。这是作者于 1982 年初因几位学员陪同去往深山援助一位即将退学的贫困学生的途中所记录的仙境。

山海依偎云海边[1]，

八百龙王浴汤泉[2]。

明晖无奈纱霾里[3]，

锦缎羽衣遮九天[4]。

一日频享造化美[5]，

七僧浑禅染凡间[6]。

天地承平开乡业[7]，

但教此生无终年[8]！

【注释】

　　【1】是说隆起的山峦和淼漫的云海融在了一起。依偎，依靠。此指融合。【2】八百龙王，这里形容在云海里裸露出来的山峰。浴汤泉，在泉水沐浴。此指在云海里的山峦接受云雾的笼罩。【3】明晖，光泽的红日。无奈，毫无办法。纱霾，山的上空不满的云霾如同青纱样的朦胧。【4】锦缎羽衣，形容空中泛起的各种梦幻般的云纱。【5】频享，感受太多的大自然之美。造化，源自天地间的自然化育。【6】七僧，指当时随同作者登高劝教的七位弟子。浑禅，就像参禅悟道的人在修行积德。染，此为感化他人。【7】天地承平，人间在继承太和之景象。开乡业，创造乡间的就业机会。【8】但教，只愿。此生无终年，此句是说师生渴望这样如此美好的修业时光不要过早的结束。

白水云海图

【写作方法】

　　这是一首典型而浓郁的"山水诗"。诗画的一开头就因为"山海"与"云海"的自然和谐将读者不由地带进山岚云海的画境之中。又在诗的尾声作者说："但教此生无终年"人们可想此地非一般所见之圣境了。

# 大崎山守望者

【题解】

　　此指创作于2007年仲夏月；其摘自文言文《大崎山记》。这是一首作者借助大崎山充满传奇意寓的"仙翁"同作者的对话。

大崎群山，
悠哉峰巅；
世代所幸，
幸于林间。

这是一首"借影诗"。全诗仅十六字，便将一个顺乎自然、游身深山、达观从命、颐养天性且幽然自得的山民心灵刻画得活灵活现。作者的这种"世代所幸，幸于林间"的安贫乐道之情浑然溢于言表。

护山的使者

# 甲午春归黄州，午间席感金明[1]兄顿食救治[2]；众友惊赞之，遂而兴作

【题解】

2014（甲午）年春，作者还乡黄州，在故友重逢的宴席间，目睹著名中医金明仁兄顿然弃席而去：旨于争分夺秒，救死扶伤。许久回席，大家深为感佩之至。因作者感同身受，此医德一时震撼席间；遂而赋之。

少度项室[3]躺寒春[4]，
耕染[5]岐伯[6]伏枥行[7]。
访得仲景[8]细闻道[9]，
不愧苍生[10]废余生[11]！
荡胸[12]濒湖[13]忠前哲，
术[14]似剪刀[15]心裁仁[16]。
华夏尚德[17]一碑模[18]，
造化[19]医宪[20]父母心！

**2014年2月23日于汕头莲花山温泉村**

498

【注释】

【1】金明：姓李，作者童年故乡浠水兰溪之乡友。现就职于黄州市黄州区妇幼保健院院长，曾获全国五一劳动奖章。李金明院长行医以来力行仁心仁术，治病救人；悬壶济世，醍醐灌顶；推己与人，乐善好施，乃当今医术界行为示范，学为人师耳。故被家乡人称为"厚德医人"也。【2】顿食救治：即在饮用膳食时突然因急诊来电而顿停用餐赶赴急救现场实施抢救。【3】少度项室：少年时代在极其窄小的陋室里研读。少度，少年时代的经历。项室：形容窄小得像脖子宽大小的地方；"项室"引自明代著名文学家归有光《项脊轩记》；项，脖子。【4】躺寒春：在寒冷的居舍里求索；意近卧薪尝胆。【5】耕染：因受前人影响而进行追求理想。耕，耕畋、耕种，比喻研修、耕读。【6】岐伯：相传上古黄帝身边的医师，亦称伯史；他与黄帝合称"岐黄"，乃中国医学领域的代名词。【7】伏枥行：指马在马厩边吃饱食料随时准备出征；比喻人们锲而不舍地为社会谋造福祉。行，此指出征；"伏枥"引自三国·曹操《步出夏门行·龟虽寿》"老骥伏枥，志在千里"一句。【8】仲景：即张仲景，东汉著名医学家。他从临床实践出发，将病因学说、脏腑经络学说同"四诊"（望、闻、问、切），"八纲"（阴、阳、表、里、虚、湿、寒、热）等有机结合在一起，从而为中国医学总结出了不同的治疗法则。其《伤寒杂论》为后世流传，故被后人尊为"医圣"。【9】闻道：接受道统教化和传播学识。【10】苍生：即天下黎民百姓。【11】废余生：牺牲终生力量以追求实现理想的事业；废，牺牲。【12】荡胸：震荡、激励正大的思想热情。【13】濒湖：即李时珍。明代伟大的药（医）圣，湖北黄州蕲州人。其《本草纲目》被誉为中国古代"八大奇书"之一。【14】术：泛指医术综合意义上的技术、方法、经验等。【15】似剪刀，形容其医术高超及医术严谨。【16】心裁仁：比喻具有高超医术者以圣洁之心时刻能丈量以何种技巧、法则去实现仁者爱人的救治方式。裁：此作形容词，恰到实处、丈量实施、拿捏分寸。【17】尚德：上等的品德；尚，通"上"。【18】碑模：丰碑、楷模。【19】造化：人对自然界之化悟，抑或创造性之成就。【20】医宪：医德垂宪为人类之示范。宪，垂宪、垂名，不倒的风范。

**【写作方法】**

诗人借助一个宴席间观察的生活素材，为主人公李金明舍己救人，乐善好施的感人事件塑造了在当今享乐至上的恶臭环境中独特的尚美品质和高大形象。作品分两层含义：前四句记述了主人翁李金明幼学丰实、羽化而功的为实现自己"以医救世"的理想追求；后四句刻画了他以一颗圣洁之心悬壶济世，救死扶伤的大爱心灵。全诗诗人以形象的比

乡宴

拟手法对主人翁的尚德操守给予了高度的揄扬，同时是对当今钱权交易、认钱不认病的腐败现象是一次无声里的严重批判。

在现行的医学界，此诗的发表和对李金明医德的高度颂扬，无疑将会引人深思，发世虑和动心魄耳。

# 游西塞山怀古望恩师涂裕春先生

【题解】

此作摘自《游》部分《西塞山云游》一文。作者怀着崇敬之心，在《西塞山云游》的独特境界里怀望到对岸散花洲的恩师，这看似自然却又非自主的遐想中，作者那压抑于内心深处的感恩情愫自然是难以揣度的。

君隐东岸我西边[1]，
师生迢隔数重山[2]。
云裳粉黛入梦里[3]，
仙山禅境悟大千[4]。

【注释】

【1】此句是说：久已怀望的老师被隐于对岸那烟雨空濛的散花洲的和境之中。君，此指作者的恩师。【2】数重山，是说被烟云笼罩的山峰忽隐忽现仿佛许多山重叠在一起。【3】此句是说：西塞山与对面的散花洲被森漫的云衣掩映就好像美女披上粉装进入梦乡一样。【4】此句是说：这仙境般的山庭所吐露出的禅境让作者彻悟到了大自然的博大与神秘。

500

【写作方法】

这是一首典型的"触景生情诗"。作品里的"东岸"和"西边"以及"师生迢隔数重山"凸显出了作者对故往先师的敬畏之情；而接着

对望散花洲，怀念恩师涂裕春

的"云裳粉黛"和"仙山禅境"则将作者热爱自然、亲近自然、创作自然的纯净之心表现得淋漓尽致。

# 登泰山眺寒堂思念儿女

【题解】

　　此作创作于2004年的初秋。作者随友人再次登临泰山时,当友人论及孩子的课题,不由地作者想起了远在故国黄州暗暗受教的孙萌和唐诗。于是以示寄情。

> 蹿蹀泰岱卬秦楼[1],
> 此时二人作课休[2]?
> 遥怜久别小儿女,
> 藉越秋风成一侯[3]!

【注释】

　　【1】蹿蹀(cuan die),走路不平稳,一高一低地艰难的前进。泰岱,泰山。卬(ang)秦楼,瞻仰秦朝时建制的山楼。卬,通"仰"。【2】作课休,是在课堂里学习还是在贪玩呢?【3】此句是说:为父者但愿凭借这秋风祝贺他们俩能成为有用之才。侯,古有公、侯、伯、子、男之分;此指寄希望他们将来有一定的社会地位。

【写作方法】

　　此作乃一首"思勉诗"。作者在人们言及现代孩子缺失独立性和意志力时,立即想到自己的儿女此时是否在攻读学业,于是让人们不得不想到自己的孩子"作课休"的警示。自古"可怜天下父母心"有多少不是在期许后人"成一侯"的呢?因此作者在淡泊的襟怀里激起对儿女的希冀,就刚好塑造了东方人文心灵者必须具备的文化自强和行为自觉。

501

# 1983年6月1日牵手妮莎幸归故里

【题解】

这首诗最初创作于1986年初春的故里黄州。这是作者与爱妻温莉·妮莎相爱后第一次离开她的山乡别林岩（即今天的蕲春孙冲塔林岩，别林岩乃作者赋予诗意后的名字）后几经周折最终到达了作者的家乡江城黄州。作品里表达了他们决心不忘苦难，不负双方父母之养育之恩的真纯人性。

**千里携手未悲空[1]，**
**几多捍泪日节逢[2]。**
**本是儿童天地乐[3]，**
**今却两君拜府妐[4]！**
**相心无言报家国[5]**
**并肩有矢儛春风[6]。**
**孝馈双亲征战苦，**
**无悔长夜作江东[7]。**

【注释】

【1】这是说：几经辗转终于走上了归心似箭的回乡之旅，没让计划落空。千里，形容路途遥远。【2】这句的意思是：多少捍卫自由的激动的泪水恰好流在这个值得纪念的六一儿童节的日子。日节逢，倒语；赶上节日。【3】六一，这本是儿童的节日，却让我和伴侣赶上了一起回家的时刻，仿佛我们年轻了很多。【4】两个今天怀着圣洁之心的寻梦者，满怀着蓬勃向上的喜悦回到了阔别已久的父母的怀抱。妐，公公。【5】一路上两位勇敢的探索者，多以无言的默许来建设自己未来的家园。【6】这句的意思是，我们一起用坚毅的开拓精神和已发过的誓言，来伴随这千载难逢的改革春风去追求我们的梦想。有矢，有过誓言。儛通"舞"。【7】我们要无怨无悔地珍重这些年来的艰辛创业；一定要成为家乡的新时代的创业主人。江东，故意为三国孙权统一的长江以东的地域；此借指比喻家国的主人。

回家

这是一首"言志表决诗"。作品的前四句，叙述了作者牵手一路的艰辛以及终成眷属的喜悦之情；后四句表白了作者和妮莎勿忘苦难、珍惜幸福、倾情创造以回报社会的决心。三十余年过去，通过作者全面成就的集中反映：的确，人们可以看出，这两位在风云际会的慢慢征途上结为伴侣的相心知己，他们不但没有忘记昨日之悲伤，令人们意想不到的是，他们不但成就了在东方艺术上的卓然梦想，还超常地成就了东西方学术领域的不朽传奇。自然，无疑这是作者博学强记、天赋过人、锲而不舍、推己与人的造化修道的结果。读者通过作者的奋斗史以及他们的艺术及学术成就来总结，这里不难得出一个科学的结论：人不论出生背景如何，但凡其思想和精神能引领社会和净化人伦，自然其功德不朽，芳誉永恒。自古以来哪位圣贤大德不是如此呢？功在千秋者必先"利其器"，此乃大道之律。

**幼闻大崎山风光，经年未果；二零零八年夏暑，择机随故友陈务珍先生同寄，方赏峰松，并昼夜闻之松涛怒吼，且眺西南赤壁江河，烟霾一片，遂作此诗以示之**

这是 2008 年初夏，作者在客住故乡时的"如愿以偿"的一次记忆。

满目苍郁涌绮松[1]，
大崎山巅大江东[2]。
赤壁烽火意犹在[3]，
两赋一词各秋冬[4]。
山城一片洞府国[5]，
阡陌八遐辋川隆[6]。
郴衡齐安墅焦土[7]，
伟哉黄州捍大风[8]。

**2013 年 2 月 12 日下午定稿**

503

**【注释】**

【1】苍郁，此指深青而浓郁的林海，绮松，美丽的松海。【2】此句是说：立于大崎山峰看到茫茫的长江顺流东逝。【3】赤壁烽火，大文豪苏轼描写的《念奴娇·赤壁怀古》曾经在此发生过的赤壁之战。【4】是说《赤壁赋》《后赤壁赋》《念奴娇·赤壁怀古》早在一千年前就以各自的风韵传载了黄州的文化传奇。【5】此句是说：从黄州城乃至大崎山已构成一幅洞天福地的美丽画图。山城，大崎山与黄州城。【6】是说黄州城外田园交错的可以通到很远的地方，俨然一幅王维《辋川图》画境样的兴盛。阡陌，田间路径。八遥，四周很远的地方。辋川，唐画家·王维《辋川图》。隆，兴旺、繁盛。【7】郐衡齐安，即郐城、衡山国以及后来建立齐安的几个郡府制的历史时期。墼(ji)，用泥土做的砖。焦土，形容被历史和战火蹂躏的土地。【8】是说，雄伟的黄州始终在捍卫和承载繁衍生息并教化人伦的历史风范。

**【写作方法】**

这是一首"抚今追昔"的改革诗。虽说诗中不曾提及"改革"二字，但读者透过"满目"、"一片"、"辋川图"和"伟哉"等词语就不难获悉只有在"改革"这样的大潮洗礼才至于如此兴盛。如果前四句是在渲染大自然和历史的强烈比照；那么后四句则是极力烘托新人类不断发展的时代潮流。在浩渺的历史长河人们还是看到了黄州城市的崛起和不屈的坚强性格。

# 随天乡邀觞仁伯先生寄予驾鹤归来辞

**【题解】**

此诗摘自"铭"部分《恩父孙楚寿墓志铭》一文。这是一首具有鲜明个性的"墓志铭"作品。

那昔恩父过瑶塘，占卜料测世沧桑[1]。
性灵通达奈何往？妙年锦绣露华章[2]。
觊觎天帝恩泽赏，莞尔戏眉凡间上[3]。
遗仃两岁亲父亡，孤泪贫身悄作淌[4]。
文梦破碎耕异乡，远上虹云羽衣裳[5]。
绝境造化海一方，枯木逢春懿菲芳[6]。

半生修道翰墨香，一世砥砺美流芳[7]！
浊间妖怪贼入帮，仙域高贵自成行[8]。
牛鬼蛇神俱逞强，春风化雨判糊浆[9]。
筑梦大义撼高阳，护经究艺垂一方[10]！
千尊墨液宏逸广，功德众口佛声扬[11]。
担当苏学导川江，誉留中土旋扶桑[12]。
终效圣贤气高尚，言行文墨萃汪洋[13]。
里仁天乡同邀觞，何日归来驾鹤访[14]？！

儿 寒 夫 并 全 家 叩 上

2013 年 2 月 18 日京华学舍雪雨轩

## 【注释】

【1】那昔，那时。瑶塘，传说仙人诞生时所越过的地方。此指亡父所遭过的苦难。【2】妙年，青年时代。露华章，是说父亲很早就开始以文章、书法闻名当地。【3】觊觎，想得到。此指希冀之意。莞尔戏眉，是说嬉笑平凡之事。【4】遗伶，留下孤苦伶仃的人。亲父亡，作者父亲两岁就没有了父亲。【5】文梦破碎，是说那时作者的父亲怀有为文修道的梦想后来却被现实破灭了。耕异乡，去别的地方做童工。虹云，空中泛红的云彩。此指作者父亲在没有根基的地方立业就像在云幻里生活。羽衣裳，此为贬义词。这里形容那时亡父所衣着的凡间极为破旧而不遮体的样子。【6】诲一方，用教育改变人的德行。枯木逢春，是说他后来有了死里逃生的做人机会。懿，美德。【7】砥砺（dǐ lì），磨练。【8】浊间妖怪，此指那时文革期间所暴露的一切非人性的违背道德的恶臭想象。自成行，自己成就了乡土上的书法艺术事业。行，行业。【9】判糊浆，看作遮掩人的一种欺骗的幌子。

【10】撼高阳，撼动古人求教方式。高阳，乃孔子上祖居住地方。垂一方，在那方得到世传。垂，垂宪、流芳。【11】宏逸，有造化的人才。【12】担当苏学，承担弘扬苏轼学说的使命。旋扶桑，周游日本。扶桑，此指日本。【13】终效圣贤，一生依照古贤的道统为文修艺。【14】里仁天乡同邀觞，是说那些接受过教化的人们都在希望他能重返人间来共同举杯邀赏。里仁，对他乡的敬称。觞，举杯相赏。此句是说什么时候他能回到这美丽的人间呢？

505

招魂

作为墓志铭作品，此诗全面而深刻地叙述了作者的亡父一生所经历的坎坷之旅。虽说《随天乡邀觞仁伯先生寄予驾鹤归来辞》乃一首"铭"文的韵文，但在其艺术的创作上却具有独到的艺术创造和思想提炼。而在今天"铭"文几近被历史尘埃淹没的氛围下能有这一体裁的传承，这本身就是一种尊贵与珍爱。

## 词

# 浣 溪 沙

### 过 清 泉 寺

【题解】

此作摘自《记》部分《清泉寺遗记》里的凭吊词；12岁那年作者随父辈成人去县城帮队里积肥时第一次到过县城，那次就听说清泉寺有古迹——王羲之和苏轼的文化遗迹存在；但年幼未能拜访，遂成一大憾事。就在2012年岁首因故人的通话等方式才获悉它的准确地址，于是才有了《清泉寺遗记》和《浣溪沙·过清泉寺》的诞生。

少小往返不明处[1]，
空怀仙鹤弄长天[2]，
半生尥愧作遗词[3]。
溪旁桥头过有迟[4]，
倒海巨澜还我之[5]。
西水南岸垂此诗[6]！

【注释】

【1】不明处，不知在何处。【2】是说，悄悄在心里怀念着古人。弄长天，常常寄托在天上。【3】愜（hui）愧，悔恨的心绪在内心里撞击。遗词，遗憾的词章。【4】溪旁，即浠水河的西北岸。过有迟，过去很久了。【5】此句是说：好不容易才实现了寻找清泉寺的意愿。【6】此句是说，终于在县城南边的兰溪出生的寒夫五十年后来到此处为追寻王羲之和苏轼等人的遗风而创作诗篇。垂此诗，让这首诗得以流传。垂，流传、垂宪。

【写作方法】

这是一首“寻访追忆词”。作品的前两句，作者告知读者他在漫长的时世就追随着保留在故国浠水县城的圣贤遗迹；后两句道出了作者因多种原因未能找到遗迹而伤怀；末尾两句决定以实际行动来捍卫对先哲的忠敬。此作韵律和谐，节奏平缓；哀而不伤，乃吊中生志耳。

# 沁 园 春

## 跋 涉

【题解】

跋涉，爬山越水，形容旅途艰辛。此指作者为文修艺所经历的人生坎坷。作品创作于作者在人民大会堂举办《寒夫艺术论丛》后的一段深沉的思考。上阕讲述他追求理性及为文修道的长夜浩歌之苦；下阕表达了作者对往昔在故乡黄州童年时代精心修学的回望以及不负光阴的坚毅精神。修改于2010年12月底于深圳。

**才移琼巢[1]，又入海岸[2]，残梦枕边。褎梧桐山雾[3]，岚气霭霭；山鸟耸峙，云霞赫赫[4]，羁旅无尽[5]，人生多舛[6]：宛若水蛭兮攀缘[7]。涸惺目[8]，奰光阴蹉跎[9]，错爱万千[10]。**

**那年畅叙客馆[11]，浑邻童娱少小年欢[12]。畋翰墨诗书[13]，杯酒千卷[14]；堪及右军[15]，岂梦秣眠[16]？更化不时[17]，听命由天，反侧辗转奈何干？御仙客[19]，拒道长论短[19]，挥放诗篇。**

【注释】

【1】琼巢，此指作者在京居住的高楼的书房。琼，琼楼；巢，即喻指居所。【2】海岸，即作者赴南海边的深圳。【3】褎(xiu)，通"袖"。此指深圳梧桐山巅升起的犹如空中舞动的羽裳样的袖子。【4】赫赫，盛大显赫的样子。【5】羁(ji)旅，寄居外地的旅途生活。羁，寄居外地的。【6】多舛(chuan)，遭遇很多不幸。舛，不幸、遭难。【7】宛若，好像，水蛭(zhi)，水里吸吮

跋涉者的驿站

血的多色的软体无脊椎动物。可入药。兮，啊、哎。此句是说，论起多年的不幸这命运就像水里吸血的水蛭缠绕你的身体一样啊。【8】涸(he)，在困境中。惺(xing)，领会、醒悟。此句是说，在困境中擦亮眼睛准备调整方向。【9】嚊(bi)，愤怒。【10】错爱万千，是说不要因为过去的越轨而浪费宝贵的光阴。【11】那年，指1990年在黄州东坡赤壁附近宾馆同友人的会晤相聚。【12】浑，好像。【13】畋(tian)，狩猎、耕种。这里比喻日夜研读与创作。【14】杯酒千卷，意思是形容作者借助饮酒而歌的豪迈之气来挥发胸中的诗书画文等闻道气概。【15】堪及右军，可以在王羲之的法迹里找到突破和成功的奥秘。右军，即王羲之。【16】岂梦茠眠，哪能在梦里作长时间的停留呢？茠，通"休"。【17】更化不时，是说没有赶上真正适合文人施展的大好境遇。更化，指朝代在国体方向上的彻底布局与革新。【18】御仙客，就是拿酒敬给那些有道统教化的人们。此指作者努力改造自我的超然物外之精神。御，敬献、献歌。【19】拒，再也不要。

【写作方法】

此词从整体概括了作者，经历漫漫人生之旅的不畏逆境的东方人类所具有的坚强品格。

上阕的"嚊光阴蹉跎，错爱万千"两句充分表达了作者珍爱生命，珍惜时光以及孜孜求索的修道精神。而下阕的"拒道长论短，挥放诗篇"则豪迈地告诉读者：人只有放弃杂念，警醒自我，清心寡欲，一往无前是没有到达不了的目标。

# 水调歌头
## 故 乡

【题解】

　　2013 年元旦作者还乡时同友人们相聚后创作的一首颇有感慨意味的词作；以表达离开家乡 30 多年后的所悟所感。作者在乡亲的抚慰里更觉着一丝人伦洞达的力量，于是作者便借助苏轼当年那"谁道人生无再少，休将白发唱黄鸡" 之乐观主义精神来实现自己的超尘之作为。

　　春晖卷全空[1]， 纵目生飞云[2]。昔去偓游今还[3]，城阙啾清音[4]。半百伏枥从容[5]，四十年前赤壁[6]，无妨两相饮[7]，问苍茫大地，谁主黄州人[8]？！

　　江上下，山内外，恍披尘[9]。但使雁过[10]，陡让老夫拭泪痕[11]。无愧宋陈评说[12]；吾当福祜渥泽[13]，涕泪九霄庭[14]。鞿羁坡公志[15]，缱绻天地青[16]！

【注释】

　　【1】春晖卷全空，故乡初春显现的春天明媚的色彩全部将作者置于空灵的境界。是指家乡变化的惊喜。空，空灵。【2】纵目，极目。飞云，悠然移动的云彩。【3】偓（wo）游，像古时仙人样的神游。【4】城阙（que），指古城黄州今天处处呈现的各式各样的楼宇。啾（jiu）清音，形容鸟鸣音声的喧闹。【5】伏枥从容，比喻像马样的伏在槽边进食后准备出征。此指作者时刻在攻克各领域艺术之难关。枥，马槽。【6】四十年前赤壁，是说作者当年游览赤壁时所发过的誓愿。【7】无妨两相饮，指作者那时同父亲在黄州为此许愿而毫无顾忌地醉过一回。【8】谁主黄州人，人们在用什么作为教黄州人的精神道

509

故乡的约会

统呢？【9】恍披尘，是说城池在进步可人们的内心世界却仍然被污染在蒙昧的尘埃里。恍，迷蒙看不清。尘，尘寰、尘世。【10】雁过，此时作者头上飞过的大雁。【11】拭泪痕，是为人们华而不实的生活陋习而忧虑。【12】宋陈，即作者在家乡的好友宋自重和陈务珍两位长者（他们均是黄州市老领导）。【13】福祐渥（wo）泽，上天的保佑和浓厚的恩泽。福祐，赐予上天的福佑。渥泽，深厚的恩泽。【14】涕泪九霄庭，是说有家乡的富庶和友人的奖掖那感动的泪花已溅到了空中。【15】羁绊（ji ji），严格约束自己。羁绊，均是用缰绳系住马。【16】缠绻天地青，指作者眷爱故土的绵绵之情会同天地一样长青。

## 【写作方法】

此词属豪放类的作品。上阕忆起作者四十年前的心灵冲动，而今又瞩目黄州在人文领域方面的种种变化的确令他思绪万千。下阕的"涕泪九霄庭"一句更深彻地说明作者以一颗纯真之心渴望家乡黄州能如昨日那样再度出现文化昌盛，人才辈出，艺术繁荣的景象。

# 望江南

【题解】

客住深圳党校，朋友函问家故，并约明年清明还乡，遂感祭之2010年初秋赴深出席活动，在客住党校的第三天因故友论及家父仙逝之事，当晚便又约及翌年一同为家父扫墓之计划。第四天创作了此词。词作以感恩之心传递了作者缅怀和孝尚亡父的哀思之情。


冬残却[1]，万木油葱葱。忆昔恩父楚地眠[2]，凋土鸟雀枯落尽[3]。南北伤林荫[4]！

望月半[5]，虽朋觞酒吁[6]，早归故里培孝祀[7]。以慰亲骨他国陵[8]，冯南照词人[9]。

2010 年 11 月 28 日

【1】冬残却，冬天尚未进入完全冷却又回到暖和的气节了。残，不完全。却，掉头、回头。【2】忆昔，追忆当年父亲逝世的悲伤。楚地眠，在湖北家乡的地下安眠。【3】凋土乌雀枯落尽，草木凋谢的那块坟茔只有落叶后的枯树干陪着凄凉的乌鸦声在咏吟那哀戚的忧伤。枯落尽，树枝落尽了叶子。【4】南北伤林荫，虽说作者此时在南方树林里忆起亡

追慕恩父

父仿佛同样感到在北方的树林里为亡父而忧伤。【5】望月半，指作者期盼在翌年正月半后为亡父作祭。【6】虽朋觞酒吁，虽然同朋友一起为亡父而酒怀但还是有诉不尽的悲伤。吁（xu），忧愁、悲伤。【7】孝祀，以孝道来祭祀。【8】他国陵，此指基督教语，是说逝者在天边的极乐国土里就寝。陵，陵寝，逝者之居室。【9】冯（ping）南照词人，是说凭借作者在南方的追思亡父的兆灵会照见作者的心灵；以示阴阳两隔的祈求。冯，通"凭"。词人指作词的人即作者。

【写作方法】

这是一首"哀亡词"。它记述了作者在外出差时的不快之情：每每当人们提及父亲时作者就联想到亡父的悲伤；就在南方营生的途中作者都未忘记那位逝世多年的恩父对作者所产生的不可替代的影响。

# 浣 溪 沙

## 忆寒堂

511

【题解】

2000年国庆节期间，作者还乡时有一天看到邻居的父辈与晚辈们天未亮就扛着农具忙于耕种，于是便创作了此词。词作表达了作者对乡村生活的深切关注和对广大农民经作耕作之艰辛尤为同情。

篱笆女墙葚纷纷[1]，

舍外塘前夫牛人[2]。

更语绕童接黎明[3]。

爹孙犁耙汗淋漓[4]，

人喧狗吠过重村[5]，

袅炊乡乐野人行[6]。

**2000 年国庆节后**

**【注释】**

【1】女墙，很矮的墙根。葚，桑葚。【2】夫牛人，即赶着耕牛的农人。【3】更语，五更至黎明之间的谈话。绕童，此指孩子在村子里的农家为借用农具而奔走。【4】爹孙犁耙，爷爷和孙子在忙着准备耕地的犁具等。【5】人喧狗吠过重村，是说耕种者们同牛和狗一起翻阅了村的那边。【6】袅炊乡乐野人行，大部分的农人伴着晨曲和炊烟开始上了田野。

再度还乡

**【写作方法】**

这是一首"悯农词"。词作通过"女墙"、"夫牛人"、"犁耙"、"狗吠"、"过重村"、"黎明"及"野人行"等句生动地描绘出了一幅农人起早贪黑地耕作农事的乡野画面。应该说作者对农人如此安分守己地经营自己的那份原野的观察是有其特殊意义的。

512

# 江城子
## 休 闲

【题解】

　　贺辉煌巨著《艺术家眼中的马克思主义》首稿初成大捷尔。2012 年底作者终于完成了计划已久的关于马克思主义的辉煌巨著——《艺术家眼中的马克思主义》。作者六七岁开始接触马克思恩格斯学说；后来到了 1981 年初便写下了他的第一篇探索马克思主义的论文《关于〈共产党宣言〉》。因为多方原因才在这年秋业已整理出版。此词是庆贺该巨著的全面完稿而即兴创作。词作为作者完稿后应邀还乡时同友人们在一起做身体保健临床间的作品。可以见得作者对马克思恩格斯学说真理的忠贞与敬畏。

　　垂老童心意轻狂【1】，颅御寒【2】，颈松张【3】；四季饥腹【4】，梦野僧伽唱【5】。乐此大道通寰宇【6】，印精殚【7】，照余光【8】。

　　几觞酬酒宾舍床【9】，足池边【10】，惧无恙。相欣旧友【11】，焉是赋黄冈【12】。悦舔巨制登及第【13】，晴万里，夜东方！

**2012 年 8 月底于雪雨轩**

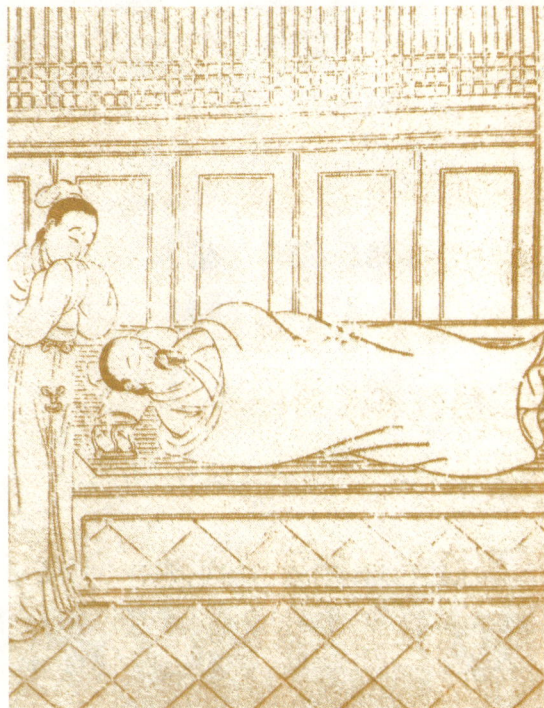

难得一休闲

【注释】

　　【1】垂老，几近中老年。童心，充满天真的孩子样的心灵。【2】颅御寒，头部极需要护理以抵御寒冷。御，护理、治理。【3】颈松张，颈部需要得到放松。【4】四季饥腹，即常年因紧张工作而顾不上饮食。【5】梦野，梦境里回到了故国的田野。僧伽，指佛徒。唱，在佛寺里唱咏佛经。【6】乐此大道通寰宇，是说虽然马克思主义之研究使自己致成头疾等病但真理的学说会对人类有益的。【7】印（ang）精殚，仰慕那些为正义

513

而牺牲的达人。印，通"仰"。殚，穷尽、竭尽。【8】照余光，将哪怕微小的光芒也要贡献给人类。【9】几觞酣酒宾舍床，是说巨著脱稿后畅饮几杯美酒便躺在宾馆里歇息。【10】足池边，指在进行足疗时的喜悦。【11】相欣，都怀着欣喜。【12】焉是赋黄冈，好像为家乡所创作的巨著。焉，了。语气助词。【13】悦舔巨制登及第，感受巨著的成功脱稿就仿佛自己中了举人样的高兴。及第，指科举考试获中了。

## 【写作方法】

这是一首"贺喜词"。作者在完稿巨著《艺术家眼中的马克思主义》之后的不久，便立即按照计划进行身体调理，于是就在还乡的闲空时一边理疗足部与头部，一边构思出了此词。词的尾声"晴万里，夜东方"两句豪迈地告诉读者：作者不辱文明使命，不急不躁的作为之心。

# 八 声 甘 州

【题解】

此词摘自《游》部分《初览檀林古街坊》一文。此作记录了作者在陪伴岳母首次造访舅舅家时的一次对异乡贫民社会的考察。

淼烟霞四处，是何人？参天地仪方【1】。道彭祖今伦【2】，中通直节【3】，扶摇消长【4】。内美江上清风，安潜公榆桑【5】。归兮无雁鸣，匿声顿航。

上下诸公迷醉【6】，借宇宙苍生，百业休忘【7】。谁知山中圣，焉得陈家堂【8】？攻权宜，昼夜宴庭；悖道统，诋箴言愚昌【9】。蕲河水，山榭入海，人寰流芳【10】。

2013 年 3 月 2 日下午定稿

【注释】

514

【1】此句是说，与天地保持着共长久之法度。【2】道，评述、说。彭祖，相传上古长寿者，据说他活过三百岁。今伦，当下人的生存道理。此句是说，以彭祖之长寿秘诀来指引今人的健康观念。【3】中通直节，本指莲藕和竹子的节操；此指人应以莲藕样的自然存在之本就会颐养天年。【4】扶摇，神树名。消长，受用长寿。消，

享受、受用。长，长寿。此两句是说：如人能依照彭祖的长寿秘笈生活就会像神树样的长绿不老。【5】内美，内在美质。安潸，停止流泪。公，此指那位长寿长者。榆桑，即桑榆的倒语。此句是说人要修到美质自然就像江上的清风那样柔美无形；否则很少有像长者那样长寿而不悔恨的。【6】此句是说，上下几千年的人类那些所谓权势者都如此沉迷于浑噩里。【7】此句是说，借助人们的劳苦来供养他们，自己却忘了天下的大业。【8】此句是说，谁知东鄂山区有圣人，那还是生活在这个陈家祠堂里的呢。【9】此句是说，那些经营权贵的，日夜泡在昏聩的酒楼里，一切都违背大道，拒绝真理所以他们愚蠢之为就越来越猖獗。悖，违背。诋，即诋毁。【10】此句是说，这里蕲河的水域已将水榭景区里的水一起带到了充满信息流动的世界，使世人感知收益。

道者，吸日月之精华，纳天地之和气

**【写作方法】**

这是一首"警醒词"。作品的上阕讲述了"山中圣人""修炼成仙"的传奇经过；下阕叙述了之所以人们不能长寿的原因。当然，作者在另一方面深刻隐喻了 "山中圣人"淡泊名利，道法自然；讲求理性，颐养天年的成功之道。这似乎是作品最为核心的议题。

# 水 龙 吟

**【题解】**

2008 年的初秋，作者同朋友们谈起道路的建设时，大家为那些筑路者们给深深的礼赞；突然有人论及因为有人破坏了一处乡村道路，最终导致五人死亡的重大车祸。此时作者创作了此词。词作以深刻的哲理对善道者给与了赞誉；对行恶者予以无情的批判。

似道还是非道【1】，自无人何作庚长【2】，上下坡危，曲直不一【3】，古今相仿。善者垦之【4】，恶者损之【5】，辄道尤觞【6】。寿驰誉亘古【7】，坦途远播【8】，思恩载，更牵肠【9】。

未绝古道长风【10】，细思量，一路芬芳。人寰初度【11】，路哲何多【12】？万言无飨【13】。功泽修古【14】，几多福祉？几多留香？窥虹桥【15】，凌空飞擎【16】，裹裹皆圣者装【17】。

【注释】

【1】似道还是非道，此语是一种哲问句式，是说：路究竟是不是路，如果是，为何有人在破坏，这便引出下文的思索。【2】人何，何人，作庚长，作长时间的研究。庚，年龄、时间。此句是说：从来没有人对此事做长时间的探索与研究。【3】曲直不一，同上句一起解释：是说路的上下坡都是危险的，只是在直线与曲线处所造成的损失大小不同。【4】善者垦之，行善的人们在开垦道路。【5】恶者损之，作恶的人们在毁坏道路。【6】辄（zhe）道尤觞（shang），立即又有人把它修好并且大家相互劝酒安慰下次没人破坏就好了。辄，马上、立即。觞，劝人饮酒或者自己饮。【7】寿驰誉亘古，是说修路者一定是长寿的这种好的声誉和德行可以追溯到远古的时候。亘，追究、追溯。【8】坦途远播，此指行善的人们其功德就像这道路一样延伸到很远。【9】更牵肠，连接上句"思恩载"是说：人们要懂得对大自然有恩德的人就会圣贤样承载美的德行，可是如此破坏道路的人怎能不牵肠挂肚的想想自己这掘井自焚的后果呢？【10】未绝古道长风，从未中断古贤们传递给今天的"大道之行也，天下为公"的天道真言。长风，大道作为之风尚。【11】人寰初度，从有人类就开始。【12】路哲何多，关于这路的哲理该有多少呢。【13】万言无飨（xiang），是说如果无人明白筑路对人类的重要性就是阐述多少哲理也没人向那些贡献者致以谢恩。飨，献上祭品，以表示感恩。【14】功泽修古，功德和恩泽使人修成达人。古，古风、达人。【15】窥（kui）虹桥，细看彩虹样的高架桥。窥，细看。虹，彩虹；此指各类高架桥。【16】凌空飞

道可道，非常道

516

掣（che），在空中飞驰。掣，飞快。【17】袅袅（niao niao）皆圣者装，是说立交桥上声音回旋不绝，同时深深感恩那些为人类铺路架桥者的厚仁厚德。

## 【写作方法】

这是一首"哲理词"。作品通过"道路"的损毁来告知人们一个极其简单的道理：古往今来，那些为人类修桥补路者永远得到来自天地间的报赏；而那些毁坏人类前进的康庄大道和相关建设者，自然将逃脱不了天地间的惩罚。因此，作品在对恶劣现象予以批评的同时，对人类的传道者作了衷情的赞美。

# 永 遇 乐
### 夜宿杭州东海饭店，梦亡父，隔日作于京华

### 【题解】

2012年作者随家乡老干部赴浙江一游，此晚在东海酒店梦见亡父，遂作此诗。诗中描写了作者童年时代在亡父的引领下认真修学和对亡父致以深深怀念的痛苦之情。从此词可以看出作者对其恩父具有难以割舍的感恩情怀，天下文者都善文也，但像作者如此敬畏其父的，天下文者实属罕见。

平生促膝，慈眉义目【1】，诲教仪方。尊孔尚贤；造化兆黎【2】，仍托道寄让【3】。非薄天伦，仁者驰骛【4】，消得圣业弥长【5】。风卷狂，岂堪嫦婴【6】？依窗珠泪千行！

日母熠熠【7】，心涛汩汩【8】，绝断悔却思乡。家园北楚【9】，身舍南阁【10】，缘天地何康【11】？东海不我【12】，古人有梦【13】，何乎惊愕牵肠【14】？忆九重，最是难奈【15】，唯儿悲怆【16】！

517

2012 年 11 月 27 日定稿

【1】义目，即善目。【2】造化兆黎，创造德范育化人类以福祉天下的百姓。兆黎，人民、百姓。【3】托道寄让，是说作者在梦中倾听父亲说一定要道德的阳光下去做人和为文，遇事得谦让才至久矣。【4】仁者驰骛，是说人做到了仁爱就会迅速成长和发展。驰骛，飞奔、快速地跑。【5】弥长，更加长久。【6】岂堪嫏婴(an e)，哪能没有见识的胡来呢？嫏婴，没见识。【7】熠熠，闪闪发光。【8】汩汩(gu gu)，形容水流的样子。【9】北楚，作者在南方专指对北国楚地的称谓。【10】身舍南阁，作者这个晚上是在南方杭州露天下的观景阁上向北方的亡父作了叩拜。南阁，即南方露天下的阁台。【11】缘天地何康，是因为人们哪一处的平安呢？缘，因为。天地，泛指人民生活。康，平安、安康。【12】东海不我，虽入住东海酒店但今夜东海不知道我昨夜梦见了自己的父亲。【13】古人有梦，是说亡父在梦里告诫我一定要秉着真理大道去造化人生。【14】何乎惊愕牵肠，是说有古人的思想疏导为何还要惊讶的自我伤悲呢？【15】最是难奈，真是难以控制住痛苦的思念之情。【16】悲怆，悲痛、悲伤。

悲怆

【写作方法】

这是一首"哀亡词"。作品从儿时的记忆，到他成人的修道经历，全然概括了逝者对生者的影响。

# 卜 算 子
## 幸居立臣君家举班从业

518

【题解】

1983年9月初于蕲春白水，缝技的岁月，客居鄂东蕲春白水畈；去城上坡东里张立臣家作之。20世纪80年代初，作者只身闯世界时，在蕲春县白水畈的一个叫张立臣的长者家里客住，经长时间的努力最后在他家开办了又一期的服装培训班。

身折三百里[1]，
乂居立臣家[2]，
村校四野闹学声[3]，
但丐好风华[4]。

夜莺复歌语[5]，
月钩梢头挂[6]，
无限长驱游子[7]，
何奈战犹发[8]？！

1998 年底于深　喜雨轩

**【注释】**

【1】身折，徒身奔波。【2】乂 (yi) 居，总算安定住下来。【3】村校四野闹学声，是说村子的周围都传出了进修服装学习的热闹气氛。【4】但丐 (mian) 好风华，只愿上天赐予好的发展机遇。丐，赐予。【5】夜莺复歌语，夜里田间莺的反复的叫声仿佛成了熟听的歌词一样。【6】月钩，月牙、弯月。【7】无限长驱游子，是说作者在漫无定期的尘寰里苦苦求索。游子，此指作者。【8】此句是说：尽管环境如此窘迫，又怎耐得住他长驱不懈的奋斗呢？

**【写作方法】**

这是一首"创业词"，作品通过作者在异乡的打拼从业，真实记述了那个特别时代的特别案例。此作告诫人们一个朴实的道理：无论在何种背景下，但凡人们保持清醒的头脑，总会做出一番成就的。

游学的日子

519

# 洞仙歌

【题解】

作者于2012年金秋时节还乡时，同故友陈务珍、宋自重、罗爱德等前辈相聚之后便告别了故土。不久又因社会活动作者由北京赶赴南方的深圳党校。因为工作不能与自重老人晤面，沮丧里便写下了此词以示对长者之怀敬和他日之憧憬。

那日宴送[1]，归却望眼穿；鸿信邀约白云山[2]。阈南国[3]，候音把纸相欢，却盼得，几回离人泪眼。

绕车客岭南[4]，朝夕咫尺[5]，却水复山重不见。夜问故何以？似谪非贬[6]，事浩然，往绪万千。只愿西风斩断愁肠[7]，料得明日浓情阒开颜[8]。

【注释】

【1】那日，指作者在家乡黄州与故友们离别的日子。【2】鸿信，今指由手机传送出去的短信。白云山，即广州白云区的白云山。【3】阈（yu）南国，在南国的边缘上。阈，门槛儿，借指边缘。【4】客南岭，客住南岭。【5】咫尺，即广州与深圳距离不远。【6】似谪非贬，是说作者所处的社会环境：既像是有人督促他的创作任务，又没人给他以政治上的压力。【7】愁肠，指作者在党校因为创作任务而不能与其友人相聚。【8】阒（qu），无声音。阒然。

【写作方法】

这是一首"别情怀友词"。作品在上阕的"候音把纸相欢，却盼得，几回离人泪眼"，可以看出，作者在尊崇长者的背后，尚怀有几分童真般的人性之美。还在下阕的"夜问故何以？似谪非贬，事浩然，往绪万千"的忧然里，读者不乏洞察到作者人生旅途的行进时的伤感心理。

相约在故国

520

# 浣 溪 沙
### 初寄桐梓， 闻温泉名，故沐之后作

**【题解】**

作者在开设现代服装缝纫技术的岁月，寓居桐梓狮子岭；偶沐温泉后兴作。20世纪80年代初，作者在蕲春青石桐梓做服装培训期间，偶尔应学员们邀请一起去桐梓温泉消费；首次感受到了大自然是如此魅力地为人类提供妙不可言的恩赐。是感恩，也是赞美；于是有了此词的创作。

亘古赠丐倨游仙[1]，

陪妆蛮隅赏温泉[2]；

硫水浸体异人健[3]。

谁问嫦娥儛宫阙[4]？

唯此天地美人间[5]，

不胜孟门酒家欢[6]。

1982 年夏天 7 月底于　春桐

**【注释】**

【1】亘古赠丐，是说从古老的时候上帝就给此地馈赠了这方神奇的桐梓山地域。赠丐，赠予、赐予。倨游，像仙人样的游赏。仙，此为作者乐观自指。【2】陪妆蛮隅赏温泉，上帝将温泉作为嫁妆陪送给了桐梓这个山区。赏，赏赐。【3】硫水，即含有丰富的硫的成分的地下泉水。浸体，浸泡和渗透体内。此指泡温泉。异人健，他乡人有幸来此地温泉做客定会得到身体康健。此指作者。【4】嫦娥，传说中的美丽的舞女。儛宫阙，在宫殿里载歌载舞。儛，通"舞"。【5】这两句是说：如有人问宫廷的舞蹈是否好看，不如先来此地温泉体验体验这上天赐予的生命感受。【6】此句是反语，是说：来到桐梓温泉浸泡好了身体要比在那古时孟尝君家里喝酒睡觉和做门客欢聚要好得远。不胜，此为反语"却胜"的意思。孟门，指孟尝君府上。孟尝君，田文，中国战国四公子之一。战国时期齐国贵族，在封邑薛招致诸侯宾客及亡命之徒数千人为食客。

521

**【写作方法】**

这是一首"体感大自然词"。作品透过对大自然的描述，极尽所能地将人类得益大自然的报偿作了细致入微的刻画。

# 鹧鸪天

## 陪孙萌及唐诗在黄州但店，竟秋还，小度华家边；感遇而作

**【题解】**

　　萌唐寄学但店，携夫人多次回探。偶此行盛况，秋景熠熠，发诗性而动心魄，为之作。20世纪90年代初，作者因寻梦携夫人一同赴南方深圳；将自己的爱女孙萌和爱子孙唐诗放在老家但店的深山借读，虽经常还乡探访，但独此次最有诗情。于是将此次感受到的秋后的山岚、林壑、鸟语、炊烟和农人的忙碌以及阳光下的山庄、田间大道等一一入了诗境。此词以表达作者对美好大自然的爱抚和赞许。

稀林残阳鸟蝉幽[1]，
蓬雀间道吠响流[2]。
单衣男女秋碌里[3]，
众物今年遇丰酬[4]。

梯山里，袂舆路[5]，
丰融商贾通五洲[6]。
谢却儿女落此地[7]，
老夫暮岁安晏休[8]。

**【注释】**

　　【1】稀林残阳，不茂密的树林沐浴着即将入夜的光线。鸟蝉幽，秋景里的鸟儿和蝉儿一起发出幽婉的音声。【2】蓬雀，林间或草丛间。间道，道路旁边。吠（fei），狗的叫声。响流，此指大自然里物种的叫声犹如流动的音乐。【3】秋碌里，忙于秋的气节里。此为倒语。【4】丰酬，丰收的回报。酬，回报、报酬。【5】袂舆（mei yu）路，连接着通往皇帝走的路径。袂，联袂、连接；古为衣袖，即连着肘部

522

秋种，秋收

分前面的位置。后引申为联袂，也作连袂。舆，古指皇帝用的车驾或走的路。这里形容此地交通便捷。【6】丰融商贾 (gu)，丰富的商业机遇。丰融，丰盈、充实地。商贾，经商、商业之类。【7】谢却儿女落此地，是说感谢孩子的借读不然还不认识但店还有如此好的地方。【8】安晏休，是说作者你晚年将把这个地方作为修养生息的处所。晏，天气晴朗，艳丽。适合休养之地。

**【写作方法】**

　　这是一首"寄情词"。作者在《鹧鸪天》里，分明详细地写了小序"陪孙萌及唐诗在黄州但店，竟秋还，小度华家边；感遇而作"，由此可以看出：作者每记述一篇作品，都是用心灵在观察他所面临的现实世界。比如，"稀林"、"鸟蝉幽"、"蓬雀"、"单衣男女"、"梯山"等等词汇，如不是精心洞察，是很难做到如此细致入微的。尤其是"谢却儿女落此地，老夫暮岁安晏休"两句就深深将读者的心神扣在了这座诗意盎然的丰家大弯山庄的意境里了。

# 定 风 波

**【题解】**

　　1982 年 5 月，作者在鄂东蕲春县白水滨冲筹备教学点，途中溺水；身狼藉，后体干；就一农家暂作据点，遂作此词。作者在 20 世纪 80 年代初，乘着改革开放之春风去鄂东谋求发展。故在蕲春白水滨冲山区以服装培训为业。就在他经过几天的努力快要找到一个据点时的一个中午，因过隐石桥不留意滑入了幽深的水潭。故作此词。作品表达了人在旅途不能自己而又无法抗拒的客观性。

野林缘及山溪行[1]，
无奈荦确铿曳声[2]。
恍若雁莺列空过[3]，
瞧谁？生死阴阳又一人[4]。

初夏尚春半觉冷[5]，
何处？岸山茅铺袅炊邻[6]。

欲指此落作驿站<sup>【7】</sup>，

知否？未了山规未平生<sup>【8】</sup>。

1982 年 5 月初于黄州

2013 年春季定稿

【注释】

【1】野林缘尽山溪行，在茫茫的树林里因为要走完一段路的尽头才能到达溪边的开阔处。缘，因为。山溪行，顺着山边的溪流行走。【2】无奈，无可奈何。荦（luo）确，高低不平的山石。铿曳（keng ye）声，因滑倒碰在石头上滚入水里所发出的声音。曳，飘动；此指漂游、浮动。【3】恍若雁鹰列空过，此时好像空中有大雁的对阵飞过。恍若，仿佛，好像。列，列队、排队。空过，在空中飞过。【4】阴阳，此指作者失水前后的心灵感受。【5】尚春，还有春天的寒意。【6】岸山茅铺，山体的岸边生出一户人家。袅炊邻，山野的袅袅炊烟就在自己的身边。邻，很近。【7】欲指，准备当作。此落，这个村落。【8】未了山规未平生，是说作者初到大山里生活既不了解这山里的规矩也不知道来到这遥远的山区会有什么结果。

山溪行

【写作方法】

这是一首"创业词"。作品上阕的后两句"瞧谁？生死阴阳又一人"的幽默再现，反映了作者敢于应对随时发生的一切意料之外的不幸事态；而后两句的"知否？未了山规未平生"的呼应则在人生充满无限未知的不测里作了客观的回应；这是作者对客观世界所保持的哲性心理所具有的自然观态度。自然，这是科学的态度。

# 满 庭 芳

【题解】

　　1990年4月初，作者移梦南寻，乡故客聚南（寒）塘（堂）送别；邀请几君子，遂托照他们看呵父母之；故为词谢故人。20世纪90年代初，作者决定南寻时给自己家里的双亲作了安抚，并告诉大家：此去一定要有所作为之后才还乡感恩双亲大人。此词道出了作者两大心语：一是为贤良的双亲作了为儿子的忠孝之责；二是作为离家的游子给了全家人自己要改变全家命运的信心。

　　归春来兮[1]，南梦何处[2]？雾里迢顾家园[3]。命虽芳华[4]，却与黄鸡过[5]。几度辞居迁奔[6]，社稷里，绳墨千坷[7]。访四野，友属相励[8]，功仞折蹉跎[9]。

　　事何[10]？今消春[11]，大运独行[12]，当否默默[13]。非等闲，屈子照怀求索[14]。念此众君励志[15]，生死抉[16]，长缨棹歌[17]。忝双贤[18]，终春还拜[19]，梦堂院萧瑟[20]。

　　　　　　　　　　　　1993年4月中中旬于深　喜雨轩

【注释】

　　【1】归春来兮，是说作者在思索担心明年能否此时还乡。【2】南梦何处，去南方寻梦时在哪里找个归宿呢？【3】雾里迢顾，是说作者在迷茫的尘寰里还得要想到家园的一切。【4】命虽芳华，人生虽说处在豆蔻年华之季节。芳华，美好的年华、豆蔻年华。【5】黄鸡，此语引自白居易《醉歌示伎人商玲珑》一诗："谁道使君不解歌，听唱黄鸡与白日。黄鸡催晓丑时鸣，白日催年酉前没。腰间红绶系未稳，镜里朱颜看已失"。后参阅苏轼的《浣溪沙》一词："谁道人生无再少？门前流水尚能西，休将白

525

送别

发唱黄鸡"名句总结而来。黄鸡，即报晓公鸡，俗称黄叫鸡。此句是说虽然身处华年但美好的时光一天天随着鸡叫慢慢流逝。过，已经消失了。【6】几度辞居迁奔，指作者在故地黄州时全家就迁移了几处。【7】社稷，社，古指土神；稷，古指谷神。古时人们都祭社稷；后引申为国家。作者此指故国黄州。绳墨千坷，用古贤的处世法则来应对自己所遭遇的一切不幸。绳墨，木工常用的工具；后引申为规矩和法度。千坷，众多不幸；坷，坎坷。【8】访四野，作者临行前拜访了周围的友人。友属（zhu 多音字）相励，朋友都在鼓励。属，通"嘱"。【9】功仞折（she 多音字）蹉跎（cuo tuo），以崇高的人格塑造和对社会的贡献来磨灭常人那样的虚度光阴。攻仞，崇高的功德。仞，古为量词；一仞为七八尺。后泛指极高的意思。折，亏损、折耗、使其浪费。【10】事何，此为反问句式；是说将要实现怎样的一番事业呢？【11】今消春，今年的春天已经要过完了。消，消逝、逝去。【12】大运独行，是说作者借助南方寻梦的大好机遇来改变自己。综前两句意思是说：去南方干一番怎样的事业呢？眼看今年的春季已经过完了，不如借此次南寻之机开始构思改变自己的命运吧。【13】当否（pi 多音字）默默，是说眼下还要默默忍受着穷苦的境遇。否，穷戚、不顺。【14】屈子照怀求索，是说以当年屈原的去国之坚来对照自己的漫游生活。照怀，对照自己所怀的境遇。此为作者不负圣贤崇高品德的激励。结合上句的"非等闲"是说：作为一个有志之士定能化穷戚为力量，像屈原那样去塑造高品质的人生价值观。【15】众君，指那时的好友。励志，指大家为作者打气和鼓劲。【16】生死抉，是说此次的离别要么成功要么失败。抉，抉择。【17】长缨棹（zhao 多音字）歌，比喻身飘长长的带子划着快船而唱着急速行进的歌。此指创业之艰辛。长缨，长长的带子或绳子。棹，船上用来划船的桨。一般长的为棹，短的为楫。【18】忝（tian）双贤，因为远离故土而不能行孝与双亲。忝，谦词，有愧于对方。双贤，即贤良之父、贤良之母。【19】终春（chun 多音字）还（huan 多音字）拜，终有一天改变命运后还乡来叩拜双亲大人。春，通"蠢"；即振作起来的意思。【20】梦堂院萧瑟，在寻梦的日子里我会常常把南（寒）塘冷落和凄凉的境遇镌刻在心里以便我更好的一路行进。梦，寻梦。堂院，即家舍院落的总称。萧瑟，冷落、凄凉。

【写作方法】

这是一首"自勉词"。因为在此词的《题解》里已作了细致的交代，此处就不详细注解了。只是就其创作技巧做一点说明。上阕解读了作者远离故土前的多方安排；下阕旨在说明作者离开故土的使命感。从任何意义上理解词作，作品都对人们会产生积极的推动作用。

# 临 江 仙

【题解】

初访鄂东蕲春张塝别林岩（孙冲街），缝技培训之岁月，与温莉·妮莎（乳名清明，艺名，三月）为伴，六年后她决定辞乡西去；遂与作者终成连理。临行父否；然母伤。母怜爱妮莎；他日晨背什同行护送车站；令作者感恩终生。遂为此作。作者在鄂东举办服装教学培训班的几年日子里，他不但开始感受人生之况味，还努力学习多专业之文化知识；懂得将自己与社会放在同一个天平上进行思考。因此在此词里已经初步体现作者以敏锐之目光来观察社会的复杂性和人生命运的潮汐嬗变的自然规律。故在作者年轻的心灵深处就显现出他对社会问题的独到观察与思考。

鸡鸣双影郁远离【1】，生怕令堂忡心【2】。似耄耋背篓索性【3】。就爱女才郎【4】，何必怨儿亲【5】？

自古少女男儿结【6】，幸约他年畋耕【7】。无语待车陪嫁程【8】。母女衷言别【9】，三贤谢终生【10】！

**1983 年 6 月 8 日**

【注释】

【1】鸡鸣双影郁远离，鸡叫的时候路人看到影子带着抑郁之情离开家乡。鸡鸣，五更鸡叫。【2】生怕令堂忡（chong）心，害怕岳母大人不高兴。令堂，对方的母亲。忡心，忧闷之情。【3】耄耋（maodie），高龄。背篓索性，背着篓样的行囊直接出门。索性，直接、干脆。【4】就爱女才郎，随了女儿和他心上人的意思吧。就，此为方言，随对方之便。才郎，此指作者。【5】何必怨儿亲，是说何以要埋怨女儿所选择的追求呢。【6】结，纠结、复杂的关系。此指作者与妮莎当时所怀揣的奋斗理想。【7】幸约他年畋（tian）耕，此指作者与妮莎幸福的

三贤图

527

约定以后回到家乡黄州耕耘自己的那份土地。畎耕，耕种田地。畎，耕种、狩猎。【8】无语待车陪嫁程，大家都不发声静静等候客车的到来，作为母亲是为了陪送女儿第一次的远行。【9】衷言别，此指母女以衷敬之言祝福对方此次分手后的安顿和健康之类的祈求话语。【10】三贤谢终生，是说此时的作者、妮莎及母亲三人都保持敬畏之心谢恩对方分离后的吉祥与平安。即母亲谢恩作者此后对女儿的一往深情，作者谢恩母亲的信任与赐予，女儿妮莎谢恩母亲的养育之恩和作者的携手同行。三贤，此为幽默用语。

**【写作方法】**

这是一首"爱情词"。虽说在作品里并未涉及过多的"少男少女"间的恩爱之类，但作品的整个情节无不是在围绕作者与刚刚牵手的恋人儿在人生旅途即将跨越的第一步探险。上阕的"就爱女才郎，何必怨儿亲"两句，其深彻地揭示出男女间婚姻的必然性和客观性。在上阕的开端句"自古少女男儿结"，以充满哲学的理性思想来呼应了上阕关于男婚女嫁的自然规律。此外，作品在关键的三人作别时的白描仅用几句便刻画得传神谐趣。

# 八声甘州
## 寄青年校籍乡友胡丰

**【题解】**

2012 年春，作者还乡时偶遇少年时代在故乡的中学孙镇学校附近的乡亲胡丰，顿时乡情熠熠，尚礼菲菲。几天的知遇里仿佛隔绝了多少个世纪；于是他们谈论了不少人生梦想与对未来之憧憬。激情之后便创作了此词。词作表达了作者不负年华的创造力和弃而不舍的求索精神。

怀乡情浓浓似潮来[1]，浸心熄休方[2]。叹相见恨晚，少老幸遇，岂止思乡[3]？无可翰卷生平[4]，度偶遇谢苍！谁料夫子归[5]？一洗惆怅[6]。

点墨金山宵短[7]，恰邻童儿时，身手方刚[8]。虽北归有命[9]，却沸井夜藏[10]。畅叙时，同图大夏，枉负盛世何不高涨[11]？取经处[12]，决非同利[13]，气象飞飏。

2012 年 2 月 8 日于故里黄州

【1】似潮来，像潮水样袭来。此指作者与故乡人保持深厚的情谊。【2】浸心熄休方，双方得到心灵的浸染后一时又保持着静静的休息和克制。熄，指灯火熄灭了。此喻静静的情感控制。【3】岂止思乡，是说谈论的话题远远不止关乎家乡的思念与建设。【4】无可翰卷平生，一时无法用翰墨和画卷来表达多年的人生经历。【5】夫子，此指作者；因为作者之名为寒夫，故众多友人称之为夫子。或为戏言。【6】一洗惆怅 (chou chang)，两人的见面居然忘掉了一切的不快。惆怅，伤感和失意。【7】点墨金山，在翰墨的润染下人的思想得到难以想象的启迪。

乡亲夜宴图

金山，此喻指精神财富、理性收获。宵短，觉着夜晚的时间太短。【8】方刚，开始大显身手的时候了。【9】有命，有使命。【10】却沸井夜藏，放弃关于故乡的喧闹之事找个地方安静的休息。却，退却、放弃。沸井，喧闹的故乡话题。井，故乡、乡土。夜藏，夜里安静的歇息。【11】枉负盛世何不高涨，不要辜负大好环境，它怎能不让你有个更好的进步呢？枉，白白地。高涨，得到晋升、使之进步。【12】取经处，是说那天两人将宾馆的那间房舍作为互相请教经验的地方。【13】绝非同利，是说两人的彻夜深谈没有为各自的利益而论。同利，引自欧阳修名文《朋党论》之说："大凡君子与君子以同道为朋，小人与小人以同利为朋"。

【写作方法】

这是一首"感遇词"。作者在与乡亲结识后，因情投意合，志趣相谋，最后还诠释出了这篇词，这是令人可欣慰的事。上阕作者以"谁料夫子归？一洗惆怅"两句道尽他在人生的旅途上充满无限惆怅和源自内心的酸楚。而下阕的"点墨金山宵短，恰邻童儿时，身手方刚"三句，以一位不为金钱所腐蚀的高洁的文化学者的崇高形象。

# 阮 郎 归

## 初 春

【题解】

2007年初春，于赤壁东坡宾馆：此地凹形；背后山为高仰，中有杉林，每住或为诗也。那几年作者常常被友人安排在故国黄州的赤壁宾馆。唯2007年这次写的文稿较多；此为其中一首词。以表达作者对家乡东坡赤壁宾馆的怀恋和对故土的钟情。

穹杉高楼妍阳里[1]，
苍鹊乐渐起[2]。
虎纤棠瘦惜凼泥[3]，
岚池云脚低[4]。

东墙新[5]，西林密[6]，
伴绕竹棚栖[7]。
方外游子闻仙笛[8]，
日月醉春幂[9]。

**2007年春3月于故里黄州**

【注释】

【1】穹杉（sha 多音字）高楼，是说耸入天空的杉树林一起簇拥着高楼。【2】苍鹊，此指从赤壁山背后飞过来的乌鹊。作者那些年每每入住东坡赤壁宾馆时总会有不少乌鹊停留在宾馆前面的杉树林上歌唱。乐（yue 多音字）渐起，清晨鸟儿们的嬉啾声开始热闹起开。乐，此指鸟语的歌唱。【3】虎纤棠瘦惜凼（kuai）泥，是说宾馆东墙上那纤弱的爬山虎藤蔓和庭院里瘦高的海棠缠绻地呵护着地下供它们保湿的泥土。凼，通"块"，泥土、土块。【4】岚池云脚底，是说赤壁山上泛

古云今月一笛知

530

起的云雾常常飘落在宾馆下方池塘的周围。【5】东墙新，指每年的春天都要换上新的绿的气象。【6】西林密，是说宾馆西边出口处的树林生长得茂密。【7】伴绕，结伴缠绕。【8】方外游子，此指作者将自己看成乡土之外的人。方外，佛家用语。闻仙笛。是说作者每每入住东坡赤壁宾馆时在梦中听到了当年苏轼在黄州雪堂同友人们赋诗吹笛的仙境。此句由赤壁二赋堂古联"古今往事千帆去，风月秋怀一笛知"而来。【9】日月醉春幂（mì），是说将这日月之光辉作为作者醉春时覆盖在身上的衣裳。幂，遮蔽身上的布匹。

### 【写作方法】

这是一首"怀乡词"。词的上阕记述作者在故乡的宾馆里为大自然之美作了春天的描绘；下阕在继续述说宾馆的被融入春和景明的氛围里所持有的几分悠然自得。

# 调 笑 令
## 和故友宋新民

### 【题解】

此作虽说是常见的和诗，但它却超常规地表达了作者对友人的怀恋与敬意，同时也揭示出作者对世态炎凉和尘寰不洁的忧怵。此词作于2012年的春节。据说当时作者发出此词后在故乡引起了较大程度的反响。

仰故乡【1】，云徜徉【2】；思故土，发忧伤。儿时别离社稷【3】，卅载回首泪千行！

人海茫，意轻狂【4】；天地萧【5】，日月凉【6】，无奈圣达哀怨【7】，万念归去南苍【8】！

2012年春节于京华雪雨轩

【1】仰故乡，抬头看望自己的故土。仰，此作敬畏和崇仰的意思。【2】云徜徉（chang yang），空中的云彩在不停地游弋。徜徉，徘徊。【3】别离，指作者于30多年前离开故土在外游学的时候。社稷，泛指国家。此指故土、故国。【4】意轻狂，形容人们轻佻浮躁，不求务实的生活方式。【5】天地萧，指人间的百味生活缺乏理性而无法从萧瑟的尘寰中得到清醒。【6】日月凉，是说世态的悲凉。【7】无奈，无可奈何。圣达哀怨，圣贤达人们都深感如今世道的悲叹。【8】万念，一切念头。归去南苍，此句是说愿长空中的云气将作者的忧虑、敬畏故土、思念往昔及对旧时家国的梦境等一起带回南方的封地。南苍，此指南方的天地湖北。苍，苍天。

望故乡

【写作方法】

这是一首"答友人词"。词的上阕清晰地暗示出作者久别后怀恋故土的眷眷情愫；下阕旨在抒发作者一往情深地对现实世界所持的批判态度。

# 满 庭 芳

**2009年春，欣逢故友务珍及夫人、其子阿三（奎任）等，那日晨驰，午间至；并饮斋餐，尚书礼之；黄昏以归**

此词摘自"游"部分《五祖寺登临》一文。

**天跃云裳，山寄芳心，木鱼碎断离肠**[1]。
**虽彼此遭途，偷一车禅藏**[2]。

几多黄州旧梦，顷刻间，沧海心上【3】。

斜阳处，邾城雁咏，栀木割离伤【4】。

明道。今在也，凡佛同究，阴阳齐昌【5】。

举案眉生死说长道短【6】。

东山一去何见？汨江圣屈洗平冈【7】。

叩风雨，方存内外，清气绕天堂。

2013 年 2 月 13 日于雪雨轩

**【注释】**

【1】木鱼，寺庙里用来敲唤念经的器物。【2】遘 (gou) 途，因不幸而走的路。遘，遭遇。此指因为不幸作者和佛家门才走到了一起。偷了一车禅藏，是说作者此行收到了异样的收获。【3】黄州旧梦，指当年就想造访的意思。【4】邾城雁咏，黄州城的雁声开始叫了。邾城，黄州的别称。栀 (zhi) 木割离伤，端午节栀子花的怒放让作者倍受离别的伤感。【5】阴阳齐昌，凡间与佛间都在悄然的发展。【6】举案眉，即举案齐眉。生死说长道短，指大家在车上谈论的生死问题。【7】东山，即指五祖一带为东山地域。汨江，即汨罗江。圣屈，指屈原。洗平冈，洗去在黄州的忧伤。

**【写作方法】**

这是一首"访道词"。此词从形式上看是在登临佛地黄梅五组寺，但其实词的寓意却在于通过那次访道经过，在作者洗涤心灵尘埃的同时，还不断论及人生的变迁和古圣们莫衷一是的自然常态。

# 诉 衷 肠

533

**【题解】**

此词作于 2007 年的深秋。那日因为梦见了故友，于是写下了此词。

那年雾里今却窗【1】，怕为伊人惘。
鸿雁掌上千吻【2】，岂非三春断肠？

细思量，空流芳，偶难忘，敢情东
西，箭似投绪，月夜宵长【3】！

梦乡

2013 年 8 月 3 日定稿

【注释】

【1】那年，即过去结识友情的时候。
雾里，讽刺语，即当今人们将看不透人心
的世态比喻为雾里。今却窗，今天梦醒后
在窗前追忆。【2】鸿雁掌上千吻，是说将外面送来的信件放在手上赏读。【3】月夜
宵长（zhang 多音字），此句是说：那旧时的温情抚慰里通过漫长的实践总结让作者
增长不少见识。

【写作方法】

这是一首"反思词"。作品并未谈及过去在一起时所论及的任何话题，甚至一言
未提，但透过如此简洁的叙述里，人们可以联想到作者与友人似乎谈过不少关于人生
哲学方面的课题。这便是诗的简洁与艺术的剪裁。

# 满 庭 芳

【题解】

此词摘自"记"部分里的《天下第三泉记》一文。2003 年的那次还乡，作者怀
着敬畏之心观览了故国里的名胜"天下第三泉"。随后就写下来这首充满激情的词章。

别兮三旬【1】，今焉名哉【2】？商贾楼　鼎沸【3】，江河依旧，唯两岸今昔【4】。
春秋落梦此处，难开口，冤屈兰溪【5】。怜乡故，从来沉睡，怅夫子悲戚【6】。

奈何？问大道【7】，对天长歌，英雄无觅【8】。细思量，蹉跎一摩圣迹【9】。蠲却非属非故【10】，德唐尧【11】，三泉流丽。桥东西【12】，障目世眼【13】，岂可赛庐锡【14】？！

2013年3月3日定稿于北京

【注释】

【1】别，此指作者及全家于20世纪70年代中后期由这里迁徙到了祖籍黄州。兮，叹词。三旬，即30年。【2】今焉名哉，今天哪里听说过这"天下第三泉"的名字呢？焉，哪里。【3】商贾楼阙鼎沸，形容这里经济发展的速度之快。【4】今昔，此指今天与过去有着变化上的天壤之别。【5】冤屈兰溪，是说初唐的陆羽为此河下醴泉勘定为"天下第三泉"，可今天竟被人为地淡忘了，因此兰溪也就倍受着冤屈。【6】怅，惆怅。夫子悲戚，是说作者为此深感痛心。【7】问大道，是说作者借此事向天地问道：如此对人类有价值的醴泉为何没有被人们开发出来呢？【8】英雄无觅，是说此地真的没有人才出现；否则怎能无人为此天然之泉披上福祉的嫁衣呢？【9】蹉跎一墨圣迹，浪费了这摩崖的一处神圣的墨迹。【10】蠲（juan）却，除去、消除。非属非故，是说这里的人们以往一直在为此摩崖墨迹的归属问题论争了漫长的岁月，如果不考虑他的归属，将精力放在开发醴泉上面这不就给世人立下了公德。【11】德唐尧，要建立唐尧样的功德。【12】桥，此指改革后这里修建了跨越溪河的大桥。东西，即"天下第三泉"面对的东西两岸。【13】障目世眼，形容这里的人们没有睁开眼看事物，浑噩地过日子。【14】岂可赛庐锡，怎能同庐山（"天下第一泉"）和无锡（"天下第二泉"）比其泉水的盛名呢？！

【写作方法】

上阕第一、二句，意为我阔别了四十多年的兰溪故土，那圣人命名及天赐自然的三泉现在何处？商业和楼市在大潮中沸腾不息，长江和溪河仍是昨天的形态，只有两岸的变迁让人联想到今天和过去的比

535

凭吊"天下第三泉"遗址

对。三、四两句是同我以《春秋》式的辛辣文笔和对乡恋的幽梦心情在这里发出呼吁，却无人以对，羞以放言；这委实是浪费了先圣们塑造的"兰溪"二字之历史自然意义。我可怜这降生我的后土，亦遗恨这上两句因浑浑噩噩而不知科学利用自然和人文资源的人们，只有让此惆怅之心来抖动我老夫的悲悯。

下阕之头两句系说怎么办？要使兰溪真正意义上富饶起来只有向天地间的大道求教，向天地示以顺乎道统之规律，那时才得以有杰出的人物出现；现在我们应该总结历史教训了：不要为往昔的"天下第三泉"的五言而纷争不休，应将注意力全部投入到如何开发和使用这西潭坳泉水的经济建设上来；要不，岂不浪费了这一块历久弥新的摩崖圣迹和大自然所赏赐的恩典呢。

# 江 城 子

【题解】

己丑冬月，大雪前六日夜记梦。2009年底，作者还乡编纂《寒夫艺术论丛》时，在东坡遗寓附近的宾馆里，作者梦见已故6年的亡父，梦醒后一气呵成地写就了这首词，在作品里作者深深地哀悼了亡父，并描绘了作者在梦里与亡父相会的悲痛心情。

六年[1]哀歌双泪痕，
长相思，
不成声；
楚地孤坟[2]。
京归祭儿心。
纵然相对难聚守，
青烟里，
苦伶仃！

幽梦作会东坡郡[3]，
慈母爱，
佛心人。
掣身是悔，
独自涕深深。
猜得字字断肠间，

陪上祖【4】，
禅荒茔。

**2009 年 12 月 1 日于东坡遗寓**

**【注释】**

　　【1】六年，指六年前 2003 年 6 月 25 日恩父逝世的日子，距 2009 年六月梦后作此词刚好六年。【2】楚地，指在湖北乡下的家乡。楚，古指鄂、湘一带。孤坟，指作者在京都思念遥远故乡的亡父的墓地。【3】东坡，宋代时指黄州城东南方向的东坡山坡。郡，因当时黄州府为郡府，故作者臆称为东坡郡。【4】陪上祖，因孙氏宗亲的先辈自六百年前就有人在此安寝，故，父亲的墓地也陪同他们在一起安放。

**【写作方法】**

　　悼亡词《江城子》的第一句"六年哀歌双泪痕"，就将读者因 "亡父"而沉痛之心紧缩在了一起。词作的上阕叙述了六年来因亡父而悲痛的伤情；"青烟里，苦伶仃"以写实手法刻画了作者怀恋亡者的无奈的画面。下阕注重描述作者与亡父在梦中相会并以就看到父亲那仁爱慈悲的古君子之风。

　　作为悼亡词，此词将作者敬畏亡父的幽情写到了极致。


# 别　故　乡


**【题解】**

　　作者随着父母全家迁徙自己的出生地浠水兰溪，那时作者尚年轻（12 岁），作为熟稔的乡土一旦离去而后去往一个陌生的地方，尚且那是一个世态炎凉、家境穷蹙、就连有力气都无处释放的时代，即使在祖籍又将会至于作者及全家怎样的安家度日呢？年幼的他又怎能不思考处于这一时期的家庭和个人的前途与未来呢？

云悠悠，
山愁愁【1】；
蓦回首，

望断天涯路！

情幽幽，
恨忧忧，
再回首，
绝处泪如流[2]。
知否？
知否？
举家离骚千百度[3]！！！

1991年3月底深　喜雨轩

**【注释】**

【1】山愁愁，离开作者小时候放牛读书、　　　　　　　　怅离别
与同年们驰骋和劳作的社稷山。【2】绝处，
是说作者全家乘船离开江边看到西潭坳"第三泉"南边的西河矶山。【3】离骚，即
离开和迁徙故地的忧伤。这里也有作者引自《离骚》伤别故土的意思。

**【写作方法】**

这是一首"恋乡"词，作者对故乡的山水寄托了儿时的深情厚意，所以在他远离
时才有了如此眷恋的难舍难分，如 "山愁愁，蓦回首，望断天涯路"便是这钟情的
写照；虽说年幼但却具有成人的那种远虑近忧的知见襟怀，这是此词给人们的一种全
新的思想启示。

# 望 海 潮
## 故国春晓

**【题解】**

2011年农历三月初，作者回故乡为亡父扫墓之际，再度重游了故乡的市井，因
眼前的发展变化，激起他创作了这首词。

赤壁南望，
天水一色，
齐安自古昌繁[1]。
蔚林深秀
江山如画，
掩映商贾万千[2]。
文山和宫约[3]，
武堤发棹歌[4]，
三国当年。
东坡躬耕，
遗爱憾泪九重天[5]。

虹桥飞阙栏杆[6]、
兴教海内外、
寰宇胜览。
街市扬花，
江外流乐[7]，
一都欣盛无边。
乡城阳光道，
融两岸层桥[8]
福祉云烟[9]。
问大美今世何存？
如天上人间！

**2011 年 5 月初于南昌**

黄州 东坡赤壁

539

【注释】

　　【1】齐安，古时的黄州。【2】商贾（gu）
万千，指各地来黄州投资、兴业的上人很多。
【3】指因苏轼的前后《赤壁赋》而闻名遐
迩的赤壁山。【4】武堤，传说三国赤壁之
战时，靠近赤壁南岸的江堤。【5】遗爱憾

泪，是说当年苏轼的遗爱亭直至今天才有人将它建成，因此，多少人为其洒下了泪水。【6】虹桥飞阙，形容家乡城市周围的立交桥，如同天上的飞虹、地上的汉阙那样美丽壮观！【7】此句是说，虽然美妙的音乐流向在江堤之外，但城里的市民还是能听到。【8】此句是说，鄂黄大桥，将两岸人民的自由而幸福的生活紧紧融在了一起。【9】此句是说，今天的福祉，像吉祥的云彩浮现在这里的天上。

## 【写作方法】

这是一首颂美词。作者在四字的序里仅以"故国春晓"一词便使读者故国之春非凡人所写之春，而是具有非凡意义的春景。于是作者仅用"蔚林深秀，江山如画"两句让人进入了春的和境之中。而下阕的"问大美今世何存？如天上人间"两句已将春晖熠熠的黄州尚雅地告诉了世人。

# 水 调 歌 头
## 梦黄飞【1】

【题解】

辛巳仲春，寓居岭南，梦见弟黄飞：其大病初愈，醒后畅怀，感而叙言，致之黄飞。

天地三千里【2】，
一见半生求【3】。
消得【4】彻夜无尽时，
不再苦何秋【5】？
昔年病魔蹂躏【6】，
寒舍内外萧瑟，
一家面歌楚。
慧戟斩妖孽【7】，
皈佛重耕度【8】。

日月间，
从头说，
志未酬

正是佳节，
铁骨戎马战方酣【9】。
生举勾践巨奋【10】，
死可项羽大风【11】，
牵梦浩然气【12】，
醒来泛长舟【13】！

1992年春后于深

**【注释】**

　　【1】黄飞，字庆荣、庆云；乃作者兄妹四人之四。其四人排列为黄鹤、黄鹏、黄燕及黄飞。黄鹏即作者。【2】这就是说作者经历了太多的艰辛。【3】此句是说一次的见面作者祈求了几十年；总是希望弟弟早日康复。【4】等得、盼得。【5】这就是说不再等到何时老病复发的吧？【6】是说过去的三十多年被恶魔夺取了健康和美好的生活。【7】慧戟，此指新型的精神病药剂、针剂。【8】借助佛光的保佑能恢复体质后就可以耕猎自食其力了。【9】这是说弟弟病已经好了乘年轻应像军人样的刚强干番事业。【10】活着就应像勾践那样卧薪尝胆之意志力去改变自己的命运。巨奋，惊人的成就。【11】就是不在世间也要有汉人项羽那种不屈服现实的精神。【12】因梦而长了一回英雄气概。牵梦，结缘于梦。【13】第二天醒后又回到往常样的为弟弟牵挂和忧虑的无奈时光。

**【写作方法】**

　　这是一首感伤词。作为亲人被严重性的精神病夺去三十多年的美好时光和自由，这是谁都接受不了的现实。词作里作者对全家因弟弟疾病所遭受的苦难作了一定的描述，如"寒舍内外萧瑟，一家面歌楚"。这"歌"乃内心悲伤的呼喊；这"楚"是因为巨大的厄运而痛楚。在下阕的幽梦里虽说作者抱有一时的安慰，但毕竟梦的过后仍不能给作者带来现实的改变；因此作者为亲情的苦难可谓身怀无限的悲痛。

541

亲情

作为文学艺术家、人文学者能以此诗抒发亲情的伤悲，这对当下人们丧失宝贵的亲情是一次极大的教育和批判：生命宝贵，亲情难得；可眼下的人们不知珍重，也不知爱惜，常常因区区小事走向法庭，甚而伤害人命；这些是怎样的一种人性呢？

# 西 江 月

【题解】

这是一首爱情词，原稿创作于 1986 年的春天。那时，作者在与未婚妻牵手之前常常在别林岩胡油铺的教学点附近的池塘邀约，谈人生、谈学习、谈追求，还谈马克思恩格斯之类的话题。这首《西江月》就记录了那时在池塘边相约的过程。

蝉夜声声切切[1]，
孤心飞将难歇[2]。
咫尺不奈倩影池[3]，
一塘浩然水月[4]。

星辰寂寥羞涩[5]，
怕是冯夷邀约[6]。
五更相厮鸡鸣后[7]，
挥泪日前阃阙[8]。

2009 年元月于京华雪雨轩

【注释】

542

【1】蝉夜，泛指伴有蝉声的夏天的夜晚。声声切切，声音入耳。【2】孤心，此指作者一人。【3】咫尺，此指当年作者举办教点与池塘很近。不奈，没办法。此句是说，因为太近了无法藏匿她来到池塘边的影子（那时山区尚未开放，人间的约会似乎是一种叛逆）。【4】浩然，正大、刚毅的。是说作者将一腔热血寄托在了这塘水面和月亮。【5】是说几近拂晓前空中的星星稀少和寒瑟。【6】怕是，恐怕、可能是。冯夷，水

神的美称；引自苏轼《后赤壁赋》。【7】鸡鸣后，接近天亮。【8】挥泪，是拭泪。日前，太阳出来时。阊阖，天门。此指太阳升起时的山巅的红云屏障。此句是说，作者与未婚妻以赤诚的泪水来迎接美好未来的挑战。

**【写作方法】**

爱情词《西江月》以自然恬淡之法诉说了青年人热烈追求爱情和理想的初访心灵，用沉稳、坚毅的人性美来迎接爱情和事业的到来；这是积极而浪漫的表现方式。作品并未谈到事业的方向和内容，甚至没有一句对话，但就尾声的"五更相厮鸡鸣后，挥泪日前阊阖"不难看出作者与恋人间的默契和心灵的约定自然是可以见微知著的。

相思

# 点 绛 唇

**【题解】**

这是一首典型的爱情词。作者在东鄂别林岩创业之初同未婚妻相约上山劳动的一次约会。原出于 1985 年仲夏月。此次为定稿。

鹊鸣深处[1]，
双眉含情指关山[2]。
蹴蹑清苗[3]，
呓语诉池边[4]。

俄而影过[5]，
划破玉帘帆[6]，
不羞惭。
摘得和凤[7]，

543

却赏一枝兰【8】。

**2005 年 6 月底于青岛**

**【注释】**

【1】鹊鸣深处，是说每当窗前喜鹊鸣叫时就将他们带到往昔有喜鹊鸣叫时一起劳动的场面。深处，过去相约的地方。【2】含情，此指作者与未婚妻以会意的眼神传递某种意思。指关山，是说指向那时他们所劳动时经过的几道山岭。关山，隐喻障碍、关险。【3】蹴蹙（cu cu）清苗，是说，早晨踩着窄小的山路还可以观赏带有清露的禾苗。【4】呓语诉池边，就像在梦里戏语样的在那池塘边分享对未来的憧憬。【5】俄而影过，是说她的身影很快从窗外闪过。【6】划破玉帘帆：她从窗外走过的动态就像人体断开白色船帆的帘缆。玉帘帆，大船上垂挂的白色船帆。此指隐喻门外或窗外白色的天幕。【7】摘得和凤：将扎在她头上的类似凤鸟的饰物取下来欣赏。和凤，一种饰物。【8】却赏，倒觉得仿佛在欣赏。这就是说好像在欣赏一枝兰花似的。

约会

**【写作方法】**

爱情词《点绛唇》的上阕在描写一对恋人约会的甜美心境；下阕刻画了他们之间相逢后的细致入微的心理动态。而上阕的"双眉含情指关山"一句十分生动地表达了男女间"以眼传情"和"以神会意"的典型的对爱的追求。下阕的"摘得和凤"及"却赏一枝兰"从动态的细节刻画将二者间的情投意合、真纯相爱的内在情致传情地释放了出来。

因此，这是一首很有婉约词风的佳作。

# 满 庭 芳

【题解】

20 世纪 80 年代初的第三春，作者在蕲春别林岩创业之初，与其未婚妻相爱时曾遭遇过不少山里人的非议；因为大山人的传统观念与文化差异，便决定他们对客观世界的有限认识。此词反映了那个特定时代的思想烙印。

春来去兮，
身归何往？
极目江城天边[1]。
几度离苦，
徘徊月翕天[2]。
错对府堂依守[3]，
尽爱处[4]，
浩歌当年。
街巷里[5]，
把酒请怀[6]，
汩汩泪难干！

可否？
遗忘了，
人伦道是，
命庚佛缘[7]。
修正大[8]，
非恐路漫志残。
谢在胡家高母[9]，
细思量，
暮里人坚[10]。
雪冤过[11]，
两门瑞泽，
忠魂气万千[12]。

**2000 年秋月于故国黄州**

【1】江城，此指作者故乡黄州城。因黄州城在江边故为江城。【2】徘徊月翕天：在月光底下彷徨觉着月光在收敛它的光辉。翕，缩敛、收敛。【3】错对堂府，不该与这家和亲。【4】尽爱处，热恋时候。【5】街巷里，是说那时作者所遭遇非议的程度。【6】把酒请怀：用醉酒的方式来忘记昨日的愁感。【7】作者假借以佛的心境来开导自己。【8】释放自然的热能来积蓄正大而磊落之气。【9】感谢对方的母亲的仁慈。【10】在惶惑的世态里要坚定自己正大的人格。【11】那个不辨妍媸、不分是非的昔日已经过去。【12】以忠于公正合理的人伦道统自然会得到泰然自若之气象。

忠贞不渝

【写作方法】

这是一首"世态伤情"词。作者在论述过去时代人们思想陈腐的同时，又在积蓄能量以使自己不屈服现状的大度自在的传统精神。

# 洞 仙 歌

【题解】

三十年前，余寻业。侨居府堂；遇其佳闺，胡氏，名温莉。挚读中外古今文萃。因金云所劳，吾探窥，其含羞焉，后并肩作伴。复称妮莎，烂漫窈之。三载后相心江城黄州。是故怀敬，遂作此词。

**杜面荷身**[1]，
**宛玉洁清香**[2]。

云随裙罗风弄篁【3】。
掀帘后，
朝阳波纹细语【4】；
莫开口，
问惜一叶南窗【5】！

把手寒眉处，
相心无言，
冰轮越语过西冈【6】。
乍暖薄汗衣，
惊失花色，
但久留，
岂是嫣芳【7】？
求日后蓓蕾艳阳里【8】；
都付婵媛甘愿侍春长【9】。

**1986 年春天与故乡黄州**

【注释】

　　【1】形容恋人具有杜鹃及荷花样的气息。【2】玉洁清香，玉样的润洁，春天样的清香。【3】云随裙罗风弄篁，是说在风的作用下她的连衣裙那妩媚的动态如同微风吹动竹叶的样子那么轻柔美丽。【4】波纹细语，形容随着笑声所发出的轻声语言。【5】一叶南窗，作者当年住过的朝南的窗户。【6】冰轮，月亮；此指隐喻恋人会意的眼睛。越语，超过了语言的表达。此句是说：恋人那会说话的眼神超过了常人的语言。【7】岂是嫣芳是说这就是最美的青春季节吗？嫣，美丽。芳，芳龄、青春。【8】此句是说：祈求未来双方珍惜这宝贵的青春年华。蓓蕾，待放的花朵；隐喻诗

缱绻乡土

547

情画意之甜蜜爱情。【9】是说一切为了二者间的山誓海盟的承诺。婵媛，牵恋不舍。侍春长，像春天样美好的呵护着对方。

**【写作方法】**

词作在形象塑造上创造出了两个完美的艺术形象：一个春天里蓓蕾初开的季节和娇艳的少女；一个至真至诚的捍卫真善美的爱的守卫者。于是她们才有了出乎常人的幸福和追求。上阕的"杜面荷身"及"问惜一叶南窗"强烈地衬托出作者观察恋人形美、姿态、举止和体态美的洞察力。而下阕的"冰轮越语过西冈"、"乍暖薄汗衣"及"岂是嫣芳"等句综合刻画了恋人机智、聪慧、善待服饰的女性特征。同时作者的"求日后蓓蕾艳阳里；都付婵媛甘愿侍春长"道出了他忠贞于爱情、捍卫信誉的人本主义德尚。

# 虞 美 人

**【题解】**

2001年作者还乡东鄂蕲春看望岳母时打高架桥下的故土兰溪经过时，不禁潸然泪下。因为时光总是那样匆忙，追求的领域总是那样广泛；于是只有借助《虞美人》一词来填补作者无法到达故土的遗憾。

生死两忘千百回[1]，
何似日西归！
东临人杰第三泉[2]，
家国别离三十八年前[3]。

虹桥回环故园土[4]，
一眼非兰溪[5]。
难辨江山无童形[6]，
恰似萧瑟田土逢好春[7]！

**2001年上春于东坡遗寓**

548

【1】此句是说：作者在现实世界和梦里无数次梦到故土的样子。生死，现实世界与梦境的妙称，而非真的生死。两忘，乃反语，从未忘却的意思。如果真的忘记了再写此诗就毫无意义了。【2】此句是说：浠河东岸边的有唐·陆羽勘验、作者祖辈孙仲摩摩崖的"天下第三泉"轶闻时刻让他耿耿于怀。【3】是说38（1976）年前从这里迁徙去黄州的。【4】这里已架设了立交桥。【5】因为交通的巨变就再也看不到昨日的样子。【6】是说过去儿时的山水模样现已全换了，说明故土的变化之大。【7】虽说这样但又觉得这萧瑟的故土的确需要这般巨变，于是才感到现在才是真正赶上了好时光。

怀念诞生地——兰溪

【写作方法】

这是一首"感怀词"。上阕的"生死两忘千百回""家国别离三十八年前"两句，以跨越较大的时差在说明作者对故土的留恋非常人所有的情怀。下阕的"一眼非兰溪"仅五字就将故土的巨变全然概括了出来。词作里作者蕴蓄了人文之美，也构制了现代的改革之美。

# 满 江 红

## 黄 州

549

【题解】

辛卯清明，还乡扫墓。应友人雪荣君约，兴游市景，偶得之："古有赤壁山，今者遗爱湖"；遂乘前往。半日将至，感佩而叙之。特作游遗爱湖感怀！

**放眼远外，**

春光里，
一城秀色。
忆当年
千疮百孔，
苍生凋落。
赤壁山巅蒿蒺藜[1]，
雪堂四下哀楚多[2]。
看今朝，
燕雀咏霄台[3]，
遍湖歌。

新时政，
沧海拓。
民生切，
天地和。
嗟江山有问[4]，
千载焰火[5]。
谁知苏公归何处[6]？
上下铁壁凿汉河[7]。
回身首，
愚公对苍穹[8]，
长太祚[9]！

2011 年 4 月于南昌定稿

**【注释】**

【1】蒿蒺藜，蒿、蒺藜均是荒芜土地的野草。【2】是说在当年黄州的四周人们处处听到坑埋女婴的残恸声。雪堂，大宋文豪苏轼贬谪黄州时修建的栖身的居所；后有改动。哀楚多，很多哀伤的哭声。【3】燕雀咏霄台，吉祥的鸟雀都在都市的门楼上咏吟着动听的歌曲。【4】嗟，感叹、感慨。江山有问，问江山有变。

550

和谐

江山，引自苏轼《念奴娇·赤壁怀古》"江山如画"一词。【5】千载焰火，祈祷黄州城永久这样像人们用焰火庆祝升平。【6】是说不知苏公已经去了哪儿？【7】黄州自有人类以来就不断开创这里的伟业。铁壁，比喻创业之艰辛。汉河，比喻地域之敻阔辽远。【8】是说以愚公开创事业的豪言壮语对天说。愚公，古代具为开天辟地功德的化身。【9】此句是说：希望故土家国的黄州能永久的得到天地的福祉。

【写作方法】

　　这是一首"畅怀词"。作品在春天的愉悦里听到了都市的和音；在庆贺升平的安稳之余还把握住了要以愚公改天换地的既有作为。词作不仅高扬了巨变给人们带来的惊喜，更给人以"居安思危"之警示，这是作品非常人之独见之处。

# 论 文 说

【题解】

2012 年 3 月 23 日晚于黄州完稿。此文是在一次大型学术活动时人们论及有关做论文的课题时一时激起的回答课题。

就论文而云，这里就谈谈它的相关方面的形制内涵，以使我们的作者和读者在为文修道与求知修行意义上真正做到文如人心、物格所向，笔力专至而气之所愿也。

从广义上讲，论文，即从深层的理性及丰富之学性上进行研究和讨论某种问题和某些现象的文章。譬如天象领域便谓气象论文；深海领域便称之海洋论文；生态环境科学领域便叫生态论文；理论与科学研究即为学术论文；艺术赏鉴和美学鉴赏就叫审美论文；文化导向与现象批评即谓之导向论文等。论文的形成由来已久，我们从《文赋》（陆机）、《文心雕龙》（刘勰）、《答李翊书》（韩愈）、《答韦中立师道书》（柳宗元）、《项思尧文集》（归有光）、《答谢民师书》（苏轼）等名篇可见一斑。论文这一体裁的功能性却远非其他任何文体所能达到的作用力与影响力。在表现形式上，它可以在一千字里反映较深刻的社会现象或事件（物）、问题之本质；还可以在几万字里去剖析——为深　而广博的宇宙观或人类道统范畴意寓的总结与警示和反思。然而，论文的长短和其论及的目的，最终离不开论文的最基本的使命特征，那就是它必须坚持以"理性"作为"精神"；用"学性"作为"力量"，以"知见"作为导向；否则便丧失论文之生命力——亦即以正大而理性的思想表达作为文章的主体意识，以深刻而委实的学理来构置核心传递的附属意识。是样，文章方可光彩照人，入木三分，以警世人！如果要从论文的狭义上作具体探究的话，然则，就只有以它的属性来进行具体分析了。

狭义地说，论文可大致分为评论、理论、批评、策论及哲论等。

所谓评论，是假借相关事物或有关现象进行公正评判和议论；又因领域和专业的相异而给予评论的属性的定义便各立门户：比如进行人物评断便称人物评；现象事物评称谓之时事评；艺术鉴赏和作品鉴赏称之为美学品鉴；针对具体作品或其某一独到风格进行评鉴便叫做作品论或风格论；就某些具体社会现象或精神领域所感召的源自内心独特的心得和思想的慧觉而发出的评说便是感论。总之，评是评理、评断、评说，评正大之气；论是议论、论说、论高见之言等。如果再具体一点，我们则这样说明：在评论某具体之事件时，必须评出这一事件的关键性，以引起全社会对它的高度思考和深刻警示：论及其引起人们关注的因由所在、评论某些社会现象时，我们便不辱使命地竖起"评理"的旗帜；发挥"议论"之力量；以达到世人为之感同、为之深思、为了自省、为了自觉、为之明理，以至为之忏悔。评及某种思想倾向时，我们不能忘记以史为鉴，以使命为斗争之"武器"，在大量的史料面前，让那些不合时宜的异端思潮如罪恶一般被粉碎在无情的论证的阳光下。当然，那些正大、健康的新思想、新思维、新思潮、新思想路、新概念，新创造与发明等无疑让它们仿佛春天之艳照得以和美地穿透人类的每个精微的空间。评论尚有一特性，即限于某一载体传播时的特有存在方式：比如报社或杂志社所常用的指意性极强的功能性传播，它们因某一具有新闻意义和价值的社会信息进行评述，这叫新闻评论；它们就当前某一重大课题作出评说或发表看法的堪称为社论；它们就某一个案（体）对某一社会焦点所作出的个人的思考、总结这便是评论员文章；它们就某一社会问题的横断面作出的简概的议论这叫短评；它们就亟需向社会作出引导性陈述和评说的一类文章为述评；它们就某一期、刊所断言的具体感悟、看法及向读者推荐的真实意图刊发于报刊，这为编后或编后语，也称编后说。它们就某一文章或某一热点、消息等所表明的意见、警示、反思、评论、观点等将其发表在正文的前面以引起公允性；这就是编者按了。

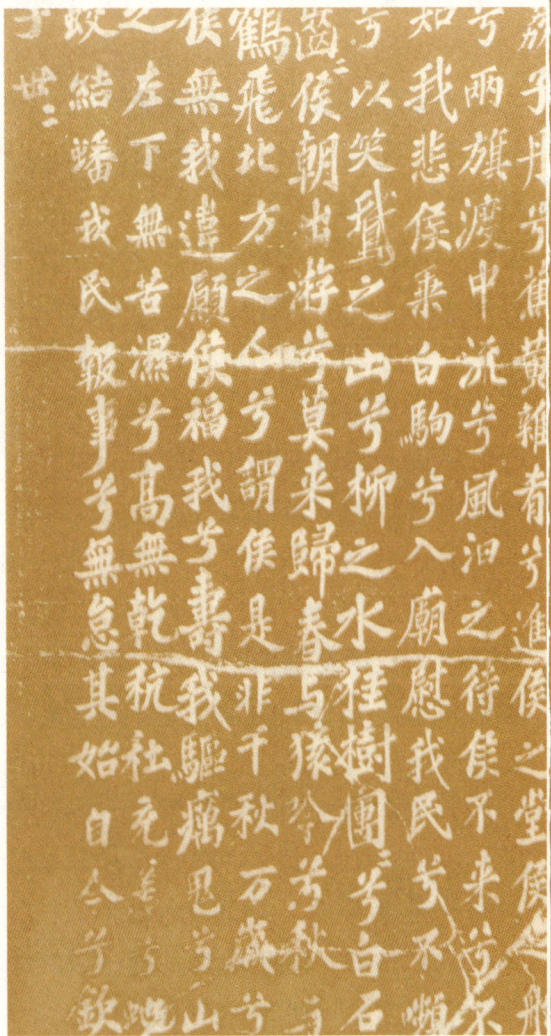

罗池庙迎享送神诗 局部（苏轼）

553

理论，它有别于评论的地方便在于强调个体的独创、知见、探索、发明、发现、感知、总结、研究等。如果把"评论"谓之为"兼济天下"，然则，"理论"当之无愧被称之为"修身"。理论常常偏于策论，这一形式是在论文体里具有十分魅力的为文式样；它充满丰富的理学气息和深刻的哲学思想、科学的思辨能力；也就是说它依靠独到理学内涵来议论客观的自然性及主观的独立性。譬如，在名篇《谏逐客书》里，李斯以"兼济天下"的博大胸襟劝谏皇上要"广纳天下志士"以图国之强大；终于使国王挽救了死去的国运。不朽名篇《师说》里，韩愈第一回向人类提出"师"乃"传道，授业，解惑"者；同时警醒世人"弟子不必不如师，师不必贤于弟子"的深远的哲学思想。在《哲学唯物主义》里，马克思头一次向全人类揭示出"客观是对主观的回答"、"必然是对自然的解释"这一重大宇宙观人类学理的奥秘。《答韦中立论师道书》里，柳宗元惊人地向人类提出"取其实而去其名"的为"师"法则；还在其身陷囹圄中以圣洁之心与韦中立论及为文"不惧怕世俗"，修道"不恪守名利"的震古烁今的伟大思想。《答谢民师书》中，苏轼这样告诫世人为文修行："常行于所当行，常止于所不可不止"；这似乎在向我们今天的人类不仅披露了为文之道，更揭开了做人之圭臬。我在《论经典与糟粕》里，就四十年之作文和攻书于是有所感曰："书贵藏辉，文贵传道，学贵解惑，艺贵养心"；而在我的另一篇《叩拜字圣仓颉》中就"创造"一词的"创"字作了这样的论述：因为仓圣第一位为人类创造并系统传下了东方汉字，这造字的工具便是刀，且那时还不至于定义为书法，所以未能给他定位为书圣。所以我们的新文字时代在统一汉字时，从文字学的哲学思想和道统传承上考虑，便将"仓"字和"刀"字合成"创"字，以永恒地纪念这位为东方文明开疆拓土的最伟大的字圣仓颉。这里不论及史学和考古文，单就上述这一理论性的作文内涵看，本人倒觉得是在以理论史感去实践它的文体价值；否则"创造"一词由何理由诞生的呢？抑或仓颉又为何谓之仓颉而非是王颉或是肖颉、高颉什么的呢？总之，上述所议旨于一题，这就是说明理论文章的属性便是遵循的独树一帜的理性感触与论述润养。

　　批评，它自然与众不同，较多地是反映在学术及艺术界关于意识形态上的思想倾向和行为创作。历史学批评：指立于史学之高度向那些非公正、科学、客观、负责的史学研究的学说进行的批判；如韩非子的《自相矛盾》等。哲学批评：是立于人类宇宙观超高级的理性思维对一切反自然规律、反人伦道统意识的非科学、非正大的观念论和认识论，如老子的《道德经》等。政治经济批评：它是建立于以政治为基础，以经济为工具而对一切违背政治经济学世界观和价值观之论说进行的全面批判，如马克思《政治经济学批判》等。艺术经济批评：是高度地概括人类艺术所积极产生的创造性价值的深刻反思，如卢梭的

《论科学与艺术》等。文学批评：旨在对一些不正大、不健康、不规范、不理性、不积极、不科学的艺术表现学与意识导向所作的深刻批判，如郭沫若的《甲申三百年祭》等。行为学批评：它高扬正大的国民精神，弘扬主流的民族观念而向一切丧失自信与自强意识的软弱行为所作的坚决的批判，如陈独秀的《文学革命论》及鲁迅的《纪念刘和珍君》等等。这些在告诉人们一个道理：凡违背自然科学规律和人伦道统规范的意识与行为均找到以上对号入座的学术批评和思想启迪。

哲论，即哲理性议论。哲理评论，它将混淆且又缺乏理性思想的社会现象和具体的事件放在哲理思维下展示给世人，以供人们加以清晰的认识提高思想的警觉；如柳宗元的《封建论》。在《封建论》里，它一方面向那个特定的时代阐述自己独到的知见——指出秦始皇实行的一些措施对于当时维护中央集权的统一，加强政权的巩固是有很大的必要性。这篇文章里，柳宗元不仅借以"论古"的形式向读者披露秦始皇维权的特殊贡献，还利用"论今"的方法给后来的世人说明了他紧密联系历史潮变而给人们发表自己在如何认识秦始皇这一命题上的深层次正见。比如在王安石的《读孟尝君传》中，他以极其清晰的理性申辩，在不足九十字的气象之中向天下的读者传递了一个为世人所"惑"的严肃信息：一切看似平常的规律背后却饱含着许多反常的惊人秘密；这是大改革家王安石给后人最为宝贵的精神财富——哲理地思考。当然，这类的名文不胜枚举。

下面就策论，论述一下关于它的文式功用。如果把前面的论文体制说成是它们重在评判和论述事物和现象的前因，那么策论则是在积极地承担这一文体的关于思想性、社会性、客观性的导向后果。策，顾名思义乃策划、策动、策略、谋策，计策、设计等。它旨在就某种现象、事件或时局作一鲜明的结论比较，以引起人们对其高度的思想反映、精神警觉，最后向人们道出解脱或指明处理的方法或措施。在欧阳修的《朋党论》里，人

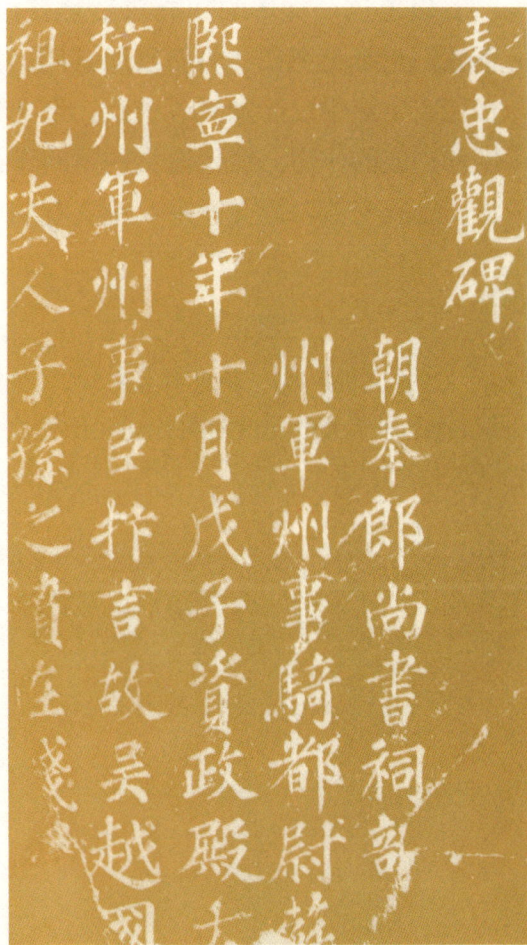

表忠观碑 局部（苏轼）

555

们知趣地意识到"小人因利益而结党"，"君子因大道而结盟"的深刻总结；这是在告诫人们如何防患于未然的"小人"做派和如何修为"君子大道"的开明之见。无疑这为人们在如何洞察人的精神世界起着难堪一比的镜鉴之功。同样在苏轼《刑赏忠厚之至论》里，文章向当时的朝政指出"重赏轻罚"的"仁政"主张是在惠及国家的长治久安及人们的安逸所愿。不仅这样，文章作为策论的典范还为那时的"文"与"道"真正意义上推动了复兴的大潮。而我在《安治论》里，总结了上下近四千年的历史巨变，其结论是：百姓仅管自己的生存而不负昼夜；权势者只管他们的欲望而或发动战争；比如商鞅、纣王、武王、始皇、炀帝、崇祯帝及蒋介石等等，无不因为自己的权力之欲望而致天下涂炭，假如他们心系人民，爱民如子，时刻考虑国之安危，不因权欲而动干戈，不因骄淫而迷视线，这样的帝王君主岂非受天下之拥戴乎？继而，有史以来，哪一次的朝变更张不是因为百姓的走投无路而发起起义最终建立新的朝代呢？因此只有天下的君主多以仁政、清政，才使天下的百姓惠之以安宁。这便是孔子"君子之德风，小人之德草"的缘故啊！

以上这一文体的功能自然是在肩负着其他文体所无法企及的功能性。当下我们正赶上现代文明的发展盛期，就论文这一载体的使用范围看，应该说它在现实生活中已挥发到了极致。论文在各个思想领域或文化空间无不体现其深度和广度的作用。但从论文的空间学视野观察，它还富含有论文对话、论文开讲、论文交流、论文答辩及论文观照等多领域传播的影响力和生命力。

【写作方法】

《论文说》是一篇纯学术文章。它讲述了做论文的诸多方面的体裁形制即专业知识。作品以大量的范文史料论述了做论文的专业性、科学性、思想行、艺术性和创造性。

# 论 作 文

【题解】

　　此作创作于 2011 年 1 月 29 日晚。本文是在作者读完苏轼名篇《答谢民师书》后，因为该作的文化思想和哲学思想深深打动了作者，于是当晚就创作了此作；以示作者深受圣灵的感召。

　　古往今来论及作文的范文和关于趣谈作文的知名作家们，无论谈及作文的创作心得还是谈及为文的思想提炼等，都为作文立下了不少的处世经典；作为自幼热爱颂读古文和因为文章而激动心魄的我来说，的确有为作文谈点感受的必要！

　　在书法领域里有这样一句名言："见字如见其人"。这是说通过其字的体态创制、点画结构、气息呈现、韵致表达等效果去体味书家的思想境界和人格精神。如果我们要在作文章这一领域同样用一句经典语言来概括作者的言行写照，我倒以为这样概括为是："见文如品其志"。不难理解，文章乃作者之志向、抱负、理想、责任、使命、知见和人文精神的根本反映。较多的时候，我们的作者笔下的文章都很少具备上述之为文修道之责任感：要么全文以追求一种空泛的理论腔调；要么通篇是一味地放笔于虚华的言语之中；明确地说，把文章建立在不关痛痒和时代使命以及社会责任的"软骨头"做派的避暑宫里——让它如同孽风一般吹向现实社会的四周，言之洋洋恣肆，理之维维若若，令读后既看不到文章的目的，也品不出该作者的思想境界；总之，这文章是借媒体发越作者的漫不经心，左右逢源，讨好市侩的伪劣势焰和奴颜婢膝罢了。

　　"文章千古事，得失寸心知"，已深刻地告诉我们，作为为文者是要肩负历史使命的；如果你的文章不及时地反映现实社会的主流现象和急剧矛盾、不申斥当下社会的负面影响、不顾及天下庶民的心声、不改造现实世界、不批判黑暗腐朽的阴暗面，那么这文章又怎能为人类社会敬言为"千古事"的呢？再者，既为作文，你的文章不强调去辩证地为宇宙间的自然与不自然的生存万象所直接得来的所感所味，那么你的文章又如何去体现自己源自生活一线的"寸心知"

呢？为社会立言、为人类立行、为生民立志、为他者立心，这是每位为文者的首要任务。倘若一篇文章不能很好地承担言、行、志之责，这将如何体现这位作者真正的为文修道呢？在《史记》里，我们了解到上下五千年的文明史的起始与因果，这使我们的今人通过它的漫漫娓言而深知我们东方人类的先民为中华民族所建构的伟大成果和伟大创造。在汉武帝的腌刑下，司马迁不仅没有被残酷的现实所击垮，相反使其巨著成为人类最伟大的史书之一。这是一代史圣在为人类的发展史立言的结果。在《答谢民师书》里，人们看到的不仅是词圣苏东坡如何以敬畏之心向友人致函问候的人性之礼，而是深刻地讲述了他

贾 谊

在警告世人怎样为文，如何修道，怎样肩负社会使命并忠贞于"文贵传道"的伟大使命。去《巴黎圣母院》里，我们每每回味的不应该是恢弘的法国大革命前夜的人伦道德的辉煌的写实画面，而是通过残疾人加西莫多和艾斯梅达娜完美女性间的真纯描写——反映那个时代法国社会的真善美与假恶丑的生动对照；从而使其成为世界文学宝库里极其宝贵的以浪漫主义手法镌刻成的伟大人性经典。在《封建论》里，我们同样可以看出一位身负重任的伟大心灵的精神呼号：柳宗元尽管处于生命危急关头却不辱使命地站在民族和未来人类学的高度一反千古邪说——以客观的态度，科学的视觉，哲学的思维对秦始皇作出了公平而正确的"诊断"。他的为历史立言，不仅让人们明白在特定历史条件下的始皇——嬴政的不足，更精准地向世人注释千古一帝如何规范国史统一、民族融合的划历史性伟大功绩。想必，如果没有上述《史记》《答谢民师书》《巴黎圣母院》以及《封建论》等诸不朽篇章的立言开道，我们的为文社会该是怎样的一个是非不分，真假不辨，妍媸不识的一个蛮荒无知的社会哟！

这些是我们人类社会的古圣先贤以文为现实世界立言、立行、立志的不朽范例。

"熟读唐诗三百首，不会作诗也会吟"、"读书须用意，一字值千金"，意思是忠告我们立志为文者的精神准备。"读书"不诚心，是学不好真知的；"吟诗"不博读，是不可掌握"诗"的韵致格律的。"行万里路，读万卷书"，这是为作文者时刻敲响的修为的警钟。我们把所见闻的大千世界，自然万象时刻放进

脑子进行咀嚼斟酌，其丰富的生活内含总有被我们创作时摄取的地方；面对我们所学到的每个知识、课题，但凡用心去品觉它，自然有为自己所需要的时候；只要我们精心味读每篇文章，每部著作，它迟早会对我们的动笔创作有益处的。这些为文修为的方方面面虽不如前面的"三立"重要，但也不应忽略其内在价值：如同一个天生丽质的少女，她具有了线条美和体态美，音容美加之学术美，一旦她失去了双眼，那么，这就不足为一个完美的人物合体一样。何其作文章不是这样？

"留心各样的事情，不见到一点就写"。这是先圣鲁迅为我们作文者指定的为文的要秘。否则，那便不是做文章，那是在拿烂石子铺路的。

文稿大功告成后，不必急于发出，应让其休眠一个时期，这样，作者可以在充分的时空里用回味的思维去润致自己释放过的"精神元素"，也叫自我审美修复；待到兴致的意兴灵觉再现时，进行一改再改；自然，美的篇章便此诞生了。

据称莫泊桑多次修改《羊脂球》；曹雪芹几易《红楼梦》；巴尔扎克三定《幻灭》和苏轼数十次推敲《潮州韩文公庙碑》等等，这些都在说明作者对其创作的作品所持的严谨态度。为写好《潮州韩文公庙碑》，苏轼花费几十次设定开头，终于让后人看到该文的高屋建瓴、气度非凡的文章开局景象。

幼年时我虽说酷爱习文，然而却又不得其妙，那是因为我把精力花在舞台和文艺宣传上，往往文章写起来免不了心浮气躁，华而不实，懈而无力，空洞无物。后来当我在苦海里爬出来意识岁月之宝贵时才真正感悟《吊屈原赋》《离骚》，前后《赤壁赋》《师说》《答韦中立书》《假如再给我三天的光明》《背影》以及《春风沉醉的晚上》《一颗纯洁的心》《吉檀迦利》《海燕》《驿站长》等等名篇的艺术况味。

用心灵审视社会生活的多样性，以志趣把握手中的修文法度，在圣贤的作文修道里掏掘自我化育的真纯体验，那么，我们的修文与修道便可以心领神会，益己益人。

是为读也，是为习也！

【写作方法】

这是一篇关于写作技巧和作文修身的专业文章。《论作文》以作文的艺术修养和思想语境作为写作者最高的追求目标。作者告诫了读者：一篇美的文章它必须具备两大标志，一是言之有理地服从作者思想的挥发；一是具有高超水平的文化学养，即包括文字的简洁、语言的精美及表述的动感美。

# 论 经 典 与 糟 粕

## —— 因即渐兴盛的文化大潮的反思

【题解】

　　本文选自国务院参事室主办《中华书画家》（2012年第一期）。《论经典与糟粕》是在当下盛行快餐文化之风的迫使下催生出来的一篇极有力批判文化现象的作品。

　　自《诗经》以来，过去的每个朝代均出现过风华百代的诗人；从《史记》问世后，便相继诞生了不少杰出的史学家；打《离骚》的横空出世，我国便涌现出风格各异的伟大的文学家，等等这些，倘若要以一个关键词来解释——它们为何如此魅力地让后人敬畏而不朽，唯独的回答，那就是因为这这些先贤的著作无比"经典"。

　　然而就书画这一命题而论，照样有一番令人庆幸的自豪感。一代名臣李斯不但开山河的意义上统一了中国汉字的状形、拟音和指意，并且还科学地将东方汉字的书法表现规范于艺术创美的逻辑学的定格上。继而，王羲之就凭其"天下第一行书"的《兰亭序》足以使人世间的书道后人心往神驰，魂牵梦萦的了。大唐的颜平原（即颜真卿）一帖《东方朔画赞碑》，苏轼的《表忠观碑》《罗池庙迎享送神诗》《醉翁亭记碑》及《丰乐亭记碑》堪称中国书法史上的楷书"四宝"。还有画宗吴道子的《洛神赋》被誉为东方绘画之范本；论及绘画这里不得不收束我们的视线：应该回味一下北宋画坛巨人张择端的骇世之作《清明上河图》。诸如上述圣贤们的作品，它们能这样辉炳千秋，流水不腐，那是因为他们在用生命和意志力替人类的文明史行道——行造物之道；行精神之道；行人伦之道；行文化心灵之道。——鸟无天不飞，人无道不行，如果他们不是为世人传播真纯的艺术，以美的思想经营一件件烂漫的精神载体，想必东方人类的神圣殿堂能有如此光彩照人的吗？因此这便是老子的所谓"道法自然"。

　　这里，我们就上述之《清明上河图》作一简短的探讨。首先姑且不言《清明上河图》在史学上的关于汴河地域的经济、文化、建筑、通商、民俗、水运、民生以及时政等那时各大领域的深刻再现，就《清明上河图》的本身近千年的传载史足够我们终生研究。其一是它的珍贵性。自大宋王朝覆灭后，《清明上河图》便屡遭劫难，然而虽命运多舛但最终还是回到了它的至高殿堂——故宫馆藏。其二是它的国史学等领域的价值。从它的问世迄今，没有人能统计出《清明上河图》给这近千年的人类带来的不少于这四大贡献：其一，为我国国史学领域的绘画开辟了先河；其二，为我国的绘画史建树了巅峰之作；其三，为我国真正的文人绘画奠基了经典示范；其四，为我国千千万万的有志于绘事却又无以进入历史定格的人群寻到了饭碗。一位艺术家的作品能达到如此高的艺术境界，国之境界和民生境界"可谓至圣矣"[1]。

论及《清明上河图》的多重性贡献的同时，我们不能不联想到当下的文化现象。大凡任何一个文化昌盛、经济繁荣的时期，便会出现"以文会友，翰墨当餐"，甚而人们出自本能地聊聊我也，谈诗论字，动辄假借泼墨来一展见识的文化景象；人们或兴欣然，跃跃欲试，似乎英雄大有用武之地。自然，这一崇尚文明，及翰墨发诗情与心魄，动芳草染善美与灵魂，固然堪称人类进步和谐之善举，令人敬佩，应大力弘扬光大是也！但问题是大家并非全于交流、互学，或促进互教、互励——这时，的确有少数艺术的爱好者借助如此昌盛繁荣之环境做起非分之梦来，使本来圣洁的高雅氛围被那些不知廉耻的做派搅得浑浊不清。

比如，作为舞台表演艺术，它应该是让人们通过声情并茂的诠释使之以动态的形式向观众传达一种思想的境味和美的交融表达，可偏偏有人利用这舞台不去经营美——而是东施效颦地将非洋非土的玩意儿搬上舞台；其结果让人们捧腹大笑。其实，这笑的背后是在大骂的：骂这是在糟蹋舞台空间；骂这是在糟践国粹；骂这是在挂羊头卖狗肉；骂这是在崇洋媚外。当然主要还是骂这些人忘恩负义——抛弃我们的传统经典——而不知耻地哗众取宠、四处作秀。报纸文化似乎也不甘落伍，但凡有人给钱，不管来者是谁，不论其艺术含量多高，不究其稿件（多指书画作品）是否传播美感或能勉强供人们以欣赏，至于是否像我们的先贤的作品那样替人类"传道"，我想恐怕连那些发稿人自己都无法回答这是否是真正的艺术——于是就让这些"不

以圣洁之心灵，染浩瀚之天地

561

合时宜"之作披上"美"的装束，充当"艺术"的面孔给流向了社会（包括市场）。殊不知，我们作为所谓真正艺术（门类）品的发稿人是否想过："差以豪（毫）氂（厘），谬以千里"[2]之后果呢？路走错了，可以返回；报告作错了可以宣布无效；法令颁布错了却让天下人无所适从。然而，将一些不堪众望的"艺术品"发表出去——使天下善良而缺乏学养的人们去顶礼膜拜和传播，这与颁布错误的"法令"又有何两样呢？"书籍是人类进步的阶梯"[3]，一部著作，它不仅庄重而严谨地承载着人类文明史的和谐之声，更重要的是——书，乃作者高洁的思想，聪明的智慧及善美人性的充分塑造。因为在书里能深刻地反映作者的崇高追求，人生感悟，或与反人类、反文明的黑恶现象抗争的催人向进的光彩照人的文化自觉——此乃书之道也！但眼下的书籍同样堪称为"著作"，不少的书城在经营着千姿百态、五光十色的图书，可有多少版本是在塑造我们的民族自信和东方人文自省的文化自觉呢？在一部著作里，如不能闪烁作者心灵的自觉，不能光大民族精神的自信，那么这部书拿什么向读者传达作者的自强呢？！一部著作不能挥发作者的自强——继而又怎能通过著作向社会和人类去倡导重塑我们的民族自强呢？在《红楼梦》里，作品告诉人们以贾宝玉和林黛玉为代表的一群人大胆追求个性解放、婚姻自由的新时代生活、没落封建必然覆灭的历史结论。在《巴黎圣母院》[4]里，人们无不因美女爱斯梅娜达与畸形的敲钟人加西莫多最终坟墓里的完美结合而深表感佩：他们以自己的真善美与巴黎社会的假丑恶的强烈对比而使作家维克多·雨果流芳千古。"三人行，必有我师焉"[5]之类的醒言于孔子《论语》里不胜其数。虽此八言，但告诉我们常人的处世之道是十分深刻而丰富的。综上所述我们应该看到：以生命铸造艺术者，其艺术必将传递人性之光芒：用圣洁之心经营学问者，其学识必将撼动世人的心灵。

相反，我们当下的所谓某些"著作"的作者是否与其作品一同令后人所仰慕呢？这自然就看作者们的操守与修道了！

半年前的一家国字头的报纸发表了一位书家的问世之作——四个版。友人送来让我评赏，当即我说"不敢恭维了"。——观其字，点画软而无力；上下结构病态龙钟；左右不顾亲来友往。论其楷，不规不矩；论其行，不健不稳；论其隶，非门非道；言其魏，非同途血脉。总之，那偌大的几个版面在告知天下的读者——先是报社赚了一个钱，而后是那书家丢尽了颜面；接着，有人说了：中国书法发展到今天，总之，一句话——书坛后继无人也！且悲之，悲乎哉！！盖是当下文化进程的过快，或因受某些西方非文明现象的浸透，于是人们一味于茫然若失的大潮里仿着学浮躁；跟着狗学拉号子；把本有的几千年的母亲文化——中国书法，肆意涂改得不伦不类，甚而还要装潢着门面，大兴报刊炒作之风，以期名利双收；……此，岂不忘国忘忧的吗？！记得五年前我在《书论》[6]里总结了学书之感受，这里不妨再道上一回：

> 书法一词出自《左传·宣公二年》，曰："董狐，古之良史也，书法不隐"，后为世人延用之。自创作到欣赏；从艺术至学术；由书学过渡到理论研究其无非介乎八言：首重创写"逻辑"；其次乃"美学"赏鉴；高于此者为艺术"审美"；若懂此理者便与书道之"哲学"不远乎。凡修书之道者必铭其圭臬乎焉。

就是说，有志于书道者，必须懂得书之"逻辑"学；这里所谓的"逻辑"就是深谙中国书法的上下、左右、内外、交叉、对角、并列、重叠等多种形体的科学结构。重"逻辑"者，自然，其书法隽永秀美；否之，则陋态百出。能写一手好字，还要具有懂得这字的美感呈现与境界的表达意识，这即是书法之美学理性；超越这一境界的便是书学之"美学"赏鉴——它是由极高的美学思想和"审美"原理融合而成的一种超艺术的理论元素而进行艺术品赏鉴把握的；如果再问高于这一艺术审美的范畴是什么，那——就是"哲学"了。难怪这就是古人谓之：三五年可造就一位画家，几百年难得出现一位书家的理由所在。身为文化人，是否心系国学利益，肩负文化使命，同周围人一道构建东方古国的人文自信与民族自强，其主要途径是看其作品是否真正让世人从中得到教益：精神的激越，心灵的净化，思想的启迪，道德的警示和生命价值观的认识等等。因此，从圣贤们的书卷到他们立言处世的总结是：书贵藏辉；文贵传道；学贵解惑；艺贵养心。故，无论习书还是绘画，抑或是作文，行者切不可轻浮；那些所谓快餐"文化"，大多为垃圾"文化"，无论他们怎样"疯"行最终必将被淹没在《尚书》[7]、《春秋》[8]、《论语》[9]、《道德经》[10]、《楚辞》[11]、《唐宋八大家》[12]、《古文观止》[13]、《红楼梦》[14]、《鲁迅全集》[15]及《吉檀利》[16]、《叶甫盖尼·奥涅金》[17]、《资本论》[18]以及《物种起源》[19]等作品熠熠光辉的羞辱之中。

前不久，国务院温家宝总理在给《中华书画家》杂志社致函时郑重指示道："弘扬经典，推崇大家"。如果不是巧合，前面所论及的中外名著，它们能穿越几千年的漫漫时空，淌过辛辛征程的历史长河而依旧为后人所仰止，为人类而光泽天地，总理同志不正是期许今天的艺坛与文坛应端正学风创造出无愧于后世的骇世经典之作吗？！

相信在温家宝总理的"经典"醒言指导下，我们的文艺工作者会重新审视前瞻，洁净视线，摒弃"三俗"，回避浮躁，勿忘使命，一同在共建"和谐"、"健康"的文化大潮中，以异峰突起之势为国家、历史和人民而文之所至，心之所撼，气之所养，国之所强——此乃艺之所往，生之所愈也！是样，糟粕之作自然就会退出舞台。

原载《中华书画家》（中央文史馆，2013 年第一期）

【注释】

【1】"可谓至圣矣"，这里作者借以司马迁在《孔子世家赞》文尾之定论而推崇《清明上河图》的伟大之处。【2】此语出自《汉书·司马迁传》，原文为"差以豪　，谬以千里"。【3】选自《高尔基名言录》。【4】《巴黎圣母院》乃 19 世纪法国伟大的小说家、诗人雨果之代表作。作品以强烈的对比手法使法国上流社会的假丑恶与底层人民的真善美浑然而成的产生不朽的艺术效果。【5】"三人行，必有我师焉"语出孔子《论语·述而篇》；原文为"三人行，必有我师焉，择其善者而从之，其不善者而改之"。【6】《书论》即论书法的意思。是作者以多年于书法及书学领域创作与研究方面的深刻总结；其包括书法艺术的创事及书学方面的理论研究等。此文与《寒夫艺术论丛》里的《论书法入门》有异曲同工之处。【7】《尚书》，亦称《书》《书经》。儒家经典之一。"尚"即"上"和"崇尚"之意；因崇尚上古历代的优秀文献而汇编的著作。相传由孔子编纂。【8】《春秋》，儒家经典著作之一，我国第一部编年史的文献史著。其书由孔子按鲁国史官所编鲁史加以整理而成。【9】《论语》，为儒家的经典著作，相传为孔子所著，也称其弟子们通过孔子生前的演说编纂而成。它反映了孔子的政治思想、学术思想及教育思想，对我国古代和近现代的思想史、文化史已产生了重大影响。【10】《道德经》，道家经典著作，相传春秋末期老子所著。《道德经》亦称《老子》、《老子五千言》及《道德真经》等。他强调的是，"道"的规律即是遵循宇宙间的自然法则去求同存异的协和人与自然之间的生存关系；"德"是告

564

寒　夫　　行书甲骨文（选自黄帝内经）

诚天下人如何以仁本善爱之心来互为人与人间的心灵世界。【11】《楚辞》，系继《诗经》后，中国古代又一部对我国文学产生深远影响的诗歌总集。凡十六篇，后经王逸增编为十七篇。"楚辞"是春秋末伟大的爱国诗人屈原在楚国民间歌谣的基础上创作的一种新的诗歌体制。【12】《唐宋八大家》，即指唐代的韩愈、柳宗元和宋代的欧阳修、苏洵、苏轼、苏辙、王安石、曾巩。《唐宋八大家》一书原为《唐宋八大家文抄》。该书文章的作者均为那个时代古文运动的文化领袖，他们极力反对当时的骈体文制，倡导"文由心发，笔究天然"的正大学风。【13】《古文观止》，是一部上至先秦，下至明末的作文集大全者，当然尚有许多不朽之作未入其中。该书由清末吴楚材、吴调侯编选，凡十二章，计二百二十二篇。【14】《红楼梦》，清代长篇小说，原名《石头记》《金玉缘》，凡一百二十章，传说前八十回为曹雪芹所著，后四十回为高鹗所著。作品以倡导个性解放，婚姻自由为主线，深刻揭示了封建社会必然覆灭的真理。【15】《鲁迅全集》，包括其书信、译著、学术研究、小说、诗词、散文、杂文等约三千万字。《鲁迅全集》分别有1938年版、1956年版、1973年版、1980年版、1981年版、2005年版等。鲁迅先生的作品堪称为我国反封建、反帝国阵线的战斗武器。【16】《吉檀迦利》，为印度伟大的艺术家泰戈尔以圣洁之心和非凡的艺术表现力谱写的献给神坛和人文世界的辉煌之作。作品自1913年代表东方人类荣获诺贝尔文学奖后一直在为世人所仰慕。【17】《叶甫盖尼·奥涅金》，俄国伟大的文学奠基人普希金生命历程的终点之作；也是世界文学史第一部长篇诗体小说。作品充分展示了19世纪20年代俄国的历史画面：繁华的京城，偏僻的乡村，贵族阶级的骄奢淫逸，下层人民的悲苦呼号，觉醒者的探索和彷徨，沉睡着的麻木和堕落，乃至民情风俗、自然景色和四季的更迭。作品还被别林斯基与为"俄国生活的百科全书"。【18】《资本论》，乃马克思终生研究政治经济学的主要成果及重要著作。《资本论》共三卷，首卷为1867年出版；第二、第三卷于马克思逝世后由恩格斯整理，分别于1885年和1894年出版。《资本论》的主要纲领是商品社会的剩余价值体系论，它揭露了资本主义剥削的实质，揭示了资产阶级存在的基础是对工人阶级剩余价值的占有；无产阶级和资产阶级是两个在根本利益上互相对立的阶级，他同时指出无产阶级的历史使命就是要彻底推翻资本主义剥削制度，建立平等共和的物种文明的新秩序。因此，《资本论》它实现了人类政治经济学的伟大变革，无疑，这标志着马克思主义政治经济学的诞生。【19】《物种起源》，为达尔文的《通过自然选择的物种起源》，旧译为《物种原始》。该著作奠定了人类生物进化理论体系的科学总结。此书为1859年出版，达尔文以二十多年的不懈探索与研究，以自然研究为中心，从变异性、遗传性、人工选择性、生存竞争和适应性等方面论证了物种起源，即生物界进化的现象；尤其重要的是说明了生物是怎样进化的，即自然选择在生物进化中所起的作用。

565

【写作方法】

　　作为批判当下盛行的不正之风的《论经典与糟粕》，无疑是一篇极其宝贵和极具威力的爆炸性的作品。作者抓住当下人们通过快餐文化达到获取利益，不视使命、不究学理、不思道统、不求品质、不讲艺术的投机钻营的市侩相作了无情的批判；从作品的立意看，作者敢于担当、不屈污泥艳体的古君子之风是令人异常钦佩的。

# 当下文化想象与环境净化
## —— 关于民族文化被污染的历史反思

【题解】

　　2011年1月8日晚，作者怀着文以载道、发乎厚德之志结合当前的国内文化市场不断出现的浮躁之风、颓废之风、三俗之风、为文抄袭之风、作文买卖之风、文艺丧德之风等丑恶的文化现象，费去宝贵的时间作了此文。

　　**如果天地失去了正常运行，**那是说明宇宙丧失了制衡的能力；如果日月阴阳终止了福祉万物之谐和，那是说明自然界再也没有春、夏、秋、冬季令之规律；假如人类看不见文明与道德的兴盛，那是因为我们的生命快要接近原始混沌的起点了——当然，所幸尚未到这一步罢了。然而，近六千年文明礼尚塑造的东方人类在历史浪潮旋转到21世纪的当下，一切由政治、经济、文化、历史、哲学、艺术、科学和教育把握人类世界的正确轨迹，眼看被当下因为物质和经济的加速发展而悄然发生着涂改文明、败坏道德、践踏美学、颠倒真伪乃至非文化[1]泛滥的严重现象——身为国人，当是听之任之，还是立言呼唤？子曰："人无远虑，必有近忧"。至圣文宣王的寓意自然这"人"就不单是指"人"了，而应该理解为"国家"才对。亦即，一个国家、民族，不从长远的治理观念思考，那么，这个国家的未来就一定能长治久安的吗？！自然，一个国家的安定、发展与强大，除其良好的法治、高科技

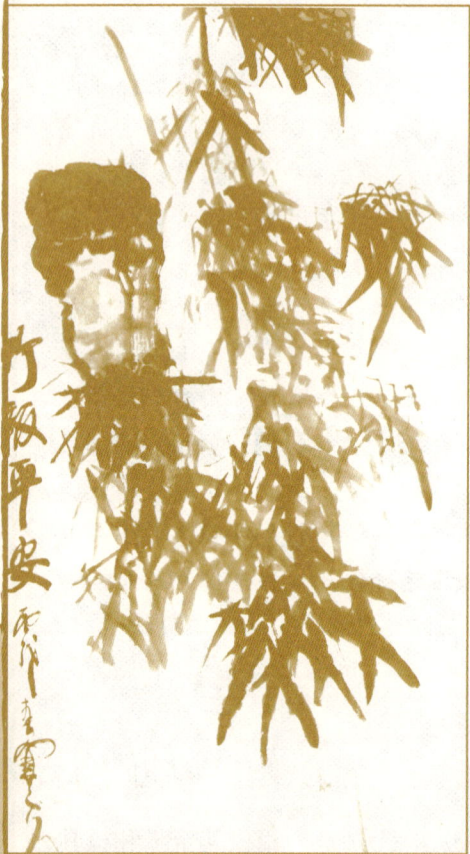

寒　夫　竹报平安

566

的军事、繁盛的经济秩序之外，另一个极其重要的便是文化与教育。因为只有文化、教育，才真正疏导人的心理，改变人的品质——然而古今中外，不是有过因轻视文化建设，不究人心教化，而使本应前进的国家终至改弦更张，改朝换代的例子吗？因此建设一个强大的国家，必须先有一个健康而淳和的文明复兴。倡导文化复兴就是在抢救文明成果，既然要抢救人类的文明成果，就不如先抢救从事文明创造者的心灵修复！

## 文化人应在审美创作中寻求自身的洁净

堪称世界人类四大文明古国的古埃及、巴比伦、罗马它们之所以在现代文化的视觉里悄无声息地终结了自己的生命，那是因为它们的传承者们心不在焉，不敬先贤，草菅人命加之愚昧开战的结果。唯有我们伟大的中华文明仍引领着全人类的精神大旗——这是因为我们东方人类时刻在精神觉醒，意志坚强，承载与守望，在岁月的侵袭和兵燹[2]的摧残中得以重塑的百折不挠的生生不息。但据不完全统计，似乎是自20世纪的80年代至当下所现行的一些不健康的文化现象，大都是因为时代的变革、物质的进化、经济的渗透而导致的非正常迹象：论物质生活，人们不是以"人尽其才，功在千秋"的责任感来面对物质世界的创造，而是一味地让生命成为物质的奴隶。论精神生活，人们也不是像毛主席所说"为人民服务"、"一切为了人民的健康"出发，而是一个劲地随现行的浮躁行为，浅薄张扬，正如著名文艺评论家仲呈祥先生所言"油滑而不是幽默，浮浅而不是深刻，外来而不是民族，愚俗而不是高雅，虚华而不是真实，浮躁而不是传统"[3]的非文化市侩恶俗充斥着文化阵地。论文化传承，人们不是以民族使命和国家利益为己任，而是静观四周、侧目四顾：哪里有利就往哪里靠拢，哪里的声音大就倒向哪一边，哪里的权力高涨就为哪里放歌达旦。论艺术创新，人们仿佛失去了所谓真正艺术的原理，但凡有人支持就意味着他的创新代表了人民，只要有人喝彩就立即称之为大师的崛起，只要有哪怕是婴儿错误地伸了一下大拇指，那么就随即有人叫嚣这是国家的文明栋梁。因而便有人借机在万人广场和繁华街道做起所谓"行为艺术"[4]来：一群男子将一头鲜活的水牛当场刺死，屠手们把水牛从胸膛剖开后，让一位"敢于正视淋漓的鲜血"的"行为艺术家"扒光衣服，以裸体挑战血肉的勇气躺在水牛的腹部并大声称这是他在向广大的国人观众表演"现代"的"行为艺术"——《人

567

与动物之和谐》。更甚者还有呢：一位从北京798街区走出来的"幽默大师"，他在一地铁口借万人流注来展示其最新创意画：作品以一位年青少妇的生殖器为艺术焦点，作者把生殖器四周点染了蓬松毫，同时将一珠月季花插在上面，旁边的一位幼童向立在身边观看的一位衣冠楚楚的官员说："请问领导，这叫什么画？"领导回答说："这是一朵鲜花插在了牛屎耙上！"地铁口的行人其实没有哪一位不在为此歆歔啊！但，有理智的人们说了："这'行为艺术'的《人与动物之和谐》及《香花与牛屎》的观赏者与支持者，他们要么是有钱，要么是有权；但无论如何找不出一位研究国学、研究《论语》，或研究马克思，毛泽东哲学思想者的参与。"为何？因为，高尚的人是从来不至于参与这等所谓的"行为艺术"的。那么，在影院和舞台上，也照样有人不甘寂寞：拍故事片不以故事的国民性或思想艺术性为主体内容，而是以滑稽搞笑、男女偷情、神鬼咸宜为主题；将本来经典的三国演义硬要将它改作二国演义、四国演义；《红楼梦》同样也免不了被宰杀的厄运，还有《西游记》等等。哪部著作有名就涂改哪部——为何今天的人类，如此不尊重历史，却非要篡改真实呢！当然，尚有不少类似的"行为艺术"就不一一赘言了。

说到这里，人们应该清楚，真正捍卫民族文化和国家利益的理智者怎能目睹这种所谓"艺术创新"、"行为麻木"的现象滋生呢？综合当前，我们的文艺工作者是否清醒地从如下几个方面思考自身的洁净？！

古人云："先天下之忧而忧，后天下之乐而乐乎"[5]这"忧"字放在中国实行"改革开放"已经三十余年——经济与文化的碰撞，开放与艺术的博弈，创新与审美的较量，视觉与思想的撞击，文明与非文化的掣肘，真理与叫卖肮脏的拼杀，一切因历史巨浪所袭的物质文明和精神文明同时构置了这个特定时代背景下的人文环境科学，它使在这大潮四周观望的人们和置身于潮水弄潮的探索者目不暇接地接受着民族心理的考验，甚而人们或许在这特定的历史转折处作出了"爱美人不爱江山"、"弃忧从乐"、"事不关己，高高挂起"与"明哲保身"的麻木和错误的抉择。因此，这难道不令"天下"的传道者们该"忧"的吗？！

时过境迁，我们不应忘却昨日的伤痕；历史巨变，我们不能淡忘先贤为人类的文明史所造就的辉煌成果；世态转换，我们不可因滚滚向前的肩负使命就理应将国之文明大统飞灰烟灭；岗位竞争，就不要因此忘记了在医院急救的父母；名利场上，不应该因此而忽略在家中即将断奶的孩子——这些难道与抢救国民文化、正视现代文明有何两样的吗？

应该没有！

只是因为漫长的"改革开放"意识的浸润里，我们的观念和意志力受到了冲击，我们受穷的心灵一时经不起"拜金主义"思潮的诱惑罢了。因此，现在该轮到我们身为作文者的文化人"忧"虑了。严肃地说，这"忧"的并非是"孩子"缺"奶"，也并非是"父母"的"急救"，而是关于整个东方人类的文明走向和中华民族是否将能永远屹立于世界文明之林的强国尊严！。

　　蹊跷的是，20 世纪 80 年代开始，我们的舆论一时举旗不下的为广大的文艺工作者大唱赞歌，还美其言曰："文艺工作者乃人类灵魂的工程师！"然而不过 30 年的历史，现在再也没有人叫喊"工程师"之类的高调了。这是为何？是"工程师"们销声匿迹了，还是这些"工程师"们的确被经济师取代的缘故？总之，当下是看不见所谓真正的"工程师"现灵了。比如家庭文化：在当下的现实生活里，人们常常看到这样的现象，如果两家的中学生在一起议论寒假、暑假选择出游地点时，其中一家父母会道上一句："看看，只知道玩，干吗不利用假期读读'圣贤书'甚么的？从古人的心灵世界找点做人的道理呗！"于是，俩学生不约而同地说："我们的老师从来不讲圣贤书，再说我们的课本从未讲过什么圣贤之类的！"自然这是现代教育文化的严重缺失。比如交通文化：我们在大巴或地铁等公共交通秩序中常常碰到少年男女与老人争抢座位的事实。此时的青少年们，我们是否想过——老年人的今天，便是我们的明天；多给长者们以关爱，因为他们在美好的世界里所拥有的光阴毕竟有限，身为晚辈何以不给他们多一点礼让呢？这多一点礼让便是多一次民族坚强，这多一次民族坚强便是多一回传统文化的自觉啊！自然，这是我们这个民族的少年心灵之干涸、民族道德久已遗弃之结果。还有影视文化：近些年来，除重大历史题材外，其他的诸如爱情的、传奇的、借古讽今的、抑或民俗的等等，无不以长篇取胜，以猎奇来提高收视率，以票房收入来断定作品高下的标准。殊不知，这些作品借丧失理智的人群作为"作品"占有观众群体为牺牲代价，它们既无严肃的国家使命，又无深刻的民生主题，追根溯源，这样的结果——不是电影主管机构的主权者的"借权照顾"，便是这些制片人的"投机倒把"。总之，不管这些"影视剧"是否真正取到"以优秀的作品鼓舞人，以经典的艺术教育人，以崇高的精神激励人"的教化作用，但那些权贵、投机分子们，他们该赚的全赚了，该有的全有了，至于什么车子、房子、票子等不算是什么经典，经典的是国家不仅要给他颁发大奖，更悲哀的是，还将这些不关乎国家意识的片子送出国门，宣称这是代表中华古老文明的现代成果——以此去教育后人——充当民族和国之重器，使之彪炳史册，染及后人。说到这里，我不仅想到胡锦涛同志的讲话，他说："一切有理想有抱负的文艺工作者，要密切同广大人民群众的血肉联系，积极反映人民的心声"【6】。如果从辩证法的角度说，以上领导人的讲话自然是对前面所述的文化现象是一次严厉的批判。也就是说，不是代表广大人民群众心声的作品便不是好的作品；不是与人民心息与共的创作便不是高雅的文艺创作。——这便是文学艺术创作审美的一种高级境界。作为文艺工作者，我们首先应该做到心与人民所共，声与社会相通，命与民族相融，笔与国家所生。一个懂得美学创造的人，他自然应该懂得审美的基本原理，做到这样，其肩骨铮铮，心魄笃硬，其笔墨当放之千里，动之以雷霆，何求历史不让你有为民为国的正大之气？？？

艺术，当被人们丑化的时候，这便是审美的呐喊！

好像是打本世纪初，中国不断开始刮起了一种油滑、浮浅、媚俗兼愚昧的文化空气。这些大都体现在娱乐视线和平面媒体上。

比如相声方面：在我们过往的视听记忆里，人们不会忘却名段《开水煮白鱼》[7]的艺术效果。它以一位善于发号施令的领导执意部下按其用意指挥属下反常规的施政办事，结果导致笑话百出，发人深思。同样名段《多层饭店》[8]以其犀利的演绎，讽刺的手法，幽默的创作，深刻的揭露，强烈的抨击，不仅使其成为我国优秀传统曲艺里的不朽经典，还为我国当下社会现行的所谓官僚作风，雍政体制起到了真正"艺术为人类服务"的先锋作用。相反，时下许多相声段子和演艺工作者，却披着"为大家演出"的外衣，而不是真正为天下的百姓表演艺术，甚而还有人在公开的央视接受媒体采访时称："我的相声，就是逗大家笑和乐足以行了，至于有没有人为此思考那与我没关系。"想必，作为相声演员，只知道为人找笑料而不为天下的百姓听众解惑、谋求思考、诉出苦难者的心声，那么，你的演艺还有艺术含量吗？这样的演出能让人们、观众不唾弃为颓废之流的吗？

小品文化也如此。就拿《如此包装》[9]来说，作品以一意孤行地赶时代潮流而泯灭优秀的传统戏曲为代价，最终使人们为此发出久远的思索——民族的文明结晶是不容泯毁的，让那些洋玩意儿滚一边去吧！这个段子，其立意鲜明，主题深刻，为浮躁而又愚昧，浅薄且又虚狂的非文明现象是当头一棒。它倡导了国人应遵守先人的文明创造，民族的优良传统，为坚守民族自信心起到了固本求源的作用。反言之，当下的许多小品却令人大失所望。虽说它占据当今收视前沿的主流媒体，但并非是来自现实世界的生活深处；尽管它是在借助艺术的手段向全国人民表达生活内容，然而，却不是忠于文艺的导向功能去深刻地反映当下生活中最有代表性，最具民心的社会主题。我们试想一下，假若审批这些作品的专业部门的责任者，心系国民，放眼天下，志存高远的话，那么，偌大的金碧舞台何愁没有激动人心，撼动灵魂的伟大作品的出现呢？！报刊文化也在虚华里效仿：我们翻开民国初年的报刊，这里有身负重任的人民艺术家在松香[10]灯下孜孜以求地为国家和民族谱写一个个迫切得到光明和彻底自由的音符；有为求得全民族解放而彻夜以诗的力量向全世界揭露封建帝制即将灭亡；更有为了坚持真理，伸张正义为国捐躯的报刊推动者在军阀和帝国主义的屠刀下英勇殉难的伟大英雄。——总之，它们的主题是誓死捍卫国家的尊严，民族的坚强，真理的永恒。——可当下的报刊，多在虚华接踵，真伪不辨，是非并举，缺少国民意识，淡薄使命观念，甚而将办报刊的宗旨推向"吃名"[11]之边缘：无论所报道的社会价值多大，不管涉及的是非多远，但凡能使本报、刊驰名就算是忠于办刊之宗旨，正如那些荒唐的影视剧一样，只求有高的票房收入和收视率，从不担忧和思考它们是在为哪一群人服务，为何如此行使手中的权力——传播后将会产生何等程度的社会恶果等等。

当然，严肃文化的书画也不例外。众所周知的伟大巨作《清明上河图》一千多年前迄今，它完美地向世人提供了大宋时代经济繁盛，政治开明，文化昌盛，地域幽美，民生安逸，交通畅达，国家安定，民族富庶等诸多方面的历史见证图。它的诞生，不仅是中国文明创造的伟大智慧，还是世界人类文明成果的重要组成部分。而当下的国画者，不仅不另立课题，假法传承，甚而肆意作弊，频频复制，用心巧取豪夺以达到经济至上的"创造"目的，难道这也称绘画创作的么？有的堪称是画家，其作品既不是文人画，也不是泼彩画，自然更不是工笔画。它将黑、白、黄、红、蓝等混合一起，漫无目的地投于宣纸，如同婴儿在床毯上堆丘[12]，黑乎乎的一大遍，脏乌乌的一大堆，尚且美其名曰是大写意，有的怕世人拿他取笑就干脆戴上自以为是的所谓"超大写意"之名哉。准确地说，这样的行为只能称之为"纸上谈兵"、"自欺欺人"而已：一、它不能告知读者、观众以严肃的社会主题；二、它没有绘画意寓的可赏性；三、它不能表达画境的精神取向；四、它无法告诉人们内在的艺术内涵；五、它将病态的心理和污秽的神经乱作一团让善良的人们在上面"自省"——你说像什么它就是什么，一句话"骗你没商量"！我们再看书法领域：某老，百岁尚余，系词学专家，据说是被公允的学者。正是因为他在这一领域的社会承认度，竟在近几年打起书法、写字的"美差"主意。论其词学修道，却看不到他的治学专著；说他研究经、子、史、集也未见其结书行世。但有一点是值得关注的，

寒　夫　　隶书（陋室铭）

那就是因为有人看重他的名誉而抓紧投资为他出版书法作品集。侥幸的一次机会，在朋友那里看到其专集，我从头至尾地看了后，便得出这样一个结论：这字，不是书法，更不是汉字，简直是天书[13]。凭我自身的习书阅历已四十年有余，上至陶符到后来仓颉的造字、甲骨文、大篆（金文、石鼓文、钟鼎文），到中期（即新文字时代[14]）的小篆、汉隶、楷书乃至后来的草书等等，至少在浩的中国文字书法的艺术海洋里，我从未见过类似他那"放荡不 "的字形体态：一、既不是先人的古篆，也不属上古[15]时期龟文[16]兽体[17]，当然也不是我们当今书法专业所知晓的书法诸体。那么他的专集洋洋大观地呈现在昂贵的纸上究竟该作何定论呢？概括地说，此将无人定论。亦即除其本人之外，这个世界将不会有人能翻译其书法的艺术内含和文字辩意。诚然，这样的做派，竟然被当成印刷品——流进社会的正大艺术空间让人们照着仿效！另有一新鲜事：前不久我在南方的深圳无意中结识了一位奇人：其名片正反两面布满了头衔，其中有一职称让我仰慕不已——中国十大著名杰出书法家、中国现代百体书法大师云云。当然，如果就努力为中国书法艺术的光大和发展这是我们首肯的作为，但假如一名真正是在传承中国书法的艺术人才，想必，这似乎难免过于张狂之嫌：古人称"行有行规，道有道规"。论及书法这一专业，无论你怎样创新或有多高深的造化，除了中国书法专业里的研究机构才能作出的评审结论外，无论别的何种机构也是令人费解的所谓认证权威。因此，你那百体书家和十大杰出是哪那种机构确认的呢？别说百体，但凡能将一体修成了正果就已证明了你的造化啊！读到这里，我们不得不沉思：前面的老者以悖离中国汉字书法大行其道；后者以虚华于世大肆曲解，这两者之行为，融入真正的文明社会的各文化领域，它所导致的人类的文明后果将是一个何止"差之毫厘，谬之千里"啊！

相比之下，另有那些执意以猎奇心理为乐，以损害民族自尊为快的存活者的行径作比照，这自是大相径庭：这些人，他们不因缺失而思，反以自负为荣；不以蒙昧为耻，反以无知为幸。于是大肆宣扬所谓"丑为美"的"新时代审美标准"之说。他们虚张声势，拉拢各级关系，建立裙带网络，占据当今的主流媒体，以达到扩大他们的"丑为美"的玷污主流文明的肮脏学术。这些人的招摇过市，他们没有历史使命感，没有民族自信心，更无国家的传统道德观念，有的只是利用有限的资源去为灿烂的人类文明作着历史性的践踏和精神性的戕害。

因此，一切媒体，如果张扬了不该张扬的非文明现象，那么，真正的文明创造将惨遭历史性的浩劫。

中国的经济环境呈健康、快速、持续之发展态势向前迈进，这标志着我们伟大的民族和国家赶上了兴旺繁盛的历史性的辉煌定格。但正是这一史无前例的变革使得具有悠久灿烂文化的东方文明免不了要经受一场莫大的环境挑战：

经济被历史推到了最前沿，文化被附属为经济的从属品。因此，在经济制衡文化，文化依附经济的特定作用下，人们最容易混淆是非，淹没视线，难能前瞻。于是只有任凭大潮将人们的心灵和意识撞击得支离破碎。我们细心一想，可不是吗？！

任何历史时期背景下，总会有一群人借机见缝插针，伺机搞思想扩张，横力干预，不是利用工作之便来谋取非法利益，就是假借从为国家和人民利益出发的谎子作各种看不见，摸不着的龌龊的交易。这便是所谓"趁混水摸鱼"、"冒天下之大不 "。

因为只有在盲区里，手机者才会陡生烦躁；在人们拥挤大巴公汽时小偷才至于下手作业；当蛋壳破损时才会招至苍蝇的光顾；特务总是在你不经意时窃取秘密；战争也总是在你猝不及防时打响，等等，这些不是在说明以上借助经济与文化这一特定环境来作文章的非文明现象与非文明者的非法行径吗？正是这样，人类文明又总是将美与丑、真与伪、善与恶等多重对抗性包容在一起的。

一旦机遇到来，这些侥幸者便戴上复色眼镜，装上美的腔调，披上道德的外衣假借为国家和人民说话的理由做着南辕北辙的事情——成就各自之黄粱美梦，而后再去寻求市场和政治的开拓。

比如艺术门类：不论是鉴赏艺术品的文、野、高、下，还是鉴定艺术品的真、伪、巨、细，不管是进行人才的培育、选拔，还是对人才的考核、使用，不论是创作题材的遴选、提炼，还是对创作作品的社会功能审视等等这些，总有人不讲道德地行使职权，不讲原则地发号施令，不讲正气的崇尚信仰，不讲美学地传播文化，不具良知地对待人才，不受使命地伸张正义，一句话，人为地使事情朝着客观规律相反的方向伸延。娱乐门类：不论是中央媒体还是地方媒体，不管古典课题还是现代课题，不管爱情体裁还是教育体裁，不管是人民愿意接受还是人民反对传播的，总之只要有人喜欢的玩意就一定要搬上台大吹大擂，摇旗呐喊，开怀大笑。放松精神，这固然是人民群众喜闻乐道的常理，但作为国家级传媒如报、刊、影视及网络等主流媒体应该考虑节目的功能性，主题的社会性，表达的人民性，代表的民族性，诠释的艺术性，反映的思想性等层面去建立一个真正健康而有文明秩序的高雅娱乐平台。值得注意的是，当人民群众在台下为娱乐节目鼓掌的时候，我们的文艺工作者是否在想："他们是在为什么鼓掌？是在为劳累后的精神放松鼓掌，还是在为节目的严肃主题鼓掌？……"自然这些都不是，因为勤劳善良的人民群众他们无暇顾及这艺术审美和节目的功能价值问题，如果他们真正都能懂得这些，那么还用得着天下的理论家、批评家、艺术家、音乐家、教育家以及意识形态领域的高端作为文艺方向的引导者吗？显然，这回答是正确的。人民群众当面对物质匮乏和精神意识惶惑的时候，这自然需要我们在旁观望的文化人给予心灵的疏导和方向的把握。正如文艺理论家仲呈祥先生他讲的前不久中央精神称："充分发挥文化引导社会、教育人民、推动发展的重要功能"[18]一样。由此可见，既然人民群众尚需"引导"和"教育"的话，那么，他们鼓掌的东西就不一定是高雅之作，健康之作，艺术之作，甚至有些还是污染古老文明和现代文明的垃圾之作。作为国家的主流媒体如果长期让一些不健康，不文明，缺乏思想性和艺术性的三俗[19]之流占据大量空间、超常比例，那么真正极需张显的文明与礼尚，国家与民族，健康与导向，主流与艺术，思想与美育的正确传播内容自然被赶下了历史的舞台！难道作为一位有民族良心的娱乐战线的责任人你不觉得这是职业的考验和责任的重大的吗？既然，一位有国民使命感的文化工作者、意识形态的管理者，你能懂得以"搞笑"来为天下的百姓放松精神，然而为何又不利用手中的娱乐环境为天下的苍生传递文明教化呢？如果一个民族终日被浸泡在"笑"声里，这个民族当真不是一个有精神力量的民族；正如一个国家只知道源源不断地在开会，却始终不明白为何要开会，想必这个国家就不应该叫国家了——它不如干脆改作"会家"得了。这二者难道不是一个道理吗？尚且，作为国家主流媒体当以国家与民族的主要利益出发：用健康的舆论导向去提高全民族整体观念的认知力；用爱国主义的思想意识去增强国民为国效劳的工作热情；以感恩的精神动力去弘扬祖国来之不易的伟大的文明成果；以切实有效的人文关怀去激励人们为繁盛丰裕的物质文明和精神文明而回馈伟大的高天厚土；用马克思主义的哲学思想去认识今人的世界观和价值观；用毛泽东思想辩证法去武装历史转换关头人们的意志力与创造力；以"三个代表"的思想精髓去疏导当下人们的生存观念和自觉意识；让经典的经、史、子、集等光辉灿烂的文脉占有当下浅薄的艺术舞台；

寒　夫　行楷（古诗一首）

574

让圣贤们优秀的人性之光在世界的每个角落得到无限的绽放；让古今人文的魅力华章在当下人的心灵世界得以美的复苏；让真理和正义在当今的每个阵地得以健康的浸透与挥发。只有这样，我们的权力才不至于被滥用，我们的名利才得以淡化，我们的国家才得以安定，我们的人民才得以规顺——这不仅是我们从事文化者的责任，更是我们从事那些用权力管理文化者的责任。须知，文化是要智于百姓的，既然如此，我们的文化工作者为何不以自身引领民族文化为己任的呢？论名利至上与权力泛滥之现象尚有许多例证，这里仅议论一二。

这些，便是我们作为当下文化工作者必须思考的切乎审美与环境净化的重要方面。

## 文化环境的拯救应重视根源导向

"国以民为本"，自然是说一个国家是离不开人民作为基础的。然而，仅凭有了人民就意味着这个国家能长治久安的吗？非也，非也！人，大多思想散漫，意识浮动，精神萎靡，见识短浅，知识贫乏的高级理性生命。假如要使这些生命知识丰富，见解独到，精神振作，意识清晰，意志坚定，自然必须要通过漫长时间的教化和润染，否则，人类社会为何几代人才出现一位伟人，几百年才诞生一位贤人，几千年才发现一位圣人呢？

因此，拯救文化环境如同治理自然环境一样，不仅要看到它的破坏性，更要洞悉他的毁灭性。

中国，不仅是一个热爱文化，而且是一个索性沿着文化圣贤指引前行的文化民族和国家。自我们的始祖伏羲[20]发现龟纹、兽形之后，便激励人们创作出了龟画和鸟书，这便是我们东方人类伟大文明的生命滥觞。直到后来的仓颉才开始了正确文字的雏形。

炎帝，以自身体验和长期总结，为中华民族的中草药文化开创了拓先河的历史巨献，还写就了古国农耕文明的烂漫诗篇。黄帝，通过与属下岐伯的漫长交流终于诞生了人类医学史上八大奇书之一的《黄帝内经》。吕尚，用聪明的才智不仅使周朝立国兴邦，还使自己的《六韬》成为我国军事史上的第一部兵书经典。孔子，不仅以《四书五经》《论语》等辉煌巨著指导着两千六百年的东方人类，而且还代表民族和国家之文化象征将东方圣光普照着整个世界人类的每个角落。老子，以《道德经》《四大》的宇宙观诠释了人类存亡的重要秘密。孙武（子），以一部《孙子兵法》为全世界军事领域乃至其他领域赢得了"战无不胜"的领先的谋略地位。王羲之，以其第一行书的《兰亭序》为中国和世界人类的书写文明创造了不可替代的千秋功绩。苏轼，用智慧和意志力引领了近千年人类的文学和书法艺术的传承导向。当然，尚有先秦的诸子百家，汉魏六朝以屈子为发脉的秦骚汉赋，中国文化鼎盛时期的唐诗宋词里的杰出代表人物等等，他们无不是我们这个文明古国文化大厦的精神脊梁！

这些不朽的圣贤，他们用科学的思想为我们的人类社会制订了规律性的发展方向；以究天地和人伦的大道之为规范了人类的自然规律和应对社会的知识心理；用富于哲学的思维和美学的心灵为我们人类的精神世界与物质世界提供了准确和辩证的生存法则；他们还以超越知识和智慧之上的大行大道驾驭天地之间的化变和自然世界的风云际会来指导我们如何用知识武装自己，用道德善待他人，用责任回馈国家把握主观世界与应对客观世界的处世能力。总之，他们的道德精神从来是在告诉我们如何做人，如何齐家，如何平天下和治国！

因为他们的文化思想，才构成了我们人类谐和的人文科学的自然环境，因为他们的精神遗存，才建立起东方民族赖以生存的人伦道德风尚和厚德载物的文明秩序——可是，可是啊，这一完美至尊，光彩夺目的宝贵财富和精神遗产已经历了几千年的光大和传承，为何眼看在我们这一代人手上即将被遗弃，被玷污，被毁灭呢？这是国祚断送，这是民族的大悲，这是今天人类的大耻！

可不是吗？

人们的行为不是以道德水准论高低，而是用物质优劣定格味；生命不是以质量论价值的大小，而是以虚华的人气分伯仲；知识不是以价值取向论贵贱，而是以人际关系作丈量分晓；人才不是以国家利益和战略思想论轻重，而是用经济指标和钱权关系定生死；文艺表演不是以三高[21]视为艺术审美法度，而是以三俗为主题选向；等等；这些严重而龌龊的权伦[22]现象，加之大量缺失民族自信心的"软骨头"做派便大大破坏和污染了原本健康的人文科学的生态环境。马克思说："人类社会除了历史地把握世界、经济地把握世界、科学地把握世界，宗教地把握世界之外，不可或缺的便是文化艺术地把握世界"[23]。因为只有文化才能使人们辨别世界万物，有文化才使人们保持头脑清醒，有了文化才懂得如何去推行道德，有文化才能点亮生命的智慧之光。如果人人都具备了文化，那么就很快建立起一个强大的艺术家军团。有了这样的一个军团，然后所向人类的心灵世界，何愁世界不是安宁和谐的呢？当然，如果到了这一步，我们的社会尚需进行知识教育吗？

现在，我们当下的现实社会正是到了亟需普遍的心灵疏导和行为规范、教育的时候了！

"一日之计，在于晨"，这里说的是每天的清晨是人从事行为最清醒的时刻，要成就一天所计划的工作内容就必须抓紧"晨"的战略思考。"一年之季，在于春"，这说明从事农耕的人们一定不误农时地趁适时春种的节令作为全年播种规划，以免贻误年景。"十年树木，百年树人"，这一名言虽说与前二者略有差异，但就马克思的"辩证唯物主义"观点理解，它们对"树人"和"教育人"具有同样的内在性联系：人乃万物之灵也。人类是创造宇宙奇观和大自然奇迹的唯一精神载体，因此，天庭下的人类再没有比创造"人"更为困难的了。那么，对人的教育自然是人类一切学科重中之重的课题。论及人的教育这在我国古往今来业已建树不少优秀的成功范例：颜徵在自孩子出世便致力于幼教，她以父辈的仁、义、礼、智、信等心法在浸透下人的心灵，于是就塑造了全人类最伟大的文化巨人——孔子。王羲之，因偏好翰墨书事，父母便依照其特性创造条件让他在沙地和墨池放飞自己的汉字书情。为实现梦想最终宁愿辞官登栖会稽兰亭而终成中国书法史上的伟大圣人。岳飞因胸生民族大业，志孝母亲箴言"尽忠报国"而终成伟大的民族英雄，等等，这些仅说明一个问题，就是说不论任何时代，任何地方，只要让人接受了良好的教育，那么他便会塑造自身的灵魂，担当历史的使命，成就民族和国家之大业。

　　然而，就中国的现实社会而言，人类从经济到文化实施"开放"三十多年，这漫长的几十年里却没能造就一位类似屈原、欧阳修、韩愈、柳宗元、苏轼、杜甫、李清照、鲁迅、高尔基、莎士比亚、墨格尔、普希金以及泰戈尔这样的先贤，至于像孔子那样的人，自然是我们活的人类不能期许的了。再说，世界最权威的诺贝尔文学奖已经历了百余次奖年，为中国少有获此殊荣，当然，这其中先是受抑于国家和民族的政治所限；其次便是中国教育体制的不得已，否则"改革开放"以来如此大好的和平环境为何就不能诞生一位似罗素、卢梭、培根、蒙田、纪伯伦、赛珍珠、罗曼、罗兰、蒲宁样的伟人呢？

　　更让人忧虑的是，当下的教育格局和基层校风。每每面临考试，上下一致地动起脑子来：首先要考虑的是因为多获取奖金和院校的驰名，所以肆无忌惮地为学生考好分数而作弊；其次是因为自身的升迁和业绩而使出各种伎俩去颠倒学生的档案，还要充分打出为国家输送人才，为天下的父母分忧的招牌——实质上是在为极少数人圆梦。我们想一想，届复一届，年复一年的学生在校园就懂得如何营私舞弊，如何以虚假来应对国家的考试，这本是道德在沦丧，教育的宗旨在篡改，想必，这样的学生走上社会，让他们去肩负人民的重托，担起历史的重任，掌握国家的大权时，我们的天下不就又回到了战国时代了吗？既然是学校，为何培养出来的学子与草原上的屠夫没有两样呢？？？

　　"教师是人类灵魂的工程师"【24】。如果是一位真正为国执教的人难道不懂此语之委任么？"环境是由人来改变的，而教育者本身一定是受教育的"【25】。

因此，现行的中国教育体制下，除了学生务必进行良好的教育反思外，那么我们的教育者是否也去武装"先天下之忧而忧"的紧迫感呢？！

如果说，重塑今人的文化心灵是净化当下的文化环境的重要任务，那么，侧重源头工作的治理则是这项工作的首要关键。文化污染是文化体系管理的核心任务，而矫正人才的精神裂变则是教育内涵的战略使命。

有道是"少年强，则国家强"、"少年富，则国家富"。是啊，此话当真没错，那么作为国家教育系统的管理者和教育者们该如何理解这"少年"的"强"和"国家"的"富"呢？无可置疑，这"强"是"强"在文化知识上；这"强"是"强"于民族自尊心上；这"强"是"强"在国家利益上；这"强"是"强"在普天下人民的托付上。而这"富"是"富"在人之初的教育上；这"富"是"富"在知识的原始积累上；这"富"是"富"在人类生命共同体的携手；这"富"是"富"在国家和民族因为有了坚不可摧的文化脊梁！我们明白了这一点，父母和儿女便拉近了知识的距离；老师与学生便校正了各自的航向；社会便安谧太平了许多；国家的公、检、法等法制系统便不再那么受累；人类文明大国的秩序和漫步自由之旅便可提前接近起点。明白了这一点，我们的一切社会的管理者便懂得如何不辱使命；我们社会一切的从业者便知道如何去敬岗敬业；我们的一切社会的权力者便觉醒怎样去人尽其才，物尽其用；我们的所有父母便清楚如何为儿女、家庭相濡以沫，相心携手；我们的民族的执政者便会想到如何坚守自己的文化心灵而不至于崇洋媚外，东施效颦；我们的文化界便明白如何去伸张正义，弘扬正气，塑造完美的艺术典范以激励后人。——这些便是因为教育而获得的一种全新的文明资源和人类果实。"一生之计，重于教"，这是我们每位教育者必须明了的责任底线。或许，我们还应该记住西方哲学家卢梭的话："你知道用什么方法一定可以使你的孩子成为不幸的人吗？这个方法就是百依百顺"【26】。这便为我们人类的教育大计找到了 "富"与"强"的哲学依据。

教育，当它被深入人心的时候，一切物质世界和精神世界便呈现出春天的气息！

中华民族自古以来就素有文化自强，民族自信，心灵自觉的宝贵意识。但因本世纪初，一种莫名的高唱西化语系【27】，追求空泛的表面形式，装扮滑稽的文化面具，张扬浮躁的文艺色彩，传递低俗的文化信息之风的刮起，于是，将本民族特有的传统价值观给消磨得所剩无几。

"国家兴亡，匹夫有责"【28】，这是先民为我们总结的时刻不应忘却的警句。

远在两千多年前的战国七雄，他们拼杀在满世界风尘雾扰的战况中，李斯终以一篇《劝谏书》【29】征服了始皇嬴政的躁动；李斯的热爱人才，心系国民，平大难于斯人，降浩劫于后土，以力挽狂澜的文化心不仅谐和了天下诸侯，还敞开了通往国际的和平大门，让国家遏制战难，使人民免受悲怆，让民族恢复富庶、使天下得以太平。这是我们民族的文明使者最富有责任心灵的范例之一。韩愈在《师说》里，强烈地批评了一时人不能为师的丑恶现象，并且他还借助此现象深刻地阐述了"弟子不必不如师"，"师不必贤于弟子"的辩证规律。"师"就一定不能差过学生的智慧，"弟子"就一定不能超越"师"长的学识？如果人不能进行这样的受教，普天下尚有多少人能懂得这些道理呢？面对唐代的"非师"论战的精神桎梏的背景下，柳宗元在《答韦中立论师道书》里，一边承受强大的被贬的心灵伤痕，一边仍在肩负强大责任心向求教者（韦中立）传道如何为文、怎样做人的深刻道理。柳公此文不仅是中华民族师生论道的经典，更是上下一千余年指导人修文修道的哲学名篇。韩愈被贬潮州，在不太长的一年有余里为那里的人民改善了教育环境，推动了教育风尚；还使那里的百姓懂得如何治理大自然的灾害和复兴农耕文明。这些均在《韩昌黎文集》和《潮州韩文忠公庙碑》里得到清晰印证。苏轼在《潮州韩文忠公庙碑》中这样论道："文起八代之衰，而道济天下之溺，忠犯人主之怒，而勇夺三军之帅"【30】。文忠公虽用四句话的描述，却高度地浓缩了韩愈在千古以来的文明史上的独特功绩与超强的历史责任心：他以超凡的智慧开创了"八代之衰"的文学辉煌；以替天地行"道"的大智若愚的气概为天下人传"道"；以不畏强暴的大无畏精神敢于直面所谓的皇上敬言说"不"；以独闯龙潭的战死之躯而冲向敌人的心脏。正是因为苏轼的烂漫的文才使千余年的国人目睹先贤韩愈的视民族责任为使命和崇高的道德风范。读过《楚辞·渔夫》的人，大概不会忘却这样的箴言："举世皆浊我独清，众人皆醉我独醒"。正是这一组名句才让世人理解两千多年前的爱国诗人屈原内心的酸楚。那时，国乱当头，豺狼当道，上至国君昏庸无度，下至百姓入地无门。正如西方的谚语所云："上帝不能处处都在，于是他便创造了母亲"一样，于是天地皆只有让被流放的屈原来替天下的苍生担忧；于是他宁愿投江让自己成为葬腹鱼虾的残羹剩饭也不忍心看到国家被豺狼当道的悲

579

寒　夫　　雨后秋岚图

惨局面。我们把视线转到中国现代革命时期：国民党反动派虽说同是中国人，但他们要同日本帝国主义走狗心息相通地反过来屠杀自己的同胞；身为执政的总统不论是临时的或是买卖的，但有一点是不能忘记的，那就是他们利用人民和国家给予的权力干起卖国的勾当。作为伟大的文化先驱鲁迅，只有他敢于"直面正视淋漓的鲜血"，为了民族的觉醒和东方文明的坚守只得冒着九死一生地干起用文化来"革命"的自觉斗争！

等等诸多先例，它们累在一起只在说明一个问题：那就是这些伟大的先贤们，无论他们处于怎样的历史环境，而他们的心中仍然潜在两种行为准则，一是要为这个历经创伤的古老民族的独立自由而生；一是要为这个饱经文明哺育的东方人类的坚强性格而死。

流水不腐，户枢不蠹。似乎是上苍所赐，抑或是天地所予，每个时代恰好崛起了不畏艰难险阻的文化勇士，文明巨人啊，否则我们这个多灾多难的民族岂能肩负得了如此苛刻的历史重任呢？是他们的精神接力，才缔造了我们中华民族的伟大的文化身躯；是他们的文化血液，才充满我们东方民族的伟大的精神堡垒；是他们的智慧播种，才让我们收获人类亟需的文化心灵和文明知觉。为此，这里必须说明的是，坚守文化心灵，传递文明薪火，荡涤非文明三俗之类的丑恶现象，其责任和义务不全然是从教育的源头开始，而是要从每个具备文化的感知者一起从坚守与呼唤的心灵出发！

是样，拯救文化，方能收到立竿见影的效果，但凡从我们拥有的文化心灵开始，人类的历史文化将会可持续复苏——从根源净化，我们的今天和明天必将会呈现出奇异的景象！

这里，我们掀开中华文明的历史画卷作一回清醒的审视，当自然会看到我们今天人类的心灵是否在日渐远离文化的精神航标。首先我们看看圣贤们的文化思想对于治国方面的著作有《道德经》（老子）、《劝谏书》（李斯）、《离骚》（屈原）、《过秦论》（贾谊）、《师说》（韩愈）、《封建论》（柳宗元）、《正气歌》（文天祥）、《论少年中国说》（梁启超）、《革命尚未成功，同志仍须努力》（孙中山）、《毛泽东全集》（毛泽东）、《鲁迅全集》（鲁迅）等等。关于治军的著作有《六韬》（吕尚）、《孙子兵法》（孙武）、《吴起攻略》（吴起）、《孙膑兵法》（孙膑）、《前出师表》、《后出师表》《诸葛亮谋略》（诸葛亮）。关于治学的著作有《诗经》、《尚书》、《四库全书》、《四书五经》（孔子）、《文赋》（陆机）、《马说》（韩愈）、《楚辞》（屈原）、《兰亭序》（王羲之）、《阿房宫赋》（杜甫）、《秋声赋》《醉翁亭记》（欧阳修）、《答韦中立论师道书》（柳宗元）、《答李翊书》（韩愈）、《答谢民师书》、《念奴娇·赤壁怀古》、《前赤壁赋》、《后赤壁赋》（苏轼）、《鲁迅杂文集》（鲁迅）等。齐家的著作有《三字经》《弟子规》《朱子家训》等。平天下的著作有《论语》（孔子）、《墨子》（墨翟）、《庄子》（庄周）、《荀子》（荀况）、《韩非子》（韩非子）等。关于治医的著作有《黄帝内经》《本草纲目》《伤寒论》《千金要方》，等等。诸如这些千古不朽的文化遗存无不渗透于中华现代文明的血脉之中。既然我们承认现代的文明构置依旧保持着古老的精神血液，那么要净化当前一小部分人鼓吹媚俗而遗弃高雅，追求空泛而冷落真实，强调过甚娱乐而摒弃适度严谨，张扬虚华而玷污正大，渲染庸俗而践踏经典的社会现象的确很难吗？想必不难！那些丑恶的文化现象，我们不是没有让眼睛发现，而是没有让国民之心去体察啊；只要我们的高端们擦亮眼睛，紧缩视线，冷静思考，加强责任心，增强民族自豪感，视国家利益与民族利益如自身利益，变自我生存价值为宝贵的民族意识；只有这样，我们的高端执政体系便由视而不见，麻木不仁，充耳不闻，抑或以权谋私，误国误民的悖离文化的神圣使命一同协和于为国担忧，为民请愿的大好愿景的文明秩序之中！是样，一切不符人类主题文明的三俗现象、颓废现象便会自然消亡——这些便是贵在建立我们的高端意识与我们的民族自信！

一个公民，要时刻想到国家的安定如否，正如自己每天要关乎家中的经济出入情况；一个公共组织成员，要常常关心着国家的发展进程，如同军师时刻关乎着前方的战报；一个执政的国家官员，应该心系国家的前途与命运，仿佛国王日理万机地制订着江山社稷的法律。因为有了国家的强大，才有家庭的富庶，有了社会的稳定，才有个人的安宁，国家高于一切，人民重如泰山。这自然是一个国家公民必须具有的人类宇宙观与生存观，难道一个合格的公民不应该具备这样的责任感和民族心理素质吗？！

我们出入一切公共场所，应记住自己是一位共和国的合法公民，我们的言谈举止，处世格味一定要与这个国家的形象和文化环境相匹配。我们进入文化市场消费的时刻，就要像考古学家面对他的对象一样：以美学的目光去检验艺术品的身份，以审美的心理去感知事物的社会性，但凡是真的、美的就表示认可，否则就当即叫"不"。因为不能让假的、丑的劣质品充其为民族和国家的艺术象征去形成市场。那样会糟蹋国粹而又污染文明。我们在剧院或娱乐场时，应以一位文艺观察家的身份去审视节目的艺术性、思想性和人民性。所谓艺术性，就是假借艺术的表现手段去表达一个严谨而鲜明的社会主题；所谓思想性，就是以正确而光明的演绎方式去批判丑恶的，伪善的和消极的因素，同时彰显正大的，文明的以及引人向上的积极因素。所谓人民性，就是一切从关乎百姓生计，民心主题利益出发的有代表性的健康内容。当我们正在审批各种文化建设项目时，这是考验我们的权力和使命的历史时刻：首先要看该项目的文化学价值。所谓文化学价值，亦即项目本身所富含文化学的含量有多高，对人类文化繁荣是否影响深远且为复兴文化、传播文明有着积极的功能作用。其次是本项目是否出于真正本民族文化传统的血脉之需。再看它的建设与推广是否符合我们民族文化心灵的共同意愿，是，则立，否，则废也。但，一要做到项目与权力不能画等号，也就是说，项目的立与废关乎国家与文化命运的传承息息相关，却与权力无关：不能因为高端的关系或声音将不该建树的项目（即非文化）审办了；相反，把该办的文化项目却又残忍地枪毙了。须知，这两种作为均是不为人类文明所欢迎的，有时甚至是祸国殃民的啊！尤其是在人才的选拔和使用上，这或许是所有执政者和权力者必须沉思的问题：自古迄今，哪个朝代放弃过对人才战略性思考呢？因为人才是一个国家和民族的尖端战略资源。一个国家失去了人才，这个国家就走近灭亡。一个国家藐视人才，这个国家就会濒临混乱，一个国家发现了人才，说明这个国家是幸运的。一个国家浪费了人才，说明这个国家是没有希望的；一个国家重视了人才，那么这个国家将会由兴旺走向强大。很简单，这个世界是人决定一切的！无论怎样运用人才战略，但有一条是不能动摇的，这就是：尊重知识，热爱人才；尊重创造，呵护文明！让知识者走在人类社会的每个亟需的位置，使他们充分地为岗位、民族、国家和人民尽情地挥发各自的天赋之光；这便人尽其才，文以载道。因为只有知识，文化才能放射出智慧之光芒，假如人类社会一旦熄灭了这些充满智慧的光芒，那么剩下的便是愚昧和荒芜。

正确对待人才战略，社会上的浮躁、浅薄、庸俗，甚至愚昧气候自然就减少许多，因为许多丑恶现象大都是因为人才的匮乏，知识的缺失而最终导致社会走向愚昧、无知的结果。

这，便是民族和国家的利益！

苏　轼　墨竹图

582

# 高扬民族的软实力

中华民族是一个多民族融合的伟大民族，每个民族都有其代表性的文明创造和极其优秀的传承方式；因此，要使它们形成博大的人文生态环境，就要全面地吸收它的个性与共性，是样才能充分地融汇成中华民族灿烂文明的蔚为大观。

这个时候我们可以让外来文化进行交流，但不应以外来文化作为占有；因为那样会使非本民族非文明的催化剂见缝插针的污染中华民族的健康血液与古老的传统文脉；我们可以走出去向境外地域进行传播，但不可以将民族文化连根一起出卖。出境传播与交流，旨在告诉世人——东方民族的智慧结晶和海纳百川的浩阔胸襟，但如果出卖文明之根本，这便是变相地卖国！因为一个民族文化的软实力是一个国家的核心组成部分。

书法、绘画、音乐、舞蹈、剪纸、篆刻、雕刻、摄影、皮影、中医、武术、美食、杂技、影视、相声、小品、京剧、各地方戏、剧（种）等等，都堪称为我国民族文化领域的瑰宝，正是它们便形成了今天的文化软实力的泱泱大河。那么在当下非文化现象泛滥的关头，我们真正的文化软实力该如何肩负起重任去净化那些恶劣的被污染的人文环境呢？

纵观历史，以前车之鉴，大以为是这样的——

以建立严肃文化，高雅艺术，传统文明服务社会为大局；兼融现代文明为辅助导向的文化新秩序；健全国民大力弘扬民族气节的文化自觉意识，让健康的传统文化渗透国人的文化血脉之中，以积极向上的主流文化导向推动民族文化心理向前迈进，让灿烂的古老文明与自觉的现代文明一同在现代新文明秩序中肩负重任，引领前行！

在语言交流方面，除其公关和国际社会必不可少的，以异国语言作为交流沟通之外，我们应坚持先民留给今人的完好的汉字语言的交流方式；不可将全世界公认的汉语言会话功能随意涂改或曲解。那样是对我们人类先贤的不敬，对我们民族语言学艺术的严重诋毁。绘画表现方面，一定要坚守以艺术服务人民、服务生活、服务文化以及服务民族的文化心理为主流意识；不可以极少数人所谓超现代的"东边日出西边雨，道是无情却有情"、"此时无声胜有声"的谬章怪谈去引领主流正大艺术的舞台和文化走向。书法艺术方面，必须严肃学风，端正态度，以正确传承我国优秀的汉字书法艺术为历史使命。首先要以科学的艺术态度弄清中国书法结构的严谨性和多变的艺术性，无论是观赏，初学入门，还是临创，都要以修道之心去体感中国汉字书法的美学原理和哲学思想。其次，

583

作为热爱中国书法者，务必视中国书法修道如人格修行，只有这样才真正懂得何为书法艺术的传统美，表现美及章法美等核心知识。其次，要对书法与书学领域的全部功课进行实践与理论的全面探析与融合：一、不仅要知道这样写，而且还要知道为什么这样写；二、既要明白书法创作的复杂性，又要明白书法理论的多样性；三、懂得了多体汉字的写法，更要懂得这些体态的史期来由；四、在具备了书法艺术的创作素质，同时还要具备书法艺术的理论鉴赏。当你认为成绩良好时自然可以与周围的世界交流或推广，但如果要出境进行国际交流或展览，就务必经过专业行业主管艺术机构权衡，评估后再实施。因为造化高可以代表国人彰显书法艺术的现代成果，造化低下或浮浅者则代表国人在海外丢尽民族和国家的颜面。想必，这是哪位国人也不忍心目睹的结局。要达到这一步，我们的高端就必须真正担当起文化使命的重任；让那些素有学养，成就斐然，知识渊博，真才实学，确实是在传承民族的文化成果，肩负文明责任且德艺双的艺术家们理应走在时代的最前沿、国际窗口、生活的舞台、文化领域的第一线。关于应当这样推广我国文化软实力的建设性方式还有很多。

作为当下行政领域的高端，在举旗你的政务之外，还应高举民族心理的大旗。你既然代表了国家和人民，就一定要为国家和人民着想，否则你占据那个位置是干什么用的呢？古人云："不在其位，不谋其政"。既然你谋有其位就必须为国民担忧，可不是吗？—— 街头巷尾的虚假广告招摇过市；各种非法印刷品不仅在做着与当前的路线、方针、政策大相径庭地宣传着事态；有的甚至还直指着国家的尊严和民族的利益做着别有用心的文章。新闻传媒理应报道国家各条战线上的生活动态、思想总结、生产进程、政务信息、时事资讯、民心反映等等。然而许多权贵将权力使用在背离国家与人民利益的背面：今天极力推崇医术高明的民间神医，不几天便是一个地道的江湖骗子。今天安排各个渠道穷声极嚷地包装某某为一代艺术大师，国学宗师，不料几天后其原形毕露竟是一个所谓的"伪经典，假大师"。今天因为谁有点后台背景，明天就将他捧上天谓之为文化名人，知识界权威，艺术界高端，学术界泰斗，其实一经出场便《皇帝新装》[31]（全露了）。谁有一点偏才，就着力打造，让他在国家级的央视台或其他主流媒体滚动循环，让他赚足了人气后再换上另一拨类似的把戏把天下的百姓笑尽、占有尽。如果不是今人知（视）觉的麻木，心灵的颓废，意志的退缩，祖国的传统文明能至于被污染到如此现状吗？殊不知，这样长此以往地恶性循环，过渡的笑声浸透—— 将天底下的人民封锁在无为的笑声里，把本来缺乏判断力和意志力的善良的人民禁锢在思想匮乏，精神麻木的世界里，其结果只有一个：让普天下的百姓在笑声里虚度光阴，使受累的人民在封闭的精神视线里还原，把仅有的一点民族自信和文化自觉放在三俗的传染里殆尽，使

584

有为与无为的东方人性泯灭在绵绵的愚昧之中。这时候，谁也没有求索的意兴，谁也没有了抵御邪恶人侵的信心，谁也没有了民族自强的勇气，谁也没有了敬岗爱国的大局观念。于是，世界便进入了一个极度自由的危险区域——不能让知识导航社会之方向；不能让文化指引前进之目标；不能让高雅占领生活阵地；不能让艺术使人们净化心灵。难道这是人类所需的文明与自由？伟大的文学家罗曼·罗兰说过："一个人过渡自由是疯狂，一个国家过渡自由是混乱"。正是这样，使民族的正义和良知悖离了健康文化引导的生活方向。——我们再看看，比如作文比赛，就应该让那些具有创作经验和作文成就者作为评委，否则，评定结果将会失去评定标准。书画大赛，就应该让书画领域确有艺术创作成就者和学术研究的权威们作为甄别质量高低的镜鉴[32]。文艺演出汇展，更应该让那些长期从事社会学、历史学、政治思想学、民族传承学、艺术表演学和美学的理论家及专家、学者作为现场督审，因为每一个节目的思想性和艺术性直接影响到下一代的思想学养、行为仿照结果。否则，因缺失思想性和艺术性的三俗之类使其变百姓盲目"追星"为麻木不仁、油滑崇拜为愚昧。使得真正的歌唱家得以旁观，真正的理论家们抱以沉默。国学大讲堂，应以知识和学养作为唯一的传授尺度，不可以谁有名就让谁上讲堂，因为名气与学识乃两种质量定论，否则便是误人子弟。理论研究与权威学术信息发布等，必须要以那些久经思想革命和艺术革命以及民族责任感极强的专家、学者的最终信息报告为代表性的学术结论；否则民族的理论思想成果就丧失了灵魂、民族艺术就会遗失根本的理论参照体，国民的民族精神与民族气节便会随之魂不附体。概之，一个不会为文者而去当作文评委，这是拉长鼻子充象；一个不善书画者去鉴赏艺术品，这是挂羊头卖狗肉；一个不懂表演学者去评判文艺演出，这是搽粉进棺材死不要脸；一个不知何为国学者要去上讲堂，这是面对慈悲的观众吹牛；一个不懂理论和学术的要去发表所谓的权威的文化成果信息，这是癞蛤蟆想吞大海自不量力。作为一个有国民使命感的高

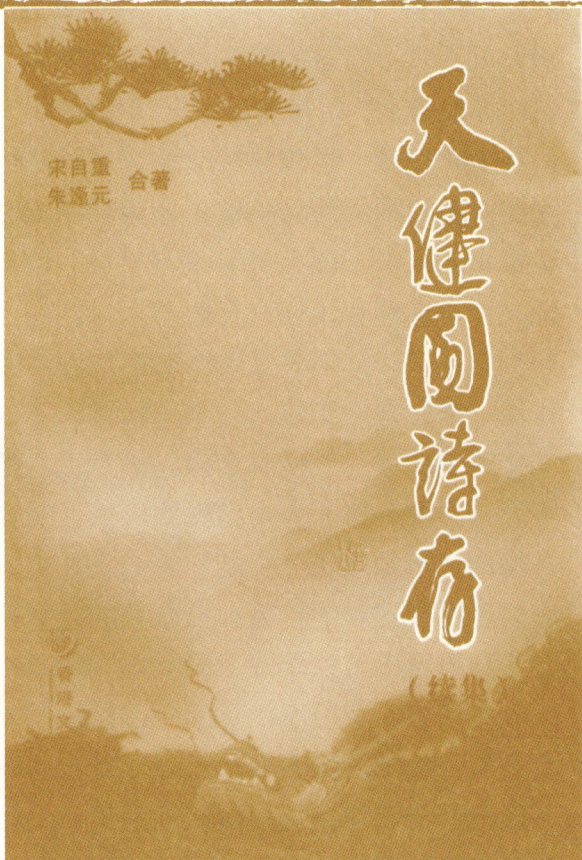

宋自重、朱逢元　天健园诗存书影（寒夫题签）

585

端们就不负心悔过的吗？这些不良现象的发生不是因知识的欠缺和责任感的奇缺而导致的么？每每督办这一切事情的"过关"处，我们的高端想过没有？——一切文化领域、思想领域的综合反映是依靠真实的艺术再现与真纯的艺术表达才富于美的内涵的啊！这正如运动场的竞技比赛一样：一个不具比赛经验或比赛常识的人又怎能当得了裁判员？？假如有人能明白这一点，那些满腹经纶且又深怀正义感和民族责任感的大学问家、大理论家、大评论家等又为何被闲置和浪费呢？一个不关乎民族的空头理论是荒唐的理论；一个不讲民主意识的集体是一个野蛮的集体；一个不珍惜人才的民族是一个危险的民族；一个不重视文化的国度是一个没有希望、满是谎言的的国度。正如现代著名文学家郁达夫所说："没有伟大人物出现的民族，是一个奴颜婢膝的植物之群；而有了伟大人物却又不知珍惜，则是觍颜人世的奴隶之邦"。于是，人类就在这疯狂与自由里选择了这样的行为：没有花的可以四处抢劫；没有吃的可以到处偷盗；夫妻不和的可以借机嫖娼；男女不顺的可以将父母赶上大街留宿；职员不如意可以激犯老板；老板不如意的可以糟蹋部下；官员不称心的可以带资出国（携款出逃）；技术人员不得意的可以把技术转入网络进行电信诈骗；学生不满足的可以泡网吧和花钱应付国家的考试；父母不爽的就干脆抛弃儿女选择离异抑或以暴力为伍；……诸如此等，其一，先是因为丧失了民族自尊，让心灵与意志飘落在自由散漫的尘埃之中；其二，是泯灭了严肃的文化传统，使本是东方人类的文明自觉在惶惑的氛围中不知所措。这——便是中华民族软实力——传统文化被淡化，被玷污、被忽略、被遗弃、被轻视的严重恶果！……

因此，党中央在几年前便不失时务地为重振国民尊严，重塑民族心灵，重整传统文化软实力，号召全社会"加强文化建设，构建和谐社会"的伟大兴国战略。不难理解，我们的高端能袖手旁观，隔岸观火吗？

我们的国家从战略的高度，看到中国传统软实力的功能所在，涉论之下，正是我们携手治理三俗现象，遏制非文明气候的最佳时期：用人类学的观念把握现实世界的物质生活和精神生活，使当今社会的国民意识朝着

君子专以厚德

健康、正大的正确方向前进。这便是民族气节。无论国际社会怎样风云变幻，都要保持高度清醒的尚教头脑，努力让优秀的道德传统与现代文明成果，同步融进今人的心灵世界和创造血脉之中，利用古老文明指导现代文明，用现代文明升华古老文明——正如父子一起创业，择取优势互补一样。这便是民族信念和民族文化自觉。无论经济发展到何种程度，它是不能替代文化的功能；同样，无论文化昌盛到怎样的高度，它是无以承担经济的责任。它们是人类历史的双轮车，它们是人类文明史携手同行的血肉之躯：如同一对不可分割的衷情伴侣，缺了谁是不能诞生新生命的！在党和国家的正确引导下，我们既要看到经济作用下的非稳定的文化思想，又必须认清现代文化意识下的非文化现象的模糊观念。作为当下的文化高端应当把握经济健康发展同谐和文化教化之尺度，不仅要在正确的政治环境里创造文化育人，艺术养心的人文生态环境，而且还应把握开放有为，伸缩有度的哲学审视力，为政策归心，人尽其才，"法于阴阳，和于术数"【33】建立一个伟大而文明的社会主义强国的新文明秩序而铺平道路。

　　这便是中华民族赖以生存和长治久安的文化方向！

　　我们在多种公共媒体上看到，总理温家宝同志说："生于忧患，死于安乐"【34】。这是考虑我们伟大的东方人类是否民族自强，心灵自律的文化警示，我们理当洁净精神世界的尘埃与中央号召的"文化"战略保持高度的一致，期许早日体感环境净化、民族复兴、文化昌盛的淳和愿景！

**【注释】**

　　【1】这里指与人类文明持相反道德意识、披着文明外衣的恶性行为的文化现象。【2】经过战乱后的残存状态。【3】演说者在《艺术论丛》理论研讨会上所作的经典报告。【4】这里特指上世纪末与本世纪初受西方影响的悖离文化功能的低俗的文化现象。【5】选自《历代散文名句鉴赏·岳阳楼记》，第12页，四川辞书出版社，2010年1月第1版。【6】选自胡锦涛《在中国文联第八次代表大会中国作家第七次全国代表大会上的讲话》（单行本），第8页，2006年，人民出版社出版。【7】该作品为已故著名相声艺术大师高英培生前的经典之作。【8】《多层饭店》是相声大师马季先生的重要作品，他以极其犀利的艺术表演手段抨击了当今社会的腐败现象与官僚作风。【9】该作品为上世纪末的优秀作品，有艺术家赵丽蓉等演出。【10】指在松树上提取的松油，加上灯芯便可以照明。【11】即依靠打造名牌才能吃饭的意思。【12】指婴幼儿在床上拉的粪便。【13】多指难辨识的文字或文章。【14】即指以小篆为新文字时代，以前为古文字时代。【15】据史学考证，伏羲至春秋为上古时代；先秦至唐宋为中古时代；元至清时为近古时代；伏羲以前为史前文明。【16】即仿照龟纹创造文字。【17】指按照兽体的流线美创造书体，如象形字与甲骨文。【18】引自他在《艺术论丛》研讨会上的重要讲话。【19】即指庸俗、媚俗及低俗之类。【20】伏羲，亦称傅羲。为上古三皇之一，即伏羲、女娲、炎帝（神

龙氏）。【21】指的是高雅、高尚极高品位。【22】这里指以权乱伦的市侩现象。【23】著名评论家仲呈祥在《艺术论丛》研讨会上的重要报告。【24】选自《名人格言录》（斯大林名句），第132页，陕西人民出版社出版，1984年第1版。【25】选自《名人格言·教育·马克思》，第132页，陕西人民出版社出版，1984年第1版。【26】选自《人生格言录·教育·卢梭》，第186页。【27】用歌声、音乐、绘画等形式传播西化的非东方民族的文化思潮。【28】清代小说家吴趼人《痛史》名句（《熟读名言三百句》，第268页，上海辞书出版社，1994年第1版）。"国家"亦作"天下"注解。【29】《劝谏书》亦称《谏逐客书》。【30】选自《东坡集·散文》，第271页，万卷出版社，2006年版。【31】丹麦著名作家安徒生的名篇之一。【32】即指用镜子找东西，这里指本专业的行家里手。【33】选自《黄帝内经》名言。这里借指按照自然规律的法则治理社会和国家。【34】此语出自《孟子·名句录》。

## 【参考文献】

何向阳等主编《新中国六十年文学大系·文学评论精选评论》，长江出版社，2009年版。

仲呈祥 《审美之旅》，中国青年出版社，2006年版。

朱光潜 《朱光潜集》，花城出版社，2009年版。

丁振海 《文学论集》，文化艺术出版社，2008年版。

《郁达夫小说全集》，浙江文艺出版社。

高洪波 《历届鲁迅文学获奖作品精选·理论评论》，长江文艺出版社，2006年版。

《第三届鲁迅文学奖获奖作品丛书》，文化出版社，2005年版。

樊骏 《中国现代文学论集》（上下集），人民文学出版社，2006年版。

李慎明等 《马克思主义研究论丛》，中央编译出版社，2007年版。

《中华文学评论百年精华》，人民文学出版社，2003年版。

## 【写作方法】

《当下文化现象与环境净化》是对当下国内盛行的污秽的文化思潮进行坚决批评的前沿之作。作品从文化现象的根源性作了全面剖析，尔后对盛行的种种原因和种种表现进行了批驳。

## "革命"论

# 活着就是革命

【题解】

此作创作于2013年11月5日夜。作者在读完《贞观政要》之后，立即想到要创作这篇具有革命性的文章。

自古迄今，人伦盛丰，然不过四种猷则也：其一是圣贤以生命塑造厚德；其二是昏官以权贵塑造暴政；其三是凡人以时间塑造平庸；其次是小人以恟愁塑造罪恶。此外，天下人伦皆无可言耳。

此矩又让我想起文圣欧阳修的"君子以同道为朋，小人以同利为党"的结论来。东方人类向有革故鼎新之传统，其目的是将不利于天下人的意愿或不合乎自然之法度之弊端蠲除，而创建新的合乎人伦和自然之道的公平和谐、自由与幸福，以慰世界之大同及天地之太平也！故而才有了吕尚助周王蠲夷商朝、秦王嬴政灭周统一天下、毛主席"以农村包围城市而建立新中国、世界人类的思想巨人马克思、恩格斯誓死打倒资本家让劳工的剩余价值归属劳动者所有，推翻资产阶级剥削制度使全人类的生产力得到彻底解放等；并以新人类学观之宇宙观的唯物主义取代旧世界腐朽没落的唯心主义。无论东方还是西方的这些革故鼎新之为，不论它们所处的历史背景怎样，也不论它们所选择的斗争方式如何，但最终它们的大道作为都是相同的：就是将人类前进的这辆巨型战车拉到既传统又科学的自然之道上来，以期更好地仰赖自然之道去认识世界——从而达到改造世界。论到这里，故言我们的全人类不得不温故知新地重启对孔子"大道之行也，天下为公"的醒世铭言之慎思焉。……

因为历朝历代都在悖弃自然道统才有了无可穷尽的国之亡和民之哀；因为权贵者总是在源源不断地将权力花在肆意享乐与贪赃堕落的专横上，所以天下的萌隶才会因冤屈而或背水一战；因正义而或摧枯拉朽。因为劳动者得不到所产生的价值、创造者得不到其相应的回馈等；然则，天下便开始怨声载道，执政者便面临四面楚歌，这情形如同羊头不带好队后面就乱了阵式；老鸦不吐哺雏鸟便会引起巢穴聒噪等道理一样。作为执政者们，难道如此浅显之理何以不足懂的吗？……自然，这便是历代官腐为自己播下让天下人来革命的罪恶之种子。

作为刍莞黎民，人们是羊头下的羊群，执政者们清廉，人民理于亘长守规；执政者昏庸，人民便随之浑作一团：因为子之曰"君子德风，小人德草"是也。至于真正意义上的小人呢？自然，他们就不论政道废弛或清明了，但凡是有损他们所需梦及的——而不管国之存亡，还是民之兴衰等，盖均或唯利是图、赤膊上阵，毫无羞耻而至于天地非我也乎！

这便是对人类存活于世的几种意识的革命作了一番总结。倘若需要归纳，想必是这样的：小人因为不识大统而因为利益革了自己的命；平民因为政道废弛而在无谓的经年里革了自己的命；而官腐是因为丧尽仁道和德政让天下的正义革了他们的命；然则君子圣贤呢？诚然，这尘 之人类唯有赖以他们的道统来向这世界进行革命了！

总之，宇宙间所谓革命的意义相异，其心灵所揣摩的教化不同，但有一点是值得肯定的，那就是但凡有人活在这个世上，大家都是在革命！只是仅仅区别于为谁而革命罢了。假若我们的生命个体，时刻在为国家之繁盛、人民之福祉在思考，然而还是要思 着"为天地立心，为生命立命"及"兼济天下"等之重任；当然任何意义的革命都比不上这为世界大多数人类而革命的辉煌与伟大，譬如前面论及的吕尚、毛主席和马克思、恩格斯矣！


**【写作方法】**

"革命性"的论说文《活着就是革命》，从几个社会层面揭示了一个严肃的主题，那就是人活着都是在革命，只是革命的意义不同：好权贵的用昏聩给自己革了命；好财富的用腐朽给自己革了命；好享乐的用奢侈革了命；好平庸的用无知革了命；而行天地大道者，则用为天地立心来革了前面所有人的命。这篇短小的文章却蕴蓄着作者无限深刻的思想、极力批判的为天地树文的道统精神和积极思辨的人生观。

## 正 气 论

# 与自重先生书[1]
## ——谈古论今之一

【题解】

　　初稿创作于 2012 年 11 月 25 日由宁波去往绍兴的火车上。作者崇仰家乡学者宋自重先生的为文修道和清政为民。故在这次火车旅途的闲暇之余开始了首稿。

　　与其说这是晚辈同长辈进行一回心灵之沟通，毋宁说是晚辈同长辈作一次学术上的探寻。

　　自那个午夜咱俩以短信传递各自的恋乡之情迄今，甚而至于让我倍受心性之所染，伤情之所潮——遇事你老如此捏之分寸，观之天机，洞之秋毫乎。仅此一点便令吾辈心驰神往邪！

　　畅叙幽情的日子，我与家乡其他如务珍、爱德、海清、国安等几位长辈每每以你为中心，或把酒天下之大治；或笑谈宇宙之存亡；或激情阴阳之运转；抑或歆歟当今人伦之道统耳。总之，大家让我在此如歌、如诗、如论、如乐之圣境中恍若一睹黄州之活气，一释崇敬之壮怀，仿佛将我的整个灵魂置于当年苏子瞻同道友一览月下赤壁山水之间也！……

　　《天健园诗存·续集》[2]，你老让我时刻徜徉于你那"老骥伏枥，志在千里"[3]且生生不息的勇于征服暮年岁季的贤达治文的妙境里：你以一颗童真之心在谐和你周围万紫千红的世界；用"仁者"亲"仁"之心护佑你那每入烂漫璀璨的天健园之乐音的精神领地。在此芳馨万种，智趣涌溢的"大观园"里，朋友在这里收获了他们的知音；亲邻在此滋润了各自安逸自得的心扉；耄耋之友在此重度青春之风华；少儿在此　浴那天地共享之淳和胜景；…… 总之，你的知己在这里寻觅到了出发的港湾；陌路的过客在此找到了宾舍；文人在此品得《高山流水》，已知和未知的读者在这座没有围墙的礼、乐、诗、书[4]的园地里

591

一同宛若迈入了至圣之杏坛。于是，我便以为这是我将要择适的圣地矣！

虽说《寒夫诗词精选》[5]多回校绘，然我还是觉着《天健园诗存·续集》的大快、大美、大娱和大彻的高贵与大幸。但在你老坚毅勇往之感召里，我便拟定三项攻坚之策，以和故土人文之兴盛，以蔚家国之荣昌。其一，《寒夫·黄州·东坡》[6]以发行、研讨及传播为主线；旨推家乡地域文化之成果，同时又以苏公文化遗存作为基石：一显活动之厚重，壮以正大之声；二显主题之严谨，品位之尊贵。其内容构置有多年来为家国黄州创作的诗、词、文、赋、论、书、绘等作品：其诗60首，词40首，文20篇，论6篇，书法60件（幅）、绘画40件幅。其中诗、词，以讴歌大美无言之故土变迁、吊忆先贤、人文物志及锦绣山水为主；赋，则畅叙故土今昔之文明，古城之和韵；文，则抒怀作者对此圣灵热土之思考与审视；论，则以哲学思辨之视野展开对家国之文化风情、道统、人伦、前途及命运之评述。当然包括对王亚南[7]、闻一多[8]、叶君健[9]、胡风[10]、秦兆阳[11]及宋自重[12]（你）老等卓有贡献者精神之推崇等。书法，均乃出自苏公之文学名篇，如《赤壁赋》[13]、《后赤壁赋》[14]、《念奴娇·赤壁怀古》[15]、《寒食帖》[16]、《江城子》[17]、《沁园春》[18]、《浣溪沙》[19]、《西江月》[20]、《临江仙》[21]、《水调歌头》[22]等作品艺术内涵；绘画，则以不同形式和不同手法表现的东坡文化的主题造（圣）像。就《寒夫·黄州·东坡》主题文式之提炼，经反复推敲后才如此拟定：如以"黄州·东坡·寒夫"排列，一则易成为纯官方课题（可官方是否领情呢？）；一则因为"寒夫"二字在"东坡"之后，故世人将会误以为作者有意将区区不足起的"寒夫"勉强同大文豪"东坡"比肩——那样会折煞一贫寒学子的。倘若就《东坡·黄州·寒夫》排列，这又易起晚辈倡举"东坡课题"风波之嫌，同时也会与家国及周边"东坡学术机构"擦出非议；故以为作者身为倡导文化育人之传播者应走在前面，其目的为了家国黄州的文化、经济以至整体社会形象之塑造与跨越；因为苏公早已在此建树了传奇，也留下了启迪后世的圣灵之光影于是这样便合乎探索以期造化天地，师法自然——如借鉴于古圣先贤之人伦、认识、自然、宇宙等观之道统。

592

心灵的浸透

因为寒夫打黄州离去三十年有余，现在应该谢恩黄州；又因为寒夫得益苏轼文化精神之浸透，故策为《寒夫·黄州·东坡》之课题正焉。当然，此为一厢之意，尚须龏老及大家点化。其二，《寒夫·黄州·东坡》课题第二乐章便是展示：集中全方位展览作者多年来创作的富含东坡文化内涵的书画精品计100余件（幅）。它的展出，揭示出一位真实的东坡文化传人由理论研究到艺术实践的数十年忠贞不渝的捍卫中国文化自强和人文自觉的文化心灵，从而激起千万后人崇尚文明，践行道统和在逆境中坚定传统文化信念，且不为世俗所左右前进航向的崇高的道德风尚以及于逆境中奋进的惊人意志力。想必，此语将随着时光之流逝会显现其语境之魅力：因为中国人是从来不相信身边有智者、圣人的出现的！……

其三，《寒夫·黄州·东坡》第三乐章，这也是该课题最为催人奋进之动人之乐章。在展出和文学论坛结束之余，紧接着将作者极为得意的楷书巨作（8米×2米）《蕲阳春序》[23]隆重馈赠给作者30年前曾经创业和求索的鄂东蕲春[24]县委和人民政府珍藏。此捐赠仪式需由北京、省城及周边权威专家、学者、党政等知名人士一同见证；同时应由收藏方主要负责人接收。自然，央视，央广及省市多媒体集聚盛事之前沿和后续跟踪报道：以程序化的由观展引导人们对东坡文化重新认识的心灵构建，到学术研讨的思想更新、观念更化，以至到人们自觉走向由文学、书法、绘画等多元文化浸透的艺术殿堂。是样，人们将从玩物丧志、嗜好赌博、好逸恶劳、享乐至上、碌碌无为、不思进取、饱食终日、尸位素餐的恶俗里脱胎换骨。……

但凡咱们家国应运春和景明，政通人和，他日可　官府增设一图书馆和较规模之书店、书城等。相信，咱们的一切普度众生之为自会有个柳暗花明的反馈。身为作文修道者，你我生于斯，博于斯，成于斯——此举夫复何憾？！韩愈曰："闻道有先后，术业有专攻"[25]。子曰："三人行，必有我师焉；择其善者而从之，其不善而改之"[26]。于是，我们更觉任重道远之重压，水滴石穿之巨负　！文圣欧阳公曰："大凡君子与君子，以同道为朋；小人与小人，以同利为朋"[27]；子还曰："君子固穷，则小人穷斯滥矣"[28]。这一切皆让你我等闲不得：若为天地而生，你我生得巨福；若为苍生而忙，你我便忙得光明；若为后世而苦，你我苦得永恒矣！诚然，我终于明了屈子那"举世皆浊我独清，众人皆醉我独醒"[29]之秘语。晚辈我等回忆流年，忏悔不已；论其道化，不知所措；物格身造，一无所是；究其功业，盖是羞得茫然耳。遂于几月前将《寒夫诗词精选》里"故国之恋"（黄州组诗之一小部分）及《蕲阳春序》一并呈献于你。提及《蕲阳春序》一文，是要你校正的：因无暇及时细究和润色，便指望你作修短肥瘦而为终稿是也！

总之，你让我打"天健园"出来，带着春的气息策上了《寒夫·黄州·东坡》之新创；或许是梦想，或许是现实，皆无妨你我真纯之心缘。马克思恩格斯以宇宙观改变全人类；子瞻和子由用人性缔造了东方人类不朽传奇；鲁迅同郁达夫携手于黑夜走到了各自的巅峰。虽黧老年逾八旬，应毫无所惧：姜尚八旬后竟任齐国国君；故言起使命，咱们岂非幸而多乎哉？！——真和美从来是这样召唤的！

贺黧老并朱老师大康！

寒夫并夫人莉莎敬致

2012 年 12 月 38 日于雪雨轩

**【注释】**

【1】《与学老自重先生书》：乃作者寄予"谈古论今"学术之系列用题；其课题涉及文学、哲学、书学、画学、艺术学、美学、史学、国学、人才学、政治经济学、社会科学、自然科学、音乐学、语言学、文字学、甲骨学、创造学、碑学、帖学、鉴赏学、艺术教育学等范畴。【2】《天健园诗存》（续集）：作家、诗人宋自重及夫人朱逢元合著之诗集；其内容包括《征夫吟稿》及《霜枫吟草》两大部分。该书由作家吴洪激作序，香港文艺出版社，2012 年 9 月出版。【3】老骥伏枥，志在千里：比喻人虽老，但胸怀壮志。语出三国魏·曹操《步出厦门行》，诗曰："老骥伏枥，志在千里；烈士暮年，壮心不已。"【4】礼、乐、诗、书：此语大意为，礼，乃作者经年为文、做官，包括做人所持的平和乐道的自然心态，君子以平和之心待人、敬业便谓之以礼；乐，谓指作者在《天健园诗存》（续集）里以激情、思想、情商、智慧、坚韧、知见、创造等合力演绎的充满人间风情的烂漫乐章，器发声之为乐；诗，指作者通过《天健园诗存》（续集）向人们传达的大和之美，物美便流于诗；书，是说作者饱含学识和固而待发的精神能量，人识天地之道而被敬之为书。【5】《寒夫诗词精选》：即作者待出版的诗词专著，包括抒情诗、散文诗、哲理诗、叙事诗、爱情诗、自由诗、长诗、乐府诗、格律诗、词及《故国之恋》等内容。【6】《寒夫·黄州·东坡》：为作者计划实现的一项文化命题。【7】王亚南：湖北黄冈团风人。著名翻译家，以翻译《资本论》著称。【8】闻一多（1899—1946）：湖北黄冈浠水人。伟大的爱国主义者，著名现代诗人、学者，中国新文化运动激进代表人物之一；作品有《红烛》《死水》《楚辞校补》《乐府诗浅》等。【9】叶君健（1914—1999）：湖北黄冈红安人。中国当代著名翻译家、作家，先后任《中国文学》（副主编）及《中国翻译》主编。【10】胡风（1902—1985）：湖北黄冈蕲春人。中国新文化运动重要人物之一，著名文艺理论家；有《胡风评论集》（三卷）、《胡风全集》传世。【11】秦兆阳（1916——1994）：湖北黄冈团风人。当代知名作家、文艺评论家，先后任《文艺报》和《人民文学》主编。【12】宋自重：1934 年出生于

594

湖北武汉新洲。当代作家、诗人、文艺评论家，《东坡诗词》名誉主编，曾长期担任党政及教务工作、主编《迈向二十一世纪的战略选择——黄冈地区城市化战略规划纲要》《中国老年体育》；作品有《天健园诗存》和《天健园诗存》（续集）等。【13】《赤壁赋》：宋神宗元丰二年（1079）谪居黄州时第一次夜游赤壁时的凭吊三国英雄的文章。【14】《后赤壁赋》：该作反映出苏轼被谪居黄州后再次游览赤壁时的另一种人生况味。【15】《念奴娇·赤壁怀古》：此为词牌；此词为苏轼于神宗元丰五年（1082）被贬谪黄州时的作品；全词融景物、人事感叹及哲理于一体。【16】《寒食帖》，也称《黄州寒食诗帖》：苏轼于元丰五年即谪居黄州后的第三年在雪堂创作的作品。此帖被中国书学界定为天下第二行书；是宋以来中国书法行书的巅峰之作。【17】《江城子》：此为词牌；这里指"十年生死两茫茫"一词。【18】《沁园春》：此为词牌；这里指"孤馆灯青"一词。【19】《浣溪沙》：此为词牌；这里指"山下兰芽短浸溪"一词。【20】《西江月》：此为词牌；这里指"照野弥弥浅浪"一词。【21】《临江仙》：此为词牌；这里指"夜饮东坡醒复醉"一词。【22】《水调歌头》：此为词牌；这里指"明月几时有"一词。【23】《蕲阳春序》：蕲阳，即今天的蕲春县；春，乃指作者成文的季节；序，即一种文体形式，如李白有《春夜宴李桃园序》、王勃有《滕王阁序》等。该文记叙了作者对三十年前创业、求索的追忆；文中通过再现、反思、哲理与思辨的笔触以激励自己日后创造性地行进。【24】蕲春县：地处鄂东，境区一百余万人口，这里素有："教授县"、"人文县"之称。【25】这里韩愈的"闻道有先后，术业有专攻"是说从事一切追求应该有其循序渐进的规律；面对每项技能的研究要专心致志；凡通此理方能善进。【26】这里孔子的"三人行，必有我师焉"谓之他人总有为我所汲取的长处。【27】欧阳修说，小人多因利益而结党营私；而君子的相处往来是因为天下的大道的共建。【28】孔子说，君子无论多穷总有办法处世，而小人一旦遇上苦难便泛滥成灾祸。【29】屈子，即屈原，屈原说，世人都一样的浑浊，唯有他一人如此清醒是因为国家和人民而悲伤。

【写作方法】

　　《与自重先生书》乃晚辈同家乡的学长自重先生所设的"谈古论今"之学说园地，此篇为其中之一。这是作者与自重先生论及学术及艺术活动方面的一次交流。作品陈述了作者同自重先生论及有关活动的计划以及对自重先生《天健园诗存》一著的美鉴。作品说：因为长者的"老骥伏枥，志在千里"之精神的感召于是作者便激活其潜在的奋发热情。正是作者善于抓住心灵活动和把握客观事物及主观意识在现实世界中的反应；因此，使此篇仅2500字的心灵互动成就了一篇现代范式的优秀"策论"之作。

　　无论从美学，还是从"策论"本身的创造学赏析，《与自重先生书》在彰显作者文学艺术的创作才气时，又迸发出了作者那恬淡、清纯、达观的人文主义思想。

595

# 论 学 风

【题解】

　　2011 年 11 月初于故乡创作的这篇关于当代人"治学"、"尚教"、"修身"、"正心"的人生价值观论文，深刻揭露了当今社会普泛存在的社会问题。作者每每还乡入住的宾馆所住房间无一不是以麻将、牌桌等享乐至上的资产阶级生活方式在腐蚀着人们的意志和破坏仅存的一点文化基因。这里的人们将大好的时光放在宾馆、酒店、餐厅、酒楼和茶馆等场所，以此来消磨宝贵的生命。于是作者才创作出了此文：以唤醒人们珍爱生命、珍惜时光。

　　据说先人求学必须抓住车上、马上和厕上的点滴功夫；可想他们的这种学习态度多么让人叹为观止。孔子在请教鲁襄子[1]时，他那善请多问的循序渐进的科学方式不禁使我们的今人感佩；老子把带不动的书籍挂在牛角上，请牛帮他背书；屈子在理发的时候将书本放在旁边以备适时偷阅；东坡即使醉酒了仍能看到他的手和书放在一起；毛主席的卧室，除了在床中心勉强能安下身子，其余的空间就是书籍了；马克思的书房里是书山的样态……因此，我才彻底明白"三更灯火五更鸡，正是男儿读书时"[2]的深刻要义。

　　之所以他们的人文精神和伟大的名字不被滔滔不绝的历史河水所冲刷掉，那是因为他们自始至终在以锲而不舍的求进、学富五车的学识、光彩照人的思想等善美之德来塑造自己的心灵世界——他们不仅成为人类的精神的脊梁，还源源不断地在启迪后世。可喜可歌啊！

　　说到这些不朽的圣贤，不得不令我想到我的故乡黄州——这块平凡的土地，自大宋文豪苏轼[3]的到来，这里便赋予了文明的圣光；从此黄州便赢得了文化的昌盛和经济繁荣的灿烂景象。后来还诞生了药圣李时珍[4]、文化学者胡适[5]、革命先辈包惠僧[6]、哲学家熊十力[7]、国家主席李先念[8]、新中国奠基人之一董必武[9]、《资本论》的译著之一王亚南[10]、当代作家秦兆阳[11]等等。他们全然因先人圣光的浸透而成为这块热土的领路人。

　　然而，这不得不让我想到今天的故土——同样是一块完好无损的土地和四季分明的山水，近些年来似乎见不到什么显赫人士的出现。我国史无前例的"改革开放"已走过三十余年，随着经济与文化交融的滚滚前进的大潮，我走过中国所有地区——那里，要么清晰地看到地域性文化之兴盛；要么那些地方在经济腾飞；总之，我所到过的地方处处焕发出新潮动以来的全新景象。我还看到这些地方的人民在日新月异的经济大潮中奋力搏击，以勤勉和汗水来改变他们落后的现状；或以不同的形式扩大地区性的文化升级；以循循善育之势让他们的新生代重塑心灵、造化人伦，以福染未来的人类。身为文者，吾当为之可敬可佩也！

虽说少小离家，游学天涯，然而每或间断地还乡问故。大凡离故土甚久，才使我叹之家乡采深。多次探寻的日子，我的确找不到所谓当年"文化昌盛"之活气。从部分故人的口中和以我亲身的访故，才得出这样的结论：这当下城市里的人并非当年故土上的人了；他们要么仿学当下的国之大弊——跟着学浮躁，或东施效颦；让本来是传统的心灵染上不土不洋、不伦不类之"病态"。这是丧失文化传统的结果。要么闲得无聊，三五成群游街滋事，这是丧失教育的结果。要么好逸恶劳，不务正业，这是丧失信仰的结果。要么，就干脆闲着，闲成一片。于是，在家里、茶馆、酒肆、饭店、宾馆等，总之，大凡能找人作乐之处全摆上麻将、桥牌，或玩打"拖拉机"之类，以供一城兴盛之"牌昌"和"饭局"。难怪乎，我多次还乡入住宾馆的第一眼能看到的便是麻将机、牌桌之类；自然，那房间里从来是不放一本藏书的！

然而，这是我多年前就想要写的一篇"还乡记"——总希望此地有所活气。但其忧虑的现象竟与人的期盼离得远：我看到城里的仅存的一家书店本来就矮小，却又让人租去作网吧、茶吧或咖啡吧什么的，几乎都看不到书店的存在。后来我与乡亲的访市的日子里才明白人们之所以看不到书店之类的存在，那是因为城里的高楼大厦渐渐在淹没它的缘故；至少，是因为人们过于重视物质与经济提升而丧失了文化的重建；一味在追求经济效率的超越，因而让精神文明被戕害于危亡的边缘！这便是向"钱"看而导致的文化心灵失衡的严重结果啊！

后来，我才清晰地认识到这偌大的城市无须建设几个理想的书店，是样，可将大好的春光，圣妙的年华泡在与麻将为友的世界里；把善本的人性追求投入到麻木不仁和放浪形骸的混沌之中；没有人想到要励志为学、崇圣尚贤、仿古修道了……在这等混浊荒芜的世界里有谁还会想到有老子、孔子、马克思、毛泽东及圣贤大道的存在呢？！这都市的人们还有谁懂得何谓宁静致远，居安

修身，齐家，平天下

597

思危的严谨学风呢？！大家能懂的仿佛是极尽所能地如何挥霍来之不易的财富；浪费自然物质和人文资源；辜负上苍和父母赐予的人性本能；使本已充满灵美而鲜活的生命被卷入污秽的市井之中：是样，谁也没有方向，谁也别想求进，年复一年地在那里，如同蟑螂一般无目的地出生；无质量地繁殖，无造化地死亡。……

发自内心，我深知，此文的发表是免不了有人大骂的："不报此地之大美，尽言此地之大忧，何贵之有？"——不过，还是尚教之责让我织完了这篇文字，但愿它能织进这大骂和未骂者的心灵世界：千古一帝的始皇嬴政不是因为听不进谏言而毁灭了秦朝的吗？褒姒被周王宠幸于上宫，使其终日不得脱身朝政，不受明臣之劝谏，反以疑明臣为粪土而最终让"戏诸侯"灭了周朝。这——岂不是因为丧失文化知觉和长期报"大美"、"大喜"的严重恶果吗？……

前不久，我拜访了三苏祠。我访市在街上，看见大街小巷里的幼童每每在长辈的陪同下神情专注地坐在小桌边看书或写字什么的。几天后我有机会寻访乐山郭沫若故居时，同样目睹市面的居家门前，那年长者陪伴着孩子在书本和桌子上比画着学业。然而，如果不是此行亲自莅临四川之旅，想必，无法想象那伟大的词圣（书圣）东坡一家【12】、郭沫若【13】及巴金【14】等是如何走向学坛高峰的啊！修学，是在帮助我们解决所遇之困惑；治学，则是使我们建立一个完整的"学以致用"的精神体系；此乃学则进，进则立；不学则堕，堕则灭的道理啊！

想到古往今来的圣贤，哪一位不是因深广的知识才成为人类的丰碑？哪个朝政的变更又不是因为文化的缺失和心灵的空虚而走向衰亡的呢？……国兴则民奋，民奋则学渊，学渊则蔚为国之风矣！

【注释】

【1】鲁襄子：当时鲁国著名的乐师。【2】引自颜真卿名句。【3】苏轼（1036—1101）：北宋伟大的政治家、文学家、词圣和书法家。有《苏文忠公文集》及《苏轼书法》等集传世。【4】李时珍（1518—1592）：明代伟大的医学家。湖北蕲春蕲州濒湖人。有《本草纲目》等传世。【5】胡适（1902—1985）：湖北蕲春赤东下石潭人，当代著名的文艺理论家，有《胡风评论集·上、中、下》传世。【6】包慧僧（1894—1979）：湖北黄冈团风上巴河包家畈人，早期中国共产党人。【7】熊十力（1885—1968）：湖北黄冈团风上巴河张家湾人，当代著名哲学家，有《新唯识论》等传世。【8】李先念（1909—1992）：湖北黄冈红安詹店镇李家大屋人，无产阶级革命家，军事家；曾任新中国国家主席。【9】董必武（1886—1975）：湖北黄冈红安县城关人，无产阶级革命家，曾

任新中国国家副主席。【10】王亚南（1901—1969）：湖北黄冈团风王家坊人，著名经济学家，马克思《资本论》翻译家之一。【11】秦兆阳（1916—1994）：湖北黄冈回龙山枣树店村人，当代著名作家和评论家，有《秦兆阳小说选》等作品传世。【12】东坡一家：这里指苏家的苏洵、苏轼及苏辙为主的文人影响。【13】郭沫若（1892—1978）：四川乐山人，中国现代杰出的作家、诗人、历史学家、剧作家、考古学家及古文字学家，有《郭沫若文集》传世。【14】巴金（1904—2005）：四川成都人，当代著名作家，有《家》《春》《秋》等作品传世。

【写作方法】

《论学风》是一篇批判性很强的立论作品。作者通过故乡人不珍爱生命、不爱惜时光、虚度光阴的懒散生活方式，揭示出一个严肃的社会问题：物质生活一旦得到"解放"，人对认识世界和改造世界的思维便开始堕落起来。人的精神颓废、意志消沉、不思进取、碌碌无为便时渐诱发社会的动荡和不安。作者还借助在外地出差目睹四川眉山市街面上的老人和妇孺在陪伴孩子攻读的范例来启迪家乡人如此好逸恶劳、玩物丧志的恶习趋向遏制，试图让人们得到自省、得到教益、得到振作、得到恢复人性本能。

# 在 故 乡 的 山 水 里 安 眠
## —— 一 曲 惜 乡 的 天 歌

【题解】

此作原发表于《寒夫艺术论丛》一著。2000年初冬于南京终稿。《在故乡的山水里安眠》一文作者构思了多年，但因种种原因才于2000年完稿。这是一篇作者以写实性的文笔描述家乡黄州山水如画的赏论文章。

细细一想，在我的故乡黄州，如果说有我触动记忆和拨动心弦的事儿，那固然没有比那里山水更令人难忘的了。

这里的山水并非常人所见的平淡和萧然，别说亘古以来的奇险峻美为人所未知，就是大宋通才苏东坡横空出世的前、后《赤壁赋》之后，却未见有多少人再咏唱过关于黄州赤壁的壮哉、美哉！当然这一千余年的人类，虽则很少有人以文字的形式去赞许它的存在，然而，自东坡以来却有不少大师级的国画家用丹青表达的手段，为饱经是非和传奇的黄州赤壁作了精巧绝伦的讴歌与描绘。

因此，这上千年的旷世是非、议论声中。人们自然放弃了对"是非赤壁"的冤诉，却将钟情的重心转移到了"东坡赤壁"；因此，人们先已知道"赤壁之战"

是否是东坡笔下的前、后《赤壁赋》之所在，那是史学家的责任；而后便将宝贵的时间和求真的兴趣放在了东坡翁的前、后《赤壁赋》或《念奴娇·赤壁怀古》的文学艺术的研究上。也因此，千年来的黄州因为苏轼的到来才繁盛这里的人文精神的事业，黄冈因为他的"两赋一词一寒帖"的问世方使这里的山水物志泛发出奇异而文明的光辉！

在这里，还是就黄州的山水而论。

言及我故乡的山水，还是必须从以上提及的那些画家的山水画说起，因为现实里的山水总是不如画境里的山山水水那么令人回肠，那么令人销魂。

马和之，钱塘（今浙江杭州）人。绍兴（1131—1162）中登进士第。其擅画人物、佛像、山水。传世之作有《赤壁后游图》《小雅鹿鸣三什图》《诗经图》等，均由北京故宫博物院收藏。

在我收藏的有关《赤壁图》系列的影印版本里，马和之的《赤壁后游图》为我最早的收藏品。画幅纵 25.8 厘米，横 143 厘米。近景靠左的三棵擎天摩松，在暮色的掩隐里挺拔而屈身地展露它那饱经沧桑和巨变的坚毅精神；左线向上隆起的漆黑的山峦，紧紧护卫松树由高而低地伸向谷岸的深处。中景是该画境里的轴心视点：它的末端是在夜色的浸透里以一丛雄健的松林支撑着山水之间的重心，让低矮浑黑的山的起端成为林带的陪衬；正中几座隆起的黑且互为的山峰自然而有趣地构成了赤壁山的主体；在这里，赤壁的群山让夜深感着星的窒息，使星星和月亮退到无法再黑的世界里去了。但在赤壁山群的顶峰偏下的山腰处，因为灯光的映衬只能看到两座佛事的龙郭；再将月光移向佛事右方不远的开阔处时便看见一片村落式的瓦舍，但不知这是否是他当年就任团练副史时的官舍或是他在大雪封山的日子里自己和几位友人临时整建的几间雪堂？！在这几间山舍的四周又是黑咕隆咚的山脉与右边山峰一泄千里的大江——这就是东坡翁让世人百颂不厌的"大江东去，浪淘尽"的感怀之地吧！然而，大江的右对岸出现了一片隐约的水洲，就在水洲的中心处，一轮皎洁的明月在江心的颤动处闪动着诱人的银辉。这便是《赤壁后游图》的尾声。

在这夜色如墨，黑夜交融的艺术世界里，作者马和之借以空旷与粗　而又开阔的松图和设色，把一代大文豪苏轼夜游赤壁的政治抱负与人文情怀表达得凝重而精炼，深刻而悠远；藉以江水的浩瀚之势来暗示赋予作者大胆严证现实的放旷胸襟。

画家马和之，假借静态的山水和万物来表达苏轼即为天地立命，为人民立行，为这里的山水立传的默然心境，这不仅缝合了苏东坡在难世做人的无言自律，也十足地证明马和之作为画家能有如此过人的精神诠释力和修复力。

这样的夜里，我们不难想象到作者马和之正是怀有同样的情感同大文豪一起游览于漆黑的群山与流动的大江之间：他们悄无声息，心有余悸，四下寂寥，不无风淙，月赤壁而形，如星罗棋布；如山水而处，似乌云连体；察天廷之下，山之静乎海鼍沉卧；触崖壁所感，处安乎天地之间也！身临如此夜的世界，谐趣三两人，泛一叶扁舟，飘乎于江心，任天水空阔处赋文妙境之中，这又怎能不让人品尝圣贤那"有客无酒，有酒无肴"、"月白风清"、"如此良夜何"的清快闲雅的墨色的奇迹呢？

同是一位宋代画家乔仲常，其生卒年不详，河中（今山西永济）人。师法李公麟，尤长道释人物故事画等。传世作品有《后赤壁赋图》《山居罗汉》《高僧颂经图》等。

毋庸置疑，大凡东坡翁的前、后《赤壁赋》浸染过他的灵魂，于是才有如此叫人回肠荡气的《后赤壁赋图》；它纵29.3厘米，横560.3厘米，不论从绘画艺术的境界生成，还是从通篇作品的思想挥发，总之，《赤壁赋图》是在苏东坡诞辰前、后《赤壁赋》以来，中国绘画史第一件以《后赤壁赋》为旨意而创作的主题山水长卷。

作者乔仲常的《后赤壁赋图》，如果从自然科学的角度研究，它应该是考证黄州赤壁山脉的一件至真至信的自然蓝本；如果从史字的范畴探索，它应该不失黄州赤壁重要历史变迁的文化遗产；如果从国画艺术领域的课题来赏析，那么，《后赤壁赋图》则是一卷十分瑰丽的"诗"、"画"配境的重要史料。

这里，不得不提到宋代张择端的《清明上河图》：作者张择端没有任何文献史料作为衣钵最终创作了旷世杰作《清明上河图》。然而，经由乔仲常消化《后赤壁赋》后而出世的《后赤壁赋图》，如果从史学、自然科学及绘画学等综合领域深度加以探索，难道《后赤壁赋图》不比《清明上河图》更具有人类学和社会经济学的多重研究价值吗？当然，这或许是一千年来人们忽略了对这一研究对象的思考，也或许我们的史学家和评论家遗忘了对它的钟情与发现。这固然是关于《后赤壁赋图》表象的话题，现在再回到它的实质上来分析吧：

《后赤壁赋图》画卷，它在全篇布景上是通过线意来达到意境的和谐与效

明·仇英　赤壁图

果的产生，首卷近 600 厘米长，就主题的再现，赋文的理解竟于十余处用线意充分地表现，使全幅画面急剧呈现强烈的线条美。

画面的开卷，有四五人由远处来到泊好船只的江边，他们沐浴着洁净的月色，怀着一样的泛舟之情跨进了船舱。其时，他们中间是否有人在说："今者薄暮，举网得鱼，巨口细鳞，状如松江之鲈。顾安所得酒乎"呢？作为画家作者，在这里他已用画面的语言在创作此画之初就已回答了以上的问题：这是肯定的！接着他们几人在画境里来到了妇人的居所，以素常人的庆幸或一同畅快地谈论着此时的快乐和口福以及今天的最为惬意的收获，更觉着如此美妙的清风和夜晚不知怎样叫人度过才好！当然，妻子在同男人商量后便拿来早已为大家准备的好酒，知道总有一天大家会是用得着的。作者为了扣住赋文的法度，便借以丰富而精妙的纹线、粗线、巨线一起将妇人和游人的居所描绘得宽敞闲逸，以不失体面地衬托几位文人们的兴致与身份；一进两重的院落和富有传统气息的院门，加上对面屋后的稀疏的树木给赋文的配译及画卷首段形成了故事性的高潮。这一开始便将读者悄无声息地引进了月夜里游览的情调。

紧接着，作者以大刀劈山的"断面皴"的效果将一峡峪的两岸渲染得气势飞渡，高峻嵯峨，从鸟瞰的视觉看这山峰的锐利；岩石的折皴甚至四周的　木大有像是被狂风刚刚刮在一起的纵乱棱角的玻璃、石块。游人们坐在山脚下的石岸上议论着各自的话题：或谈陡峭的江岸，百丈之高；或高耸入云的山势望而生畏；或月儿高悬枉自悲叹；或水势低回谷石可见之乎。作者在这峡峪之间留有空阔的恬淡世界，这大概是为读者设计的：一面在告诉读者赋人是在用迎合应对天地之变的气量来缝合现实给他们来到屈辱和蔑视；一面寄托着画家乔仲常拿艺术的笔墨来为东坡翁及其他游人以心灵的自然化慰——诗意地补充。画面切到了游人的山的背后，因作者笔墨技巧的使然，仿佛狂风卷枝蔓似的画境又一次开放到万木丛生的迷人境界：这里有杂乱的野草，还有像豹牙虎嘴样的岩石，到处是盘根错节的近似虬龙样的树木和鹊鸟的高巢，他们探着步子仿佛进了水神冯夷的迷宫，山也发感共鸣，鸟雀也叫出了和声，风的摸拂，江水的汹涌时刻在给他们带来不尽的忧伤和愁苦啊！

这里，应该是《后赤壁赋图》的第三大高潮。

正如赋文所言："予亦悄然而悲，肃然而恐，凛乎其不可留也。反而登舟，放乎中流，听其所止而休焉。时夜将半，四顾寂寥。"画境在一度争速狂风席卷枝蔓过后开始显得舒缓起来。细密的线条组合把雄奇的山势，错乱的子木丛抛在后面并使紧凑美的树丫和显现浅缓的江岸与江水交融的平和态势轻松地如同轻慢的流水乐音渐缓地表达了出来。

刚好画卷正迎合赋文曰："适有孤鹤，横江东来。翅如车轮，云裳缟衣，然长鸣,掠予舟而西也"。

在江岸和水波涌起的左前对岸,作者用线意的勾勒,使远方的江堤与刚下过雨的江面呈现了极强的空间视觉趣味。这里——不仅让几位闲达的文人找到了抒怀饮乐的自然世界,也为文人和泛舟提供了充分的月辉浩淼的空旷水面。然而,在这里——我似乎真正懂了东坡翁那样称赞唐代王摩诘的绘画乃"画中有诗,诗中有画"的哲学思想;更懂得了作者乔仲常如此天才的表现力和想象力。随着江面的开阔和水势之汹涌,加之月夜的安谧以及月儿银灰的沐浴,于是遊人们的一叶扁舟出现在了如诗如画的江面的中心:他们荡起了桨楫,力撑着江水,依托着木划,畅咏着内心深处的积愤和对世俗的怨恨。如果把前三处高潮的夜景描述成圣贤与友人们的寻觅与探索的话,那么,画面点在烟波浩淼,水天一色中的夜游荡舟则是苏轼等人趁机释怀和倾诉的最佳时空和最美的情感!作者假借四周的安阒幽静与江心中的戏水涌动及几位文人发自心灵的震颤,作者以诙谐视觉效果的对比,以惊人的想象力和富于真情的表现力将一代词圣自湖州戴罪文字狱"乌台诗案"的前前后后,迄贬谪黄州以来的怨世心理释放得踪影俱无。画家以诗的意境,赋的语言,音乐的节奏与弦律,同时用翰墨的律动与丹青的涂抹使这自在的江面同轻快的游人一起推到了《后赤壁赋》文章的主题深处,还有更绝妙的——是作者依照赋人的语境在这里不失时机地将一只端详的仙鹤放飞了过来。它是无法停留于江心的——的确,它戛然而啸,自东而西,一瞬间便消逝于寂寥的夜空。正是因为仙鹤的降至,才使后来的主人东坡有了奇特的入梦——与一道士的不期而遇的完美结构。

仙鹤的飞来,既为江夜泛舟丰富了诗意和真实感,又为主人东坡进入梦境作了情景的伏笔渲染。

于是,在他进入梦前的环境描述里作了这样的墨象的处理:蜿蜒起伏的山巅上,生就明晰可见的林木,并且它们所天然生成的树叶在月色和徐风的作用下婆娑起各自的姿态。下河布满丛林的山巅便是一个极度舒张的庭院,这便是东坡翁在艺术的世界里曾经梦道的安身之处。它一进两重,最前面的院门墙为主人翁的入住提供积极的护卫条件;而靠右的参天苍林恰好用繁茂的枝杆搭盖在山坡上的丛林,最前方的入口处的两边是象征长青的松柏对称而生,为整个梦道的庭院气氛增添了纯朴的民俗感。它的左边又一次以斧劈石的皴谱法的用墨效果余音未尽的山势和一矮小的院门谐和地依偎在一起——仿佛从地面上长出来的一样,一方面为主人梦道的安谧居所做好理论上的呼应,另一方面则为完整的情景故事做着完好收束而准备了自然意义上的终止。

因此,《后赤壁赋图》观赏到这里,人们不难想到,它不仅是篇千古绝唱的赋文,更是一首万古流芳的极为富有的史诗,一帧天然的画图,一支铿锵波澜的交响曲，一篇我国最早的恬淡逸人的短篇小说——从短篇小说体裁来比对：这里有准确时间——这一年的十月十五日晚上；有活动的特定地域——故事同雪堂开始；有典型的人物对象——苏轼与友人们；有情节的发展流变——离开雪堂、迎着月光、捕捉鲈鱼、寻找妇人家的好酒、一起复游于赤壁之下、拿着衣物、穿越荆棘丛生和咧嘴露牙的传奇山径，终于好容易到了江边，大家泛舟时又遇上了远处飞来的仙鹤，最后玩累了便在梦里梦见了道士，并开门时却又不知道士去往何方；有人物对话——"有家无酒，有酒无肴"、"月白风清，如此良夜何？"、"今者薄暮，举网得鱼"、"巨口细鳞，壮如松江之鲈"、"顾安得其酒乎？"、"我有斗酒——"，"赤壁之游乐乎？"等等；社会环境的描写和自然环境就更不必例举了。

也因此评价《后赤壁赋》及《后赤壁赋图》是我国古代文学史和古代绘画史上最为称其为小说文学价值的醒世之作不知是否属于夸张？！

从《后赤壁赋图》的绘画结构和艺术表现的方面看，这是一幅令人心神两的创作珍品：画卷首尾一气，千里之泄；诗情放达，物象恣肆；笔意纵横，磅礴生气；山水世界，峰回路转；使墨跚跚然，遂冬景萧之；用意雷动兮，且

604

黄州 遗爱湖

寂夜悚之；一帧极富交响乐节奏感的美丽画图，在悄无声息的近千年的长河上演奏着这个伟大民族的绚烂乐章！

自然，画家仇英也为我的故乡黄州赤壁创作过丹青记忆。

他约生于弘治末年，卒于嘉靖三十一年前后（1505—1552），据明史料记载，他"出身甚微"。擅长山水、花鸟及人物画，深受文征明器重，时为"吴门四家"之一，画功精湛，以工笔重彩为主，其风格追求青绿山水人物故事，形象精确，工细雅秀，色彩鲜艳，含蓄蕴藉，色调淡雅清丽，富有文人画的笔致墨韵。有《中兴瑞石图》《子路问律》《琵琶行》《赤壁图》等，均由北京故宫博物院收藏。

《赤壁图》卷，纵26.5厘米，其画幅长度与宋代画家乔仲常的《后赤壁赋图》相几乎（约560厘米），因为《赤壁图》画境里呈现的是青绿山水，明几如画的花鸟与景观，无疑这描写的并非是词圣东坡笔下的前、后《赤壁赋》，而应该大有依照东坡翁《念奴娇·赤壁怀古》之意所创作的长卷。

然而，因我所收藏的《赤壁图》卷影印版，只是全作品的一小章节，即词圣与友人游于赤壁之下——泛舟咏吟的主题画面，这就无法使我为它作一次全面的赏析和内含上的研讨。

作品从三个方面进行鉴赏：由右边触笔展开绘画，作者将高耸之势的笔墨意境，把赤壁的山体与江水的开合之焦点放在了画面的正中心；然后在左前方的远处置缀两脉中远视觉的山脉；最后是在左右对境的中心便放置一叶乘有几个游人的扁舟。此情此景，仇英借助青绿的山体和充满生机的草木花卉来表示黄州赤壁山的柔美诗意，用浑黄的江面同忙碌的渔民来表达生活在这里的人民的纯朴而勤劳的生息精神。不错，在我所见到的描写"赤壁"山水的画图里，应算此景最令我欣慰亲切，因为在这赤壁的对岸有生以来我已吟咏过无数次先圣的词赋之类。打开处看：作者用勾笔的线动和设色的巧妙使赤壁山势动乎于放浪形骸之外且嵯峨峻秀，雄拔壮美。从合处鉴赏：不论是近山，或远山，抑或渔船，它们从来是在这天然物象的世界里各秀其处，相趣相生，似乎少了谁便使这淳和的天地之间留下了伤痕一样。

总之，《赤壁图》仿佛将我带入了久恋故乡的梦境：

> 温蕴含蓄里，它饱蘸着对大自然的真爱；
> 细腻隽永里，寄托着对大好山川的无限敬畏；
> 青绿柔媚里，暗示其师自古人挥自我的大胆创造；
> 境界语言里，倾诉着他对一代圣贤苏子的崇尚与钦慕。

但，如果把仇英的《赤壁图》与大宋武元直的《赤壁图》相比，那么应该说二者各有千秋的了。

武元直，生卒年不详，金熙宗年进士，北京人，擅画山水，画风集众家所长，有《赤壁图》《桃园图》等传世，由台北故宫院收藏。

他的《赤壁图》与大宋马和之的《赤壁后游图》相当画幅，它纵50.8厘米，横136.4厘米。但在墨色的境界技巧和构图的空间利用，自然有着超越马图的创作意趣。

山水《赤壁图》画卷，用浓墨重彩的方式来加以表现，在一望无际浩瀚的长江上，赤壁陡峭高耸，直立江面，似乎时刻在向游人们咏唱"江流有声，断岸千尺，山高月小，水落石出"的千古经典。在此巍峨雄浑的赤壁之下，轻轻的一叶小舟，悄悄的几个游人，他们漫不经心地在江水的涌动中伸举着无法长高的脖子和探赏的月光，找寻大江和江山给他们带来的慰藉，并以此精巧的高空与矮小的强烈对比的表现人与月夜的互为衬托，正委实地体现了苏轼"两赋"的主题。在技法上，作者以劲利的侧笔巨斧劈成险峻纹皴，来描述赤壁陡峭而立的嶙峋之势以形成全幅画面的壮阔开合的氛围。远山与树木，用富有层次变化的淡墨，渐远渐淡且梦幻似的消失于缥缈的云海之中。江面水纹的处理，倒看得出确有人性的一面：如果它们没有波浪而形成的水纹是无法推动游船的行进；甚而还有靠近石壁处时而发出"惊涛拍岸"或急湍漩涡的哗然声；还有汹涌之涛，一起伴随着扁舟上的游人摇曳着船桨，和着清风似的吟咏——于是让整个世界沉浸在一首浪漫而和谐的山水交响乐所表述的天堂里——山、水、树木、绝壁等都在与船上苏轼的沉重思绪构成呼应——这难道便是人与大自然的默契？！

这是一幅十分珍贵的不朽之作。据我考证，赤壁上的斧劈皴法与远山的淡墨画法，同流传到日本的几件南宋山水画如李生的《潇湘八景》、传为杜溪的《渔村夕照》《远浦归帆》等，特别是与杜溪的山水，在艺术表现上大有相似之功。这说明金时与南宋"南北"的对峙，在绘画上仍然具共同的时代特征。

不论宋画还是明画，或是今画，这些画家们都在以各自的感受和迥然相异的表达来讴赞黄州赤壁的山水；唐宋以来的文人骚客在不断为这里的土地丰富人文的含量；虽然我很早离开故乡，但在这股文化律动的浸染里使我深感家乡的诱人之怀。因为曾几何时我同家乡的友人，著名学者、家乡的东坡研究的知名专家王祥林先生相聚时，在他的思想和学说里我才彻悟了故乡这块热土的珍奇、黄州人文的富有、因唐杜牧和宋朝东坡等人而构成的赤壁文明的璀璨。

我离开故乡黄州赤壁的漫长岁月里，确实我也读了不少关于东坡赤壁的文章和绘画，在辛弃疾、王安石、陆游、王禹偁、杜牧及苏轼的诗文里，我不断在为家乡这块沉寂的土地增添着信心和勇气；在仇英、武元直、马和之以及乔仲常的画境里，我时时在为这一方耀眼的山川作着期待和祷告！——因为我渴望自己的故乡能像齐鲁的社会一样：在山川里去孕育大智大慧和大美大法；在生命中去赠予海纳百川和高瞻远瞩；在人世间去携手胸怀若谷和包容天地；还因为在以上充满无限诗意和墨染魅力的画境里，我无时不感受故乡山水的力量和文明的启迪。

因此我用生命和信念为故乡的天地祈福，用心灵和美来收藏这里的往昔、今天与未来，以珍重和颂歌来镌刻我与故乡的山水和人民的共荣！

本文原载于《寒夫艺术论丛》（中国文联出版社）2010 年 8 月版

【写作方法】

在作者较多的艺术论文里，作者还是愉悦于本篇《在故乡的山水里安眠》。作者通过古代几位山水大家不同风格的《赤壁赋图》的思想诠释，使作者意识到故国黄州那空灵的厚土、芊莽的植被、淼漫的山水、旷达的原野、穹崇的岫峰、诗境的道场、画卷的传奇、辐辏的史承、渊薮的人文等无一不是作者成人成型的精神营养。《在故乡的山水里安眠》作者先是看到了物格气象之美；尔后是看到了世态异化之美。这是本篇作品通过作者告诉人们一个鲜为人知的源自大自然的秘密。

# 关于《寒夫赋黄州》（感恩集之三）

那时，我读过鲁迅的《故乡》《朝花夕拾》，读过郭沫若的《屈原》，还读过冰心的《往事》和巴金的《家》及徐志摩的《我所知道的康桥》、郁达夫的《春风沉醉的晚上》等。后来我读国外的海伦·凯勒《假如给我三天的光明》、泰戈尔的《吉檀迦利》、蒙田《热爱生命》、雨果《巴尔扎克之死》、卢梭《生活在大自然的怀抱里》、高尔基《切尔卡西》，当然还有马克思《资本论》、恩格斯《共产主义原理》及梭罗的《瓦尔塔湖》等。这些著作虽反映了不同国度不同文化心灵的作家对大自然的不同感受，但有一点是相同的，那就是它们从来都在浸透我的内心世界！

如果说上述那些不朽的著作曾经羽化过我的性灵意志，那么，《寒夫赋黄州》则是它们浸染后而成形的婴儿！正如鲁迅对"故乡"的感受一样，我对自己的诞生地——兰溪，无不寄予深爱之情，于是在《我与浠水兰溪》一文里畅想了阔别近40年的亲情。大凡人的天性所悟，我愈觉人的成型是要叩谢里仁乡邦的风土之恩，于是这才使我将那块构筑我心灵世界的大美乡土——黄州淡忘不得。倘若真要了解对那爿故国厚土的情感的深浅，然则还是读一读《我的家国黄州印像》和《黄州赋》吧！

当然，要表达我对故国黄州这块风土的养育之恩，还远不足以这两篇文稿之餂唅所言，因为在这部三大章节，二十一个乐章里，均以不同角度和不同哲性的出发点将我对近四十年的往事和对其理性的剖析一一作了诗意般的表白：或以烂漫的气象描绘故国黄州山川物景的大和大美；或以人文情怀再现这方风土上下八千年的被尘埃尘封的绚烂的历史记忆；或以圣洁之心期许故国之昌盛而为之放言的一点评判与反思；亦或以孩儿渴望父母长寿之心祈愿故乡科学发展与理性繁荣，等等这些，时渐流露一位游子对乡情的眷恋以及将灵魂同信念与之融为一体的大美心结。显然，在《黄州赋》里，作为孩儿，至少我表达了四大敬畏之心：其一，为了后世更为清晰地将顺黄州的由来、变迁、沿革和伸展，我尽其所能地概括多种史籍、善本上的历史记录，使后人通过此文达到快速浏览故国之原始面目；我以为此乃历史使命也。其二，我将"上下八千载，纵横五百里"之人文、史迹概括其中，以有效励志后人：叙于当下，发于后世；此乃人文使命耳。其三，以浓墨重彩之笔向世人描绘出一个气象万千，山川流丽，水陆畅和且"翘首黄州甲天下"的圣灵风土与自然合为一体的神境图；此乃为"天地立心"之使命哉。其四，利用有限的空间，将故国开放以来流向国际市场的诸多新星产品进行无限的传播：既有益于世人对此地经贸商贾之知见，又益于故国加速在经济大潮中的机遇探寻和工商往来等。此乃为"生民立命"之使乎！

诚然，作为现代人的《黄州赋》，的确它深怀"青出于蓝"却又越于"蓝"的巨构之势：首先，《黄州赋》从容量上，不仅超越了古赋的体制构制，而且从形式上大大跃出了古赋在"赋、比、兴、风、雅、颂""六义"上的桎梏，其次是由科学的立文思想和"兼天下"之襟怀的严谨创作，使《黄州赋》具有特定意义上的感召力。论及"严谨"便有必要提及《黄州赋》的"来之不易"：2000年初，那时在南方刚刚办完"寒夫书画艺术展"遂启稿《黄州赋》的初稿设计。经过13年之炼狱，直至去年深秋，历尽10余年的《黄州赋》才最终定型。可想对此《黄州赋》所作的牺牲和付出乃非常人所能为也！应该说《东鄂五赋》（含《黄州赋》）乃我成长之春天、认识世界之窗口、走向成形之桥梁、探究大道之摇篮、精神飞跃之乐园、励志立命之疆场也！——因此，我决定对其以古文体来完成我这心灵世界的尚圣之美！

《序》部分的《蕲阳春序》和《锄耕之乐·代序》，虽仅选两篇，然而，它足以令我深感生之不易、行之苦难、举之不时、丧之不得之苦哉！30余年前我携夫人莉莎在那寥落贫瘠的东园（泛指东鄂蕲春）故地，用勤勉壮怀健康之体魄，以艰磨润养圣洁之心灵；经一场生死浩劫之痛，于是我们在沿海寻梦的深 终于在2000年"个展"后"亮剑"了生命之光辉。这——为我和夫人看清了世界的人文信息和感知思想创造之秘密！"记"和"游"两个乐章，为我认识大自然及宇宙观等铺平了道路；同时还为我理性地步入弘阔的人文殿堂羽化了多彩的积淀。在诗词部分，我以深沉的彻悟体感自然美和创造美的同时，尚不遗余力地将"诗言志"和"词达性"之文道为当今人类实践马克思主义用自然观"认识世界和改造世界"而放之烂漫的富于哲性的文字之中，这既 靡地渲染了我的美学追求，还匡正了当下人们以"快餐文化"、"垃圾文化"、"媚俗文化"等充斥世人心灵的悖逆之为。不过，《论道篇》的全部，是基于以马克思主义文艺观对现存的金钱至上、拜金主义以及官府荒芜国体、封建暴政，权者非"兼济天下"，臣者不作为与国民等严重现象予以了彻底批判。对那些堪为"人类灵魂工程师"的所谓意识形态领域的吃国民津贴的苟且偷生者，竟饱食终日，尸位素餐；"国运不关己，存亡常挂起"的堕落恶行就不应该加以批判的吗？！……

虽说诸类对现象的批判与书名"黄州"一词无关，然而，我大以为此乃生之使命。关乎国民的心灵拯救、人文大厦的重塑构筑、邪恶现象的肃清等正大的为文之道难道尚受地域或时空之局限的吗？总之，以人文之心来发掘故国绚烂辐辏的历史传奇和渊薮的圣贤之光影期盼那方风土和人民万古常新；以芳菲之心来传播那爿国度的天地畅和及山秀水色以及商贾云裳之气象等不免在昭示世人为此圣地而动敬畏之心乎。可是，我将阔别近 40 个岁季的美善和牵挂全回馈给了我的家国黄州的一个字——"赋"了！

2014 年 3 月 8 日终稿

伟大的思想巨人——马克思 恩格斯 （寒夫绘画）

# 附 录

寒夫和夫人莉莎在故国黄州的社会活动照
及部分书画作品选刊

無乾秔秏羨兮地蛟結 蟠我民報事兮無息其始 自今兮飲于世。 願侯福我兮壽福我癘鬼 兮山之左下無苦濕兮高 鶴飛兮北方之人兮謂侯是 非千秋万歲兮侯無我違

陸東坡公書韓昌黎羅池廟迎享送神詩一首

140cm×70cm×4

荔子丹兮蕉黄雜肴兮進
侯之知我兮悲侯兮兩旗渡
中流兮風泪之待侯不來
兮不知我悲侯乘白駒兮

入廟慰我民兮不頌兮以
笑藏之山兮柳之水桂樹
團兮白石齒侯朝出游兮
莫來歸春與猿吟兮秋與

罗池庙迎享送神诗

此作为作者临习大书法家苏轼书法的又一名作。书写时作者极力把握原作之神韵，以法度与气象而呈现东坡书法之遗风。该文为唐代大文豪韩愈之美文。据称，该楷书书法原作碑藏于浙江。碑的内容为「韩文颂辞部分」，重在赞颂柳宗元的德政，」故后人称此碑为「韩文、苏书、柳事」也[此碑作与韩文有几字须校勘]。初形的楷书之形成时期约于三国时期（公元100年）。楷书之形成时期约于三国时期有钟繇的《力命表》，这里以彻底纠正今人错误的「楷书出自《爨宝子碑》」的无理说法：因为《爨宝子碑》（东晋410年）晚于钟繇《力命表》300余年。有史料记载楷书出自汉末王次仲之首创。

释文　荔子丹兮蕉黄，杂肴兮进侯之堂。侯之船兮两旗，渡中流兮风泪之。待侯不来兮，不知我悲。侯乘白驹兮入庙，慰我民兮不嗽兮以笑。鹅之山兮柳之水，桂树团兮白石齿齿。侯朝出游兮暮来归，春与猿吟兮秋与鹤飞。北方之人兮，为侯是非。千秋万岁兮，侯无我违。愿侯福我兮寿我，驱厉鬼兮山之左。下无苦湿兮高无乾，杭（梗）口（秔代）羡充兮，蛇蛟结蟠。我民报事兮无愧，其

613

蜉蝣于天地，渺沧海之一粟。哀吾生之须臾，羡长江之无穷。挟飞仙以遨游，抱明月而长终。知不可乎骤得，托遗响于悲风。"苏子曰："客亦知夫水与月乎？逝者如斯，而未尝往也；盈虚者如彼，而卒莫消长也。盖将自其变者而观之，则天地曾不能以一瞬；自其不变者而观之，则物与我皆无尽也，而又何羡乎？且夫天地之间，物各有主，苟非吾之所有，虽一毫而莫取。惟江上之清风，与山间之明月，耳得之而为声，目遇之而成色，取之无禁，用之不竭，是造物者之无尽藏也，而吾与子之所共适。"客喜而笑，洗盏更酌。肴核既尽，杯盘狼藉。相与枕藉乎舟中，不知东方之既白。

## 赤壁赋

《赤壁赋》（后人称前赤壁赋）此文乃苏轼于元丰五（1082）年任黄州团练副使时创作的作品，全文五百三十六字。作者在创作该作时，力求在楷书的基础上执意表达行书之动态美，使通篇书作一泻千里，一斑神境。行书约于东汉（公元180）年间。王羲之《兰亭序》、颜真卿《祭侄稿》及苏轼《黄州寒食诗帖》被誉为天下不朽行书。

释文　壬戌之秋，七月既望，苏子与客，泛舟游于赤壁之下。清风徐来，水波不兴。举酒属客，诵明月之诗，歌窈窕之章。少焉月出于东山之上，徘徊于斗牛之间。白露横江，水光接天。纵一苇之所如，凌万顷之茫然。浩浩乎，如冯虚御风，而不知其所止，飘飘乎，如遗世独立，羽化而登仙。于是饮酒乐甚，扣舷而歌之。歌曰：

"兮兰桨，击空明兮诉流光。渺渺兮予怀，望美人兮天一方。"客有吹洞箫者，倚歌而和之。其声呜呜然，如怨如慕，如泣，如诉，余音嫋嫋，不绝如缕，舞幽壑之潜蛟，泣孤舟之嫠妇。苏子愀然，正襟危坐，而问客曰："何为其然也？"

客曰："'月明星稀，乌鹊南飞，'此非曹孟德之诗乎？西望夏口，东望武昌，山川相缪，郁乎苍苍，此非孟德之困于周郎者乎？方其破荆州，下江陵，顺流而东也，舳舻千里，旌旗蔽空，酾酒临江，横槊赋诗，固一世之雄也，而今安在哉？况吾与子，渔樵于江渚之上，侣鱼虾而友麋鹿；驾一叶之扁舟，举匏樽以相属；寄蜉

280cm×100cm

615

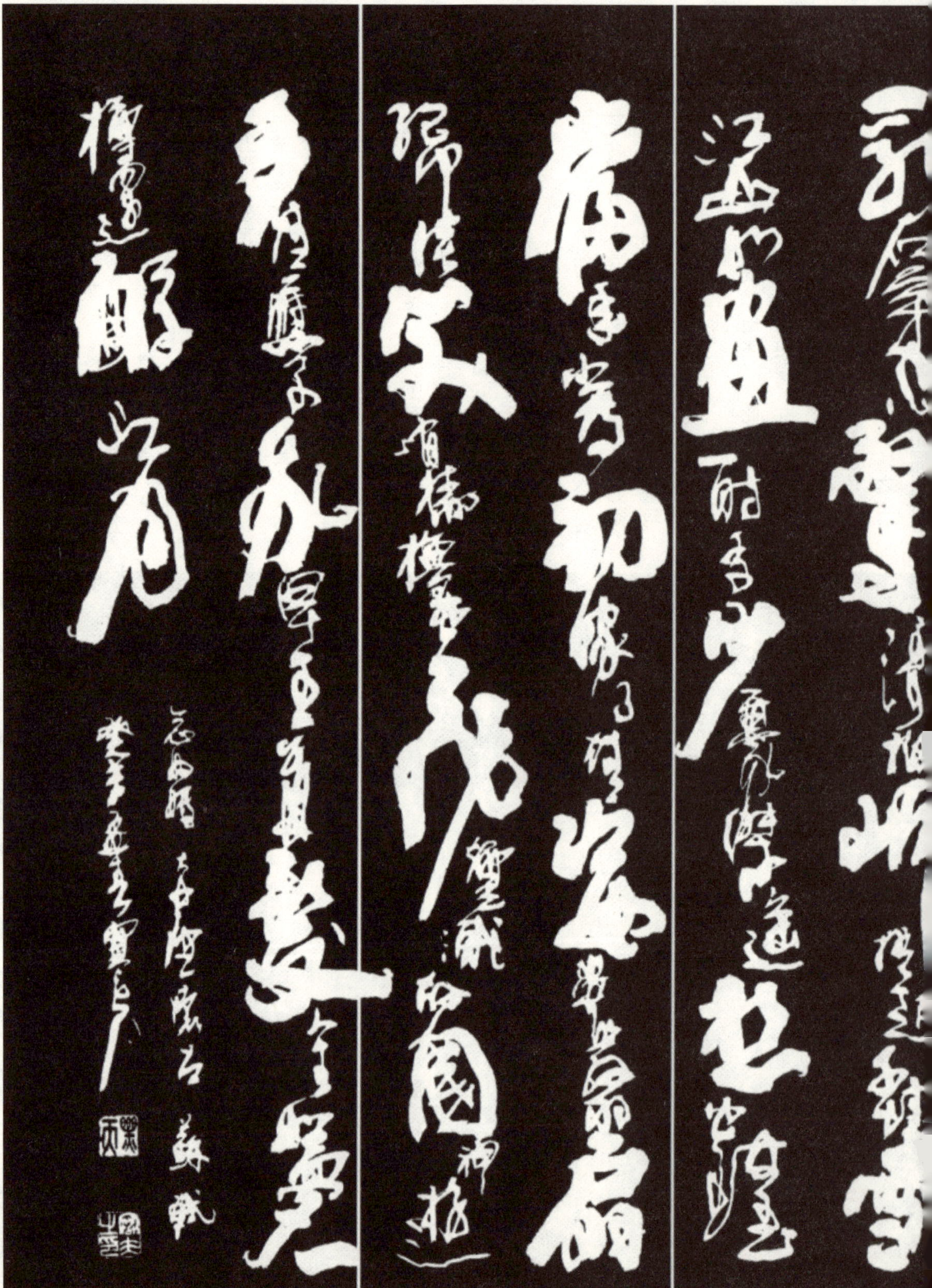

念奴娇·赤壁怀古

此文为苏轼名篇。草书乃形成于东汉（公元50）年间。此时的代表人物有张芝，他被历代书学艺术界誉为「草圣」。作者在这里假借浑厚与淡雅，浓情与素昧，急剧奔放与热烈内敛；故将刚柔兼并，错落有致的四屏构制成了一幅情景交融，婆婆多姿的酣畅之作。这既是书法艺术的大和之美，也是东方人文的一次传承与创造的全新呈现。

释文　大江东去，浪淘尽、千古风流人物。故垒西边，人道是、三国周郎赤壁。乱石穿空，惊涛拍岸，卷起千堆雪。江山如画，一时多少豪杰！遥想公瑾当年，小乔初嫁了，雄姿英发。羽扇纶巾，谈笑间，樯橹灰飞烟灭。故国神游，多情应笑我，早生华发。人生如梦，一樽还酹江月。

180cm×45cm×4

寒食帖讚

是年孟冬，欣還仁里鄉友雲集樂而武目慰青門心領境會小來以拜翰舍臨祭不用遼倒荀生而究其法體之精微無以悲兮存活而窮研豪氣斯是長江之水濯吾志三孔文章淹余心蓋子命帖相依颺風捲不倒兮叩拜無謝期之乎今臨神跡是為頌祭

丙戌冬暨黄州寒食帖臨祭之寒夫

释文：
是年孟冬，欣还仁里，乡友云集而乐哉。自慰其门下，心领境会，小来以拜翰舍临祭。不用潦倒，苟生而究其法体之精微，无以悲兮！存活而穷研豪气之巨象，盖子命帖相依，飓风卷不到兮；叩拜无谢期之乎！今临神迹，是为颂祭。丙戌冬黄州寒食帖临祭之寒夫。

黄州寒食帖赞

53cm×69cm

618

黄州寒食诗帖

《黄州寒食诗帖》 此作为历代书法艺术界誉称「天下第三行书」

释文
自我来黄州，已过三寒食。年年欲惜春，春去不容惜。今年又苦雨，两月秋萧瑟。卧闻海棠花，泥污燕支雪。暗中偷负去，夜半真有力。何殊病少年，病起须已白。春江欲入户，雨势来不已。小屋如渔舟，蒙蒙水云里。空庖煮寒菜，破灶烧湿苇。那知是寒食，但见乌衔纸。君门深九重，坟墓在万里。也拟哭穷途，死灰吹不起。

420cm×69cm

619

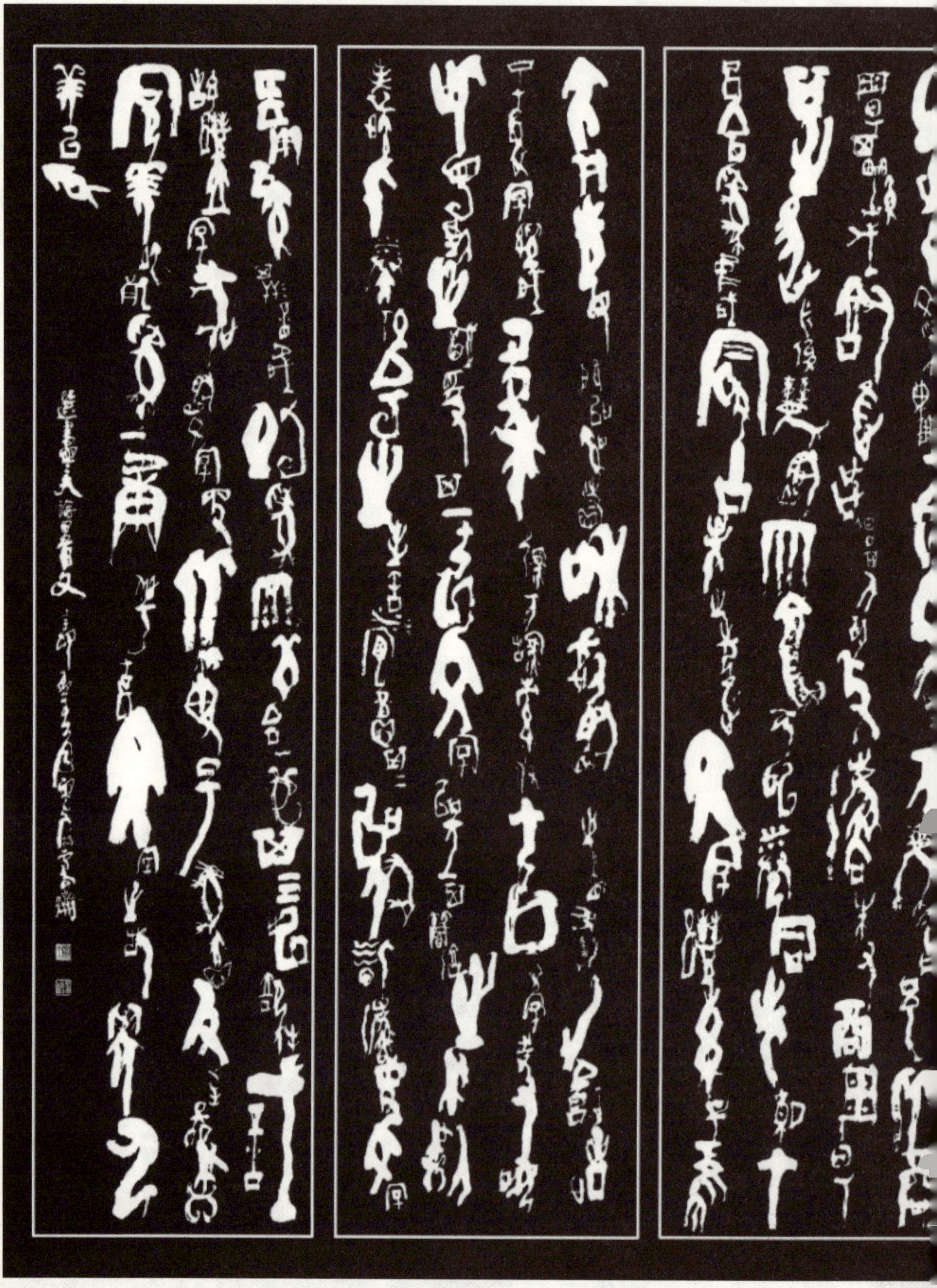

寒 夫 《论甲骨文》 节选

《寒夫论〈甲骨文书法〉》四条屏 甲骨文书法，自然依照甲骨契刻之灵动的刀法刃意而呈现它的苍劲与古拙美。然，这里作者所表达的，乃以借鉴新文字时代的行书或行草之法意来刻画作者对甲骨文的深度理解与全新的诠释；遂然，此作达到了当今人类甲骨文书法超然物外的艺术境界。并且，从创造学与美学之意义上赏鉴，《寒夫甲骨文书法》四条屏无不凸显其艺术的创造性、思想性、美学性。乃不可多得的新文字时代的行草甲骨文书法艺术之善本。

释文 甲骨文，亦称殷墟文字、龟骨文字、卜辞文字、契文字及兽骨文字。甲，指龟甲；甲骨文，即甲骨与其它兽骨之合称耳。迄今甲骨文乃以河南安阳小屯村出土者为善也。二十世纪七十、八十年代陕西扶风、岐山一带出土之甲骨文为东周甲骨文其契刻风格虽比商周早期较为成熟、进步，但刀功、技法未有商周早期隽永，俊丽。然而，它可以类同先朝甲骨合为中国最古老之先进文学体系乎焉。

大凡先民们以智慧超然之想象力，创造了甲骨文字。经我多年之深刻探索，对甲骨文字持有如此独到之感受。其一，甲骨文字以极其简洁之笔划表达人类社会之生活寓意。其二，以假借法使文字一字多用矣。其三，以部件式结体立字，遂然 文字便从符号、象态及画图完美地融为一炉。此乃甲骨文字之哲学审美矣。

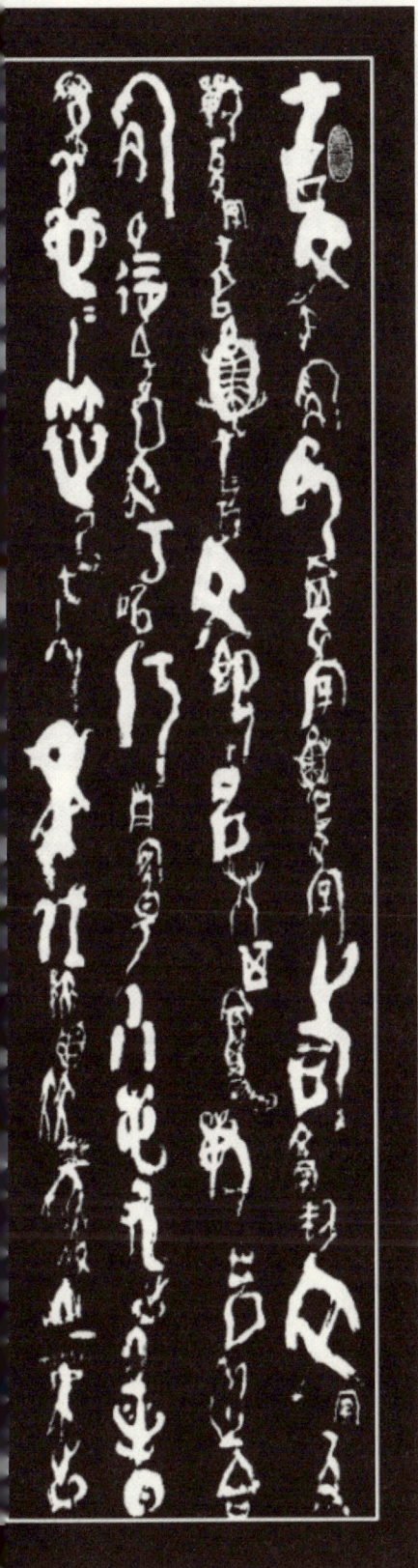

180cm×45cm×4

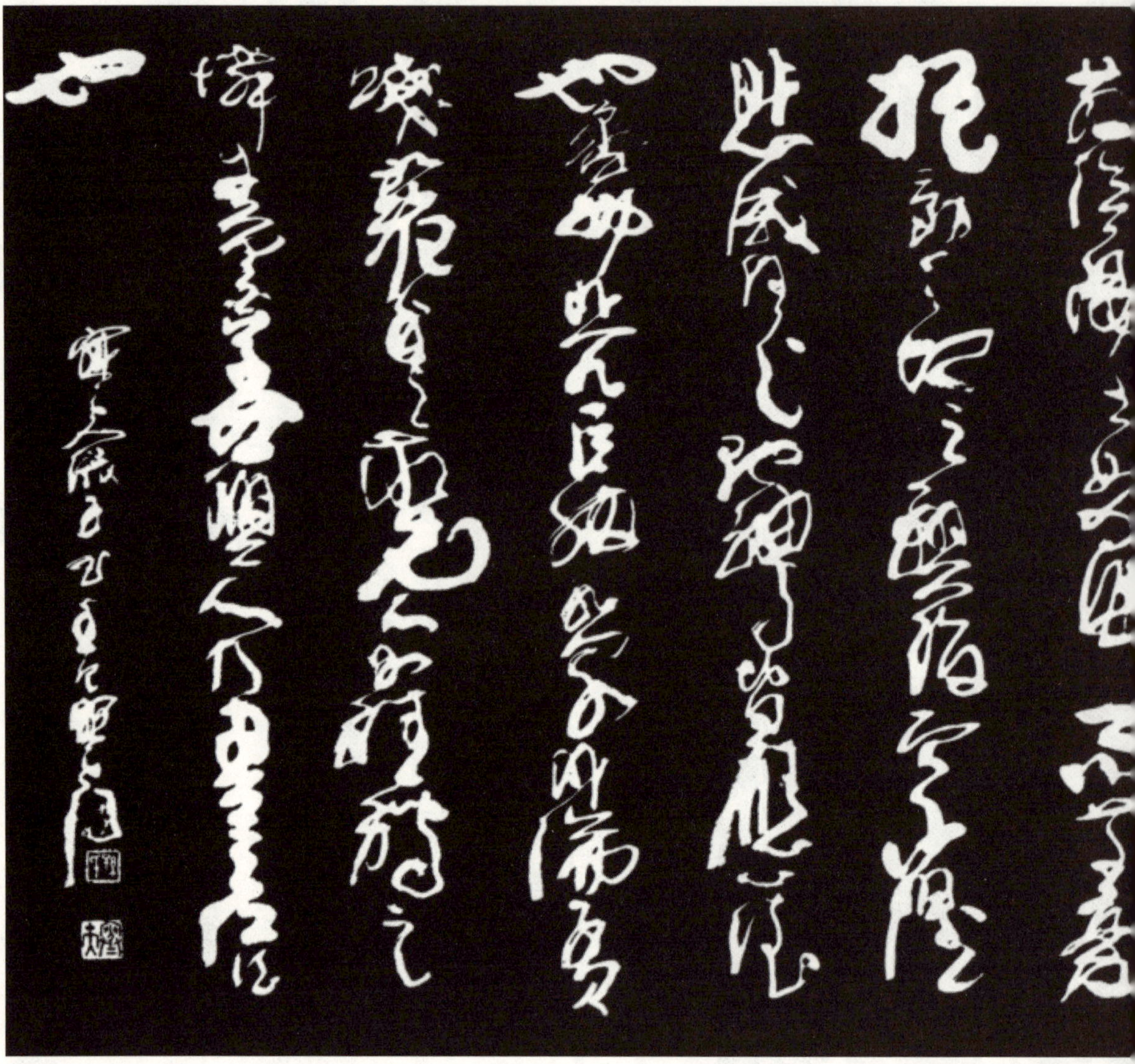

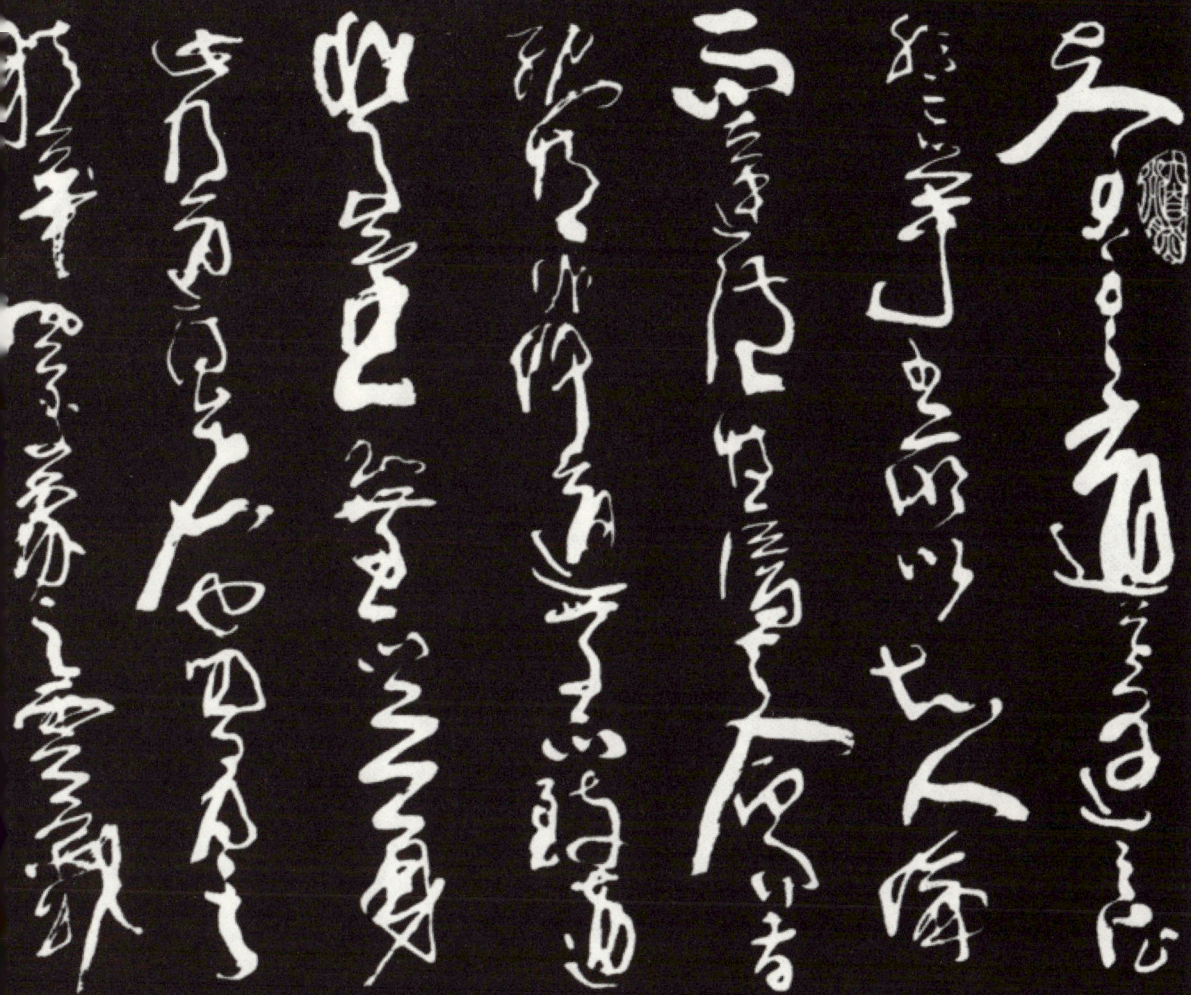

110cm×48cm

寒夫诚子书

释文　夫君子之道，莫过于三德：非忘乎之所以，知人伦而达广性，谙天命而孝亲情；非修道无以致远，非自重无以立身；此乃道德者也。吸日月之精华，纳万象之灵气；发阴阳之如四海而无忧悒，动天地翻覆而无悲戚；任意驰骋，皆应心德者也。齐物非究巨细，和众非论贫贱；如跪羊之敬先人，如雏鸦之怜生灵；乃尽之仁德者矣。

東坡笠展圖 丙戌中秋月為詞聖造像黃州樂天寒夫

东坡圣像 140cm×70cm

雙鷹圖戊子春寒夫

三泉归鹰图 140cm×58cm

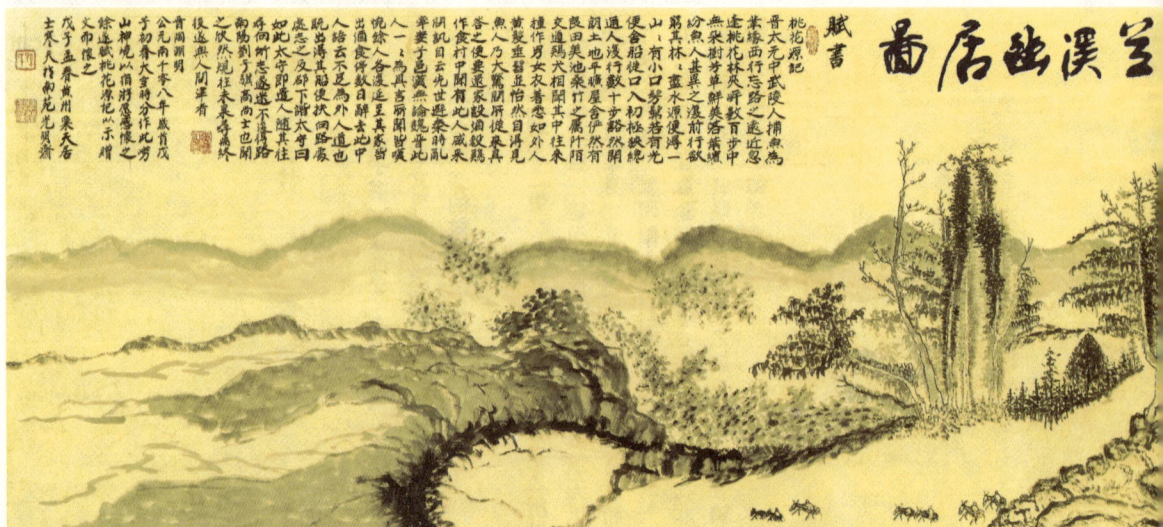

賦書 蘭溪幽居圖

兰溪君子图 80cm×50cm

浠水兰溪幽山图 360cm×80cm

东坡玩砚图　130cm×60cm

浠水兰溪幽山图 480cm×220cm

兰溪候鸟图 130cm×60cm

东坡立屐图 120cm×80cm

作者在黄州市国际苏轼研讨会上的演说

作者在黄州市东坡书画协会成立15周年时的演说

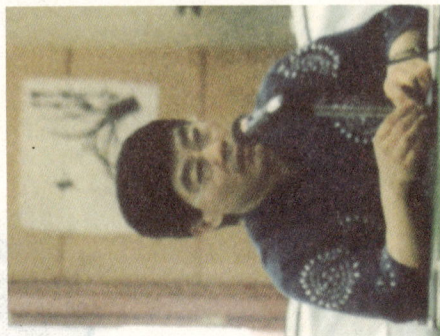

作者在黄州市东坡纪念活动上的讲话

黄冈市东坡书画艺术协会成立十五周年暨"东坡书画报"创刊十周年合影留念

628

作者出席黄州市党的十八大书画展开幕式

作者在做苏轼"徐立徐行"与马克思主义自然观的演说

作者与其终生艺术顾问陈群川及潘燕生君在一起留影

全国人大副委员长顾秀莲、国际知名人士梅培德、对外友好协会副会长王运泽、原北京市副市长郭献瑞、将军宋笑亭、团中央书记处书记胡伟、中国书法家协会顾问（著名书法家）谢云等领导为开幕式剪彩。

2010 年 11 月 28 日　北京人民大会堂

作者与其终生艺术顾问黄春林君
在天安门前留影

2000 年 6 月 18 日寒夫书画艺术展在深圳艺术博物馆隆重举行，出席开幕式的有原全国人大常委、中共深圳市委书记李灏，原国家建设部副部长李振东，国家关心下一代委员会副主任郭锡权，湖北市书法家协会主席钟鸣天等领导人一起出席。

寒夫书法艺术展

631

作者寒夫在研读《共产党宣言》

　　寒夫（笔名），姓孙，乳名，庆国，号乐天居士、赤壁山人、雪雨轩主人。1965 年出生于湖北浠水兰溪。12 岁随父母辞水如州（迁徙祖籍黄州）。两岁始在家父之引领下开始习书入门；经家父熏陶，五六岁时便开始接受马克思及东西方伟人及圣贤著作。然因家境贫寒，环境拮据，便暂时放下对马克思主义真理之追求；后不得不以书画为主要求索方向。因为出身极度清贫，作为无产者自然对马克思主义产生深厚的思想情感！

　　其书法，对钟繇、王羲之、孙过庭、苏轼、毛泽东等先圣诸名帖及理论，均心摹手追，积习为进；最终自成一体。他由新文字追溯到古文字时代；以哲学审美之法去研究中国汉字的多元构置之美。其受益最大的是从苏轼法体中走来，无论是楷书或是行书亦或草书。其绘画，用自然朴素之线美、色美及空灵美等表现手法置于他烂漫的绘事艺术之中。以吴道子、顾恺之、苏轼、黄公望、赵孟頫、王维、郭熙、李成、范宽、巨然及文徵明等绘事和张怀瓘等理论为宝鉴圭臬；遂形成人文画与青绿山水相间的独到画风。本世纪初在深圳举办个人书画展后，其书风及画风均有较大转变。寒夫经数十年之攻克，先后获得书法大奖，国画大奖的同时，还于 2007 年"全国纪念欧阳修千年诞辰"文学征稿中荣获一等奖。这一殊荣为他在当代学坛奠定了雄厚的艺术创作及艺术理论上的双重地位。于文学，他不仅创作出大量的具有婉约意韵的词章和豪放风格的诗文，还创作了大量的现代自由诗：如叙事诗、抒情诗、爱情诗、长诗、哲理诗及散文诗。无疑，艺术评论乃其学术理论之一大瑰丽风景。2010 年 11 月于北京人民大会堂举行的《寒夫艺术论丛》获得空前反响：该著从学理、鉴定、品评、论断、音乐、理学、美学论、文学论、创造学、真伪论、艺术入门，艺术教育、艺术心理学、审美学论，论传承使命，艺术史论、文学批评、艺术鉴赏等多领域对东方人文艺术世界的深刻探索和研析。正处旺盛创作之中年，他不失时机地回到童年季节对马克思主义的求知轨道上来：自 20 世纪 80 年代初创作的第一篇理论文稿（《关于（共产党宣言）》）迄今的 30 多年里，先生不负昼夜地在以书画营生的一切空间里完成了辉煌巨著《艺术家眼中的马克思主义》。他由东方人文的哲学思想飞跃到西方人类哲学殿堂——马克思主义的思想世界。自然，这便大大充盈了先生的精神羽翼及人本世界。

这部宏伟巨著里，他以 40 多年的人生思考和丰富的社会实践，并结合中国社会主义转型期的具体国情，深刻地向当代国人论证了一个不可忽略的道理——"以马克思主义之普遍真理去改造全人类"，这是唯一的选择。用马克思主义的自然观去研究现实世界事物的变化和运动；以政治经济学去科学地把握当今人类的物质运动及其发展；并以科学的世界观去探索人类的存在形式与认识世界的科学态度等，这始终是我们世界人类首要的研究课题。《艺术家眼中的马克思主义》一著于 2014 年 3 月 29 日由中共中央编译局和中央编译出版社共同举办的首发式暨学术座谈会引起东方人文艺术界、学术界之非同反响。

寒夫先生不崇尚名利，但求给世人一点精神之蕴藉，正如其夫人所云："你的思想学说完全可以用'烂漫的艺术世界'来形容了"。

莉莎，姓胡，幼名清明；艺名，三月。出生于明代药圣李时珍故里的湖北蕲春。自幼深受父亲传统学究之影响，后与东方文化结下了不解之缘。

作者莉莎在南京"总统府"前留影

80 年代初与寒夫牵手后，便以一颗尚美之心伴随先生的左右，作为艺术家寒夫先生的助理、生活顾问、文稿、摄影及交流事务秘书；就莉莎的家庭观和使命来概括她的人生定格便是："相夫教子，忠贞其后"。

　　三十多年如一日，莉莎勤勉务家，乐善好施；崇古尚贤，积学为进。在紧跟先生漫长学海的探索之旅，使她由一位良家少女终成对书法、绘画、美学和东西方人文哲学等具有一定思想见树及鉴赏心理学的文化学人。

　　在与寒夫共同追寻的思想与艺术的精神世界里，虽说尚未以艺术创作及理论专论向广大读者传递她对东方国学领域里的许多关于美学、艺术、艺术教育、画学、书学、艺术欣赏以及现代文化等多元视野的思考与知见。然而，在她与先生几十年的相濡以沫的学范实践里，她却早已将自己这方面的源于对艺术和文化范畴内的熠溜之光照应在了先生的各领域的思想研究与艺术的创作之中。正如她众多的朋友所说："莉莎老师，你在全心传播寒夫思想与艺术理性光辉的同时，不觉中已将自己的人性之美一同照彻了进去！"

　　莉莎的有关辅助先生寒夫的探索真理和思想学说的真知卓见将于不久由她主笔出版的《寒夫的思想世界》里窥见一斑。

# 《寒夫感恩集·三卷套》序

　　论及感恩，当下的人们却有着各自相异的表达方式。官府有人借助人民供给的大好福祉和江山社稷之名，将权力花在享乐至上和对物质及精神奢靡之泛滥上，丝毫来不及顾及国家所承受的屈辱和人民所遭遇的不幸——直至中纪委组织将其逮捕他才觉着敢情这是一种罪过。然而，意识形态领域亦不乏其人地紧跟其后：有人将宝贵的春光和充裕的生存空间不是依照马克思主义辩证唯物主义自然存在观去推己与人——让人们"认识世界和改造世界"，或至于践行醉翁欧阳修之" 修于身、施于事、给予言"以浸染世人。相反他们目睹腐化而一叶障目，闭目塞听；耳听靡靡之音或乱醉如泥的颓废之声竟扬长而去，苟且偷生。且从未想过：身为人类"行为示范，学为人师"者之贞德使命。……总之，这些微弱而可笑的人们，竟诸如此般理解父母对其生命之赐予、国家和民族对其奖掖之恩典啊！无怪乎天下何以堪少鸡鸣狗盗及乱臣贼子之不绝乎？！……

　　但，有这样一种人，他们不受名利富贵所侵袭，不受一切靡烂、堕落所缭扰，即使在极度深寒的贫民窟，仍贞守箪食瓢饮，清心寡欲，道德双修，以坚强的民族自尊和心灵自觉在撑起这个伟大国民道统的精神大厦！袁隆平没有私人飞机，也无金碧辉煌的高楼别墅，然而，他却为昨天、今天和未来的人类创造了历史性的伟大奇迹：他以"锲而不舍"和"兼济天下"之心，为东西方人类拯救了最为现实的前沿问题——让世界三分之一的人民解放了"食不果腹"之生存苦难。作为现代人类"水稻之父"的他，虽年近九旬仍往返于田间的发现与探索之中；难道说这种"为天地立心，为生民立命"之善德，不是这个民族极为宝贵的文化品质么？！想必，这种大道于斯之气节不是在向国民所怀揣的谢恩之情的么？！

　　大凡鉴于此，我便着手思考自己的生命之旅。30 多年前，我携夫人由第三故乡（东鄂蕲春）移居第二故乡（黄州），后寻梦深圳，接着北飘京都。这漫长的心灵苦旅，使我坚定了一个"导航性"的信念，那就是"不负双亲所赐，不负天地所托；勿忘圣道羽化，勿拒苦难同行"。在《寒夫艺术论丛》里，我极尽叩谢尚美的东方人类艺术——它是我们先人留给今人的优秀成果。在艺术的海洋里，我以纵情饕餮之心洗礼了满是稚气的蒙昧；我以愉悦性灵之情陶冶了初出牛犊而灿然万分的理性世界；我以惊愕浑然之感表述了我那异彩纷呈的美学天堂。诚然，无论是外国文豪还是中国文化先宗，全然在《寒夫艺术论丛》里挥发了我对主观和客观世界极为真纯而淼漫的塑造。

　　于是才觉着有推出《艺术家眼中的马克思主义》的必要。如果说东方人文美育让我认识了生命价值存在之乐趣，然而，马克思主义新人类学的宇宙观便使我彻底感知人的思想性及创造的非凡意义。在这部辉煌巨著里，首先我以东方古老朴素之 "道法自然"及"中庸致远"作为"认识世界"之桥梁，尔后以马克思主义伟大的系统论作为"改造世界"的工具和钥匙。廓然间，以理论阐述多元化马克思主义及史诗塑造马克思恩格斯巨人形象便此横空出世了。

　　然则，《寒夫赋黄州》呢？我以为敬畏乡土，偿恩自然；追忆流年，发之后世；此乃人之理性。因为人不可以离其生之于故土、成之于流年、发之于炼狱；至于披蒙丝绸不能忘却蚕的化蛹、饱食终日不应遗忘种子的催芽等过程一样！同时，我还以为谢恩是一种享受、一种快乐、一种反哺和一种进步；甚而以为感恩还能创造一个美的心灵世界！于是我不敢辱没尚好的光阴，凡剽烂漫的生命。我深信人生能以此"三卷感恩之礼"去回馈他受益的天地人和的大美世界，也算是履行了知天命之职了！这便是我何以要出版《寒夫艺术论丛》《艺术家眼中的马克思主义》及《寒夫赋黄州》的主要缘故。

635